팅커, 테일러, 솔저, 스파이

팅커, 테일러, 솔저, 스파이

존 르카레 장편소설 | 이종인 옮김

TINKER, TAILOR, SOLDIER, SPY
by JOHN LE CARRÉ

Copyright (C) le Carré Productions, 1974
All rights reserved.
Korean Translation Copyright (C) 2005 by The Open Books Co.
Korean edition published by arrangement with Curtis Brown Group Limited,
through Eric Yang Agency.

이 책은 실로 꿰매어 제본하는 정통적인 사철 방식으로 만들어졌습니다.
사철 방식으로 제본된 책은 오랫동안 보관해도 손상되지 않습니다.

제임스 베넷과
더스티 로즈를 기억하며

제1부	11
제2부	181
제3부	385
1991년의 후기	525
스파이 용어	533
옮긴이의 말	535

팅커(땜장이)
테일러(재단사)
솔저(군인)
세일러(선원)
리치맨(부자)
푸어맨(가난뱅이)
베거맨(거지)
시프(도둑)

어린아이들이 자신의 장래를 예측할 때(가령 나의 남편은 누구일까?) 부르는 동요이거나, 아니면 버찌의 씨앗, 외투의 단추, 데이지꽃의 잎사귀, 큰조아재비풀의 씨앗 따위를 하나, 둘, 셋, 넷 하고 셀 때 숫자 대신 순서 삼아 부르는 동요로서, 이 경우에는 1~8까지의 숫자를 나타낸다.
―『옥스퍼드 동요 사전』

제1부

1

 사실을 털어놓고 말해서, 나이 많은 도버 소령이 톤턴 경마장에서 갑자기 죽지만 않았더라면 짐은 결코 서스굿 사립학교에 부임하지 못했을 것이다. 그는 면접 절차 없이 학기 중에 부임해 왔다. 시점은 5월 하순이었는데 아무튼 날씨만 보아서는 때가 벌써 그렇게 되었는지 아무도 느끼지 못하고 있었다. 그를 소개한 것은 사립학교에 선생을 소개하는 좀 수상쩍은 직업소개소였는데, 짐은 적임자 선생을 물색할 때까지 남은 학기 동안만 작고한 도버 선생의 대타 노릇을 하기로 되었다. 「언어를 전공했다는군요. 임시직입니다.」 서스굿은 교직원 휴게실에서 선생들에게 말했다. 그는 자기 방어를 하듯이 이마에 흘러내린 머리카락을 뒤로 걷어 올렸다. 「이름은 프리도입니다.」 그는 이름의 철자를 말했다. P-r-i-d. 거기까지 말한 서스굿은 프랑스어에 자신이 없었는지 서류철을 내려다보았다. 「P-r-i-d-e-a-u-x로군요. 이름은 제임스입니다. 그가 7월까지 우리 학교를 잘 도와주리라고 봅니다.」 교직원들은 별로 어렵지 않게 그 사람의 앞날이 어떻게 전개될지 내다볼 수 있었다. 짐 프리도는 교직원 사회에서 별로 대접받지 못하는 한심한 떠돌이 백인 선생이었다. 그는 지난번에 갑자기 그만둔 러브데이 부인이나 몰트비 씨와 별반 다를 게 없는 사람이었다. 러브데이 부인은 페르시아 양털 외투를 두르고 마치 자기가 신(神)의 2인자나 되는 양 행동하다가 가계 수표가 부도나는 바람에 임시직 교사 자리를 그만두었고, 피아노 전공의 음악 교사였던 몰트비 씨는 합창단을 지도하다가 경찰 조사에 협조해 달라는 부름을 받고 학교를 그만두었는데, 교직원들이 알고 있는 바로는 오늘날까지도 경찰에 협조하고 있다는 것이었다. 그리하여 몰트비가 남겨 놓고 간 여행용 가방은 아직도 지하실에서 그대로 방치된 채 처분을 기다리고 있었다. 마저리뱅크스 선생을 위시하여 교직원들 중 몇 명이 그 여행용 가방을 열어 보자는 아이디어를 내놓았다. 그 가방 안에 없어진 보물들이 분명 들어 있을 거라는 얘기였다. 가령 아프라하미안의 레바논 어머니의 사진을 넣어 둔 액자, 베스트-잉그람의 스위스 군대 칼, 서스굿의 어머니 메이트런의 손목시계 등이 들어 있을지 모른다는 것이었다. 하지만 서스굿은 주름살 없는 얼굴을 단호하게 쳐들면서 선생들의 그런 제안을 일축했다. 그는 아버지로부터 이 사립학교를 물려받은 지 5년밖에 되지 않았지만 어떤 것들은 묻어 둔 채 그대로 놔두는 것이 더 낫다는 지혜를 터득하고 있었다.

짐 프리도는 금요일에 험악한 비바람을 뚫고서 도착했다. 쏟아지는 비는 퀸톡스 산[1]의 갈색 산마루에서 포연(砲煙)처럼 굴러 내리더니 텅 빈 크리켓 운동장을 가로질러 낡은 건물 정면의 사암을 내리쳤다. 그는 점심 식사 직후에 낡은 붉

---

[1] 잉글랜드 서머싯 주에 있는 산.

은색 앨비스 차를 몰고 도착했다. 차 뒤에는 한때 푸른색이었을 법한 중고 트레일러가 매달려 털털대며 따라오고 있었다. 서스굿 학교의 이른 오후는 조용한 시간이었는데 전투 같은 학교 일과가 한바탕 치열하게 진행되던 중의 휴전 상태였다. 아이들은 기숙사에 쉬러 갔고 선생들은 교직원 휴게실에서 커피를 마시며 신문을 읽거나 학생들의 숙제를 고쳐 주고 있었다. 서스굿은 그의 어머니에게 소설을 읽어 주고 있었다. 따라서 학교의 교직원과 학생들을 통틀어 짐이 학교에 도착한 것을 목격한 사람은 어린 빌 로치뿐이었다. 로치는 앨비스 차의 보닛에서 김이 모락모락 올라오는 것과, 패어 있는 길을 그 자동차가 힘들게 달려가는 것을 보았다. 자동차의 와이퍼는 미친 듯이 작동하고 있었고 그 뒤에 매달린 트레일러는 물웅덩이를 비틀거리며 따라갔다.

로치는 이 학교에 금방 전학해 온 학생으로 성적은 낙제까지는 아니더라도 형편 무인지경인 상태였다. 서스굿 학교는 그가 두 학기 동안에 두 번째로 옮겨 온 학교였다. 그는 천식을 앓는 뚱뚱한 아이였는데 쉬는 시간은 대부분 침대 한구석에 무릎 꿇고 앉아 창밖을 내다보는 게 취미였다. 그의 어머니는 바스 시에서 떵떵거리며 살고 있었다. 그의 아버지는 학부모 중에서 최고의 부자로 알려졌는데 그 때문에 로치는 호되게 곤욕을 치렀다. 이혼 가정의 자녀답게 로치는 눈치 하나는 아주 빠른 관찰자였다. 로치가 살펴보니 짐은 학교 건물 앞에서 멈추지 않고 운동장을 가로질러 마구간 부지까지 달려갔다. 그는 이미 학교의 지형을 파악하고 있었다. 로치는 그가 학교를 사전 답사했거나 아니면 지도를 보아 두었을 것이라고 판단했다. 마구간 부지에 도착해서도 그는 멈추지 않고 젖은 풀 위를 계속 내달렸는데 아마도 달리던 속도를 그대로 유지하려는 의도인 듯했다. 이어 앨비스 차는 작은 언덕을 넘어 딥*dip*으로 쑥 들어가더니 더 이상 보이지 않았다. 로치는 트레일러가 딥의 둑 위에서 솟구칠 것이라고 예상했으나, 차는 꼬리를 한 번 슬쩍 들어 올렸을 뿐 토끼굴 속으로 쏙 들어간 커다란 토끼처럼 자취를 감추었다.

딥은 서스굿 전설의 일부분이었다. 그것은 과수원, 과일 창고, 마구간 부지 사이에 있는 버려진 땅이었다. 자세히 살펴보면 움푹 팬 땅에 지나지 않았다. 그 위에 잡초가 뒤덮여 있고 그 북쪽에는 소년의 키 높이 정도로 자그마한 둔덕들이 있는데 잡목들로 뒤덮여 있어 여름이면 제법 우거졌다. 바로 이 작은 둔덕들 때문에 딥은 놀이터로서 특별한 매력을 갖게 되었고 또 많은 전설을 낳았다. 그 전설은 해마다 새로 들어오는 학생들의 세대별로 내용이 달라졌다. 어떤 학년도의 학생들은 딥이 노천 은광의 찌꺼기 흔적이라고 말하면서 혹시 은이 나오지 않을까 싶어 딥의 땅을 열심히 파기도 했다. 다른 학년도의 학생들은 딥이 로마-브리튼 시대의 요새라고 하면서 그곳에서 막대기와 진흙 미사일로 모의 전투를 했다. 또 다른 학생들은 딥이 폭탄 분화구이고 그 주위의 작은 언덕은 폭발로 사망한 사람들의 시체가 쌓여서 이루어진 것이라고 그럴듯하게 설명했다. 하지만 사실을 알고 보면 그보다 훨씬 시시한 이야기이다. 6년 전 그러니까 캐슬 호텔의 접수 보는 여자와 눈이 맞아 사랑의 출분(出奔)을 떠나기 직전, 서스굿의 아버지는 수영장 만들기 모금 운동을 전개하면서 학생들에게 한쪽은 깊고 한쪽은 얕은 커다란 구덩이를 파라고 지시했다. 그러나 실제로 모인 돈은 그 사업을 완수할 정도가 되지 못했고 미술관, 학교 지하실에 설치한 버섯 재배관 등의 새로운 사업에 찔끔찔끔 들어가 버리고 말았다. 또 입담 험한 사람들은 이런 얘기도 했다. 사랑의 도피행을 떠난 불륜의 두 남녀가 여자의 고향인 독일로 달아나면서 그곳에 사랑의 둥지를 트는 데에도 모금의 상당액이 들어갔다고.

짐은 이런 사실들을 전혀 알지 못했다. 순전히 우연에 의해 서스굿 사립학교의 부지 한구석을 골랐던 것인데, 로치가 볼 때 그곳은 초자연적인 신비가 어려 있는 땅이었다.

로치는 창문에서 기다렸으나 더 이상 아무것도 보지 못했다. 앨비스와 트레일러는 이제 딥 안으로 들어가 버렸다. 만약 풀 위에 난 붉은 바퀴 자국이 아니었더라면 그는 혹시 꿈속에서 헛것을 본 것이 아닐까 하고 생각했으리라. 하지만 바퀴 자국은 생생했다. 휴식 종료를 알리는 종소리가 울리자 로치는 고무장화를 신고 빗속을 걸어 딥의 둔덕까지 가서 밑을 내려다보았다. 과연 거기엔 군용 우의에 아주 기이한 모자를 쓴 짐이 서 있었다. 그 모자는 사파리 모자처럼 챙이 아주 넓었고 또 털이 많았는데 한쪽 구석이 해적 스타일로 위로 쑥 올라가 있어서 마치 배수구인 양 그리로 빗물이 줄줄 흘러내리고 있었다.

앨비스 차는 마구간 안에 주차되어 있었다. 로치는 짐이 어떻게 차를 딥에서 빼냈는지 짐작이 되지 않았다. 트레일러는 구덩이의 깊은 쪽, 낡은 벽돌들로 이루어진 플랫폼 위에 세워져 있었다. 짐은 트레일러의 계단에 앉아서 초록색 플라스틱 큰 컵을 기울여 술을 마시면서 뭔가에 부딪쳐 충격을 받은 듯 오른쪽 어깨를 왼손으로 주무르고 있었는데, 그동안 짐의 모자에서는 빗물이 연방 흘러내렸다. 그가 모자를 위로 슬쩍 추켜올리는 바람에 로치는 아주 험상궂고 붉은 얼굴을 보았다. 챙 넓은 모자의 그늘과, 빗물에 의해 상아 이빨처럼 위로 말린 콧수염 때문에 그 얼굴은 더욱 험악했다. 얼굴 전면에 균열 같은 깊은 상처가 얼기설기 가로지르고 있었는데 로치는 상상력의 천재처럼 일순 상상력을 발휘하여 짐이 한때 열대 지방에서 아주 심하게 굶주리다가 그 후 갑자기 폭식하는 바람에 저렇게 얼굴에 여러 갈래 깊은 금이 가게 되었다고 생각했다. 그의 왼쪽 팔은 여전히 가슴 위에 놓여 있었고 오른쪽 어깨는 전과 마찬가지로 목 쪽을 향해 약간 올라가 있었다. 그의 전반적인 모습은 아주 완강하고 단단한 인상을 주었고 마치 어떤 배경 앞에서 얼어붙어 버린 짐승 같은 모습이었다. 로치는 그 짐승이 희망을 뒤섞은 고상한 충동에 사로잡힌 수사슴이 아닐까 생각했다.

「넌 누구냐?」 군인 같은 강한 목소리가 물어 왔다.

「로치입니다, 선생님. 이곳에 새로 전학 왔습니다.」

잠시 벽돌 같은 얼굴이 모자 그늘 아래에서 로치를 살펴보았다. 이어 그 딱딱한 얼굴에 늑대 같은 웃음이 번지자 로치는 적이 안도했다. 그의 왼손은 천천히 오른쪽 어깨를 다시 주무르기 시작했고 동시에 플라스틱 컵의 술을 한 모금 홀짝거렸다.

「새로 전학 왔다고?」 짐이 아직도 미소를 지으면서 컵에서 입을 떼지 않은 채 말했다. 「그렇다면 그건 행운이로군.」

짐은 이제 계단에서 일어나 굽은 등을 로치에게 내보이며 트레일러의 네 다리를 면밀히 살펴보았다. 다리의 버팀대를 흔들어 보고, 기이한 모자를 쓴 머리를 갸우뚱거리기도 하고, 벽돌 여러 장을 다른 각도와 지점에 놓아 보기도 하는 등 아주 면밀한 조사였다. 그동안 봄비는 그의 비옷, 모자, 낡은 트레일러의 지붕 위에 마구 떨어지고 있었다. 빌은 짐이 그렇게 움직이는 동안 그의 오른쪽 어깨가 매킨토시 비옷 아래에서 바위처럼 조금도 움직이지 않는다는 것을 관찰했다. 그래서 저 사람은 키가 큰 곱사가 아닐까, 혹은 모든 곱사등이가 저 사람처럼 저렇게 아픈 것일까 하고 생각했다. 그는 또 등이 아픈 사람들은 아주 큰 걸음걸이로 걷는다는 일반적인 사실을 발견했다. 그것은 몸의 균형 잡기와 관계 있는 것이었다.

「뉴 보이, 새로 온 학생이라고? 그런데 난 뉴 보이는 아니야.」 짐은 트레일러의 다리 하나를 잡아당기면서 전보다 훨씬 다정한 어조로 말했다. 「난 말이야, 올드 보이지. 립 밴 윙클처럼 오래된 올드 보이야. 아니, 비교급으로 올더라고 해야겠군. 넌 친구들이 많니?」

「아닙니다, 선생님.」 학생들이 아니라고 말할 때의 그 어눌한 목소리로 로치가 대답했다. 그래야 모든 긍정적인 반응은 심문관의 몫으로 남겨 둘 수 있으니까. 하지만 짐은 아무런 반응도 해오지 않았고, 그래서 로치는 갑자기 가까운 사이인 듯한 착각, 혹은 희망이 용솟음치는 기이한 느낌을 받았다.

「저의 이름은 빌입니다.」 로치가 말했다. 「세례명이 빌이지만 서스굿 선생님은 나를 윌리엄이라고 부릅니다.」

「빌이라고? 언페이드 빌(미납 청구서) 할 때의 그 빌이란 말이지? 누가 너를 언페이드 빌이라고 부른 적이 있니?」

「없습니다, 선생님.」

「아무튼 좋은 이름이야.」

「그렇습니다, 선생님.」

「난 빌이라는 친구를 여러 명 알고 있어. 다들 좋은 사람이었지.」

그렇게 하여 말하자면 수인사가 이루어진 것이었다. 짐은 로치더러 이제 그만 가보라고 하지 않았고 그래서 로치는 둔덕에 그대로 머물러 빗물 젖은 안경을 통해 아래를 계속 내려다보았다. 그 벽돌들이 오이의 덩굴을 받치기 위한 지지대에서 가져온 것임을 알고 로치는 내심 놀랐다. 짐은 거기서 벽돌 여러 장을 빼낸 것 같았다. 서스굿 학교에 금방 도착한 사람이 자기가 필요하다고 해서 학교 기물을 그토록 침착하게 슬쩍할 수 있다니 정말 대단하다는 생각이 들었다. 또 짐이 자신의 용수(用水)를 위해 수도전에서 선을 하나 이미 따 온 것을 보고서는 더욱 놀랐다. 왜냐하면 그 수도전에 손대 는 것은 체벌 가능한 비행이라고 학교의 특별 규칙은 정해 놓고 있었기 때문이다.

「어이, 빌, 너 혹시 공깃돌 같은 것 없나?」

「뭐라고요, 선생님?」 로치가 당황하여 호주머니를 툭툭 치면서 물었다.

「공깃돌 말이야, 올드 보이. 자그마한 공 같은 유리알 말이야. 요즘 애들은 더 이상 구슬치기를 하지 않나? 내가 학생 때에는 많이 했는데.」

로치는 공기 알을 가지고 있지 않았으나 아프라하미안은 베이루트에서 공수해 온 구슬 컬렉션을 갖고 있었다. 로치가 학교로 되돌아가 뭔가 좋은 것을 대가로 주기로 하고 구슬 하나를 얻어 딥까지 다시 돌아오는 데에는 50초가 걸렸다. 딥의 둔덕에서 로치는 잠시 망설였다. 그의 마음속에서 이제 딥은 짐의 것이었으므로 그 아래로 내려가려면 허락을 얻어야 한다는 생각이 들었다. 하지만 짐은 트레일러 속에 들어가 있었다. 로치는 잠시 기다렸다가 둔덕을 조심스럽게 내려가 문 안으로 구슬을 내밀었다. 짐은 그를 단번에 알아보지 못했다. 그는 큰 컵으로 한 모금 홀짝거리며 창밖의 먹구름을 내다보고 있었다. 먹구름은 퀀톡스 산 위에서 이리저리 몰려다니고 있었다. 로치는 그가 술을 홀짝거리는 것이 그리 손쉬운 일이 아님을 눈치 챘다. 짐은 똑바로 서서는 술을 제대로 삼키지 못했다. 그렇게 하기 위해서는 굽은 상체를 뒤쪽으로 약간 기울여야 했다. 한편 비는 아주 심하게 내리고 있었고 마치 자갈을 퍼붓는 것처럼 트레일러의 지붕을 때렸다.

「선생님.」 로치가 말했다. 하지만 짐은 미동조차 하지 않았다.

「앨비스 차는 뭐가 문제냐면 말이야. 스프링이 시원치 않다는 거야.」짐이 이윽고 입을 열었다. 그는 로치보다는 창문을 상대로 말하는 것 같았다. 「그러니 저놈의 차를 몰 때는 말이야, 도로의 흰 선 안으로만 몰아야 해. 안 그러면 충격 때문에 병신 되기 딱 좋다고.」 그는 상체를 다시 뒤로 젖히더니 한 모금 홀짝거렸다.

「네, 그렇습니다, 선생님.」 로치는 짐이 자신을 운전자 대접 해주는 데 놀라면서 얼떨결에 대답했다.

짐은 모자를 벗었다. 그의 모래 빛 머리카락은 짧게 깎여 있었다. 머리에는 가위 따위로 너무 많이 잘라 낸 것 같은 부분들이 있었다. 그런 부분은 한쪽으로만 치우쳐 있었는데 로치는 짐이 성한 팔로 스스로 이발을 했나 보다고 짐작했다. 그래서 그런지 짐은 더욱더 한쪽으로 치우친 듯한 느낌을 주었다.

「구슬을 가져왔습니다.」로치가 말했다.

「정말 고맙군, 올드 보이.」짐은 구슬을 받아 들고 파우더가 발린 단단한 손바닥 위에 올려놓고 천천히 굴렸다. 로치는 그가 도구나 물건을 아주 잘 다루는 사람이라는 것을 단번에 알아보았다. 「빌, 내부가 평탄치 않아서 말이야.」그는 여전히 구슬을 내려다보면서 말했다. 「나처럼 좀 삐딱하단 말이지. 자, 봐.」그러면서 트레일러의 커다란 창 쪽으로 돌아섰다. 창문 밑바닥에는 알루미늄 받침대가 둘러쳐져 있어서 고이는 물을 받게 되어 있었다. 짐은 구슬을 받침내에다 놓고 구슬이 또르르 굴러서 바닥에 떨어지는 것을 지켜보았다.

「이렇게 삐딱해.」그가 말했다. 「저쪽 뒷부분이 약간 기울어졌어. 이래 가지고서는 안 된단 말이지. 자, 올드 보이, 어디서부터 손을 봐야지?」

로치는 허리를 숙여 구슬을 집어 들면서 트레일러가 그리아늑하지는 못하다고 생각했다. 비록 깨끗하기는 했으나 남이 버린 물건을 주워 온 것 같았다. 침대, 주방 의자, 소형 난로, 가스통 등이 있었고 그 외에는 아내의 사진조차 없었다. 그때까지 서스굿 선생님을 빼놓고 미혼 남자를 만나 본 적이 없는 로치는 이상하다는 생각이 들었다. 그가 발견할 수 있는 유일한 개인 사물은 문에 걸려 있는 여행 가방, 침대 곁에 놓아둔 바느질 도구, 구멍 뚫린 비스킷 깡통으로 만든 사제 샤워기(천장에 산뜻하게 용접하여 붙인 것)뿐이었다. 테이블 위에는 색깔 없는 진 혹은 보드카 한 병이 놓여 있었다. 로치는 주말에 아버지 아파트에 놀러 갈 때 그 술을 자주 보았으므로 단번에 알아보았다.

「동서는 괜찮은데 남북이 기울어졌어.」 짐이 다른 창문 받침대를 살펴보면서 말했다. 「빌, 넌 뭘 잘하니?」

「잘 모르겠습니다, 선생님.」 로치가 부자연스럽게 말했다.

「뭔가 잘하는 게 있어야 해. 그건 누구나 마찬가지야. 축구는 어때? 빌, 넌 축구를 잘하니?」

「아닙니다, 선생님.」 로치가 말했다.

「그럼 넌 공부벌레냐?」 짐이 무심하게 물었다. 그는 약간 툴툴거리는 소리를 내며 침대 쪽으로 몸을 굽히더니 큰 컵에서 술을 한 모금 들이켰다. 「넌 공부벌레 같지는 않은데?」 그러고는 곧이어 부드럽게 말했다. 「혼자 해치우는 스타일인 것 같기는 하지만.」

「모르겠습니다.」 로치는 열린 문 쪽으로 한 걸음 걸어갔다.

「그럼 좋아하는 건 뭐야?」 그는 또다시 술을 한 모금 마셨다. 「뭔가 좋아하는 게 있을 거 아니야, 빌. 그건 누구나 다 마찬가지야. 난 물수제비뜨기를 아주 좋아해. 아자!」

그건 로치에게 물어볼 수 있는 것 중에서 최악의 것이었다. 당시 그는 하루 종일 그 질문으로 고민하고 있었기 때문이다. 그는 최근 들어 과연 자신이 이 지상에서 계속 살아 나가야 할 목적을 갖고 있는지 의문이 부쩍 들었다. 공부나 놀이에 있어서 그는 자신이 부적격자라고 생각했다. 침대를 정리하고 옷을 깨끗이 정돈하는 등 학교의 하루 일과도 그가 따라가기에는 너무나 버거웠다. 게다가 그는 경건한 신앙심마저도 없었다. 서스굿 선생의 모친은 로치에게 그렇게 말했다. 예배 시간에 너무 자주 얼굴을 찡그린다는 것이었다. 그는 이런 모든 결점이 자기 탓이라고 생각했다. 그러나 무엇보다도 부모님의 관계가 이혼으로 끝장난 것이 자기 잘못이라고 생각했다. 그런 사태를 미리 내다보고 막았어야 했는데 그렇게 하지 못한 것이었다. 그는 심지어 자신이 직접적인 원인을 제공한 것이 아닌가 하고 생각하기도 했다. 사악하고 분열적이고 나태한 자신의 나쁜 성격이 이혼의 직접적인 빌미가 되었다고 판단했다. 지난번에 다니던 학교에서 그는 갑자기 비명을 내지르고 뇌성 마비 환자인 고모의 흉내를 내면서 자신의 그런 성격을 구체적으로 표현하기도 했다. 그러자 로치의 부모는 서로 상의를 했고 전에도 그렇게 합리적으로 처리했던 것처럼 그의 학교를 바꾸어 주었다. 그러므로 이 비좁은 트레일러 안에서 절반쯤 신과 같은 존재인 새로 온 선생 — 그것도 혼자 있는 선생 — 이 그에게 우연히 던진 그 질문은 로치에게 거의 재앙과 같은 결과를 가져왔다. 그의 얼굴에 뜨거운 열기가 몰려왔고 안경 앞은 부옇게 흐려졌으며 트레일러는 갑자기 슬픔의 바다로 바뀌었다. 짐이 이런 상태를 눈치 챘는지 로치는 알 수가 없었다. 그가 갑자기 굽은 등을 돌리면서 테이블 쪽으로 걸어갔기 때문이다. 그는 플라스틱 컵을 들어 한 모금 마시더니 이어 로치의 체면을 살려 주는 말을 한마디 했다.

「하지만 넌 뛰어난 관찰자잖아. 올드 보이, 난 그걸 단숨에 알아보았지. 우리 독신자는 늘 그래. 아무도 기댈 사람이 없어. 아무도 나를 보지 못했는데 너는 나를 발견하고 둑 위에 갑자기 나타났잖아. 난 네가 주주맨(마법사, 지역 책임자)인 줄 알았어. 아무튼 빌 로치는 학급 아이들 중에서 가장 뛰어난 관찰자야. 틀림없어. 네가 관찰 요령만 제대로 지킨다면 말이야. 어때?」

「그렇습니다.」 로치가 고마워하는 어조로 동의했다. 「난 관찰력이 뛰어나요.」

「좋아, 그럼 넌 여기 그대로 있으면서 좀 관찰해 줘.」 짐이 사파리 모자를 다시 집어 쓰며 말했다. 「난 밖으로 나가서 트레일러 다리를 손보아야 하니까. 알았지?」

「알겠습니다, 선생님.」

「아까 가져온 구슬은 어디 있나?」

「여기 있습니다.」

「구슬이 움직이면 소리쳐, 알았지? 북쪽, 남쪽 어디든 구르는 쪽을 소리치라고. 알았나?」

「알겠습니다.」

「어느 쪽이 북쪽인지 아나?」

「저쪽입니다.」 아무 쪽이나 가리키면서 로치가 재빨리 말했다.

「좋아. 구슬이 구르면 소리쳐.」 짐은 그렇게 말하고 빗속으로 사라졌다. 잠시 뒤 로치는 트레일러 바닥이 움직이는 것을 느꼈다. 이어 짐이 말썽 부리는 트레일러 다리와 씨름하면서 내는 고통인지 분노인지 모를 신음 소리가 들려왔다.

그 여름 학기 동안 학생들은 짐에게 별명을 붙여 주었다. 마음에 딱 드는 별명을 정하기까지 여러 번 이런저런 별명을 지어 주었다. 처음에는 그의 군인다운 자세, 뜻 모를 욕설,

퀸톡스 산을 혼자서 배회하기 등에 착안하여 〈유격대원〉이라는 별명이 붙었다. 하지만 그 별명은 오래가지 못했고 뒤이어 〈해적〉이라는 별명이 나왔다. 잠시 동안 〈굴라시〉라는 별명도 통용되었는데 그가 카레와 양파와 파프리카를 넣은 매운 음식을 좋아한다고 해서 그런 별명이 붙었다. 저녁 기도를 가는 길에 딥을 지나노라면 그의 트레일러에서 뜨거운 김이 올라오기도 했다. 또 약간 콧소리가 섞인 그의 완벽한 프랑스어 발음 때문에 〈굴라시〉라는 별명이 생겨났다. 5B반의 스파이클리는 짐의 발음을 거의 완벽하게 흉내 낼 수 있었다. 「버거, 질문이 뭔지 알지? 에밀이 무엇을 보고 있냐는 거야?」 그는 그렇게 흉내 내면서 오른쪽 손을 약간 떨었다. 「올드 보이, 나만 쳐다보면 어떻게 해? 난 주주맨이 아니야. *Qu'est-ce qu'il regarde, Emile dans la tableau que tu as sous le nez? Mon cher Berger*(친애하는 버거, 네가 코밑에 들고 있는 그림 속에서 에밀은 무엇을 보고 있나)? 만약 네가 아주 완벽한 프랑스어 문장으로 대답하지 않는다면, *je te mettrai tout de suite à la porte, tu comprends*(너를 문밖으로 쫓을 거야, 알겠지), 이 바보 같은 두꺼비?」

하지만 영어로 말한 것이든 프랑스어로 말한 것이든 그 끔찍한 위협이 구체화되는 적은 없었다. 오히려 그런 위협은 짐을 둘러싼 신비한 기사도의 정신을 더욱 높여 줄 뿐이었다. 학생들의 눈으로 볼 때 그런 기사도 정신은 거인에게서나 가능한 것이었는데 짐이 바로 그런 경우였다.

아무튼 〈굴라시〉라는 별명은 학생들을 흡족하게 해주지 않았다. 그것은 짐의 강인한 기상을 표현해 주지 못했다. 또 짐이 열정적으로 영국을 사랑한다는 사실도 보여 주지 못했다. 아무튼 영국 얘기만 나오면 짐은 갑자기 공부는 젖혀 두고 열을 내며 설명하는 것이었다. 두꺼비 스파이클리가 영국

군주제의 결점을 슬쩍 언급하면서 다른 외국 정부의 장점을 칭송하기만 하면 짐은 갑자기 얼굴이 붉어지면서 3분간에 걸쳐 영국인으로 태어난 특혜를 열띤 어조로 설명했다. 짐은 학생들이 자기를 골리기 위하여 일부러 그런 말을 꺼낸다는 것을 알았지만 그래도 그런 도전에 반응하지 않을 수가 없었다. 그는 한참 동안 애국심에 대하여 설교한 다음 멋쩍은 미소를 지었고 학생들이 시간이 이미 지났다거나 이러다가 축구 시합에 늦겠다고 지적하면 괜히 말머리를 돌리려고 한다면서 얼굴을 붉혔다. 아무튼 영국이라는 나라는 그의 사랑이었다. 영국 얘기만 나오면 그것 때문에 손해를 보는 사람이 아무도 없었다.

「이 세상에서 제일 좋은 나라야!」 그는 나시 한 번 소리쳤다. 「왜 그런 줄 알아, 왜 그런 줄 아냐고, 두꺼비?」

스파이클리는 알지 못했다. 그래서 짐은 백묵을 쥐고 칠판에 지구를 그렸다. 서쪽에는 아메리카가 있지, 하고 그는 말했다. 탐욕스러운 바보들이 가득한 나라인데 그들은 물려받은 재산을 엉망으로 만들고 있어. 동쪽으로는 중국과 러시아가 있어. 그는 두 나라를 구분하지 않았다. 인민복, 강제 수용소, 어디로 가는지 전혀 모르는 빌어먹을 대장정. 그리고 그 중간에…….

마침내 학생들은 〈코뿔소 rhino〉라는 별명을 생각해 냈다.

그것은 부분적으로는 〈프리도〉라는 이름과 각운이 맞았고 또 땅에 야채를 가꾸어 먹는 그의 취미와 각종 운동에 대한 그의 열정을 지칭하는 것이기도 했다. 학생들은 아침 일찍 기상하여 샤워 물에 몸을 부르르 떨면서, 코뿔소가 굽은 등에 배낭을 메고 아침 구보에서 돌아와 콤 레인 거리를 바삐 달려 내려가는 것을 보았다. 그들은 또 밤에 침대에 들어가면서 파이브스[2] 구장의 플라스틱 천장을 통해, 콘크리트

벽을 쉴 새 없이 공격하는 코뿔소의 외로운 그림자를 볼 수 있었다. 때때로 따뜻한 저녁엔 그가 골프 치는 모습도 볼 수 있었다. 그는 어둠침침한 학교 도서관에서 아무렇게나 꺼내 온 비글스, 퍼시 웨스터먼, 제프리 파놀 등의 영국 모험담을 학생들에게 읽어 준 뒤, 필드에 나가 지그재그로 걸으면서 아주 오래된 아이언 클럽으로 공을 쳐댔다. 그는 백스윙을 할 때마다 툴툴대는 소리를 내어 그런 소리를 기다리는 학생들을 실망시키지 않았다. 학생들은 그가 몇 타를 치는지 꼼꼼하게 기록했다. 교직원 크리켓 게임에서 그는 25점을 올리더니 이제 그만 하겠다고 말했다. 그런 다음 스파이클리를 위해 공을 일부러 스퀘어 레그[3]에 올려놓고 소리쳤다. 「두꺼비, 가서 저 공을 가져와. 어서 가. 잘했어, 스파이클리. 좋은 학생이야. 넌 그 일이 딱이야.」

그는 학생들에게 관대하게 대했음에도 불구하고 학생들의 비행 심리를 잘 알고 있다는 평가를 받았다. 이를 보여 주는 사례는 여러 가지가 있었는데 가장 대표적인 것은 학기말 시험 직전에 벌어졌다. 스파이클리는 짐의 쓰레기통에서 그 다음 날 시험 칠 문제지의 초안을 발견하여 그 종이를 원하는 학생들에게 5펜스에 빌려 주었는데 어떤 학생들은 1실링 내고 그것을 입수하여 기숙사에서 밤새 흐릿한 전등 아래 그 정답을 외우느라 잠을 설치기도 했다. 하지만 그 다음 날 시험 시간이 되었을 때 짐은 전혀 엉뚱한 문제지를 내놓았다.

「이 시험지는 무료로 볼 수 있어.」 그는 의자에 앉으면서 커다란 목소리로 말했다. 그러고는 「데일리 텔레그래프」 신문을 활짝 펴더니 거기에 실린 주주맨의 의견을 열심히 읽었다. 학생들이 보기에, 짐은 비록 여왕의 정부를 위해 글을 쓰

---

2 핸드볼 비슷한 게임.
3 타자의 왼쪽 뒤편 필드.

는 자라고 할지라도 지적인 허세를 갖고 있으면 모두 주주맨이라고 생각하는 것 같았다.

마지막으로 올빼미 사건이 있었다. 그것은 동물의 죽음을 수반하는 에피소드였기 때문에 학생들이 그를 평가하는 데 있어서 특별한 위치를 차지했다. 사실 학생들은 그 죽음에 대하여 다양하게 반응했던 것이다. 날씨가 계속 추워지자 짐은 어느 날 한 양동이의 석탄을 교실로 가져와 벽난로 속에 집어넣었다. 그는 난로의 온기에 등을 돌린 채 앉아서 학생들에게 프랑스어 받아쓰기를 시키고 있었다. 처음에 벽난로에서 검댕이 떨어져 내렸으나 그는 신경 쓰지 않았다. 이어 벽난로 굴뚝에서 올빼미가 굴러 떨어졌다. 고(故) 도버 선생이 오래 이 학교에 근무하면서 수년 동안 여름이나 겨울이나 도무지 청소를 하지 않았던 굴뚝에 둥지를 틀고 살던 헛간 올빼미가 연기에 질식하여 멍한 상태로 굴뚝에서 몸부림치다가 온몸이 거무튀튀해진 채 아래로 떨어졌던 것이다. 그것은 먼저 석탄 더미 위에 떨어졌고 이어 타다닥, 파드득 소리를 내면서 교실의 나무 바닥으로 흘러내렸다. 그것은 악의 화신처럼 보였다. 날개를 편 채 거무튀튀한 몸집을 뒤뚱거리고 가쁜 숨을 몰아 쉬며 검댕이 덕지덕지 묻은 눈으로 학생들을 빤히 쳐다보고 있었다. 무서워하지 않는 학생은 아무도 없었다. 학생들 사이에서 영웅인 스파이클리조차 무서워했다. 하지만 짐은 조금도 무서워하지 않았다. 그는 벌떡 일어서더니 올빼미의 날개를 접어서 아무 말도 하지 않고 문밖으로 내갔다. 학생들은 귀를 쫑긋 세워 무슨 소리든 들으려 했으나 아무런 소리도 들려오지 않았다. 이어 복도 끝에서 물 흐르는 소리가 들려왔는데 아마도 짐이 손을 씻는 것 같았다. 「코뿔소는 오줌을 누고 있어」라고 스파이클리가 말했으나 학생들의 썰렁한 웃음만 이끌어 냈을 뿐이었다. 학생들은 교실 밖으로 나가서야 비로소 올빼미가 어떻게 되었는지 알 수 있었다. 올빼미는 여전히 날개가 접힌 채 숨이 끊어져 장례를 기다리고 있었다. 그것은 딥 바로 옆의 쓰레기 더미 위에 놓여 있었는데, 용감한 학생들이 곁에 가서 검사해 본 결과, 목이 꺾여 있었다. 자기 집에 사냥터 관리인이 있는 서들리는 사냥터 관리인 정도는 되어야 올빼미를 저렇게 날렵하게 죽일 수 있다고 말했다.

서스굿 교직원 사회에서는 짐에 대한 의견이 만장일치를 보지 못했다. 피아노 선생이었던 몰트비 씨의 유령은 좀처럼 쉽게 사라지지 않았다. 메이트런 선생은 빌 로치와 같은 의견으로서, 그런 구부정한 등으로 저 정도의 일을 해낸다는 것은 기적에 가깝다고 말했다. 마저리뱅크스는 그가 술에 취한 상태로 버스에 치였을 것이라고 말했다. 짐이 뛰어난 활약을 보인 교직원 운동회에서 그의 운동복이 옥스퍼드 대학교 것임을 지적한 이도 마저리뱅크스였다. 그 선생은 크리켓 게임에는 뛰지 않고 서스굿과 함께 경기장에 내려와 게임을 구경했다.

「저 옷이 진짜라고 생각하십니까?」 마저리뱅크스가 새되고 경박한 목소리로 물었다. 「아니면 훔친 것일까요?」

「레너드, 그건 공평한 언사가 아니오.」 서스굿이 래브라도 개의 옆구리를 가볍게 찌르면서 그를 비난했다. 「지니, 저 사람을 물어 나쁜 사람이야.」

하지만 서스굿이 자신의 서재에 돌아왔을 때 그의 얼굴에서 미소가 사라졌고 아주 신경질적인 상태가 되어 있었다. 그는 가짜 옥스퍼드 졸업생은 얼마든지 상대할 수 있었다. 가령 고대 그리스어를 전혀 모르는 고전 선생이나 신앙심이 전혀 없는 교목 따위는 금방 꿰뚫어 볼 수 있었다. 그런 자들은 사기를 친 증거를 들이대면 갑자기 눈물을 흘리며 학교를 떠나거나 아니면 봉급 반액에 계속 근무하겠다고 나왔다. 하지만 자신의 굉장한 재능을 숨기는 선생은 전혀 종류가 다른 경우였다. 그는 이런 선생을 아직 만나 본 적이 없었고 그래서 더욱 마음에 들지 않았다. 그는 옥스퍼드 대학교의 졸업생 명부를 참조한 뒤, 직업소개소에 전화를 걸었다. 스트롤 앤드 메들리 직업소개소의 스트롤 씨가 전화를 받았다.

「정확하게 뭘 알고 싶은 겁니까?」 스트롤 씨가 무겁게 한숨을 내쉬며 물었다.

「뭐, 꼬치꼬치 따지자는 것은 아닙니다.」 서스굿의 어머니는 견본품을 보면서 바느질을 하고 있었고 전화를 엿듣는 것 같지는 않았다. 「서면으로 된 이력서를 요구한 이상 그 서류가 완벽하기를 바라는 거지요. 이렇게 뭔가 빠져 있는 것은 바람직하지 않습니다. 직업소개소에 수수료까지 낸 마당에 말입니다.」

순간 서스굿은 자신이 낮잠에 빠져 있던 스트롤 씨의 잠을 깨운 것은 아닐까 하는 생각이 들었다.

「아주 애국적인 사람입니다.」 스트롤 씨가 마침내 말했다.

「나는 그의 애국심 때문에 채용한 것이 아닙니다.」

「그는 입원해 있었습니다.」 스트롤 씨가 짙은 담배 연기를 뚫고 말하는 것처럼 속삭였다. 「몸져누워 있었어요. 등뼈에 문제가 있어서.」

「그렇군요. 하지만 지난 25년 동안 계속 입원해 있지는 않았을 텐데 말이에요. 그것참.」 그는 손으로 송화기를 가리고 그의 어머니에게 속삭였다. 스트롤 씨가 다시 한 번 낮잠에 빠져 든 게 틀림없다는 생각이 서스굿의 머리를 스쳐 지나갔다.

「당신은 학기 말까지만 그를 쓰겠다고 했습니다.」 스트롤 씨가 말했다. 「마음에 들지 않는다면 내치면 되지 않습니까.

임시직을 원해서 임시직 교사를 대드린 겁니다. 또 값싼 사람을 찾는다고 해서 그런 사람을 골라 드렸고요.」

「그건 그렇다 치더라도······.」 서스굿이 과감하게 말했다. 「난 당신에게 25기니의 수수료를 지불했습니다. 나의 아버지도 당신과 여러 해 거래해 왔고 그래서 나는 좀 더 확실한 다짐을 받을 자격이 있다고 생각합니다. 당신은 이력서에 이렇게 적었습니다. 좀 읽어 드려도 되겠습니까? 부상을 당하기 전에는 해외에서 다양한 상업 및 광산업 업무를 맡았다. 과연 이게 평생 동안 해온 직업의 자세한 설명이라고 할 수 있습니까?」

그의 어머니가 바느질을 하다 말고 아들의 의견에 동의하는 발언을 했다. 「자세한 설명이 못 되지.」 그녀가 큰 소리로 말했다.

「그게 나의 첫 번째 질문입니다. 그리고 좀 더 말씀해 보겠습니다.」

「애야, 너무 많이 얘기하지는 마라.」 그의 어머니가 경고했다.

「나는 그가 1938년에 옥스퍼드 대학교를 다녔다는 걸 알게 되었습니다. 그는 왜 졸업을 안 했습니까? 뭐가 잘못된 겁니까?」

「그 무렵 뭔가 사건이 있었다는 생각이 나는군요.」 스트롤 씨가 한참 있다가 말했다. 「하지만 당신은 너무 젊어서 그건 기억하지 못할 겁니다.」

「그동안 내내 감옥에 있었던 건 아닐 거야.」 그의 어머니가 오랜 침묵 끝에 말했다. 그녀는 아직도 바느질에서 시선을 떼지 않았다.

「어디에선가 있었겠지요.」 서스굿이 딥 쪽으로 이어지는 바람 부는 정원을 내다보며 시무룩한 목소리로 말했다.

여름 방학 내내 빌 로치는 아버지 집에서 어머니 집으로 불안스럽게 옮겨 다니며 포옹과 거부를 번갈아 경험하면서 짐에 대하여 걱정을 많이 했다. 그의 등이 여전히 아픈지, 방학이라 학생들을 가르치지 못하는데 반 학기 동안의 월급만으로 충분히 생활비가 되는지, 더욱이 새 학기가 시작되면 다시 수업을 맡을 것인지 등등이 걱정되었다. 빌은 왜 그런지 모르지만 짐이 벼랑의 가장자리를 불안하게 떠돌다가 언젠가 허공중으로 추락할지 모른다는 느낌이 들었다. 짐도 자신과 마찬가지로 중심을 지탱해 줄 중력이 없는 사람처럼 보였다. 빌은 그와의 첫 만남을 되새기면서 우정에 대한 짐의 질문을 곰곰 반추했다. 그는 부모의 사랑을 확보하는 데 실패했던 것처럼, 많은 나이 차이 때문에 짐과의 우정에서도 실패할지 모른다는 두려운 생각이 들었다. 그래서 짐은 이미 다른 곳으로 옮겨 가 그 창백한 눈으로 다른 학교들을 살펴보면서 다른 친구를 구하고 있을지도 모를 일이었다. 빌은 또 짐도 그와 마찬가지로 어떤 커다란 집착을 갖고 있다가 실패를 보고 이제 그것을 대체해 줄 다른 집착을 동경하고 있는지 모른다고 생각했다. 하지만 빌 로치의 생각은 여기서 막다른 골목에 도달했다. 그는 어른들이 어떻게 서로 사랑하는지 전혀 몰랐다.

그가 실제로 할 수 있는 일은 거의 아무것도 없었다. 그는 의학 서적을 뒤져 보고 어머니에게 곱사등이에 대해 물어보았다. 그는 아버지의 보드카를 한 병 훔쳐서 우정의 미끼로 서스굿에게 가져갈까 생각해 보기도 했으나 도무지 용기가 나지 않았다. 마침내 어머니의 운전기사가 그를 지켜운 학교 계단 앞에 내려놓았을 때, 그는 운전기사에게 굿바이라고 말할 겨를도 없이 있는 힘을 다해 딥의 둔덕으로 달려갔다. 그는 짐의 트레일러가 전보다 약간 더 지저분해진 채 바닥의 같은 장소에 그대로 있는 것을 보고 한없는 기쁨을 느꼈다. 트레일러 옆에는 흙을 돋워서 채소밭을 만들었는데 아마도 겨울 야채를 심어 먹을 생각인 듯했다. 그리고 짐은 트레일러 계단에 앉아 빙긋이 웃고 있었다. 빌이 달려오는 소리를 듣고서 그가 딥의 둔덕에 도착하기 전에 미리 트레일러 밖으로 나가 환영의 미소를 날려 보내야겠다고 생각한 사람처럼.

그 학기에 짐은 로치를 위해 별명을 지어 주었다. 그는 〈빌〉을 버리고 그 대신 〈점보〉라고 불렀다. 그는 왜 그렇게 바꾸었는지 이유를 말해 주지 않았다. 로치는 세례명을 받았을 때와 마찬가지로 전혀 반대할 수 있는 입장이 아니었다. 그에 대한 보답으로 로치는 일방적으로 자신을 짐의 수호자로 임명했다. 짐의 수호자 겸 대리자. 다시 말해, 짐의 떠나버린 친구가 누구인지 모르지만 그 친구를 대신해 주는 사람이라고 생각했다.

2

짐 프리도와는 다르게, 조지 스마일리 씨는 빗속을 달려가는 일은 잘 하지 못할 사람이다. 그것도 한밤중에는 더더욱 말이다. 그는 어린 빌 로치가 나중에 크면 그렇게 될 법한 예고편 인물이었다. 키가 작고 땅딸막한 데다 중년의 신사인 그는 외관으로 보아 큰 상속 재산은 있을 것 같지 않은, 영락없는 런던 무지렁이였다. 다리는 짧아서 걸음걸이는 전혀 민첩하지 못했고 옷은 비록 값비싼 것이지만 몸에 잘 맞지 않았으며 게다가 비에 푹 젖어 있었다. 약간 홀아비 냄새를 풍기는 그의 외투는 습기를 잘 흡수하도록 디자인된 검은색 느슨한 천으로 만든 것이었다. 소매는 너무 길거나 아니면 그의 팔이 너무 짧거나 둘 중 하나였는데 로치가 비옷을 입을 때 그렇듯이 외투 소매가 그의 손가락을 다 가리고 있었다. 그는 나름대로 멋을 부린다며 모자를 쓰지 않았다. 모자를 쓰면 자기 자신이 우스꽝스럽게 보인다고 생각했는데 그것은 맞는 생각이었다. 그를 가리켜 〈보온용 삶은 달걀 덮개 같은 사람〉이라고 그의 아름다운 아내는 말했다. 그것은 그녀가 그를 버리고 가출하기 얼마 전에 한 말이었는데, 그런 비판은 늘 그렇듯 한동안 그를 따라다녔다. 이제 빗방울은 한 손으로 닦아 낼 수 없을 정도로 그의 두꺼운 안경에 송골송골 맺혀 있었다. 그 때문에 스마일리는 빅토리아 역의 어두운 아케이드를 에두르는 보행 도로를 황급히 걸어가면서 고개를 숙이거나 아니면 뒤로 젖혀야만 했다. 그는 자신이 살고 있는 서쪽 첼시 방향으로 빠르게 걸어갔다. 무슨 이유에서인지 그의 발걸음은 다소 불안정해 보였다. 만약 짐 프리도가 느닷없이 불쑥 튀어나와 당신에게 친구가 있느냐고 물어본다면 그는 아마도 이런 때는 친구보다 택시가 더 급한 것이 아니겠느냐고 대답했을 것이다.

「로디는 정말 허풍선이야.」 그는 입속말로 중얼거렸다. 다시 빗줄기가 그의 통통한 뺨을 내리쳤고 이어 그의 젖은 셔츠 위로 흘러내렸다. 「왜 나는 그 자리를 박차고 나오지 못했을까?」

스마일리는 씁쓸한 마음으로 지금의 비참한 상태를 불러온 원인들을 되새겨 보면서, 그의 겸손함과 밀접한 관계가 있는 침착함을 발휘하여 그 원인들은 결국 자신이 만든 것이라고 결론지었다.

그날은 시작부터 일진이 안 좋은 날이었다. 그는 지난밤 너무 늦게까지 공부하는 바람에 아침에 늦게 일어났다. 밤늦게 공부하는 것은 지난해 은퇴한 이래 서서히 형성되어 온 비릇이었다. 집 안에 커피가 떨어졌다는 것을 발견하고 그는 식료품 가게에서 길게 줄서서 기다리다가 그만 인내심이 다해 개인 사무를 먼저 보기로 했다. 아침 우편물과 함께 도착한 은행 잔액 보고서는 그의 아내가 그동안 모아 놓은 월별 수령의 연금을 상당 부분 인출해 갔음을 보여 주었다. 상관없어, 값나가는 물건을 팔면 되지, 하고 그는 중얼거렸다. 그러한 반응은 비합리적인 것이었다. 그는 아직도 상당히 유복한 상황이었고 그의 연금 지급 업무를 대행하는, 무명의 시내 은행은 앞으로도 정기적으로 그의 연금을 지급할 터였기 때문이다. 그는 옥스퍼드 대학 시절부터 귀중하게 여겨 온 그리멜스하우젠[4]의 초판본을 싸들고 커즌 거리의 헤이우드 힐 책방으로 향했다. 그 책방에서 그는 때때로 주인의 호의로 좋은 거래를 하곤 했다. 책방으로 가는 길에 그는 갑자기 짜증이 나서 공중전화 부스 안으로 들어가 변호사에게 그날 오후 면담하고 싶다고 말했다.

「조지, 왜 이렇게 천박하게 나오는 거야? 앤 같은 여자와 이혼하겠다는 사람이 어디 있어? 그녀에게 먼저 꽃다발을 보내고 그런 다음 나하고 점심 식사나 하세.」

변호사의 충고는 그의 마음을 들뜨게 했고 그는 즐거운 기분으로 헤이우드 힐을 향해 가다가, 트럼퍼스 이발소에서 주중 행사인 이발을 마치고 거리를 나서던 로디 마틴데일과 딱 마주치게 되었다.

마틴데일은 직업적으로나 사교적으로나 스마일리와는 별로 관계 있는 사람이 아니었다. 그는 외무부의 술 상무를 지낸 사람으로서, 외무부 고위직들이 자신의 별장에 초청하여 접대하고 싶지 않은 외국의 방문 고관들을 대신 만나 술대접을 하는 것이 주된 업무였다. 마틴데일은 아직 결혼하지 않은 독신이었고 회색의 머리카락을 뒤로 곱게 빗어 넘겼으며, 뚱뚱한 사람들에게서 공통적으로 발견되는, 사람 좋으면서 눈치가 빠른 특징을 갖고 있었다. 그는 연푸른 양복을 입고 단춧구멍에는 꽃을 꽂고 있었다. 그는 별로 그렇게 말할 근거도 없으면서 자신이 화이트홀(정부 청사)의 밀실 사정을 잘

---

[4] Hans Jakob Christoffel von Grimmelshausen(?1622~1676). 독일의 소설가.

알고 있는 척했다. 몇 년 전 그는 해체되기 직전의 화이트홀 작업 팀에 들어가 정보부와 업무 연락을 하는 일을 맡았다. 전쟁 중에는 수학 실력이 좀 있어서 첩보 세계의 주변부를 맴돌기도 했다. 한때 존 랜즈버리와 함께 서커스(영국 정보부)의 암호 부여 작전에 참여한 적도 있었는데 시도 때도 없이 그 경력을 자랑하곤 했다. 하지만 그 전쟁이라는 것은 스마일리 자신도 때때로 회상하듯이 이미 30년 전 이야기였다.

「이게 누구인가, 로디 아닌가?」 스마일리가 말했다. 「만나서 반갑네.」

마틴데일은 상류층 사람들의 자신 있는 목소리를 흉내 내면서 일부러 큰 목소리로 말하는 버릇이 있었다. 그래서 스마일리는 외국에 휴가차 나갔다가 그를 만난 후 얼른 투숙 중인 호텔에서 체크아웃 하여 다른 곳으로 가야 한 적이 한두 번이 아니었다.

「이런, 옛날의 그 마에스트로가 아닌가? 자네가 장크트갈렌 수도원에 틀어박혀 수도자들과 함께 고문서를 연구하고 있다는 얘기를 들었었네. 좀 자세히 말해 주게. 난 자네가 요즘 뭘 하는지 속속들이 알고 싶어. 자네, 건강하지? 아직도 영국을 사랑하나? 자네 부인 앤은 어떻게 지내나?」 마틴데일의 시선은 거리의 위아래를 살펴보다가 이윽고 스마일리가 팔에 끼고 있는 그리멜스하우젠의 책에 집중되었다. 「그건 아내에게 가져다줄 선물인 것 같군. 자네가 아내의 비위를 맞추기 위해 정말 애쓴다는 말을 들었네.」 그의 목소리는 잠시 작아졌으나 그래도 우렁차기는 여전했다. 「자네, 팀으로 다시 돌아온 건 아니지? 지금까지의 생활이 위장 전술은 아니지, 그렇지?」 그의 날카로운 혀는 자그마한 입술의 가장자리를 재빨리 한 번 훑은 후 풀숲으로 몸을 숨기는 뱀처럼 사라졌다.

그래서 스마일리는 멍청하게도 그날 저녁 맨체스터 스퀘어의 한 클럽에서 마틴데일과 저녁 식사를 같이하기로 동의함으로써 일단 위기에서 벗어났다. 그 클럽은 두 사람이 모두 회원으로 가입되어 있는 곳이었지만 평소 스마일리는 로디 마틴데일이 꼴 보기 싫어 그 클럽에 가는 것은 극력 꺼려 왔었다. 저녁이 되었을 때 그는 화이트 타워에서 변호사와 나눈 점심 식사가 아직 소화되지 않은 상태였다. 인심 후한 변호사는 조지에게 푸짐한 점심 식사를 베풀면 그의 우울증을 해소시킬 수 있으리라고 지레 판단하고 있었다. 비록 경위는 다르지만 마틴데일 역시 같은 판단을 내렸다. 그래서 스마일리가 원하지도 않는 음식을 놓고서 무려 네 시간 동안 식사가 계속되었다. 그들은 마치 왕년의 축구 스타들을 호명하듯이 서로 아는 사람들의 이름을 하나하나 불러냈다. 스마일리의 옛 스승이었던 제베디에 대해 마틴데일은 이렇게 말했다. 「그의 사망은 우리에게 엄청난 손실이었지. 주여, 그를 축복하소서.」 하지만 스마일리가 알기로, 마틴데일은 평생 제베디를 만나 본 적이 없는 사람이었다. 「첩보 게임에서 대단한 지능을 발휘했지. 진정한 대가 중의 한 명이었어. 그렇지 않나?」 이어 케임브리지 대학 출신의 중세 프랑스어 전문가인 필딩에 대해서는 「유머 감각이 대단했지, 아주 날카로운 사람이었어!」라고 말했다. 이어 마틴데일은 동양 언어 대학 출신의 스파크와 스티드-애스프리[5]에 대해서 말했다. 애스프리는 로디 마틴데일같이 따분한 사람들을 피하기 위해 현재 두 사람이 식사 중인 그 클럽을 창설한 사람이기도 했다.

「난 애스프리의 동생을 알고 있지. 머리는 형의 절반도 안

[5] 르카레 소설 속의 인물로 스파이 훈련 학교의 교장이며 『추운 나라에서 돌아온 스파이』의 8장에서 등장한다.

되는데 완력은 두 배나 되었지. 두뇌의 능력이 어느 한쪽으로 쏠리고 말았단 말이야.」

스마일리는 술을 마셔 정신이 흐리멍덩한 상태에서 그런 헛소리에 「그래」, 「아니야」, 「정말 안됐어」, 「아니야, 그를 발견하지 못했어」 등의 짧은 대꾸로 응수했고 한번은 부끄러움을 느끼며 「자네, 지금 나한테 아부하는 건가?」 하고 말하기도 했다. 하지만 우울하게도 마틴데일은 최근에 벌어진 일 쪽으로 대화의 방향을 잡아 나갔다. 대화의 흐름상 그건 어쩔 수 없는 일이었다. 정보부 내의 조직 개편과 스마일리의 퇴직이 화제에 올랐다.

당연하게도 그는 컨트롤의 마지막 나날로부터 시작했다. 「조지, 자네의 옛 상사였던 컨트롤은 자신의 본명을 비밀로 유지했던 유일한 분이었지. 하지만 자네에게는 감추지 못했지. 그분은 자네와는 아무런 비밀이 없었어. 그렇지 않은가, 조지? 스마일리와 컨트롤은 마치 도둑 일당처럼 가까웠지. 최후까지 말이야. 그렇지 않은가?」

「상호 보완적인 존재였지.」

「조지, 뒤로 빼지 말게. 난 모든 걸 아는 고참이야. 자네와 컨트롤은 그만큼 가까웠어.」 그는 잠시 두툼한 손을 맞잡아 보였다. 「그 때문에 자네가 퇴직하게 된 거야. 조지, 난 훤히 알고 있네. 그래서 빌 헤이든이 자네의 자리를 차지했지. 그렇게 해서 그가 퍼시 올러라인의 오른팔이 되었고 자네는 밀려난 거지.」

「로디, 자네가 그렇게 말한다면 그런 거겠지.」

「그럼, 그렇고말고. 난 그것보다 더 많이 알고 있다네.」

마틴데일이 앞으로 바싹 상체를 내밀었다. 그러자 트럼퍼스 이발소에서 사용하는 향수 냄새가 훅 스마일리의 코를 찔러 댔다.

「난 더 많은 걸 알고 있지. 컨트롤은 죽지 않았어. 그를 봤다는 사람이 있어.」 그는 가볍게 손을 들어 스마일리의 항의를 제지했다. 「내 말을 끝까지 들어 보게. 윌리 앤드루어사가 조버그 공항을 걸어가다가 대기실에서 그를 만났다는 거야. 유령이 아니라 실제 인물을 보았대. 윌리는 날씨가 너무 더워 바에서 소다수를 사던 중이었대. 자네, 최근에 윌리를 만난 적이 있나? 그는 좀 허풍선이지. 아무튼 그가 바에서 고개를 돌리는데 거기 컨트롤이 끔찍한 보어인 같은 모습으로 서 있더라는 거야. 그는 윌리를 보는 순간 사라졌대. 그건 뭘 의미하는 거겠어? 그래서 컨트롤이 죽지 않았다는 걸 알게 된 기지. 그는 퍼시 올러라인과 그 밑의 3인조에 의해 쫓겨난 거야. 그리고 남아프리카에 가서 잠시 잠행하고 있는 거지. 인생의 황혼에 그런 한 방울의 행복을 즐기는 걸 나무랄 수는 없겠지. 그렇지 않은가, 조지?」

정신적 피로의 두꺼운 벽을 뚫고 들어온 그 헛소리 때문에 스마일리는 잠시 말을 잊었다.

「그건 말도 안 돼! 그건 내가 들어 본 얘기 중에 가장 황당무계하군! 컨트롤은 죽었어. 오래 앓다가 심장 마비로 사망했다고. 게다가 그는 남아프리카를 싫어했어. 서리, 서커스, 로즈 크리켓 구장을 빼놓고 그 어떤 곳도 좋아하지 않았어. 로디, 자네, 그런 얘기를 무책임하게 퍼뜨려서는 안 되네.」 그는 이런 말을 덧붙이고 싶었으나 그만두었다. 내가 이스트엔드의 저 빌어먹을 화장장에서 그를 화장했어. 지난해 크리스마스에 나 혼자서 말이야. 담당 목사는 약간의 언어 장애가 있는 사람이었지.

「윌리 앤드루어사는 황당무계한 거짓말쟁이였어.」 마틴데일은 조금도 당황하지 않고 말했다. 「난 그를 만나면 이렇게 말해 줄 생각이네. 윌리, 그런 허무맹랑한 얘기를 하다니 자네 자신이 부끄럽지도 않나.」 그리고 이어서 윌리의 그런 얘기는 단 한 번도 믿지 않았고 또 생각해 보지도 않았다는 듯이 이렇게 말했다. 「컨트롤의 관에 최후의 못을 박은 것은 체코 스캔들이었어. 등에 총을 맞고 신문에 나기까지 한 그 친구는 빌 헤이든과 아주 가까웠지. 그랬다는 얘기를 들었어. 그의 암호명은 엘리스였지. 지금도 우리는 그렇게 부른다네. 그의 실명을 알고 있어도 말이야. 물론 그도 우리의 실명을 다 알고 있겠지만.」

날카롭게도 마틴데일은 상대방이 그 이야기에 관심을 보이기를 기다렸다. 하지만 스마일리는 어떤 화제에도 관심이 없는 듯했다. 그래서 마틴데일은 세 번째 이야기를 꺼냈다.

「퍼시 올러라인이 서커스의 부장이라니 잘 믿어지지 않네. 조지, 이렇게 된 것이 시대 탓인가 아니면 나의 천성인 냉소주의 때문에 그렇게 보는 건가? 자네, 말 좀 해보게. 자네는 사람을 잘 보잖아. 우리 세대의 사람들은 권력과 잘 어울리지 못하는가 봐. 그게 하나의 단서가 될까? 아무튼 요즈음 내 마음에 드는 책임자들이 별로 없어. 퍼시는 너무 빤한 사람 아니야? 그 지독한 독사, 컨트롤의 뒤를 잇기에는 말이야. 퍼시는 말이야, 그저 사람만 좋아서 과연 저런 사람이 신중한 책임자 노릇을 할 수 있을까 하는 생각이 들어. 퍼시 하면 말이야, 옛날에 〈트래블러스〉 바에 앉아서 나무 파이프를 뻐끔뻐끔 피워 대면서 실력자들에게 공짜 술이나 사 주던 그런 모습이 생각나다 말이야. 아무리 야부로 힘묐 집겠다고 해도 좀 은근하게 해야 되는 거 아닌가? 남한테 어떻게 보여도 성공만 하면 아무래도 상관없다는 건가? 조지, 그는 뭘 잘하나? 그의 첩보 비결은 뭐야?」 그는 상체를 앞으로 수그린 채 진지하게 말했는데 그 눈은 탐욕으로 번들거리고 있었다. 그의 눈을 그처럼 번들거리게 만들 수 있는 것은 스캔들 이외에는 맛좋은 음식이 유일할 것이다. 「부하들의 지혜를 빨아 먹고 사는 것 — 어쩌면 그게 요즈음에 통하는 리더십인지도 모르겠네.」

「로디, 난 뭐라고 할 말이 없네.」 스마일리가 가느다란 목소리로 말했다. 「난 첩보원 퍼시에 대해서는 아는 바가 없어서 말이야. 그는…….」 그는 다음 말을 잇지 못했다.

「모사꾼이지.」 마틴데일이 눈알을 번들거리며 말했다. 「그 자는 밤낮으로 컨트롤의 망토를 차지하겠다는 생각밖에 없었어. 이제 그 망토를 떡하니 입고 있으니 그 부하들은 흐뭇해하고 있지. 조지, 그의 오른팔이 누구라고 생각하나? 누가 그를 대신하여 그의 명성을 올려 주고 있나? 그가 아주 잘하고 있다고 사방에서 말들이 요란해. 해군성의 문서 검토실, 이상한 이름이 붙은 소위원회 같은 데서 칭송이 자자하다고. 그가 화이트홀 복도에 나타나면 환영 일색이지. 특급 대우를 한다고. 고위 공무원들은 그 덕분에 위로부터 칭찬을 듣고 전에는 이름조차 들어 본 적이 없는 자들이 별 실적도 없이 훈장을 받는다고.」

「로디, 난 정말 할 말이 없네.」 스마일리가 일어서는 자세를 취하며 말했다. 「자네가 하는 말은 내가 아는 범위 밖의 얘기야. 정말일세.」 하지만 마틴데일은 그의 팔을 잡고 테이블에 주저앉히더니 전보다 더 빨리 말했다.

「그러니 진짜 모사꾼은 누구인가? 퍼시가 아닌 건 틀림없어. 그렇다고 미국인들이 우리를 믿어 주기 시작했다고 말하지는 말게.」 그는 스마일리의 팔을 더욱 세게 잡았다. 「20세기 후반의 아라비아의 로렌스라고 불리는 저 과감한 빌 헤이든인가? 자네의 예전 라이벌인 빌 말이야.」 마틴데일의 혀는 다시 한 번 고개를 내밀어 입술 주위를 정찰하더니 흔적처럼 희미한 미소를 남기며 사라졌다. 「한때 자네와 빌은 모든 정보를 공유했다는 얘기를 들었는데. 하지만 그는 정통파가 아니었어. 그렇지 않은가? 천재는 결코 정통파가 아니거든.」

「스마일리 씨, 더 필요한 거 있으세요?」 웨이터가 물었다.

「아니면 로이 블랜드인가? 그 진부해 빠진 유망주, 붉은 벽돌[6] 출신의 연구원?」 마틴데일은 상대방을 놓아주려 하지 않았다. 「만약 이 둘이 뒤에서 가속(加速)을 제공하지 않는다면 은퇴한 제3의 인물인가? 아니면 은퇴한 척하는 인물인가? 컨트롤이 죽었다면 거기 누가 있나, 자네 빼고 말이야?」

그들은 이제 외투를 찾으러 나섰다. 포터는 퇴근하고 없었다. 때문에 텅 빈 갈색 옷걸이에서 직접 외투를 꺼내 입어야 했다.

「로이 블랜드는 붉은 벽돌이 아니야.」 스마일리가 큰 목소리로 말했다. 「그는 옥스퍼드 세인트앤터니스 칼리지를 다녔어.」

내가 해줄 수 있는 말은 그게 전부야, 하고 스마일리는 속으로 중얼거렸다.

「이봐, 바보 같은 소리 말게.」 마틴데일이 날카롭게 말했다. 스마일리는 그를 화나게 했다. 그는 사기를 당한 듯 시무룩한 표정이었다. 피곤하고 짜증 난다는 듯 그의 뺨 밑 부분에 아래로 처지는 주름이 잡혀 있었다. 「물론 세인트앤터니스 출신이라고 해도 붉은 벽돌은 붉은 벽돌일 뿐이야. 같은 거리에 설혹 사암(砂巖)[7]이 섞여 있다고 하더라도 큰 차이는 없이. 그가 자네의 피보호자라고 할지라도 말이야. 지금은 빌 헤이든이 보호하고 있겠지만 ― 웨이터에게 팁을 주지 말게, 이건 자네가 내는 게 아니라 내가 내는 거니까 ― 그런 자들의 대부가 바로 빌이야. 과거에도 늘 그랬지만. 마치 여

---

6 옥스퍼드와 케임브리지 이외에 근대에 세워진 대학교.
7 옥스퍼드나 케임브리지 대학교 출신.

왕벌처럼 벌을 끌어당기지. 그에게는 그런 매력이 있어. 우리 하고는 달라. 스타다운 점이 있어. 몇 명 안 되는 스타 중 하나이지. 여자들이 그의 앞에서라면 깜빡 죽는다는구먼.」
「잘 가게, 로디.」
「앤에게 안부 전해 주게.」
「잊지 않고 전하지.」
「잊지 말게.」

이제 비가 억수처럼 퍼부었다. 스마일리는 살갗까지 완전히 젖었다. 게다가 신은 그에게 벌을 내릴 셈이었는지 런던 시내의 택시를 모두 다른 곳으로 치워 버렸다.

3

「이건 순전히 의지력 부족 때문이야.」 그는 문간에 서 있던 여자의 추파를 공손히 거절하면서 입속말을 했다. 「사람들은 말이 좋아 그걸 예의 바름이라고 하겠지만 실은 약한 마음에 지나지 않는 거야. 저 멍청한 마틴데일. 허세를 부리고, 위선적이고, 심약하고, 비생산적인…….」 그는 헛것을 보고서 장애물인 줄 알고 옆으로 비켜섰다. 「마음이 약한 거야.」 그는 다시 중얼거렸다. 「제도와 상관없이 독립적으로 살아갈 능력이 부족한 거야.」 그는 순간 물웅덩이를 밟아 구두에 물이 튀어 올랐다. 「이미 오래전에 약발이 다한 감정에 부질없이 매달리는 거야. 가령 나의 아내, 서커스, 런던에서 살기. 어이, 택시!」

스마일리는 택시를 잡기 위해 앞으로 달려 나왔으나 너무 늦었다. 한 우산 아래 낄낄거리던 두 소녀가 팔다리를 휘저으며 이미 택시에 오르고 있었다. 검은 외투 깃을 부질없이 세워 올리면서 그는 외롭게 걸어가기를 계속했다. 「진부해 빠진 유망주라니…….」 그는 화난 어조로 중얼거렸다. 「같은 거리에 설혹 사암이 섞여 있다고 하더라도 큰 차이는 없다고? 이 허풍쟁이에다 뒤를 캐기 좋아하고 뻔뻔스러운……」

그리고 너무 늦게 그리멜스하우젠을 클럽에다 두고 온 사실을 기억해 냈다.

「이런 빌어먹을!」 그는 격한 감정을 강조하기라도 하듯이 보도에 우뚝 서면서 큰 소리로 외쳤다. 「이런 빌어먹을 — 이런 빌어먹을 — 이런 젠장.」

그는 런던 집을 팔아야겠다고 결심했다. 담배 자판기 옆의 차양에 웅크리고 서서 폭우가 그치기를 기다리며 그는 그런 중대한 결심을 했다. 런던의 부동산 값은 어처구니없을 정도로 뛰어올랐다. 온통 집값이 폭등했다는 얘기뿐이었다. 그건 좋은 일이었다. 그는 집을 판 뒤 매각 대금의 일부를 가지고 코츠월즈에 작은 집을 살 생각이었다. 아니면 버퍼드에? 거긴 교통이 너무 복잡했다. 그래서 스티플 애스턴으로 낙착을 보았다. 그는 그곳에서 약간 기이하고, 토론을 좋아하고, 수줍어하는 사람으로 이미지를 심으리라. 하지만 보도를 걸어가면서 혼자 중얼거리기 따위의 사랑스러운 버릇 한두 가지는 가지리라. 좀 낡은 버릇이기는 하지만, 그래도 오늘날 이미 낡지 않은 사람이 어디에 있는가? 낡기는 했어도 그의 시대에는 충성스러운 사람인 것이다. 결국 일정한 시기가 되면 누구나 선택을 해야 한다. 앞으로 나아갈 것인가 아니면 뒤로 물러설 것인가? 현대풍이라는 바람이 불어올 때마다 그 모든 바람에 떠밀려 가지 않는 것도 나름대로 명예로운 것이다. 자신이 가치 있다고 여기는 것을 붙들고 딱 버티는 것, 그 시대의 참나무가 되는 것도 좋은 일이다. 만약 앤이 돌아오겠다면 그는 그녀에게 공손히 출구를 가리킬 것이다.

하지만 그녀를 돌려보내지 않을 수도 있다. 그녀가 얼마나 간절히 돌아오기를 바라는가에 따라서.

이런 미래의 전망에 위로를 받으면서 스마일리는 킹스 로드에 도착하여 마치 길을 건너기를 기다리는 것처럼 보도에 멈춰 섰다. 길 양쪽에는 화려한 가게들이 들어서 있었다. 바로 앞에는 그가 사는 거리인 바이워터 스트리트인데 그의 걸음으로 117보를 걸어가면 막다른 골목에 있는 그의 집이 나온다. 그가 처음 이곳에 살려고 왔을 때 이 조지언풍 주택들은 수수하면서도 가난한 매력을 풍기고 있었다. 신혼부부들은 주당 15파운드로 살 수 있었고 지하 방에 몰래 세를 놓아 세금 없는 수입을 올릴 수 있었다. 이제는 쇠로 된 방범 망이 낮은 창문을 가리고 있었고 집 앞마다 세 대의 차가 주차되어 있었다. 스마일리는 오랜 버릇대로 그 차들을 자세히 살피면서 어떤 것이 친숙하고 어떤 것이 낯선지 분별하며 걸어갔다. 낯선 것은 무선 안테나, 추가 백미러, 감시자들이 좋아하는 폐쇄형 밴 등이었다. 그는 은퇴 후 자신의 정신이 위축되지 않도록 일부러 이런 관찰을 했다. 또 어떤 날에는 대영박물관까지 버스를 타고 가면서 가게들의 상호를 모두 외우려고 애썼다. 그는 자기 집 2층으로 올라가는 계단의 수가 몇인지 또 열두 개의 방문이 어떤 방향으로 열리는지도 모두 알고 있었다.

하지만 스마일리는 공포라는 두 번째 이유도 갖고 있었다. 그것은 첩보 전문가의 무덤까지 따라다니는 은밀한 공포였다. 가령 어느 날, 자신도 기억하지 못하는 어느 복잡한 과거에서 그가 만들었던 적들 중 하나가 그의 앞에 느닷없이 나타나 심판을 하겠다고 하는 경우가 그것이다.

거리의 끝에서 한 이웃 여자가 개를 운동시키고 있었다. 그를 보더니 그녀는 인사말을 건네기 위해 고개를 쳐들었다. 하지만 그는 여자를 무시했다. 앤에 대한 이야기를 물을 것이 너무나 뻔했기 때문이다. 그는 길을 건넜다. 그의 집은 어둠에 잠겨 있었고 커튼은 그가 외출할 때 보았던 모양 그대로였다. 그는 현관문까지의 여섯 계단을 걸어 올라갔다. 앤이 가출해 버리자 집에 오던 파출부도 그만두었다. 스마일리 말고 열쇠를 가지고 있는 사람은 앤밖에 없다. 자물쇠는 배넘 데드록과 처브 파이프 키, 이렇게 두 종류였다. 그리고 보조 자물쇠로서 그가 만든 엄지손톱 크기의 참나무 조각 두 개가 있었는데 배넘 자물쇠 밑과 위의 틈새에다 가볍게 끼워 넣었다. 이 보조 자물쇠는 그가 야전에서 첩보원으로 뛰던 시절의 유물이었다. 최근 들어 그는 이렇다 할 이유 없이 그 보조 자물쇠를 사용하기 시작했다. 어쩌면 아내가 갑자기 돌아와 그를 놀라게 하는 일을 사전에 예방하려는 것이었는지도 몰랐다. 그는 손가락 끝으로 그 나뭇조각 두 개를 찾아냈다. 이런 절차를 거친 다음 그는 자물쇠를 열고서 문을 열었다. 낮 동안에 문 밑으로 집어넣은 우편물들이 카펫 위에 널려 있었다.

돈 낼 날짜가 된 잡지는 뭐지? 『독일의 생활과 문학』이었던가? 『문헌학』이었던가? 아마 『문헌학』인 모양이군. 이미 청구일이 지났다. 그는 현관의 불을 켜고 허리를 굽혀 우편물을 살펴보았다. 한 양복점에서 보내온 청구서엔 맞춘 일도 없는 양복에 대한 요금이 적혀 있었다. 아마도 앤이 최근에 사귄 애인의 옷일 것이다. 한 청구서는 헨리에 있는 주유소에서 보내온 자동차 유류대 청구서였다(두 남녀는 10월 9일에 돈도 없이 헨리에서 무엇을 하고 있었지?). 한 편지는 은행에서 보내온 것이었는데 이밍엄에 있는 미들랜드 뱅크의 지점에서 앤 스마일리 여사의 이름으로 현금 서비스를 받은 내역을 밝힌 것이었다.

그는 그 편지를 보면서 두 남녀는 도대체 이밍엄까지 가서 뭘 한 거야 하고 생각했다. 정사를 벌이기 위해 이밍엄까지?

아니, 도대체 이밍엄이라는 곳은 어디 있는 거야?

그런 생각을 하다가 그는 우산꽂이에 들어 있는 낯선 우산에 시선이 멈추었다. 가죽 손잡이에 이니셜 없는 황금 링이 달린 비단 우산이었다. 그의 머릿속으로 전광석화와 같은 시간 계산이 흘러들었다. 우산꽂이에도 물방울이 없고 또 우산이 보송보송한 것을 보면 비가 내리기 시작한 6시 15분 이전에 거기 놓인 것임에 틀림없었다. 게다가 아주 근사한 우산이었다. 우산 끝은 완전 새것은 아니었지만 긁힌 자국이 전혀 없었다. 따라서 그 우산은 아주 민첩한 젊은이, 가령 앤의 새 애인 같은 남자의 것일 수 있었다. 하지만 그 우산 주인은 쐐기 나뭇조각에 대해서 알고 있고, 일단 집 안에 들어온 다음에는 그 쐐기를 도로 원위치 시킬 줄 알고, 문을 여는 바람에 흩어진 우편물을 읽지 않고 문 밑에 가지런히 도로 놓을 줄도 아는 것을 보면 스마일리를 개인적으로 알고 있는 사람임에 틀림없었다. 따라서 앤의 애인 나부랭이는 아니고 스마일리처럼 전문가였다. 한때 그와 긴밀하게 일했던 자로서, 업계의 전문 용어로 말한다면 필적을 읽을 줄 아는 자였다.

거실 문은 살짝 열려 있었다. 그는 그 문을 부드럽게 밀어서 더 열어젖혔다.

「피터?」그가 말했다.

그는 열린 문틈으로 가로등 불빛에 비친 스웨이드 가죽 구두 한 켤레를 보았다. 게으르게 포개어진 그 구두는 소파 끝 부분에 비죽 나와 있었다.

「옷은 그대로 입고 있는 게 좋겠습니다, 조지, 올드 보이.」다정한 목소리가 말했다. 「갈 길이 좀 멀어서요.」

5분 뒤 집에 남아 있는 것 중, 유일하게 젖지 않았고 또 앤이 선물한 갈색 양복을 입고서 그는 피터 길럼의 통풍 잘되는 시원한 스포츠카의 조수석에 심드렁하게 앉아 있었다. 차는 인근 광장에 주차되어 있었다. 그들의 목적지는 여자와 경마로 유명한 애스컷이었다. 하지만 올리버 레이콘 씨의 저택이 있는 곳으로는 별로 알려져 있지 않았다. 레이콘은 내각 조정실의 실장으로 첩보 분야 업무를 총괄하는 여러 위원회의 수석 위원장이었다. 길럼이 좀 속되게 말하는 바에 의하면, 화이트홀에서 장관 다음으로 힘이 센 사람이었다.

한편 서스굿 학교의 빌 로치는 침대에 누워서 잠들 생각은 하지 않고 그날 하루 짐을 면밀히 관찰하면서 벌어진 일들을 되새기고 있었다. 어제 짐은 래치를 놀라게 했다. 목요일에 그는 미스 아른슨의 우편물을 훔쳤다. 미스 아른슨은 바이올린과 성경을 가르치는 선생이었다. 로치는 그 여선생의 마음에 들어 보려고 애를 쓰는 중이었다. 보조 정원사인 래치는, 메이트런의 말에 따르면 DP였다. DP는 영어를 못하거나 거의 못하는 사람으로서 색다른 사람*Different Person*의 약어였다. 전쟁 중에 영국으로 흘러들어 온 사람들이었다. 하지만 어제 짐은 래치에게 DP의 언어로 말을 걸면서 자동차 클럽 일을 좀 도와 달라고 말했다. 래치는 그 말을 듣고 의기양양하여 키가 한 자는 더 커진 듯했다.

미스 아른슨의 우편물 문제는 좀 더 복잡했다. 목요일 아침 예배가 끝나고 로치는 연습 문제집을 얻기 위해 교무실에 들렀는데 그 우편함에는 우편물이 두 개가 있었다. 하나는 짐에게 온 것이었고 다른 하나는 미스 아른슨 것이었다. 짐의 편지 겉봉은 타자기로 쳐 있었고, 미스 아른슨의 것은 짐의 필적 비슷한 필체로 쓰여 있었다. 로치가 들어섰을 때 교무실에는 아무도 없었다. 그가 연습장을 집어 들고 조용히 나가려 하는데 아침 구보에서 돌아온 짐이 상기된 얼굴로 반대편 문에서 들어섰다.

「빨리 가, 짐보. 종이 울렸어.」 우편함 앞에서 허리를 숙이며 짐이 말했다.

「네, 선생님.」

「날씨가 별로 안 좋은데, 짐보?」

「그렇네요, 선생님.」

「자, 어서 가.」

로치는 문에서 뒤돌아보았다. 짐은 일어서서 「데일리 텔레그래프」 조간을 막 펼치려 하고 있었다. 우편함은 비어 있었다. 우편물 두 개가 사라졌다.

짐이 미스 아른슨에게 편지를 썼다가 마음을 바꾼 것일까? 혹시 청혼이라도 하려고? 빌 로치에게 또 다른 생각이 떠올랐다. 최근에 짐은 낡은 타자기 하나를 입수했다. 고장난 레밍턴 타자기를 자기 손으로 고쳐 사용하는 것이었다. 그는 레밍턴으로 그 편지를 썼을까? 그는 너무 외로워서 자기 자신을 향해 편지를 쓰고 또 다른 사람의 편지를 훔친 것이었을까? 로치는 그런 생각을 하다가 잠이 들었다.

4

 길럼은 느긋하게 그러나 빠르게 운전했다. 가을의 냄새가 차 안에 가득했고 비는 그쳐서 보름달이 빛나고 있었다. 텅 빈 들판에는 안개가 서렸고 차가운 기운은 매혹적이었다. 스마일리는 길럼의 나이가 얼마나 되었을까 생각하다 마흔 살쯤 되었을 것이라고 짐작했다. 하지만 달빛 속에서 그는 강 위에서 노를 젓는 대학생 정도로 보였다. 그는 마치 물속을 통과하는 것처럼 유연한 손놀림으로 변속 기어의 레버를 움직였다. 아무튼 스마일리는 그 차가 길럼의 나이에는 어울리지 않을 정도로 젊은이 취향이라고 생각했다. 차는 러니미드를 통과하여 이검 힐을 올라가기 시작했다. 약 20분 정도 지나는 동안 스마일리는 열 가지 이상의 질문을 했으나 이렇다 할 답변을 듣지 못했고 이제 그의 마음속에서는 그가 이렇다 하게 구체적으로 말할 수 없는 공포가 고개를 쳐들기 시작했다.
 「난 그들이 우리와 함께 자네를 내치지 않은 것이 좀 이상하군.」 그는 양복 상의의 매무새를 다시 바로잡으면서 약간 짜증 나는 목소리로 말했다. 「자네는 구비 조건이 완벽해. 일도 잘하고, 충성스럽고, 신중하니까.」

「그들은 나를 스캘프헌터의 장으로 임명했습니다.」

「오, 저런.」 스마일리가 몸을 부르르 떨면서 말했다. 그는 통통한 턱에 양복 깃을 세우면서 그 어떤 기억보다 더 심란한 기억을 머릿속에 떠올렸다. 스캘프헌터(암살 및 회유 전담 요원)들의 본부로 사용되고 있는, 브릭스턴의 저 부싯돌 건물……. 스캘프헌터의 공식적인 명칭은 〈여행Travel〉이었다. 냉전 초창기에 빌 헤이든의 제안에 따라 컨트롤이 편성한 부대였다. 당시는 냉전 초기인지라 암살, 납치, 협박 등이 흔하게 벌어졌고 스캘프헌터의 직속상관은 헤이든이 지명한 사람이었다. 그들은 열두 명 정도로 이루어진 소규모 부대였다. 레지던스(해외 지부)의 요원들이 담당하기에는 너무 지저분하고 너무 위험한 히트앤드런 업무만 맡았다. 컨트롤은 훌륭한 첩보 작전은 점진적으로 부드럽게 수행되어야 한다고 늘 강조했는데, 그렇게 볼 때 스캘프헌터는 그런 첩보 철학의 예외적 존재였다. 그들은 점진적이지도 부드럽지도 못했는데 그런 점에서 컨트롤보다는 헤이든의 기질을 더 많이 반영한 집단이었다. 그들은 철저하게 혼자서 활동했다. 때문에 꼭대기에 철조망을 두른, 깨어진 유리창의 부싯돌 벽 뒤에서 몰래 교육을 받은 뒤 현장에 배치되었다.

「혹시 수평 구조라는 말을 들어 보셨습니까?」

「금시초문인데.」

「그게 지금 서커스에서 통하는 원칙입니다. 예전에는 수직 구조였으나 이제는 수평 구조입니다.」

「그게 무슨 뜻이지?」

「조지, 당신 시절에 서커스는 지역별로 활동했습니다. 가령 아프리카, 위성 국가들, 러시아, 중국, 동남아시아 등으로 지역이 나뉘어 있었지요. 각 지역은 현지의 주주맨이 총괄했고요. 컨트롤은 까마득한 하늘 위에 앉아서 조종을 했지요. 기억나십니까?」

「아득하기는 하지만 그런 것 같군.」

「하지만 요사이 모든 작전은 하나의 모자 아래 움직이고 있습니다. 그건 런던 스테이션이라는 핵심 축이지요. 지역은 가버리고 수평 구조가 들어왔습니다. 빌 헤이든이 런던 스테이션의 소장이고 로이 블랜드가 2인자이지요. 토비 이스터헤이스가 두 거물 사이를 강아지처럼 오가면서 연락병 노릇을 하고 있어요. 이 3인조는 정보부 내의 정보부입니다. 그들은 그들만의 비밀을 갖고 있고 우리 같은 프롤(현장 요원)들과는 어울리지 않아요. 그래서 결과적으로 우리는 더 안전해졌지만 말입니다.」

「좋은 아이디어인 것 같은데.」 스마일리는 길럼의 냉소적 반어법을 짐짓 모르는 체하면서 말했다.

과거의 여러 기억들이 머릿속에 속속 떠오르면서 스마일리는 아주 기이한 느낌이 마음속을 스쳐 지나가는 것을 느꼈다. 그는 하루가 이틀처럼 느껴졌다. 첫날은 클럽에서 마틴 데일과 보낸 하루였고, 두 번째 날은 꿈속인 양 길럼과 보내는 하루였다. 그들은 어린 소나무들이 심어져 있는 농장을 지나갔다. 나무들 사이의 개활지에는 달빛이 환했다.

스마일리는 다시 말을 꺼냈다. 「혹시 자네는 그 사람의······.」 그는 좀 더 분명한 어조로 말을 바꿨다. 「자네 엘리스 소식 들은 거 있나?」

「그건 보안 사항입니다.」 길럼이 긴장하며 말했다.

「물론 그렇겠지. 난 따지고 들자는 게 아니야. 단지 그가 이제 돌아다닐 정도는 되었는지, 회복은 되었는지 알고 싶을 뿐이야. 그는 이제 걸어 다니나? 등에 부상을 입으면 잘 낫지 않는데 말이야.」

「소문에 의하면 좋아졌다는군요. 앤은 어떻게 지냅니까? 아직까지 물어보지도 못했군요.」

「좋아. 아주 잘 지내.」

차 안은 아주 어두웠다. 그들은 길에서 벗어나 자갈길 위를 굴러 갔다. 나무 잎사귀의 검은 벽이 양쪽으로 솟구쳤고 불빛이 나타났으며 이어 높은 현관이 보였다. 뾰족탑이 있는 커다란 집의 윤곽이 나무들의 우듬지 너머에서 나타났다. 비는 이미 그쳤지만 스마일리는 차에서 내려 신선한 공기 속으로 걸어 들어가면서 주위에서 젖은 잎들이 바스락거리는 소리를 들었다.

그래, 내가 전에 여기 왔을 때는 비가 내리고 있었지. 당시엔 짐 엘리스라는 이름이 헤드라인 뉴스였었지.

그들은 손을 씻었고 천장이 높은 옷 보관실에서 셰러턴 옷장 위에 아무렇게나 내버려 둔 레이콘의 등산 장비를 보았다. 그들은 중앙에 비어 있는 하나의 의자를 중심으로 반원형으로 둘러앉았다. 그 집은 근처 몇 킬로미터 반경 내에서 가장 보기 흉한 집이었고 그래서 레이콘은 헐값으로 사들였었다. 「버크셔 카멜롯이라네. 술이라고는 한 방울도 입에 대지 않는 백만장자가 지었다는 거지.」 레이콘은 과거에 그 집을 스마일리에게 그런 식으로 설명했다. 거실은 6미터 높이의 채색 창문들과, 입구 바로 위에 소나무 장식이 있는 커다란 홀이었다. 스마일리는 친숙한 물건들, 가령 악보가 흩어져 있는 업라이트 피아노, 법의를 입은 성직자들의 초상, 한 묶음의 인쇄된 초청장 따위가 그런 것이었다. 그는 케임브리지 대학 노(櫓)를 두리번거리며 찾다가 벽난로 위에서 발견했다. 예전처럼 벽난로에는 불이 피워져 있었으나 거대한 벽난로에 비하면 너무나 시원치 않은 불이었다. 부유한 가운데서도 궁핍의 분위기가 풍겨 나왔다.

「조지, 은퇴 생활을 즐기고 있나?」 레이콘이 귀먹은 집안 아주머니의 고막에 대고 소리치듯이 말했다. 「사람의 온기가 그립지는 않나? 그럴 것 같은데. 예전의 일과 예전의 친구들 말이야.」

그는 키가 큰 데다 말랐고 좀 무뚝뚝하면서 소년 같아 보이는 사람이었다. 서커스의 재치꾼인 헤이든은 그가 교회와 스파이 기관을 뒤섞어 놓은 사람이라고 했다. 그의 아버지는 스코틀랜드 교회의 목사였고 어머니는 귀족 출신이었다. 가끔 눈치 빠른 일요판 신문들은 그가 젊기 때문에 그를 가리켜 〈뉴 스타일〉이라고 명명했다. 황급히 면도를 했는지 얼굴에 긁힌 자국이 있었다.

「네, 잘 지내고 있습니다. 물어봐 주셔서 감사합니다.」 스마일리가 공손하게 말하고 나서 몇 마디 더 덧붙였다. 「정말 잘 지내고 있습니다. 그리고 실장님은요? 모든 것이 원만하시지요?」

「큰 변화는 없다네. 모든 게 원만해. 내 딸 샬럿은 로딘[8]에 장학금을 받고 다니는데 정말 잘된 일이지.」

「정말 그렇군요.」

「그리고 자네 아내도 잘 있지? 여전히 왕성하게 활동하고?」

그의 표정은 너무나 소년 같았다.

「아내는 아주 잘 지내고 있습니다.」 스마일리는 소년처럼 쾌활하게 대답하려고 애쓰면서 말했다.

그들은 이중문을 쳐다보았다. 문 바깥의 조금 떨어진 곳에서 세라믹 바닥 위를 걸어오는 사람들의 발걸음 소리가 들려

---

[8] 브라이턴에 있는 명문 여중고.

왔다. 스마일리는 두 명이고 둘 다 남자라고 추측했다. 문이 열리면서 키 큰 남자가 절반쯤 실루엣으로 문턱에 등장했다. 아주 짧은 순간, 스마일리는 그 뒤에 서 있는 두 번째 남자를 보았다. 거무튀튀하고 키가 작고 긴장하고 있는 사내였다. 그 사내만 안으로 들어왔고 이중문은 곧 보이지 않는 손에 의해 닫혔다.

「문을 좀 닫게.」 레이콘이 소리쳤고 자물쇠가 찰카닥하고 닫혔다. 「자네 스마일리를 알지?」

「알고말고요.」 그 사내는 어둠에서 벗어나며 그들을 향해 걸어왔다. 「옛날에 저한테 일을 준 적도 있습니다. 그렇지 않습니까, 스마일리 씨?」

그의 목소리는 남방 사람의 그것처럼 부드러웠으나 식민지 근무자의 억양이 느껴졌다. 「타르입니다. 페낭의 리키 타르.」

벽난로 불빛이 타르의 거무튀튀한 얼굴 한쪽을 비추자 나머지 절반은 더욱 어둡게 보였다. 「기억하시겠어요? 변호사의 아들입니다. 스마일리 씨, 당신은 훈련소에서 제게 기초 과정을 가르쳐 주지 않으셨습니까?」

엉성하게도 그들 넷은 모두 서 있었다. 길럼과 레이콘은 대부 같은 표정이었고, 타르는 스마일리의 손을 잡더니 한 번, 두 번, 세 번 악수를 했다.

「스마일리 씨, 어떻게 지내십니까? 왕년의 선생님을 다시 만나 뵙게 되어 기쁩니다.」

마침내 그는 스마일리의 손을 놓더니 몸을 돌려 중앙의 의자 쪽으로 걸어갔다. 그래, 리키 타르라면 그 어떤 일도 벌일 수 있는 사람이지, 하고 스마일리는 생각했다. 이렇게 당돌할 데가, 하고 그는 생각했다. 두 시간 전만 해도 나는 과거 속으로 숨어 버릴 수 있었다고 중얼거렸는데. 그는 목이 말라 왔는데, 그건 공포 때문이었다.

10년 전일까? 12년 전일까? 아무튼 그날 저녁 그는 연대가 잘 기억나지 않았다. 그 당시 스마일리의 업무 중 하나로 신입 요원의 충원과 훈련이 있었다. 요원 선발에는 그의 동의가 필요했고 또 그가 훈련 스케줄에 서명하지 않으면 훈련이 실시되지 않았다. 냉전의 파고가 높은 때여서 스캘프헌터의 수요가 많았다. 그래서 서커스의 레지던스들은 빌 헤이든으로부터 쓸 만한 인재를 골라 보라는 지시를 받아 놓고 있었다. 자카르타 파견 요원인 스티브 매클보어가 타르를 추천했다. 매클보어는 해운 회사 대리인이라는 위장 신분을 갖고 있는 고참 요원인데 부두에서 타르를 발견했다. 당시 타르는 자신을 배신하고 떠난 로즈라는 여자의 이름을 부르며, 만취한 상태로 부두에서 말썽을 피우고 있었다.

타르의 인생 스토리에 의하면, 그는 여러 섬들과 북부 해안을 오가며 무기를 밀매하는 벨기에인들과 어울렸다. 그는 곧 벨기에인들을 싫어하게 되었고 또 무기 밀매 사업을 따분해했다. 게다가 그들이 로즈를 빼앗아 갔기 때문에 엄청 화가 나 있었다. 매클보어는 타르가 충분히 요원 훈련을 감당할 재목이고, 또 나이가 젊기 때문에 저 음울한 브릭스턴 본부의 담장 너머에서 지시되는 스캘프헌터의 철권 작전을 잘 해낼 것으로 보았다. 현지에서 1차 면접을 한 후, 그다음에 2차 면접을 위해 싱가포르로 보냈고, 마지막으로 최종 3차 면접을 위해 새럿의 요원 훈련소로 보냈다. 3차 면접 때 스마일리는 여러 번에 걸친 인터뷰에서 조정관 역할을 했었다. 새럿은 요원들을 집중 훈련시키는 곳이었지만 동시에 다른 용도를 위한 부지도 확보하고 있었다.

타르의 아버지는 페낭에 살고 있는 오스트레일리아 출신 변호사인 듯했다. 어머니는 영국 브래드퍼드 출신의 단역 배우였는데 전쟁 전에 영국 극단과 함께 동양에 들렀다가 남편을 만나게 되었다. 스마일리의 기억에 의하면, 그 아버지는 복음 전파사 기질이 강했고 그래서 현지 복음 회관에서 설교를 했다. 어머니는 영국에 있을 때 경범죄 전과가 있었다. 하지만 아버지는 그런 사실을 몰랐거나 알았더라도 개의치 않았다. 전쟁이 터지자 부부는 어린 아들을 위해 싱가포르로 철수했다. 몇 달 뒤 싱가포르가 함락되면서 리키 타르는 일본군이 감독하는 창이 감옥에서 인생 교육을 받기 시작했다. 그의 아버지는 창이에서도 만나는 사람마다 하느님의 자비를 설파했다. 만약 일본군이 그 아버지를 박해하지 않았더라면 동료 수인들이 일본군을 대신해서 박해했을 것이다. 해방이 되면서 타르 가족은 다시 페낭으로 돌아갔다. 리키는 법률을 공부하려 했으나 공부보다는 법률을 위반하는 일이 더 많았다. 아버지는 몇몇 거친 설교자들을 아들에게 풀어 흠씬 패줌으로써 어린 영혼에게서 죄악을 씻어 내려 했다. 타르는 가출하여 보르네오로 갔다. 열여덟 살에 그는 인도네시아 군도 전역을 사면팔방 뛰어다니는 우수한 무기 밀매업자가 되었다. 매클보어가 타르를 만난 것은 이 시기였다.

타르가 훈련소를 졸업할 무렵 말레이에 비상사태가 발생했다. 타르는 다시 무기 밀매업자로 돌아갔다. 그가 이 무렵 처음 만난 사람들로는 옛날의 벨기에 친구들이 있었다. 그들은 공산주의자들에게 무기를 밀매하는 일에 바쁜 나머지 타르가 그동안 무엇을 했는지 알려고도 하지 않았다. 게다가 그 업종에서는 일손이 심하게 달렸다. 타르는 그들의 접촉선을 파악하기 위해 그들 밑에서 몇 차례 무기 인도 작업을 했다. 그런 다음 어느 날 저녁 그들을 술 취하게 만들어 놓고 로즈를 포함하여 네 명을 총으로 쏘아 죽이고 배에다 불을 질렀다. 그는 말레이에서 한동안 지내다가 브릭스턴으로 소환되어 케냐의 특별 임무를 부여받았다. 보다 노골적으로 말하면 현상금을 노리고 마우마우[9]를 쫓는 일을 했다.

케냐 이후에 스마일리는 그를 제대로 챙기지 못했다. 하지만 두 가지 사건은 그의 기억 속에 남아 있었다. 그것은 충분히 스캔들이 될 수 있는 사건들이었고, 그래서 컨트롤에게 보고를 해야 했기 때문이다. 1964년 타르는 브라질로 파견되었다. 깊은 곤경에 처한 것으로 알려진 군수 담당 장관에게 뇌물을 전달하는 업무였다. 그 당시 타르는 너무 거칠게 나갔다. 그래서 장관은 겁을 먹고 그 사실을 언론에 폭로했다. 타르는 네덜란드 사람으로 신분을 위장했는데 이를 알게 된 그 나라 정보부는 분통을 터뜨렸다. 그리고 1년 뒤 타르는 빌 헤이든이 귀띔해 준 정보에 의거하여, 여자 무용수에게 넋을 빼앗긴 폴란드 외교관을 협박하여 갈취하는 — 업계 전문 용어로는 〈굽는〉 — 일을 맡았다. 첫해의 실적은 아주 좋았다. 타르는 표창과 보너스를 받았다. 하지만 그가 두 번째 해의 수금을 위해 스페인으로 돌아가자 폴란드 외교관은 대사에게 자백하는 편지를 쓴 뒤, 자의 반 타의 반으로 높은 창문에서 투신자살했다.

브릭스턴 사람들은 그를 사고뭉치라고 불렀다. 이제 빈약한 벽난로 불빛 주위에 반원형으로 둘러앉은 사람들 중, 길럼은 그 나이 든 듯하면서도 어쩐지 미숙해 보이는 얼굴에 험악한 표정을 떠올림으로써 그보다 더 나쁘게 타르를 평가하고 있음을 드러냈다.

「자, 이제 내 이야기를 시작하겠습니다.」 타르가 중앙의 의자에 느긋하게 앉으면서 말했다.

---

9 케냐의 흑인 비밀 결사.

5

「약 6개월 전의 이야기입니다.」타르가 시작했다.

「정확하게 4월이라고 해.」길럼이 날카롭게 말했다.「앞으로 얘기하면서 계속 정확하게 해. 알았지?」

「그럼 4월이라고 하지요.」타르가 무덤덤하게 말했다.「당시 브릭스턴에서는 일이 뜸한 편이었습니다. 열두 명 중 여섯 명 정도가 대기 중이었습니다. 피트 셈브리니는 로마에서 들어와 있었고, 사이 밴호퍼는 막 부다페스트에서 한 건 올린 상태였습니다.」그는 슬쩍 미소 지어 보였다.「그래서 브릭스턴 대기실에서 탁구 치고 당구 치면서 시간을 죽이고 있었어요. 당시는 그랬지요, 길럼 씨?」

「좀 한가한 시즌이었지.」

그런데 갑자기 홍콩 지부에서 난데없이 긴급 징발 건이 올라왔습니다, 라고 타르는 말했다.

「홍콩에 하급 관리로 구성된 무역 사절단이 도착하여 모스크바 시장에 넣으려는 전기 제품을 살펴보는 중이라는 것이었습니다. 그런데 사절단 중 한 사람이 현지의 나이트클럽을 자주 다녔습니다. 이름은 보리스고요. 길럼 씨가 이자의 자세한 인적 사항을 갖고 있습니다. 전에 기록에 오른 적이 없는 인물입니다. 현지 지부는 그를 닷새 동안 감시했습니다. 그리고 사절단은 2주 동안 머무를 예정이었습니다. 현지 지부는 이 건이 정치적으로 너무 민감하여 다루기가 좀 그렇고, 전격 작전이 좀 더 나을 것 같다는 판단을 내렸습니다. 수익 전망은 그리 신통치 못했지만 그래도 놀고 있으면 뭐 합니까? 그를 재고로 잡을 수 있을지도 모르겠다고 생각했습니다. 그렇지 않습니까, 길럼 씨?」

〈재고〉는 다른 정보기관과의 거래 혹은 교환을 뜻하는 것이었다. 다시 말해 스캘프헌터가 확보한 하위급 망명자를 서로 거래 혹은 교환하는 것이있다.

타르의 이야기를 무시하면서 길럼이 말했다.「동남아시아는 타르의 지역구입니다. 그는 아무 할 일 없이 놀고 있었어요. 그래서 나는 현장 조사를 하여 케이블로 보고를 올리라고 지시를 내렸습니다.」

옆 사람이 말할 때마다 타르는 몽상에 잠겼다. 말하는 사람에게 시선을 고정시키기는 했지만 그때마다 안개 같은 흐리멍덩함이 그의 눈빛에 드리워졌다. 그가 다시 말을 할 때에는 눈빛이 잠시 정지하면서 어디론가 아득히 나가 있던 정신이 되돌아오는 듯했다.

「그래서 나는 길럼 씨가 지시한 대로 했습니다.」 그가 말했다. 「나는 늘 그렇게 합니다. 그렇지 않습니까, 길럼 씨? 나는 충동적인 구석이 좀 있기는 하지만 그래도 훌륭한 요원입니다.」

그는 그 다음 날 밤 — 3월 31일 토요일 — 직업이 자동차 세일즈맨으로 되어 있는 오스트레일리아 여권과, 두 장의 도피용 백지 스위스 여권을 여행 가방 안쪽에 깊숙이 숨기고 비행기를 탔다. 백지 여권은 상황이 급박할 때 보리스와 타르 자신을 위해 써먹을 비상용이었다. 그는 자신이 묵고 있는 주룽(九龍)의 골든게이트 호텔에서 그리 멀지 않은 곳에서 홍콩 주민과 차를 탄 상태로 접촉했다.

여기서 길럼은 스마일리 쪽으로 상체를 수그리면서 중얼거렸다. 「그 홍콩 주민은 어릿광대인 터프티 더싱어입니다. 전에 영국의 아프리카 소총 부대에서 소령으로 근무했던 자이지요. 퍼시 올러라인이 지명한 자입니다.」

더싱어는 보리스를 일주일간 감시한 결과에 대한 보고서를 내놓았다.

「보리스는 정말 괴상한 녀석이었습니다.」 타르가 말했다. 「나는 그를 어떻게 이해해야 할지 감이 잡히지 않았습니다. 그는 단 하루도 쉬지 않고 매일 밤 술을 마셨습니다. 그는 일주일 내내 잠을 자지 않아 더싱어의 부하들은 감시하다가 무릎이 빠질 지경이었습니다. 보리스는 하루 종일 사절단과 함께 다니면서 공장을 시찰하고 토론을 하고 그러면서 가장 총명한 소비에트 관리임을 과시했습니다.」

「어느 정도 젊은 사람이었는데?」 스마일리가 물었다.

길럼이 끼어들었다. 「비자 신청서에 보면 1946년 민스크에서 태어난 걸로 되어 있습니다.」

「매일 저녁 그는 사절단이 묵고 있는 북안의 허름한 호텔인 알렉산드라 로지로 돌아갔습니다. 일행과 함께 식사를 한 뒤 9시쯤 옆문으로 살짝 나와 택시를 타고 페더 스트리트 근처의 나이트클럽으로 왔습니다. 그가 잘 가는 곳은 퀸스 로드에 있는 캐츠 크레이들이었습니다. 거기서 그는 현지 사업가들에게 술을 사면서 마치 도덕군자인 양 행동했습니다. 그는 그곳에 자정까지 머물렀고 그 후에는 애버딘 항구로 가서 안젤리카스라는 값싼 술집에 들렀습니다. 혼자서 말입니다.

그곳의 돈 많은 사람들은 주로 수상(水上) 레스토랑에 들릅니다. 하지만 안젤리카스는 지하에 술 마시는 곳이 있는 지상 카페였습니다. 그는 여기서 서너 잔 마시고서 영수증을 챙겼습니다. 주로 브랜디를 마셨는데 가끔 입맛을 바꾸기 위해 보드카도 마셨습니다. 그는 그 과정에서 유라시아 여자와 사귀게 되었고, 더싱어의 부하들은 그 여자를 추적하여 돈을 주고 스토리를 얻어 냈습니다. 그 여자 얘기에 의하면, 그는 외로움을 탔고 침대 가에 앉아서는 자신의 천재성을 알아주지 않는 아내를 원망했습니다. 그건 좋은 기회였습니다.」 타르가 약간 냉소적으로 말했다. 그동안 레이콘은 허리를 숙이고 벽난로의 석탄을 들쑤셔 불꽃이 일어나게 했다. 「그날 밤 나는 크레이들로 가서 그를 관찰했습니다. 더싱이의 부하들에게는 우유 한 잔 마시고 잠자러 가라고 일러두었습니다. 그들은 보리스를 감시하는 일에 흥미를 잃어버렸는지 순순히 시키는 대로 했습니다.」

타르가 말하는 도중에 그의 온몸에 기이한 정적이 감돌았다. 마치 자신의 목소리를 재생하여 그 자신에게 들려주는 듯했다.

「그는 나보다 10분 늦게 도착했는데 일행이 있었습니다. 덩치가 큰 금발 머리의 스웨덴인과 중국 처녀였습니다. 실내가 어두워서 나는 그들 옆의 테이블로 자리를 옮겨 갔습니다. 그들은 스카치위스키를 시켰고 돈은 보리스가 냈습니다. 나는 2미터쯤 떨어진 곳에서 싸구려 악단의 연주를 듣는 척하면서 그들의 이야기를 엿들었습니다. 중국 처녀는 입을 다물고 있었고 스웨덴 친구 혼자서 거의 다 말을 했습니다. 영어로 대화를 하더군요. 스웨덴 사람이 보리스에게 숙소가 어디냐고 묻자 그는 엑셀시오르 호텔이라고 대답했습니다. 그건 물론 거짓말이었죠. 그는 교회 피크닉을 나왔다가 뒤에 처진 사람들과 함께 알렉산드라 로지에 머물렀으니까요. 아무튼 알렉산드라는 후진 곳이니까 엑셀시오르라고 말하는 게 더 나았을지 모르죠. 자정쯤에 일행은 서로 헤어졌습니다. 보리스는 내일은 바쁠 것 같으니까 이제 집으로 돌아가야겠다고 말했습니다. 물론 그것도 거짓말이었지요. 그는 집에 들르는 법이 없었으니까요. 거 뭐더라, 맞았어, 지킬 박사와 하이드처럼, 말쑥하게 옷을 빼입고 몹쓸 짓을 하는 자였으니까. 그런데 보리스는 지킬과 하이드 중 누구입니까?」

잠시 동안 아무도 그를 도와주지 않았다.

「하이드.」 레이콘이 비벼서 붉어진 자신의 손을 들여다보며 말했다. 그는 다시 앉으면서 양손을 무릎 위에 올려놓았다.

「하이드, 그렇습니다.」 타르가 말했다. 「감사합니다, 레이콘 씨. 나는 당신을 늘 작가라고 생각했습니다. 그래서 그들이 술값을 내는 동안 나는 애버딘으로 앞질러 가서 그가 안젤리카스에 들르기를 기다렸습니다. 이즈음에 나는 엉뚱한 녀석을 포섭 대상으로 잡았다는 것을 확신하게 되었습니다.」

타르는 길쭉하고 메마른 손가락을 하나하나 꼽으면서 그 이유를 설명했다. 첫째, 소비에트 사절단은 수상한 녀석들을 물리쳐 주는 고릴라(보안 요원) 없이는 나다니지 않는다. 만약 그런 고릴라들이 있었다면 어떻게 보리스가 밤마다 술집을 전전할 수 있었겠는가? 둘째, 보리스가 그런 식으로 돈을 쓰는 방식이 마음에 들지 않았다. 그건 소비에드 판리의 체실과는 맞지 않는 것이었다. 그는 말했다. 「그는 푼돈만 있었지 목돈은 없었어요. 만약 그런 돈이 있었다면 아내에게 목걸이를 사 주었겠지요. 나는 그가 거짓말하는 태도도 마음에 들지 않아요. 너무 능글맞아서 징그러울 정도였어요.」

아무튼 타르가 안젤리카스에서 기다린 지 반 시간 뒤 하이드 씨는 혼자 나타났다. 「그는 자리에 앉더니 술을 시켰어요.

그게 그가 하는 일의 전부였어요. 자리에 앉아서 멍하니 술만 마시는 거였어요!」

이제 타르의 뜨거운 질문을 받아넘길 차례는 스마일리였다. 「그렇다면 스마일리 씨, 그자는 도대체 무엇이었을까요? 제 말씀을 이해하시겠어요? 난 아주 자그마한 사항들을 주목합니다.」 그가 스마일리에게 비밀을 털어놓듯이 말했다. 「우선 그가 자리에 앉는 방식을 한번 살펴보자고요. 정말이지, 내가 그 집에 수차례 들렸다고 해도 보리스처럼 더 좋은 자리를 차지하고 앉을 수는 없었을 거예요. 그는 출구와 계단 가까운 곳에 앉았어요. 또 앞쪽의 주 출입구를 내다보며 실내의 움직임을 소상히 파악할 수 있었어요. 그는 오른손잡이였는데 왼쪽은 벽으로 보호되고 있었어요. 스마일리 씨, 보리스는 첩보 전문가였어요. 그건 의심할 나위 없었어요. 그는 편지통 노릇을 하는 연결 끄나풀을 기다리거나 나 같은 업자의 접근을 기다리고 있었어요. 그러니 문제는 고약하더라 이겁니다. 무역 사절단의 하급 직원을 위협하는 것과, 센터에서 교육받은 스파이에게 접근하는 것은 전혀 다른 문제인 겁니다. 안 그렇습니까, 길럼 씨?」

길럼이 말했다. 「조직 재편 이후, 스캘프헌터는 이중간첩에게 접촉하여 포섭하는 일은 할 수 없게 되었습니다. 그런 간첩은 발견 즉시 런던 스테이션에 넘겨야 되죠. 빌 헤이든의 특별 지시 아래, 해외의 각 요원들에게 그 사항이 시달되었습니다. 만약 여기에 조금이라도 저항하면 퇴직 처리됩니다.」 그는 스마일리의 빠른 이해를 위해 이렇게 덧붙였다. 「수평 구조 아래서 우리의 자율권은 크게 제한되었습니다.」

「나는 전에 이중간첩 게임을 해본 적이 있었습니다.」 타르가 자존심에 상처받았다는 어조로 말했다. 「내 말을 믿어 주세요, 스마일리 씨, 그건 아주 복잡하고 어려운 문제입니다.」

「정말 그렇지.」 스마일리가 조심스럽게 안경을 한번 추켜올리면서 말했다.

타르는 길럼에게 〈거래 없음〉이라는 전보를 보낸 후 귀국 비행기 표를 끊고 나서 쇼핑을 하러 갔다. 하지만 그의 비행기는 목요일 출발이었으므로 그는 떠나기 전에 차비나 벌기 위해 보리스의 방을 한번 털어 보자고 생각했다.

「스마일리 씨, 마블 로드 근처에 있는 알렉산드라 로지는 정말 지저분하고 낡은 곳입니다. 방마다 나무 발코니가 있지요. 그 집의 자물쇠는 사람이 오는 것을 보면 저절로 열리는 그런 물건입니다.」

타르는 보리스의 방 안으로 들어가 벽에 딱 붙어 서서 자신의 밤눈이 익기를 기다렸다. 그가 그렇게 서 있는데 침대에 있던 한 러시아 여인이 졸린 목소리로 그에게 말을 걸었다.

「그건 보리스의 아내였습니다.」 타르가 말했다. 「그녀는 울고 있었어요. 앞으로 이 여자를 이리나라고 부르겠습니다. 괜찮지요? 길럼 씨가 자세한 인적 사항을 갖고 있습니다.」

스마일리는 이미 반대 의견을 내놓고 있었다. 아내는 불가능해. 그가 말했다. 센터는 부부를 동시에 해외에 내보내지 않아. 늘 어느 한 명만 내보내고 나머지 한 명은······.

「그건 내연 관계였습니다.」 길럼이 건조한 목소리로 말했다. 「비공식적이지만 항구적인 관계.」

「최근에는 그 반대의 경우, 그러니까 항구적이지만 비공식적인 관계도 많습니다.」 타르가 누구에게라고 할 것 없이, 아니 스마일리를 슬쩍 올려다보면서 말했다. 길럼이 그에게 험상궂은 얼굴을 지어 보였다.

6

 회의가 시작된 이래 스마일리는 붓다 같은 무념무상의 자세를 취했다. 타르의 이야기도 레이콘과 길럼이 간간이 박자를 맞추는 소리도 그를 그런 자세에서 깨어나게 하지 못했다. 그는 짧은 다리를 구부리고 머리를 앞으로 내민 채 의자 등받이에 몸을 기대고 통통한 손은 인품이 넉넉한 배 위에 깍지 끼고 있었다. 약간 튀어나온 듯한 눈은 두꺼운 안경 렌즈 뒤에서 감겨 있었다. 그가 몸을 움직일 때는 안경을 벗어 넥타이의 실크 안감에 닦을 때뿐이었다. 안경을 벗은 그의 눈은 너무 흐릿하고 약해 보여서 주위에 있는 사람들을 잠시 난감하게 만들었다. 길럼의 설명에 뒤이어 나오는 그의 간투사와 학자 같은 맹한 반응은 나머지 사람들에게 하나의 신호로 작용했고 그들은 일제히 의자를 앞으로 당기거나 목청을 가다듬는 동작을 취했다.

 레이콘이 먼저 정적을 깨뜨렸다. 「조지, 자네는 뭘 즐겨 마시나? 스카치나 뭐 그런 것을 가져오라고 할까?」 그는 두통 환자에게 아스피린을 권하는 것처럼 간절하게 말했다. 「아까 그만 깜빡했네.」 그가 계속 말했다. 「조지, 기운을 좀 돋우어야 할 것 같아. 게다가 지금은 겨울이잖나. 뭐든 가볍게 먹을 걸 가져오라고 할까?」

「감사합니다만, 저는 괜찮습니다.」 스마일리가 말했다.

그는 커피 메이커에서 커피를 한 잔 따라 마시고 싶었으나 청할 기분이 나지 않았다. 커피 맛이 형편없다는 것을 기억했기 때문이다.

「길럼, 자네는?」 레이콘이 물었다. 길럼도 싫다고 했다. 그는 레이콘에게서 술을 받아 마실 지위가 되지 못했다.

그는 타르에게는 아무것도 권하지 않았고, 타르는 이야기를 계속했다.

나는 이리나의 존재를 침착하게 받아들였습니다, 라고 그는 말했다. 그는 보리스의 집으로 들어가기 전에 다음 동작을 준비해 두었고 곧바로 행동에 돌입했다. 그는 권총을 뽑아 들거나 손바닥으로 그녀의 뺨을 때리거나 따위의 시시한 짓은 하지 않았다. 대신 개인적인 일로 보리스를 만나러 왔다고 말했다. 하지만 그가 집에 없으니 나타날 때까지 기다리겠다고 말했다. 자신이 오스트레일리아 출신의 자동차 세일즈맨이라고 밝히면서 남의 일에 끼어들고 싶지 않으나 저 빌어먹을 러시아 놈이 하룻밤 사이에 남의 돈과 여자를 훔쳐 가 버렸는데 어떻게 가만히 있을 수 있느냐고 말했다. 그는 차분한 어조로 한바탕 욕설을 퍼붓고 나서 여자의 반응을 살폈다.

그렇게 해서 일이 시작되었다고 타르는 말했다.

그가 보리스의 방에 들어간 것은 11시 반이었는데 나올 때는 새벽 1시 반이었고 또 그 다음 날 밤에 서로 만나기로 약속까지 했다. 그리하여 상황은 엉뚱한 방향으로 전개되었다. 「우린 부적절한 행동은 하지 않았습니다. 그렇지 않습니까,

스마일리 씨?」

그 부드러운 빈정거림은 잠시 스마일리의 가장 내밀한 비밀을 살짝 건드리는 것 같았다.

「그렇군.」 그가 맥 빠진 어조로 동의했다.

이리나가 홍콩에 와 있는 것은 신기할 것도 없었고 또 더 싱어가 그것을 미리 알고 있어야 할 이유도 없었다고 타르는 설명했다. 이리나 자신도 당당한 사절단의 일원이었다. 그녀는 노련한 섬유 구매자였다. 「한번 생각해 보세요. 그녀는 남편보다 더 자격이 충분했어요. 보리스를 그렇게 부를 수 있을지는 의문이지만. 그녀는 아주 순진한 여자였고 또 내 취향에 비해 좀 귀족적이었어요. 하지만 나이가 어렸고 또 울음을 멈추고 미소를 지을 때는 아주 매력적이었어요.」 타르는 약간 얼굴을 붉혔다. 「그녀와 함께 있으면 재미있었어요.」 그는 어떤 일반적인 추세에 대하여 저항하듯이 고집스럽게 말했다. 「오스트레일리아 애들레이드 출신의 토머스가 그녀의 인생 무대에 나타났을 때, 그녀는 저 악마 보리스를 어떻게 해야 할지 고민하면서 밧줄 끝에 매달려 있었어요. 그녀는 나를 가브리엘 대천사쯤으로 여겼습니다. 남편을 위태롭게 하지 않으면서 남편에 대한 불평을 하자니, 마땅한 사람이 없었습니다. 적어도 사절단에는 그런 사람이 있지 않았습니다. 모스크바에 있을 때 역시 아무도 믿지 않았다고 그녀는 말했습니다. 계속 이리저리 옮겨 다니면서 깨진 관계를 유지하는 것이 얼마나 고통스러운지 겪어 보지 않은 사람은 모른다고 말했습니다.」 스마일리는 또다시 깊은 몽상에 잠겼다. 「호텔에서 호텔로, 도시에서 도시로 옮겨 다니면서 자연스럽게 그곳 주민들과 대화도 못 나누고 또 낯선 사람의 따뜻한 미소를 받아 본 적도 없는 생활 — 그녀는 자신의 생활을 그렇게 묘사했습니다. 스마일리 씨, 그녀는 그게 아주 비참한 생활이라고 말했습니다. 그녀가 테이블을 쾅 내려치는 행위와 그 주위의 비어 있는 보드카 병이 그것을 말해 주었습니다. 왜 나는 남들처럼 정상적인 생활을 하지 못하는가, 하고 그녀는 계속 말했습니다. 왜 다른 사람들과 마찬가지로 하느님의 햇빛을 즐기지 못하는가. 어린아이는 갇혀서 태어나는 것이 아니라 자유롭게 태어나지 않는가. 그녀는 사람이 자유롭게 태어난다는 말을 계속했습니다. 토머스, 난 좋은 사람이에요. 정상적이고 또 사람 사귀기를 좋아하는 여자예요. 나는 사람을 좋아해요. 그처럼 사람을 좋아하면서 왜 그들을 속여야만 해요? 그러면서 그녀는 오래전 자신이 부여받은 임무가 문제라고 했어요. 그건 그녀를 노파처럼 얼어붙게 만들고 신으로부터 격리시킨다고 했어요. 그 때문에 그녀가 술을 입에 대고 또 아이처럼 울게 되었다고 말했어요. 그녀는 그 시점에서 이미 남편의 존재는 잊어버렸어요. 그리고 외간 남자와 이렇게 시시덕거리는 일도 죄송한 일이라고 했어요.」 다시 타르는 말을 머뭇거렸다. 「스마일리 씨, 나는 그것을 냄새 맡을 수 있었습니다. 그녀의 마음에는 황금처럼 순수한 것이 있었어요. 나는 처음부터 그걸 느낄 수 있었습니다. 아는 게 힘이라는 말도 있지 않습니까. 이리나는 품성도 좋았지만, 그런 아는 힘이 있었어요. 그녀는 분명 당황하고 있었지만 자신이 가진 모든 것을 내놓을 수 있었습니다. 스마일리 씨, 나는 여자의 이런 관대함을 목격하게 되면 그것을 금방 알아봅니다. 나에겐 그런 재능이 있어요. 정말 그 여자는 관대했어요. 이건 뭐라고 할까, 육감 같은 것이었습니다. 어떤 사람들은 지상에 있어도 지하수를 냄새 맡을 수 있습니다…….」

그는 약간의 동정을 기대하는 것 같았다. 그래서 스마일리는 「이해하네」라고 말하고는 귓바퀴를 한 번 슬쩍 만졌다.

타르는 뭔가 그에게 의지하고 싶은 표정을 내보이면서 잠시 침묵을 지켰다. 「그 다음 날 아침에 내가 제일 먼저 한 일은 귀국 비행기 예약을 취소하고 호텔을 바꾼 것이었습니다.」 그가 이윽고 말했다.

갑자기 스마일리가 눈을 크게 떴다. 「자네는 런던에 뭐라고 보고했나?」

「보고하지 않았습니다.」

「왜 하지 않았나?」

「왜냐하면 아주 엉뚱한 바보이기 때문이죠.」 길럼이 대신 말했다.

「나는 길럼 씨가 〈타르, 귀국하게〉라고 말할지 모른다고 생각하기는 했습니다.」 타르가 길럼에게 그렇지 않느냐는 눈빛을 보냈으나 길럼은 반응을 보이지 않았다. 「오래전에 내가 아직 어린 소년이었을 때 실수로 미인계에 걸려든 적이 있습니다.」

「그는 폴란드 여자와 바보 같은 짓을 했습니다.」 길럼이 말했다. 「아마 그때도 여자의 관대함을 육감으로 느꼈을 겁니다.」

「나는 이리나가 미인계가 아니라는 것을 알고 있었습니다. 하지만 그것을 길럼 씨에게 납득시킬 방법은 없었습니다.」

「더싱어에게는 말했나?」

「아니요.」

「런던에는 귀국을 늦춘 이유로 무엇이라고 말했나?」

「나는 목요일 비행기를 타게 되어 있었습니다. 본국에서 다음 주 화요일까지는 나의 지연을 눈치 채지 못할 것이라고 보았습니다. 특히 보리스가 공허한 목표가 된 상황에서는 말입니다.」

「그는 지연 사유를 제시하지 않았고 그래서 총무과는 월요일부로 그를 무단결근으로 공시했습니다.」 길럼이 말했다. 「그는 규정집의 모든 규칙을 위반했고 또 규정집에 없는 것도 위반했습니다. 그 다음 주 중반에 이르러 빌 헤이든도 가만 놔두지 않겠다고 벼르게 되었습니다. 나는 감독 소홀이라는 지청구를 들었고요.」 길럼이 떨떠름한 목소리로 말했다.

그건 그렇고, 타르와 이리나는 다음 날 저녁에 만났고 그 다음 날에도 역시 만났다. 첫 번째 만남은 카페에서였는데 잘 나가지 못했다. 그들은 사람의 눈에 띄지 않으려고 아주 조심했다. 이리나는 무척 겁을 먹고 있었는데 그 이유는 남편보다 사절단에 붙어 있는 보안 요원들 때문이었다. 타르는 그 요원들을 고릴라라고 불렀다. 그녀는 술을 마시지 않겠다고 했으며 몸을 떨고 있었다. 둘째 날 저녁에도 타르는 여전히 그녀의 관대함에 기대고 있었다. 그들은 전차를 타고 하얀 양말에 눈가리개를 쓴 미국 기혼 부인들 사이에 끼어 빅토리아 공원으로 갔다. 셋째 날 그는 자동차를 빌려 그녀를 신계(新界) 주위로 드라이브시켜 주었다. 하지만 중국 국경이 가까워지자 그녀가 긴장해서 그는 항구 쪽으로 차를 몰았다. 이리나는 그 나들이를 마음에 들어 하여 물고기가 뛰노는 연못과 논 등 그 일대의 깨끗하고 아름다운 풍경을 자주 말했다. 타르 또한 그 나들이가 마음에 들었다. 그들이 감시받고 있지 않다는 것을 확인할 수 있었기 때문이다. 하지만 이리나는 아직도 보따리를 풀려고 하지 않았다.

「이 시점에서 좀 기이한 사실을 하나 말씀드려야겠습니다. 처음에 나는 오스트레일리아인 토머스 역할을 철저하게 연기했습니다. 애들레이드 교외의 목양지에서 피어오르는 연기와 시내 한가운데에 〈토머스〉라는 상호가 진열장에 환히 번들거리고 있는 큰 가게에 대해 열심히 주워섬겼습니다. 하지만 그녀는 내 말을 믿지 않았습니다. 고개를 끄덕이며 딴

소리를 하다가 내 말이 끝나기를 기다렸습니다. 그러면서 〈네, 토머스〉, 〈아니요, 토머스〉라고 짧게 말하다가 화제를 바꾸었습니다.」

나흘째 되는 날 밤, 그는 이리나를 차에 태워 북안이 내려다보이는 언덕으로 데려갔다. 이리나는 그때 자신이 타르와 사랑에 빠졌다고 말했고 또 자신과 남편 보리스가 모스크바 센터의 직원이라고 털어놓았다. 그녀는 타르 역시 정보 계통에 종사하고 있음을 안다고 말했다. 그의 민첩한 행동과 눈빛으로 남의 말을 듣는 태도를 보고 금방 알았다는 것이었다.

「그녀는 내가 영국의 첩보 분야에서 종사하는 대령이라고 생각했어요.」 타르가 전혀 웃지 않는 표정으로 말했다. 「그녀는 한순간 울다가 그다음 순간에는 웃는 식으로 종잡을 수 없는 반응을 보였어요. 내가 보기에 대책이 없는 상황이었어요. 절반쯤 만화책의 미친 여주인공처럼 행동하는가 하면 또 절반쯤은 순진한 시골 처녀같이 행동했어요. 영국 국민을 가장 좋아한다고 말하기도 했어요. 아무튼 그녀는 계속 지껄였어요. 그녀에게 보드카 한 병을 사다 주었는데 15초도 안 되어 절반을 마셔 버렸어요. 영국 신사도를 발휘했더니 결과가 있었어요. 보리스는 주된 행동 요원이고 이리나는 보조 요원이라고 했어요. 그들이 벌인 첩보 활동을 언젠가 퍼시 올리라인을 만나 모두 털어놓겠다고도 했어요. 보리스는 겉으로는 홍콩 사업가들을 접촉하는 척하면서 현지 소비에트 지부에서 통신 우편 업무를 맡고 있다는 거였습니다. 이리나는 심부름을 하고, 마이크로도트를 요약하고, 그를 위해 무선 장비를 만지면서 감청자들을 떼어 버리기 위한 조치를 취했습니다. 그들의 임무는 그런 식으로 정해져 있었습니다. 두 군데의 나이트클럽은 현지 연락책과 접선하는 1, 2차 연락 장소였습니다. 하지만 보리스는 접선은 제대로 하지 않고 술이나 퍼마시며 여자 꽁무니를 쫓아다니다가 우울증에 빠지는 것이 전부였습니다. 아니면 엉뚱한 곳으로 다섯 시간이나 산책을 나갔습니다. 아내와 한방에 같이 있는 것이 너무나 지겨웠기 때문입니다. 이리나는 울면서 남편을 기다리다가 술에 취하고, 그러면 퍼시 올라라인의 벽난로 앞에서 일대일로 앉아 자신이 아는 것을 모두 실토해 버리는 공상을 했습니다. 나는 거기 언덕 위, 차 안에 앉아서 그녀가 계속 말하도록 내버려 두었습니다. 나는 그녀의 황홀한 고백 분위기에 찬물을 끼얹지 않기 위해 일부러 미동도 하지 않았습니다. 우리는 항구에 떨어지는 낙조를 보았고 얼마 안 있어 아름다운 달이 공중에 떠올랐습니다. 농부들은 기다란 막대기와 남폿불을 들고 지나갔습니다. 그 광경에 턱시도를 받쳐 입은 험프리 보가트만 나타난다면 그것으로 영화 한 편이 딱 완성되겠더군요. 나는 보드카 병에 슬쩍 발을 올려놓으면서 그녀가 계속 얘기하도록 유도했습니다. 나는 조금도 움직이지 않았습니다. 스마일리 씨, 이건 사실, 절대적인 사실입니다.」 그는 자기 말을 남이 믿어 주기를 바라는 사람의 애절한 표정으로 말했다. 하지만 스마일리는 눈을 감고 있었고 그 어떤 호소에도 무반응이었다.

「그녀는 모든 것을 털어놓았습니다.」 타르는 그 모든 게 완전 우연이고 자신은 그런 사건에 아무런 책임이 없다는 어조로 말했다. 「그녀는 출생에서 토머스 대령, 즉 나를 만나기까지 자신의 인생 스토리를 남김없이 털어놓았습니다. 엄마, 아빠, 어릴 때의 사랑, 징집, 훈련, 지랄 같은 결혼 생활, 그 모든 것을 말입니다. 그녀와 보리스가 요원 훈련소에서 만나 그때 이래 함께 지내온 얘기, 그것이 어떻게 결별 불가능한 관계가 되었는가 하는 얘기도 말해 주었습니다. 그녀의 실제 이름, 공작 이름, 여행 시 혹은 보고 시 사용하는 위장 이름

등을 알려 주었어요. 이어 핸드백을 끌어당겨 그 속에 들어 있는 장비, 가령 오목한 공간이 있는 특수 만년필, 그 만년필 안에 들어 있는 무선 암호표, 극소형 카메라 따위를 보여 주었어요. 〈퍼시가 그것을 보아 줄 때까지 기다려.〉 나는 그렇게 추임새를 넣으며 그녀가 계속 말하기를 유도했어요. 그 물건들은 현지에서 구입한 것이 아니라 센터에서 만들어진 것이었고 1급 물품들이었습니다. 그에 더하여, 그녀는 홍콩의 소비에트 조직을 언급하기 시작했습니다. 레그맨(연락책), 안가, 우편함 따위에 대해서 말했습니다. 그녀가 순간적으로 말하는 그 내용들을 모두 기억하느라 머리가 빠개지는 것 같았습니다.」

「하지만 자네는 기억했잖아.」 길럼이 짧게 말했다.

그렇다, 라고 타르는 동의했다. 전부는 아니지만 거의 다 기억했다는 것이다. 그는 그녀가 모든 진실을 털어놓은 건 아니라고 생각했다. 하지만 사춘기 시절 이래 스파이였던 여자는 그런 진실을 힘들게 알았고 처음 고백에 그 정도로 털어놓은 것도 대단하다고 생각했다.

「나는 그녀에게 측은한 마음을 느끼게 되었습니다.」 타르가 짐짓 고백하는 듯한 표정을 지으며 말했다. 「나는 우리가 아무런 잡음도 들려오지 않는 동일 주파수를 사용하고 있다고 느꼈습니다.」

「정말 그런 것 같군.」 레이콘이 오래간만에 대화에 끼어들었다. 그의 얼굴빛이 아주 창백했다. 그게 분노 때문인지 아니면 셔터를 뚫고 들어오는 신새벽의 회색빛 때문인지는 알 수가 없었다.

7

「나는 아주 난처한 입장에 놓이고 말았습니다. 나는 그 다음 날에도 또 그 다음 날에도 그녀를 만났습니다. 그녀가 이미 정신 분열이 되지 않았다면 곧 그렇게 될 거라는 느낌이 왔습니다. 어느 한순간에는 퍼시가 그녀에게 서커스의 고위직 자리를 주어 토머스 대령과 함께 일하게 해줄 거라고 말하다가, 그다음에는 그녀의 계급이 대위가 되는 것이 마땅하냐 아니면 소령이 되어야 하냐고 말하면서 나와 언쟁을 벌이기도 했습니다. 또 조금 뒤에는 그 누구를 위해서도 스파이 노릇은 하지 않겠으며 집의 정원에서 꽃을 키우고 토머스와 함께 사랑을 나누겠다고 말했습니다. 그러다가 또 난데없이 아무래도 수녀원에 들어가야겠다고 했습니다. 침례교 수녀들이 그녀의 영혼을 깨끗이 씻어 줄 거라나요. 난 정말 놀라 자빠질 뻔했습니다. 아, 죽는 줄 알았다니까요. 도대체 침례교에 무슨 수녀가 있냐고 내가 그녀에게 물었어요. 그녀는 그게 무슨 상관이냐면서 침례교가 최고이며 농사꾼이었던 그녀의 어머니는 그 사실을 알고 있었다고 대꾸했어요. 그녀는 그게 최고로 중요한 두 번째 비밀이라고 했어요. 〈그럼 첫 번째 비밀은 뭐지?〉 하고 내가 물었어요. 그러자 그녀는 조개처럼 입을 꼭 다물더군요. 우리가 이미 치명적인 위험에 빠졌고 그 위험의 규모는 내가 생각하는 것보다 훨씬 크다고 말했을 뿐이에요. 그녀가 퍼시 동지와 직접 대화를 나누지 못한다면 우리 둘은 희망이 없다고 말했어요. 도대체 무슨 위험? 내가 모르는 위험을 당신이 알고 있단 말이야? 그녀는 고양이처럼 허영심이 많았지만 내가 대답을 재촉하자 조개처럼 입을 다물었어요. 나는 그녀가 갑자기 집으로 돌아가 지금까지의 만남을 보리스에게 죄다 불어 버리면 어떻게 하나 겁이 더럭 났어요. 게다가 나는 시간도 없었어요. 벌써 수요일이었고 무역 사절단은 금요일이면 모스크바로 돌아가게 되어 있었어요. 그녀의 첩보 전문 지식은 아주 엉터리는 아니었지만 그런 미친 여자를 내가 어떻게 믿을 수 있겠어요? 스마일리 씨, 여자들이 사랑에 빠지면 어떻게 되는지 당신은 잘 아시지요? 여자들은 좀처럼…….」

그때 길럼이 그의 말을 가로막았다. 「눈 아래로 깔지 못해? 어서 하던 얘기나 마저 해.」 타르는 잠시 시무룩한 표정을 지었다.

「내가 보기에 이리나는 망명을 원하는 것 같았어요. 그녀 표현으로는 퍼시와 얘기를 나누고 싶어 했어요. 그녀는 이제 사흘이 남았고 망명을 하려면 빠를수록 좋은 것이었어요. 내가 너무 오래 망설이면 그녀는 생각을 고쳐먹을 게 틀림없었어요. 그래서 내가 주도권을 잡고 나섰고 더싱어가 가게 문을 열자마자 그를 만났습니다.」

「더싱어는 나를 유령 취급하더군요.」 타르가 말했다. 「런던 스테이션의 지부장 앞으로 친전을 보내겠다고 나는 말했습니다. 그는 처음에는 안 된다고 하더니 결국 무전을 사용하게 해주었습니다. 나는 그의 책상에 앉아 1회용 전신 용지에 전문의 암호 작업을 했습니다. 더싱어는 못마땅한 표정으로 옆에서 지켜보았습니다. 더싱어가 수출업자로 위장해 있기 때문에 전문을 무역 전문 비슷하게 암호화해야 했습니다. 그렇게 하자니 작업 시간이 반 시간 더 소요되었습니다. 나는 정말 긴장되고 불안했습니다. 이어 나는 패드를 태워서 그 메시지를 송신기에 걸었습니다. 그 순간 전문에 적힌 숫자가 무엇을 의미하는지 아는 사람은 이 지구 상에서 나 한 사람뿐이었습니다. 더싱어도 그 누구도 그 내용을 알지 못했습니다. 나는 이리나의 망명 절차를 지급으로 밟아 줄 것을 요구했습니다. 나는 그녀가 말하지도 않은 망명의 유리한 조건들을 임의로 적어 넣었습니다. 현금, 국적, 새로운 신분, 보도 차단, 거주할 주택 등의 조건을 명시했습니다. 말하자면, 나는 그녀의 사업 대리인이나 다름없었습니다. 그렇지 않습니까, 스마일리 씨?」

스마일리는 자신에게 말을 걸자 놀랐다는 듯이 고개를 쳐들었다. 「그렇군.」 그가 다정한 어조로 대꾸했다. 「말하자면, 자네는 그런 신분이지.」

「자꾸 〈말하자면〉이라고 하시는데, 내 상식으로 그는 약간의 행동도 한 것으로 알고 있습니다.」 길럼이 약간 으르렁거리는 어조로 말했다.

그 말이 이리나와의 정사를 암시한다는 것을 간파하고 나르는 분노를 터뜨렸다.

「그건 새빨간 거짓말이에요!」 그가 얼굴이 빨개지면서 소리쳤다. 「그건……」

그는 길럼을 한참 째려보다가 다시 이야기로 돌아갔다.

「나는 그녀의 지금까지의 경력과 활동, 그녀가 센터에서 맡았던 보직 등을 개략적으로 적었습니다. 나는 심문관과 공군 비행기를 파견해 줄 것을 요구했습니다. 그녀는 중립 지대에서 퍼시 올러라인과 독대하기를 바랐고, 또 내가 그런 식으로 요청할 것이라고 생각했지만, 그건 다리가 나타나면 건너면 된다는 심정으로 언급하지 않았습니다. 나는 이스터헤이스 휘하에 있는 램프라이터(정보 탐문 요원) 두 명과 테임 닥터(세뇌 요원) 한 명 정도만 보내 달라고 했습니다.」

「왜 램프라이터를?」 스마일리가 날카롭게 물었다. 「그들은 망명자를 다루는 요원이 아니지 않나?」

램프라이터는 토비 이스터헤이스의 부대였고 본부는 브릭스톤이 아니라 액턴에 있었다. 그들의 임무는 작전 주류에게 감시, 감청, 운송, 안가 등의 군수 지원을 해주는 것이었다.

「아, 스마일리 씨, 당신이 떠난 이후 토비는 엄청 출세를 했습니다.」 타르가 설명했다. 「그의 휘하에 있는 현장 요원들도 캐딜락을 타고 돌아다닌다는 얘기를 들었습니다. 기회만 있으면 스캘프헌터의 일도 빼앗아서 자기들이 차지해 버립니다. 그렇지 않습니까, 길럼 씨?」

「그들은 런던 스테이션의 직할 병력 비슷하게 되었습니다.」 길럼이 짧게 설명했다. 「수평 구조의 일환이지요.」

「나는 심문관들이 그녀의 자백을 샅샅이 받아 내는 데 반년쯤은 걸릴 거라고 생각했습니다. 그녀는 왠지 모르지만 스코틀랜드를 무척 좋아했습니다. 그녀는 생애의 나머지 기간을 그곳에서 보내고 싶어 했습니다. 헤서*heather* 숲 속에서 토머스와 함께 아이들을 키우면서 말입니다. 나는 그 전문을 런던 스테이션의 수신부로 보냈습니다. 지급이라고 표시했고 책임자가 다루어 줄 것을 요구했습니다.」

길럼이 끼어들었다. 「보안을 극대화하기 위한 최근의 조치입니다. 암호 해독실에서 문서를 다루는 걸 배제하기 위한 것이지요.」

「하지만 런던 스테이션은 그렇지 않잖아?」 스마일리가 말했다.

「그곳은 좀 특별하니까요.」

「자네는 빌 헤이든이 그곳 책임자가 되었다는 얘기를 들었지?」 레이콘이 스마일리를 돌아다보며 말했다. 「헤이든이 현재 런던 스테이션의 소장이지. 그는 현재 작전 담당 총책이야. 컨트롤이 스테이션의 소장이었을 때 퍼시가 하던 일을 맡고 있지. 하지만 명칭을 모두 바꾸었어. 자네 옛 친구들이 명칭에 유난히 집착한다는 것은 잘 알지? 길럼, 자세한 조직 계보를 그에게 좀 알려 주게.」

「괜찮습니다. 전반적인 그림은 머릿속에 그려집니다. 감사합니다.」 스마일리가 공손하게 말했다. 그는 무념무상의 꿈꾸는 듯한 표정으로 타르에게 물었다. 「아까 그 여자가 커다란 비밀에 대해 말했다고 했는데?」

「예, 그랬습니다.」

「런던으로 보내는 전문에 그 사실도 암시했나?」

그는 뭔가 중요한 것을 건드렸다. 그건 틀림없었다. 타르가 얼굴을 찡그리는 것으로 보아 그것은 상대방에게 고통을 주었다. 타르는 먼저 레이콘에게 이어 길럼에게 의심스럽다는 시선을 던졌다.

그의 의중을 파악하고 레이콘은 이내 그것을 부정하는 말을 했다. 「스마일리는 자네가 이 방에서 지금까지 한 말 이상의 것은 알지 못하네.」 그가 말했다. 「그렇지 않은가, 길럼?」 길럼이 스마일리를 쳐다보며 그렇다는 듯 고개를 끄덕였다.

「나는 그녀에게 들은 말 그대로 런던에 보고했습니다.」 타르가 시무룩한 어조로 말했다. 마치 좋은 이야기를 빼앗긴 사람의 표정이었다.

「구체적으로 어떻게 표현했나?」 스마일리가 물었다. 「혹시 기억하고 있는지 모르겠네만.」

「그녀는 서커스의 보안에 관련된 중요한 정보를 갖고 있다고 주장합니다. 하지만 아직 밝히지는 않았습니다. 뭐, 이런 식의 표현이었습니다.」

「고맙네. 정말 고마워.」

그들은 타르가 말을 계속해 나가기를 기다렸다.

「나는 또 런던 스테이션의 소장에게 여기 길럼 씨에게 통보해 주기를 요청했습니다. 내가 그동안 착실히 임무를 수행했고 전혀 농땡이를 치지 않았다고 말입니다.」

「길럼, 자네에게 그런 통보가 왔나?」 스마일리가 물었다.

「아무런 통보도 없었습니다.」 길럼이 건조한 목소리로 말했다.

「나는 하루 종일 회신을 기다렸습니다. 하지만 저녁이 되었는데도 회신은 오지 않았습니다. 이리나는 평소처럼 자신의 스케줄을 소화했습니다. 내가 그렇게 행동해야 한다고 고집했기 때문이죠. 그녀는 몸에 열이 있다고 핑계 대며 침대에 누워 있으면 어떻겠느냐고 말했지만 나는 들어주지 않았습니다. 사절단은 주룽의 공장들을 시찰할 계획이었고 나는 그녀에게 사절단을 따라다니며 일에 열심인 척하라고 요구했습니다. 나는 그녀에게서 절대 술을 마시지 않겠다는 다짐을 받았습니다. 그녀가 마지막 순간에 아마추어처럼 소란을 부려서는 안 되니까요. 나는 그녀가 실제로 망명하기 직전까지 정상적으로 행동하기를 바랬습니다. 그리고 저녁까지 기다렸다가 다시 지급으로 추가 전보를 보냈습니다.」

스마일리의 흐릿한 눈빛은 상대방의 창백한 얼굴에 고정되었다. 「물론, 문서 접수를 확인해 주는 전보는 받았겠지?」 그가 물었다.

「전보를 받았음. 그게 전부였습니다. 나는 밤새 잠을 못자고 설쳤습니다. 새벽이 되었는데도 여전히 회신이 없었습니다. 나는 공군 비행기가 이미 떠서 날아오고 있을지도 몰라 하고 지레짐작했습니다. 런던에서 모든 세부 사항을 다 조치해 놓고서 그다음에 나에게 알리려 하는가 보군. 런던에서 멀리 떨어져 있으니까 런던이 다 잘 알아서 해주겠지, 이렇게 생각을 해보기도 했습니다. 어떻게 생각하든 런던을 믿을 수밖에 없으니까. 나는 지금도 그렇다고 생각하고 있습니다. 제 입장이 맞는 거지요, 길럼 씨?」

그러나 아무도 그를 도와주지 않았다.

「나는 이리나가 걱정되었습니다. 만약 하루를 더 기다려야 한다면 그녀는 스트레스 때문에 터져 버릴 것 같았습니다. 마침내 회신이 도착했습니다. 아니, 그건 회신이랄 것도 없었습니다. 일종의 시간 끌기였습니다. 〈그 여자가 어느 부서에서 일했는지 모스크바 센터 내의 접촉선과 친지들의 이름, 현재 상급자의 이름, 센터에 들어간 날짜 등을 보고하라.〉 뭐, 그런 내용이었습니다. 나는 긴급히 그 정보를 타전했습니다. 오후 3시에 교회에서 그녀와 만나기로 약속했기 때문이었습니다.」

「무슨 교회?」 스마일리가 다시 물었다.

「영국 침례교회였습니다.」 타르가 다시 한 번 얼굴을 붉히자 모두들 놀랐다. 「그녀는 그 교회에 가는 걸 좋아했습니다. 예배에 참석하려는 것은 아니고 그저 구경하는 것이었어요. 나는 입구에 사연스럽게 서서 그녀를 기다렸지만 나타나지 않았습니다. 그녀가 약속을 어긴 것은 그때가 처음이었습니다. 우리의 다음 행동은 세 시간 뒤에 언덕 꼭대기에서 만나는 것이었고 그다음은 다시 교회로 돌아와 만날 때까지 한 시간을 더 기다리는 것이었습니다. 만약 그녀에게 문제가 있으면 창문틀에 수영복을 걸어 놓기로 했습니다. 그녀는 수영을 좋아해서 매일 수영을 했습니다. 나는 알렉산드라로 달려가 보았지만 수영복은 없었습니다. 나는 두 시간 반을 더 죽여야 했습니다. 하지만 기다리는 수밖에 없었어요.」

스마일리가 말했다.「런던 스테이션에서 자네에게 보낸 전문의 등급은 뭐였나?」

「즉시였습니다.」

「자네의 전문은 지급인데.」

「두 번 모두 지급이었습니다.」

「런던의 전보에 발신자 명의가 있던가?」

길럼이 끼어들었다.「더 이상 이름을 쓰지 않습니다. 외부 요원들은 런던 스테이션을 하나의 단위로 상대합니다.」

「암호 해독을 당신이 했나?」

「아닙니다.」 길럼이 말했다.

그들은 타르가 계속 말하기를 기다렸다.

「나는 더싱어의 사무실에서 시간을 죽이려 했지만 그는 자꾸만 나에게 눈치를 주었습니다. 그는 스캘프헌터를 별로 좋아하지 않았고 또 중국 대륙과 큰 거래를 성사시키려 하고 있는데 내가 자기 정체를 들통 나게 할지 모른다고 우려했습니다. 그래서 카페로 옮겨 가서 앉아 있었는데 순간적으로 공항을 한번 체크해 봐야겠다는 생각이 들었습니다. 그건 〈심심한데 영화 구경이나 갈까〉 하는 정도의 막연한 생각이었습니다. 나는 스타 페리를 탔고 다시 택시를 잡아타고 운전사에게 빨리 공항으로 가달라고 부탁했습니다. 그 순간 나는 겁을 집어먹었습니다. 정보 센터의 길게 늘어선 줄을 무시하고 담당 직원에게 물었습니다. 러시아로 가는 출발 편이나 들어오는 비행기 편이 없느냐고. 나는 거의 제정신이 아닌 상태로 중국인 직원들에게 소리를 지르면서 비행 편 리스트를 들척거렸습니다. 하지만 어제 이후 비행기는 없었고 오늘도 저녁 6시까지는 없었습니다. 그런데 순간적으로 이런 육감이 발동했습니다. 전세기나 스케줄에 없던 임시 비행 편이나 수송기 혹은 예정에 없던 연결 대기 비행기는 없는가? 그때 중국인 여직원이 나에게 정보를 주었습니다. 그 직원은 은근히 나를 좋아하던 여자인데 그래서 알려 준 것입니다. 스케줄에 없던 소비에트 비행기가 두 시간 전에 출발했다는 겁니다. 승객은 네 명뿐이었습니다. 가장 주목을 받은 승객은 여자 환자였다는 겁니다. 의식 불명 상태의 숙녀였습니다. 그들은 얼굴에 붕대를 친친 감은 그녀를 들것에 뉘어 비행기까지 수송했다고 합니다. 남자 간호사 둘과 의사 한 명 이렇게 총 네 사람이 승객의 전부였다는 겁니다. 나는 마지막 희망으로 알렉산드라 로지에 전화를 해보았습니다. 이리나도 그녀의 소위 남편이라는 사람도 이미 체크아웃을 했고 아무도 전화를 받지 않았습니다. 그 빌어먹을 호텔은 그들이 떠난 사실조차 모르고 있었습니다.」

어쩌면 음악은 이미 오래전에 시작되었는데 스마일리가 이제야 그 가락을 들었는지도 모른다. 그 음악은 집의 여러 장소에서 단편적인 형태로 들려왔다. 플루트 가락, 녹음기에 실린 어린아이의 목소리, 비교적 자신 있게 연주하는 바이올린 소리 등이었다. 레이콘의 딸들이 이제 잠에서 깨어 음악 연습을 하고 있는 것이었다.

8

「어쩌면 그 여자가 아팠을 수도 있지 않나.」 스마일리가 맥 빠진 목소리로 누구보다도 길럼을 향해 말했다. 「어쩌면 그 여자는 의식 불명이었을 수도 있고. 그녀를 데려간 사람들이 진짜 간호사일 수도 있잖아. 그녀가 했다는 말로 짐작해 볼 때 그녀는 꽤 정신이 산만했던 것 같은데.」 그가 타르를 슬쩍 쳐다보며 말했다. 「아무튼 자네의 첫 번째 전문과 이리나의 출발 사이에는 겨우 스물네 시간이 경과했을 뿐이지 않나. 이런 시차를 볼 때 그 사태의 원인을 런던 스테이션에 돌릴 수는 없을 것 같은데.」

「그렇게 생각하실 수도 있겠죠.」 길럼이 마룻바닥을 내려다보며 말했다. 「아주 신속한 반응이었지요. 하지만 런던에 누군가가 있다면 그런 식으로 돌아갈 수도……」 그들은 모두 그가 말을 끝마치기를 기다렸다. 「런던의 누군가가 아주 발 빠르게 움직이고 또 모스크바 사람들도 그에 맞추어 반응했다면 말입니다.」

「사실 저도 처음에는 그렇게 생각했습니다.」 타르가 길럼의 의견을 무시하고 스마일리의 지적에 동의하며 의기양양하게 말했다. 「스마일리 씨, 나도 처음에는 스스로를 타일렀어요. 이봐, 리키 느긋하게 해야 돼. 아주 조심하지 않으면 허깨비에게 총을 쏠 수도 있어.」

「아니면 러시아 사람들이 그녀의 비행을 발견했을 수도 있고.」 스마일리가 말했다. 「가령 고릴라들이 그녀와 자네의 데이트를 발견하고 사전에 그녀를 격리시켰을 수도 있잖나. 자네와 그녀가 그렇게 돌아다녔는데 그들이 눈치를 못 챘다는 건 좀 이상하지 않나.」

「아니면 그녀가 남편에게 털어놓았을 수도 있죠.」 타르가 말했다. 「선생님, 저도 남들 못지않게 인간의 심리에 대해 알고 있습니다. 남편과 아내의 사이가 틀어질 때 무슨 일이 벌어질지 잘 압니다. 그녀는 남편을 괴롭히고 싶었겠지요. 그를 찔러서 어떤 반응을 이끌어 내려 했을지도 모릅니다. 가령 〈당신이 술 마시고 여자들과 춤추러 다니는 동안에 내가 무슨 짓을 하고 돌아다녔는지 알고 싶지 않아요?〉 이렇게 말했을 수도 있죠. 그래서 보리스가 바삐 달려 나가 고릴라에게 신고했을지 모르죠. 그래서 그들은 그녀를 죽도록 두드려 팬 후에 귀국시켰다. 나는 이런 가능성을 포함하여 여러 경우들을 생각해 보았습니다, 스마일리 씨. 또 그것을 확인해 보려고 했습니다. 여자한테 배신을 당한 남자라면 누구나 그렇게 하듯이 말입니다.」

「이세 본론을 털어놓지 그래.」 길럼이 화난 목소리로 중얼거렸다.

나는 스물네 시간 동안 패닉 상태에 빠졌습니다, 라고 타르가 말했다. 「내가 종종 그런 것은 아닙니다. 그렇지 않습니까, 길럼 씨?」

「종종 그렇지.」

「나는 꽤 난폭한 심정이 되었습니다. 아니, 좌절감을 느꼈다는 게 더 올바른 표현일 겁니다.」

엄청난 보물을 빼앗겼다는 확신이 그에게 맹렬한 분노를 안겨 주었고, 그 결과 타르는 옛 아지트들을 샅샅이 뒤지기 시작했다. 그는 캐츠 크레이들에 가보았고 또 안젤리카스에도 들렀다. 새벽이 동터 올 무렵 그는 여섯 군데를 더 들렀고 그 과정에서 몇 명의 여자를 만나기도 했다. 그는 다시 길을 되짚어 와 알렉산드라 근처에서 소동을 부리기도 했다. 고릴라들을 만나 말이라도 몇 마디 해보고 싶었다. 어느 정도 마음이 진정되자 이리나와 함께 지낸 시간을 생각하면서 런던으로 귀국하기 전에 마지막으로 편지통이나 한번 확인해 보자고 생각했다. 혹시 그녀가 떠나기 전에 그곳에 뭔가 남겼을지도 모른다는 생각이 들어서였다.

꼭 그렇게 해야 될 것 같았다. 「그녀가 곤란한 입장에 빠져서 진땀을 흘리고 있을 때 벽 속의 구멍에 남겨 둔 그녀의 편지가 찬 바람만 맞고 있을지 모른다는 생각이 영 마음에 걸렸습니다.」 그가 의리의 사나이처럼 말했다.

그들은 서로에게 보낼 편지를 남겨 놓는 장소로 두 군데를 정했다. 한군데는 호텔 근처의 건설 현장이었다.

「중국 사람들이 사용하는 대나무 비계를 보신 적이 있습니까? 아주 멋져요. 20층 높이에 그 비계를 걸쳐 놓은 것을 보았는데 쿨리들이 무거운 프리캐스트 콘크리트를 들고 자유자재로 돌아다녔어요.」 버려진 배관 파이프 뒤의 공간이었는데 어깨 높이 정도에 있었다. 이리나는 황급히 쫓기는 입장이었으니까 그곳을 이용했을 가능성이 많았다. 하지만 타르가 그곳에 가보았을 때 아무것도 들어 있지 않았다. 두 번째 편지통은 교회에 있었다. 「팸플릿 같은 것을 쌓아 두는 곳 밑에 있었어요. 그곳은 낡은 옷장의 일부였습니다. 신자석 맨 뒤에 앉아서 살펴보면 약간 느슨한 옷장 널판이 보입니다. 그 널판 뒤에 온갖 쓰레기와 쥐똥이 가득 들어찬 빈 공간이 있습니다. 그야말로 은밀하게 편지를 떨어뜨리기에는 아주 좋은 곳이었습니다.」

 좌중에 잠시 침묵이 감돌았다. 리키 타르와 모스크바 센터 출신의 정부(情婦)가 홍콩 침례교회의 맨 뒤 신자석에 나란히 앉아 무릎을 꿇고 있는 환상 때문이었다.

 그 비밀 편지통에서 타르는 편지가 아니라 두툼한 일기장을 발견했다. 아주 깨알 같은 글씨로 종이의 양면에 적혀 있었고 그래서 때때로 검은 잉크가 번져 나왔다. 지운 흔적 없이 급히 휘갈겨 쓴 것이었다. 그는 이리나가 정신이 맑을 때 그 일기를 썼다는 것을 금방 알아볼 수 있었다.

「이건 원본이 아닙니다. 내가 베껴 쓴 것입니다.」

 그는 셔츠 안으로 기다란 손가락을 집어넣어 널찍한 가죽 줄이 붙어 있는 가죽 지갑을 꺼냈다. 그 안에서 그는 너덜너덜한 종이 다발을 꺼냈다.

「그녀는 고릴라들이 덮치기 전에 이걸 그 편지통에 떨어뜨린 것 같습니다.」 그가 말했다. 「그러면서 길게 기도를 올렸을지도 모르지요. 번역은 내가 직접 했습니다.」

「난 자네가 러시아어를 알고 있는 줄 몰랐는데.」 스마일리가 말했다. 그 말에 반응한 것은 타르뿐이었다. 그는 빙그레 웃었다.

「이 직업에 종사하려면 여러 가지 자격을 갖추어야죠, 스마일리 씨.」 그가 종이를 한 장 한 장 펴놓으면서 말했다. 「법학 공부는 신통치 않았지만 외국어 실력은 아주 결정적인 도움이 되더군요. 시인들도 그렇게 말하지 않았습니까.」 그는 종이를 다 펴놓고서 고개를 쳐들더니 씩 웃었다. 「외국어를 이해한다는 것은 곧 또 다른 영혼을 소유하는 것이다, 라고 말입니다. 샤를 5세라는 위대한 왕이 그렇게 말했답니다. 우리 아버지는 이런 인용문을 즐겨 사용하셨지요. 하지만 재미있는 건 선친은 말만 그렇게 했을 뿐 영어밖에 할 줄 몰랐다는 겁니다. 괜찮으시다면, 제가 이 일기를 큰 소리로 읽어 드리겠습니다.」

「저 친구는 러시아 말은 단 한마디도 모릅니다.」길럼이 말했다. 「두 사람은 늘 영어로 말했어요. 이리나는 3년 과정의 영어 교육을 받았습니다.」

길럼은 천장을 쳐다보았고 레이콘은 손등을 내려다보았다. 오직 스마일리만이 타르를 쳐다보았는데 그는 자신의 은근한 농담에 웃음을 터뜨리고 있었다.

「자, 준비되셨습니까? 그럼 읽겠습니다.」그가 말했다. 「토머스, 나는 당신을 상대로 말을 하고 있는 거예요. 그녀는 나를 부를 때 성이 아니라 이름을 불렀습니다.」그가 설명했다. 「이 일기는 내가 당신에게 주는 선물이에요. 내가 올라라인과 독대하기 전에 그들이 나를 잡아갈 경우에 대비해 써놓은 것이에요. 토머스, 나는 당신에게 내 생명과, 아주 자연스럽게 내 육체를 주고 싶었지만 이제 그건 틀렸고 이 한심한 비밀이 내가 당신을 즐겁게 해줄 수 있는 전부인 것 같군요. 이 일기를 잘 사용하세요.」타르는 고개를 쳐들었다. 「이날의 날짜는 월요일입니다. 그녀는 그 후 나흘 동안 이 일기를 썼습니다.」그의 목소리는 차분했는데 거의 지겹다는 듯한 어조였다. 「모스크바 센터에는 우리의 상급자들이 원하는 것보다 훨씬 많은 소문이 돌아다녀요. 특히 하급 직원일수록 자신이 뭔가 큰 것을 알고 있는 체하면서 자신을 존대하게 보이려고 애쓰지요. 무역부에 배속되기 전 두 해 동안 나는 제르진스키 광장의 본부 문서과에서 감독자로 일했어요. 토머스, 그 일은 아주 따분했어요. 분위기도 무겁고. 당시 나는 미혼이었지요. 우리는 그 누구든 일단 의심하고 보라는 훈련을 받았는데, 잠시도 자신의 마음을 남에게 털어놓지 못한다는 것은 커다란 스트레스였지요. 내 밑에 이블로프라는 직원이 있었어요. 이블로프는 사교적인 사람도 아니고 또 계급도 나보다 낮았지만 무거운 분위기 때문에 우리 두 사람의 기질 중에서 공통되는 부분이 드러났어요. 나를 용서하세요, 사람은 때때로 정신보다 육체가 더 먼저 말하는 것 같아요. 토머스, 당신이 내 인생에 좀 더 일찍 나타났어야 했어요. 이블로프와 나는 여러 번 야간 근무를 같이했는데 마침내 우리는 규정을 위반하고 건물 밖에서 만나기로 동의했어요. 토머스, 그는 당신처럼 금발의 남자인데 나는 그를 원했어요. 우리는 모스크바의 변두리 동네에 있는 카페에서 만났어요. 러시아 정부는 모스크바에 변두리는 없다고 말하지만 그건 거짓말이에요. 이블로프는 자기의 본명이 브로드라면서 하지만 유대인은 아니라고 말했어요. 그는 테헤란에 있는 동지가 불법으로 보내 준 커피와 스타킹을 가져왔어요. 그는 정말 다정한 사람이었어요. 이블로프는 나를 존경한다고 말했어요. 그러면서 자기가 센터에 고용된 해외 요원들의 신상 명세를 모두 기록하고 관리하는 부서에서 근무한 적이 있다고 했어요. 나는 웃으면서 그런 기록은 존재하지 않는다고 말했지요. 그처럼 많은 비밀이 한자리에 모여 있다고 생각하는 것은 공상가의 머릿속에서나 가능한 것이지요. 하지만 우리 두 사람은 공상가의 기질이 있었어요.」

또다시 타르는 말을 끊었다. 「이제 이틀 치 일기입니다. 그녀는 굿모닝 토머스, 기도문, 약간의 달콤한 얘기를 앞부분에 늘어놓았습니다. 여자는 공중에다 대고 말을 하지는 못합니다. 그래서 토머스에게 글을 쓴 겁니다. 그녀의 남편은 일찍 출근했고 그녀는 한 시간 정도의 자유 시간이 있었습니다. 오케이?」

스마일리가 알았다는 듯이 흐음 소리를 냈다.

「두 번째 데이트 때 나는 이블로프 처사촌의 방에서 만났어요. 그 사촌은 모스크바 국립대학의 교수였어요. 방에는 아무도 없었어요. 그 극비의 만남에서 우리는 첩보 보고서에서 보통 범죄로 지목되는 행위를 했어요. 토머스, 당신도 이러한 행위를 한두 번 했을 거예요! 또 이 만남에서 이블로프는 이제 적게 될 얘기를 해주었는데, 그로 인해 우리 둘의 관계는 더욱 깊어졌어요. 토머스, 이제 조심해야 돼요. 혹시 카를라라는 이름을 들어 보았어요? 그는 센터에서 가장 교활하고 또 가장 의뭉한 늙은 여우예요. 그의 이름조차도 러시아 사람들이 이해하는 그런 이름이 아니에요. 이블로프는 아주 겁먹은 상태로 나에게 이 이야기를 했어요. 그에 의하면, 이 이야기는 우리가 갖고 있는 가장 커다란 음모라는 거예요. 이블로프의 얘기는 다음과 같아요. 토머스, 당신은 이 얘기를 가장 믿을 수 있는 사람에게만 털어놓아야 해요. 왜냐하면 아주 음모의 성격이 강한 이야기이기 때문이에요. 서커스에 있는 사람들에게는 절대 얘기해서 안 돼요. 이 수수께끼가 해결될 때까지 아무도 믿을 수 없으니까요. 이블로프는 요원 기록과에서 근무했다는 얘기는 거짓말이라고 했어요. 그는 자신이 센터의 일에 대해 아주 깊숙이 알고 있고 또 자신이 무명 인사가 아니라는 점을 강조하기 위해 그 얘기를 지어냈다고 해요. 그는 실제로는 카를라의 거대한 음모에서 조수로 뛰었다고 말했어요. 그는 그 음모 작업의 일환으로 영국 주재 근무를 했대요. 주영 러시아 대사관에 근무하는 운전사 겸 암호 해독 보조사의 위장 신분을 내걸고 말이에요. 이 위장 업무를 위해 그에게 라팽[10]이라는 작전명이 주어졌어요. 이렇게 해서 브로드는 이블로프가 되고 이블로프는 다시 라팽이 되었어요. 이렇게 이름이 많은 것을 불쌍한 이블로프는 아주 자랑스럽게 생각했어요(나는 그에게 라팽이 프랑스어로 무슨 뜻인지를 말해 주지 않았어요). 이름 많다고 마치 자신이 부자인 것처럼 생각하다니! 이블로프의 업무는 두더지에게 심부름을 하는 것이었어요. 두더지는 서구 제국주의의 조직 깊숙이 들이박힌 이중간첩을 말하는데, 이 경우는 영국인이었어요. 두더지는 양성하는 데 15년 혹은 20년 정도 오랜 세월이 걸리기 때문에 센터에서 아주 소중한 존재였어요. 대부분의 영국 두더지들은 전쟁 전에 카를라가 선발한 사람들이었어요. 주로 상류 중산층의 사람들이었고 자신의 신분에 환멸을 느낀 귀족 출신들도 있었어요. 이들은 모두 광신자가 되었는데 노동자 계급 영국인들보다 훨씬 더 광신적이었어요. 노동자들은 아무래도 게으르거든요. 이런 사람들이 입당하겠다고 지원했는데 카를라가 적시에 나서서 그들을 특별 업무에 배치했어요. 일부는 스페인에서 프랑코 파시즘을 상대로 싸운 사람들인데 카를라의 인재 스카우터들이 그곳에서 발굴하여 카를라에게 넘겨주었어요. 다른 사람들은 전쟁 중에 소비에트 러시아와 영국이 일시 동맹 관계에 있을 때 선발된 사람들이었어요. 나중에 들어온 사람들은 전쟁이 서구에 사회주의를 가져다주지 못해 환멸을 느낀 사람들이었어요. 일기는 여기서 말라붙었습니다.」 타르가 원고를 계속 들여다보면서 말했다. 「그래서 그 부분에 〈말라붙었다〉라고 써 넣었습니다. 아마도 남편이 예정보다 일찍 돌아온 것 같습니다. 잉크가 뭉개졌습니다. 아마도 어떤 물건 밑에다 급히 집어넣은 것 같아요. 매트리스가 아니었을까요?」

그는 농담으로 한 말인지 몰라도 아무도 웃지 않았다.

10 프랑스어로 토끼.

「자, 다음으로 이어집니다. 라팽이 런던에서 심부름을 해준 두더지는 암호명이 제럴드였어요. 그는 카를라가 선발한 요원이었고 엄청난 음모의 대상이었어요. 두더지에게 심부름하는 것은 고도의 능력을 갖춘 동지만이 할 수 있다고 이블로프는 말했어요. 겉으로 볼 때 이블로프-라팽은 대사관에서 무명의 하급 직원에 불과하여 사교 행사 같은 때 바 뒤에서 여자들과 함께 서서 손님들을 접대하는 하찮은 일을 해야 했지만, 속으로 아주 훌륭한 일을 하는 거였어요. 그는 대사관에서 작전명 폴리아코프로 일하는 그레고르 빅토로프 대령의 비밀 조수였으니까.」

그리고 스마일리가 타르의 읽기에 끼어들면서 그 이름의 철자를 물었다. 타르는 연기 중간에 방해를 받은 배우처럼 거칠게 대답했다. 「P-o-l-y-a-k-o-v입니다. 됐어요?」

「고맙네.」 스마일리는 표정 없이 담담하게 말했다. 하지만 그 어조로 보아 그 이름은 스마일리에게 아무런 의미도 없는 것 같았다. 타르는 계속 읽어 나갔다.

「이블로프는 빅토로프 역시 아주 교활하고 노련한 전문가라고 말했어요. 대령의 위장 신분은 대사관의 문정관이었고 카를라에게 보고할 때는 문정관 자격으로 했어요. 대령은 문정관 폴리아코프로서 영국 대학과 사회단체 등을 상대로 소비에트 문화를 널리 알리는 강연을 조직했어요. 하지만 밤에는 그레고르 빅토로프 대령으로 돌아가 센터의 카를라로부터 받은 지시를 두더지 제럴드에게 알려 주고 또 그 결과를 보고받았어요. 이 연락의 목적을 위해 그레고르 빅토로프 대령은 여러 명의 레그맨을 사용했는데 불쌍한 이블로프도 그중 하나였던 거지요. 하지만 두더지 제럴드를 실제로 조종하는 것은 모스크바 센터의 카를라였어요.」

「자, 이제 일기의 문면이 바뀝니다.」 타르가 말했다. 「그녀는 밤중에 글을 쓴 것 같은데 취해 있거나 아니면 아주 겁을 먹고 있거나 한 것 같습니다. 같은 페이지에다 자꾸만 써 갈기고 있으니까요. 복도에 발소리가 들린다, 고릴라들이 노려보는 표정이 예사롭지 않다, 라고 썼어요. 이런 것은 읽을 필요가 없겠지요, 그렇죠. 스마일리 씨?」 스마일리가 고개를 가볍게 끄덕이자 타르는 그 부분을 빼놓고 다음 부분을 읽어 나갔다.

「두더지를 보호하기 위한 조치는 아주 엄중했어요. 런던에서 모스크바 센터의 카를라에게 보내는 서면 보고서는 암호화한 뒤에도 두 부분으로 나누어 별도의 우편으로 보냈고, 또 어떤 보고서들은 극비라는 표시를 한 다음 대사관 외교 행낭에 넣어 보냈대요. 이블로프가 나에게 말하기를, 두더지 제럴드는 어떤 때 빅토로프-폴리아코프가 적시에 다룰 수 없을 정도로 많은 비밀 정보를 건네주었대요. 대부분 인화하지 않은 필름에 들어 있었는데 어떤 주에는 릴*reel*로 30개나 되었대요. 관계자가 아닌 사람이 실수로 용기를 개봉하면 필름은 그 즉시 노출되어 지워지게 되어 있었어요. 다른 주요 정보로 아주 은밀한 회동에서 두더지가 구두로 보고한 것도 있는데 이것은 특별 테이프에 녹음하여 아주 복잡한 기계에 걸어야만 재생이 가능했어요. 이 테이프 또한 빛에 노출되거나 엉뚱한 기계에 걸면 그 순간 지워지는 것이었어요. 은밀한 회동은 순간적으로 여러 다른 장소에서 불시에 이루어졌다고 하는데 베트남에서 파시스트의 공격이 절정에 달했을 때, 또 영국에서 극도의 보수주의자들이 다시 정권을 잡았을 때 그런 비밀 회동이 잦았다고 해요. 이블로프-라팽에 의하면 두더지 제럴드는 서커스 내에서 고위직 인사래요. 토머스, 내가 당신에게 이 얘기를 해주는 것은 당신을 사랑하기 때문이에요. 나는 영국 사람이라면 모두 좋아하는데 특히 당신을 제일 좋아해요. 나로서는 영국 신사가 반역자라니 좀처럼 믿어지지 않지만 아무튼 그 신사는 노동자의 대의를 위해 이 일에 참여한 것이라고 생각해요. 나는 또 이 음모 건과 관련하여 서커스에 의해 고용된 사람의 안전도 걱정돼요. 토머스, 나는 당신을 사랑해요. 이 정보를 잘 보관하세요. 이건 당신을 다치게 할 수도 있어요. 이블로프도 당신과 비슷한 사람이었어요. 그의 작전명이 라팽이기는 하지만……」 타르는 수줍은 표정을 지으며 말을 끊었다. 「마지막에 약간 더 있는데…….」

「그것도 읽어.」 길럼이 중얼거렸다.

그 종이를 약간 옆으로 들면서 타르는 예의 그 밋밋한 목소리로 읽어 나갔다. 「토머스, 난 두려움을 느끼기 때문에 당신에게 이걸 말해 주는 거예요. 오늘 아침 잠에서 깨어 보니 그는 침대 가에 앉아서 미친 사람처럼 나를 노려보고 있었어요. 커피를 마시기 위해 아래층에 내려와 보니 보안 요원 트레포프와 노비코프가 동물처럼 나를 노려보며 식사를 했어요. 그들이 거기 온 지 세 시간은 된 거 같았어요. 또 레지던시의 아빌로프가 그들과 함께 앉아 있었어요. 토머스, 당신 혹시 부주의하게 행동한 거 있나요? 당신이 나에게 말해 준 것 이상으로 보고를 했나요? 이제 왜 올라라인과 독대를 해야 하는지 알겠지요? 하지만 당신이 자책할 필요는 없어요. 나는 당신이 본부에 뭐라고 보고했는지 짐작이 돼요. 나는 이제 마음속으로 자유인이에요. 당신은 나의 나쁜 면만 보았어요. 술 취한 모습, 공포, 거짓된 삶. 하지만 내면의 깊숙한 곳에서는 새롭고 환한 빛이 불타고 있어요. 나에게 평소 그 환한 빛의 내밀한 세계는 별다른 세상이고, 지금 나는 반인반수(半人半獸)들이 사는 섬에 유배되어 있다고 생각했어요. 하지만 토머스, 그 환한 세상은 전혀 별다른 세상이 아니에요. 그것은 우리들 주위의 실제 세상 속에 있어요. 우리가 이 문을 열고 밖으로 나선다면 우리는 자유인이 되는 거예요. 토머스, 당신은 내가 지금 발견한 이 환한 빛을 언제고 동경할 거예요. 그 빛의 이름은 사랑이에요. 나는 아직 시간이 남아 있을 때 이 일기를 우리의 비밀 장소에 가져다 놓을 생각이에요. 정말이지, 그런 시간이 남아 있었으면 좋겠어요. 하느님은 그분의 교회에 나의 성소를 마련해 주셨어요. 그걸 기억해 주세요. 나는 그곳에서도 당신을 사랑합니다.」 타르는 얼굴이 아주 창백했고 상의를 열고서 일기 뭉치를 지갑 속에 집어넣는 그의 손은 떨고 있었고 땀에 젖어 있었다. 「마지막 추신으로 이런 말이 적혀 있어요.」 그가 말했다. 「토머스, 왜 어린 시절에 외운 기도문을 별로 기억하지 못하지요? 당신의 아버지는 선량하면서도 위대한 분이었어요.」 타르는 잠시 뜸을 들이더니 이렇게 말했다. 「아까 말씀드렸습니다만, 그녀는 돌았어요.」

레이콘이 블라인드를 열어젖히자 대낮의 환한 빛이 방 안으로 쏟아져 들어왔다. 거실의 창문들은 자그마한 잔디밭을 향해 있었다. 그곳에는 땋은 머리에 승마용 모자를 쓴 자그마하고 통통한 소녀 재키 레이콘이 조심스럽게 조랑말을 타고 있었다.

9

 타르가 떠나기 전에 스마일리는 그에게 여러 가지 질문을 던졌다. 그는 타르를 쳐다보는 것이 아니라 근시안적으로 방 안의 허공을 응시하고 있었는데 그의 통통한 얼굴은 지난밤 얻어들은 비극적 얘기로 인해 절망의 빛이 어려 있었다.
「그 일기의 원본은 어디에 있나?」
「그 비밀 편지통에다 즉시 가져다 놓았습니다. 한번 이렇게 생각해 봐주십시오, 스마일리 씨. 내가 그 일기를 발견했을 때 이리나는 이미 모스크바로 돌아간 지 스물네 시간이 되었습니다. 심문을 당하면 그녀는 얼마 버티지 못할 것이라고 생각했습니다. 아마 비행기에 태워 가는 도중에 이미 쥐어짰을 겁니다. 또 모스크바에 도착해서 2차 심문에 들어갔을 테고 상급자들이 아침 식사를 마치는 즉시 그날의 제일 중요한 안건으로 취급했을 겁니다. 그들은 소심한 요원들에게는 그런 식으로 응대합니다. 먼저 폭력을 가하고 그다음에 심문을 합니다. 그러니 센터에서 행동 대원을 보내 교회의 뒤 구석을 뒤지게 하는 것은 하루 이틀 사이의 문제였습니다.

그렇지 않습니까?」 그가 샐쭉하면서 말했다. 「게다가 나의 안전도 생각해야 했지요.」

「그러니까 모스크바 센터에서 그가 일기를 읽지 않았다고 생각하면 그의 목을 따 버리겠다고 나서지는 않을 것으로 본 거지요.」 길럼이 말했다.

「사진 복사는 했나?」

「나는 카메라가 없었습니다. 그래서 1달러짜리 공책을 사서 일기를 거기다 옮겼습니다. 원본은 도로 제자리에 갖다 놓고요. 베끼는 데 꼬박 네 시간이 걸렸습니다.」 그는 길럼을 쳐다보다가 다시 먼 곳을 내다보았다. 환한 햇빛 속에서 보니 타르의 얼굴에는 내면의 공포가 번져 있었다. 「호텔로 돌아와 보니 내 방이 엉망진창이 되어 있었습니다. 그들은 심지어 방의 벽지까지 뜯어냈습니다. 호텔 매니저는 당장 꺼지라고 하더군요. 그는 무슨 일인지 알려고 하지 않았습니다.」

「그는 권총을 가지고 다녀요.」 길럼이 말했다. 「잠시도 몸에서 떼어 놓지 않습니다.」

「정말 나라도 그럴 것 같군.」

스마일리가 동정이 섞인, 약간 소화 불량의 흐음 소리를 냈다. 「이리나와 만날 때, 비밀 편지통, 안전 신호, 다음의 행동 등 전문가의 기술은 누가 제안했나?」

「그녀가 했습니다.」

「안전 신호는 어떤 것이었나?」

「몸짓이었습니다. 내가 옷깃을 풀어헤치면 그건 주위를 돌아보고 안전을 확인했다는 뜻이었습니다. 옷깃을 꼭 잠그면 다음 행동까지 만남을 취소한다는 뜻이었고요.」

「그럼 이리나는?」

「핸드백이었어요. 왼손과 오른손. 나는 약속 장소에 먼저 도착해 그녀가 나를 볼 수 있는 곳에서 기다렸습니다. 그럼 그녀가 선택할 수 있었어요. 약속을 이행할 것인지 다음으로 연기할 것인지.」

「이 모든 일은 6개월 전의 상황이었지. 자네는 그때 이후 뭘 하고 있었나?」

「휴식을 취하고 있었습니다.」 타르가 좀 버릇없게 말했다.

길럼이 끼어들었다. 「그는 겁을 집어먹고 원주민들 사이로 들어갔습니다. 콸라룸푸르로 달아나 산간 마을에 칩거했어요. 아무튼 이게 그의 설명입니다. 그에게는 대니라는 딸이 있습니다.」

「대니는 나의 막내딸입니다.」

「그는 대니가 그 엄마와 함께 살았다는군요.」 길럼이 버릇처럼 타르의 말을 평가절하하면서 빈정거리는 어조로 말했다. 「그는 전 세계적으로 아내를 두고 있습니다. 현재 대니의 엄마가 그들 중에서 선두를 달리고 있는 것 같고요.」

「왜 자네는 하필 이 시점을 택하여 우리에게 접근해 왔나?」

타르는 아무 말도 하지 않았다.

「곧 연말인데 대니와 함께 크리스마스를 보낼 생각은 없었나?」

「있었지요.」

「그런데 어떻게 된 건가? 뭔가 자네를 겁주는 게 있었나?」

「소문이 퍼졌어요.」 타르가 시무룩하게 말했다.

「어떤 소문?」

「한 프랑스인이 콸라룸푸르에 나타나 나한테 받을 빚이 있다며 사람들한테 떠벌리고 돌아다녔다는 거예요. 변호사를 사서 내 뒤를 추적하겠다는 말도 했대요. 난 그 누구에게도 빚을 진 적이 없거든요.」

스마일리는 길럼에게 시선을 돌렸다. 「서커스에서 타르는 망명자로 분류되어 있나?」

「아마 그럴 겁니다.」
「그럼 서커스에서는 지금까지 어떤 조치를 취했나?」
「그건 제 소관 밖입니다. 소문에 의하면 런던 스테이션에서 그를 쫓기 위해 추격대를 두 번 정도 편성했다고 하더군요. 하지만 그들은 나를 그 일에 끼워 주지 않았고 그래서 추격대 일은 그 후 어떻게 되었는지 모르겠습니다. 제 짐작으로는 아무 결과도 없었을 겁니다.」
「그는 어떤 여권을 사용했나?」
타르가 즉각 대답을 내놓았다. 「나는 말레이로 돌아온 즉시 토머스라는 이름을 버렸습니다. 토머스라는 이름은 그즈음 모스크바에서는 입맛에 맞는 이름이 아니었을 겁니다. 그래서 즉시 그걸 없애 버리기로 했죠. 콸라룸푸르에서는 영국인 행세를 했습니다.」 그는 사용 여권을 스마일리에게 내밀었다. 「이름을 풀이라고 지었는데 쓸 만한 이름이었습니다.」
「왜 비상 도피용 스위스 여권은 사용하지 않았나?」
또다시 타르는 침묵했다.
「아니면 호텔 방을 수색당했을 때 그 여권을 잃어버렸나?」
길럼이 대신 답변했다. 「그는 홍콩에 도착하는 즉시 그 여권을 숨겼습니다. 표준 절차입니다.」
「그렇다면 왜 그걸 사용하지 않았지?」
「스마일리 씨, 그 여권에는 번호가 적혀 있습니다. 비록 사용자 이름란은 빈 칸으로 남아 있지만 번호가 매겨져 있는 셈입니다. 약간 황당하게 들릴지 모르지만 솔직하게 말씀드리겠습니다. 런던에서 그 번호를 갖고 있다면 아마 모스크바에서도 갖고 있다고 봐야겠지요. 그래서 사용하지 못한 겁니다.」
「그럼 그 스위스 비상 도피 여권을 어떻게 했나?」 스마일리가 부드러운 목소리로 다시 물었다.
「그는 버렸다고 합니다.」 길럼이 말했다. 「팔아먹었을 가능성이 많아요. 아니면 그 풀 명의의 여권과 맞바꾸었거나.」

「버리다니, 어떻게 버렸나? 태워 버렸나?」

「그렇습니다. 태워 버렸습니다.」 타르의 목소리에는 긴장의 빛이 스며 있었다. 겁먹은 것 같기도 하고 위협하는 것 같기도 했다.

「그 프랑스인이 자네의 뒷조사를 할 땐 어떤 이름을······.」

「그는 풀을 찾고 있었습니다.」

「이 풀 명의의 여권을 위조한 사람 이외에 누가 풀이라는 이름을 알까?」 스마일리가 여권의 페이지를 넘기면서 물었다. 타르는 아무 대답도 하지 않았다. 「자네가 어떻게 영국으로 건너왔는지 말해 주게.」 스마일리가 말했다.

「더블린을 경유하는 〈부드러운(비공식)〉 루트였습니다. 아무 문제가 없었어요.」 타르는 압박을 받으면 거짓말이 서툴렀다. 아마도 그의 부모 탓일 것이다. 그는 미리 준비한 대답이 없으면 너무 빨리 말했고 준비해 놓은 것이 있으면 너무 공격적으로 말해 버렸다.

「더블린에는 어떻게 도착했나?」 스마일리가 중간 페이지의 경유지 스탬프를 확인하면서 물었다.

「로지스 덕분이에요.」 그는 다시 자신감을 회복했다. 「죽 로지스의 도움을 받았어요. 사우스아프리카 항공사에서 근무하는 스튜어디스 여자를 한 명 알고 있어요. 말레이에서는 친구가 나를 화물로 처리하여 케이프까지 보내 주었어요. 케이프에서는 여자 친구가 도와주어 조종실에 들어가 공짜로 더블린까지 오게 해주었고요. 동양에서는 내가 반도를 떠난 사실을 아는 사람이 하나도 없어요.」

「현재 가능한 데까지 그 루트를 체크하고 있습니다.」 길럼이 천장에 대고 말했다.

「그렇게 하려면 아주 조심하는 게 좋을 겁니다.」 타르가 길럼에게 날카로운 목소리로 말했다. 「엉뚱한 사람이 내 등 뒤에서 따라오는 걸 원치 않으니까요.」

「왜 길럼 씨를 찾아온 거지?」 스마일리는 여전히 풀 명의의 여권을 들여다보며 물었다. 그 여권은 오래 사용해 온 듯했고 두껍지도 얇지도 않았다. 「물론 겁나서 그랬겠지만, 그 외 무슨 이유라도?」

「길럼 씨는 나의 상급자입니다.」 타르가 의리 있게 말했다.

「그가 자네를 즉시 올러라인에게 넘겨줄지도 모른다는 생각은 안 했나? 서커스 지도부의 입장에서 보면 자네는 요주의 인물이니까 말이야.」

「그건 그렇지요. 하지만 길럼 씨가 스마일리 씨 당신과 마찬가지로 서커스의 새로운 조직을 못마땅하게 여긴다는 생각이 들었어요.」

「타르는 또한 영국을 사랑하기도 하지요.」 길럼이 아주 냉소적인 어조로 말했다.

「그래요. 향수병도 있었고요.」

「길럼 씨 이외의 사람을 찾아가 볼 생각은 없었나? 가령 위험도가 덜한 레지던시는 어떤가? 매클보어가 여전히 파리 지부의 장인가?」 길럼은 그렇다고 고개를 끄덕였다. 「그래, 잘되었군. 매클보어 씨를 찾아가 볼 수도 있었지 않나. 자네를 선발한 사람이니 믿을 수도 있고 말이야. 그는 서커스의 고참이야. 일부러 목숨 걸고 여기 오는 것보다는 파리로 가는 게 더 안전하지 않았나? 오, 저런, 레이콘, 빨리.」

스마일리가 의자에서 벌떡 일어났다. 그는 창문을 내다보며 오른쪽 손등으로 입을 가리고 있었다. 잔디밭에 있던 재키 레이콘이 땅에 엎어져 울고 있었고 주인 없는 조랑말은 나무들 사이를 유유히 걸어가고 있었다. 그들이 창문 밖을 내다보는 동안, 긴 머리에 두꺼운 겨울 양말을 신은 아름다운 레이콘의 아내가 울타리를 뛰어넘어 가 아이를 일으켜 세웠다.

「애들은 저렇게 잘 떨어져.」 레이콘이 약간 심사 비틀린 어조로 말했다. 「저 나이에는 잘 다치지 않아.」 그리고 별로 부드럽지 않은 어조로 덧붙였다. 「조지, 자네는 모든 사람을 신경 쓸 필요는 없어.」

그들은 천천히 의자에 앉았다.

「만약 파리로 가려고 했다면.」 스마일리가 다시 말을 꺼냈다. 「자네는 어떤 루트를 탔을 건가?」

「아일랜드까지는 같고 그다음에는 더블린-오를리로 해서 들어갔을 겁니다. 그 길 말고 다른 어떤 길이 있습니까? 설마 바다 위를 걸어서 가라는 얘기는 아니겠지요?」

이 말에 레이콘은 얼굴을 붉혔고 길럼은 화를 내며 벌떡 일어섰다. 하지만 스마일리는 전혀 신경 쓰지 않는 듯했다. 여권을 다시 집어 들며 그는 맨 처음으로 되돌아갔다.

「길럼 씨와는 어떻게 접촉했나?」

길럼이 그를 대신하여 빠르게 말했다. 「그는 내가 차를 어디다 주차하는지 알고 있었습니다. 그는 차에다 내 차를 사고 싶다는 쪽지를 남기면서 그의 작전명 〈트렌치〉를 썼습니다. 만날 장소를 지정하고 거래를 성사시키기 위해 프라이버시를 보장해 달라고 완곡하게 호소했더군요. 나는 베이비시터(경계 요원)를 해줄 사람으로 폰을 데려갔습니다.」

스마일리가 말을 끊었다. 「그럼 저 바깥에 폰이 지금도 있나?」

「내가 대화를 하는 동안 그는 경계를 섰습니다.」 길럼이 말했다. 「그때 이래 지금껏 경비를 보도록 했습니다. 타르의 이야기를 듣자마자 나는 공중전화에서 레이콘에게 전화를 걸어 면담을 요청했습니다……. 조지, 이 문제는 우리들끼리 얘기할 수 있지 않겠습니까?」

「레이콘에게 전화한 것은 이곳 자택인가 아니면 런던 사무실인가?」

「이곳 자택일세.」 레이콘이 말했다.

잠시 침묵이 흘렀고 길럼이 설명했다. 「레이콘 사무실의 여직원 이름을 기억하고 있었습니다. 나는 그 여자 이름을 둘러대면서 레이콘이 개인적인 문제로 급히 그에게 전화하라고 했다며 둘러댔습니다. 그건 완벽한 처리는 아니었습니다만 그 순간 내가 생각해 낼 수 있는 가장 그럴듯한 핑계였습니다.」 잠시 침묵이 흘렀고 그가 다시 말했다. 「뭐냐면 말입니다, 그 전화라고 도청이 되지 않는다는 보장이 없지 않습니까.」

「보장은 없지.」

스마일리는 여권을 닫고 나서 그의 옆에 있던 낡은 독서 램프 빛에 대고 제본을 살펴보았다. 「제본 상태는 좋군.」 그가 가볍게 말했다. 「아주 좋아. 전문가의 제품이야. 흠잡을 데가 없어.」

「스마일리 씨, 염려하지 마십시오.」 타르가 그 여권을 회수하면서 말했다. 「러시아에서 만들어 준 건 아니니까.」 타르가 문 앞까지 걸어가자 그의 얼굴에 미소가 떠올랐다. 「이거 한 가지 말씀드려도 될까요?」 그가 기다란 방의 통로 아래쪽에 앉아 있는 세 사람에게 말했다. 「만약 이리나의 말이 맞다면 여러분은 완전히 새로운 서커스를 조직해야 할 겁니다. 우리가 긴밀히 협조한다면 유리한 고지를 점령할 수도 있을 겁니다.」 그러고는 방문을 장난스럽게 노크했다. 「자, 어서 나오세요, 달링, 나는 리키입니다.」

「고맙네. 자 이제 되었네. 어서 문을 열도록 해.」 레이콘이 소리쳤고 잠시 뒤 자물쇠가 찰카닥 열리면서 검은 모습의 베이비시터 폰이 문 앞에 나타났다. 이어 두 사람의 발소리는 커다란 저택의 복도 속으로 사라졌다. 멀리서 들려오는 재키 레이콘의 희미한 울음소리에 박자를 맞추어 가며.

10

 조랑말 방목장에서 조금 떨어진 저택의 반대편에는 나무들 사이에 가려진 잔디 테니스 구장이 있었다. 하지만 벌초를 거의 하지 않아 상태 좋은 테니스장은 되지 못했다. 봄에는 겨울의 남은 추위 때문에 풀들이 축축하게 젖어 있는데도 햇빛이 잘 비치지 않아 마르지 않았다. 여름에는 공이 나무 잎사귀들 사이에 가려 잘 보이지 않았다. 그날 아침 테니스장은 정원 여기저기에서 바람에 불려온 서리 맞은 잎사귀들이 쌓여 발목 깊이까지 차올랐다. 하지만 테니스장을 두른 직사각형의 와이어 울타리 밖에는 너도밤나무들 사이로 작은 길이 나 있었다. 바로 이곳에서 스마일리와 레이콘은 산책을 했다. 스마일리는 여행용 외투를 손에 들고 있었고, 레이콘은 낡은 양복 상의만 입고 있었다. 때문에 레이콘은 재빠르게 걸을 수 있었고 걸음을 떼어 놓을 때마다 스마일리와의 거리는 벌어졌다. 그래서 레이콘은 키 작은 스마일리가 따라올 때까지 간간이 걸음을 멈추고 기다려야 했다. 그러나 다시 재빠른 걸음으로 앞서 가면서 거리를 넓혔다. 그들이 테니스장 울타리를 두 바퀴 돌았을 때 레이콘이 침묵을 깨뜨렸다.

「자네가 1년 전 오늘과 비슷한 이야기를 가지고 나를 찾아왔을 때 난 그걸 일축했었지. 그 점에 대해 사과해야 할 것 같네. 내가 무책임했어.」 그가 자신의 직무 유기를 생각하는 동안 잠시 침묵이 흘렀다. 「난 자네에게 조사하려는 생각을 포기하라고 했었지.」

「실장님은 그게 위법이라고 말씀하셨지요.」 스마일리도 잘못된 실수를 회상하는 듯 씁쓸한 어조로 말했다.

「내가 그렇게 말했었나? 나도 참 대단히 거만을 떨었네!」

집 쪽에서는 재키의 우는 소리가 아직도 들려왔다.

「자네는 아이가 없지?」 레이콘이 아이 울음소리가 나는 쪽으로 고개를 돌리면서 말했다.

「뭐라고요?」

「자네와 앤 사이에 아이를 두었느냐고?」

「없습니다.」

「조카나 질녀는?」

「조카가 하나 있습니다.」

「친가 쪽으로?」

「아니요, 외가 쪽으로.」

난 1년 전 여길 찾아온 이래 그대로 여기에 머물렀던 것 같은 기분이 드는군, 하고 스마일리는 생각했다. 그는 엎쳐 있는 장미 가지들, 고장 난 그네, 젖어 있는 모래주머니, 아침 햇빛 속에 날카로운 모습을 드러낸 붉은 저택을 둘러보았다. 아니, 1년 전 찾아온 이래 여길 떠나지 않았던 게 아닐까.

레이콘이 다시 사과의 말을 했다. 「내가 자네의 동기를 완벽하게 믿어 주지 못한 것 같아. 컨트롤이 자네를 시켜 나에게 오게 한 것이 아닌가 짐작했네. 서커스의 권좌를 계속 유지하면서 올러라인을 밀어내려고 말이야.」 그는 다시 몸을 돌려 성큼성큼 앞서 걸어 나갔다.

「아닙니다, 실장님. 컨트롤은 나의 방문에 대해 전혀 아는 바가 없었어요.」

「그걸 이제야 알았네. 하지만 1년 전에는 몰랐어. 부하를 믿어 주고 또 믿지 말아야 하는 타이밍을 잡기란 쉽지 않지. 자네는 다소 다른 기준에 따라 생활하고 있지. 또 그렇게 해야 하고. 나는 그걸 현실로 받아들이네. 난 결코 그것을 판단하려는 건 아닐세. 우리의 방법은 다를지라도 목적은 같지.」 그가 작은 도랑을 건너뛰었다. 「누군가 도덕도 결국 하나의 방법이라고 말하는 걸 들었어. 자네 그런 견해에 동의하나? 자네 아마 동의하지 않겠지. 도덕은 당연히 목적 속에 들어 있는 거라고 할 테지. 그런데 문제는 말이야, 그 목적이라는 게 구체적으로 어떤 것이냐 하는 거야. 특히 영국인의 경우에는 복잡하거든. 우리는 자네 같은 조직 속의 사람들에게 우리를 대신하여 정책을 만들어 내라고 할 수가 없어. 자네들에게 그 정책을 충실히 수행해 달라고 요구할 수 있을 뿐이지. 그렇지 않나? 이건 정말 까다로운 문제야.」

스마일리는 그를 따라가지 않고 외투를 여미면서 녹슨 그네의 앉는 부분에 웅크리며 주저앉았다. 마침내 레이콘이 되돌아와 옆의 그네에 따라 앉았다. 잠시 그들은 그네의 삐걱거리는 리듬에 맞추어 몸을 앞뒤로 흔들었다.

「왜 그 러시아 여자는 타르를 선택했을까?」 레이콘이 자신의 기다란 손가락을 접었다 폈다 하면서 중얼거렸다. 「세상의 하고많은 남자들 중에서 그런 남자를 고백의 대상으로 선택했을까? 정말 타르는 영 아닌데 말이야.」

「그 질문은 제가 아니라 그 여자에게 직접 하시는 게 좋을 것 같습니다.」 스마일리는 도대체 이밍엄은 어디 붙어 있는 곳일까 의아해하면서 말했다.

「맞아.」 레이콘이 즉시 동의했다. 「여자의 마음은 정말 미스터리야. 오전 11시에 장관을 만나기로 되어 있네.」 그가 낮은 목소리로 말했다. 「난 장관에게 사태의 윤곽을 보고해야 하네. 의회에 진출한 자네 사촌에게 말이야.」 레이콘이 짐짓 농담을 가장하며 말했다.

「저의 사촌이 아니라 앤의 사촌입니다.」 스마일리가 무심한 어조로 그의 말을 고쳐 주었다. 「앤에게도 친사촌은 아니고 아주 촌수 먼 사촌입니다. 그래도 사촌은 사촌이죠.」

「그리고 런던 스테이션의 책임자인 빌 헤이든도 앤의 사촌이라면서?」 그들은 본론을 꺼내기에 앞서 이런 잡담을 계속했다.

「역시 촌수가 멀기는 마찬가지죠. 하지만 사촌은 사촌입니다.」 스마일리는 쓸데없는 말을 덧붙였다. 「그녀는 강한 정치적 전통을 가진 유서 깊은 가문의 딸입니다. 시간이 흐르면서 그 전통이 널리 퍼져 나갔지요.」

「전통이라고?」 레이콘은 애매한 부분은 분명하게 밝히는 것을 좋아했다.

「가족이라는 뜻입니다.」

나무들 저 너머에는 차들이 쌩쌩 달리고 있군, 하고 스마일리는 생각했다. 저 나무들 뒤에는 온 세상이 펼쳐져 있구나. 하지만 레이콘은 이 붉은 저택과 기독교적 윤리 의식을 갖고 있구나. 하지만 그 윤리관이라는 것이 레이콘에게 어떤 보상을 가져다줄 것인가. 기사 작위, 동료들의 존경, 두둑한 연금, 퇴직 후 두세 군데 자선 단체의 이사장 자리, 이런 것들을 빼놓고.

「아무튼 11시에 장관을 만나기로 되어 있네.」 레이콘은 벌떡 일어났고 그들은 다시 걷기 시작했다. 잎사귀들의 비릿한 냄새가 배어 있는 아침 공기를 맡으면서 스마일리는 〈엘리스〉라는 이름이 자연스럽게 머릿속에 떠오르는 것을 느꼈다. 잠시 동안 지난밤 길럼과 함께 차를 타고 올 때와 마찬가지로 기이한 불안감이 그를 엄습해 왔다.

「아무튼……」 레이콘이 말했다. 「우리 두 사람은 대립되는 입장을 지키고 있네. 자네는 엘리스가 배신을 당했으니 당연히 마녀 사냥을 해야 한다고 생각하고 있었어. 장관과 나는 컨트롤이 아주 무능하게 일 처리를 했다고 느꼈어. 좀 완곡하게 말하면 외무부도 이런 견해에 동의하고 있어. 그래서 우리는 새로운 빗자루가 필요했어.」

「저는 실장님의 딜레마를 잘 이해하고 있습니다.」 스마일리가 말했다. 그건 레이콘보다는 자기 자신을 향해 하는 말이었다.

「그렇게 이해해 주니 고맙네. 하지만 조지, 잊지 말게. 자네는 컨트롤의 사람이었어. 컨트롤은 헤이든보다 자네를 더 좋아했지. 퇴직 무렵 서커스에 대한 장악력이 떨어지자 그는 아주 무모한 작전을 전개했어. 그때 자네가 그를 지지하면서 적극적으로 앞장섰지. 오로지 자네만 그를 옹호했어. 하지만 정보부의 책임자가 체코인을 상대로 사적인 전쟁을 건다는 건 날이면 날마다 벌어지는 일은 아니었지.」 레이콘은 그때의 기억이 아직도 불쾌한 듯했다. 「상황이 다르게 전개되었더라면 헤이든이 어려운 처지에 몰렸을지 모르지. 하지만 자네의 입장이 아주 어려워졌고 그래서…….」

「하지만 퍼시 올러라인은 장관의 사람이었잖습니까.」 스마일리가 말하자 레이콘은 잠시 말을 멈추었다가 다시 이었다.

「자네가 날 찾아왔을 때 구체적인 용의자가 없었어. 그 어떤 사람도 지적하지 않았어. 방향 없는 조사가 얼마나 파괴적인지는 자네도 잘 알지 않나.」

「반면에 새로운 빗자루는 아주 잘 쓸지요.」

「퍼시 올러라인은 스캔들이 아니라 좋은 정보를 가져왔어. 그는 정보부 본연의 업무에 집중했고, 그래서 고객(정보 이용자)들을 만족시켰어. 내가 알기로, 그는 체코 영토를 침공한 적이 없어. 지금껏 아주 잘해 오고 있단 말이야.」

「빌 헤이든이 밑에서 야전 사령관 노릇을 잘해 주고 있는데 누군들 그렇게 못하겠습니까?」

「하지만 컨트롤은 헤이든을 데리고 있으면서도 그렇게 못했어.」 레이콘이 일격을 가해 왔다.

그들은 이제 텅 빈 수영장 가까이 다가와서 수영장의 깊은 쪽을 내려다보았다. 스마일리의 귀에 그 어두컴컴한 심연으로부터 로디 마틴데일의 이죽거리는 목소리가 들려오는 듯했다.「그가 아주 잘하고 있다고 사방에서 말들이 요란해. 해군성의 문서 검토실, 이상한 이름이 붙은 소위원회 같은 데서 칭송이 자자하다고. 그가 화이트홀 복도에 나타나면 환영 일색이지……」

「퍼시의 그 특별 정보 소스는 아직도 돌아가고 있습니까?」 스마일리가 물었다.「선에는 위치크래프트(마법)의 정보라고 했는데, 요즘도 그렇게 불립니까?」

「자네도 그 정보를 받아 보는 리스트에 있었는 줄 몰랐는데.」 레이콘이 별로 유쾌하지 않은 듯한 어조로 말했다.「자네가 물어보았으니 대답해 주지. 그 정보 소스는 아직도 건재해. 그 정보원(情報源)의 명칭은 멀린이고 위치크래프트는 거기서 나오는 정보를 가리키는 말이지. 서커스는 지난 몇 년 동안 이렇게 좋은 정보를 내놓은 적이 없어. 내 기억에는 말이야.」

「여전히 특별 취급을 받고 있습니까?」

「응. 하지만 이제 이런 일이 벌어졌으니 좀 더 신중을 기해야 할 것 같네.」

「제가 실장님 입장이라면 그렇게 하지 않겠습니다. 제럴드가 냄새를 맡을지 모르니까요.」

「그게 문제야. 그렇지 않은가?」레이콘이 재빨리 말했다. 그의 힘은 정말 불가사의하군, 하고 스마일리는 생각했다. 1분 전만 해도 글러브가 너무 무거워 휘청거리는 야윈 권투 선수 같아 보였는데 이제 원투 스트레이트를 뽑으면서 상대방을 거세게 로프에 몰아붙이고서 기독교적 동정심을 발휘하며 바라보고 있었다. 「우리는 공식적으로 움직일 수가 없어. 모든 조사 도구가 서커스의 손안에 있으니까 말이야. 어쩌면 두더지 제럴드 손에 있을지 몰라. 우리는 감시할 수도, 감청할 수도, 우편을 개봉할 수도 없어. 이런 일을 하려면 이스터헤이스 휘하의 램프라이터들을 동원해야 하는데, 그자도 다른 상급자들 못지않게 용의자란 말이야. 우리는 공식적으로 조사를 벌일 수가 없어. 어떤 특정 인물의 비밀 취급 권리를 제한할 수도 없어. 그렇게 했다간 당장 두더지의 의심을 살 테니까 말이야. 조지, 이건 꽤 오래된 질문이라고 할 수 있네. 스파이를 상대로 스파이 노릇을 할 수 있는 사람은 누구냐? 여우와 함께 달리지 않으면서도 여우 냄새를 맡을 수 있는 사람은 누구냐?」 그는 잠시 유머를 구사하려고 했다. 「아니, 여우보다는 두더지라는 말이 더 좋겠군.」

스마일리는 갑자기 힘을 내면서 걸음을 빨리 하여 레이콘보다 먼저 방목장으로 이르는 작은 길에 도착했다.

「그럼 경쟁사에 맡기면 어떨까요?」그가 말했다. 「방첩부에다 말입니다. 그들은 전문가예요. 이런 일을 잘할 겁니다.」

「장관이 허용하지 않을 걸세. 장관과 올러라인이 방첩부에 대해서 어떤 생각을 갖고 있는지 잘 알지 않나. 그런 불신감을 갖는 것도 어느 면에서는 정당해. 전직 식민지 관리 출신이 서커스 문서들을 헤집고 다닌다 생각해 보게. 차라리 육군을 불러서 해군을 조사시키는 게 더 나을 걸세!」

「그렇게 비교하실 문제는 아닌데요.」 스마일리가 이의를 제기했다.

하지만 고위 공무원인 레이콘은 두 번째 비유를 구사했다. 「그 문제에 관한 한, 장관은 말이야, 자신의 성채가 외부 인사들에 의해 거덜 나는 것보다는 차라리 비 새는 성채에서 그대로 살기를 원할 걸세. 이제 내 말을 알아듣겠나? 조지, 장관의 그런 반응에는 일리가 있어. 우리는 현장에 많은 요원들을 배치해 놓고 있어. 방첩부가 조사를 벌인다면 그 요원들은 모두 퇴직해야 할 거야.」

이제 스마일리가 걸음을 멈추었다. 「그 요원이 몇 명이나 되는데요?」

「약간의 출입은 있겠지만 6백 명 정도 되지.」

「커튼(방첩부)에는요?」

「예산상으로는 120명 정도야.」 숫자와 사실 관계에 대해 레이콘은 일가견이 있었고 절대 멈칫거리는 법이 없었다. 그것은 그가 관료제라는 회색의 대지에서 간신히 발굴한 황금 덩어리였다. 「재정 보고서에 의하면 그들 모두 현역으로 뛰고 있어.」 그는 성큼 앞으로 걸어갔다. 「그래서 말이야, 장관한테 자네가 이 일을 맡을 거라고 보고할 생각이야. 맡아 줄 거지?」 그는 그 질문을 아무렇지도 않게 던졌다. 마치 우편함을 뒤지는 것처럼, 하나의 요식 행위라는 듯이. 「자네가 그 일을 맡아서 집 안을 좀 싹 청소해 주지 않겠나? 종횡무진 앞으로 뒤로 움직이면서 필요한 조치는 모두 취해 봐. 결국 자네의 세대가 아닌가? 이건 자네의 유업(遺業)이라고.」

스마일리는 방목장의 문을 열고서 등 뒤로 쿵 하고 닫았다. 그들은 그 엉성한 문틀 옆에 서서 서로 쳐다보았다. 핑크

빛 얼굴의 레이콘이 맡아 달라는 듯한 미소를 지었다.

「내가 왜 엘리스 얘기를 꺼냈을까?」 그가 대화를 이어 가며 말했다. 「그 불쌍한 친구의 이름이 실제로는 프리도인데 엘리스라고 말했을까?」

「엘리스는 그의 공작명이었습니다.」

「그랬군. 그 당시에는 스캔들이 너무 많아서 자세한 사항은 자꾸 잊어버리게 돼.」 잠시 침묵. 레이콘이 오른쪽 팔을 크게 회전시키며 훅을 넣어 왔다. 「그는 헤이든의 친구였고, 자네의 친구는 아니었지?」 레이콘이 물었다.

「전쟁 전에 옥스퍼드를 같이 다녔습니다.」

「전쟁 중에 또 후에도 서커스에서 같이 일했지. 헤이든-프리도는 아삼륙의 관계로 유명했지. 나의 전임자는 두 사람의 단짝 관계를 자주 언급했었네. 자네는 그와 가깝지 않았나?」

「프리도와? 아닙니다.」

「사촌도 아니고?」

「결코 아닙니다.」 스마일리가 대꾸했다.

레이콘은 갑자기 어색한 표정이 되었다. 하지만 어떤 목적을 끈질기게 추적하려는 듯 시선은 스마일리에게 고정되어 있었다. 「자네가 이 일을 수행하는 데 방해가 될 만한, 그 어떤 감정적·현실적 장애 같은 것이 있나? 있다면, 조지, 지금 말하게.」 레이콘은 말은 그렇게 했지만 그런 장애는 조금도 원하지 않는다는 표정이었다. 그는 잠시 말을 끊었다가 작심한 듯 내뱉었다. 「하지만 그게 문제된다고는 생각하지 않네. 사람의 내부에는 언제나 공공 분야에 소속된 부분이 있는 걸세. 사회 계약은 양날의 칼이야. 자네는 그걸 알고 있었지? 아마 프리도도 알고 있었을 거야.」

「그게 무슨 말씀이십니까?」

「조지, 무슨 말이냐면, 공민은 때때로 사회를 위해 뜻하지 않은 희생이라는 대가를 치러야 한다는 것이지. 엘리스는 임무 수행 중에 총을 맞았어. 등에 맞았는데 커다란 희생이었지. 비록 첩보의 세계에서 벌어진 일이라 할지라도 말이야.」

 스마일리는 혼자서 방목장의 한쪽 끝, 물방울이 뚝뚝 듣는 나무 아래 서서, 숨을 헐떡이며 자신의 혼란스러운 감정을 정리하려고 애썼다. 오래 앓아 온 지병처럼 분노가 불시에 그를 엄습해 왔다. 퇴직한 이래 그는 그런 분노의 존재를 부정하면서 가능한 한 그것을 건드리지 않으려고 애써 왔다. 신문을 보는 것은 물론 멀리했고 마틴데일과 같은 예전 동료를 만나서 잡담하는 것도 피해 왔다. 평생 기지(機智)와 기억에 의한 생활을 영위해 오다가 이제 망각에 전념하는 제2의 인생을 시작한 것이었다. 서커스의 현직에 있을 때는 억지로라도 독일 문학 공부를 하여 심심풀이 오락으로 삼을 수 있었으나 그 학문 공부라는 것이 실업자가 되고 보니 아무런 의미도 없었다. 이건 완전 무의미해, 하고 소리칠 정도였다.
「저걸 다 태워 버려요.」 앤은 그의 많은 책들을 가리키며 유익한 조언을 했다. 「집에다 불을 질러 버려요. 하지만 썩지는 말아요.」
 그녀가 내뱉은 〈썩는다〉는 말은 사태에 그대로 순응하는 것을 뜻했다. 그는 보험 설계사들이 즐겨 상기시키는 인생의 황혼기에 접근하면서 가장 이상적인 연금 수령자가 되려고 애쓰고 또 애썼다. 하지만 앤은 말할 것도 없고 그 누구도 그런 모범적 노력을 칭찬해 주지 않았다. 보통 혼자인 채로 아침에 잠 깨어 침대에서 나왔다가 또다시 저녁에 침대로 들어가면서 그는 자기 자신에게 억지로 상기시켰다. 나는 과거 어느 한때에도 필수 불가결한 요원이었던 적이 없고 그것은 그 이후에도 마찬가지였다. 그는 억지로 자신의 잘못을 자기에게 기억시켰다. 컨트롤이 아직 책임자이던 저 말년의 비참한 몇 달 동안, 이런저런 대참사가 빠른 속도로 벌어지고 있는데 그때 넌 뭘 했어? 그저 멍하니 쳐다보기만 했잖아? 때때로 그의 내부에 있는 전문가 근성이 머리를 쳐들고 항의해 왔다. 넌 서커스가 엉망으로 돌아가고 있다는 것을 알고 있었어. 짐 프리도가 배신당했다는 것도 알고 있었어. 그가 등에 총알을 두 방이나 맞았다는 것만큼 훌륭한 증거가 또 어디 있어. 프리도는 보고를 해왔어. 그의 말이 옳다면 어떻게 되는 거야. 그러면 그의 내부에 있는 냉소적인 인간은 이렇게 대답했다. 「뚱뚱한 중년의 스파이 혼자서 세계의 중심을 바로잡을 수 있다고 생각하는 건 여간 사치스러운 생각이 아니야.」 그 냉소적인 목소리는 다른 경우에 이렇게 말해 왔다. 「서커스를 그만둔 놈들에게 한번 물어봐. 자신이 끝내지 못한 일이 아직도 남아 있다 — 이렇게 말하지 않는 놈이 어디 한 놈이라도 있는지.」

오직 앤만이 강하게 반발했다. 비록 그녀는 남편의 구체적 작업 결과는 잘 몰랐지만, 그처럼 사람을 주저앉히려는 외부의 현실을 결연히 거부했다. 그런 면에서 그녀는 아주 열정적인 여자였다. 손해 보는 것은 조금이라도 싫어하는 여성 특유의 근성을 발휘하여 그녀는 조사하다가 그만둔 부분으로 다시 돌아가 끝까지 파헤치라고 남편에게 강권했다. 손쉬운 타협은 일체 거부하라는 말도 했다. 물론 그녀에게 구체적인 정보가 있어서 그러는 것은 아니었다. 하지만 정보 부족으로 녹록하게 뒤로 물러서는 여성이 어디에 있는가? 그녀는 어떤 감이 온다는 것이었다. 그리고 그녀의 감에 따라 결연한 행동에 나서지 못하는 남편을 경멸했다.

이제 과거에 그가 믿었던 원칙을 다시 믿게 된 이 순간, 추적하는 일은 아내 앤이 실직한 배우와 바람이 나서 달아나 버리는 바람에 더욱 발걸음이 무거울 수밖에 없게 되었다. 1년 전 여기 레이콘의 정원을 찾아와 서커스의 청소가 필요하다고 제안했다가 일축당한 이후 그 자신이 사치라고 일부러 억눌렀던 것이 실은 진실이었다, 라고 일제히 그의 두개골 속으로 몰려와 마녀들처럼 합창해 대는 이 과거의 유령들 — 레이콘, 컨트롤, 카를라, 올러라인, 이스터헤이스, 블랜드, 그리고 마지막으로 빌 헤이든 — 은 도대체 어떻게 된 것인가?

「헤이든.」 그는 기억의 유령들을 더 이상 억누르지 못하고 입속으로 중얼거렸다. 심지어 그 이름조차 그에게 충격을 주었다. 「한때 자네와 빌은 모든 정보를 공유했다는 얘기를 들었는데.」 마틴데일은 말했었다. 스마일리는 자신의 통통한 손을 내려다보면서 그 손이 떨고 있음을 보았다. 난 너무 늙었을까? 무능할까? 추적이 두려운 건가? 그 추적의 끝에서 발견하게 될 것을 두려워하는 건가? 「아무것도 안 하려는 사람에게는 늘 열 가지 이상의 핑계가 갖추어져 있지요.」 앤은 즐겨 말했다. 실제로 그녀가 자신의 무수한 외도를 변명할 때 즐겨 쓰는 말이기도 했다. 「어떤 것을 하는 데 필요한 이유는 딱 한 가지뿐이에요. 그건 지기가 원하기 내문이에요.」 아니면 반드시 해야 하기 때문인가? 앤은 반드시 해야 한다는 말은 강하게 부인할 것이다. 대신 이렇게 말할 것이다. 「당신이 원하는 것을 행하는 데 있어서 필요한 게 뭔지 아세요. 그건 강요라는 말이에요. 물론 당신이 두려워하는 것을 하시 않는 데에도 그 말이 필요하겠지만.」

중간에 끼인 아이들은 다른 형제들에 비해서 더 오래 우는 버릇이 있다. 어머니의 어깨에 매달려 고통과 상처받은 자존심을 어루만지던 재키 레이콘은 그 일행이 떠나는 것을 지켜보았다. 첫 번째는 그녀가 전에 본 적이 없는 두 남자였다. 한 남자는 키가 컸고 다른 남자는 얼굴이 거무튀튀하고 키가 작았다. 그들은 소형 초록색 밴을 타고 떠나갔다. 그녀가 보니 아무도 그 두 사람에게 손을 흔들거나 잘 가라는 말을 하지 않았다. 그다음에 그녀의 아버지가 자가용을 타고 떠났다. 마지막으로 블론드 머리에 잘생긴 남자와, 포대 자루처럼 엄청 큰 외투를 입은 키 작고 뚱뚱한 남자가 너도밤나무 아래 주차되어 있는 스포츠카로 걸어갔다. 재키 레이콘은 그 뚱뚱한 남자에게 문제가 있다고 잠시 생각했다. 그 남자는 너무나 천천히 또 고통스럽게 금발 미남을 따라가고 있었다. 잘생긴 남자가 차문을 열어 주자 그 뚱뚱한 남자는 비로소 정신을 차리는 것 같았다. 그는 뒤뚱거리며 황급히 차 안으로 들어갔다. 왠지 모르지만 그 남자의 그런 제스처는 재키 레이콘을 다시 한 번 놀라게 했다. 아이는 또다시 눈물 홍수를 이루었고 어머니는 아무리 해도 그 애를 달랠 수가 없었다.

11

 피터 길럼은 자신의 감정에 따라 충성심의 방향을 결정하는 기사도의 사내였다. 다른 친구들은 이미 오래전에 현행 서커스의 지도부 편으로 넘어갔지만 길럼은 그 지도부에 저항하는 마음을 갖고 있었다. 프랑스인 사업가였던 아버지는 전쟁 중에 서커스 연락망을 위해 스파이 노릇을 했고 영국인이었던 어머니는 남편 곁에서 암호문을 다루었다. 길럼은 8년 전 해운 회사 직원으로 신분을 가장하여 프랑스령 북아프리카에서 그 자신의 요원들을 거느렸는데 결국 실패작으로 끝났다. 그의 신분은 발각되었고 그의 부하들은 체포되어 교수형에 처해졌다. 그는 본국으로 소환되어 본부 대기 발령을 받은 상태에서 우울한 중년의 시절에 들어섰다. 그는 런던에서 이런저런 잡일을 했다. 때때로 스마일리를 위해 심부름을 하기도 했고 본국을 근거지로 하는 작전을 전개하기도 했다. 그런 작전 중에는 서로 상대방을 모르는 점 조직의 여자 연락망을 운영하는 것도 있었다. 그런 여자들을 가리켜 업계 전문 용어로는 〈인터-콘시어스*inter-conscious*가 되지 않는 요원〉이라고 했다.[11] 올라라인의 부하들이 서커스를 장악하자 그는 브릭스턴으로 방목되었다. 그는 자신이 그렇게 좌천된 것이 줄을 잘못 선 탓이라고 생각했는데 특히 스마일리와 가까웠던 것도 물먹은 이유 중 하나였다. 이상이 지난 금요일까지 그가 개괄적으로 설명하는 자신의 인생 스토리였다. 그때까지만 해도 그는 스마일리와의 관계는 끝장난 일로 생각하고 있었다.

당시 길럼은 주로 런던 부두에서 살고 있었다. 그 자신과 수하의 인재 스카우터들이 확보한 저급의 폴란드, 러시아, 중국 선원들을 중심으로 해양 네트워크를 조직하는 일에 열심이었다. 그런 일을 하는 중간중간 서커스의 1층에 있는 자그마한 사무실에 나가서 메리라는 예쁘장한 여비서와 말동무를 해주기도 했다. 그는 그런 생활에 그런대로 만족했으나 서커스의 고위층이 자신의 보고에 전혀 반응을 보이지 않는다는 점이 고민스러웠다. 가령 그가 지도부에 전화를 하면 늘 〈통화 중〉이거나 대답이 없었다. 그는 막연하게 뭔가 문제 있다는 느낌이 들었지만 언제 문제가 없는 적이 있었던가 하면서 쓰린 마음을 달랬다. 가령 올라라인과 컨트롤 사이가 나빴다는 것은 누구나 다 아는 사실이었다. 그런데도 두 사람은 몇 년 동안이나 그런 문제를 시정하려 들지 않았다. 길럼은 또한 다른 요원들과 마찬가지로 체코슬로바키아에서의 작전이 대실패로 끝났다는 것도 알고 있었다. 그 실패한 작전 때문에 외무부와 국방부는 크게 화를 냈고, 짐 프리도 — 스캘프헌터의 책임자이며 체코 전문가이자 오랫동안 빌 헤이든의 행동 대원이었던 인물 — 는 등에 총을 맞고 체포되었다. 바로 그 사건 때문에 서커스에는 수도원 같은 침묵이

11 inter-conscious는 intercourse와 발음이 비슷하여 성적으로 친하게 지내서는 안 되는 요원이라는 뜻도 암시하고 있음.

찾아들었고 요원들은 수도자들처럼 아무 말 없게 된 것이라고 길럼은 짐작했다. 그 때문에 빌 헤이든도 조울증 환자처럼 분노를 폭발시켰고 그 소문이 건물 전체에 널리 퍼져 나가게 되었던 것이다. 과장하기를 좋아하는 여비서 메리의 말에 의하면, 제우스의 천둥 번개 같은 분노였다. 나중에 그는 실패로 끝난 작전의 이름이 테스트파이*Testify*(증언하라)였음을 알게 되었다. 헤이든은 한참 뒤에야 길럼에게 그 작전에 대해 말해 주었다. 컨트롤이 생애 마지막의 영광을 위해 앞뒤 재지 않고 밀어붙인 가장 무모한 작전, 바로 그것이 테스트파이이고 짐 프리도는 그 희생 제물이라는 얘기였다. 작전의 일부 내용이 신문에 실렸고 의회 차원의 청문회가 있었으며, 비록 확인된 것은 아니지만 독일에 주둔 중인 영국군에 1급 비상령이 내려졌다는 소문도 나돌았다.

다른 요원들의 사무실을 들락날락하면서 그는 다른 사람들이 이미 몇 주 전에 알았던 사실을 파악하게 되었다. 서커스는 그저 침묵으로 빠져 들어간 것이 아니라 완전 얼어붙었다. 그 안으로 들어가는 것도 그 안에서 나오는 것도 아예 없었다. 적어도 길럼이 움직이는 차원에서는 그랬다. 책임자 급 사람들은 모두 궁지에 몰렸고 월급날이 돌아와도 직원 분류함에는 월급 명세서가 들어 있지 않았다. 메리에 의하면 총무과는 상부로부터 월급 명세서를 발급하라는 지시를 받지 못했다는 것이었다. 올러라인이 단골 클럽에서 화를 벌컥 내며 나서는 것을 보았다고 말하는 사람들도 있었다. 긴드롤이 차에 오르는 모습이 그렇게 밝을 수 없더라고 말하는 사람도 있었다. 빌 헤이든은 자신의 건의가 받아들여지지 않자 사표를 냈다고 말하는 사람도 있었다. 하지만 빌은 언제든 사임 얘기를 입에 달고 다니는 사람이었다. 하지만 이번은 사정이 다르다는 소문도 있었다. 헤이든이 그처럼 화를 낸 것은, 서커스가 짐 프리도의 몸값을 체코 측에 지불하지 않으려 했기 때문이라는 것이었다. 첩보 요원의 지위나 명성에 비해 체코 측에서 너무 높은 값을 부른다는 소문이었다. 하지만 빌 헤이든은 국수주의적인 주장을 하면서 충성스러운 영국인 한 명을 고국으로 불러들이는 값은 아무리 높아도 비싼 것이 아니라고 주장했다. 짐만 돌려받을 수 있다면 그까짓 돈이 무슨 문제냐는 태도라는 것이었다.

그런 각종 소문과 유비 통신이 흉흉하게 나돌던 어느 날 퇴근 무렵 스마일리가 길럼의 사무실에 들르더니 술이나 한잔 하자고 제안했다. 메리는 그가 누구인지 알아보지 못하고 그녀의 평소 스타일대로 계급을 가리지 않는 느린 어투로 안녕하세요, 라고 말했다. 서커스 문을 나란히 나서면서 스마일리는 경비원들에게 아주 정감 어린 목소리로 잘 있으라고 했다. 워터 스트리트에 있는 퍼브에 앉자마자 그가 뜬금없이 말했다. 「난 잘렸네.」 그게 설명의 전부였다.

그들은 퍼브에서 채링 크로스에 있는 와인 바로 2차를 갔다. 지하에 있는 생음악이 나오는 집이었는데 손님은 아무도 없었다. 「왜 자르는지 이유를 제시합디까?」 길럼이 물었다. 「혹시 당신이 뚱뚱해졌다고 자른 건 아닙니까?」

스마일리가 집착한 것은 바로 그 〈이유〉라는 단어였다. 2차를 마칠 무렵 그는 완전히 취해 버렸지만 그 이유라는 단어는 그의 머리 내벽에서 좀처럼 떨어져 나가지 않았다. 그들이 템스 강둑을 따라 걸어가는 동안 〈이유〉는 1천 개의 창이 되어 그의 머리를 찔러 왔다.

「논리로서의 이유 혹은 동기로서의 이유?」 그가 물었다. 그렇게 말하는 스마일리는 그 자신보다는 빌 헤이든을 더 닮아 있었다. 빌은 전쟁 전 옥스퍼드 동맹 스타일의 논쟁 방법으로 서커스 내에서 명성이 자자했었다. 그들은 벤치에 앉았다.「그들은 나한테 이유 같은 것은 제시하지 않았어. 사직서에 내 나름대로 이유를 제시하기는 했지. 하지만 그건 정확한 이유가 될 수 없어. 사실과 다르다고.」 길럼이 그를 조심스럽게 택시 속으로 밀어 넣고 운전사에게 차비와 주소를 건네주는 동안에도 스마일리는 계속 말했다.「그걸로 말이야, 내가 무관심에서 나오는 어설픈 관용, 그런 것을 받아들였다고 생각해서는 안 돼.」

「아멘」 하고 길럼은 말했다. 그는 택시가 어둠 속으로 사라지는 것을 쳐다보면서, 서커스의 규정상, 그들의 우정은 비록 대단한 것은 아니었지만 그 순간 종료되었다고 생각했다. 그 다음 날 길럼은 여러 명의 목이 날아갔다는 것을 알았다. 퍼시 올러라인은 서커스의 책임자 서리(署理)라는 타이틀로 야간 사령(司令)을 맡기 시작했고, 빌 헤이든은 놀랍게도 컨트롤 바로 밑에 배속되었다. 컨트롤에 대한 분노 때문에 그 자리를 자원했다고 하는데 겉으로는 그의 밑이었지만 실제로는 위라고 하는 소문이 나돌았다.

크리스마스 무렵 컨트롤은 세상을 떴다.「다음은 당신 차례예요.」 메리기 길럼에게 말했나. 그녀는 그 사건을 겨울 궁전에 두 번째 바람이 몰아치는 현상에 비유했다. 길럼이 브릭스턴이라는 시베리아로 좌천되자 메리는 울었다. 그의 새 보직은 공교롭게도 짐 프리도의 자리를 채우는 것이었다.

비에 젖은 월요일 오후 서커스의 계단을 걸어 올라가면서 길럼은 자신이 이제 중죄를 저지르려 한다는 것을 알았다. 그러면서 자연스레 과거의 사건들을 회상하게 되었고 오늘이야말로 그 과거로 되돌아가는 첫 시작이라고 생각했다.

그 전날인 일요일 저녁 그는 이튼 플레이스에 있는 널따란 집에서 카밀라와 함께 보냈다. 그녀는 기다란 몸매에 슬프면서도 아름다운 얼굴을 가진 음대생이었다. 이제 겨우 스무 살 정도였지만 그녀의 검은 머리카락에는 희끗희끗한 새치가 많았다. 아마도 그녀가 결코 발설하지 않으려는 인생의 어떤 충격적 사건 때문인 듯했다. 그 정신적 상흔의 여파로 그녀는 고기를 먹지 않았고 가죽옷을 입지 않았으며 알코올을 마시지 않았다. 하지만 길럼이 볼 때 그녀는 사랑에 빠지면 그런 제약에서 자유로워지는 듯했다.

그는 월요일 오전은 브릭스턴에 있는 지저분한 사무실에서 서커스 문서를 사진 찍으면서 보냈다. 그는 먼저 자신의 장비실에서 초소형 카메라를 꺼내 왔는데, 전에도 손끝의 감각을 잃어버리지 않기 위해 자주 카메라를 사용했었다. 「일광 필름으로 할까요 아니면 전기 필름으로?」 장비실 담당 직원이 물어 와 두 사람은 필름의 질에 대해 다정한 대화를 나누었다. 그는 비서에게 방해하지 말라고 일러둔 후 방문을 꼭 닫고서 스마일리의 꼼꼼한 지시에 따라 작업에 돌입했다. 창문은 벽의 높은 곳에 설치되어 있었다. 앉은 자세에서는 하늘과, 길 위의 언덕배기에 들어선 학교의 한 자락밖에 보이지 않았다.

그는 자신의 개인 금고에 들어 있는 자료부터 시작했다. 스마일리는 그에게 우선순위를 매겨 주었다. 첫째, 고참 간부들에게 배부된 직원 주소록. 집 주소, 전화번호, 이름, 본국에 거주하는 서커스 요원의 공작명 등이 적힌 것이어야 한다. 둘째, 올라라인 휘하의 새 조직표가 첨부된 직원 직무 규정집. 조직표의 중심부에는 방대한 거미집을 거느린 거대한 거미 같은, 빌 헤이든의 런던 스테이션이 위치했다. 빌은 거듭거듭 화난 어조로 말했다. 「프리도 사건 이후 더 이상의 개인적인 병력 운용은 절대 불가입니다. 왼손이 하는 일을 오른손이 모르게 하라는 비밀 규칙은 더 이상 인정되지 않습니다.」 올러라인은 조직표에 두 번이나 올라 있었다. 한 번은 서커스의 총책임자이고 다른 한 번은 특별 정보원 관리 담당 이사였다. 소문에 의하면, 바로 이 특별 정보원이 서커스를 돌아가게 한다는 것이었다. 실무자 차원에서는 무기력증에 빠져 있는데도 서커스가 화이트홀의 대폭적인 칭찬을 듣는 것은 바로 그 특별 정보원 때문이라고 길럼은 생각했다. 이들 서류 이외에 길럼은 스캘프헌터의 수정된 복무 규정도 포함시켰다. 그 규정은 〈친애하는 길럼〉으로 시작되는 올러라인의 편지로서 그의 권한을 아주 자세하게 대폭 축소한 것이었다. 그 결과 액턴에 본부를 두고 있는 램프라이터의 대장인 토비 이스터헤이스가 상대적으로 덕을 보게 되었다. 이 조직은 수평 구조의 결과로 급성장하게 된 유일한 외곽 부대였다.

그다음에 길럼은 책상으로 옮겨 가서 배경 지식이 될 만한 약간의 회람들을 사진 복사했다. 회람에는 총무과에서 내려온 안가 관리 상태에 대한 질책(〈제발 안가를 자신의 집처럼 소중하게 사용해 주십시오〉)과 서커스 비밀 전화를 개인 용도로 사용하는 데 대한 비난 등이 들어 있었다. 마지막으로 문서과에서 그에게 내려 보낸 아주 무례한 지적의 회람도 있었다. 〈당신의 공작명으로 발급된 운전면허증이 갱신되지 않았음을 마지막으로 경고합니다.〉 만약 그 이름으로 갱신하지 않는다면 총무과에 그 이름을 통보하여 적절한 징계 조치를 취하도록 건의하겠다는 내용이었다.

그는 카메라를 내려놓고 금고로 다시 돌아왔다. 금고 바닥 선반에는 토비 이스터헤이스의 이름으로 발급되고 〈도끼〉라는 암호명이 찍힌 램프라이터 보고서들이 쌓여 있었다. 이 서류는 합법적·준합법적 위장 신분, 가령 무역업, 타스 통신사, 아에로플로트 항공사, 라디오 모스크바, 영사관, 대사관의 보호 아래 활약하고 있는 2백~3백 명가량의 소비에트 정보 관계자들의 명단과 위장 신분을 분류해 놓은 것이었다. 해당되는 곳에는 램프라이터가 조사한 날짜와 지선(支線)의 이름들이 적혀 있었다. 지선은 감시 과정에서 일시적으로 포기한 사람들로 아직 완전 규명되지 않은 대상을 가리키는 전문 용어였다. 이 보고서는 해마다 한 권이 본권으로 나오고 월별로 부록이 발간되었다. 그는 먼저 본권을 참조한 뒤에 부록을 살폈다. 11시 30분에 그는 런던 스테이션 직통 라인으로 전화를 걸어 금융과의 로더 스트릭랜드를 찾았다.

「로더, 여긴 브릭스턴의 피터네. 업무는 어떤가?」

「그저 그래. 피터, 용건이 뭔가?」

간명하면서도 텅 빈 듯한 목소리. 우리 런던 스테이션 사람들은 자네들보다 우월하다고 말하는 듯한 목소리.

길럼은 용건을 말하기 시작했다. 비자금 세탁과 관련된 것이다. 좋은 거래 건수가 될 것 같은 프랑스 외교관에게 미끼를 던지기 위한 돈이다. 그는 아주 겸손한 목소리로 그를 만나서 이 문제를 의논하고 싶은데 혹시 시간이 되겠는지, 하고 말했다. 그건 런던 스테이션과 얘기가 끝난 건가, 로더가 물었다. 아니. 하지만 관련 서류를 빌 헤이든에게 지급으로 보냈네. 그 말에 로더 스트릭랜드는 약간 부드러워졌다. 길럼은 자신의 용건을 더욱 바싹 들이밀었다. 「로더, 한두 가지 까다로운 문제점이 있네. 자네의 머리를 좀 빌려야 할 것 같아.」

로더는 30분 정도 만나 줄 수 있다고 말했다.

웨스트엔드로 가는 길에 그는 채링 크로스 로드에 있는 〈라크〉라는 허름한 약국에 필름들을 맡겼다. 집주인은 라크 (종달새)라는 상호와 다르게 솥뚜껑만 한 손에 아주 몸집이 비대한 사람이었다. 가게에 손님은 없었다.

「램턴 씨의 필름들입니다. 현상해 주세요.」 길럼이 말했다.

라크가 그것을 받아 들고 뒷방으로 갔다가 다시 돌아와서 「잘되었습니다」라고 목쉰 소리로 말했다. 그런 다음 담배 연기를 내뿜듯이 크게 한숨을 내쉬었는데 그는 담배를 피우고 있지 않았다. 그는 길럼을 문 앞까지 인도하고 드르륵 소리를 내며 문을 닫았다. 도대체 조지는 어떻게 이 가게를 알게 되었을까, 하고 길럼은 궁금하게 생각했다. 그는 목을 부드럽게 하는 알약을 몇 개 샀다. 모든 행동은 아주 신중하게 해야 되네, 하고 스마일리는 그에게 주의를 주었다. 서커스가 하루 스물네 시간 자네 뒤에 미행을 붙였다고 생각해야 하네. 길럼은 그 정도는 자기도 안다고 생각했다. 토비 이스터헤이스는 올라라인의 칭찬과 격려를 듣는 일이라면 자기 어머니에게도 미행 요원을 붙일 위인이었다.

그는 채링 크로스에서 브릭스턴의 부책임자인 사이 밴호퍼와, 로리머라는 요원과 함께 점심을 하기 위해 셰빅터 식당으로 갔다. 로리머는 스톡홀름에서 그곳에 주재하는 동독 대사의 정부(情婦)를 자신의 정부로 삼은 적이 있다고 주장했다. 그 여자는 언제라도 첩보 게임을 할 생각이 있는데 영국 시민권과 1차 정보 제공 시 너무 많은 돈을 요구해서 일이 진척되지 않았다는 것이었다. 그녀는 대사의 우편물을 훔쳐 오는 것, 대사의 방에 도청 장치를 설치하는 것, 〈그의 욕조에 사금파리를 집어넣는 것〉 등등 뭐든지 다 하겠다고 말했다. 물론 사금파리 얘기는 농담이었지만, 길렘은 로리머가 허풍을 치고 있다고 생각했다. 혹시 밴호퍼가 허풍을 잘 치니까 그 부하도 덩달아 허풍을 떠는 게 아닐까 하는 생각도 들었다. 하지만 그는 첩보 생활이 몸에 익은 베테랑이기 때문에 그 어떤 요원의 얘기도 예단하지 않는 것이 좋다는 걸 알고 있었다. 그는 셰빅터 식당을 좋아했지만 점심에 무엇을 먹었는지 잘 기억이 나지 않았다. 이제 서커스의 로비에 들어서면서 그것이 흥분 때문이라는 것을 깨달았다.
「잘 있었나, 브라이언트.」
「안녕하십니까, 대장님. 어서 앉으세요. 잠시면 됩니다. 감사합니다.」 브라이언트가 마치 콩알을 뿌리듯이 한달음에 그 말을 내뱉었다. 길럼은 나무 의자에 앉아 인생 철학과 카밀라를 생각했다. 그녀는 최근에 우연히 알게 된 여자였다. 여자를 만나 그처럼 빠르게 관계가 진전된 것은 요 몇 년 사이에 처음이었다. 그들은 어떤 파티에서 만났는데 카밀라는 손에 당근 주스를 들고 한쪽 구석에 서서 인생의 진실이란 무엇이냐고 그에게 물어 왔다. 길럼은 밑져 봐야 본전이라는 심정으로 자신은 인생 철학에 대해서는 잘 알지 못하지만 그 인생을 알기 위해 오늘 밤 둘이서 침대로 직행하는 것이 어떻겠느냐고 말했다. 그녀는 진지한 표정을 지으며 잠시 생각에 잠겼다. 그러더니 외투를 가지고 와서 그를 따라나섰다. 그렇게 만난 이후 그녀는 그의 집에서 함께 살면서 너트 리솔[12]을 요리하고 틈틈이 플루트를 불었다.

서커스의 로비는 전보다 더 지저분해 보였다. 세 대의 낡은 엘리베이터, 나무 칸막이, 마자와티 차를 선전하는 포스터, 〈영국의 풍경들〉이라는 캘린더가 걸린, 유리를 댄 브라이언트의 접수 부스, 낡은 전화선.

「대장님, 스트릭랜드 씨가 당신을 기다리고 있습니다.」 브라이언트가 접수 부스에서 나오면서 말했다. 그는 〈14 : 55, P. 브라이언트, 경비원〉이라는 스탬프가 찍힌 분홍색 종이를 천천히 건네주었다. 가운데 엘리베이터의 출입문이 마치 메마른 나뭇가지들을 흔들듯이 덜그럭거렸다.

「이거, 기름을 좀 쳐야 하는 거 아닌가?」 길럼은 그 문이

[12] 견과를 안에 넣고 튀긴 요리.

닫히기를 기다리며 소리쳤다.

「우리는 계속 요청 중입니다.」늘 하는 불평인지 아주 자연스럽게 대꾸가 나왔다. 「그런데 조치를 안 해줘요. 하지만 얼굴이 하얘질 때까지 계속 요청해야죠. 가족은 잘 지내시죠, 대장님?」

「잘 지내.」 길럼은 가족이 없으면서도 그렇게 대꾸했다.

「그거 잘됐습니다.」 브라이언트가 말했다. 길럼은 아래를 내려다보면서 그의 크림 빛 머리가 발 사이에서 사라지는 것을 보았다. 메리는 그를 스트로베리 앤드 바닐라라고 불렀다. 얼굴은 딸기처럼 붉고 머리카락은 바닐라처럼 하얗고 아이스크림을 닮아 그런지 전반적으로 흐물거린다는 것이었다.

엘리베이터 안에서 그는 통행증을 살펴보았다. 〈LS 출입허가증〉이라고 헤드라인을 뽑았다. 〈방문 목적: 금융과. 용무가 끝난 사람은 통행증을 반납하시오.〉 초청인의 서명란은 공란이었다.

「잘 왔네, 피터. 어서 오게. 좀 늦었군. 하지만 괜찮아.」

로더는 칸막이 앞에서 기다리고 있었다. 152센티미터의 키, 하얀 칼라, 살그머니 발끝으로 선 자세는 전형적인 사무원의 모습이었다. 컨트롤 시절에 2층은 바쁜 사람들이 쉽게 건너다닐 수 있도록 통행로로 쓰였다. 오늘날에는 입구에 칸막이를 설치하여 쥐 같은 얼굴의 경비원이 출입자의 통행증을 엄중하게 체크했다.

「야, 이런 괴물을 설치한 게 얼마나 되었나?」 길럼은 번쩍거리는 새 자판기 앞에 걸음을 멈추고서 물었다. 물 컵을 채우고 있던 여직원 두 명이 뒤를 돌아보며 「안녕하세요, 로더」하고 말했다. 길럼은 두 사람 중 키 큰 여자를 보면서 카밀라를 닮았다고 생각했다. 천천히 불타는 눈빛, 남자들의 우둔함을 비웃는 표정, 이런 것들이.

「이게 언뜻 보기엔 괴물처럼 보일지 모르지만 인력을 얼마나 아껴 주는지 모른다네.」 로더가 재빨리 대꾸했다. 「효율적이야, 아주 효율적이라고.」 그는 열심히 자판기 자랑을 하다가 빌 헤이든과 거의 부딪칠 뻔했다.

그는 자기 사무실에서 나오고 있었다. 뉴콤프턴 로드와 채링 크로스 로드를 내려다보는, 육각형의 후추통같이 생긴 사무실이었다. 그는 길럼 일행과 같은 방향으로 움직이고 있었으나 그 속도가 시속 8백 미터였다. 빌은 실내에서는 그렇게 느린 동작을 취했다. 하지만 옥외로 나가면 얘기는 전혀 달라졌다. 길럼 또한 그것을 목격한 바 있다. 새럿 너서리(훈련소)의 훈련 게임에서 또 그리스의 야간 침투 작전에서 말이다. 실외에서 그는 빠르고 단호했다. 이 비좁은 복도에서는 그의 얼굴이 어둡고 침울해 보이지만 밖으로 나가면 그가 작전을 뛰는 그 낯선 곳의 분위기에 따라 날카로운 얼굴로 변모하는 것이다. 그가 작전을 나간 해외의 장소들은 이루 다 셀 수가 없을 정도였다. 길럼이 볼 때 헤이든의 흔적이 남아 있지 않은 작전 지역은 없는 것 같았다. 길럼은 경력을 쌓아 나가는 과정에서, 빌이 해외에서 이룬 혁혁한 업적과 자꾸만 마주치게 되었다. 1, 2년 전 해양 첩보 작전을 펴면서 길럼은 원저우(溫州)와 아모이(廈門)라는 중국 항구들의 해안을 감시해 줄 팀을 조직해야 할 필요가 있었다. 길럼은 그 과정에서 그 항구들에 살고 있는 중국인 요원들이 아직도 남아 있는 것을 발견했는데, 놀랍게도 빌 헤이든이 전쟁 중에 심어 놓은 요원들이었다. 그들은 비밀 무전기와 장비를 갖고 있어서 그때까지도 통신이 가능했던 것이다. 또다시 빌 헤이든의 업적에 놀란 경우는 서커스 현장 요원들의 전쟁 중 기록을 살펴볼 때였다. 현재의 막연한 낙관주의보다는 전쟁 중의 활동적 시대를 그리워하는 마음에서 그 기록을 들쳐 보게 된 것이었는데 겨우 두 건의 보고서를 펼쳐 보았음에도 헤이든의 공작명이 두 번이나 언급되어 있었다. 1941년 그는 헬퍼드 하구에서 프랑스의 소형 어선을 운영하고 있었다. 또 같은 해에 짐 프리도를 행동 대원으로 삼아 발칸 반도에서 스페인에 이르기까지 남부 유럽의 통신 연결망을 수립했다. 길럼이 볼 때 헤이든은 두 번 다시 있을 수 없는, 그렇지만 이제 사라져 가고 있는 서커스 세대의 마지막 주자였다. 물론 그의 부모와 조지 스마일리도 그런 세대라고 할 수 있을 터였다. 그것은 배타적인 세대였고 빌 헤이든의 경우에는 귀족적 세대라고 말하는 것이 타당하리라. 길럼은 한 번의 생애도 힘겹게 꾸려 나가고 있는 반면 헤이든은 열 사람분의 삶을 여유 있게 영위하고 있는 것이었다. 바로 그런 경이적이고 모험적인 업적 덕분에 30년이 지난 지금에도 서커스는 모험의 분위기를 풍기고 있는 것이다.

두 사람을 보더니 헤이든은 갑자기 멈춰 섰다. 길럼이 그를 다시 본 것은 한 달 만이었다. 그는 목적이 밝혀지지 않은 출장을 한 달간 다녀왔다. 문 앞에 서 있는 그는 등 뒤에서 흘러드는 빛 때문에 기이할 징도로 어둡고 또 키가 커 보였다. 그는 손에 뭔가를 들고 있었다. 길럼은 그것이 잡지인지 서류인지 보고서인지 구분하기 어려웠다. 그 자신의 그림자에 의해 반으로 갈라져 있는 그의 방은 대학생의 기숙사처럼 혼잡스럽고 어지러웠다. 보고서, 전보, 서류 등이 온 사방에 쌓여 있었다. 벽에 걸린 베이지 색 메모판에는 우편엽서와 신문에서 오려 낸 기사들로 가득 차 있었다. 그 옆에 액자에 넣지 않은 빌의 유화 한 점이 있었는데 사막의 단조로운 색깔을 주조색으로 하는 원숙한 추상화였다.

「헬로, 빌.」 길럼이 말했다.

사무실 문을 열어 놓은 채 ― 그것은 복무 규정 위반이었다 — 헤이든은 아무 말 없이 그들 앞으로 나섰다. 그는 예의 세련된 복장을 하고 있었다. 상의의 팔꿈치 부분에 댄 가죽은 네모가 아니라 마름모꼴이었고 그래서 뒤에서 보면 할리퀸 같은 인상을 주었다. 안경은 물안경처럼 머리 위에 꽂고 있었다. 그들은 쭈뼛거리며 그의 뒤를 따라갔다. 그러다가 그는 마치 좌대 위에서 동상을 홱 돌리는 것처럼 느닷없이 그들 쪽으로 몸을 돌리더니 길럼에게 시선을 고정시켰다. 이어 그는 활짝 웃었다. 그의 초승달 눈썹이 광대의 그것처럼 일자로 펴지면서 그의 잘생긴 얼굴이 기이할 정도로 젊게 보였다.

「그래, 여기서 뭘 하고 있나, 기피 인물?」 그가 농담조로 물었다.

그 질문을 진담으로 생각한 로더는 프랑스 외교관과 비자금에 대해서 설명하기 시작했다.

「로더, 자네 숟가락을 잘 보관하도록 하게.」 빌이 로더를 꿰뚫을 듯이 쳐다보며 말했다. 「저 잔혹한 스캘프헌터들은 자네 입에서 금이빨을 빼갈지도 모르니까 말이야. 여기 여직원들도 잘 단속하라고.」 그는 다시 길럼에게 시선을 고정시키면서 말했다. 「그런다고 그들이 가만있을 것도 아니지만. 언제부터 스캘프헌터들이 비자금을 세탁했나? 그건 우리 일인데.」

「세탁은 로더가 하고 있습니다. 우린 그저 사용만 하고 있습니다.」

「나에게 관련 문서를 올리게.」 헤이든이 갑자기 엄중한 어조로 로더에게 말했다. 「난 더 이상 가시철조망을 넘어갈 생각은 없으니까.」

「이미 소장님한테 결재 서류를 올렸습니다.」 길럼이 말했다. 「아마 지금쯤 소장님 결재 서류함에 들어 있을 겁니다.」

마침내 그는 고개를 끄덕이며 그들에게 가보라는 신호를 했다. 길럼은 헤이든의 연푸른 눈초리가 자신의 등에 딱 달라붙어 다음 코너를 돌 때까지 떨어지지 않는다는 느낌을 받았다.

「아주 멋진 소장님이지.」로더는 길럼이 오늘 처음 그를 만난 것처럼 말했다. 「런던 스테이션의 책임자로는 더 이상 적격자가 없어. 아주 뛰어난 능력, 아주 탁월한 기록. 아주 대단하다고.」

그러니까 그 밑에서 일하는 자신도 따라서 대단하다는 그런 뜻인가, 하고 길럼은 속으로 생각했다. 빌, 자판기, 금융과가 단 한 세트다 이런 얘기야? 길럼의 생각은 그들 앞의 문에서 흘러나오는 로이 블랜드의 런던 억양에 의해 깨졌다.

「헤이, 로더, 잠깐만. 혹시 빌 보지 못했나? 긴급히 할 얘기가 있는데 말이야.」

같은 방향에서 토비 이스터헤이스의 중부 유럽 억양의 목소리가 흘러나왔다. 「로더, 빨리. 우린 그를 빨리 찾아보라고 말해 놓았어.」

그들은 맨 마지막의 비좁은 통로로 들어섰다. 로더는 길럼보다 세 발자국 정도 앞에 있었는데 그 질문에 막 대답하려는 순간, 길럼이 열린 문 앞에 도착하여 그 안을 들여다보았다. 블랜드는 책상에 느긋하게 앉아 있었다. 그는 상의를 벗은 채 문서를 손에 쥐고 있었다. 셔츠의 겨드랑이 부분은 땀에 자서 반원형의 그늘을 이루었다. 키 작은 토비 이스터헤이스는 책상 앞에 선 채 수석 웨이터처럼 허리를 숙이고 있었다. 은색 머리칼, 험상궂은 턱, 자그마한 몸집, 이런 것들이 영락없는 미니어처 대사(大使) 인형을 연상시켰다. 그는 한 손을 블랜드가 내민 문서 쪽으로 뻗치고 있었다. 두 사람은 같은 문서를 읽고 있다가, 블랜드가 그 앞을 지나가는 로더

스트릭랜드를 본 듯했다.

「방금 빌 헤이든을 보았습니다.」 더욱 성실하게 답변하는 듯한 인상을 풍기기 위해 질문의 어구를 반복하는 습관이 있는 로더가 말했다. 「지금 이리로 오고 있을 겁니다. 아까 저기 통로 아래에서 보았습니다. 우린 한두 가지 사항에 대해서 그와 간단히 얘기를 나누었어요.」

블랜드의 시선은 천천히 길럼 쪽으로 움직였고 거기서 중지했다. 그 차가운 눈빛은 헤이든의 눈빛을 연상시켰다. 「헬로, 피터.」 그가 말했다. 그 소리에 꼬맹이 토비가 일어서서 길럼 쪽을 돌아다보았다. 포인터의 눈빛처럼 침착한 갈색의 눈동자였다.

「하이.」 길럼이 말했다. 「뭐가 그리 재미있습니까?」

그들의 수인사는 쌀쌀한 것이 아니라 아주 적대적이었다. 길럼은 스위스에서 아주 위험한 작전을 수행하면서 3개월 동안 토비 이스터헤이스와 함께 있었다. 토비는 당시 단 한 번도 웃은 적이 없었는데 지금 적대적인 시선을 보내오는 것은 전혀 놀라운 일이 아니었다. 하지만 로이 블랜드는 스마일리가 발굴한 인재였다. 첩보 세계에서 활동하는 사람치곤 마음이 따뜻했고 또 충동적인 인물이었다. 붉은 머리에 덩치가 컸고 지성적인 원시인이었다. 그가 보람 있게 보냈다고 생각하는 저녁은 켄티시 타운 근처의 퍼브들을 돌아다니면서 비트겐슈타인을 논의하며 보내는 것이었다. 그는 지난 10년 동안 공산당 당원 신분으로 동유럽 학계에 잠입하여 포섭 활동을 펼쳤다. 그리고 지금은 소환되어 본부 근무를 하고 있는데 그게 길럼과 비슷한 점이라면 비슷한 점이었다. 그의 평소 스타일은 활짝 웃으면서 상대방의 어깨를 살짝 두드리고 지난밤에 마신 맥주 자랑을 하는 것이었는데 오늘은 아니었다.

「재미는 무슨 재미, 피터, 올드 보이.」 로이가 때늦게 미소를 지으며 말했다. 「자네가 갑자기 여기 나타나서 놀란 것뿐이야. 2층에는 주로 우리 요원들만 일하거든.」

「여기 빌이 왔네요.」 로더가 자신의 예측이 그처럼 빠르게 실현된 것에 크게 만족해하면서 말했다. 빌은 방 안으로 들어섰고 그때 창문을 통해 들어온 햇빛이 일순 뺨 위에 머물렀다. 길럼은 그걸 보고 참으로 이상야릇한 뺨의 색깔이라고 생각했다. 실핏줄이 설핏 보이는 광대뼈 위에 아주 짙은 홍조가 마치 물감을 칠한 듯이 번져 있었던 것이다. 길럼은 자신이 긴장하고 있어서 그런지 몰라도 빌의 얼굴이 도리언 그레이를 연상시킨다고 생각했다.

로더 스트릭랜드와의 회의는 한 시간 20분 정도 걸렸다. 길럼은 회의 시간을 그처럼 질질 끌면서도 자꾸만 블랜드와 이스터헤이스에게로 생각이 돌아갔다. 그들은 과연 어떤 문제로 고민하고 있었던 것일까.

「돌핀을 찾아가서 이 문제를 깨끗이 마무리하는 게 좋겠어.」 길럼이 마침내 말했다. 「스위스 은행 문제라면 그녀가 잘 아니까 말이야.」 총무과는 금융과에서 문 두 개 정도를 지나면 있었다. 「난 이걸 여기다 두고 갈게.」 그가 통행증을 로더의 책상 위에 내려놓으며 말했다.

다이애나 돌핀의 방은 신선한 방향제 냄새가 났다. 그녀의 쇠사슬 갑옷 핸드백은 「파이낸셜 타임스」 옆의 금고 위에 놓여 있었다. 그녀는 아무도 결혼하려 들지 않는 서커스의 세련된 신부(新婦, 정보부 여직원)들 중 하나였다. 작전 문서가 이미 런던 스테이션에 제출되어 있어요, 그는 피곤한 목소리로 말했다. 그래요, 비자금 운용이 이제 과거의 일이 되었다는 건 나도 알고 있어요. 하지만 이 건은…….

「그렇다면 그 문서를 검토하고 나서 결과를 알려 드리지요.」 그녀가 말했다. 그것은 옆방에 있는 필 포티어스에게 가서 물어보겠다는 뜻이었다.

「그럼 로더에게 가서 그렇게 말하지요.」 길럼은 돌핀의 방을 나섰다.

움직여야 해, 그는 생각했다.

그는 남자 화장실에 들어가 세면대 앞의 거울로 입구의 동정을 살피면서 귀를 기울였다. 기이한 침묵이 그 층에 내려앉았다. 뭐 하는 거야, 어서 움직여. 나이 든 티를 내지 말고. 어서 행동해, 하고 그는 생각했다. 그는 복도를 가로질러 당직 사령의 방으로 과감하게 들어가서 쾅 소리를 내며 문을 닫고 주위를 둘러보았다. 그는 10분 정도 시간이 있다고 판단했다. 또 그런 기이한 침묵 속에서는 조심스럽게 닫은 문보다 쾅 닫은 문이 오히려 덜 의심을 산다고 생각했다. 자, 이제 움직여.

그는 카메라를 가져왔지만 햇빛이 영 엉망이었다. 그물 커튼이 쳐진 창문은 검은 파이프들로 가득한 안뜰을 내려다보고 있었다. 그가 조명등을 가져왔다고 하더라도 그것을 사용할 수는 없었다. 그래서 암기하기로 했다. 빌 헤이든이 스테이션을 접수한 이래 달라진 것은 별로 없는 듯했다. 낮 동안에 당직실은 우울증에 빠진 여직원들이 마음을 진정시키는 장소로 활용되었다. 그 방에서 싸구려 향수 냄새가 나는 걸 보아 아직도 그런 용도로 쓰이는 것 같았다. 한쪽 벽에는 인조 가죽 소파가 있었는데 밤에는 임시 침대로 사용되었다. 소파 옆에는 앞부분에 낡은 적십자 마크가 붙어 있는 구급함과 낡은 텔레비전이 있었다. 같은 장소에 전화 교환대와 전화통 사이에 철제 파일 캐비닛이 있었다. 그는 곧바로 그 캐비닛을 향해 다가갔다. 그것은 깡통 따개로도 충분히 열 수 있을 정도로 낡은 캐비닛이었다. 그는 만약의 경우에 대비하여 송곳과 합금 도구를 준비해 왔다. 그는 먼저 예전의 자물쇠 숫자 배합인 31-22-11을 기억해 내고 일단 시도해 보았다. 시계 반대 방향으로 네 바퀴, 시계 방향으로 세 바퀴, 다시 반대 방향으로 두 바퀴, 이렇게 다이얼을 돌리자 캐비닛 문이 밖으로 팍 튀어나왔다. 다이얼은 너무 오래되어 저절로 길을 가르쳐 주었다. 문을 여는 순간 아래쪽에서 구름처럼 먼지가 일어나 서서히 어두컴컴한 창문 쪽으로 올라갔다. 동시에 그는 한줄기 플루트 소리가 들려온다고 생각했다. 그것은 아마도 거리에서 자동차 브레이크를 밟는 소리였을지도 모른다. 아니면 리놀륨 바닥 위를 삐걱거리며 지나가는 서류 트롤리 소리였을 수도 있다. 하지만 그의 귀에서는 분명히 카밀라가 즐겨 연습하는 바로 그 플루트 가락이었다. 그녀는 자기 마음 내킬 때 그 악기를 연주했다. 한밤중이든 새벽녘이든 가리지 않았다. 이웃에 대해서는 전혀 신경 쓰지 않았는데 그런 면에서는 아주 둔감한 여자처럼 보였다. 그녀를 집에 데려온 첫날 밤 그녀는 이렇게 말했다. 「당신은 침대 어느 쪽에서 잘 거예요? 내 옷은 어디다 두어야 해요?」 그는 그런 문제들을 아주 신경 써서 정리했다. 하지만 카밀라는 말만 그렇게 했을 뿐 제멋대로였다. 그런 일련의 정리 테크닉은 타협, 보다 구체적으로 현실과의 타협이라는 것이었다. 그녀는 때때로 현실로부터의 도피라는 말도 썼다. 그래, 도피, 그거 좋은 말이야. 제발 지금 이 상황에서 도피할 수 있게 해줘.

당직 일지는 맨 위의 선반에 있었는데 여러 묶음을 한 권의 책으로 엮은 것이 몇 권이었고 책 등에는 해당 날짜들이 적혀 있었다. 그 책들은 마치 집안의 족보 같아 보였다. 그는 4월 치의 책을 꺼내 속표지에 적혀 있는 이름의 리스트를 살펴보았다. 혹시 안뜰 건너편에 있는 복사실에서 이쪽을 쳐다보고 있으면 어쩌지? 설혹 이쪽을 본다 해도 신경이나 쓸까? 그는 날짜별 항목들을 뒤지면서 런던 스테이션과 타르 사이에 전문이 오갔을 4월 11일과 12일 밤 부분을 찾아보았다. 홍콩은 여덟 시간 빨리 가지, 하고 스마일리는 지적해 주었다. 타르의 전문과 런던의 첫 번째 회신은 모두 근무 시간 이외에 들어오고 나간 것이었다.

갑자기 복도에서 왁자지껄한 소음이 들려왔다. 잠시 동안 올러라인이 저지(低地) 스코틀랜드 억양으로 썰렁한 유머를 구사하고 있다는 환상이 길럼의 머릿속에 스쳐 지나갔다. 하지만 그런 긴장된 상황에 놓여 있는 사람의 머릿속은 환상들의 시장 통이나 다름없었다. 그는 그럴듯한 변명을 준비해 놓고 있었고 내심 그 변명의 진실을 일부 믿고 있었다. 만약 정말로 들킨다면 그 변명을 완전히 믿어 버릴 것이었다. 만약 새럿 너서리의 심문관들이 그를 심문한다면 그는 폴백(다음 행동)도 미리 짜놓고 있었다. 그는 폴백 없이는 움직이지 않았다. 하지만 겁이 나는 것은 어쩔 수 없었다. 목소리들은 사그라졌고 퍼시 올러라인의 유령도 함께 사라졌다. 그의 갈비뼈 사이로 땀이 흘러내렸다. 한 여직원이 「헤어」의 한 가락을 흥얼거리며 당직실 옆을 지나갔다. 만약 그렇게 흥얼거리다가 빌에게 걸리면 국물도 없을걸, 하고 그는 생각했다. 빌을 정말 약 올리는 것이 하나 있다면 그건 입속으로 노랫가락을 흥얼거리는 것이었다. 험악한 얼굴을 하면서 「그래, 여기서 뭘 하고 있나, 기피 인물?」 하고 말할걸.

이어 그는 저 멀리 어디쯤에서 빌이 화나서 소리치는 것을 실제로 듣고 잠시 흥겨워졌다. 「그 흥얼거리는 것 그만두지 못해! 저 바보는 누구야?」

움직여야 해. 일단 멈추면 그때는 다시 시작하지 못하는 거야. 사람에게는 누구나 갑자기 멈춰 서서 그 자리에서 얼어 버리는 무대 공포증이라는 게 있다. 그런 것이 발동하면 필요한 물건에 손을 대었을 때 갑자기 손이 굳어 버린다거나 위장이 녹아내리면서 설사가 일어날 것 같은 느낌이 드는 것이다. 그는 4월 치를 도로 원위치하고 네 권을 무작위로 꺼내 보았다. 2월, 6월, 9월, 10월 치였다. 그는 대조하기 위해 페이지를 재빨리 넘겨 본 다음 다시 선반 위에 올려놓고 쭈그려 앉았다. 그는 먼지가 빨리 가라앉기만 기다렸으나 먼지는 끝없이 풀썩거렸다. 왜 아무도 이런 상태를 불평하지 않는 거지? 많은 사람들이 한 장소를 공동으로 사용할 때는 반드시 이런 일이 벌어졌다. 책임이 없으면 어느 누구도 신경을 쓰지 않는 것이다. 그는 야간 경비원들의 근무 리스트를 찾아보았다. 그 리스트는 맨 밑바닥 선반에 티백, 응유(凝乳) 등과 함께 구겨진 채 있었다. 어떤 묶음은 대봉투 형태의 폴더에 넣어져 있었다. 경비원들은 야간 당직의 열두 시간 근무 중에 그 리스트를 자정과 새벽 6시 이렇게 두 번 가지고 왔다. 당직이 그 리스트를 점검하지만 야간 근무 직원들이 전 건물에 퍼져 있는데 일일이 확인하기란 사실상 불가능하다. 당직은 그 리스트를 점검한 후 서명을 하고 세 번째 카피를 떼 내어 캐비닛에 보관한다. 왜 이렇게 하는지 그 이유는 아무도 모른다. 이게 서커스 대숙청 이전의 절차였고 지금도 그 절차가 지켜지는 듯했다.

  선반에 먼지와 티백이 가득하군, 하고 그는 생각했다. 당직이 차를 끓여 먹은 지 아주 오래된 듯하군.

  그는 다시 한 번 4월 10~11일자에 주목했다. 그의 셔츠는 갈비뼈에 달라붙었다. 난 왜 이렇게 불안한 거지? 난 이제 고개를 넘었어, 거의 다 끝났다고. 그는 페이지를 앞뒤로 세 번 넘겨 본 다음 캐비닛 문을 닫았다. 그러고는 주위의 소리에 귀 기울이면서 기다리다가 근심스러운 눈빛으로 먼지 구름을 한번 쳐다본 후 과감하게 복도를 건너 안전한 화장실로 들어갔다. 복도를 횡단하는 도중에 또다시 소음이 들려왔다. 암호기의 덜그럭거리는 소리, 전화벨 울리는 소리, 여직원의 새된 소리였다. 「어머, 잔돈이 어디 간 거지? — 이런 내 손에 쥐고 있었네.」 또다시 아까 들렸던 그 신비한 목관 악기 소리가 들려왔지만 이제 더 이상 신새벽에 카밀라가 불어 대는 플루트 소리는 아니었다. 다음에 그녀가 또다시 타협 운운하면 타협 따위는 절대 하지 말라고 해야지, 하고 모질게 생각했다. 타협을 하는 것이 아니라 맞장을 떠야 해. 인생은 어차피 그런 거 아니야.

화장실에서는 스파이크 카스파와 닉 드 실스키가 세면대 앞에 서서 거울을 들여다보며 대화를 나누고 있었다. 그 둘은 헤이든이 운영하는 러시아 네트워크의 행동 대원인데 벌써 여러 해 동안 그 역할을 맡고 있었다. 그래서 둘을 가리켜 간단히 〈러시아인〉이라고 했다. 그들은 길럼을 보자 순간적으로 입을 다물었다.

「자네들 둘, 정말 오래간만이군. 정말 단짝이야. 늘 붙어 다니니 말이야.」

그들은 금발 머리에 땅딸막했는데 진짜 러시아인보다 더 러시아인 같았다. 그는 그들이 나갈 때까지 기다렸다가 손가락의 먼지를 씻어 내고 로더 스트릭랜드의 방으로 되돌아왔다.

「돌핀이 잘 알려 주더군.」 그가 자연스럽게 말했다.

「아주 뛰어난 직원이지. 여기서는 거의 필수 요원이야. 아주 유능하고, 틀림없어.」 로더가 말했다. 그는 시계를 들여다보더니 통행증에 서명하고 길럼을 엘리베이터까지 안내했다. 토비 이스터헤이스가 칸막이 앞에 서서 무뚝뚝한 젊은 경비원과 얘기하고 있었다.

「피터, 브릭스턴으로 돌아갈 건가?」 그의 어조는 무심했다. 그 표정도 예전과 마찬가지로 포커페이스였다.

「왜?」

「밖에 차가 있어. 자네를 다려다 줄 수 있을 것 같아. 마침 그쪽으로 가는 길이야.」

다려다 주지? 꼬맹이 토비는 정확하게 언어를 구사하지는 못해도 할 수 있는 언어가 꽤 됐다. 스위스에서 길럼은 그가 프랑스어를 말하는 것을 보았는데 꼭 독일어처럼 들렸다. 실제로 독일어를 말할 때는 슬라브어의 억양이 끼어들었고, 영어를 말할 때에는 문법적 오류, 탈자, 엉터리 발음이 많았다.

「토비, 괜찮네. 난 집으로 퇴근할 거야. 잘 가게.」

「집으로 바로 퇴근한다고? 그럼 거기까지 다려다 주지.」

「고맙네. 하지만 그전에 쇼핑을 좀 해야 돼. 내가 대부를 선 애들이 꽤 되어 신경을 써야 하거든.」

「그거 신경 쓰이지.」 대부 선 애들이 하나도 없는 토비가 그렇다는 듯이 말했다. 그는 약간 실망스럽다는 듯이 자그마한 화강암 턱을 안으로 당겨 넣었다.

저 친구 도대체 뭘 원하는 거야, 하고 길럼은 생각했다. 꼬맹이 토비와 빅 로이는 왜 나를 째려보았지? 그들이 읽고 있던 문서 때문인가, 아니면 점심에 뭘 잘못 먹었나?

길거리에 나선 그는 채링 크로스 로드를 걸어가면서 서점들의 진열장에 시선을 주었다. 하지만 곁눈으로는 보도 양옆을 살펴보고 있었다. 바람이 불어서 날씨는 아까보다 쌀쌀했다. 그의 곁을 스쳐 지나가는 사람들의 얼굴에는 약속의 즐거움이 어려 있었다. 그도 덩달아 기분이 좋아졌다. 지금껏 나는 너무 과거에 파묻혀 살아왔어, 하고 그는 생각했다. 이제 내 눈을 들어 앞을 바라다볼 때야. 즈웨머스 서점에서 그는 『시대별 악기』라는 탁상용 대형 호화판 책을 들춰 보면서,

카밀라가 닥터 샌드라는 플루트 선생을 찾아가 밤늦게 레슨을 받는다는 사실을 기억했다. 그는 길게 늘어선 버스들에 시선을 주면서 포일스[13]까지 걸어갔다. 해외에 나왔다고 생각하게, 하고 스마일리는 말했다. 당직실의 음산한 분위기와 로이 블랜드의 의심하는 눈초리 등을 상기하면서 길럼은 해외에 온 듯한 느낌을 불러일으키는 데 전혀 어려움이 없었다. 하지만 의심의 눈초리를 던진 것은 빌 역시 마찬가지였다. 그렇다면 빌 헤이든도 용의 선상에 올려야 하는가? 아니야, 빌은 클래스가 달라. 길럼은 그런 생각을 하면서 헤이든에 대해 자연스럽게 충성심이 솟구치는 것을 느꼈다. 호랑이는 굶주려도 풀을 먹지 않는다고, 빌은 결코 자기 것이 아닌 것에 대들 사람이 아니었다. 빌에 비하면, 오늘 길럼을 의심하던 그 두 명은 토끼에 지나지 않았다.

소호에서 그는 택시를 집어타고 워털루 스테이션으로 가자고 말했다. 워털루에서 그는 악취가 풍기는 공중전화 부스에 들어가 서리의 미첨에 있는 집 전화번호를 눌러 멘델 경감과 통화를 시도했다. 멘델은 전에 경찰청 특별 조사부의 요원이었고 여러 수사 건으로 스마일리와 길럼과 관계를 맺었던 사람이었다. 멘델이 나오자 길럼은 제니를 바꿔 달라고 했고 멘델은 간단히 제니라는 사람은 여기 살지 않는다고 대답했다. 그는 미안하다며 전화를 끊었다. 공중전화 밖에서 노파가 차례를 기다리고 있었으므로 길럼은 시간 안내소의 다이얼을 눌러 자동 응답기를 상대로 즐겁게 대화하는 척했다. 이제, 그가 거기에 도착했겠군, 하고 그는 생각했다. 그는 서리의 두 번째 전화번호를 눌렀고 이번에는 멘델이 살고 있는 동네의 코너에 있는 공중전화 부스가 나왔다.

13 런던 중심부 채링 크로스 로드에 있는 대형 서점.

「여기는 월입니다.」길럼이 말했다.

「여기는 아서다.」멘델이 쾌활한 목소리로 말했다.「월, 자네는 어떤가?」멘델은 날카로운 얼굴에 날카로운 목소리를 지닌 아주 기발하고 민첩한 경찰관이었다. 길럼은 연필을 들고 경찰관 수첩에 적어 넣으려는 멘델의 모습을 정확하게 상상할 수 있었다.

「제가 버스로 들어갈지 모르기 때문에 먼저 헤드라인을 불러 드리겠습니다.」

「알았다, 월.」멘델이 부드럽게 말했다.「조심하는 건 좋은 일이지.」

그는 자신의 메시지를 천천히 불러 주었다. 감청을 예방하기 위한 마지막 조치로 학자들의 보고서인 양 꾸며 시험 건수, 관련 학생들, 도난된 시험지 등을 불러 주었다. 그가 말을 멈출 때마다 상대편에서 종이 위에 뭔가를 쓰는 사각사각 소리가 들려왔다. 멘델은 천천히 꼼꼼하게 자료를 적고 있었고 다 적을 때까지 일절 말을 하지 않았다.

「그리고 약국에서 스냅 사진을 받았네.」멘델은 적은 내용을 복창한 후에 마시막으로 말했다.「아주 만족스럽게 나왔어. 버릴 사진이 하나도 없네.」

「감사합니다. 저도 기쁩니다.」

하지만 멘델은 이미 전화를 끊은 상태였다.

두더지들에 대하여 한마디 할 게 있네, 하고 길럼은 생각했다. 두더지들은 아주 길고 어두운 터널에 살고 있지. 그는 공중전화 부스 밖에서 기다리던 노파를 위해 문을 열어 주면서 전화 걸이에 놓인 수화기에서 땀방울이 미끄러지듯 방울방울 떨어지는 것을 보았다. 그는 자신이 멘델에게 불러 준 메시지를 생각해 보았다. 열어 놓은 문으로 험악한 눈빛을 번들거리며 그를 쳐다보던 로이 블랜드와 토비 이스터헤이스를 생각했다. 그는 스마일리가 지금 어디에 있는지, 일 처리를 제대로 신경 쓰고 있는지 궁금했다. 그는 카밀라의 육체가 너무 그립다는 생각을 하며 이튼 플레이스로 돌아왔고 자신이 그렇게 떨었던 이유들에 대하여 약간 두려웠다. 그렇게 겁먹게 한 것이 나이 때문인가? 하지만 그는 난생처음으로 자신이 갖고 있던 체면과 위신이 팍 구겨졌다는 생각을 했다. 그는 자기가 지저분하다는 느낌, 아니 강렬한 자기혐오의 구역질을 느꼈다.

12

노인들 중에는, 모교 옥스퍼드 대학교로 다시 돌아가 석조 건물들 사이에서 자신의 젊은 시절이 그들을 향해 손짓하는 것을 발견하는 노인들이 있다. 스마일리는 그런 노인들 중 한 사람은 아니었다. 10년 전이라면 그는 강한 향수를 느꼈을 것이다. 하지만 지금은 아니었다. 보들리 도서관을 지나가면서 그는 막연하게 생각했다. 내가 저기서 공부를 했었지. 파크스 로드에 있는 옛 스승들의 집을 보며 그는 기억을 떠올렸다. 저 주택 단지에 있는 기다란 정원에서 제베디 선생은 〈런던에 내가 아는 한두 사람〉에게 말을 건네 보겠다고 했다. 톰 타워의 시계탑에서 저녁 6시를 알리는 종소리가 들리자 그는 빌 헤이든과 짐 프리도를 생각하는 자기 자신을 발견했다. 두 사람은 그가 졸업하던 해에 입학했고 전쟁 무렵 서커스에 스카우트되었다. 대학 당시 두 사람은 어떤 모습이었을까 하고 그는 생각했다. 빌은 그림을 잘 그리고 논쟁하기 좋아하고 사교적인 학생이었겠지. 운동을 잘하는 짐은 말이 어눌했겠지. 하지만 그들이 서커스에 들어와 전성기를 누리던 무렵에는 그런 구분이 거의 평준화되었다고 그는 생각했다. 짐은 두뇌 회전이 빨라졌고 빌도 현장에 나가 녹록지 않은 인물이 되었다. 그러나 경력이 원숙해질 무렵 두 사람의 양극성은 구체적으로 드러나기 시작했다. 현장의 사나이는 현장으로 돌아갔고, 사색하기 좋아하는 빌은 사무실로 들어갔다.

빗방울이 간간이 떨어졌으나 그는 그것을 의식하지 못했다. 그는 정거장에서부터 철도를 따라 걸어오는 우회로를 택했다. 그가 다닌 블랙웰 칼리지가 어디 근처 북쪽에 있을 터였다. 이곳은 나무들이 많기 때문에 황혼이 빨리 찾아왔다.

그는 막다른 골목에 도착하자 다시 한 번 머뭇거리면서 주위를 살폈다. 숄을 걸친 여자가 자전거를 타고 그의 옆을 스쳐 가로등 사이로 지나갔다. 가로등 불빛은 안개의 베일을 은은하게 흔들어 놓고 있었다. 그 여자는 자전거에서 내리더니 문을 열고 안으로 사라졌다. 길 건너편에서는 흐릿하게 보이는 사람이 개를 걷게 하고 있었다. 그 사람이 여자인지 혹은 남자인지 구분이 되지 않았다. 그 외에 도로는 텅 비어 있었고 공중전화 부스에도 사람이 들어가 있지 않았다. 그러다가 갑자기 두 남자가 하느님과 전쟁에 대하여 커다란 목소리로 말하면서 그의 옆을 지나갔다. 말은 젊은 남자가 거의 다 했다. 나이 든 남자는 고개를 끄덕이며 동의했다. 스마일리는 그가 지도 교수일 거라고 생각했다.

그는 관목으로 조성된 높다란 울타리를 따라갔다. 15호 대문은 아주 부드럽게 돌아갔다. 이중문이었으나 문 하나만 사용하고 있었다. 그가 문을 밀자 걸쇠가 자동적으로 풀렸다. 집은 약간 떨어진 곳에 있었다. 대부분의 창문은 불이 켜져 있었다. 높은 쪽의 창문에는 젊은 남자가 책상 앞에 구부정하게 서 있는 것이 보였다. 다른 창문에서는 두 여학생이 서로 논쟁을 벌이고 있는 것 같았다. 세 번째 창문에서는 아주 창백한 여자가 비올라를 켜고 있었으나 소리는 들리지 않았다. 1층의 창문도 불이 켜져 있었으나 커튼이 쳐져 있었다. 건물 현관에는 타일을 발랐고 문은 채색 유리로 장식되어 있었다. 문기둥에는 낡은 안내문이 핀으로 고정되어 있었다. 〈오후 11시 이후에는 옆문을 사용하시오.〉 초인종 위에는 안내문이 더 많이 붙어 있었다. 〈프린스, 벨 세 번 누르시오.〉, 〈럼비, 벨 두 번 누르시오.〉, 〈버즈, 저녁 내내 외출할 거야. 나중에 보자. 재닛.〉 맨 밑의 초인종은 〈삭스〉라고 되어 있었고 그는 그 벨을 눌렀다. 즉시 개들이 짖어 댔고 한 여자가 소리를 질렀다.

「플러시, 조용하지 못해. 바보 같은 놈. 별 볼일 없는 손님이야, 조용히 하라니까.」

문은 체인이 걸린 채 약간만 열렸다. 한 사람이 문틈에 나타났다. 스마일리도 그 순간 집 안에 누가 있는지 살피기 위해 혼신의 힘을 다했다. 어린아이의 눈처럼 젖어 있는 날카로운 눈이 그를 살펴보았다. 그의 서류 가방과 젖은 신발을 살폈고 고개를 들어 그의 어깨 너머 드라이브 쪽에 누가 있지 않은지 순간적으로 확인했고 그런 다음 그를 다시 한 번 위아래로 훑어보았다. 마침내 그 하얀 얼굴은 매력적인 미소를 지었고, 예전에 서커스 조사 연구과의 여왕으로 근무했던 미스 코니 삭스는 기쁜 표정을 내보였다.

「조지 스마일리.」 그녀가 소리쳤다. 그러고는 그를 집 안으로 안내하면서 수줍어하는 듯한 작은 웃음을 터뜨렸다. 「이게 얼마 만이에요, 조지. 난 당신이 진공청소기를 판매하려는 세일즈맨인 줄 알았어요. 그런데 정말 신사 중의 신사 조지가 아니겠어요!」

그녀는 재빨리 문을 닫았다.

훤칠한 그녀는 스마일리보다 머리 하나가 더 컸다. 백발이 그녀의 커다란 얼굴에 윤곽을 잡아 주고 있었다. 그녀는 트레이닝복 비슷한 갈색 상의에, 허리 부분에 고무 밴드가 둘러쳐진 간편한 바지를 입고 있었다. 그녀의 배는 노인처럼 약간 아래쪽으로 처져 있었다. 벽난로에는 코크스가 약하게 타오르고 있었다. 벽난로 앞에는 고양이들이 누워 있었고 소파에는 너무 뚱뚱해 잘 움직이지도 못하는 불결한 회색 스패니얼 개가 뭉그적거리고 있었다. 트롤리에는 그녀가 식사하는 양철 그릇들과 물 마시는 병들이 놓여 있었다. 그녀는 어댑터 하나를 가지고 라디오, 전기 곤로, 퍼머기 등의 전원으로 삼고 있었다. 어깨까지 머리를 기른 소년이 바닥에 쭈그려 앉아 토스트를 만들고 있었다. 스마일리를 보자 그는 토스트를 굽는 삼지창 포크를 내려놓았다.

「오, 징글, 내일 하면 안 되겠니?」 코니가 말했다. 「내가 아주 오래 전에 알았던 애인이 날마다 나를 찾아오는 것은 아니니까 말이야.」 그는 그녀의 목소리를 잊어버렸다. 그녀가 온갖 음정으로 다양한 목소리를 구사해 왔기 때문이었다. 「너에게 한 시간의 자유를 주지. 내가 가르치는 멍청한 아이예요.」 그 학생이 아직 문밖으로 나서지 않았는데도 그녀가 스마일리에게 말했다. 「난 아직도 가르쳐요, 조지. 왜 그러는지는 나도 모르지만.」 그녀가 자랑스럽다는 듯 그를 쳐다보면서 말했다. 그는 여행용 가방에서 셰리주 병을 꺼내 두 잔에 가득 채웠다. 「내가 좋아하는 멋진 사람들 중에서 오로지 그만이 걸어서 왔단다.」 그녀가 스패니얼에게 설명했다. 「그의 신발을 좀 봐. 런던에서 여기까지 걸어왔나 봐. 그렇지 않아요, 조지. 정말 그랬나 봐.」

그녀로서는 술을 마시는 것이 쉽지 않았다. 관절염으로 인해 손가락이 마치 교통사고를 당해 부러진 것처럼 모두 안으로 굽었기 때문이다. 게다가 팔도 뻣뻣했다. 「조지, 혼자 걸어왔어요?」 그녀가 트레이닝복 호주머니에서 담배 한 개비를 꺼내며 물었다. 「미행당하지 않았죠?」

그는 그녀를 위해 담배에 불을 붙여 주었다. 그녀는 장난감 권총처럼 담배를 일직선으로 들고 조준선 삼아 그의 얼굴을 담배 끝에 올려놓으며 날카롭고 분홍빛 도는 눈으로 그를 쳐다보았다. 「그래, 올드 보이, 이 코니에게서 무엇을 원하시나요?」

「그녀의 기억.」

「어떤 부분?」

「우린 과거의 일을 되짚어 보고 있어.」

「플러시, 이 사람이 무슨 얘기 했는지 들었어?」 그녀가 스패니얼 개에게 소리쳤다. 「전엔 너무 늙었다며 내쫓더니 이제 나한테 구걸하러 왔어. 조지, 어떤 과거의 일인데요?」

「코니, 레이콘의 소개장을 가지고 왔어. 오늘 밤 저녁 7시에 클럽에 있겠다고 했어. 걱정된다면 저기 코너에 있는 공중전화 부스에서 그에게 전화해 봐. 난 당신이 그렇게 하지 않기를 바라지만 꼭 전화로 확인해야겠다면 그가 몇 마디 추천의 말을 해줄 거요.」

그녀는 그를 가볍게 포옹하고 있었는데 그 소리를 듣더니 손이 스르르 풀렸다. 그녀는 방 안을 잠시 배회했다. 어디서 쉬고 어디서 안정을 취해야 하는지 잘 알고 있었다. 그러더니 한마디 욕설을 내뱉었다. 「오, 빌어먹을 조지 스마일리와 그 일행들.」 창가에 가더니 그녀는 버릇처럼 커튼을 살짝 들쳐 보았다. 하지만 수상한 것은 없었다.

「오, 빌어먹을 조지.」 그녀가 중얼거렸다. 「어떻게 레이콘을 끌어들였어요. 서커스에서 근무하면서 경쟁사를 불러오는 상황이나 다름없어요.」

테이블에는 그날 치 「타임스」가 놓여 있었는데 맨 위에는 낱말 맞히기 란이 있었다. 네모 칸은 글자가 또박또박 쓰여 있었고 빈 칸은 없었다.
「오늘 축구장에 갔었어요.」 그녀가 계단 밑 어두운 곳에서 노래 부르듯 말했다. 그녀는 기분이 좋아진 듯 트롤리를 옆으로 밀어냈다. 「러블리 윌은 내 마음을 사로잡았어요. 내가 무척 좋아하는 선수예요. 멋지지 않아요?」 그녀는 어린 소녀 같은 목소리로 말했다. 이어 화를 내고 입을 비죽 내밀며 소리쳤다. 「조지, 코니는 추워요. 아주 바싹 얼었어요. 발가락 끝까지 다 시려요.」

그는 그녀가 울고 있다고 짐작했다. 그래서 계단 밑의 어둠 속에서 끌어내 소파 있는 데로 데려왔다. 그녀의 술잔이 비어 있어 그는 반 잔을 더 채워 주었다. 그들은 소파에 나란히 앉아 술을 마셨다. 코니의 눈물은 트레이닝복을 흘러내려 그녀의 손바닥까지 떨어졌다. 「레이콘 그자가 나한테 뭐라고 했는지 알아요?」 그녀는 특무 상사의 목소리로 말했다. 「코니, 당신은 이제 균형 감각을 잃고 있어. 당신은 이제 실제 세상으로 나가야 할 때가 되었어. 이랬어요. 조지, 하지만 난 실제 세상이 싫었어요. 난 서커스와 거기서 일하는 러블리 보이스 lovely boys가 너무나 좋았어요.」 그녀는 깍지를 끼기 위해 그의 손가락을 잡았다.

「폴리아코프.」 그는 타르가 가르쳐 준 대로 천천히 철자를 말했다. 「알렉세이 알렉산드로비치 폴리아코프. 런던 주재 러시아 대사관의 문정관이었어. 당신이 예측한 대로 이자가 되살아났어.」

도로에 차 하나가 멈춰 섰다. 그는 차바퀴 소리만 들었고 엔진은 이미 꺼져 있었다. 이어 발걸음 소리가 가볍게 났다.

「재닛이 남자 친구를 몰래 방 안에 들이고 있는 거예요.」 코니가 속삭였다. 가장자리가 분홍빛인 그녀의 눈은 스마일리에게 고정되어 있었다. 「재닛은 내가 모른다고 생각해요. 저

소리 들리지요. 구두 굽에 징을 박았어요. 자, 잠시만 기다려 봐요.」 발걸음 소리가 죽고 가볍게 살랑거리는 소리가 들려왔다. 「재닛이 남자에게 열쇠를 건네주고 있는 거예요. 남자친구는 자기가 여자보다 더 조용히 자물쇠를 열 수 있다고 생각해요. 실은 그렇지도 못하면서 말이에요.」 자물쇠는 요란한 소리와 함께 열렸다. 「아, 남자들이란 얼마나 어리석은지.」 코니는 정말 대책이 없다는 듯 미소를 지었다. 「오 조지, 그런데 왜 당신은 알렉스를 다시 끄집어내게 되었나요?」 그녀는 잠시 동안 알렉스 폴리아코프를 생각하며 눈물을 흘렸다.

그녀의 오빠들은 옥스-브리지 대학의 교수였고 아버지는 석좌 교수였다. 컨트롤은 주말 브리지 게임을 하다가 코니를 만났고, 그녀를 위해 새롭게 조사 연구 업무를 만들었다.

그녀는 동화를 들려주듯 자신의 얘기를 시작했다. 「옛날에 그러니까 1963년에 스탠리라는 망명자가 있었어요.」 그녀는 그 이야기에 예의 그 황당한 논리 — 부분적으로는 영감 어린 상상이고, 부분적으로는 지적 기회주의인 논리 — 를 적용했다. 그런 논리는 결코 성장하지 않는 놀라운 마음의 소산이었다. 그녀의 형체 없는 하얀 얼굴은 매혹적인 과거를 회상하는 할머니처럼 붉은 홍조를 띠었다. 그녀의 기억은 그녀의 육체 못지않게 간결한 요약을 갖추었다. 확실히 그녀는 그 기억을 사랑하는 듯했다. 왜냐하면 그 기억의 소리를 듣기 위해 나머지 것들, 가령 그녀가 들고 있던 술잔, 담배, 스마일리의 수동적인 손 이런 것들을 모두 옆으로 밀쳐 버렸기 때문이다. 그녀는 이제 더 이상 구부정하게 앉지 않고 곧은 자세를 유지했다. 그녀가 꿈을 꾸듯 하얀 머리카락을 잡아당기자 커다란 머리가 한쪽으로 기울었다. 그는 그녀가 곧바로 폴리아코프 얘기를 할 줄 알았으나 스탠리부터 시작했다. 그녀가 스파이의 가계와 족보 캐는 것을 아주 좋아한다는 것을 그는 잠시 잊었던 것이다. 스탠리는, 그녀가 말했다, 모스크바 센터에서 이쪽으로 넘어온 시시한 스파이의 위장명이었다. 스캘프헌터들이 그를 네덜란드를 경유하여 사들인 망명자로서 새럿 너서리로 수송되었다. 당시는 일이 한가하던 시즌이었고 또 심문관들이 별로 할 일도 없고 해서 그런 하급 망명자도 받아들였던 것이다. 하지만 이 스탠리에게서 중요한 정보가 나올 줄 어떻게 미리 알 수 있었겠는가? 사실 스탠리 동지는 단 한 조각의 황금을 가지고 있었는데 심문관들이 알아냈던 것이다. 네덜란드 사람들은 그것을 발견하지 못했지만 새럿의 심문관들은 그걸 알아냈고 보고서 사본 한 부가 코니에게 전달되었다. 「그 보고서를 입수했다는 것 자체가 하나의 기적이었어요.」 코니는 화난 목소리로 말했다. 「모든 부서가, 특히 새럿은 조사 연구과를 문서 배부 리스트에서 반드시 빼버린다는 것을 원칙으로 정해 놓고 있었으니까.」

스마일리는 침착하게 그 황금 조각을 기다렸다. 왜냐하면 코니는 이제 피차 줄 수 있는 것이라고는 유일하게 시간뿐인 그런 나이에 도달했기 때문이다.

스탠리는 헤이그에서 암살 작전을 벌이다가 망명을 했어요, 하고 코니는 설명했다. 그는 직업 암살자였고 센터의 신경을 자꾸 거슬리는 어떤 러시아 이민자를 살해하라는 지령을 받고 있었다. 하지만 그는 암살하는 대신 네덜란드 당국에 자수하고 말았다. 「어떤 여자가 그의 머리를 돌게 만든 거죠.」 코니는 경멸스럽다는 듯이 콧방귀를 뀌며 말했다. 「뭐냐면요, 네덜란드 당국이 그에게 하니트랩(미인계)을 썼는데 빤히 다 알면서도 거기에 그만 걸려든 거예요.」

센터는 암살 임무에 대비하여 스탠리를 모스크바 외곽에 있는 훈련소에 파견했다. 사보타주와 무성(無聲) 살인의 요령을 숙달시키기 위해서였다. 네덜란드 당국은 그를 잡았을 때 암살자를 보냈다는 사실에 충격을 받고 그것에만 조사를 집중했다. 그들은 스탠리의 사진을 신문에 실었고 청산가리 총알과 기타 센터에서 자랑스럽게 여기는 무기들의 그림을 그리게 했다. 하지만 새럿의 심문관들은 그런 무기를 이미 훤히 알고 있었으므로 훈련소 자체에 집중했다. 그곳은 새럿에 잘 알려져 있지 않은 훈련소였던 것이다. 「일종의 고급 새럿이었던 것 같아요.」 코니가 설명했다. 그들은 수십만 평방미터에 달하는 삼림과 호수 지역인 훈련소 부지의 평면도를 그려 놓고 스탠리에게 기억나는 대로 모든 시설을 표시해 보라고 했다. 세탁소, 막사, 강의실, 사격장 뭐 그런 것들이었다. 스탠리는 그곳에 여러 번 들어갔다 왔기 때문에 많은 것을 기억하고 있었다. 심문관들이 조사가 거의 끝났다고 생각하는 순간, 스탠리가 갑자기 아주 심각한 얼굴을 했다. 그는 연필을 잡더니 도면의 북서쪽 코너에 다섯 채의 막사와 경비견이 지키는 이중 울타리를 그려 넣었다. 이 막사들은 지난 몇 달 동안 지어진 새것입니다, 라고 스탠리는 말했다. 이 막사에 들어가려면 별도의 비밀 도로를 이용해야 합니다. 그는 교관 밀로스와 함께 언덕 위를 걸어가다가 그 막사를 보았다. 밀로스에 의하면(코니는 그 교관이 스탠리의 친구였다고 부연 설명했다), 비밀 음모 작전에 투입할 군 장교들을 훈련시키기 위해 카를라가 최근에 특별히 지은 학교라는 것이었다.

「그래서 우리는 결정적 정보를 잡은 거예요.」 코니가 소리쳤다. 「벌써 여러 해 동안 우리는 카를라가 모스크바 센터 내에 자신의 사병을 구축하려 한다는 소문을 들어 왔어요. 하지만 불쌍한 친구, 그걸 시행할 권력이 없었지요. 우린 카를라가 전 세계적으로 첩보 요원을 운영하고 있다는 것을 알고 있었어요. 당연히 그가 나이 들고 또 직급이 높아지면서 혼자서는 그 많은 요원들을 관리하기가 어려워졌지요. 그는 자기 휘하의 요원들을 끔찍이 아꼈고 무능력한 레지던시에 그들을 넘겨주는 것을 무척 싫어했어요. 그건 너무나 당연한 반응이었지요. 당신도 그가 레지던시를 얼마나 싫어했는지 알 거예요. 방만한 인원에다 보안이 엉망이었으니까. 그는 레지던시 못지않게 첩보계의 고참들도 싫어했어요. 그들을 〈고리타분한 자들〉이라고 불렀지요. 그런데 카를라는 이제 권력을 잡았고 진짜 사나이라면 늘 그렇듯이 자신의 구상을 관철하게 된 거예요. 그게 1963년 3월이었어요.」 코니는 스마일리가 날짜를 잘못 알까 봐 다시 한 번 말했다.

하지만 스마일리는 아무런 반응도 보이지 않았다. 「그 다음은 평소대로 게임을 벌였어요. 깔고 뭉개고 앉아 다른 일을 하면서 일부러 관심 없는 척한 거죠.」 그녀는 그렇게 3년을 기다렸다. 그러다가 도쿄 주재 러시아 대사관의 보조 무관인 미하일 페도로비치 코마로프 소령이 일본 자위대 고위 관리로부터 비밀 정보가 든 필름 여섯 릴을 건네받다가 현행범으로 발각되었다. 코마로프는 그녀가 말해 주는 두 번째 동화의 영웅이었다. 그는 망명자가 아니라 포병 견장을 단 어엿한 군인이었다.

「그리고 정복에 엄청 많은 훈장을 달고 있었지요!」

코마로프가 너무 황급히 도쿄에서 달아나는 바람에 그의 집에서 키우던 애완견은 굶어 죽었다. 코니는 이 점에 대해서는 결코 소령을 용서하지 않았다. 코마로프의 일본인 협력자는 당연히 심문을 받았는데 아주 우연찮게도 서커스는 도카(도쿄 정보부)로부터 그 심문 보고서를 매수할 수 있었다.

「가만있어 봐, 조지, 그 건을 성사시킨 건 바로 당신이었잖아요!」

스마일리는 입을 약간 내밀어 전문가의 허영을 표시하더

니 그런 것 같다고 말했다.

　심문 보고서의 핵심은 간단한 것이었다. 일본 자위대의 고급 관리는 두더지였다. 이 두더지는 전쟁 전, 그러니까 일본이 만주를 침공하던 무렵에 마르틴 브란트라는 독일 저널리스트에 의해 포섭되었다. 그 저널리스트는 코민테른과 관련이 있는 듯했다. 하지만 브란트는 1930년대에 카를라가 사용하던 작전명의 하나였어요, 라고 코니는 설명했다. 코마로프 소령도 대사관 내에 있는 공식 도쿄 해외 지부 소속이 아니었다. 소령은 단 한 명의 레그맨을 두고 카를라와 직접 보고하며 혼자서 활동했다. 소령은 전쟁 중에는 카를라의 하급 장교이기도 했다. 소령은 도쿄에 도착하기 전에 모스크바 외곽에 있는 훈련소에서 특별 훈련 과정을 이수했다. 그 훈련소는 카를라가 엄선한 제자들을 특별히 훈련시키기 위해 새로 건립한 학교였다. 「소령은 총살을 당했어요, 불쌍한 친구.」 그녀가 목소리를 갑자기 낮추며 속삭였다. 「그들은 교수형에 처하는 법이 없어요. 그들은 너무 조급해요. 정말 끔찍한 일이에요.」

　이제 코니는 슬슬 조사 활동을 벌여도 문제없겠다는 생각이 들었다. 어디를 살펴보아야 하는지 잘 아는 그녀는 카를라 관련 서류들을 샅샅이 뒤지기 시작했다. 그녀는 군의 모스크바 전문가들과 함께 화이트홀에서 3주 동안 체재하면서 러시아군의 관보에 실린 위장 보직들을 샅샅이 조사했다. 마침내 여러 명의 용의자들 중에서 그녀는 세 명의 확인 가능한 신규 카를라 장학생을 찾아낼 수 있었다. 세 명은 모두 군인이었고 카를라와 개인적으로 알고 있었으며 그보다 10~15년 연하였다. 그 세 명의 이름은 바르딘, 스토코프스키, 빅토로프이며 모두 대령이라고 그녀는 말했다.

　빅토로프라는 이름이 나오자 스마일리는 너무 지겨워 죽

을 지경이라는 듯 아주 피곤한 눈빛이 되었다.

「그래서 그 세 명은 어떻게 되었나?」 그가 물었다.

「바르딘은 그 후 소콜로프로 그리고 다시 루사코프로 이름을 바꾸었어요. 뉴욕에 있는 유엔 주재 러시아 대사관에 들어갔어요. 현지 지부와는 직접적인 관련이 없어요. 기본 작전, 정보 추적, 인재 발굴 등의 일은 하지 않고 있어요. 아주 완벽한 위장 신분이에요. 내가 알기로는 지금도 거기에 있어요.」

「스토코프스키는?」

「불법 행위를 하고 있어요. 파리에서 그로데스쿠라는 프랑스계 루마니아인 노릇을 하면서 사진 사업을 해요. 본에다 지점을 차렸는데 그곳을 거점으로 카를라의 독일 내 연락병 역할을 하고 있어요.」

「세 번째 인물인 빅토로프는?」

「아무 흔적 없이 사라졌어요.」

「오, 저런.」 그의 피곤한 눈빛은 이제 졸린 눈빛으로 바뀌었다.

「훈련 후 지구 상에서 사라졌어요. 어쩌면 죽었을지도 몰라요. 사람들은 이런 자연스러운 사태 변화는 감안하지 않는 경향이 있어요.」

「그래, 그런 경향이 있지.」 스마일리가 동의했다.

그는 아주 오랜 첩보 생활의 경력으로 인해 마음의 표면에서 지금 얘기되는 사건들을 건성으로 말을 받아넘기는 기술을 터득하고 있었다. 그리고 내면에서는 그 사건들의 역사적 연결 관계를 침착하게 분석하는 것이었다. 그 연결 관계는 타르에서 이리나로 이어지고 다시 이리나에서 라팽으로 불린 것을 자랑스럽게 여긴 그녀의 불쌍한 애인으로 이어졌다. 라팽은 〈대사관에서의 작전명이 폴리아코프〉였던 그레고르 빅토로프 대령 밑에서 레그맨을 했던 것이다. 그의 마음속에서 이런 연결 관계는 유년의 기억과 비슷한 것이었다. 그는 결코 그런 기억을 잊어버리지 않았다.

「혹시 그 세 명의 사진이 있나, 코니?」 그가 심드렁하게 물었다. 「혹시 신체적 특징이라도?」

「유엔에 나가 있는 바르딘은 물론 있어요. 스토코프스키도 아마 있을 거예요. 그의 군인 시절 사진이 어딘가 있을 거예요. 하지만 정확하게 검증은 하기 어려울 거예요.」

「흔적 없이 사라졌다는 빅토로프는?」 현재로서 그 이름은 그저 동명이인에 불과할 수도 있었다. 「그의 사진도 없나?」 스마일리가 방 안에서 술을 더 가지러 가며 물었다.

「그레고르 빅토로프 대령은……」 코니가 기분 좋은 기억을 떠올리듯 미소 지으며 말했다. 「스탈린그라드에서 맹렬하게 싸웠어요. 하지만 아쉽게도 사진은 없어요. 그가 세 명 중에서 가장 뛰어난 요원이었다는데 말이에요.」 그녀는 곧 낙관적인 어조로 돌아갔다. 「하지만 다른 요원들에 대해서는 더 이상 발견된 것이 없어요. 다섯 채의 막사와 2년간의 훈련 과정. 그런데 결과는 고작 세 명의 졸업생이라니 다행이지 뭐예요!」

스마일리는 그레고르 빅토로프 대령은 물론이고 그녀의 이야기 전반에서 그 어떤 실마리도 잡지 못했다는 듯 가벼운 실망의 한숨을 내쉬면서, 런던 주재 러시아 대사관의 알렉세이 알렉산드로비치 폴리아코프라는 전혀 관계없는 인물로 넘어가 보자고 제안했다. 코니는 그를 약칭하여 알렉스 폴리아코프라고 불렀다. 이 알렉스가 카를라의 음모 작전에서 어떤 역할을 맡고 있는지, 또 왜 그를 조사하는 그녀의 활동에 제동이 걸렸는지 말해 달라고 스마일리는 청했다.

13

 그녀는 이제 좀 전보다 한결 생기가 돌았다. 폴리아코프는 더 이상 동화 속의 주인공이 아니라 그녀의 애인 알렉스였다. 하지만 그녀는 그와 단 한마디의 말을 나눈 적도 없었고 어쩌면 그를 직접 만난 적도 없었을 것이다. 그녀는 독서 램프 곁에 있는 다른 의자로 옮겨 갔다. 앉으면 몸의 고통을 약간 덜어 주는 흔들의자였다. 그녀는 한자리에 오래 앉아 있지 못했다. 그녀가 고개를 뒤로 젖히는 바람에 스마일리는 주름살 잡힌 그녀의 목을 볼 수 있었다. 그녀는 자신이 결코 후회하지 않는 무모한 추적 건을 회상하면서 교태를 부리듯이 한쪽 손을 약간 뻣뻣하게 아래로 내렸다. 산뜻하게 정돈하기를 좋아하는 스마일리가 질서 정연한 수학적 논리의 관점에서 볼 때 그녀의 추측은 전보다 더 황당무계해진 것 같았다.
 「아, 그는 아주 훌륭했어요.」 그녀가 말했다. 「우리가 뭔가 낌새를 알아차렸을 때 알렉스는 이미 여기서 7년이나 근무하고 있었어요. 1, 2년이 아니라 무려 7년을 근무했던 거예요! 정말 대단하지요!」

그녀는 9년 전 그가 입국했을 때의 당초 비자 신청서를 체크해 보았다. 폴리아코프, 알렉세이 알렉산드로비치는 레닌그라드 국립대학을 졸업했고 2등 서기관 계급의 문정관이고 결혼을 했지만 아내는 임지에 대동하지 않았다. 1922년 3월 3일 우크라이나에서 운수업자의 아들로 태어났고 중고등학교 과정에 대해서는 언급이 없었다. 램프라이터의 1차 조사 보고서를 말해 줄 때, 그녀의 목소리에는 가벼운 웃음기마저 느껴졌다. 「신장은 180센티미터이고 단단한 체격에 눈동자는 초록, 머리카락은 검정이었어요. 그 외 다른 뚜렷한 신체적 특징은 없었어요. 아주 쾌활하고 덩치 큰 친구였지요.」그녀는 웃으면서 말했다. 「아주 농담을 잘했다고 하는데 오른쪽 눈에 짙은 눈썹이 인상적이었어요. 나는 그가 여자의 엉덩이를 꼬집는 자(바람둥이)라고 확신해요. 하지만 바람피우는 현장을 목격하지는 못했어요. 토비가 적극적으로 램프라이팅을 했더라면 나도 내 엉덩이를 내놓았을지 몰라요. 하지만 토비는 그렇게 하지 않았어요. 물론 알렉세이 알렉산드로비치가 그런 미인계에 빠져 들었을 거라는 얘기는 아니에요. 알렉스는 아주 교묘했거든요.」그녀는 의기양양하게 말했다. 「목소리도 좋았지요. 당신처럼 저음이었어요. 나는 그저 그의 목소리를 들을 목적으로 테이프를 두 번씩 들었어요. 조지, 이 친구는 아직도 활동 중인가요? 난 당신에게 물어보고 싶은 기분도 아니에요. 만약 그들이 다 바꾸어 버렸다면 이제 그들에 대해서는 아무것도 아는 게 없으니까.」

그자는 아직도 거기에 있어, 스마일리가 그녀에게 말했다. 동일한 위장 신분에 동일한 계급을 달고서.

「그럼 하이게이트에 있는 그 흉측한 작은 집에서 아직도 살고 있나요? 토비의 감시자들은 그 집을 아주 싫어했었지요. 포티 메도 클로즈의 꼭대기 층이었어요. 흉측하기보다는 아주 지랄 같은 집이었지요. 나는 자신의 위장 신분을 훌륭하게 소화해 내는 남자를 좋아해요. 알렉스는 그 역할을 잘 했지요. 그는 대사관 역사상 가장 바쁜 문정관이었어요. 고객이 러시아의 연사나 음악가를 요청하면 알렉스는 그 어떤 사람보다 신속하게 주선해 주었지요. 관료제의 시간 끌기는 전혀 없었어요.」

「코니, 그는 어떻게 그렇게 할 수 있었지?」

「조지 스마일리, 당신이 생각하는 그런 음험한 방식으로 일 처리를 한 것은 아니었어요.」 그녀는 얼굴에 홍조가 가득한 채 노래하듯 말했다. 「그건 결코 아니었어요. 알렉세이 알렉산드로비치는 어느 모로 보나 청렴 강직한 문정관이었어요. 그 점에 대해서는 토비 이스터헤이스나 퍼시 올러라인에게 물어보세요. 그는 금방 내린 눈처럼 깨끗했어요. 그 어떤 형태로든 때가 묻지 않았어요. 그 점에 대해서는 토비가 확인해 줄 거예요!」

「헤이.」 스마일리가 그녀의 술잔을 채워 주면서 중얼거렸다. 「헤이, 좀 진정하고 천천히 말해요, 코니.」

「아니.」 그녀가 조금도 진정하지 않고 큰 소리로 말했다. 「아니, 난 흥분하지 않았어요. 알렉세이 알렉산드로비치는 카를라 특별 학교에서 제대로 훈련받은 6기통 스파이였어요. 하지만 나의 상급자들은 내 말을 믿어 주려 하지 않았어요! 램프라이터들을 쫙 깔아 놨어, 하고 퍼시가 말하더군요 — 스코틀랜드 출신인 그녀는 여기서 퍼시의 스코틀랜드 억양을 흉내 냈다 — 우리는 더 이상 인력을 배치할 여유가 없다면서 말이에요. 여유 좋아하시네!」 그녀는 또다시 격앙된 목소리로 말했다. 「불쌍한 조지. 당신은 도와주려고 한다지만 무엇을 도울 수 있겠어요? 당신도 이미 방출된 상태인데. 오,

조지, 레이콘 따위들과 함께 사냥하지 말아요. 제발.」

그는 부드럽게 대화의 방향을 폴리아코프 쪽으로 돌리면서 왜 그가 카를라 특별 학교에서 교육을 받은 카를라의 장학생(스파이)이라고 생각하는지 그 이유를 물었다.

「그건 전몰장병 기념일이었어요.」 그녀가 약간 흐느끼는 목소리로 말했다. 「우린 그의 가슴에 가득한 훈장을 사진 찍었어요. 그러니까……」

그것은 그녀가 알렉스 폴리아코프와 7년간에 걸친 정신적 연애에 나서게 되는 첫해의 일이었다. 기이한 것은, 그녀가 그의 입국 첫날부터 그를 주시했다는 점이었다.

「야, 이 친구 봐라. 이 친구는 면밀히 주시해야 할 대상인 것 같은데.」

왜 처음부터 그런 생각을 갖게 되었는지 그녀도 잘 몰랐다. 어쩌면 그의 여유 만만한 태도, 사열장에서 금방 걸어 나온 듯한 절도 있는 걸음걸이 때문인지도 몰랐다. 「단추처럼 단단한 친구였어요. 군인 정신으로 똘똘 뭉친 듯했지요.」 어쩌면 그가 살고 있는 집 때문인지도 몰랐다. 「그는 램프라이터들이 50미터 이내로는 접근할 수 없는 런던의 어떤 주택을 골랐어요.」 어쩌면 그의 일 때문인지도 몰랐다. 「그가 오기 전에 문정관만 이미 세 명이 있었어요. 두 명은 스파이였고 나머지 한 명은 하는 일이 하이게이트 공동묘지에 묻혀 있는 카를 마르크스의 묘지에 꽃을 갖다 바치는 것이었어요.」

그녀는 약간 어지러워했다. 그래서 스마일리는 그녀에게 다시 방 안을 걸어 보라고 했는데 그녀가 넘어지려고 할 때마다 온몸으로 부축했다. 처음에 토비 이스터헤이스는 알렉스를 1급 리스트에 올려놓고 액턴의 램프라이터들을 붙여서 30일 중 12일을 무작위로 감시하라고 지시했다. 그들이 그를 감시할 때마다 그는 금방 내린 눈처럼 깨끗했다.
「어떻게 그리도 깨끗할 수 있죠? 마치 내가 알렉스를 만나 정보를 준 것 같았어요. 꼬맹이 토비의 애들이 당신 뒤를 따라다닐 거니까 언동을 조심하세요. 당신의 위장 신분에 충실하고 허튼짓은 하지 마세요, 라고 말해 준 것 같았다니까요.」

그는 행사장과 강연장에 참석했고, 공원을 산책했고 테니스를 쳤다. 아이들에게 과자를 나누어 준 것을 빼고 그의 행동거지는 모든 것이 완벽했다. 코니는 위장 신분을 파헤치기 위해 감시를 더 강화해야 한다고 주장했지만 그것은 승산 없는 싸움이었다. 감시 기구는 일제히 중지되었고 폴리아코프는 2급 리스트로 강등되었다. 하지만 추가 정보가 밝혀지면 6개월마다 승격시킨다는 조건이었다. 그러나 6개월이 지나도 정보는 여전히 나온 게 없어 3년 뒤 그는 퍼실로 분류되었다. 퍼실은 심층 조사를 벌였으나 첩보 가치가 전혀 없는 인물로 판정된 케이스였다. 코니는 어떻게 해볼 도리가 없어 그런 평가를 받아들여야겠다는 심정이 되었다. 그러던 11월의 어느 날 테디 행키가 액턴의 론드리(심문소)에서 그녀에게 전화를 걸어 드디어 폴리아코프의 정체를 밝혀냈다고 숨넘어가는 목소리로 말했다. 그가 마침내 자신의 깃발을 내걸었는데 돛대 위로 활짝 휘날렸다는 것이었다.

「테디는 아주 멋진 친구였어요. 서커스의 고참이었고 아주 귀여운 남자였지요. 난 그의 나이가 아흔이라고 해도 귀엽다는 말을 쓰고 싶어요. 그는 하루 일과를 마치고 퇴근하려던 참이었는데, 때마침 러시아 대사의 볼가 승용차가 헌화식에 참석하기 위해 지나가고 있었대요. 세 명의 보좌관을 데리고 말이에요. 그 외에 대사관 직원 세 명이 두 번째 차를 타고 따라갔어요. 그 셋 중 한 명이 폴리아코프였는데 크리스마스트리보다 더 많은 훈장을 가슴에 달고 있더래요. 테디는 카메라를 들고 화이트홀 쪽으로 달려가 길 건너에서 그들을 찍었지요. 정말 모든 조건이 우리 편이었어요. 우선 날씨가 완벽했어요. 비가 약간 온 다음에 활짝 갠 오후였어요. 그래서 3백 미터의 거리에서도 파리의 날개가 팔랑거리는 것을 볼 수 있을 정도였어요. 그 사진을 확대했더니 거기에 두 명의 무관과 네 명의 직원이 나왔어요. 알렉스 폴리아코프는 퇴역 군인이었는데 7년 동안 그에 대해서 아무 말도 하지 않았던 거예요. 아, 나는 정말 흥분되었어요! 나는 치밀한 캠페인을 준비할 필요도 없었어요. 나는 토비에게 전화를 걸어 말했어요. 토비, 내 말을 잠깐 들어줘, 이 헝가리 출신 난쟁이야. 여기 자존심이 위장 신분을 이긴 딱 한 번의 건수를 잡아냈어. 난 당신이 나를 위해 알렉스 알렉산드로비치를 샅샅이 조사해 주었으면 좋겠어. 만약에, 그러나 따위의 말은 하지 말고. 코니의 육감이 비로소 행운을 만난 것 같아. 이런 식으로요.」

「그랬더니 토비가 뭐래?」

회색 스패니얼 개 플러시가 지루하다는 듯 한숨을 내쉬더니 이내 잠에 떨어졌다.

「토비?」 코니는 갑자기 매우 쓸쓸해했다. 「꼬맹이 토비는 갑자기 죽은 물고기 목소리를 내더니 퍼시 올러라인이 이제 작전 책임자라고 말했어요. 인력을 배정하는 것은 퍼시의 일이지 자기 일이 아니라고 했어요. 난 그 순간 뭔가 잘못되었다는 것을 알았지만, 아무래도 토비가 비토를 놓는 것 같았어요.」 그녀는 잠시 말이 없었다. 「에이, 빌어먹을 벽난로 불. 등만 돌리면 금방 꺼져 버리네.」 그녀가 뚱한 어조로 말했다. 「그 나머지는 당신도 알고 있죠? 보고서는 퍼시에게 올라갔어요. 그래서 어쩌라는 거야 하고 퍼시는 말했어요. 폴리아코프는 한때 러시아의 군인이었겠지. 러시아 육군은 지구 상에서 최대 규모의 군대니까. 하지만 그렇다고 해서 러시아 군인 모두가 카를라의 정보원이 되는 건 아니야. 이러는 게 아니겠어요? 정말 웃기더라고요. 퍼시는 그러면서 나에게 엉뚱한 연역은 좀 하지 말라고 했어요. 그래서 내가 따졌죠? 연역이라니요. 그럼 귀납인가? 하고 심드렁하게 쏘아붙이더군요. 퍼시, 이건 용어의 문제가 아니에요. 왜 그렇게 무심하게 말씀하세요, 하고 내가 따졌지요. 아무튼 퍼시는 내 보고서를 아주 못마땅하게 생각했어요. 그리고 토비는 형식적으로 램프라이터 몇 명을 붙였지만 결과는 아무것도 없었어요.」 코니는 여기서 다시 말을 끊더니 어조를 높였다. 「난 강력하게 요구했죠. 그의 집 근처에 잠복하세요. 그의 차와 그의 스케줄을 일일이 체크하세요. 도청 장치를 설치하고 그의 전화를 일일이 감청하는 요원을 붙이세요. 위장 신분으로 잠입하여 그의 정체를 파헤치세요. 정말 모든 수단을 동원해서 파헤쳐야 해요. 이건 틀림없는 정보라고요. 알렉스 폴리아코프는 영국인 두더지를 운영하고 있다니까요! 내가 이렇게 세게 나가니까 퍼시가 나를 부르더니 거만한 목소리로 말하더군요.」 여기서 코니는 다시 스코틀랜드 억양을 흉내 냈다. 「코니, 폴리아코프를 그만 내버려 둬. 당신의 그 황당무계한 상상으로부터 그자를 좀 풀어 주라고! 당신과 그 폴리 거시기라는 친구는 이제 업무에 방해가 되고 있어요. 그러니 그자를 그만 놔둬.」 그리고 곧 코니에게 편지가 전달되었다. 〈우리는 대화를 나누었고 그 문제에 대하여 합의했다〉는 내용의 일방적인 편지였다. 그 편지의 사본은 기관장에게도 한 부가 발송되었다. 그녀는 편지 밑에다 〈대화는 했지만 합의는 하지 않았습니다〉라는 메모를 써서 편지를 돌려보냈다. 그녀의 목소리가 이제는 특무 상사의 어조로 바뀌었다. 「퍼시가 뭐라고 했는지 알아요? 코니, 당신은 이제 균형 감각을 잃고 있어. 당신은 이제 실제 세상으로 나가야 할 때가 되었어, 이랬어요.」

코니는 술이 약간 오르는 것 같았다. 그녀는 다시 의자에 앉아 술잔 위로 몸을 기울였다. 눈은 감고 있었고 머리가 자꾸 한쪽으로 쏠렸다.

「어머, 나 취했나 봐요.」 그녀가 몽롱한 상태에서 깨어나며 말했다.

「폴리아코프에게 레그맨이 있었나?」 스마일리가 물었다.

「그게 왜 필요해요? 그는 문정관인데. 문정관은 레그맨 필요 없어요.」

「도쿄의 코마로프는 있었잖아. 당신이 그렇게 말했어.」

「코마로프는 군인이었어요.」 그녀가 시무룩한 어조로 말했다.

「폴리아코프도 마찬가지지. 당신이 그의 훈장을 보았다며.」

그는 그녀의 손을 잡고 기다렸다. 토끼 라팽이라고 있었어요. 대사관의 직원 겸 운전사였지요. 처음에 그녀는 이 라팽의 신분을 밝혀낼 수가 없었다. 그녀는 라팽이 이블로프라는 자라고 의심했으나 그것을 증명할 수 없었을 뿐 아니라 또 아무도 도와주려 하지 않았다. 토끼 라팽은 하루 종일 런던 시내를 돌아다니며 열심히 여자들을 쳐다보기만 할 뿐 정작 접근하려고 하지 않았다. 하지만 그녀는 서서히 라팽과 폴리아코프의 관계를 연결시키기 시작했다. 폴리아코프가 리셉션 행사를 하면 라팽은 술 따르는 일을 했다. 폴리아코프가 밤늦게 호출 당해 가면 반 시간 뒤 라팽이 나타나 전문의 암호를 해독하는 듯했다. 폴리아코프가 모스크바로 나가는 일이 있으면 토끼 라팽이 대사관으로 들어와 그가 돌아올 때까지 대기했다. 「이 라팽 역시 위장 신분임에 틀림없어요. 너무나 명확해요.」 그녀가 단언했다.

「그래서 그것까지 보고했나?」

「당연하죠.」

「그랬더니 어떻게 되었나?」

「코니는 잘렸고 라팽은 귀국했죠.」 코니는 낄낄거리며 말했다. 「2주 뒤에 지미 프리도는 등에 총을 맞았고 조지 스마일리는 연금 받는 조건으로 은퇴했고 그리고 컨트롤은…….」 그녀는 하품을 했다. 「그다음은 다 아는 얘기잖아요? 끝물이었어요. 종 치고 파장이었지요. 내가 그런 사태에 원인을 제공했나요, 조지?」

벽난로 불은 거의 꺼져 있었다. 위층에서 쿵쾅거리는 소리가 들려왔다. 재닛과 그의 애인이 내는 소리였다. 코니는 천천히 허밍을 하더니 자기 노래의 리듬에 맞춰 상체를 흔들었다.

그는 아직 의자에서 일어서지 않으면서 그녀의 기운을 돋우어 주려고 애썼다. 그가 그녀에게 술을 더 따라 주자 마침내 그녀의 기분이 좀 좋아졌다.

「자, 이제 당신에게 내 훈장을 보여 드릴게요.」 그녀가 말했다.

또다시 기숙사 내의 축제가 벌어졌다. 그녀는 훈장들을 소형 가방에 넣어 침대 밑에 보관해 두고 있었다. 스마일리는 그녀를 위해 그 가방을 꺼내 주었다. 처음에 박스에 넣어 둔 훈장이 나왔고 이어 그녀의 작전명 콘스탄스 샐린저가 적힌 총리 표창장이 나왔다.

「코니가 훌륭한 여직원이었기 때문에 이걸 준 거죠.」 그녀가 그에게 뺨을 비비면서 말했다. 「코니는 정말 고저스 보이스*gorgeous boys*(멋진 요원들)를 사랑했어요.」

이어 과거 서커스 멤버들의 사진이 나왔다. 코니는 전쟁 중 해군 여군의 복장을 하고 제베디와 수학자 빌 매그너스 사이에 서 있었는데 잉글랜드 어느 지역에서 찍은 것이었다. 또 빌 헤이든과 짐 프리도 사이에서 찍은 것도 있었다. 두 남자는 크리켓 게임복을 입고 있었다. 코니는 그 사진을 보고는 셋 다 환하게 웃으며 감사합니다, 하고 말하는 듯하다고 논평했다. 새럿의 여름 훈련 과정에서 찍은 것이었는데 그들 뒤에는 잔디가 잘 깎이고 또 햇빛이 환한 구장이 펼쳐져 있었고 그 옆에는 관중 보호 스크린이 햇빛 속에서 반짝이고 있었다. 그 옆에는 커다란 확대경이 하나 있었는데 로이, 퍼시, 토비, 기타 요원들의 이름과 함께 〈코니에게 사랑을 담아서: 절대 굿바이라고 말하지 말기!〉라는 글씨가 적혀 있었다.

마지막으로 빌이 그녀에게 준 특별 선물이 있었다. 그것은 켄징턴 팰리스 가든스에 엎드려 망원경으로 러시아 대사관을 엿보는 코니의 캐리커처였다. 그림 밑에는 〈사랑과 좋은 기억을 담아서, 친애하는 코니에게〉라는 글씨가 있었다.

「이곳 사람들은 아직도 빌을 기억해요.」 그녀가 말했다. 「정말 골든 보이지요. 크라이스트 처치 칼리지의 교직원 휴게실에는 그의 그림이 두 점 걸려 있어요. 그런 식으로 그의 그림을 꺼내서 거는 경우가 많아요. 저번에 자일스 랭글리가 하이[14]에서 나를 보더니 말을 걸어왔어요. 자네, 요즘 헤이든 소식 듣나? 내가 그때 예라고 했는지 아니라고 했는지 잘 모르겠어요. 자일스의 여동생이 아직도 안가를 관리하고 있나요? 혹시 아세요?」 스마일리는 알지 못했다. 「자일스는 계속 말했어요. 우린 헤이든의 기백이 필요해. 하지만 아쉽게도 요즘에는 그런 인재를 배출하지 않는단 말이야. 나무 그늘에 선 자일스는 한 108세는 된 듯해 보이더군요. 〈제국〉이라는 말이 지저분한 단어가 되기 전의 시절에 헤이든에게 현대사

---

14 옥스퍼드의 큰 거리인 하이 스트리트.

를 가르쳤다고 말했어요. 그러고는 빌의 단짝 친구인 짐의 소식도 묻더군요. 짐은 헤이든의 알테르 에고였지, 흠, 흠, 흠 하면서 말이에요. 조지, 당신은 빌을 좋아한 적이 없지요, 그렇지요?」 코니는 훈장과 사진을 플라스틱 백과 천에 다시 넣으면서 생각나는 대로 말했다. 「당신이 그를 질투하는지, 아니면 그가 당신을 질투하는지 잘 모르겠더라고요. 아무튼 그는 화려한 것을 좋아했어요. 하지만 당신은 사람의 겉모습을 불신했지요. 특히 남자의 경우에.」

「사랑하는 코니, 그런 엉뚱한 말이 어디 있어.」 스마일리가 딱 한 번 본심을 드러내며 말했다. 「빌과 나는 아주 좋은 친구였어. 도대체 무슨 근거로 그런 말을 하는 거지?」

「근거 따위는 없어요.」 있었더라도 그녀는 이미 그것을 잊어버렸다. 「언젠가 그가 앤과 함께 말을 타고 공원을 돌았다는 소문을 들은 적이 있어요. 그게 전부예요. 그는 그녀의 먼 사촌뻘이 되지 않나요? 나는 당신과 빌이 서로 협조한다면 환상적인 팀이 될 거라고 생각했어요. 저 빌어먹을 스코틀랜드 친구가 아니었더라면 당신은 옛날의 그 서커스 정신을 되살렸을 거예요. 빌은 카멜롯을 재건하고 ― 그녀의 동화 얘기가 또 나왔다 ― 조지는······.」

「조지는 잔심부름을 하고.」 스마일리가 그녀를 위해 대신 말을 해주었다. 둘은 동시에 웃음을 터뜨렸으나 스마일리의 것은 가짜 웃음이었다.

「조지, 키스해 줘요. 코니에게 키스 한번 해줘요.」

그러고 나서 그에게 기숙사 정원으로 나가는 길을 안내했다. 그것은 기숙사 사람들이 즐겨 이용하는 길이었다. 그녀는 해리슨 건설 회사가 그 옆의 정원에다 지어 놓은 괴물 같은 방갈로들을 보느니 이 길로 나서는 것이 더 좋다고 말했다. 가느다란 비가 내리고 있었고 안개 속에서 커다란 저녁

별 몇몇이 창백하게 보였다. 코니가 그의 팔을 잡더니 갑자기 겁먹은 표정을 지었다.

「조지, 당신은 너무해요. 내 말 알아들어요? 나를 쳐다보세요. 외면하지 말고요. 거긴 봐 봐야 네온등과 소돔뿐이에요. 나에게 키스해 줘요. 온 세상에서 짐승 같은 사람들이 우리의 공로를 헛것으로 만들고 있어요. 그런데 왜 당신은 그들을 도와주려고 해요? 왜?」

「코니, 난 그들을 도와주고 있는 게 아니야.」

「아니에요, 도와주고 있는 거예요. 나를 쳐다보세요. 과거는 정말 멋진 때였어요. 내 말 알아들어요? 정말 멋있는 시절이었다고요. 당시에 영국인들은 자기 자신을 자랑스럽게 생각할 수 있었어요. 이제 그런 자랑스러움을 되찾아야 할 때예요.」

「코니, 그건 내 힘으로 할 수 있는 일이 아니야.」

그녀는 그의 얼굴을 자기 쪽으로 끌어당겼고, 그래서 그는 코니의 입술에다 키스를 했다.

「불쌍한 사람들.」 그녀는 힘들게 숨을 내쉬었다. 어떤 사랑의 감정이 있어서가 아니라 섞어 마신 술처럼 그녀의 머리에서 강력한 힘을 발휘하는 과거의 기억들 때문에 그랬다. 「불쌍한 사람들. 그 어쩔 수 없는 나라 사랑. 제국을 관리하도록 훈련을 받았고 온 세상의 파도를 다스리도록 양성되었으나, 그 모든 것을 빼앗긴 사람들. 그 모든 세상이 굿바이가 되어 버렸어요 조지, 그러니까, 빔과 당신이 마지막 세대예요. 저 빌어먹을 퍼시도 약간 그렇지만.」 그는 코니와의 만남이 이렇게 끝나리라는 것을 예상했지만 이 정도로 심할 줄은 몰랐다. 그는 서커스 재직 시절 사내에서 벌어진 크리스마스 파티 때마다 그녀로부터 그 얘기를 여러 번 들었었다. 「당신은 밀 폰즈를 모르지요?」 그녀가 물었다.

「밀폰즈가 뭐지?」

「우리 오빠의 저택이에요. 아름다운 팔라디오 양식의 건물인데 뉴베리 근처의 멋진 대지 위에 세워져 있어요. 하지만 근처에 도로와 자동차 전용로가 자꾸 생기면서 부지가 많이 깎여 나갔어요. 난 거기서 자랐어요. 새럿은 아직 팔지 않았죠? 아마 지금쯤 팔았을지도 모르겠군요.」

「팔지 않았어. 확실해.」

그는 그녀에게서 벗어나고 싶었으나 그녀는 더욱 맹렬하게 그를 붙들었다. 그에게 밀착된 그녀의 가슴이 쿵쾅거리는 것을 느낄 수 있을 정도였다.

「만약 과거와 다르게 나갈 거라면 더 이상 찾아오지 말아요. 약속할 수 있지요? 난 너무 늙은 표범이라서 더 이상 나의 점박이 무늬를 바꾸지 못해요. 나는 당신들을 과거의 모습 그대로 기억하고 싶어요. 오, 러블리, 러블리 보이스 *lovely, lovely boys*.」

그는 휘청거리는 그녀를 나무 밑의 어둠 속에 그대로 놓고 가버릴 수가 없었다. 그래서 기숙사까지 다시 데려다 주었다. 그동안 두 사람은 아무 말도 없었다. 길 아래로 내려가면서 코니는 다시 허밍을 시작했는데 소리가 너무 커서 거의 절규처럼 들렸다. 하지만 그것은 그의 마음속에서 격렬하게 솟구치는 감정의 소용돌이에 비하면 아무것도 아니었다. 그가 기숙사까지 천천히 걸어가는 동안 경악, 분노, 혐오, 설원(雪冤)의 분류(奔流)가 아주 맹렬한 속도로 회오리치기 시작했다. 그는 그 물길의 끝에 무엇이 기다리고 있을지 너무나 두려웠다.

그는 슬라우에서 멈추는 기차를 잡았다. 멘델이 대절한 승용차를 가지고 와 그곳에서 기다리고 있었다. 그들이 오렌지

빛으로 빛나는 도시로 천천히 들어가는 동안 그는 피터 길럼의 조사 결과를 보고받았다. 야간 당직 장부에는 4월 10일자와 11일자의 기록이 없습니다, 라고 멘델이 말했다. 그 페이지들은 예리한 면도날로 절단되어 사라졌다. 같은 날 밤의 경비원 보고서 역시 사라졌다. 무선국의 보고서 역시 마찬가지였다.

「피터는 그렇게 해당 페이지를 절단한 게 최근의 일인 것 같다고 말했습니다. 그다음 페이지에 이런 메모가 적혀 있대요. 〈모든 문의는 런던 스테이션의 소장에게 할 것.〉 이스터헤이스의 필적이고 날짜는 금요일이래요.」

「지난 금요일?」 스마일리가 너무 빨리 몸을 돌리는 바람에 안전벨트에서 철컥 하는 소리가 났다. 「그날은 타르가 영국에 도착한 날이잖아?」

「피터가 한 얘기를 그대로 전하는 겁니다.」 멘델이 무덤덤하게 말했다.

그리고 마지막으로 런던 주재 러시아 대사관의 라팽-이블로프와 문정관 알렉세이 알렉산드로비치 폴리아코프에 대한 램프라이터의 보고서 건이 있었다. 토비 이스터헤이스의 램프라이터들은 의심하는 보고서를 올린 적이 없었다. 두 사람을 비밀리에 조사했으나 퍼실(무혐의 등급)로 분류했다. 그리고 라팽은 1년 전 모스크바로 귀국했다.

멘델은 서류 가방에 길럼이 브릭스턴에서 히니걸 직업한 사진들을 가져왔다. 필름은 최대한 큰 사이즈로 현상되어 있었다. 패딩턴 역 근처에서 스마일리가 내리자 멘델이 차창으로 서류 가방을 내밀었다.

「제가 함께 따라가지 않아도 되겠습니까?」 멘델이 물었다.
「괜찮네. 여기서 백 미터 정도밖에 안 되니까.」
「당신으로서는 하루가 스물네 시간이라는 게 정말 다행이로군요.」

「정말 그런 것 같네.」

「대부분의 사람들은 잠을 자는데 말입니다.」

「굿 나잇.」

멘델은 아직도 서류 가방을 들고 있었다. 「그의 학교를 찾아냈습니다. 톤턴 근처에 있는 서스굿이라는 학교더군요. 그는 먼저 버크셔의 한 학교에서 반 학기 임시 교사를 했고 이어 서머싯으로 옮긴 것 같아요. 트레일러를 갖고 있대요. 제가 한번 확인해 볼까요?」

「어떻게 확인할 건데?」

「트레일러 문을 두드리는 거죠. 잡지 세일즈맨이라고 하면서 그와 친해지는 겁니다.」

「아니야.」 스마일리가 갑자기 걱정되는 표정을 지으며 말했다. 「그건 허깨비에게 달려드는 것이나 다름없지 않나. 아, 이렇게 표현한 것을 양해하게.」

「괜찮습니다. 하지만 젊은 길럼은 이미 허깨비에게 뛰어들었습니다.」 멘델이 단호한 어조로 말했다. 「길럼은 그곳에 들어갔다가 이상한 눈총을 받았다고 합니다. 뭔가 일이 있어서 다들 거기에 집중하는 것 같더래요. 난 허깨비를 본 것이니 독한 술을 한 잔 마시면 괜찮을 거라고 해주었습니다.」

「그래 확인해 보게.」 스마일리는 잠시 생각 끝에 말했다. 「확인해 두어야 할 필요가 있어. 하지만 짐은 프로야. 올드 스쿨 출신의 뛰어난 현장파이지. 비록 등에 총을 맞았다고는 해도 여전히 무서운 사람이야.」

카밀라는 밤늦게 돌아왔다. 길럼은 닥터 샌드의 플루트 레슨이 9시에 끝난다는 것을 알고 있었다. 하지만 그녀가 정작 들어온 시간은 11시였기 때문에 그녀에게 화를 냈다. 그는 분노를 억제하려고 했지만 잘 안 되었다. 그녀는 새치가 많이 섞인 검은 머리를 베개에 내려놓고 침대 위에 누워 길럼을 쳐다보았다. 그는 불 켜지 않은 창가에 서서 광장을 내려다보았다.

「식사는 했나?」 그가 물었다.

「닥터 샌드가 먹여 주었어요.」

「무얼 먹여 주었나?」

샌드는 페르시아 사람이라고 그녀는 길럼에게 말한 바 있었다.

아무 대답이 없었다. 꿈, 너트 스테이크, 사랑? 그녀는 일단 침대에 들어가면 그와 사랑할 때를 빼놓고는 움직이는 법이 없었다. 그녀는 잠을 잘 때 숨을 쉬는 법이 거의 없었다. 때때로 그는 잠에서 깨어나 그녀를 내려다보며, 저러다가 정말 죽어 버리면 어쩌지 하고 생각할 때가 종종 있었다.

「샌드를 좋아하나?」 그가 물었다.

「가끔.」

「그가 너의 애인이야?」

「가끔.」

「그렇다면 나하고 동거할 게 아니라 그에게 가는 게 더 좋지 않나?」

「그런 건 아니에요.」 카밀라가 말했다. 「당신은 이해하지 못해요.」

그렇다. 그는 이해하지 못했다. 먼저 로버 승용차의 뒷좌석에 앉아 서로 깊은 애무를 하는 남녀 커플이 있었다. 이어 트릴비[15]를 쓴 괴상한 녀석이 실리햄[16]을 끌고 길럼의 집 앞에 나타났다. 이어 여자는 길럼의 집 현관 밖에 있는 공중전

---

15 챙이 좁은 중절모.
16 웨일스산의 테리어 개.

화 부스에서 한 시간가량 전화를 했다. 이러한 사건들에는 아무런 특이성이 없다. 단 그런 사건들이 마치 보초의 교대처럼 연속적으로 일어난다는 것을 제외하면. 광장에는 밴이 한 대 주차해 있는데 아무도 내리지 않았다. 새로운 남녀 커플의 탄생인가? 아니면 램프라이터들의 야간 매복인가? 밴이 그곳에 한 10분쯤 주차했을 때 로버 승용차는 다른 곳으로 가버렸다.

카밀라는 잠들어 있었다. 그는 그녀 옆에 누워 눈을 크게 뜬 채 내일을 기다리고 있었다. 내일 그는 스마일리의 지시에 따라 프리도 사건 관련 파일을 훔쳐 내올 계획이었다. 프리도 사건은 일명 엘리스 스캔들이라고 하고, 보다 전문적 용어로는 테스터파이 작전이라고 했다.

14

 그 순간은 빌 로치의 짧은 생애에서 두 번째로 가장 행복한 순간이었다. 가장 행복한 순간은 그의 부모가 이혼하기 직전이었는데, 당시 그의 아버지는 지붕에서 말벌의 집을 발견하고 빌에게 그 소굴에 연기를 들여보내 소탕하려 하니 좀 도와달라고 요청했었다. 그의 아버지는 야외 생활을 즐기는 사람도 아니었고 또 그 생활에 익숙하지도 않았다. 빌은 백과사전에서 말벌을 찾아보고서 아버지와 함께 인근 약국으로 차 타고 가서 유황을 사 가지고 왔다. 부자는 큰 접시에 유황을 놓고 처마 밑에 설치하여 태움으로써 말벌을 일소했다.
 오늘은 짐 프리도의 자동차 클럽 단합 대회가 공식적으로 거행되는 날이었다. 그때까지 그들은 앨비스 자동차를 해체했다가 수리한 다음 재조립하는 것이 전부였다. 그러나 오늘은 그동안 열심히 한 데 따른 보상으로서, 외국인 래치의 도움을 받아 드라이브웨이의 돌로 된 길 위에 볏짚을 깔고서 슬라롬[17]을 하게 되었다. 자동차 클럽 회원들이 각자 한 번씩 차를 몰게 되었고 짐은 시간을 기록한다면서 게이트 사이를 바쁘게 오갔다. 각 드라이버의 응원자들은 드라이버가 들어올 때마다 환호를 질러 댔다. 〈영국이 지금까지 만든 가장 좋은 자동차〉라고 짐은 자신의 앨비스 차를 소개했다. 〈하지만 사회주의 덕분에 단종이 되었다.〉 그 자동차는 다시 도장되었고 보닛에 경주용 유니언 잭이 그려져 있었는데 누가 봐도 지구 상에서 가장 빠르고 가장 멋진 차임에 틀림없었다. 1라운드에서 로치는 14명 중 3등을 했다. 이제 2회전에서 그는 너도밤나무 숲에 이를 때까지 단 한 번도 멈칫거리지 않고 달렸고 결승 라인을 향해 마지막 바퀴를 돌고 있는데 최고 기록을 세울 것 같았다. 그는 세상에 이처럼 신나는 일이 있을 것이라고는 미처 상상하지 못했다. 그는 그 차가 좋았고, 짐이 좋았고, 심지어 학교마저도 좋았다. 난생처음으로 그는 이기기 위해 애쓰는 것을 좋아하게 되었다. 그는 짐이 「대범하게 해, 점보」 하고 소리치는 것을 들었다. 그는 래치가 급조한 체크무늬 깃발을 들고 위아래로 달리는 것을 보았다. 그러나 결승선을 통과했을 때 로치는 짐이 더 이상 자기를 쳐다보지 않고 고개를 돌려 너도밤나무 숲 쪽을 노려보고 있다는 것을 알았다.

「선생님, 얼마나 걸렸습니까?」 그는 숨도 쉬지 않고 물었다. 잠시 정적이 흘렀다.

「기록계!」 스파이클리가 약간 건방을 떨면서 재촉했다. 「시간, 코뿔소.」

「아주 좋았어, 점보.」 래치가 짐을 쳐다보면서 말했다.

그러나 스파이클리의 건방도, 로치의 애원도 아무런 응답을 이끌어 내지 못했다. 짐은 들판 건너 동쪽 경계를 이루는 길 쪽을 쳐다보았다. 그의 옆에는 별명이 콜 슬로인 콜쇼가

---

17 지그재그로 달리는 자동차 경주.

서 있었다. 3B반 소속인 콜쇼는 선생들에게 아첨을 잘하기로 유명했다. 그들이 서 있는 땅은 평지였는데 바로 거기서 땅은 급격히 언덕으로 솟구쳤다. 며칠씩 비가 오면 그 땅은 심하게 침수되었다. 그런 이유로 주위에는 생울타리가 아니라 철사 울타리를 둘렀다. 그래서 물론 나무는 없고 울타리와 평지만 있었고 때때로 그 뒤에 퀸톡스 산이 보였는데 오늘 그 산은 하얀 운무 속에 가려 보이지 않았다. 그 평지는 원래 호수가 되려던 습지였을 수도 있고 아니면 그저 평평한 땅이 펼쳐져 있는 것일 수도 있었다. 이 하얗게 바랜 배경을 뒤로 하고, 단정하게 옷을 입었으나 평범해 보이는 남자가 천천히 걸어왔다. 그는 수척한 얼굴에 트릴비를 쓰고 있었고 또 회색 레인코트에 잘 사용하지 않는 듯한 지팡이를 들고 있었다. 그를 쳐다보면서 로치는 그 남자가 빨리 걸어가고 싶지만 어떤 의도가 있어서 일부러 천천히 걷는다고 생각했다.

「점보, 이제 요령을 알았나?」 짐이 그 낯선 남자를 노려보더니 로치에게 물었다. 그 남자는 이제 경주로의 다음 기둥과 나란히 서는 지점까지 왔다.

「예, 선생님.」

「저 사람은 누구지? 솔로몬 그런디[18] 같다.」

「모르겠습니다, 선생님.」

「전에 본 적이 없나?」

「없습니다.」

「학교 선생도 아니고 마을 사람도 아니다. 그럼 저 사람은 누구지? 거지인가? 도둑인가? 점보, 저 사람은 왜 이쪽을 쳐다보지 않지? 우리에게 뭐가 잘못된 건가? 만약 애들이 필드 주위에서 자동차 경주를 한다면 누구든 쳐다보지 않겠나?

---

18 남의 일에 잘 간섭하는 사람.

저 사람은 차를 싫어하나? 애들을 싫어하나?」

로치가 그런 질문에 대한 답변을 궁리하고 있는데 짐이 래치에게 다양한 어조의 외국어로 말하기 시작했다. 로치는 그 순간 두 사람 사이에 어떤 공모성 혹은 특별한 유대 관계가 있다고 생각했다. 그러한 인상은 래치의 부정적인 대답에 의해 더욱 강화되었다. 래치의 목소리에는 전혀 놀라지 않는 침착함이 배어 있었다.

「선생님, 저 사람은 교회와 관련 있는 것 같습니다.」 콜 슬로가 말했다. 「예배가 끝나고 저 사람이 웰스 파고와 말하는 것을 보았습니다.」

목사의 이름은 스파고였고 아주 늙은 사람이었다. 그 목사가 저 위대한 웰스 파고인데 현재 은퇴하여 이 마을의 목사직을 맡고 있다는 얘기는 서스굿의 전설이었다. 그 정보에 짐은 잠시 생각에 빠졌고, 로치는 속으로 화를 내며 콜쇼가 이야기를 꾸며 낸 것이라고 생각했다.

「콜 슬로, 그들이 무슨 얘기를 하는지 들었나?」

「선생님, 못 들었습니다. 그들은 신자석을 보고 있었습니다. 하지만 선생님, 저는 나중에 웰스 파고에게 물어볼 수 있습니다.」

「우리 신자석? 그러니까 서스굿 신자석?」

「그렇습니다, 선생님. 학교 신자석, 서스굿 신자석이었습니다. 우리가 앉는, 이름이 쫙 붙어 있는 좌석 말입니다.」

그렇다면 교직원 앉는 좌석도 되는데, 하고 로치는 생각했다.

「나중에 그 사람을 또 보면 나에게 말해 줘, 알겠지? 그 외에 다른 이상한 사람들도 보면 말해 줘야 한다, 알겠지?」 짐은 아무렇지도 않다는 표정을 지으며 학생들 모두에게 말했다. 「학교 주위를 어정거리는 사람과 어울려서는 안 된다. 내가 지난번에 있던 학교에서 아주 나쁜 일이 있었다. 그런 낯선 자들이 학교를 몽땅 털어 갔다. 은, 돈, 시계, 라디오 등등 안 훔쳐 간 것이 없었다. 그런 낯선 자는 다음번에 앨비스 차를 훔쳐 갈지도 모른다. 영국에서 만든 가장 좋은 차이지만 단종된 차 말이다. 점보, 머리 색깔은?」

「검은색이었습니다, 선생님.」

「신장은, 콜 슬로?」

「180센티미터였습니다, 선생님.」

「콜 슬로에게는 누구나 다 180으로 보입니다, 선생님.」 한 재치 있는 학생이 말했다. 콜쇼는 어릴 때 진을 먹고 자랐기 때문에 그렇게 키가 작다는 것이었다.

「나이는, 스파이클리 두꺼비?」

「아흔하나였습니다, 선생님.」

그 순간 아이들이 일제히 웃음을 터뜨렸다. 로치는 다시 운전해 보라는 특전을 받았지만 좋은 기록을 내지는 못했다. 그날 밤 그는 침대에 누워 질투심 때문에 제대로 잠을 이루지 못했다. 짐이 래치뿐만 아니라 자동차 클럽 회원 전원을 낯선 사람 경계조(警戒組)로 만들었기 때문이었다. 클럽 회원 전원이 경계에 나선다고 하더라도 로치 혼자를 당하지 못할 것이라는 항변은 그에게 별 위로가 되지 못했다. 게다가 짐의 지시는 그날 하루만 유효한 것이 아니라 그 후에도 계속되는 것이었다. 사정이 이렇다 보니 로치로서는 앞으로 짐의 관심을 끌기 위해 배전의 노력을 하지 않으면 안 되었다.

수척한 얼굴의 낯선 사람은 사라졌다. 그러나 그 다음 날 짐은 잘 가지 않는 교회 마당을 살짝 방문했다. 로치는 그가 묘지 앞에서 웰스 파고와 이야기하는 것을 보았다. 그 후 빌 로치는 짐의 얼굴이 점점 더 어두워지는 것을 주목했다. 그가 매일 저녁 산책을 나설 때면 발걸음에 기민한 자태가 보였는데 그의 마음속에 분노가 어른거리는 결과인 듯했다. 때때로 그는 추위도 습기도 아랑곳하지 않고 트레일러 옆의 작은 언덕에 앉아 있기도 했다. 그럴 때면 어둠이 닥쳐오는데도 불구하고 담배를 피우면서 보드카를 홀짝거리며 깊은 생각에 잠기는 것이었다.

제2부

15

 서식스 가든스에 있는 아일레이 호텔은 조지 스마일리가 애스컷에 다녀온 이후 바라클로라는 이름으로 작전 본부를 차린 곳이었다. 그곳의 위치를 생각할 때 아주 한적했고 또 그의 필요에 딱 알맞은 곳이었다. 그 호텔은 패딩턴 역에서 1백 미터 떨어진 곳에 있었는데 플라타너스 가로수와 주차장 덕분에 간선 노로에서 뚝 떨어진 오래된 맨션들 중 한 채였다. 밤새 호텔 옆을 차들이 지나갔다. 그러나 막상 호텔 안으로 들어가 보면 마치 분지에 빠진 것처럼 소음이 들려오지 않는 아주 조용한 곳이었다. 어울리지 않는 실내 벽지와 구리 전등갓이 좀 문제이긴 하지만 말이다. 호텔 내부에서는 별로 움직이는 것이 없었고 그래서인지 그 안에서는 세상도 움직이지 않는 듯했다. 이러한 인상은 호텔 주인 포프 그레이엄 부인에 의해 더욱 강화되었다. 전직 육군 소령의 미망인이라고 하는 그레이엄 부인은 지독하게 나른한 목소리로 말을 하는데 그 때문에 바라클로 씨를 포함하여 그곳의 투숙객들은 엄청난 피로감을 느껴야 했다. 그녀를 여러 해 동안 경찰 정보원으로 활용해 온 멘델 경감은 그녀의 성이 실은 포프[19] 없는 그레이엄뿐이라는 것이었다. 포프를 집어넣은 것은 자신의 장엄함을 돋보이기 위해 혹은 로마 교황청에 대한 존경심을 표하기 위해서였다는 것이었다.

「당신의 아버지는 그린 재킷[20]이 아니었지요?」 그녀가 숙박부에 바라클로라는 이름을 보고 하품을 하면서 물었다. 스마일리는 2주 치 숙박료 50파운드를 선불했고, 여주인은 그가 일하려 한다는 것을 알고 8호실을 내주었다. 그가 책상을 요구하자 그녀는 낡아 빠진 카드 테이블을 주었다. 호텔 급사인 노인이 그것을 가져왔다. 「그래도 조지언풍 가구입니다.」 책상 배달을 감독하던 여주인이 한숨을 내쉬며 말했다. 「그러니 나를 보아서라도 저 책상을 잘 사용하시겠지요? 사실 이걸 당신에게 빌려 주면 안 됩니다. 저건 살아 계실 때 소령께서 쓰시던 겁니다.」

스마일리가 지불한 50파운드 이외에도 멘델이 개인적으로 자기 지갑에서 돈을 꺼내 20파운드를 더 얹어 주었다. 그는 그 돈을 〈단 한 번의 기름칠〉이라고 불렀는데 나중에 스마일리로부터 변제를 받았다. 「기름을 안 치면 기계가 안 돌아가는 법이지요, 그렇죠?」 그가 말했다.

「그건 그렇지요.」 심각한 표정으로 지폐를 상의 아래 주머니에 집어넣으면서 포프 그레이엄 부인이 말했다.

「모든 정보를 수집해 주세요.」 지하에 있는 주인집의 안락의자에 앉아 여주인이 내놓은 술을 한 잔 마시며 멘델이 말했다. 「출입 시간, 접촉 인사, 라이프스타일, 뭐 이런 것들을 말입니다.」 그는 집게손가락을 쳐들며 강조 사항을 짚어 주었다. 「가장 중요한 것은 — 이건 당신이 생각하는 것보다

---

19 교황이라는 뜻.
20 영국 군대 내의 연대 이름. 바라클로는 그 연대의 별명.

훨씬 더 중요한 것인데요 — 수상한 사람이 이런저런 핑계를 들이대며 당신이나 당신 직원에게 질문을 해오는 사항입니다.」 그는 이건 국가의 중대사라는 듯한 표정을 지어 보였다. 「설혹 그들이 여왕 근위대와 셜록 홈스를 하나로 합쳐 놓은 인물이라고 말해도 넘어가지 마십시오.」

「사람이라고 해봐야 나하고 노먼밖에 없어요.」 포프 그레이엄 부인이 검은 외투를 입고서도 벌벌 떠는 소년을 가리켰다. 그의 외투에는 베이지 색 벨벳 칼라가 달려 있었다. 「그리고 정보를 캐내려고 하는 자들은 노먼에서 아무것도 얻어내지 못할 거예요. 그렇지 노먼? 넌 아주 똑똑한 아이잖아.」

「들어오는 편지에 대해서도 똑같이 신경을 써주세요.」 경감이 말했다. 「난 소인을 확인해야 하니까 우표에 손을 대거나 편지를 감추는 일이 없도록 해주세요. 그의 물건들에 대해서도 똑같이 해주세요.」 그는 방 안의 가구 중에서 상당 부분을 차지하는 커다란 금고를 살펴보면서 잠시 침묵했다. 「가끔 그는 물건들을 맡길지도 몰라요. 주로 서류 아니면 책일 거예요. 그분을 빼놓고 그 물건을 볼 수 있는 사람은 딱 한 사람 더 있어요.」 그러고는 갑자기 해적 같은 미소를 지었다. 「그건 나예요. 알겠죠? 당신이 그 서류를 갖고 있다는 사실을 절대로 알려서는 안 돼요. 또 서류를 만지작거려서도 안 돼요. 그는 아주 날카로운 사람이니까 금방 알 거예요. 자, 이제 더 이상 말하지 않겠어요.」 멘델은 결론을 지었다. 그는 서머싯에서 돌아온 직후 20파운드로 경비를 해결할 수 있다면 노먼과 여주인은 업계에서 가장 싼 베이비시터라고 스마일리에게 보고했다.

하지만 멘델의 그러한 판단은 잘못된 것이었다. 그는 짐이 자동차 클럽 멤버 전원을 경계조로 고용했다는 사실을 몰랐기 때문이다. 또 짐이 멘델의 조심스러운 수소문을 그 후에

역추적했다는 사실도 알지 못했다. 멘델은 물론이거니와 그 누구도 짐의 현재 심정을 정확하게 알지 못했다. 짐은 분노와 기다림의 괴로움에 약간의 광기까지 더해져 이제 누가 약간 건드리기만 해도 전기처럼 발딱 일어서는 아주 예민한 상태에 놓여 있었다.

8호실은 맨 위층에 있었다. 그 방의 창문은 난간을 내다보고 있었다. 그 난간 너머의 이면 도로에는 자그마한 서점과 〈와이드 월드〉라는 여행사가 자리 잡았다. 방 안의 타월에는 〈스완 호텔 말로〉라는 글씨가 새겨져 있었다. 레이콘은 그날 밤 자신의 사무실에서 1차분의 문서를 서류 가방에 넣어 가지고 호텔에 들렀다. 두 사람이 침대 곁에서 대화하기 전, 스마일리는 그들의 목소리를 위장하기 위해 자그마한 라디오를 틀어 놓았다. 레이콘은 그것을 다소 못마땅하게 생각했다. 그는 그런 예방 조치가 유치하다고 생각하는 것 같았다. 그 다음 날 아침 출근을 하면서 레이콘은 서류를 다시 가져갔고 스마일리가 서류 가방을 불룩하게 만들라며 주었던 책들을 반환했다. 레이콘은 그 위장 역할을 제대로 해내지 못했다. 그는 기분이 상해서 약간 거친 매너를 보였다. 문서를 사무실에서 잠시 훔쳐 내오는 그런 파격적 행위를 못마땅하게 여기는 게 그의 얼굴에 쓰여 있었다. 차가운 날씨가 닥쳐오자 그는 계속 얼굴을 붉히는 듯했다. 하지만 스마일리는 그 외 다른 방법이 없었다. 그 서류들은 낮 동안에 읽을 수가 없는 것이었다. 레이콘의 직원들이 언제 그 서류를 찾을지 알 수 없는 데다 만약 그 서류가 없어졌다는 것이 알려지면 내각 조정실에 비상이 걸릴 것이기 때문이다. 조지는 그런 사태를 원하지 않았다. 그는 현재 시간이 없다는 것을 그 누구보다 잘 알고 있었다. 그 후 사흘 동안 밤중에만 서류를 검토하는 절차는 전혀 변하지 않았다. 퇴근하여 패딩턴 역에 기차를 타러 가기 직전, 레이콘은 스마일리에게 서류를 건네주었다. 그리고 매일 밤 포프 그레이엄 부인은 멘델에게 몰래 보고했다. 그 비쩍 마른 심술쟁이 같은 남자가 또다시 방문했다. 그자는 노면을 아주 멸시했다. 매일 아침 겨우 세 시간만 잠을 잔 후 덜 익은 소시지와 너무 익은 토마토로 아침을 때운 후 ― 그 외에 다른 메뉴는 없었다 ― 스마일리는 레이콘이 도착하기를 기다렸다. 그는 서류를 다시 돌려받은 후 차가운 겨울날 속으로 걸어 들어가 동료 시민들 사이에 섞였다.

꼭대기 층의 방에서 혼자 보낸 이례적인 밤들은 스마일리에게는 잊지 못할 밤이었다. 나중에 그 시절을 회상하면서 ― 물론 그 기간 동안 많은 사건들이 벌어지기는 했지만 ― 그는 그 기간을 하나의 여행, 아니 단 하룻밤 정도로 생각했다. 「장관한테 자네가 이 일을 맡을 거라고 보고할 생각이야. 맡아 줄 거지?」 레이콘은 정원에서 노골적으로 말했했다. 「종횡무진 앞으로 뒤로 움직이면서……」 스마일리가 걸음을 되짚어 과거로 돌아가 보니, 그 둘 그러니까 앞과 뒤는 아무런 구분이 되지 않았다. 그것은 서로 연결되어 있는 하나의 여행이었고 목적지는 이제 그 앞에 놓여 있었다. 잡동사니 싸구려 물품들이 놓여 있는 호텔 방과, 그의 회상 속의 방을 구분해 주는 것은 아무것도 없었다. 그는 이제 서커스 건물의 꼭대기 층에 와 있었다. 그의 방은 옥스퍼드 대학교 간행물들이 놓여 있는 수수한 방이었다. 그가 1년 전 퇴직했을 때의 상태 그대로였다. 그의 방 건너편 천장이 낮은 대기실에는 컨트롤의 나이 지긋한 여직원들(일명 머더)이 부드럽게 타이핑을 하면서 전화를 받고 있었다. 반면에 여기 호텔에서는 아직 세상에 의해 발견되지 않은 천재가 밤낮으로 복도를 오가면서 낡은 호텔 시설을 톡톡 건드리며 확인하고 있다. 그리고 대기실 저쪽 끝에는 — 반면 포프 그레이엄 부인의 세계에서 복도 끝은 화장실인데 사용하지 말라는 경고문이 붙어 있다 — 컨트롤의 지성소로 들어가는 닫힌 문이 있다. 낡은 철제 서류 캐비닛과 역시 낡은 붉은 색깔의 책들이 가득한 미로 같은 그 방. 먼지 냄새와 재스민 차 냄새가 나는 그 방. 책상 뒤에는 컨트롤이 앉아 있다. 당시 그는 이미 시체가 다 된 상태였고 길고 부드러운 회색 머리칼이 늘 이마를 가리고 있었다. 그의 미소는 두개골의 미소처럼 음산했다.

마음속에서 벌어진 이러한 위치 이동은 너무나 완벽하여 방 안에서 전화벨이 울렸을 때 — 방 안의 지선 전화는 통화 건수에 따라 별도 정산이었다 — 그는 자신이 어디에 있는지 잠시 헷갈렸다. 다른 소리들도 헷갈리기는 마찬가지였다. 예를 들면 난간에 내려앉은 비둘기의 소리, 텔레비전 안테나가 바람에 휘둘리는 소리, 비가 올 때 천장의 물 받침대에서 쉭쉭거리며 물 빠지는 소리 등이 그러했다. 왜냐하면 이런 소리들은 과거에도 존재했기 때문이다. 가령 케임브리지 서커스 건물의 꼭대기 층인 5층에서도 그런 소리를 들었던 것이다. 그러한 유사성 때문에 그의 귀는 그 소리를 선택했다. 그것은 그의 과거에서 울려오는 배경음이었다. 어느 신새벽 스마일리는 방 밖의 복도에서 발짝 소리를 듣고 침실 문을 열어주러 갔다. 밤새 들어온 전문을 해독하여 가지고 온 서커스의 암호 담당 직원이 거기 서 있다고 생각하면서. 문을 열어주기 직전 그는 길럼의 사진들을 깊이 검토하고 있었다. 그런 얼마 안 되는 정보를 가지고 수평 구조의 서커스가 홍콩에서 들어온 전문을 어떻게 처리했을까 곰곰 궁리했던 것이다. 하지만 방 밖에 서 있는 사람은 암호 전문가가 아니라 파자마 차림에 맨발인 급사 노인이었다. 건너편 방 앞에는 색

종이 조각이 뿌려져 있었고 남자와 여자의 신발이 가지런히 놓여 있었다. 아일레이 호텔에서는 아무도 — 노면을 포함하여 — 그 색종이를 치우려 하지 않았다.

「염탐은 그만 하고 어서 가서 자려무나.」 스마일리가 말했다. 노면이 눈을 멀뚱멀뚱하면서 쳐다보고만 있자, 「빨리 가라니까」 하고 다시 재촉했다. 그는 「썩 꺼지지 못해, 이 바보 같은 놈아」라는 말이 목구멍까지 올라왔으나 간신히 삼킬 수 있었다.

레이콘이 첫날 밤 그에게 가져온 문서의 첫 번째 권 제목은 〈위치크래프트 작전〉이었고 〈특별 정보의 배분에 관한 방침〉이라는 부제가 달려 있었다. 표지에는 경고문과 문서 취급 요령이 적혀 있었다. 〈우연히 이 문서를 발견한 자는 읽지 말고 내각 조정실의 문서 보관 책임관에게 반환할 것〉이라는 지시도 있었다. 두 번째 권의 제목은 〈위치크래프트 작전: 재무부에 보내는 추가 견적, 런던에서의 특별 수용, 특별 재정 지원, 보상금 등〉이었다. 세 번째 권의 제목은 〈소스 멀린 *Source Merlin*(情報源 멀린): 고객 평가, 비용 분식, 광범위한 활용: 첨부 비밀 문서 참조〉였는데 분홍색 리본으로 첫 번째 권에 묶여 있었다. 하지만 비밀 문서는 첨부되어 있지 않았고 스마일리가 그것을 요구하자 쌀쌀한 반응이 나왔다.

「그건 장관이 개인 금고에 보관하고 있네.」 레이콘이 차갑게 말했다.

「혹시 그 금고의 번호 조합을 모르십니까?」

「몰라.」 그가 불끈 화를 내며 말했다.

「그 문서의 제목은 무엇입니까?」

「그건 자네가 알 바 아니야. 난 자네가 왜 이 문서를 추적하면서 시간을 낭비하는지 이해하지 못하겠네. 그건 극비 문서이고 우리는 그 독자의 수를 최소한으로 줄이려고 모든 조치를 다 취했네.」

「아무리 극비 문서라도 제목은 있는 법 아닙니까.」 스마일리가 부드럽게 말했다.

「이건 없어.」

「멀린의 정체를 밝히는 문서입니까?」

「어리석은 소리 하지 말게. 장관은 알려고 하지도 않고, 또 올러라인도 말하지 않았네.」

「제목에 나와 있는 광범위한 활용은 무슨 뜻입니까?」

「조지, 더 이상 나를 심문하려 들지 말게. 자네는 더 이상 패밀리가 아니야. 규정대로 하자면 먼저 자네의 보안 조회를 끝내야 하는 거야.」

「위치크래프트와 관련해서 말입니까?」

「그래.」

「그런 식으로 조회를 마친 사람들의 리스트가 있습니까?」

그건 정책 파일 안에 있어, 라고 레이콘이 심드렁하게 말했다. 그러고는 문을 쾅 닫으며 밖으로 나갔다가 호주인 디스크자키가 소개하는 「그 많던 꽃들은 다 어디로 갔나」라는 노래의 느린 리듬에 맞추어 천천히 방 안으로 다시 들어왔다. 「장관은······.」 그는 갑자기 말을 중단하더니 이내 이어 갔다. 「장관은 우편엽서에 써 넣을 수 있는 것만 믿어. 그는 자신이 입수해야겠다고 생각한 것을 늦게 가지고 오면 짜증을 내.」

스마일리가 말했다. 「실장님은 프리도를 잊지 않으시겠지요. 그에 대하여 실장님이 갖고 있는 정보라면 뭐든 좋습니다. 아예 없는 것보다는 조금이라도 있는 게 훨씬 나으니까요.」

그 말과 함께 스마일리는 레이콘이 좀 더 노려보다가 두 번째 논평을 하도록 내버려 두었다. 「조지, 자네 정신이 나간 건 아니겠지? 프리도는 등에 총 맞기 전까지 위치크래프트라는 말은 들어 본 적이 없었을 걸세. 나는 자네가 왜 근본적인 문제는 추적하지 않고 이 문제에 이렇게 집착하는지 모르겠어……」 레이콘은 그 말과 함께 벼락같이 방 밖으로 나가 버렸다.

스마일리는 서류의 마지막 부분을 살펴보았다. 제목은 〈위치크래프트 작전: 디파트먼트와의 통신〉이었다. 디파트먼트는 화이트홀에서 서커스를 지칭하는 완곡어였다. 이 권은 한쪽에서는 장관이, 다른 한쪽에서는 퍼시 올러라인 — 그의 학생 같은 공들인 필적으로 금방 알 수 있었다 — 이 보낸 공식 보고서 형태로 되어 있었다. 당시만 해도 올러라인은 컨트롤이 지배하는 서커스의 위계질서에서 바닥을 헤매고 있었다.

스마일리는 그 많이 다루어진 파일을 살펴보면서 저 굴곡 많은 잔인한 전쟁을 증언하는 아주 기이한 문서로군, 하고 생각했다.

16

 스마일리가 문서들을 정독하면서 다시 회상하게 된 것은 저 굴곡 많은 잔인한 전쟁의 역사였다. 위치크래프트 문서들은 그 전쟁의 기록을 아주 개략적으로 담고 있었고 오히려 스마일리의 기억 속에 더 많은 정보가 들어 있었다. 그 전쟁의 두 주역은 컨트롤과 올러라인이었고 전쟁의 기원은 안개 속에 가려 있었다. 전쟁의 경과를 가슴 아픈 마음으로 면밀히 관찰해 온 빌 헤이든은 두 사람이 이미 케임브리지 대학 시절부터 서로를 증오했다고 말했다. 당시 컨트롤은 그 대학의 교수로 잠시 재직했고 올러라인은 학부 학생이었다. 빌에 의하면 올러라인은 컨트롤의 제자, 보다 자세히 말해서 시원찮은 제자였다. 컨트롤이 그를 자주 질책했다는 것인데, 아마도 틀림없이 그랬을 것이다.

 반면에 다음과 같은 이야기는 너무나 괴기하여 컨트롤 자신이 스스로 광고할 수는 없는 것이었다. 그러니까 컨트롤이 이렇게 말했다는 것이다. 「퍼시와 나는 피를 나눈 형제라더군. 우리는 럭비장에서 함께 뒹굴었다나!」 아무튼 컨트롤은 그게 사실이라고 명확하게 밝힌 적이 결코 없었다.

이런 전설적인 이야기들에다가 스마일리는 자신이 두 사람의 젊은 시절에 대해 알고 있는 몇몇 객관적 사실들을 덧붙였다. 컨트롤은 무명 인사의 아들인 데 반해, 퍼시 올러라인은 저지 스코틀랜드 출신이었고 또 목사의 아들이었다. 아버지는 장로교 목사였는데 퍼시는 아버지만 한 신앙은 없을지 몰라도 남을 끈질기게 설득하는 능력만은 물려받았다. 그는 나이가 한두 살 어려 대전에 참가하지 못했고 런던 시내의 회사에 1년쯤 다니다가 서커스에 들어왔다. 케임브리지 대학 시절 퍼시는 정치가와 운동선수의 기질이 강했다(헤이든의 말에 의하면 칭기즈 칸 스타일의 전사였다는 것인데, 헤이든 자신도 유약한 자유주의자는 결코 아니었다). 그를 선발한 사람은 매스턴이라는 별 볼일 없는 요원이었다. 아무튼 그는 올러라인이 장차 재목이 될 것을 알아보았고 그의 뒤를 열심히 밀어 주다가 그만 실각하고 말았다. 이렇게 되자 올러라인을 거추장스럽게 여긴 서커스 인사과는 그를 남아메리카로 발령을 냈다. 그곳에서 그는 영사라는 위장 신분을 유지한 채 영국으로 돌아오지 않고 두 번이나 임기를 마쳤다.

컨트롤조차 퍼시가 그곳에서 아주 뛰어난 활약을 했다고 인정했다. 아르헨티나 사람들은 그의 테니스와 승마 솜씨를 보고서 그를 영국 신사로 판정했고 ― 이것도 컨트롤이 스마일리에게 들려준 말이디 그다음에는 그를 어리석은 사람으로 결론지었다. 하지만 퍼시는 결코 어리석지 않았다. 영사직을 후임자에게 넘겨줄 무렵, 그는 해안 지대에 상당한 요원의 연결망을 확보했을 뿐만 아니라 북부 지대 쪽으로 날개를 펼치는 중이었다. 그 후 귀국하여 휴가를 즐기고 2주 동안 업무 보고를 한 뒤에 그는 인도로 발령받았다. 그곳의 요원들은 그를 영국 태수(太守)의 환생처럼 떠받들었다. 그는 요원들에게 충성심을 설교했고 임금은 거의 지불하지 않았으며 필요에 따라 그들을 제멋대로 숙청했다. 그는 인도에서 카이로로 건너갔다. 이 근무지는 올러라인에게 불가능하지는 않더라도 활약하기에 제약이 많은 곳이었다. 왜냐하면 당시 중동은 빌 헤이든의 텃밭이었기 때문이다. 카이로 연결망은 헤이든을 20세기 후반의 아라비아의 로렌스처럼 떠받들었다. 로디 마틴데일이 어느 날 저녁 클럽에서 식사를 하며 스마일리에게 말해 주었던 바로 그런 신격화였던 것이다. 그런 헤이든의 뒤를 이어 후임자로 왔으니 헤이든의 부하들이 올러라인의 생활을 아주 불편하게 했을 것은 묻지 않아도 알 만한 일이었다. 그러나 퍼시 올러라인은 불도저처럼 자신의 방침을 밀고 나갔다. 만약 그가 카이로 근무 당시 미국인들과 손잡지 않았더라면 그는 헤이든보다 더 뛰어난 요원이라는 명성을 얻었을 것이다. 하지만 그곳에서 스캔들이 터졌고 이제 퍼시와 컨트롤 사이에 노골적인 싸움이 벌어졌다.

싸움이 벌어진 구체적 상황은 아직도 애매모호하다. 스마일리가 컨트롤의 오른팔로 뛰어오르기 훨씬 이전에 벌어진 사건이었기 때문이다. 어리석게도 올러라인은 런던의 사전 승인을 받지 않고 현지의 실력자를 친미주의자로 대체하려는 미국의 음모에 뛰어들었다. 아르헨티나 근무 시절 그는 남반구의 좌익 정치가들을 축출하는 미국의 솜씨에 깊은 감명을 받았고 그래서 미국을 존경하게 되었다. 인도 근무 시절에는 인도의 중앙 집권화 세력을 교묘하게 방해하여 분할하는 미국의 노련한 솜씨에 압도되었다. 반면에 서커스의 대부분이 그렇듯 컨트롤은 미국인과 그들의 일 처리를 경멸했다. 사실 컨트롤은 그들의 일을 여러 번 방해하려고 시도했다.

미국의 음모는 불발로 끝났고 영국의 정유 회사들은 노발대발했다. 그리고 올러라인은 업계의 전문 용어대로 양말도 제대로 신지 못한 채 야반도주를 해야 했다. 나중에 올러라인은 컨트롤이 사전 승인을 해놓고 일이 비틀어지자 야비하게 자기만 쏙 빠졌다고 주장했다. 심지어 컨트롤이 의도적으로 러시아에 음모 계획을 밀고했다고 주장하기까지 했다. 사정이야 어찌 되었든 런던으로 돌아온 올러라인은 자신이 새럿의 너서리로 발령이 나 있는 것을 발견했다. 그곳에 가서 수습 직원들의 훈련을 맡으라는 지시였다. 그 자리는 정년이 2년 정도밖에 남지 않은 별 볼일 없는 요원들이 주로 가는 보직이었다. 당시 인사과장이었던 빌 헤이든은 그 발령의 배경을 이렇게 설명했다: 당시 런던 본부에는 퍼시 정도의 경력과 재능을 가진 요원에게 줄 만한 보직이 거의 없었다.

「그렇다면 나를 위해 그런 보직을 특별히 만들 수도 있지 않나.」 퍼시가 대꾸했고 그런 주장은 나름대로 근거도 있었다. 빌은 나중에 스마일리에게 솔직히 그 인사에 얽힌 배경을 털어놓았다. 당시 발령을 낼 때 올러라인의 로비 능력이 막강하다는 것을 감안하지 못했던 것이다.

「그 배후 세력이 누구입니까?」 스마일리가 컨트롤에게 물었다. 「그들이 어떻게 막강한 서커스 책임자의 발령에 대해 감 놔라 대추 놔라 할 수 있단 말인가?」

「골퍼들이야.」 컨트롤이 짧게 말했다. 골퍼는 곧 보수주의자들을 의미했다. 당시 올러라인은 야당이던 보수 세력과 제휴했는데 그들의 대대적인 환영을 받았고 특히 앤의 먼 사촌이며 현재 레이콘이 모시고 있는 장관인 마일스 서콤의 후원을 받았다. 그리고 컨트롤은 그런 로비에 저항할 수 있는 힘이 없었다. 서커스는 무기력 상태에 빠져 있었고 기존의 요원들을 완전히 철수시켜 다른 지역에서 새로운 요원들로 작전을 전개할지 모른다는 소문도 나돌았다. 첩보의 세계에서는 실수가 연속적으로 일어나는 법이 흔하지만 그때의 실수들은 유난히 오래 이어졌다. 들어오는 첩보의 양도 줄어들었을 뿐 아니라 점점 의심스러운 것뿐이었다. 중요한 정보를 수집해야 하는 지역에서 컨트롤의 힘이 강력하게 집중되지 못했다.

이런 단기적인 무기력 증세에도 불구하고 컨트롤은 퍼시 올러라인을 위한 위인설관(爲人設官)인 〈작전 고문〉의 보직과 임무 범위를 작성하는 일에 흥미를 보였다. 그는 작전 고문이라는 보직이 퍼시를 위한 어릿광대 모자라고 말했다.

스마일리가 거들 수 있는 일이라고는 아무것도 없었다. 당시 빌 헤이든은 워싱턴에 나가 있었는데 소위 미국 정보기관의 파시스트 같은 퓨리턴들과 정보 협약의 재협상에 매달려 있었다. 하지만 스마일리는 서커스의 꼭대기 층인 5층으로 올라갔고 그의 주된 업무 중 하나는 컨트롤에게 매달리는 민원인들을 따돌리는 것이었다. 그래서 올러라인이 컨트롤의 처사를 따지기 위해 일차적으로 찾아온 사람이 스마일리였다. 컨트롤이 외출한 틈을 타 스마일리의 사무실을 찾아온 올러라인은 그를 자기 집으로 초대했다. 함께 동거하던 정부를 영화나 보고 오라며 내보낸 뒤 그는 억센 스코틀랜드 억양으로 따지고 들었다. 그는 심지어 몰트 위스키를 내놓기까지 했다. 스마일리에게 풍성히 위스키를 따라 주면서 자신은 그보다 값싼 브랜디를 마셨다.

「조지, 내가 그에게 뭘 특별히 잘못했나? 한두 번 작전상의 실수는 누구나 있는 법 아닌가. 그건 그렇게 이례적인 일도 아니지 않나. 그런데 왜 나를 못 잡아먹어 그렇게 씹느냐 말이야. 내가 원하는 것은 톱 테이블에 자리를 하나 달라, 이것뿐이야. 해외에서의 내 업적을 감안하면 충분히 요구할 만하지 않냔 말이야.」

톱 테이블은 곧 서커스의 5층을 의미했다.

컨트롤이 작성한 작전 고문의 보직표는 얼핏 보면 상당히 인상적이었다. 그 표에 따르면 올러라인은 작전이 시행되기 전에 모든 작전을 검토하는 권한을 갖고 있었다. 하지만 세부 사항에 들어가면 그 권한은 조건부적인 것이었다. 권한 행사는 작전과의 사전 승인을 거쳐야 하는데 컨트롤은 승인해 줄 마음이 조금도 없었다. 보직표는 〈가용 인력을 협조 조정하고 활동 지역 사이의 질투심을 완화시킨다〉라고 임무를 명시했다. 올러라인은 그 후 그 임무를 실천하는 기관으로 런던 스테이션을 설립했다. 하지만 램프라이터, 돌격대, 감청단, 협상단 등의 실무 부서는 그에게 조직 운영 장부를 공개하지 않으려 했고 올러라인에게는 이런 부서들을 강제할 힘이 없었다. 그래서 올러라인은 말라 죽기 시작했다. 그의 결재함은 점심 이후에는 텅 비어 있었다.

「내가 평범한 친구다 그거지? 요즘에는 한가락 하려면 천재가 되어야 하는데 말이지. 다들 프리마 돈나 하려고 하지 코러스는 할 생각이 없지. 게다가 난 늙기까지 했으니.」 올러라인이 자조적으로 말했다. 하지만 그건 그의 건망증의 소산이었다. 그는 톱 테이블에 앉기에는 아직 젊은 사람이었다. 만약 그렇게 된다면 헤이든과 스마일리의 상급자로 8~10년 동안 군림할 텐데 그 정도 기간이면 컨트롤보다 더 오래 상급자 노릇을 하게 되는 것이었다.

컨트롤은 단호했다. 「퍼시 올러라인은 기사 작위를 얻을 수 있다면 제 어머니를 팔아먹고, 상원에 들어갈 수 있다면 우리 정보부를 팔아먹을 위인이야.」 말년에 그의 병이 깊어지면서 이런 말도 했다. 「뽐내기 좋아하는 자에게 내 평생의 일을 물려줄 수는 없어. 나는 허영심이 많아서 아첨 따위는 통하지 않고 또 너무 늙어서 야망도 없어. 게다가 게처럼 못생겼어. 하지만 퍼시는 나와는 정반대지. 화이트홀에 있는 재치 많은 사람들은 나의 이런 스타일보다 퍼시의 스타일을 더 좋아해.」

아마도 이런 태도 때문에 컨트롤은 본의 아니게 위치크래프트라는 작전이 그의 머리 위에 떨어져 내리도록 방치했을 것이다.

「조지, 이리 좀 들어와 봐.」 어느 날 컨트롤이 구내전화로 그를 불렀다. 「퍼시가 내 꼬리를 비틀고 있어. 어서 들어오지 않으면 유혈 사태가 벌어질 거야.」

당시는 성공하지 못한 전사들이 해외에서 돌아오고 있던 때였다, 라고 스마일리는 회상했다. 로이 블랜드는 베오그라드에서 금방 들어와 있었다. 그곳에서 토비 이스터헤이스의 도움을 받아 죽어 가는 연락망을 살리려고 애썼으나 여의치 않았다. 폴 스코데노는 당시 독일 연락망을 운영하고 있었는데 동베를린에 심어 두었던 러시아인 첩자를 방금 묻고 오는 길이었다. 그리고 빌 헤이든은 성과 없는 미국행을 마치고 사무실에 틀어박혀 펜타곤의 거만, 펜타곤의 어리석음, 펜타곤의 이중성에 대하여 분노를 터뜨리면서 이렇게 중얼거렸다. 「이제 러시아 친구들과 거래를 틀 때가 되었나 봐.」

그리고 아일레이 호텔은 이제 자정이 지난 시간이었고 밤늦은 손님이 벨을 울렸다. 저 손님을 받으면 노먼은 10실링을 팁으로 받겠구나, 하고 스마일리는 생각했다. 노먼은 최근에 바뀐 영국 화폐 단위를 아직도 낯설게 여기는 듯했다. 그는 한숨을 내쉬면서 위치크래프트 서류의 첫 번째 것을 자기 앞으로 끌어당겨, 조심스럽게 엄지와 검지에 침을 묻히고서 그 공식적인 기록과 자신의 기억을 일치시키는 작업을 해나갔다.

올러라인은 스마일리와 상담을 하고 난 두 달 후에 앤의 먼 사촌이며 레이콘이 모시는 장관에게 약간 신경질적인 개인 편지를 써서 보냈다. 편지는 위치크래프트 파일에 들어 있었다. 〈우리는 위치크래프트 보고서가 아주 민감한 정보원으로부터 나온다는 말씀을 드렸습니다. 제가 보기에 기존의 화이트홀 문서 공람 제도는 이 문서의 보안 유지에 도움이 되지 않습니다. 《개드플라이》 작전 때 우리가 사용했던 발송 우편통 제도는 화이트홀 고객이 관련 열쇠를 분실함으로써 거품이 되어 버렸습니다. 또 과로한 차관이 자기 열쇠를 개인 업무 보조자에게 주어 버리는 한심한 경우도 발생했습니다. 나는 이 문제와 관련하여 해군 첩보부의 릴리와 의논을 했습니다. 그는 해군 본부 건물의 특별 열람실을 사용하면 어떻겠느냐고 조언했습니다. 그곳에서 해당 고객들만 관련 문서를 열람하고 이어 본 정보부의 고참 경비원이 열람이 진행되는 도중 경비를 보면 좋을 것입니다. 열람실은 위장 목적을 위해 아드리아 해 실무 팀 *Adriatic Working Party*(AWP)의 회의실로 지정해 놓으면 좋을 것입니다. 열람권을 갖고 있는 고객들은 통행증을 갖지 않는 게 좋을 것입니다. 통행증을 만들어 놓으면 남용되기 때문입니다. 따라서 각 열람자가 나의 경비원에게 직접 그들의 신분을 확인받으면 될 것입니다. — 스마일리는《나의》라는 소유 형용사를 주목했다 — 이 경비원에게는 고객의 사진이 첨부된 출입자 리스트가 주어질 것입니다.〉

레이콘은 아직도 안심이 되지 않아 장관의 명의로 재무부에 추가 건의를 제출했다.

이렇게 하는 것만으로는 충분하지 않으므로 열람실을 다시 짓는 것이 필요하다고 판단된다.
1. 건축 비용을 승인할 것인가?
2. 만약 그렇다면 그 비용은 먼저 해군이 부담하고 나중에 디파트먼트에서 변제해 줄 것이다.
3. 추가 경비원의 문제가 있는데 이 역시 추가 비용을……

이제 올러라인이 대승을 거두었다는 것은 분명했다. 스마일리는 서류를 천천히 넘기면서 그런 생각을 했다. 그의 승리는 도처에서 횃불처럼 빛났다. 퍼시는 톱 테이블을 향해 매진하고 있었고, 컨트롤은 지금쯤 죽어 버렸는지도 몰랐다.

계단 쪽에서 아름다운 목소리를 가진 사람이 부르는 노래가 들려왔다. 만취한 웨일스 출신의 손님이 모든 사람에게 굿 나잇을 기원하는 노래를 부르는 중이었다.

위치크래프트는 퍼시 올러라인이 작전 고문이라는 새 보직에서 그 자신의 작전으로 맨 처음 손댄 프로젝트는 아니었지, 하고 스마일리는 회상했다. 이제 그는 기억을 발동시켰다. 서류에는 그런 인간적인 냄새가 전혀 깃들어 있지 않았다. 작전 고문은 컨트롤의 사전 승인을 받아야 했기 때문에 올러라인이 전개한 그 이전의 작전들은 모두 유산되고 말았다. 한동안 그는 감청 장치 설치에 몰두했다. 미국인들은 베를린과 베오그라드에 그런 장치를 이미 설치해 놓고 있었다. 프랑스인들도 미국인에 대항하여 그 비슷한 장치를 갖고 있었다. 그래서 퍼시는 자신의 주도 아래 감청 시장에 진출하고 싶어 했다. 컨트롤은 말없이 바라보기만 했고 서커스 내에 정보부 부서들 사이의 업무 협조를 요청하는 위원회가 구성되었다(명칭은 올러라인 위원회). 연구 조사 팀이 선발되어 아테네 주재 러시아 대사관의 지형을 연구했다. 올러라인은 최근에 그곳에 들어선 군사 정부가 최대한 지원해 줄 것으로 기대했고 또 그 정부를 이전의 정부 못지않게 존중하고 있었다. 컨트롤은 잠시 지켜보다가 퍼시의 구상을 거부하면서 새로운 것을 내놓으라고 말했다. 퍼시는 또 다른 작전에 몰두했고 그러던 어느 우중충한 오전에 컨트롤은 단호한 목소리로 스마일리를 불러 퍼시의 새 작전을 참관하게 했다.

컨트롤은 책상에 앉아 있었고 올러라인은 창가에 서 있었다. 그들 사이에는 밝은 노란색의 서류 폴더가 놓여 있었다.

「여기 앉아서 이 말도 안 되는 서류를 한번 보게.」

스마일리는 안락의자에 앉았고 올러라인은 창턱에 팔꿈치를 내려놓고 선 채로 지붕 너머의 넬슨 탑과 그 너머 화이트홀의 첨탑을 내다보았다.

폴더 안에는 러시아 해군의 고급 비밀 문서를 찍은 것으로 보이는 사진들이 있었다. 문서는 열다섯 페이지였다.

「누가 번역을 했나요?」 번역이 훌륭해 스마일리는 로이 블랜드의 작품이 아닐까 생각하며 물었다.

「아마 하느님이 했을 거야.」 컨트롤이 대답했다. 「그렇지 않나, 퍼시? 조지, 그에게는 아무것도 묻지 마. 대답하지 않을 거니까.」

그 무렵 컨트롤은 아주 활기차 보였다. 스마일리는 컨트롤이 체중을 빼고 얼굴빛이 분홍색이었다는 것을 기억했다. 그를 잘 모르는 사람들은 좋은 안색에 대하여 축하를 해줄 정도였다. 하지만 스마일리만은 당시 컨트롤의 헤어라인에 습관적으로 땀방울이 송골송골 맺혀 있었다는 것을 알고 있었다.

보다 구체적으로 말해서 그 문서는 평가 보고서였다. 최근에 지중해와 흑해에서 있었던 러시아 해군의 군사 작전을 러시아 최고 사령부에 보고한 것이었다. 레이콘이 가져온 서류 중에서, 그 문서는 보고서 제1호라고 기재되어 있고 제목은 간단히 〈해군〉이었다. 그 이전 여러 달 동안 영국 해군은 서커스에다 대고 이 해상 훈련에 대한 정보를 내놓으라고 독촉해 왔었다. 따라서 이 문서는 아주 시의 적절한 것이었는데 그런 이유로 스마일리가 보기에 수상한 문서이기도 했다. 아주 자세한 내용을 담고 있었지만 지대해(地對海) 공격 위력, 대적(對敵) 경보 절차의 무선 작동화, 테러 균형 감각의 고등 수학 등 스마일리가 전혀 이해하지 못하는 내용들이었다. 그게 정말 진짜 문서라면 금맥을 잡은 것이었지만 그게 진짜라고 믿을 만한 근거가 없었다. 서커스는 매주 수십 건에 달하는 자칭 러시아 문서들을 분석했다. 대부분 잡상인들이 가져온 가짜 문서였다. 그중 일부는 동맹국에서 모종의 의도를 가지고 심어 놓은 문서이거나, 러시아 측에서 던져 주는 자그마한 모이였다. 아주 드물게 진짜 정보로 판명되는 것도 있지만 거절하여 퇴짜를 놓은 이후에 진짜로 밝혀졌다.

「이 이니셜은 누구의 것인가요?」 스마일리가 종이 여백에 연필로 적어 놓은 러시아어 메모를 가리키며 물었다. 「혹시 누가 아나요?」

컨트롤이 올라라인 쪽으로 고개를 갸웃거렸다. 「권위자에게 물어보게. 나한테 묻지 말고.」

「자로프.」 올라라인이 말했다. 「흑해 함대의 제독일세.」

「날짜가 없는데.」 스마일리가 이의를 제기했다.

「그건 초안이야.」 올라라인이 자신 있게 대답했다. 그의 스코틀랜드 억양이 더욱 강하게 나왔다. 「자로프가 목요일에 서명한 거라고. 수정이 가해진 완성된 보고서는 월요일에 배부되었어. 그러니까 날짜가 있는 거지.」

그날은 화요일이었다.

「그럼 이게 어디서 났지?」 스마일리가 어리둥절해하며 물었다.

「퍼시는 얘기를 할 수 없다는군.」 컨트롤이 말했다.

「우리의 정보 평가사는 뭐라고 하는데?」

「그들은 아직 보지 못했어.」 올라라인이 말했다. 「그리고 그들에겐 안 보여 줄 거야.」

컨트롤이 차가운 목소리로 말했다. 「해군 첩보부의 릴리가 1차 의견을 냈어. 그렇지 않나, 퍼시? 퍼시가 지난밤 핑크 진을 한 잔 마시면서 그에게 보여 주었대. 〈트래블러스〉 바에서 말이야. 그렇지, 퍼시?」

「해군 본부였습니다.」

「릴리는 퍼시와 마찬가지로 스코틀랜드 사람이어서 평소 칭찬에 인색해. 하지만 그는 30분 전에 나에게 전화해서 진짜라고 말했어. 그러면서 나에게 축하한다고 하더군. 그 문서가 진짜이니 동료 해군 간부들에게 그 내용을 알려 주는 게 어떻겠느냐고 나에게 — 아니 퍼시에게, 라고 하는 게 좋겠군 — 승낙을 요청하더군.」

「말도 안 되는 소리입니다.」 올러라인이 말했다. 「그에게는 그냥 보여 주기만 한 겁니다. 앞으로 2주 동안은 비밀을 유지해야 합니다.」

「이 문건은 너무 따끈따끈해서 말이야.」 컨트롤이 말했다. 「한 2주쯤 식혔다가 배부해야 된다 그런 말인가?」

「그런데 이게 어디서 났지?」 스마일리가 아까 했던 질문을 반복했다.

「퍼시가 위장 명칭을 하나 생각해 낼 거야. 걱정하지 말게. 그런 이름 만드는 데에는 아주 빠르니까. 그렇지 않나, 퍼시?」

「하지만 어떤 부서에 접근할 수 있는 사람이지? 어떤 담당관이고?」

「자네들은 이걸 즐기겠지.」 컨트롤이 독백처럼 말했다. 그는 아주 화가 나 있었다. 오래 그를 모셔 왔지만 스마일리는 그토록 화가 난 컨트롤을 본 적이 없었다. 주근깨가 박힌 그의 가느다란 손은 떨고 있었고 평소 아무런 광채가 없는 눈은 분노로 이글거렸다.

「소스 멀린이야.」 올러라인이 말했다. 그는 말하기 전에 이빨 사이로 숨을 한 번 들이쉬었다. 「그는 러시아 정책을 결정하는 고위층에 접근할 수 있는 고급 소스야.」 올러라인의 목소리는 마치 자신이 왕족이라도 된 듯했다. 「우리는 그의 정보에 〈위치크래프트〉라는 이름을 붙였어.」

 그는 재무부의 후원자에게 보내는 1급 비밀의 개인 편지에서도 그와 유사한 용어를 사용했다, 라는 것을 스마일리는 문서에서 확인할 수 있었다. 그 편지에서 올러라인은 앞으로 요원들에게 나눠 주는 특별 지원금을 더욱 조심스럽게 집행해야겠다고 적었다.

「퍼시는 아마도 공 차는 축구장 관람석에서 그자를 포섭했다고 말할 걸세.」 컨트롤은 제2의 청춘에도 불구하고 대중이 사용하는 용어에 대해서는 노인임을 어쩌지 못했다. 그냥 축구장이면 되는 것이지 〈공 차는〉은 쓸데없는 부연인 것이다. 「자, 왜 포섭 경위를 말하지 못하는지 얘기해 보라고 하게.」

 올러라인은 그런 비아냥에도 기가 죽지 않았다. 그 역시 얼굴을 붉히고 있었는데 그건 수치감보다는 승리감 때문이었다. 그는 오래 얘기하기 위해 일단 깊은 숨을 들이쉬었고 그다음에는 무감각한 어조로 스마일리만 보면서 말했다. 마치 스코틀랜드의 경찰 반장이 법원의 판사 앞에서 증거를 제시하는 듯한 태도였다.

「소스 멀린의 정체는 현재 극비 사항으로 나는 그것을 밝힐 입장이 아니야. 그는 이 정보부 내의 어떤 사람들이 오랫동안 양성해 온 결과로 생겨난 보물이야. 그 사람들은 나에게 묶여 있고 나도 그 사람들에게 묶여 있어. 그들은 이곳에 만연한 높은 실패율에 시달리는 사람이 아니야. 사실 지금까지 날려 버린 작전이 너무 많았어. 많은 것을 잃었고, 많은 것을 낭비했으며 많은 스캔들이 있었어. 나는 이런 점을 여러 번 지적했었어. 하지만 내 호소는 마이동풍이었지. 차라리 바람에다 대고 말하는 것이 더 나을 뻔했어. 그는 내 얘기에 전혀 귀 기울이지 않았어.」

「그는 곧 나를 가리키는 거야.」 컨트롤이 옆에서 설명했다.

「퍼시의 말 중에 나오는 그는 바로 나야. 알고 있지, 조지?」

「우리 정보부에서 전문 기술과 보안 유지라는 평범한 상식은 사라진 지 오래되었어. 정말 한번 물어보자고. 그게 어디에 있나? 모든 수준에서 각각의 부서가 구획화되어 있어. 조지, 그렇지 않나? 모든 것이 꽉 막혀 있어. 상부에서 자꾸 부추겨 모든 지역에서 서로 씹어 대고 있다고.」

「상부라는 건 곧 나를 가리키는 건가?」 컨트롤이 끼어들었다.

「분할하여 통치하라. 이것이 요즈음 우리 정보부에서 통하는 상식이 되었어. 공산주의를 상대로 싸워야 할 사람들이 서로 동지들의 멱살을 잡고 싸우고 있다고. 게다가 우리는 최고의 파트너를 잃어 가고 있어.」

「저건 미국인들을 가리키는 거야.」 컨트롤이 설명했다.

「우리는 우리의 생계, 우리의 자존심을 잃어 가고 있어. 이런 사태에 종지부를 찍어야 해.」 그는 서류를 도로 가져가더니 겨드랑이에 집어넣었다. 「이제 이런 상황은 이걸로 충분해.」

「소위 충분하다고 말하는 자가 늘 그렇듯이……」 컨트롤은 방 밖으로 나가는 올러라인의 등 뒤에 대고 소리쳤다. 「그는 더 많은 것을 원하지.」

이제 스마일리의 기억이 아니라 레이콘의 서류들이 다시 한 번 스토리를 잡아 나갔다. 컨트롤의 말년에는 그런 살벌한 분위기가 통상적으로 벌어지고 있었다. 스마일리는 그 사건의 초청기부터 개입했기 때문에 그 후 위치크래프트가 어떻게 전개되었는지 통보를 받아야 마땅한데도 아무런 정보의 피드백을 받지 못했다. 컨트롤은 질병을 싫어하듯이 실패도 싫어했다. 특히 자신의 실패는 더욱 못 견뎌 했다. 그가 볼 때 실패를 인정한다는 것은 곧 그 실패와 더불어 살아야 한다는 것이었다. 그런 실패를 피하려고 애쓰지 않는 정보부는, 그가 볼 때, 결코 살아남을 수 있는 정보부가 아니었다. 그는 실크 셔츠를 입은 요원, 그가 신임하는 현장 요원들에게 돌아가야 할 예산의 상당 부분을 잘라먹으며 거드름 피우는 요원을 특히 싫어했다. 그는 성공을 사랑했다. 하지만 그의 이마에 흘린 땀으로 거둔 성공을 헛것으로 만들어 버리는, 난데없는 기적은 싫어했다. 그는 그런 자들 중에서 현저한 케이스인 퍼시 올러라인을 가장 싫어했다. 컨트롤이 그런 자들을 다루는 방식은 그들에게 문을 열어 주지 않는 것이었다. 그는 사무실 문을 꼭꼭 잠그고 5층에 있는 사무실에 혼자 틀어박혀 손님도 받지 않고 걸려 오는 전화들은 모두 머더(고참 여직원)에게 받게 하고 깊은 사색에 잠겼다. 그는 머더들이 가져다주는 재스민 차를 마셨고 수많은 공식 문서들을 가져오라고 해서 세심하게 검토했다. 스마일리는 서커스의 일상적인 업무를 수행하면서 컨트롤의 방에 많은 서류들이 쌓여 있는 것을 보았다. 어떤 서류들은 아주 오래된 것이었는데 컨트롤이 책임자가 되기 이전의 것들도 있었다. 어떤 것은 개인 신상에 관한 것으로서, 정보부의 전·현직 요원들의 이력서였다.

컨트롤은 자신이 현재 무슨 일을 하고 있는지 말하지 않았다. 스마일리가 머더들에게 물어보았다면 또 머더들의 총아인 빌 헤이든이 같은 질문을 던졌다면 그들은 머리를 살래살래 젓거나 아니면 눈썹을 치켜올려 하늘을 가리켰을 것이다. 「이제 정말 말년인 것 같아요.」 그들의 온유한 눈빛은 그렇게 말하고 있었다. 「우리는 경력 말년에 도달한 위대한 분을 즐겁게 해드리고 있어요.」 하지만 스마일리는 이제 레이콘의 문서들을 한 장 한 장 넘기면서 또 리키 타르에게 건넨 이리나의 일기를 마음속에 되새김질하면서 당시의 컨트롤이 무엇을 하고 있었는지 어렴풋이 짐작할 수 있었다. 그런 짐작은 그에게 커다란 위안을 안겨 주었다. 이런 탐험의 여행에 나선 것이 그가 처음은 아니었던 것이다. 이제 컨트롤의 유령이 아주 머나먼 지역으로 들어서는 데 길라잡이가 되었다. 마지막 순간에 불발로 끝난 테스터파이 작전이 그를 죽음의 길로 몰아넣지 않았더라면 컨트롤은 아마도 이 탐구의 여행을 끝까지 밀어붙였을 것이다.

*

다시 따분한 아침 식사 시간. 지난밤 즐겁게 노래를 불렀던 웨일스 남자는 이제 시무룩한 표정이었다. 그는 덜 익힌 소시지와 너무 익힌 토마토가 도무지 마음에 들지 않는 듯했다.

「이 서류를 다시 가지고 오기를 바라나?」 레이콘이 물었다. 「아니면 다 읽었나? 보고서가 들어 있지 않아 별 정보가 되지는 못했을 거야.」

「괜찮으시다면 오늘 밤에 꼭 읽겠습니다.」

「자네 몰골이 영 말이 아니군. 그건 자네도 알지?」

그는 알지 못했다. 바이워터 스트리트의 집으로 퇴근해서 오면 현관에 앤의 예쁜 도금 거울이 걸려 있어 그는 자신의 충혈된 눈과, 피로에 지쳐 축 늘어진 뺨을 볼 수 있었다. 그는 호텔에서 조금만 잠을 자고 다시 일을 했다. 저녁이 되자 레이콘이 서류를 들고 그를 기다렸다. 스마일리는 서류를 계속 읽어 나갔다.

서류에 의하면 그 후 6주 동안 러시아 해군의 추가 문서는 입수되지 않았다. 국방부의 다른 부서들도 제1차 문서에 대한 해군의 열광적 반응에 동의했다. 외무부는 〈이 서류는 러시아가 취하고 있는 공격적 정책에 많은 시사점을 던져 주고 있다〉라고 논평했다. 올러라인은 그 문서의 특별 취급을 계속 주장하면서 자신이 군대 없는 장군과 비슷하다고 불평했다. 레이콘은 「왜 추가 문서가 나오지 않느냐」고 차가운 어조로 지적했고 장관에게 「해군과의 긴장 상황을 해소하라」

고 건의했다. 서류에 의하면 컨트롤에게서는 아무런 정보가 나오지 않았다. 그는 복지부동하면서 그 문서가 단발성 에피소드로 끝나기를 바라는 것 같았다. 흥분된 상황이 소강 상태로 들어가자 재무부의 모스크바 전문가는 화이트홀이 근년에 들어와 이런 사태를 여러 번 경험했다며 불평을 늘어놓았다. 1차 문서는 아주 좋았다가 그다음에는 침묵으로 이어지거나 아니면 더 나쁘게 스캔들이 터졌다는 것이었다.

그 전문가의 불평은 근거 없는 것이었다. 7주째가 되자 올러라인은 같은 날짜로 된 위치크래프트 보고서 세 건이 입수되었다고 보고했다. 모두 러시아 정부 부처 간 비밀 통신문이었는데 아주 다양한 주제를 다룬 것이었다.

레이콘의 요약에 의하면 위치크래프트 문서 제2호는 코메콘 내의 긴장 상황을 자세히 묘사하면서 서구와의 무역이 코메콘 회원 국가들에 미치는 부정적인 영향을 언급했다. 서커스의 관점에서 볼 때 그것은 로이 블랜드의 활동 지역에 해당하는 보고서였는데, 블랜드가 운영했던 헝가리 거점의 애그러베이트 연락망은 지난 수년 동안 그 정보를 빼내려 했으나 실패했던 것이었다. 외무부의 고객은 이렇게 논평했다. 〈아주 탁월한 정보. 여타 방증 자료에 의해 그 신빙성이 입증됨.〉

위치크래프트 제3호는 헝가리의 수정주의와 카다르가 정계와 학계 인사들을 숙청한 사건을 다루고 있었다. 문서의 작성자는 오래전 흐루시초프가 만들어 낸 말을 인용하면서 헝가리의 중구난방을 잠재우는 가장 좋은 방법은 지식인들을 좀 더 많이 쏴 죽이는 것이라고 말했다. 다시 한 번 이 문서는 로이 블랜드의 활동 지역을 커버하는 것이었다. 외무부의 동일한 논평가는 이렇게 말했다. 「러시아가 위성 국가를 부드럽게 대할 것이라고 생각하는 사람들에게 경종을 울리는 문서이다.」

2호와 3호는 본질적으로 배경 문서였으나 위치크래프트

제4호는 60페이지에 달하는 장문이었고 고객들은 아주 독특한 문서라고 평가했다. 그것은 러시아 외무부가 약체 미국 대통령과 협상할 때 따르는 장단점을 고도의 전문적 식견을 발휘하여 분석해 놓은 것이었다. 문서의 결론은, 미국 대통령에게 선거용 선물을 하나 던져 줌으로써 장차 있을 다핵 탄두 협상에서 러시아가 유익한 양보안을 얻어 낼 수 있다는 것이었다. 동시에 그 문서는 미국으로 하여금 너무 양보한다는 느낌을 갖게 만드는 정책의 효율성에 의문을 제기했다. 왜냐하면 이것이 미국의 펜타곤을 자극하여 선제공격에 나서도록 할 수도 있기 때문이었다. 그 보고서는 빌 헤이든이 담당하는 지역의 핵심적 문제를 지적하고 있었다. 헤이든은 이와 관련하여 올라라인에게 아주 감동적인 메모를 보냈다(이 메모는 헤이든이 모르는 채로 장관에게 보고되었고 또 내각 조정실 서류에 철해졌다). 러시아의 핵 무기 사업을 25년이나 연구해 왔지만 이 정도로 수준 높은 정보는 이것이 처음이라고 실토하는 내용이었다. 그는 이렇게 결론지었다.

「나의 착오가 아니라면 우리의 미국인 동지들도 이런 정보는 얻지 못했을 것이라고 본다. 아직 시기는 이르지만 이 자료를 워싱턴에 가지고 가면 그 보답으로 상당한 수확을 올릴 수 있으리라 생각된다. 멀린이 이런 수준의 첩보를 계속 제공해 준다면 미국 정보기관 내의 모든 것을 우리 마음대로 입수할 수 있을 것으로 본다.」

퍼시 올리라인은 자신의 의도대로 열람실을 확보했디. 그리고 조지 스마일리는 세면대 옆에 있는 낡은 버너에서 손수 커피를 끓였다. 커피를 끓이는 도중 버너의 미터기에 동전을 더 넣어야 되었고 그래서 급히 노먼을 불러 5파운드 지폐를 주면서 빨리 실링 동전으로 바꾸어 오라고 재촉했다.

17

 컨트롤과 올러라인이라는 두 주인공의 첫 만남에서 오늘날에 이르기까지의 과정을, 스마일리는 레이콘의 서류 속에서 깊은 관심을 가지고 추적해 나갔다. 위치크래프트 도입 당시 서커스 내에는 의심의 분위기가 만연해 있었기 때문에 스마일리와 올러라인 사이에서도 소스 멀린의 이야기는 하나의 금기가 되어 있었다. 올러라인은 위치크래프트 문서를 가지고 올라와 컨트롤에게 제출한 뒤 대기실에서 기다렸고 컨트롤은 그 문서를 읽지 않았다는 것을 보이기 위해 즉시 사인해서 돌려주었다. 올러라인은 서류를 돌려받고 스마일리의 방에 머리를 비쭉 내밀어 간단히 인사한 후 계단을 황급히 걸어 내려갔다. 블랜드는 아예 멀찍이 떨어져서 가까이 오지 않았고, 심지어 빌 헤이든의 유쾌한 방문 — 컨트롤이 간부들 사이에 유대를 강화하기 위해 실시한 〈노변 정담〉의 일환 — 도 점점 빈도가 떨어지더니 마침내 중단되었.
 「컨트롤은 머리가 어떻게 되었나 봐.」 헤이든이 경멸하는 듯이 스마일리에게 말했다. 「내가 잘못 보지 않았다면 죽어

가고 있어. 광기와 죽음 중 어느 하나가 먼저 그에게 들이닥칠 거야.」

관습적으로 실시되던 화요일 회의는 중단되었고 스마일리는 컨트롤로부터 해외로 나가거나, 애매한 심부름을 가거나, 컨트롤의 개인 사절로 외곽 부대 ─ 새럿, 브릭스턴, 액턴 등 ─ 를 순회하라는 따위의 시달림을 당하고 있었다. 스마일리는 컨트롤이 자신을 일부러 어떤 프로젝트에서 제외시키려 한다는 느낌을 받았다. 두 사람이 함께 얘기할 때 스마일리는 의심의 분위기가 감도는 것을 느꼈고 심지어 스마일리조차 빌의 얘기가 맞는 게 아닐까, 다시 말해 컨트롤이 그 직책을 감당하지 못하는 게 아닐까 하는 의문이 들 때가 있었다.

내각 조정실에서 나온 서류들은 그 후 석 달 동안 위치크래프트 작전이 꾸준히 전개되었음을 보여 주었다. 물론 컨트롤에게서는 아무런 도움도 없었다. 위치크래프트 보고서는 한 달에 두세 건의 비율로 흘러들었는데, 고객들의 평가에 의하면 정보의 수준은 탁월한 것이었다. 컨트롤의 이름은 거의 언급되지 않았고 또 그의 논평을 요구한 적도 별로 없었다. 가끔 정보 평가사들이 불평을 털어놓기는 했다. 멀린이 그들을 전혀 모르던 지역으로 안내하기 때문에 검증이 불가능하다는 불평이었다. 그러면서 미국인들에게 주어 확인을 해보는 것이 좋지 않을까 하는 의견을 냈다. 우린 그렇게 할 수 없어, 하고 장관이 말했다. 아직은 아니야, 하고 올러라인이 말했다. 올러라인은 아무도 보지 못한 비밀 메모에 이렇게 덧붙이기도 했다. 〈적절한 때가 오면 우리의 자료를 그들의 것과 교환할 수 있을 것입니다. 우리는 단 한 번의 거래에는 관심이 없습니다. 우리의 당면 과제는 의심할 수 없을 정도로 명확하게 멀린의 기록을 확립하는 것입니다. 그렇게 되면 헤

이든이 시장에 나가서…….〉

 더 이상 그 보고서에 대한 의문은 표시되지 않았다. AWP(아드리아 해 실무 팀)의 열람실에 출입이 가능한 사람들 사이에서 멀린은 이미 확고한 승자로 자리 잡았다. 그의 자료는 정확했다. 다른 관련 기관들에서도 추후에 그 문서의 정확도를 인정했다. 위치크래프트 위원회가 구성되었고 장관이 위원장으로 추대되었다. 올러라인은 부위원장이었다. 멀린은 하나의 산업이 되었고 컨트롤은 그 산업에 고용조차 되지 않았다. 때문에 컨트롤은 스마일리로 하여금 동냥 그릇을 들고 그들을 찾아가게 했다. 「그자들 셋하고 올러라인이야.」 그가 말했다. 「조지, 그자들을 한번 접촉해 봐. 그들을 회유하고, 겁주고, 또 그들이 뭘 먹고 싶어 하는지 뭘 원하는지 알아봐.」

 하지만 그들과의 만남에 대해서 레이콘의 서류는 아무것도 언급하지 않았다. 왜냐하면 그것은 스마일리의 어두운 기억 속에서만 존재하기 때문이었다. 그는 컨트롤의 식료품실 안에는 그들의 허기를 채워 줄 수 있는 음식이 아무것도 없다는 걸 알고 있었다.

 그때는 4월이었다. 당시 스마일리는 포르투갈의 스캔들을 잠재우고 막 귀국한 상황이었는데 컨트롤은 온 사방에서 공격을 당하고 있었다. 서류들은 바닥에 널려 있었고, 창문에는 새로운 자물쇠들이 설치되었다. 전자 감청을 막기 위해 전화기에는 차 덮개를 씌웠고 천장에는 차단기 ― 전기 선풍기 같은 것으로서 회전 속도가 일정하지 않은 물건 ― 를 설치해 두었다. 스마일리가 출장 나가 있던 석 달 동안 컨트롤은 노인이 되어 버렸다.

 「그자들에게 위조 지폐를 사들이고 있다고 말해 주게.」 그가 서류에서 고개도 쳐들지 않고 나지막한 목소리로 말했다. 「그자들에게 뭔가 말을 하면서 시간을 끌어. 난 지금 시간이 필요해.」

「그자들 셋하고 올러라인이야.」 스마일리는 이제 소령의 카드 테이블에 앉아 위치크래프트 보안 조회를 마친 자들의 명단을 검토하면서 예전에 컨트롤이 했던 말을 나직이 중얼거렸다. 이제 AWP의 열람실을 출입할 수 있는 인원은 68명으로 늘어나 있었다. 그들은 마치 공산당의 당 서열처럼 출입 허가 일자에 따라 번호가 부여되어 있었다. 그 명단은 컨트롤 사후에 다시 타이핑이 되었고 스마일리는 그 안에 들어 있지 않았다. 그러나 네 명의 발기인, 즉 올러라인, 블랜드, 이스터헤이스, 빌 헤이든은 여전히 명단의 제일 앞쪽에 올라 있었다. 그자들 셋하고 올러라인이야, 컨트롤은 그렇게 말했었다.

레이콘의 서류를 읽으면서 모든 추론, 모든 희미한 연결 관계를 향해 활짝 열려 있던 스마일리의 마음속으로 전혀 상관없는 이미지 하나가 흘러들었다. 그것은 콘월의 절벽을 산책하고 있는 그와 아내 앤의 모습이었다. 콘월 여행은 컨트롤이 사망한 직후의 일이었는데, 험난하고 파란만장했던 그들의 결혼 생활에서 가장 어렵던 시기였다. 그들은 라모나와 포스커노 사이의 해변을 걸어가고 있었다. 앤이 기침을 자꾸 해서 바닷바람을 쐬면 좋다는 의사의 권고에 따라 시즌이 아닌데도 콘월 여행을 떠났던 것이다. 부부는 해변의 산책 도로를 따라 걸으면서 각자 깊은 생각에 빠져 있었다. 앤은 아마 빌 헤이든 생각을 했을 것이라고 그는 추측했다. 그는 컨트롤, 짐 프리도, 실패로 끝난 테스터파이 작전, 그리고 퇴직하면서 엉망인 상태로 남겨 두고 온 서커스 등을 생각했다. 부부는 금실이 좋지 않았다. 그들은 함께 있으면 마음의 평정을 잃어버렸다. 서로가 서로에게 하나의 수수께끼였고 아무리 사소한 대화라도 기이하면서도 예측할 수 없는 방향으로 흘러가 버렸다. 런던에서 앤은 아주 방탕한 생활을 했고 아무하고나 동침을 했다. 그녀는 자신의 마음을 아프게 하거나 근심하게 하는 그 어떤 것으로부터 달아나고 싶은 듯했다. 하지만 그는 아내에게 도달하는 길을 알지 못했다.

「컨트롤이 아니라 내가 갑자기 죽어 버렸다면……」 그녀가 느닷없이 물어 왔다. 「빌에 대한 당신의 감정은 어땠을 것 같아요?」

스마일리가 어떻게 대답할까 망설이고 있는데 그녀가 계속 말해 왔다. 「때때로 당신이 빌을 판단하는 데 있어 내가 방해가 된다는 느낌이 들어요. 과연 그럴 수 있을까요? 난 때때로 두 사람을 연결시켜 주었다고 생각하는데요. 과연 그럴 수 있을까요?」

「그럴 수 있지.」 그가 대답했다. 「가능하다고 봐. 나는 어떤 의미에서 그에게 의존하고 있으니까.」

「빌은 아직도 서커스에서 중요한 존재인가요?」

「아마 과거보다 더 중요한 존재일 거야.」

「그는 아직도 워싱턴을 출입하면서 그들과 과감하게 협상을 하고 또 그들을 들었다 놓았다 하나요?」

「그럴 거야. 그렇게 들었어.」

「현재의 그는 과거의 당신보다 더 중요한 존재인가요?」

「그럴걸.」

「그럴걸, 그럴 거야. 그렇게 들었어.」 그녀가 그의 말을 흉내 냈다. 「그럼 그는 당신보다 더 훌륭한 존재인가요? 당신보다 더 일을 잘하고, 계산을 더 잘하나요? 말해 줘요. 제발 말해 줘요. 꼭 말해 줘야 해요.」

이상하게도 그녀는 흥분하고 있었다. 바람 때문에 눈물이 맺힌 절망적인 눈으로 그를 바라보았다. 그녀는 아이처럼 두 손으로 그의 팔을 잡으며 대답을 재촉했다.

「당신은 남자들을 서로 비교해서는 안 된다고 늘 나에게 말했잖아.」 그가 다소 어색해하며 말했다. 「그런 식으로 비교해 가며 생각하지는 않는다고 말해 왔잖아.」

「어서 말해요!」

「좋아. 그는 나보다 뛰어나다고 할 수 없어.」

「그럼 당신만큼은 되나요?」

「그렇지도 못해.」

「만약 내가 없었다면 당신은 그를 어떻게 생각했을까요? 만약 빌이 나의 먼 사촌 혹은 그 무엇도 아니었다면 말이에요. 말해 줘요. 만약 그랬다면 당신은 그를 더 높이 평가했을 건가요, 아니면 더 낮게 평가했을 건가요?」

「아마, 더 낮게 했겠지.」

「그렇다면 지금부터 그렇게 하세요. 나는 그를 우리 가족, 우리의 생활, 아니 그 어떤 것으로부터도 절연시키기로 했어요. 지금 바로 여기에서 말이에요. 나는 그를 저 바다 속에 던져 버렸어요. 내 말 〈이해〉해요?」

당시 그는 그 말을 잘 이해하지 못했다. 하지만 지금은 그 나름의 방식으로 이해했다. 서커스로 돌아가 당신의 일을 끝내세요. 아마도 그녀는 이렇게 말하고 싶어 했을 것이다. 그녀는 같은 말을 열두 가지 방식으로 다르게 할 수 있는데 〈이해〉라는 말은 그 여러 가지 중 하나였다.

애과 해변을 산책했던 일이 갑자기 기억의 흐름 속으로 끼어들자 스마일리는 심란한 나머지 의자에서 일어나 창문으로 걸어갔다. 그건 그가 마음이 혼란스러울 때 자동적으로 나오는 버릇이었다. 여섯 마리의 바다 갈매기가 일렬을 이루어 난간에 앉아 있었다. 그는 아마도 바다 갈매기의 울음소리를 듣고 라모나까지 걸어간 해변의 산책을 연상했을 것이다.

「난 차마 말하기 어려운 어떤 것이 심중에 있으면 기침을 해요.」 앤은 아주 옛날에 그렇게 말한 적이 있었다. 도대체 말하지 못할 것이 무엇이었는데? 그는 길 건너의 굴뚝을 쳐다보면서 우울하게 생각했다. 코니도 심중에 있는 말을 했고 또 마틴데일도 했었다. 그런데 왜 앤은 하지 못할까?

「그자들 셋하고 올러라인이야.」 스마일리는 커다란 소리로 중얼거렸다. 바다 갈매기들은 더 좋은 곳을 발견한 듯 일제히 사라졌다. 「그자들에게 위조 지폐를 사들이고 있다고 말해 주게.」 하지만 은행에서 그 지폐를 받아 준다면? 전문가들이 진짜라고 판정한다면? 빌 헤이든이 그것을 하늘 높이 칭송하고 있다면? 내각 조정실에서 드디어 케임브리지 서커스의 새 사람들이 무기력 증세를 털고 일어나 뭔가 한 건 크게 올렸다고 칭찬을 해준다면?

그는 먼저 토비 이스터헤이스를 만나 보기로 했다. 토비는 스마일리가 추천해서 서커스에 들어온 사람이었기 때문이다. 스마일리는 빈에서 그를 만났는데 당시 토비는 작고한 삼촌이 큐레이터로 있던 낡은 박물관에서 기숙하며 간신히 살아가고 있는 가난한 학자였다. 그는 토비를 액턴의 론드리로 데려갔고 하얀색 전화가 가지런히 놓여 있는 호두나무 책상에 앉아서 그를 인터뷰했다. 벽에는 무릎을 꿇고 있는 동방 박사의 그림이 걸려 있었는데 17세기 이탈리아풍의 모작이었다. 창문으로 내다보면 폐쇄된 안뜰에 주차된 자동차, 밴, 오토바이와 램프라이터들의 휴게실이 보였다. 휴게실은 램프라이터들이 교대할 때 들러서 시간을 죽이는 곳이었다.

컨트롤의 지시에 따라 토비를 맨 처음 만난 스마일리는 먼저 가족들이 잘 있느냐고 물었다. 아들은 웨스터민스터에 다니고 딸은 의과대학 1학년이라는 대답이 돌아왔다. 이어 스마일리는 램프라이터들이 작업 보고서를 내지 않은 게 두 달이나 밀렸다고 말했다. 토비가 망설이자 요원들이 최근에 국내 혹은 국외의 어떤 특별 프로젝트에 매달려 있는 것이 아니냐, 보안상 토비가 보고서에 쓰지 못하는 그런 프로젝트가 있는 것이냐 하고 스마일리는 물었다.

「조지, 제가 누굴 위해 그런 작업을 하겠습니까?」 토비는 멍한 눈빛으로 말했다. 「그건 내 규정집에서는 완전 불법입니다.」 하지만 그 규정집이라는 것은 토비 마음대로 얼마든지 바꿀 수 있는 것이었다.

「자네가 퍼시 올러라인을 위해 모종의 프로젝트를 하고 있는 것 같은데.」 그가 자신의 짐작을 말하면서 슬쩍 떠보았다. 「퍼시가 뭔가를 하라고 자네에게 지시했는데, 그걸 기록하지 않았다면 자넨 아주 난처한 입장에 처할 거야.」

「뭔가를 하라고 지시했다니요? 조지, 그게 무슨 말씀이죠?」

「외국의 편지통을 수색하고, 안가에 비상을 걸고, 누군가의 뒤를 밟고, 대사관을 감시하는 일 따위 말이야. 아무튼 퍼시는 작전 고문이야. 그러니 그가 5층의 지시를 받고서 이런 일을 명령했다고 생각할 수도 있지. 그런 일이 자주 벌어진다니까.」

토비는 스마일리를 찬찬히 쳐다보았다. 그는 불붙인 담배를 손에 쥐고 있었으나 피우지는 않았다. 그것은 은제 통에서 꺼낸, 손으로 만 담배였다. 그러나 불만 붙였을 뿐 입으로 들어가는 법은 없었다. 앞뒤로 혹은 좌우로 흔들어 대다가 입 가까운 곳까지 가져가기는 했지만 막상 입 안으로 들어가 연기를 뿜는 일은 없었다. 그러더니 토비는 자신의 개인적 입장을 말했다. 그가 인생의 이 시점에서 어떤 입장에 서 있는지를 밝혔다.

나는 정보부를 좋아합니다, 라고 토비는 말했다. 그는 계속 이 부서에서 근무하고 싶어 했다. 또 나름대로 부서에 대한 애착도 있었다. 그는 다른 일에 뛰어들 수도 있었으나 늘

이 부서의 일이 그를 사로잡았고 그래서 정보부를 가장 좋아하게 되었다. 문제는 진급이 잘 안 된다는 것이었다. 그는 개인적 탐욕 때문에 진급을 바라는 것이 아니었다. 그가 위로 올라가고 싶어 하는 진정한 이유는 사교상의 범위를 넓혀 보자는 것이었다.

「조지, 저도 근무 연수를 따지면 꽤 오래되었습니다. 그래서 젊은 친구들의 명령을 받으며 일을 하자니 한량없이 괴로워요. 제 말씀 이해하시지요? 그자들은 말이에요, 액턴, 그러니까 액턴이라는 이름조차 우스꽝스럽게 여기는 거예요.」

「오, 자네가 말하는 그 젊은 친구들은 구체적으로 누구인가?」 스마일리가 부드럽게 물었다.

하지만 토비 이스터헤이스는 그 질문에 대답하고 싶은 마음이 없었다. 그는 자신의 개인적 진술을 일방적으로 끝냈고, 또다시 예의 그 멍한 표정으로 되돌아갔다. 그의 흐릿한 눈빛은 허공에 고정되었다.

「로이 블랜드 말인가?」 스마일리가 물었다. 「혹은 퍼시인가? 퍼시가 젊다는 말인가? 토비, 도대체 누굴 가리키는 건가?」

토비는 잠시 침묵을 지키더니 대꾸했다. 「조지, 손가락이 다 닳아빠지도록 일하는데도 진급이 자꾸 늦어지면 자기보다 위에 있는 모든 사람이 젊게 보이는 법입니다.」

「어쩌면 컨트롤이 자네를 몇 계단 위로 올려 줄 수도 있을 거야.」 스마일리가 자신의 입장은 전혀 고려하지 않고 제안했다.

이스터헤이스의 대답은 아주 차가웠다. 「조지, 솔직히 말씀드려서 요사이 과연 컨트롤이 그렇게 할 힘이 있는지 의문이 듭니다.」 그의 대답은 그것으로 끝이었다. 그는 서랍을 열고 자그마한 물건을 하나 꺼냈다. 「이거 앤에게 선물로 주고 싶습니다. 당신이 오신다기에 여기저기 친구들에게 전화해서 수배한 겁니다. 완벽한 여인을 위한 아주 멋진 물건 하나 없느냐고 하면서 말입니다. 빌 헤이든의 칵테일파티에서 만난 이래 저한테 잘해 준 앤에게 고마운 마음을 갖고 있습니다.」

그래서 스마일리는 위문품을 받아 들고 물러섰다. 그것은 귀국한 램프라이터들이 몰래 가지고 온 것을 토비가 하나 받아 둔, 고급 향수였다. 스마일리는 이번에는 동냥 그릇을 들고 블랜드를 찾아갔다. 점점 더 헤이든을 찾아가는 길이 가까워진다고 느끼면서.

소령의 카드 테이블로 돌아온 스마일리는 레이콘의 서류를 뒤지다가 〈위치크래프트 작전: 직접 지원금〉이라는 제목이 붙은 얇은 문서를 찾아냈다. 그것은 초기에 소스 멀린을 운영하면서 들어간 비용을 적어 놓은 것이었다. 올라라인은 장관에게 개인적 메모를 보냈는데 시점은 2년 전이었다. 〈보안의 목적을 위해 위치크래프트 비용 회계를 서커스의 다른 회계와 완벽하게 분리하여 시행할 것을 제안합니다. 적절한 위장 계정이 발견될 때까지, 비자금의 추가 비용으로 처리하지 말고 재무부에서 직접 자금을 수수하도록 해주십시오. 비자금으로 처리하면 아무래도 회계가 서커스 전체 회계에 합산될 것이기 때문입니다. 자금을 집행한 결과는 제가 장관님께 직접 보고드리겠습니다……〉

〈승인.〉 장관은 일주일 뒤에 회신했다. 〈단, 조건은……〉

하지만 아무런 조건도 없었다. 비용 수치의 앞부분만 보아도 스마일리는 그 비용을 어디에 썼는지 알 수 있었다. 스마일리가 동냥 그릇을 들고 액턴으로 이스터헤이스를 찾아갔던 5월에 이미 토비 이스터헤이스는 위치크래프트 예산으로 여덟 차례 해외여행을 다녀왔다. 파리 두 차례, 헤이그 두 차례, 헬싱키 한 차례, 그리고 베를린 세 차례였다. 여행의 목적은 〈정보 수집〉이었다. 컨트롤이 무대에서 서서히 퇴진하고 있던 5월과 11월 사이에 그는 열아홉 번 더 여행을 했다. 그런 여행 중에는 소피아와 이스탄불을 다녀온 것도 있었다. 여행 기간은 모두 3일 이내였고 대부분 주말이었다. 그런 여행 중에 블랜드와 동행한 것도 여러 번이었다.

스마일리는 이스터헤이스와 만나던 당시 이미 그런 의심을 품고 있었지만, 아무튼 이스터헤이스는 너무 모질게 대한다는 인상을 주지 않으려고 스마일리의 면전에서 거짓말을 한 것이었다. 레이콘의 서류에서 스마일리는 자신의 의심을 다시 한 번 확인했다.

동냥 그릇을 들고 다니던 당시 로이 블랜드에 대한 스마일리의 감정은 이중적인 것이었다. 이제 와서 그때를 회상해 보아도 여전히 이중적인 감정을 느꼈다. 블랜드라는 재목을 발견한 것은 옥스퍼드 대학교의 한 교수였으나 실제로 그를 선발한 것은 스마일리였다. 이러한 과정은 스마일리가 서커스에 들어온 과정과 거의 유사했다. 하지만 블랜드를 선발할 때 애국심을 부추길 수 있는 독일의 괴물(히틀러)은 사라진 상태였고, 게다가 스마일리는 반공 의식을 강하게 고취하는 일에는 어쩐지 어색한 느낌이 들었다. 스마일리와 마찬가지로 블랜드도 유년 시절이 불우했다. 그의 아버지는 부두 노동자, 열정적인 노조 운동가, 그리고 마지막으로 공산당원이었다. 그가 아직 소년이었을 때 어머니는 사망했다. 그의 아버지는 권위 기관을 미워했듯이 교육 제도도 증오했다. 블랜드가 공부를 잘하자 그는 아들을 지배 계급에 빼앗겨 버렸다고 생각하여 마구 두드려 팼다. 블랜드는 자기 힘으로 고등학교에 들어갔고 토비가 말한 대로 손가락이 다 닳아빠지도록 일해서 학비와 필요한 생활비를 벌 수 있었다. 스마일리가 옥스퍼드 대학교의 지도 교수 연구실에서 그를 만났을 때 블랜드는 아주 힘든 여행을 마치고 금방 돌아온 사람의 몰골을 하고 있었다.

스마일리는 그에게 접근하여 여러 달 동안 공작을 한 후 입사를 권했다. 스마일리가 보기에 블랜드의 동의는 순전히 아버지에 대한 적개심 때문이었다. 일단 입사한 후에 블랜드는 스마일리의 관할에서 벗어나 독자적으로 움직였다. 서커스에서 제공하는 비밀 자금을 지원받으며 블랜드는 마르크스 기념 도서관에서 열심히 공부했고 소규모 잡지사에 좌파 논문을 계속 기고했다. 사실 그 잡지사들은 서커스가 몰래 자금 지원을 하지 않았더라면 벌써 망했을 그런 곳들이었다. 저녁이면 블랜드는 담배 연기 가득한 퍼브나 학교 강당에 나가 가래 끓는 목소리로 마르크스 사상을 논했다. 방학 중에는 새럿의 너서리에 들어가 대치라는 광적인 사람 아래서 해외 침투 요원 교육을 받았다. 대치가 운영하던 학교는 강사와 학생이 일대일로 교육받는 시스템이었다. 대치는 블랜드에게 요원의 전문 기술을 가르쳤고 또 그의 좌파 사상을 부두 노동자 아버지의 진짜 마르크스 사상 쪽으로 밀어붙였다. 입사한 지 딱 3년째 되던 해에 그의 프롤레타리아 성분과 킹 스트리트에서의 아버지의 영향력 덕분에 그는 폴란드의 포즈난 대학에서 1년간 경제학을 가르치는 조교수로 임명되었다. 그의 해외 침두가 본격적으로 시작된 깃이었다.

그는 폴란드에서 근무하는 동안 부다페스트 과학원의 회원 자격을 신청하여 마침내 획득했다. 그 후 8년 동안 그는 진리의 빛을 찾아 나선, 이름 없는 좌파 지식인의 신분으로 평범한 삶을 살았다. 그동안 현지인들의 호감을 사기도 했지만 결코 신임을 받지는 못했다. 프라하에서 잠시 근무한 뒤 폴란드로 되돌아왔다가 다시 소피아에서 두 학기, 키예프에서 여섯 학기를 보냈다. 키예프에 있을 때에는 두 달에 두 번이나 신경 쇠약 증세를 보였다. 다시 한 번 너서리가 그를 맡았는데 이번에는 그의 사상성을 검증하기 위해서였다. 그는 깨끗하다고 판정났고 그의 네트워크는 다른 현장 책임자에게 넘어갔다. 로이는 서커스로 돌아와 자신이 구축해 놓은 네트워크 요원들을 관리하는 데스크 일을 맡았다. 스마일리가 볼 때 블랜드는 최근에 들어와 헤이든의 사람이 된 듯했다. 스마일리가 우연히 블랜드의 사무실에 들르면 빌이 서류, 차트, 담배 연기 등에 둘러싸인 채 안락의자에 앉아 있는 것을 자주 발견했다. 또 빌의 사무실에 가면 블랜드가 땀에 젖은 셔츠를 입고 카펫 위를 바쁘게 왔다 갔다 하는 것을 볼 수 있었다. 빌은 러시아 담당이었고 블랜드는 위성 국가들 담당이었다. 하지만 위치크래프트가 발진하던 초창기에 그러한 구분은 거의 사라진 상태였다.

그들은 세인트존 숲에서 만났다. 아직 5월이었고 시간은 오후 5시 반. 날씨가 흐려서 정원은 텅 비어 있었다. 로이는 다섯 살쯤 된 아이를 데리고 나왔다. 금발, 단단한 체격, 핑크 빛 얼굴, 영락없는 작은 블랜드였다. 그는 아이를 소개하지 않았다. 하지만 이야기하던 도중 간간이 입을 다물고 아이를 쳐다보았다. 아이는 약간 떨어진 벤치에 앉아 땅콩을 먹고 있었다. 신경 쇠약의 병력이 있든 없든, 블랜드는 아직도 적국 침투 요원을 가르친 대치 교장의 철학을 간직하고 있었다. 자신감에 넘치고, 적극적으로 참여하려 들고, 상대방이 듣기 좋은 말을 골라서 하는 그런 태도를 갖고 있었다. 냉전의 파고가 높던 시절에 너서리가 요원들에게 가르친 저 고결한 도덕성의 여러 품목을 그대로 간직하고 있었다.

「그래 무슨 건이십니까?」 블랜드가 사람 좋은 목소리로 물었다.

「로이, 구체적인 건수는 없네. 컨트롤은 현재 상황이 불건강하다고 느껴. 그는 자네가 음모단과 어울리는 것을 못마땅하게 생각하고 있네. 그건 나도 마찬가지야.」

「좋습니다. 그래 어떤 거래입니까?」

오전에 내린 비로 번들번들 젖어 있는 테이블 위에는 사람들이 점심때 먹고 남긴 양념 통이 놓여 있었고 그 통의 한가운데에는 종이로 포장한 플라스틱 이쑤시개가 있었다. 블랜드가 이쑤시개 하나를 집어 들어 이빨로 벗겨 낸 종이를 풀 위에 훅 불어 버리더니 이빨 안쪽 구석을 쑤시기 시작했다.

「비자금에서 5천 파운드를 꺼내 언더 테이블로 주시면 어떻겠습니까?」

「물론 집과 차도 주어야겠지?」 스마일리가 농담으로 받으면서 말했다.

「그리고 저 애를 이튼 스쿨에 넣어 주시고요.」 블랜드가 덧붙였다. 그는 이빨을 계속 쑤시면서 콘크리트 보도 너머에서 놀고 있는 아이에게 윙크를 해 보였다. 「조지, 당신도 알다시피, 나는 많은 대가를 치렀습니다. 그런 대가를 치르고 뭘 샀는지는 잘 모르겠지만 아무튼 나름대로 치렀습니다. 난 이제 좀 되돌려 받고 싶어요. 5층을 위해 10년 동안 해외에서 혼자 뛰었습니다. 그 정도의 시간이면 어떤 연배의 요원이든 엄청난 대가가 아닌가요? 당신에게도 10년은 긴 세월이지요. 내가 그들의 감언이설에 넘어간 것은 무슨 이유가 있었을 겁니다. 그게 뭔지는 잘 기억나지 않지만. 어쩌면 당신의 매력적인 인품 때문인지도 모릅니다.」

스마일리의 잔이 아직 남아 있어 블랜드는 바에서 한 잔을 더 가져왔고 또 아이 것도 사 왔다.

「당신은 고등 교육을 받은 분입니다.」 그가 다시 테이블 의자에 앉으며 말했다. 「예술가는 근본적으로 상치되는 두 가지 사항을 서로 조화시켜 굴러가게 만드는 사람입니다. 그런 예술가로 누가 생각납니까?」

「스콧 피츠제럴드.」 스마일리는 그렇게 대답했지만 속으로 블랜드가 빌 헤이든을 의중에 두고 있는 것이 아닐까 생각했다.

「그래요, 피츠제럴드도 인생의 한두 가지 측면을 알고 있었지요.」 블랜드가 동의했다. 그는 술을 마시면서 옆에 있는 울타리 쪽으로 자꾸 눈을 굴렸다. 마치 누군가를 찾고 있는 듯했다. 「조지, 나는 그런 양극적인 것들을 조화시키며 잘 굴러가고 있습니다. 선량한 사회주의자이면서도 돈을 좋아하지요. 흠잡을 데 없는 자본주의자이면서도 혁명을 지지합니다. 혁명을 완전히 때려잡지 못할 거라면 그걸 감시하는 게 좋지요. 조지, 그런 표정으로 보지 마세요. 요즘은 그렇게 살아야 해요. 그게 중요해요. 그런 게임의 이름이 뭔지 아세요? 누가 내 양심을 긁는다면 나는 아랑곳하지 않고 재규어 차를 타고 다니겠다, 바로 이겁니다.」 그는 두 팔을 들어 운전대를 돌리는 시늉을 해 보였다. 「잠깐만 기다려!」 그가 잔디밭 건너편에 대고 소리쳤다. 「나도 한 게임 시켜 줘!」

철사 울타리 반대편 쪽에서는 두 명의 소녀가 서성거리고 있었다.

「그건 빌의 조크인가?」 스마일리가 갑자기 화를 벌컥 내며 물었다.

「누구요?」

「그게 빌이 즐겨 구사하는 조크, 개천에서 용 나기 철학, 다시 말해 유물론적 영국을 주장하는 조크인가?」

「그럴 수도 있죠.」 블랜드가 술잔을 비우며 말했다. 「당신은 그게 마음에 들지 않습니까?」

「별로 마음에 들지 않아. 나는 빌이 과격한 개혁가였던 시절이 잘 기억나지 않는데. 그거 언제부터 그렇게 되었나?」

「그건 과격한 게 아닙니다.」 블랜드가 그의 사회주의 혹은 빌의 사상에 대한 평가절하를 못마땅하게 생각하며 소리쳤다. 「창밖의 현실을 있는 그대로 본 겁니다. 오늘의 영국이 그렇다는 겁니다. 아무도 그걸 원하지 않았지만 말입니다.」

「자네 말은 서구 사회의 배타적, 경쟁적 구조를 타파해야 한다는 것 같은데…….」 스마일리는 갑자기 자신이 설교하고 있는 것 같다는 느낌이 들었지만 계속 말했다. 「그렇게 하자면 자연히 우리 사회의 좋은 점도 타파…….」

블랜드가 말을 끊었다. 그는 술을 다 마셨고 그와 함께 두 사람의 만남도 끝났다. 「왜 당신이 신경 씁니까? 당신은 빌의 자리를 차지하지 않았습니까? 더 이상 뭘 원하십니까? 그 자리에 계속 머물러 있을 수만 있다면.」

그리고 빌은 나의 아내를 차지했지. 스마일리는 의자에서 일어서는 블랜드를 쳐다보며 속으로 중얼거렸다. 그리고 빌어먹을 빌은 자네에게 그 사실(〈나, 앤과 잤어〉)을 떠벌렸겠지.

블랜드의 아이는 게임을 하나 고안해 냈다. 그것은 테이블을 옆으로 뉘어 놓고 빈 병을 바닥으로 굴리는 게임이었다. 아이는 점점 더 높은 쪽에서 병을 굴리기 시작했다. 스마일리는 그 병이 깨어지기 전에 자리를 떴다.

이스터헤이스와는 다르게, 블랜드는 상대방을 배려하려는 마음이 전혀 없었고 그래서 거짓말을 할 필요도 없었다. 레이콘의 서류는 그가 처음부터 위치크래프트 작전에 개입했음을 분명히 보여 주고 있었다.

컨트롤이 서커스를 떠난 직후, 작성된 보고서에서 올러라인은 이렇게 썼다. 〈소스 멀린은 본질적으로 위원회 작전입니다……. 나의 조력자 세 명 중에서 누가 가장 기여를 많이 하는지 구분하기 어려울 정도입니다. 블랜드의 정열은 우리 모두에게 영감을 줍니다……〉 그 보고서는 신년 수상자 리스트에 위치크래프트 종사자 중 누굴 천거할 것인가 묻는 장관에게 답변하는 것이었다. 〈반면 헤이든의 작전 감각은 멀린의 그것에 비해 조금도 손색이 없습니다〉라고 올러라인은 첨언했다. 상장은 세 명 모두에게 돌아갔다. 올러라인은 서커스의 책임자로 임명되었고, 그와 함께 그토록 소망하던 기사 작위를 얻었다.

18

 이젠 빌만 남았군, 하고 스마일리는 생각했다.
 런던의 한밤중에 아무런 소음도 들려오지 않는 시간대가 있다. 10분, 20분, 30분 혹은 한 시간가량 지속되는데 주정뱅이의 술 취한 소리, 어린아이의 울음소리, 급브레이크를 밟는 소리 등이 일제히 끊기는 것이다. 그날 밤 그 시간대는 일찍 찾아왔다. 새벽 1시경이었다. 스마일리는 낮은 창문 가에 수인처럼 서서 포프 그레이엄 부인이 모래를 뿌려 놓은 지역을 내려다보았다. 그곳에는 베드퍼드에서 올라온 밴이 주차되어 있었다. 차의 지붕에는 각종 슬로건이 페인트칠 되어 있었다. 〈시드니 90일〉, 〈아테네 누스튜〉, 〈메리 루 우리가 여기에 왔다〉. 밴 안에는 등이 켜져 있었고 관광을 나섰던 청년들이 돌아와 잠들어 있는 것 같았다. 커튼이 차창을 가리고 있었다. 저 아이들은 아직 결혼을 안 했으니 얼마나 다행인가.
 그래서 이제 빌만 남았군, 하고 스마일리는 다시 생각했다. 그는 커튼이 쳐진 밴의 차창과 온 세상을 돌아다니며 관광하는 것을 알리고 있는 광고 문구를 여전히 내려다보고 있었다. 빌과는 바이워터 스트리트의 우리 집에서 단둘이 만나 다정한 친구들처럼 얘기를 나누었지. 마틴데일에게 우리 둘이 〈모든 것을 서로 나누는 사이〉라고 말한 것처럼. 앤을 일부러 외출시켜 단둘이 집 안에 남아 있을 수 있었다. 그래서 이제 빌만 남았군, 하고 맥없이 중얼거리면서 스마일리의 얼굴에 피가 몰려왔다. 그의 비전은 더욱 밝은 색깔을 띠었고 그의 자제심은 점점 위험스럽게 미끄러졌다.

그는 도대체 누구지? 스마일리는 도무지 그의 윤곽을 명확하게 잡을 수가 없었다. 스마일리는 그의 초상을 그리려고 할 때마다 번번이 실물보다 더 크게 그리거나 아니면 다르게 그렸다. 앤과 빌 사이의 불륜이 일어나기 전까지만 해도 그는 자신이 빌을 잘 알고 있고 또 그의 장단점을 꿰뚫어 보고 있다고 생각했다. 불경하면서도 고답적인 정신을 동시에 간직할 수 있었던 전전(戰前) 세대에 속하는 인물이었는데 그런 세대는 이제 영원히 사라져 버린 것이다. 그의 아버지는 고등법원 판사였고 미모가 뛰어난 여러 여동생들 중 둘은 귀족 가문으로 시집을 갔다. 그는 옥스퍼드 재학 시절 당시, 인기 있던 좌익이 아니라 인기 없던 우익에 속해 있었다. 하지만 극우인 적은 없었다. 10대 후반부터 그는 열렬한 탐험가였고 또 용감하면서도 과욕을 부리는 아마추어 화가였다. 그의 그림 여러 점이 현재 칼턴 가든스에 있는 마일스 서콤 장관의 웅장한 저택에 걸려 있다. 그는 중동 전역의 대사관과 영사관에 연줄을 갖고 있고 또 그것을 적극적으로 활용했다. 그는 아주 멀리 떨어진 나라의 언어도 쉽게 습득했다. 서커스는 그 전 여러 해에 걸쳐 그에게 눈독을 들이다가 마침내 1939년에 그를 픽업했다. 그는 전쟁 중의 공로가 혁혁했다. 동에 번쩍 서에 번쩍 하면서 멋진 업적을 일궈 냈다. 그는 파격적인 방식으로 일했고 때때로 너무 앞서 나가 화제를 일으키기도 했다. 그는 모든 일을 영웅적인 방식으로 해치웠다. 그래서 아라비아의 로렌스와 비교되는 것은 당연한 일이었다.

빌은 전성기에 상당히 중요한 역사의 현장에서 뛰었지, 하고 스마일리는 생각했다. 그는 영국이 예전에 누렸던 영향력과 위대함을 되찾기 위해 온갖 거대한 구상을 제안했다. 루퍼트 브룩처럼 그는 브리튼에 대해서는 거의 언급하지 않았다. 늘 대영 제국을 먼저 생각했다. 하지만 스마일리는 아주 객관적으로 보아 빌의 그러한 구상이 구체화된 적은 거의 없었다고 기억했다.

오히려 그가 동료로서 훨씬 더 쉽게 받아들일 수 있는 부분은 헤이든 성격의 다른 측면이었다. 가령 아주 자연스럽게 현장 요원들을 다루는 느긋하면서도 확실한 기술, 이중 첩자들을 부리는 탁월한 균형 감각, 양동 작전의 절묘한 전개, 복무 규율에 위반될 정도로까지 자신을 좋아하게 혹은 사랑하게 만드는 기술 등이었다.

특히 자기를 사랑하게 만드는 기술의 구체적 증인으로는 그의 아내 앤이 있었다.

어쩌면 빌은 자기 능력 이상으로 스스로를 부풀리고 있는 것인지도 몰라, 하고 스마일리는 생각했다. 그는 여전히 그런 능력들 사이에서 균형 감각을 잡기가 어려웠다. 아무튼 이제 그를 상상하면서 또 그를 블랜드, 이스터헤이스, 심지어 올러라인 옆에 놓으면서 그들 모두를 합쳐도 오리지널인 빌 헤이든을 따라가지 못하는 불완전한 모조품이라는 생각이 들었다. 그들 각자가 내보이는 허세는 원만한 전인(全人)의 이상을 향해 나아가는 발걸음처럼 보였다. 하지만 그 이상이라는 것은 잘못 구상된 혹은 잘못 놓인 원형(原形) 같았고 빌 헤이든은 더더욱 그런 원형이 될 수 없는 사람이었다.

블랜드는 그 노골적인 뻔뻔스러움이, 이스터헤이스는 그 역겨운 영국 사람 흉내가, 올러라인은 그 천박한 리더십이 문제였다. 만약 빌이라는 화려한 인품의 소유자가 없었더라면 그들은 오합지졸이나 다름없었을 것이다. 하지만 스마일리는 빌 자신도 그 혼자서는 대단한 존재가 되지 못한다는 것을 지난 오랜 경험으로 희미하게 알았다. 빌의 숭배자들 — 블랜드, 프리도, 올러라인, 이스터헤이스, 기타 나머지 지지자 집단 — 은 그에게서 완벽함의 전형을 발견했을지 몰라도 빌의 진정한 재능은 그들을 적절히 활용할 줄 안다는 것이었다. 그런 지지자들의 이런저런 수동적인 능력을 여기서 조금, 저기서 조금 빌려 와 자기 자신의 완벽함을 가장하고 있지만, 실제로 빌은 그런 능력의 총합보다 훨씬 못 미치는 사람이었다……. 그는 그런 타인 의존적 태도를 예술가의 오만함 밑에 감추면서 그렇게 빌려 온 능력이 자신의 것인 양 위장하고 있는 것이다.

「그의 인품에 대한 생각은 이제 그만 하자고.」 스마일리는 크게 소리쳤다.

그런 생각에서 벗어나면서, 아니 그것이 빌의 성격에 대한 또 다른 이론에 지나지 않는다고 치부하면서 그는 자신의 열 받은 마음을 그와 만났던 지난 일을 회상하며 식히기로 했다.

「나한테 멀린에 대한 건을 물어보려는군.」 빌이 말했다. 그는 피곤한 데다 긴장하는 것처럼 보였다. 당시 그는 워싱턴을 자주 오가고 있었다. 옛날에 그는 아주 어린 여자를 데리고 와서 2층의 앤에게 올려 보내 기다리게 한 후 스마일리와 사무 관계를 의논했었다. 데리고 온 여자를 앤에게 올려 보낸 것은 앤이 자신의 매력을 선전해 주리라는 기대감도 있었을 거야, 하고 스마일리는 심술 사납게 생각했다. 그렇게 데리고 온 여자들이란 하나같이 똑같았다. 그의 딸이라고 해도 될 정도로 어리고, 시시한 미술 학교에 다니고, 심술궂은 표정으로 그에게 매달리는 철없는 여자 애들이었다. 어떤 때는 충격적이게도 스테기라는 청년을 데리고 오기도 했다. 그는 첼시 술집의 바텐더 보조였는데 셔츠 앞부분을 확 열어젖힌 채 황금 목걸이를 자랑하고 있었다.

「사람들 말로는 자네가 그 보고서를 썼다는데.」스마일리가 말했다.

「그건 블랜드가 작성했을 거야.」빌이 여우처럼 웃으면서 대답했다.

「로이는 번역을 담당했어.」스마일리가 말했다.「자네가 앞부분의 보고서를 썼고. 자네 타자기에서 타이핑된 것이더군. 그 문서는 타이피스트의 손을 거치지 않았어.」

빌은 눈썹을 치켜뜬 채 듣고 있었다. 한시바삐 스마일리의 말에 제동을 걸거나 보다 부드러운 화제로 옮겨 갈 태세를 취하고 있는 듯했다. 그는 푹신한 안락의자에서 일어서더니 서가 앞으로 천천히 걸어가 거기에서 멈추었는데 스마일리보다 머리 하나는 더 커 보였다. 그는 기다란 손가락으로 책을 하나 꺼내더니 미소를 지으며 페이지를 펼쳐 보았다.

「퍼시 올러라인은 안 되겠다, 이런 말인가?」그가 페이지를 부지런히 넘기면서 물었다.「그게 자네의 전제인가?」

「이를테면.」

「그러니까 멀린도 안 되겠다, 이런 뜻이지? 만약 내가 멀린을 직접 다루었다면 사정은 어떻게 되었을까? 가령 내가 컨트롤에게 가서 대어를 하나 잡았는데 혼자서 좀 다루어 보겠다고 보고했더라면 어떻게 되었을까? 컨트롤은 아마 이렇게 말했을 거야.〈올드 보이, 그거 재미있겠는걸. 어디 한번 해 보게. 그리고 차나 좀 마셔.〉그랬더라면 그는 지금쯤 나에게 자네를 보내 염탐을 시키는 대신 나에게 표창장을 주었을 걸세. 우리가 옛날에는 고상하게 일 처리를 했는데 요즘에는 왜 이렇게 천박하게 되었지?」

「그는 퍼시가 출세만 추구한다고 생각해.」 스마일리가 말했다.

「출세? 그건 퍼시만 그런 게 아니라 나도 마찬가지야. 나도 톱 테이블의 책임자가 되고 싶다고. 조지, 내가 솔직하게 말해 볼까? 나도 이제 나 자신을 위해 뭔가 이루어야 할 때야. 어떤 때는 화가, 어떤 때는 스파이, 이건 너무 지겨워. 뭔가 하나로 대성해야지. 우리 부서에서 언제부터 야망이 범죄가 되었나?」

「빌, 그의 배후가 누구야?」

「퍼시 말인가? 카를라가 아니라면 누구겠나? 하층 계급의 출신이 상류층의 자원을 갖게 되면 반드시 비열한 자가 될 수밖에 없어. 퍼시는 카를라에게 매수된 거야. 그게 유일한 설명이야.」 그는 오래전부터 의도적으로 사태를 오해하는 기술을 개발해 놓고 있었다. 「퍼시가 우리 정보부의 두더지라고.」

「내 말은 누가 멀린의 배후이고, 또 그자를 운영하고 있느냐는 거야? 멀린은 도대체 누구인가? 무슨 일이 벌어지고 있는 거야?」

헤이든은 이제 서가에서 이동하여 스마일리의 그림들을 둘러보고 있었다. 「이건 칼로[21]의 그림이군.」 그는 황금 테두리를 두른 자그마한 그림을 떼어 내어 불빛에 비추어 보았다. 「좋은데.」 그는 좀 더 자세히 보려는 듯 안경을 약간 위로 들어 올렸다. 스마일리는 그가 그 그림을 예전에 열 번 이상

---

21 1592~1635. 프랑스의 판화가.

보았다는 것을 알고 있었다. 「아주 좋은 그림이야. 혹시 누군가 나를 만만하게 보는 거 아니야? 나는 러시아 작전을 담당하고 있어. 그곳에 연결망을 구축하고, 인재를 발굴하고, 최신 설비를 들여놓느라고 좋은 시절을 다 보냈어. 편지 하나 부치는 데 사흘이 걸리고 그렇게 편지를 보내도 답신도 안 오는 나라에서 내가 어렵사리 작전을 전개했다는 사실을 5층 사람들은 잊어버리고 있어.」

그래, 잊고 있었군. 미안하네. 자네 입장을 이해해, 하고 스마일리는 사람 좋게 말했다. 그러면서 속으로 이런 생각을 했다. 아니, 이 문제에서 앤이 들어설 자리는 없어. 난 그거 생각 안 해. 우린 직장 동료고 또 세상의 이치를 아는 사람들이야. 우린 여기서 멀린과 컨트롤 얘기를 하고 있는 거라고.

「그런데 어느 날 갑자기 퍼시라는 자가 나타났어. 스코틀랜드 상인 집안 출신에다가 품위라고는 전혀 없는 자가 싸구려 러시아 정보를 잔뜩 가지고 와서 사람들의 환심을 사고 있단 말이야. 정말 짜증 나는 일이야. 자네는 그렇게 생각하지 않나?」

「그렇지.」

「문제는 말이야, 나의 연결망이 별로라는 거야. 퍼시의 그것보다 감시하기가 훨씬 쉽다고.」 그는 자신의 주장이 시들해졌는지 갑자기 말을 끊었다. 그의 시선은 초크로 그린 반 미리스[22] 초상화에 머물렀다. 「이거 정말 좋은데.」 그가 말했다.

「앤이 나에게 준 걸세.」

「화해의 선물로?」

「아마도.」

「그녀가 상당히 큰 잘못을 저질렀나 본데. 얼마 동안 냉전

---

22 1635~1681. 네덜란드 화가.

이었나?」

지금도 스마일리는 그날 거리가 아주 조용했다는 것을 기억했다. 그날이 화요일이었나, 아니면 수요일? 스마일리는 빌의 질문에 속으로 이렇게 생각했던 것이 기억났다. 아니, 빌, 자네로 인한 잘못에 대해서는 아직까지 화해의 선물을 받지 못했어. 그녀의 마음속에서 자네의 위상은 침실 슬리퍼 정도도 안 된다네. 하지만 그렇게 생각만 했을 뿐 입 밖에 내어 말하지는 않았다.

「컨트롤은 잠잠하지 않나?」 헤이든이 물었다.

「아니, 무척 바빠.」

「도대체 그는 하루 종일 무얼 하는 건가? 그는 암자 속의 수도사 같아. 하루 종일 동굴 같은 사무실에 틀어박혀 있으니 말이야. 웬 서류는 그렇게 많이 읽고 있는 거지? 도대체 그는 뭘 하고 있는 거야? 별 볼일 없는 과거를 향해 감상 여행이라도 떠난 건가? 그는 고양이처럼 병든 모습이야. 멀린 때문인가?」

또다시 스마일리는 아무 말도 하지 않았다.

「그는 왜 요리사들과 함께 먹지 않는 건가? 거기서 혼자 우울하게 있기보다 우리들과 함께 어울리지 않는 건가? 도대체 그는 뭘 추구하고 있는 거야?」

「난 몰라.」 스마일리가 말했다.

「모르는 척하지 마. 그는 뭔가 추구하고 있어. 나도 5층에 정보원이 있어. 머더들 중 한 사람이야. 초콜릿을 좀 사다 주었더니 부주의하게도 말해 주더군. 컨트롤은 옛 서커스 영웅들의 개인 서류를 살펴보고 있어. 누가 핑크(신분을 감춘 공산주의자)였는지 누가 여왕(애국자)이었는지 냄새를 맡으려 한단 말이야. 그런 사람들 중 절반 이상이 이미 지하의 흙이 되었어. 그런데도 우리의 실패의 역사를 뒤지고 있단 말이야.

자네는 짚이는 데가 없나? 왜 그러는 거지? 우리가 성공하고 있기 때문이 아닐까? 조지, 그는 미쳤어. 그는 뭔가 크게 한 건 터뜨리려고 해. 소위 말하는 노탐(老貪)이지. 우리 집안의 프라이 아저씨가 노년에 얼마나 심한 편집증이었는지 앤이 말해 주지 않던가. 만년의 아저씨는 하인들이 자기가 감춘 돈을 찾아내기 위해 장미 다발에 도청 장치를 했다고 말했어. 조지, 그와 손 끊어. 죽어 가는 사람은 따분하기 짝이 없어. 이제 그와 연결 고리를 끊어 버리고 아래층으로 내려와. 프롤과 어울리라고.」

아직 앤이 돌아오지 않았고 그래서 두 사람은 택시를 잡기 위해 킹스 로드를 걸어 내려갔다. 빌은 최근의 정치에 대해 이런저런 얘기를 했고, 스마일리는 건성으로 〈그렇군, 빌〉, 〈그건 아닌 것 같은데, 빌〉 하고 대답하면서 이 만남의 결과를 컨트롤에게 어떻게 전해야 할까 궁리했다. 그는 이제 당시 빌이 어떤 정치 얘기를 했는지 기억도 나지 않았다. 그 전해만 해도 빌은 철저한 매파였다. 그는 유럽 주둔의 재래군을 모두 철수하고 그 자리에 핵무기를 투입해야 한다고 생각했다. 화이트홀의 고위 공직자 중 영국의 독자적인 전쟁 억지력을 믿는 사람은 그밖에 없었다. 하지만 그해에 빌은 아주 적극적인 비둘기파가 되어 있었고 스웨덴 사람 없는 스웨덴 방식을 주장하고 있었다.

택시는 오지 않았다. 아름다운 밤이었고, 그들은 다정한 친구처럼 나란히 서서 걸어갔다.

「그런데 말이야, 반 미리스 그림을 팔 생각이라면 나에게 알려 줘. 아주 후한 값을 쳐줄 테니까.」

빌이 또다시 썰렁한 농담을 한다고 생각하면서 스마일리는 이번에는 화를 벌컥 내며 꾸짖을 생각이었다. 하지만 헤이든은 그의 심중 따위는 아랑곳없었다. 그는 거리 아래쪽을 내려다보며 기다란 팔을 펼쳐 들고 택시를 잡으려 애썼다.

「이런 제길, 저 택시들 좀 보라고.」 그가 짜증 난다는 듯이 소리쳤다. 「빌어먹을 유대인을 가득 태우고 캐그스(레스토랑)로 달려가고 있군.」

「빌의 등짝은 격자 석쇠같이 되어 있겠군.」 다음 날 컨트롤은 서류에서 고개를 쳐들지 않고 말했다. 「여러 해 동안 울타리[23]에 기대앉아 있었으니 말이야.」

잠시 동안 컨트롤은 스마일리를 쳐다보지 않고 저 너머의 어떤 보이지 않는 추상적인 대상을 바라보고 있는 것 같았다. 이어 눈을 몇 번 깜빡거리더니 서류에 다시 시선을 주었다. 「난 그가 내 사촌이 아니어서 얼마나 다행인지 모르겠어.」 그가 말했다.

그 다음 월요일에 머더들은 스마일리에게 놀라운 소식을 전해 주었다. 컨트롤이 그곳 군대와 의논하기 위해 벨파스트로 날아갔다는 것이었다. 나중에 여행비 정산 자료를 검토하면서 그는 컨트롤이 거짓말했다는 것을 알았다. 그달에 서커스 요원이 벨파스트에 간 일은 없었다. 하지만 빈까지 일등석 비행기 표를 예약한 기록은 남아 있었고 결재한 사람은 조지 스마일리로 되어 있었다.

역시 컨트롤의 행방을 추적하던 헤이든도 똑한 표정이었다. 「도대체 무슨 일을 꾸미고 있는 거야? 아일랜드를 끌어들여 조직 내에 분열을 획책할 생각인가? 정말 자네 상급자는 못 말리겠군!」

베드퍼드에서 올라온 밴의 불은 꺼져 있었지만 스마일리는 조잡한 광고 문구들이 가득한 차량의 지붕을 계속 내려다

---

23 *fence*. 영어의 〈펜스〉에는 양다리 걸치기의 뜻이 있다.

보았다. 저들은 어떻게 살까, 하고 스마일리는 궁금해했다. 식수나 생활비는 어떻게 조달할까? 그는 서식스 가든스에서 헐거인 같은 생활을 하는 사람들이 식수, 하수, 전원 등의 문제를 어떻게 꾸려 나가는지 알아내려 애썼다. 앤이라면 그런 문제를 거뜬히 해결했으리라. 아마 빌도 그랬으리라.

그럼 사실, 움직일 수 없는 사실은 어떻게 할 것인가?

이런 사실이 있었다. 아직 위치크래프트가 오기 이전의 어느 여름날이었어. 나는 베를린에 출장 나갔다가 계획보다 빨리 집에 돌아오게 되었어. 그런데 빌 헤이든이 거실 바닥에 누워 있었고 앤은 전축에다 리스트의 판을 걸고 있었단 말이야. 앤은 화장하지 않은 얼굴로 화장 가운을 입고 빌의 맞은편에 앉아 있었어. 아무런 소란도 없었어. 모두들 고통스럽지만 아주 자연스럽게 행동했어. 빌은 워싱턴에 출장 나갔다가 공항에서 시내로 들어오는 길에 들렀다고 말했어. 앤은 이미 침대에 누워 있었지만 굳이 그를 맞이하기 위해 일어났다는 거였어. 그래? 히드로 공항에서 함께 택시를 타고 오지 못한 게 아쉽군 하고 나는 말했지. 빌이 떠나자 내가 물었다. 「그의 용건이 뭐였지?」 아내 앤이 대답했다. 「눈물을 흘릴 어깨가 필요했대요.」 빌은 여자 문제로 골치가 아픈데 속상한 심정을 털어놓을 상대를 원했어요, 하고 앤이 말했다.

「워싱턴에는 아이를 낳기 원하는 펠리시티가 있고, 런던에는 이미 아이를 가지고 있는 잰이 있다더군요.」

「빌의 아이래?」

「몰라요. 그건 아마 빌도 잘 모를걸요.」

그 다음 날 아침 스마일리는 알아볼 생각이 없었는데도 자연스레 빌이 어제가 아니라 엊그제 런던에 도착했다는 사실을 알게 되었다. 그런 사건이 있고 난 이후 빌은 스마일리에게 전에 없이 예의 바르게 나왔고 스마일리 또한 적절한 예절을 갖추게 되었는데 그것은 새로 알게 된 사람들에게나 어울릴 법한 예절이었다. 하지만 곧 그 비밀이 새어 나갔고 스마일리는 과연 그 소문이 어떻게 그리도 빨리 퍼졌는지 의아스러울 뿐이었다. 아마도 빌이 블랜드 등에게 자랑했을 것이다. 만약 그 소문이 사실이라면 앤은 평소 자신이 지켜 온 원칙 세 가지를 모조리 위반한 것이 되었다. 빌은 서커스에다 세트였다. 세트는 그녀가 자신의 가족 혹은 먼 친척을 가리키는 말이었다. 그 두 가지 사항에 있어 빌은 애인으로는 부적절한 사람이었다. 세 번째로 그녀는 바이워터 스트리트의 집에서 그를 맞아들였다. 그것은 부부 사이에 최소한의 예의를 지키겠다는 원칙마저 무시해 버린 것이었다.

스마일리는 다시 한 번 자신의 외로운 생활 속으로 침잠하면서 앤이 뭔가 말해 주기를 기다렸다. 그는 안방에서 나와 건넌방으로 옮겼고 그녀의 출입에 신경 쓰지 않기 위하여 저녁이면 많은 일거리를 만들어 늦게까지 사무실에 남아 있었다. 그는 시간이 지나면서 그녀가 아주 불행한 상태에 놓여 있음을 알게 되었다. 그녀는 체중이 빠졌고 활력을 잃어 갔다. 만약 스마일리가 그녀를 잘 모르는 사람이었다면 죄의식 혹은 자기혐오 때문에 그렇게 되었다고 생각했을 것이다. 그가 그녀에게 부드럽게 대해 주어도 그녀는 그것을 물리쳤다. 그녀는 크리스마스 쇼핑에도 관심을 보이지 않았고 심하게 기침을 해대기 시작했는데 그가 볼 때 스트레스의 징후였다. 만약 테스터파이 작전이 아니었더라면 그들은 더 일찍 콘월 여행을 떠났을 것이다. 아무튼 그 여행은 다음 해 1월까지 연기해야 했다. 1월이 되었을 때 컨트롤은 죽었고 스마일리는 실업자가 되었으며 사태의 저울은 한쪽으로 기울어 있었다. 그리고 스마일리에게는 더욱 고통스럽게도 앤은 난교라는 카드를 꺼내 들어 헤이든 건을 비롯하여 그전의 모든 간통 카드를 뒤섞어 버리려 했다.

    그런데 진상은 무엇인가? 그녀가 먼저 헤이든과의 관계를 청산한 것인가? 아니면 헤이든이? 왜 그녀는 그에 대하여 아무 말도 하지 않는가? 그건 그녀가 소중하게 생각한 관계였는가, 아니면 무수히 많은 것들 중 하나였는가? 스마일리는 알아내기를 포기했다. 체셔 고양이처럼, 누군가가 그 앞으로 다가서면 빌 헤이든의 얼굴은 뒤로 물러서며 고약한 미소만 남기는 듯했다. 하지만 그는 빌이 앤의 마음을 아주 아프게 했다는 사실은 확실하게 알았으며 그것은 죄악 중의 죄악이었다.

19

 스마일리는 호텔 방에서 창밖을 내려다보다가 입맛이 쓴 듯 쩍쩍거리는 소리를 내며 소령의 카드 테이블로 되돌아와, 그가 서커스에서 퇴직한 이후의 멀린의 활약상을 보여 주는 서류를 읽기 시작했다. 서류에 의하면 퍼시 올러라인의 새로운 체제는 멀린의 라이프스타일에 획기적인 변화를 주기 시작했다. 그것은 서커스와 멀린의 관계가 구애기를 지나 정착기에 들어섰음을 보여 주었다. 더 이상 밤중에 유럽의 수도들을 향해 황급히 날아가야 하는 일은 없었다. 정보의 유입은 정기적인 과정이 되었고 긴장도 많이 완화되었다. 물론 골치 아픈 일도 있었다. 멀린의 돈 요구 — 언제나 필요하다고 청구했지, 협박한 적은 없었다 — 는 꾸준히 늘어났고, 파운드화의 가치가 떨어지면서 외환으로 그런 거액을 마련하는 일은 재무부에 많은 고민을 안겨 주었다. 어떤 시점에 가서는 이런 주장도 나왔지만 본격적으로 거론되지는 않았다. 「멀린이 자발적으로 우리나라를 선택했으므로, 우리나라의 재정적 어려움을 그도 일부 부담해야 되지 않겠나?」 헤이든과 블랜드는 노골적으로 분노를 터뜨렸다. 올러라인은 평소와는 다르게 장관에게 아주 솔직한 건의를 했다. 「저는 이 문제를 저의 직원에게 다시 거론할 면목이 없습니다.」

새 카메라를 둘러싼 소동도 있었다. 공작과는 많은 비용을 들여 가며 카메라를 초소형 파이프로 분해하여 러시아제 표준 램프에 들어맞도록 해놓았다. 그리고 외무부는 아주 힘들게 그 램프를 외교 행낭에 넣어 모스크바로 보냈다. 하지만 정작 문제는 그것을 어떻게 전달하느냐 하는 것이었다. 레지던시에 멀린의 정체는 물론이고 그 램프의 용도를 알려 주는 것은 절대 안 되는 일이었다. 그 램프는 다루기가 까다로웠고 현지 요원의 자동차 트렁크에도 잘 들어가지 않았다. 여러 번의 시도 끝에 어렵사리 물건이 전달되었지만 카메라는 제대로 작동되지 않았다. 이 일로 서커스와 모스크바 레지던시 사이에 후유증의 앙금이 생겼다. 그 후 성능이 조금 떨어지는 모델을 이스터헤이스가 헬싱키로 가져갔고 다시 전달되었다. 이에 대하여 올러라인은 장관에게 이런 메모를 보냈다. 〈장비는 국경 출입이 문제없는 믿을 만한 중간책에게 적절히 전달되었습니다.〉

갑자기 스마일리는 깜짝 놀라 의자에서 몸을 곧추세웠다.

그해 2월 27일, 장관에게 보낸 메모에서 올러라인은 이렇게 썼다. 〈장관님께서는 위치크래프트 예산으로 집행될 런던 안가에 대하여 재무부에 추가 견적서를 내기로 합의하셨습니다.〉

그는 그 부분을 한 번 더 읽었고 그다음엔 아주 천천히 음미하며 다시 읽었다. 재무부는 가옥 구입에 6만 파운드, 가구와 설비 구입에 추가로 1만 파운드를 승인했다. 비용을 아끼기 위해 재무부는 부서 소속의 변호사를 활용하여 부동산 계약서를 체결했다. 올러라인은 보안상 안가의 주소를 밝히지 않았다. 같은 이유로 부동산 소유자의 이름을 누구로 할 것인가에 대해서도 논쟁이 벌어졌다. 이번에는 재무부가 자신들의 의사를 관철하여, 일단 올러라인의 이름으로 하되 그가 죽거나 파산하면 그에게서 회수하는 것으로 재무부 변호사들이 문서를 작성했다. 하지만 그는 주소를 비밀로 처리하는 데 성공했다. 또 주로 해외에서 벌어지는 작전을 지원하기 위한 값비싼 부속 건물이 당연히 필요하다는 논리로 밀어붙이는 데 성공했다.

스마일리는 왜 그런 집이 필요한지 해명을 얻으려고 애썼다. 하지만 재정 관련 서류는 약속이라도 한 듯 아무런 설명도 해주지 않았다. 런던 안가에 대한 언급은 딱 한 번, 그것도 희미하게 나오는데 가옥 관리비가 두 배로 뛰었을 때 나온 것이었다. 「런던 쪽 안가는 아직도 필요한가?」 장관이 올러라인에게 물었다. 「물론입니다. 전보다 더 필요합니다. 대화가 시작된 이래 지식의 서클은 범위가 확대되지 않았다는 것도 첨언합니다.」 무슨 지식?

그는 위치크래프트 정보를 평가하는 서류들을 다시 면밀히 검토하면서 그 의문에 대한 답을 찾아냈다. 런던 안가는 3월 말에 대금이 지불되었다. 그 직후 사람이 들어가서 살기 시작했다. 바로 그날로부터 멀린은 퍼스낼리티를 획득하기 시작했고 고객들의 정보 평가에서도 그런 식으로 논평되기 시작했다. 그전까지 스마일리의 의심하는 눈에 멀린은 하나의 기계였을 뿐이었다. 정보 요원들의 활동을 제약하는 것들, 가령 전문 기술의 부족, 정보 접근의 애로, 긴장의 누적 등이 전혀 없는 존재처럼 보였던 것이다. 그런데 갑자기 그가 짜증을 부리기 시작한 것이다.

「러시아의 남아도는 정유를 미국에 판매하는 문제에 대한 당신의 추가 질문을, 우리는 멀린에게 제출했습니다. 당신의 요청에 따라, 멀린의 이 정보가 지난달 정보와 배치된다는 점을 지적했습니다. 지난달 정보로는 크렘린이 시베리아산 정유를 일본 시장에 판매하기 위하여 다나카 정부와 협상 중이라고 했으니까 말입니다. 멀린은 두 정보 사이에 모순이 없으며 어떤 시장이 더 혜택을 받을지에 대해서는 예측하기를 거부했습니다.」

화이트홀은 그런 뻔뻔한 질문을 한 것에 대하여 후회했다.

「그루지아 민족주의와 트빌리시의 폭동에 관련된 보고서와 관련하여 멀린은 추가할 내용이 더 이상 없다고 잘라 말했습니다. 그 자신은 그루지아인이 아니기 때문이며, 그는 전통적인 러시아인의 생각을 갖고 있습니다. 모든 그루지아인은 도둑 아니면 방랑자로서 철창에 집어넣어야 한다는 것입니다…….」

화이트홀은 더 이상 그 문제를 따지지 않기로 동의했다.

멀린은 갑자기 아주 가까이 있는 존재로 등장했다. 멀린이 신체적으로 가까이 있다는 느낌을 스마일리에게 주는 것은 런던 안가의 구매, 그것 때문일까? 그는 저 먼 모스크바 겨울의 한적함에서 걸어 나와 이제 그의 호텔 방 안으로 들어온 것 같았다. 아니면 그의 창문 밖 거리에서 비를 맞으며 서 있는 것 같았다. 멘델이 혼자서 보초를 서고 있는 저 거리에 말이다. 아무튼 멀린이 난데없이 등장하여 대화를 주고받으며 그의 외견까지 내놓고 있는 것이다. 이제 멀린을 직접 만날 수 있는 것이다. 여기 런던에서 그를 만날 수 있다고? 6만 파운드짜리 런던 안가에서 음식과 여흥을 대접하고 때때로 논평을 가하고 또 그루지아인에 대하여 농담까지 하는 그런 존재가 되었다고? 이 지식의 서클이란 무엇인가? 위치크래프트 작전의 비밀을 알고 있는 더 넓은 서클 내에 형성된 이 좁은 범위의 서클이란 과연 무엇인가?

바로 이 시점에서 전혀 엉뚱한 인물이 무대 위에 등장했다. 화이트홀의 위치크래프트 정보 평가사 팀에 새로 합류한 J. P. R라는 공무원이었다. 스마일리는 비밀문서 열람자 리스트를 살펴보고 나서 그의 이름이 리블이라는 것과, 외무부 조사 연구과의 직원이라는 것을 알았다. J. P. 리블은 정보에 의문을 품었다.

그래서 AWP에 이런 메모를 보냈다. 〈날짜상의 불일치를 지적해도 되겠습니까? 위치크래프트 104호(러시아-프랑스의 공동 항공기 제작 논의 건)는 날짜가 4월 21일입니다. 당신이 앞에 붙인 메모에 의하면, 멀린은 러-프 양국의 협상 팀이 비밀리에 각서를 주고받기로 합의한 날 마르코프 장군으로부터 직접 이 정보를 얻은 것으로 되어 있습니다. 하지만 주파리 영국 대사관에 의하면 4월 21일 마르코프는 아직 파리에 있었고, 반면 문서 109호에 의하면 멀린은 같은 날 레닌그라드 외곽의 미사일 연구소를 방문한 것으로 되어 있습니다……」

리블의 메모는 그와 비슷한 〈불일치〉를 무려 네 건이나 지적했는데, 그것을 모두 종합해 보면 멀린은 과연 그의 명성에 걸맞게 이동 거리가 아주 많은 사람임에 틀림없었다.

J. P. 리블은 맡은 업무나 충실히 하라는 퉁명스러운 답변을 들었다. 하지만 장관에게 보내는 별도의 메모에서 올러라인은 아주 놀라운 사실을 인정했는데, 그것은 위치크래프트 작전의 성격에 대하여 새로운 빛을 던지는 것이었다.

〈극비이며 또 개인적으로 알려 드립니다. 장관님께서 상당 기간 동안 알아 오신 것과는 다르게 멀린은 하나의 소스가 아니라 여러 갈래의 소스입니다. 보안상 이 사실을 이 정보의 열람자로부터 숨기려고 했으나 문서의 분량상 이런 허구를 계속 유지하기가 대단히 어렵습니다. 소수의 사람들에게나마 이런 사실을 밝혀 두는 것이 좋지 않을까요? 따라서 비용의 지출처가 그렇듯 여러 가닥이다 보니 멀린에게 들어가는 월 1만 스위스 프랑의 봉급과 그에 비슷한 수준인 경상비가 그리 과도한 금액이 아님을 재무부에 납득시켜 주시기 바랍니다.〉

하지만 메모는 아주 단호한 어조로 끝나고 있었다. 〈우리가 이렇게 문을 약간 열어 놓기는 했지만 런던 안가의 존재와 그 용도는 극비로 유지되어야 하고 또 극소수의 사람에게만 알려져야 합니다. 이것은 아주 중요한 문제입니다. 실제로 멀린이 여럿이라는 것이 우리의 열람자들 사이에서 알려진다면 런던 작전의 복잡성은 더욱 증가할 것입니다.〉

스마일리는 너무나 의아하여 이 메모를 여러 번 거푸 읽었다. 그러다가 갑자기 생각이 난 듯 고개를 쳐들었다. 혼란스러운 표정이 그 얼굴에 가득했다. 그는 너무나 복잡하고 혼란스러운 상태로 정신이 다른 데 팔려 있었다. 그래서 방 안의 전화벨 소리가 여러 번 울리고 나서야 겨우 들을 수 있었다. 그는 전화를 들면서 손목시계를 내려다보았다. 저녁 6시였다. 그는 겨우 한 시간 정도 문서를 읽었다.

「바라클로 씨? 여긴 재무부의 로프트하우스입니다.」

미리 정해진 비상시 대책에 따라 피터 길럼이 긴급 회의를 요청하고 있었다. 그의 목소리에는 동요의 빛이 역력했다.

20

 서커스 문서 보관소는 현관에서는 진입이 불가능했다. 그것은 건물 뒤편에 일련의 지저분한 미궁처럼 자리 잡고 있었다. 그곳은 대형 백화점처럼 질서 정연하게 자료가 정리되어 있다기보다는 이런저런 형편에 따라 마구 모아 놓은 헌책방을 연상시켰다. 문서 보관소로 들어가려면 채링 크로스 로드 쪽으로 나 있는 옆문을 이용해야 했다. 그 옆문은 화구상과 서커스 직원 출입 금지인 24시간 개방 카페 사이에 위치하고 있었다. 그 문에는 이런 명패가 걸려 있었다. 〈도농(都農) 언어 학교, 직원 이외 출입 금지.〉 또 다른 명패는 〈C&L 물류 회사〉였다. 문서 보관소 안으로 들어가기 위해서는 초인종을 누른 뒤 책임자인 알원이 나오기를 기다려야 한다. 알원은 근무 중에 오로지 주말 얘기만 하는 해병대 출신의 섬약한 남자였다. 그는 수요일까지는 지난 주말에 대해서만 이야기하고 그날 이후에는 오로지 다가올 주말 얘기만을 했다. 화요일인 그날 아침 알원은 짜증 섞인 불안감에 사로잡혀 있었다.

「여기 있습니다. 그래 그 폭풍 소식은 어떻게 되었나요?」 그가 길럼에게 서명하라고 출입 장부를 내밀면서 말했다. 「지난 주말은 말이죠, 등대 속에 산 거나 마찬가지였습니다. 토요일과 일요일 내내 폭풍 소식에 귀 기울이면서 말입니다. 그래서 내 친구에게 이렇게 말했다니까요. 〈야, 우린 여기 런던 한가운데 있으면서 오로지 폭풍 소식만 살피고 있군.〉 대장님, 당신을 위해서 내가 폭풍 소식을 알아볼까요?」

「내가 있는 곳에서는 정말 그래야 돼.」 길럼이 서명한 후 자신이 들고 온 갈색 캔버스 천 가방을 알윈의 손에 넘겨주며 말했다. 「폭풍 소식을 살폈다니 제대로 서 있지도 못했겠군.」

너무 친한 척하지 마, 길럼은 속으로 생각했다.

「그래도 나는 전원주택이 좋아요.」 알윈이 카운터 뒤의 열려 있는 로커에 가방을 넣으면서 말했다. 「전원주택을 소개하는 곳의 전화번호를 하나 가르쳐 드릴까요? 좀 선전해 달라는 부탁도 받아 놓고 있는 터인데. 내가 이러는 걸 알면 돌핀이 나를 가만두지 않을 겁니다.」

「정말 그럴 것 같은데.」 길럼은 그렇게 말하고 열람실 앞의 네 계단을 올라가 회전문을 밀었다. 그곳은 임시 강의실처럼 보였다. 여남은 개의 책상이 모두 같은 쪽을 바라보고 있었고 약간 높은 대 위에 문서 관리자가 앉아 있었다. 길럼은 뒤쪽의 책상에 자리 잡았다. 아직 이른 시간이었고 — 그의 시계에 의하면 10시 10분이었다 — 길럼 외에는, 문서 보관소에서 근무 시간의 대부분을 보내는 조사 연구과의 벤 스럭스턴이 있을 뿐이었다. 아주 오래 전, 벤은 라트비아 반체제 학생으로 위장하여 혁명 분자들과 함께 모스크바 거리를 내달리며 압제자는 죽어야 한다, 라고 소리쳤었다. 이제 그는 백발의 신사가 되어 늦은 사제처럼 관련 문서 위에 고개를 수그리고 있었다.

길럼이 자신의 책상에 와서 서 있는 것을 보고 문서 관리자는 미소를 지었다. 길럼은 브릭스턴에 할 일이 별로 없으면 여기 와서 옛날 사건 파일들을 들추면서 혹시 다시 손대야 할 건 없을까 알아보며 하루하루를 보내곤 했다. 문서 보관자 샐은 통통하면서 쾌활한 여자였는데 치스위크에 청소년 운동 클럽을 운영했고, 그 자신이 유도 유단자였다.

「지난 주말에 유도하면서 몇 사람의 목을 부러뜨렸나?」 길럼이 초록색 문서 신청 용지를 여러 장 집어 들면서 물었다.

샐이 철제 캐비닛에 길럼을 위해 보관해 두었던 자료 노트를 그에게 건네주었다.

「두 명이오. 대장님은요?」

「슈롭셔의 이모들을 방문했지. 물어봐 줘서 고마워.」

「꽤나 막강한 이모들인가 보지요.」 샐이 말했다.

길럼은 샐의 책상 옆에서 열람 신청할 문서 두 건을 신청 용지에 써 넣었다. 그녀는 용지에 스탬프를 찍더니 맨 위의 종이는 길럼에게 돌려주고, 나머지 복사본 두 장은 책상 위에 있는 구멍으로 밀어 넣었다.

「D복도예요.」 그녀가 용지를 내밀며 말했다. 「2-8은 오른쪽 중간쯤에 있고, 3-1은 그다음 서고예요.」

그는 방 안의 끝 부분에 있는 문을 밀고 메인 홀로 들어갔다. 홀의 중간에 서커스 본부 건물로 서류들을 실어 나르는, 광부 수송용 엘리베이터같이 생긴 아주 낡은 승강기가 있었다. 두 명의 신참 사원들이 그 안으로 열심히 문서를 집어넣었고 세 번째 직원은 그 옆에서 윈치를 작동하고 있었다. 길럼은 서가를 따라 천천히 걸어가면서 형광성의 숫자 카드를 읽기 시작했다.

「레이콘은 테스터파이 관련 파일은 하나도 갖고 있지 않다고 말했어.」 스마일리는 평소의 근심 어린 목소리로 말했었다. 「프리도의 송환과 정착에 관한 문서만 약간 갖고 있을 뿐, 그 외에는 없다는 거야.」 그의 구슬픈 목소리는 계속 이어졌다. 「따라서 서커스 문서 보관소에 있는 것을 입수하는 방안을 강구해 봐야겠어.」

스마일리는 〈입수〉라는 단어를 사용했지만 그의 사전에서 그건 〈절취〉와 동의어였다.

한 여직원이 사닥다리 위에 서 있었다. 그리고 문서 대조자 오스카 앨리트슨이 행동 대원 관련 파일을 커다란 바구니에 담고 있었다. 보수 유지 담당자 애스트리드는 라디에이터를 고치고 있었다. 서가는 나무였고 2층 침대처럼 높았으며 합판 패널에 의해 여러 층의 분류함으로 나뉘어 있었다. 그는 테스터파이의 참고 번호가 4482E라는 것을 알고 있었다. 그것은 서고 44에 있다는 뜻인데 그는 지금 바로 그 앞에 서 있었다. E는 *extinct*의 약어였고 죽어 버린 작전에 대해 쓰는 것이었다. 길럼은 손으로 세어 왼쪽에서 여덟 번째 분류함을 찾아냈다. 테스터파이는 그 함에서 왼쪽으로부터 두 번째에 있을 것으로 예상되었지만 서류의 등에 표시되어 있지 않아 확신할 수는 없다. 그는 정찰을 마치고 나서 그가 신청한 파일 두 개를 꺼낸 뒤 문서 분류함 옆에 있는 철제 통에 초록색 용지를 꽂아 두었다.

「그렇게 내용이 많지는 않을 거야.」 스마일리는 얇은 파일이 더 다루기 쉬울 거라는 투로 말했다. 「하지만 겉모습을 유지하기 위해서라도 뭔가 있기는 있을 거야.」 길럼은 스마일리의 그런 어투가 조금도 마음에 들지 않았다. 마치 길럼이 그의 추론에 동의하고 또 언제나 그의 마음을 헤아리고 있다는 투였다.

그는 열람석에 앉아 서류를 읽는 척했으나 실은 카밀라 생각을 하면서 시간을 죽였다. 도대체 그녀를 어떻게 평가해야 할 것인가? 오늘 아침 일찍 그녀는 그의 품 안에 안겨서 실은 과거에 결혼한 적이 있었다고 말했다. 그녀는 때때로 자기가 20인분의 인생을 살아온 것처럼 말했다. 그 결혼은 실수였고, 그래서 둘은 각자 짐을 싸서 각자의 길을 가기로 했다는 것이었다.

「뭐가 잘못되었는데?」

「잘못된 건 아무것도 없었어요. 우린 그저 서로 맞지 않을 뿐이었어요.」

길럼은 그녀의 말을 믿지 않았다.

「그래서 이혼했어?」

「그랬을걸요.」

「바보 같은 소리! 자기가 이혼했는지 안 했는지도 확실하지 않단 말이야?」

부모님이 이혼 수속을 해주었어요. 그 사람은 외국인이었거든요, 하고 그녀는 말했다.

「그자가 돈은 보내 주나?」

「웬 돈? 그는 나에게 아무것도 빚진 게 없어요.」

이어 다시 플루트 소리가 들려왔다. 길럼이 커피를 끓이는 동안 어둑한 옆방에서 길게 의문을 던지는 듯한 가락이 흘러나왔다. 카밀라는 날라리일까 아니면 천사일까? 길럼은 그녀의 이름이 전과 기록에 없는 것으로 쳐주기로 절반쯤 마음을 먹고 있었다. 그녀는 이제 한 시간 안에 닥터 샌드에게 가서 레슨을 받을 터였다.

서고 43을 가리키는 초록색 용지를 들고 그는 두 서류를 제자리에 돌려놓은 뒤 그 바로 옆, 테스터파이 서류가 있는 서고 앞에 섰다.

예행연습은 별 일 없이 끝났군, 하고 그는 생각했다.

여직원은 아직도 사다리 위에 있었다. 앨리트슨은 어디론지 가버리고 없는데 커다란 문서 운반용 바구니는 그 자리에 그대로 있었다. 라디에이터 보수 작업을 하다가 지친 애스트리드는 그 옆에 앉아서 「선」지를 읽고 있었다. 초록 용지의 숫자는 〈4343〉이었는데 길럼은 이미 봐두었으므로 그 서류를 금방 찾아냈다. 서류는 테스터파이 서류처럼 분홍색 표지를 갖고 있었다. 또 적당히 손때를 탄 것도 테스터파이 서류 비슷했다. 그는 초록색 용지를 통에 꽂아 넣었다. 그러고는 한 서고 뒤로 돌아가 앨리트슨과 여직원을 살피면서 테스터파이 서류를 꺼낸 뒤 그 자리에다 재빨리 손에 들고 있던 4343 서류를 집어넣었다.

스마일리는 이렇게 조언했었다. 「피터, 중요한 건 말이야, 빈자리를 남겨 두면 안 된다는 거야. 그러니까 말이야, 겉보기에 비슷한 서류를 가져다가 그 빈자리를 메운 다음…….」

「무슨 말인지 알겠습니다.」 길럼이 말했다.

그는 서류의 제목을 몸 안쪽으로 감추면서 테스터파이 서류를 오른손에 가볍게 쥐고 열람실로 돌아와 아까 잡아 둔 자리에 앉았다. 그때 샐이 눈썹을 치켜뜨더니 뭐라고 말을 했다. 길럼은 무의식적으로 고개를 끄덕거리며 아마 잘되어 가느냐고 물어보는 거겠지 하고 아무렇지도 않게 생각했다. 하지만 그녀는 손짓까지 해가며 그를 부르고 있었다. 그는 순간적으로 겁에 질렸다. 이거, 서류를 가지고 가야 하나 아니면 여기다 두어야 하나? 내가 평상시에는 어떻게 했더라? 그는 책상 위에 놔두기로 했다.

「줄리엣이 커피를 뽑으러 가요.」 샐이 속삭였다. 「커피 드시겠어요?」

길럼은 카운터에 1실링을 내려놓았다.

그는 괘종시계를 쳐다본 후 자신의 손목시계를 내려다보았다. 젠장, 시계를 자꾸 쳐다보지 말란 말이야. 카밀라를 생각하고, 그녀의 플루트 레슨을 생각하라고. 네가 지난 주말에 방문하지도 않았던 이모들과 네 가방을 거들떠보지도 않는 알윈을 생각하라고. 시간 말고 그 밖의 다른 것을 생각하란 말이야. 18분만 기다리면 돼. 또다시 스마일리의 목소리가 들려왔다. 「피터, 조금이라도 미심쩍은 상황이 발생하면, 확보 작업을 연기해. 의심을 받지 않는 것, 그것처럼 중요한 것은 없어.」 아니, 금방 설사라도 나올 것처럼 이렇게 속이 울렁거리고 마치 폭풍을 맞은 것처럼 셔츠 안에서 땀이 줄줄 흘러내리는데 어떻게 미심쩍은 상황을 간파하란 말이야. 길럼은 이처럼 곤란하고 난처한 경우에 처한 적은 일찍이 없었다는 생각이 들었다.

그는 테스터파이 서류를 펼쳐 놓고 읽어 보려고 애를 썼다. 서류는 그리 얇지 않았고 그렇다고 그리 두꺼운 것도 아니었다. 스마일리가 예상한 것처럼 겉치레용 서류인 듯했다. 첫 부분은 그 안에 들어 있지 않은 서류의 목록이었다. 〈서류 1-8은 런던 스테이션에서 보관 중. 작전명 엘리스 짐, 프리도 짐, 하예크 블라디미르, 콜린스 샘, 해볼트 맥스 등을 교차 참조할 것……〉 그리고 그 옆에 더 많은 이름이 적혀 있었다. 〈이 서류들에 대해서는 런던 스테이션, C. C.에게 문의할 것.〉 C. C.는 *Chief of Circus*와 그가 지정하는 머더들의 약어였다. 손목시계를 내려다보면 안 돼. 괘종시계를 슬쩍 쳐다보면서 시간 계산을 해야 돼. 8분 남았네. 전임자에 관련된 서류를 훔쳐내게 되었다니 좀 기이한 인연이로군. 아니, 짐이 나의 전임자였다는 사실도 기연이지. 한번 생각해 보라고. 짐을 상사로 모셨던 여비서가 그를 추모하면서 밤을 새웠다는 거 아니야. 후임자로 부임한 길럼이 짐에 대하여 찾아낸 흔적이라고는 서류상의 작전명과, 스캘프헌터 대장 사무실의 금고 뒤에 꼬불쳐 두고 있던 스쿼시 라켓이 전부였다. 라켓 손잡이에는 〈J. P.〉라고 손으로 새긴 낙화(烙畵)가 있었다. 그가 그것을 여비서 엘렌에게 보여 주자 그녀는 눈물 홍수에 빠졌다. 사이 밴호퍼를 중학생처럼 벌벌 떨게 만드는 날카롭고 무서운 여직원 엘렌이 말이다. 그녀는 그 라켓을 잘 싸서 다음번 셔틀버스로 총무과에 보냈다. 〈인간적으로 가능하다면〉 이 라켓을 꼭 짐에게 돌려보내 주기를 바란다는 내용의 개인 메모를 돌핀에게 보내면서. 짐, 어깨뼈에 체코 총알이 두 방 박힌 채로 요즘도 열심히 스쿼시 게임을 하고 있나?

그처럼 열심히 온갖 생각을 다 했는데도 전화가 오려면 아직도 8분이나 남아 있었다.

또다시 스마일리의 목소리가 들려왔다. 「그러니까 확실한 사전 조치로 말이야, 별로 시간이 걸리지 않는다면, 자네 차를 동네 카센터에 맡겨 놓으란 말이지. 그런 다음 자네 집 전화로 자동차 수리 일정을 의논하라고. 혹시 토비가 자네의 전화를 감청한다면 그 효과는 더욱 높을 것이고……」

혹시? 아니야, 그 생각보다는 카밀라 생각이 더 낫겠어. 그녀와 나눈 그 엉터리 같은 얘기들. 야, 이거 시간 되게 안 가네. 아직도 7분이나 남았잖아.

서류의 나머지 부분은 외무부 전문, 체코 언론 기사 스크랩, 프라하 라디오에 대한 모니터 보고서, 전체가 드러난 요원들의 송환과 정착에 대한 정책 파일의 요약, 재무부에 제출한 자금 신청서 초안, 작전 실패의 책임을 컨트롤에게 돌리는 올러라인의 사후 평가서 등으로 채워져 있었다. 조지, 그래서 다음 비난의 표적으로 당신이 찍혔군.

길럼은 마음속으로 자신이 앉아 있는 책상과 뒷문 — 알윈이 리셉션 데스크에 앉아 졸고 있는 곳 — 까지의 거리를 측정하기 시작했다. 그것은 다섯 걸음이었다. 그는 전략적

접근 방법을 정하기 시작했다. 문에서 두 걸음을 걸어가면 커다랗고 누런 피아노같이 생긴 차트용 테이블이 놓여 있었다. 그 위에는 대형 지도, 〈인명록〉 묶은 것, 낡은 베데커 여행 안내서 등이 잡동사니처럼 펼쳐져 있었다. 그는 연필을 이빨로 문 채 테스터파이 서류를 집어 들고 그 테이블로 가서 바르샤바 전화번호부를 꺼내 종이 위에다 이름을 적기 시작했다. 내 손! 그의 내부에서 한 목소리가 소리쳤다. 내 손이 종이 위에서 와들와들 떨고 있잖아! 이 삐뚤삐뚤한 글씨를 좀 보라고. 마치 술 취한 사람 같아! 그런데 왜 아무도 나의 이런 상태를 눈치 채지 못하지? ……줄리엣이 쟁반을 들고 들어와 그의 책상에다 커피 잔을 내려놓았다. 그는 그녀에게 키스를 불어 보냈다. 그는 또 다른 전화번호부 — 포즈난 시의 것이라고 그는 생각했다 — 를 꺼내 들어 아까 꺼낸 번호부 옆에다 놓았다. 알윈이 열람실 안으로 들어왔을 때 그는 고개조차 쳐들지 않았다.

「대장님, 전화 왔습니다.」 그가 말했다.

「난 좀 바쁜데.」 길럼이 전화번호부에 고개를 처박고 말했다. 「누구래?」

「외부 전화입니다, 대장님. 거친 목소리인데요. 카센터라는데 대장님 차에 대한 거래요. 뭔가 나쁜 소식이라고 하는군요.」 알윈이 고소하다는 듯한 목소리로 말했다.

길럼은 테스터파이 서류를 양손에 들고서 전화번호부와 교차 대조를 하고 있었다. 문서 관리자 샐과는 등을 돌리고 있었다. 하지만 무릎이 조금 떨리는 것은 어쩔 수 없었다. 이빨은 여전히 연필을 물고 있었다. 알윈이 앞서 걸으면서 그를 위해 회전문을 열어 주었다. 그는 서류를 읽으면서 그 문을 통과했다. 영 박자 까먹은 합창단 소년 같군, 하고 그는 생각했다. 그는 벼락이 내려치기를 기다렸다. 샐이 갑자기 일어나 문서 탈취범! 하고 소리치거나 슈퍼 스파이 벤이 별안간 정신을 차리면서 거기 멈춰! 하고 고함을 지르기를 기대했으나 그런 일은 일어나지 않았다. 그는 이제 한결 기분이 좋아졌다. 알윈은 나의 동지이고 난 그를 신임해. 우린 함께 돌핀을 미워하잖아, 안 그래. 그는 리셉션까지 네 계단을 걸어 내려갔고 알윈이 전화통 앞에 서서 문을 열어 주었다. 전화통은 밑 부분은 패널을 둘렀고 윗부분은 유리를 댄 것이었다. 그는 전화통을 집어 들면서 서류를 발밑에 내려놓았고 멘델이 새 기어 박스를 구입해야 할 것 같다고 얘기하는 것을 들었다. 비용은 약 1백 파운드. 경비 청구서를 받아 볼 총무과 사람들이 보면 알겠지만 가격을 최대한 깎은 것이었다. 길름은 얘기의 방향을 계속 이리저리 돌리면서 주위에 귀 기울이다가 알윈이 카운터 뒤에 앉는 소리를 들었다. 작전대로 풀리는데, 하고 그는 생각했다. 음, 잘 나가. 성공할 것 같아. 그는 일부러 전화통에다 대고 소리쳤다. 「그럼, 자재과 친구한테 연락해서 그 빌어먹을 물건을 공급하는 데 얼마나 걸리겠는지 알아보라고. 그 친구 번호 알지?」 그리고 더욱 짜증난 목소리로 말했다. 「잠깐 기다려.」

그는 전화통의 문을 절반쯤 열고서 수화기를 옆구리에 꽉 댄 채 말했다. 대화의 그 부분이 녹음되어서는 곤란하기 때문이었다. 「알윈, 저 가방을 잠시만 이리로 던져 주겠나?」

알윈이 축구장의 긴급 의무 요원처럼 그 가방을 가져왔다. 「여기 가져왔습니다, 대장님. 제가 문을 열어 드릴까요?」

「아니야, 거기다 던져 주면 되겠네.」

이제 가방은 전화통 옆의 바닥에 놓여 있었다. 길름은 허리를 숙여 그것을 전화통 안으로 끌어들여 지퍼를 열었다. 가방 한가운데에는 그의 셔츠와 신문들이 있었고 그 밑에 각각 황갈색, 초록색, 핑크 색의 더미(가짜 서류철)가 들어 있었다. 그는 핑크 색 더미와 주소록 서류를 재빨리 꺼내고 그 자리에 테스터파이 서류를 집어넣은 후 지퍼를 잠갔다. 그는 일어서서 방금 꺼낸 주소록을 들여다보며 전화번호를 멘델에게 불러 주었다. 그것은 진짜 번호였다. 그는 전화를 끊고 알윈에게 가방을 건네준 후 가짜 서류를 들고 열람실로 돌아왔다. 그는 차트용 테이블에서 좀 더 뭉그적거리면서 전화번호부를 한두 권 더 만지작거리다가 가짜 서류를 든 채 문서 보관실로 다시 들어갔다. 앨리트슨이 이제 커다란 바구니에 넣은 서류들을 다시 넣고 빼는 작업을 하고 있었다.

「피터, 이거 좀 도와주겠나. 거들어 주는 손이 영 없어서 말이야.」

「잠깐만.」

그는 44번 서고로 가서 테스터파이 서류 자리에 대신 꽂혀 있던 4343 서류를 빼내고 금방 가져온 더미 파일을 집어넣었다. 그리고 43번 서고로 돌아와 4343 서류를 다시 원위치 시키고 통에 들어 있던 초록색 용지를 끄집어냈다. 이제 하느님은 하늘에 있고 그분의 첫날 작업은 완벽하게 끝났다. 그는 커다란 목소리로 노래 부르고 싶은 심정이었다. 하느님은 하늘에 계시고, 나는 이제 가볍게 날아갈 수 있다.

그는 용지를 샐에게 가져갔고, 그녀는 늘 그렇게 하듯이 그 종이에 사인하고 나서 철제 통에 꽂았다. 만약 파일이 제자리에 있으면 샐은 그 초록색 용지와 통 속에 있는 복사 용지를 모두 파기할 것이다. 그렇게 되면 아무리 똑똑한 샐도 그가 44번 서고 근처에서 얼쩡거렸다는 사실을 기억하지 못할 것이다. 길럼은 다시 문서 보관실 안으로 들어가 앨리트슨을 도와주려고 하다가, 토비 이스터헤이스의 적대적인 갈색 눈동자가 자신을 노려보고 있는 것을 발견했다.

「피터.」 그가 썩 시원치 않은 영어로 말했다. 「자네를 방해해서 미안하네. 하지만 자네에게 약간의 비상사태가 발생하여 퍼시 올러라인이 자네와 급히 얘기하기를 바라고 있네. 지금 와줄 수 있겠나? 그렇게 해주면 정말 고맙겠네.」 두 사람이 알윈이 열어 준 리셉션의 문을 나서는 순간, 토비가 말했다. 「그는 자네의 의견을 듣고 싶어 하네.」 그 목소리는 한직에 있다가 최근에 출세한 사람의 거드름이 잔뜩 배어 있었다. 「자네의 의견을 구한다고나 할까.」

길럼은 순간적인 기지를 발휘하며 알윈에게 고개를 돌려 말했다. 「브릭스턴으로 가는 정오 셔틀버스가 있어. 수송과에 전화해서 내 가방을 대신 좀 가져가라고 부탁해 주겠나.」

「그러죠, 대장님.」 알윈이 말했다. 「계단 조심하십시오, 대장님.」

야 임마, 지금 계단이 문제야. 이거 영 조짐이 좋지 않은데, 하고 길럼은 생각했다.

21

 헤이든은 그를 〈예비 내각의 외무부 장관〉이라고 불렀다. 경비원들은 백발 때문에 그를 〈스노 화이트〉라고 불렀다. 토비 이스터헤이스는 남자 모델처럼 옷을 입고 다녔지만 어깨를 웅크리거나 자그마한 손을 꽉 움켜쥘 땐 영락없는 전사였다. 그를 따라 4층 복도를 걸어 내려가면서 커피 자판기를 쳐다보고 또 그걸 입에 침이 마르도록 자랑하던 로더 스트릭랜드의 허풍을 떠올리며 길럼은 문득 이런 생각을 했다. 이거 꼭 베른 시절에 달아나던 때의 상황과 비슷한걸.

 그는 과연 그렇지 않느냐고 토비에게 말해 줄까 하는 생각도 들었으나 그런 이야기는 현명치 못하다고 판단하여 그만두었다.

 그것은 길럼이 토비를 볼 때마다 떠올리는 에피소드였다. 8년 전 토비는 스위스에 나가 있는 평범한 현장 요원이었지만 감청에는 귀재라는 명성을 얻고 있었다. 당시 길럼은 북아프리카에서 돌아와 휴식을 취하던 중이었는데 서커스는 그를 1회용 작전에 투입하여 베른으로 가라고 지시했다. 목적은 스위스를 거점으로 하여 바람직하지 못한 방식으로 무기를 판매하고 있던 벨기에 무기 판매상 둘을 혼내 주는 것이었다. 이렇게 하여 한 팀이 된 길럼과 토비는 공작 대상의 집 바로 옆에 있는 집에 세를 들었고, 그 다음 날 밤 토비는 옆집에 도청 장치를 설치했다. 그래서 그들의 전화로 벨기에 무기상의 대화를 엿들을 수 있게 되었다. 길럼은 보스이면서 레그맨이었다. 그는 하루에 두 번씩 주차된 차를 편지통으로 이용하면서 도청 테이프를 베른 레지던시에 제출했다. 토비는 아주 간단히 현지 우체부를 구워삶아 벨기에인들의 편지를 먼저 볼 수 있게 조치했고 또 옆집의 청소 아주머니를 매수하여 벨기에인들이 사업 얘기를 주로 하는 거실에 도청 무선 마이크를 설치하도록 했다. 두 요원은 심심할 때면 나이트클럽 치키토에 갔는데, 토비는 가장 어린 여자 애들하고만 춤을 추었다. 가끔 그는 여자 애를 집에 데리고 오기도 했는데 그녀는 아침이면 쏜살같이 달아나 없었고 토비는 지난밤 여자의 향수 냄새를 제거하기 위하여 문을 열어 놓았다.

그들은 이런 식으로 석 달을 함께 살았는데 석 달 후에도 길럼은 처음 토비를 만났을 때와 마찬가지로 그에 대해서는 아는 게 없었다. 심지어 토비가 어느 나라에서 태어났는지도 몰랐다. 토비는 사회적으로 신분을 과시하기 좋아하는 속물이었고 어디서 식사를 해야 하고 어디에 얼굴을 비쳐야 하는지 훤히 알고 있었다. 그는 손수 자기 빨래를 했고 밤에는 눈처럼 히얀 머리 위에 그물을 쓰고 잤다. 경찰이 그들의 임대 빌라를 덮쳤을 때 집에 혼자 있던 길럼은 뒷담을 넘어 황급히 도망쳤다. 그는 벨뷔 호텔에서 토비를 찾아냈는데 생과자를 먹으면서 테 당상[24]을 구경하고 있었다. 그는 길럼의 얘기

---

24 무도회를 겸한 다과회.

를 침착하게 듣더니 생과자 대금을 지불하고 먼저 악단장에게, 이어 수석 포터 프란츠에게 팁을 주었다. 그리고 복도와 계단을 통과하여 탈출 자동차와 여권이 은닉되어 있는 비밀 차고로 안내했다. 그리고 거기서 아주 격식을 차려 가며 대금 지불을 요구했다. 길럼은 황급히 스위스를 빠져나가려면 그에게 돈을 주는 수밖에 없다고 판단했다. 벽면 거울과 베르사유풍 샹들리에가 매달린 복도는 끝이 없었다. 길럼은 토비의 뒤를 따라가면서 무수히 많은 토비가 복제되는 것을 보았다.

지금 이 순간 길럼에게 들이닥친 것은 바로 그 도망가던 상황의 이미지였다. 올러라인의 방으로 올라가는 비좁은 암녹색의 나무 계단은 칙칙한 물건이어서 베른의 벽면 거울과는 동떨어진 것이었지만 찢어진 양피지 램프 갓은 왠지 샹들리에를 연상시켰다.

「부장을 만나러 가네.」 토비는 그들을 안으로 맞아들이는 젊은 경비원에게 거만스레 고개를 끄덕이며 거들먹거리는 어조로 말했다. 대기실에는 네 대의 타자기를 앞에 놓은 네 명의 머더들이 트윈셋[25]과 진주 목걸이 차림으로 앉아 있었다. 그들은 길럼에게는 고개를 끄덕였으나 토비는 무시했다. 올러라인의 방문에는 〈회의 중〉이라는 팻말이 걸려 있었다. 그 옆에는 아주 새것인 2미터 높이의 장롱형 금고가 놓여 있었다. 길럼은 저런 무거운 물건의 하중을 바닥이 어떻게 견디어 내는지 신기하다고 생각했다. 그 위에는 남아프리카산 셰리주 술병, 유리잔, 쟁반 등이 놓여 있었다. 화요일이라 런던 스테이션의 비공식 런치 회의가 있는 날이로군, 하고 그는 중얼거렸다.

25 카디건과 풀오버의 앙상블.

「전화는 받지 않는다고 말해.」 토비가 문을 열고 들어가자 올러라인이 소리쳤다.

「부장님께서는 전화를 받지 않으시겠답니다, 여러분.」 토비가 길럼을 위해 문을 열면서 길게 뽑는 듯한 목소리로 말했다. 「우린 회의 중입니다.」

머더들 중 한 사람이 말했다. 「알았습니다.」

그것은 작전 회의였다.

올러라인은 과대망상증 환자처럼 테이블 상석에 거만하게 앉아서 두 페이지 분량의 문서를 읽고 있었는데 길럼이 들어가도 고개를 들지 않았다. 그는 단지 이렇게 소리쳤다. 「저기 아래쪽 폴 옆에 앉도록 해. 말석에 말이야.」 그러고는 정신을 집중해 문서를 계속 읽어나갔다.

올러라인의 오른쪽 의자는 비어 있었다. 길럼은 그 빈 의자에 푹신한 쿠션이 줄로 묶여 있는 것을 보고 헤이든의 자리임을 짐작했다. 올러라인의 왼쪽에는 로이 블랜드가 앉아 있었는데 그도 문서를 읽고 있다가 길럼이 옆을 지나가자 고개를 쳐들며 「어서 오게, 피터」 하고 말했다. 그리고 피터 길럼이 말석에 가서 앉을 때까지 지켜보았다. 비어 있는 빌 헤이든의 의자 옆에는 런던 스테이션의 상징적인 여직원 모델라웨어가 앉아 있었다. 그녀는 쪽 찐 머리에 갈색 트위드 정장 차림이었다. 그녀의 맞은편에는 총무과장인 필 포티어스가 앉아 있었다. 포티어스는 교외에 커다란 집을 가지고 있는 아주 돈 많으면서도 아첨을 잘하는 직원이었다. 그는 길럼을 보자 읽기를 중단하면서 서류 폴더를 덮고 수척한 손으로 그것을 가리면서 씩 웃어 보였다.

「말석이라는 건 폴 스코데노 옆을 가리키는 것이라네.」 필이 여전히 웃으면서 말했다.

「고맙네. 나도 알고 있어.」

 포티어스의 자리에서 약간 비스듬하게 앞쪽으로 빌의 부하이며 러시아인을 닮은 요원들이 앉아 있었다. 그들은 길럼이 어제 화장실에서 만났던 닉 드 실스키와 그의 친구 카스파였다. 그들은 미소를 짓지 않았다. 그리고 길럼이 알기로는, 읽지도 못하는 자들이었다. 왜냐하면 그들 앞에는 문서가 놓여 있지 않았기 때문이다. 문서가 없는 요원들은 그 둘뿐이었다. 그들은 테이블 위에 손을 올려놓고 있었는데 누군가가 그들 뒤에서 권총으로 위협이라도 하는 듯한 그런 자세였다. 그들은 갈색 눈으로 길럼을 뚫어져라 쳐다보았다.

 포티어스 아래쪽에 폴 스코데노가 앉아 있었는데 폴은 위성 국가들 네트워크와 관련하여 로이 블랜드의 현장 요원으로 뛰고 있었다. 하지만 그가 빌 헤이든을 위해 연락책 노릇을 하고 있다고 말하는 사람들도 있었다. 폴은 마흔 살가량의 수척하고 야비한 사내로, 얽은 자국이 덕지덕지한 갈색의 얼굴과 기다란 팔이 특징이었다. 길럼은 한번은 새럿의 너서리에서 폴과 터프 가이 코스에 함께 들었다가 서로 거의 죽이기 일보 직전까지 간 적도 있었다.

 길럼은 폴에게서 약간 떨어진 쪽으로 의자를 밀고 엉덩이를 내려놓았다. 토비는 경호원들과 함께 그의 옆에 앉았다. 도대체 이자들은 나한테 뭘 요구하는 거야, 하고 길럼은 생각했다. 내가 걸음아 나 살려라 하고 도망치리라고 생각했던 걸까? 방 안의 사람들이 올라라인이 파이프를 재우는 모습을 쳐다보고 있을 때 빌 헤이든이 올라라인을 압도하며 나타났다. 문이 살짝 열리더니 처음엔 아무도 들어오지 않았다. 이어 살랑거리는 소리가 나더니 윗부분에 접시를 얹은 커피잔을 양손으로 든 빌이 나타났다. 그는 빗금이 쳐진 문서 폴더를 겨드랑이에 끼고, 안경을 코허리에 걸고 있었다. 아마도 다른 곳에서 문서를 읽고 오는 것 같았다. 저게 뭔지 모르지만 나만 빼놓고 저 문서를 모두 읽은 것 같군, 하고 길럼은 생각했다. 그는 그 문서가 어제 이스터헤이스와 로이가 읽고 있던 바로 그 문서인지 궁금했다. 그는 확실한 근거도 없으면서 아마 같은 문서일 것이라고 단정했다. 아마 어제 막 서류가 입수되었을 테고 토비가 그것을 로이에게 보고했는데, 바로 그 순간에 내가 나타나서 그들의 흥분을 깨뜨렸을 거야. 아마 이렇게 된 상황일 거야. 어제 그들의 수상한 태도를 흥분이라고 할 수 있겠는지는 좀 의문이지만.

올러라인은 아직도 고개를 쳐들지 않았다. 테이블 아래쪽에 앉아 있는 길럼에게는 그의 풍성한 머리칼과 트위드 정장의 어깨 부분만 보였다. 모 델라웨어는 문서를 읽으면서 머리카락의 끝 부분을 만지작거렸다. 길럼은 먼저 카밀라 생각을 잠깐 하다가 퍼시에게 아내가 둘 있다는 걸 떠올렸다. 두 여자 모두 알코올 중독자였는데 그것은 의미심장한 현상이었다. 길럼은 런던에 거주하는 알코올 중독자 아내만 만나보았을 뿐이었다. 퍼시는 당시 지지자 클럽을 구성 중이었고 그래서 버킹엄 팰리스 맨션스의 한 아파트인 자신의 집에서 술 파티를 열었다. 길럼이 그 파티에 늦게 도착하여 로비에서 막 외투를 벗으려고 하는데 연한 블론드 머리카락의 여자가 그에게 손을 뻗으며 나타났다. 그는 그녀가 방문객의 외투를 받아 주는 하녀인 줄 알았다.

「나는 조이(환희)예요.」 그녀는 아주 연극적인 어조로 말했다. 그것은 중세 도덕극에서 「나는 버추(미덕)예요」 혹은 「나는 콘티넌스(절제)예요」라고 말하는 듯한 그런 어조였다. 그녀가 요구한 것은 외투가 아니라 그의 키스였다. 그런 요구에 기꺼이 응한 길럼은 즈르비앙 향수와 싸구려 셰리주의 냄새를 동시에 즐길 수 있었다.

「자, 젊은 피터 길럼.」 올러라인이 말하기 시작했다. 「자네는 내 말을 경청할 준비가 되었는가 아니면 내 집에 또 연락할 생각을 하고 있는가?」 올러라인은 절반쯤 고개를 쳐들었고 길럼은 그의 수척한 양 뺨에 나 있는 자그마한 삼각형의 부드러운 수염을 볼 수 있었다. 올러라인이 문서의 페이지를 넘겼다. 「자네는 요즘 그 시골구석에 처박혀서 뭘 하고 있나? 브릭스턴 촌구석에 있지도 않은 — 이런 말을 너그럽게 양해하세요, 모 델라웨어 — 숫처녀를 쫓아다니거나 비싼 점심 식사로 조직의 경비를 축내거나, 뭐 이런 일을 하지 않는다면 말이야.」

그 농담은 올러라인이 이야기의 운을 뗄 때 써먹는 상투적 수법이었다. 그것은 우호적일 수도 적대적일 수도 있었고, 비난일 수도 있었고 축하일 수도 있었다. 하지만 결국에 가서는 대화의 상대방이 누구냐에 따라 그 본질이 결정되었다.

「아랍인 두 명이 단서를 갖고 왔는데 굉장히 그럴듯해 보입니다. 또 사이 밴호퍼는 독일 외교관에게 접근하는 단서를 발굴했습니다. 요사이 작업 현황은 이 두 건이 전부입니다.」

「아랍인들이라…….」 올러라인이 서류를 옆으로 밀쳐 놓고 주머니에서 빈 파이프를 꺼내며 중얼거렸다. 「아랍인들한테서 뭔가를 우려내겠다고? 빌, 그게 가당한 얘긴가? 반 파운드만 내놓으면 아랍 내각을 모조리 사들일 수도 있는데 말이야.」 올러라인은 다른 주머니에서 담배쌈지를 꺼내 가볍게 테이블에 내려놓았다. 「난 자네가 최근에 달아난 타르라는 녀석과 친하다는 얘기를 들었어. 정말 그런가? 그자는 요즘 어떻게 되었나?」

길럼은 대답을 준비하는 동안 머릿속에서 여러 가지 생각이 일시에 폭발하는 것을 느꼈다. 지난밤까지만 해도 나의 집에 대한 감시가 없었어. 그건 틀림없어. 일정한 장소에 묶어 둔 베이비시터 폰이 밀고하지 않은 한(만약 그렇게 했다면 정말 난처한 일이지만), 지난 주말까지 아무에게도 의심을 받을 일이 없었는데 이게 어떻게 된 일일까. 가만있어, 저 로이 블랜드는 정말 작고한 시인 딜런 토머스[26]와 비슷하게 생겼군. 로이를 볼 때마다 누군가와 비슷하게 생겼다고 생각했는데 하필 이 순간 딜런 토머스라는 답이 나올까. 딜런 토머스를 닮았다고 했지만, 토머스는 저 로이처럼 잘생긴 푸른 눈을 갖고 있지는 않았을 거야. 저 모 델라웨어는 너무 남자같이 생겨서 여자로는 간신히 낙제점을 면했다고 할 수 있지. 토비 이스터헤이스는 황금 담배 케이스에서 담배를 꺼내는군. 올리라인은 원래 부하들에게 담배가 아니라 파이프만 허용하는데 저걸 보면 토비가 요사이 많이 컸다는 걸 알 수 있어. 빌 헤이든은 징그러울 정도로 젊어 보이는군. 하지만 그의 애정 생활에 대해 서커스에 나도는 소문에 의하면 웃기지도 않더군. 그는 양성애자라던데. 저 폴 스코데노는 갈색 손바닥을 위로 향하게 테이블 위에다 올려놓았군. 엄지손가락이 손등의 딱딱한 표면을 향해 약간 올라가 있는데. 가만있어 아까 서틀비스 편으로 보내라고 한 캔버스 천 가방은 보냈을까? 알윈이 시킨 대로 했을까? 아니면 문서 보관소에 그대로 놔두고 점심을 먹으러 가서 빠른 진급을 원하는 어린 경비원이 그 가방을 뒤져 본 것은 아닐까? 토비는 내가 그를 알아보기 전까지 얼마나 오래 문서 보관소에서 어정거린 것일까? 이런 생각이 자꾸만 길럼의 머릿속을 후려쳤다.

  길럼은 약간 코믹한 농담을 던지기로 했다. 「그렇습니다, 부장님. 타르와 나는 요즈음 매일 오후에 포트넘[27]에서 차를

---

26 1914~1953. 영국의 시인.
27 포트넘 앤드 메이슨. 런던 피카딜리 서커스에 있는 백화점. 홍차로 유명하여 백화점 내의 고급 티룸에는 부유층과 관광객이 몰린다.

마시고 있습니다.」

올러라인은 담배의 다진 상태를 확인하기 위하여 불을 붙이지 않은 채 파이프를 한 모금 빨았다.

「피터 길럼.」 그는 오만한 스코틀랜드 억양으로 천천히 말했다. 「자네는 아마 이걸 모를 거야. 하지만 난 용서를 잘하는 편이지. 사실 호의 넘치는 사람이야. 내가 원하는 건 자네가 타르와 무슨 얘기를 했느냐는 거야. 나는 그자의 머리나 기타 신체 어떤 부분을 요구하고 있는 게 아니야. 나는, 개인적으로는 말이야, 그자나 자네를 목 졸라 죽이고 싶은 충동을 이제 완전히 눌러 버렸다네.」 그는 성냥을 켜서 담배에 붙였는데 그러자 커다란 불꽃이 일어났다. 「난 자네의 목에 황금 목걸이를 걸어 주고 자네를 저 브릭스턴 촌 동네에서 끌어올려 이곳 궁전으로 데리고 올 생각도 있어.」

「그렇다면 어서 그가 나타나기만을 기다려야겠네요.」 길럼이 말했다.

「내가 그를 체포하기 전에 타르가 나타난다면 넘어가 줄 수도 있어.」

「그에게 말하겠습니다. 아주 좋아할 겁니다.」

순간 테이블 위로 거대한 연기 구름이 일었다.

「젊은 피터, 난 자네한테 아주 실망했어. 아주 분열적이고 음모적인 중상모략에 귀를 기울이다니 말이야. 난 자네에게 영예로운 공작금을 지급했는데 자네는 등 뒤에서 나를 찔렀다고. 자네를 살려 준 보답으로는 너무나 미흡하다 이거야. 나의 조언자들이 그러지 말라고 하는데도 자네니까 털어놓고 얘기하는 거야.」

올러라인에겐 새로운 버릇이 하나 있었다. 길럼은 그런 버릇을 중년의 허영심 많은 남자들에게서 자주 발견했다. 그것은 턱밑의 군살을 엄지와 검지로 잡고 부드럽게 안마하는 버릇이었다. 그렇게 하면 그 살이 없어지기라도 하는 듯이.

「자, 지금 당장 타르가 어떻게 되었는지 상황을 좀 말해 봐.」 올러라인이 말했다. 「그의 심리적 상태를 좀 말해 봐. 그 자에게는 딸이 있지? 대니라는 어린 딸 말이야. 그자가 딸 얘기를 자주 하던가?」

「곧잘 했지요.」

「그 딸에 대한 구체적인 얘기를 우리에게 좀 들려주지.」

「자세한 것은 모릅니다. 그는 딸을 무척 좋아했어요. 그게 전부입니다.」 길럼은 어깨를 한 번 들썩했다.

「무척 좋아했다고?」 올러라인이 갑자기 화를 내며 언성을 높였다. 「자네는 왜 어깨를 들썩하나? 무슨 이유로 나한테 그따위 어깻짓을 들이대는 거야? 난 지금 자네 부서에서 발생한 탈주자 얘기를 하고 있는 거야. 자네는 나 몰래 내 등 뒤에서 그자와 무슨 수작을 꾸민 건가? 그래, 그자가 무슨 속셈을 갖고 있는지도 모르면서 그자와 죽이 맞아 퀴즈 게임이나 하고 돌아다녀? 그리고 이제 와서 나에게 어깻짓? 피터 길럼, 적의 요원과 가깝게 지내서는 안 된다는 엄연한 규정이 있어. 자넨 그런 규정이 있는 줄도 모르지? 어디 규정집을 꺼내서 보여 줄까?」

「부장님, 나도 그자를 보지 못한 지가 한참 됩니다.」 길럼은 자신의 분노가 상황에 도움이 된다고 느끼면서 소리쳤다. 「그자의 실종 이후 지금까지 그자와 퀴즈 게임을 한 것은 내가 아니라 부장님 자신입니다. 그러니 나를 너무 질책하지 마십시오.」

그 순간 길럼은 좌중의 분위기가 다소 이완되고 있음을 느꼈다. 나른한 권태 속으로 가라앉는 듯한 분위기였다. 올러라인이 탄약을 모두 소비했음에도 목표물을 맞히지 못했다는 인식이 퍼져 나갔다. 스코데노는 부적처럼 몸에 지니고 다니는 상아 조각을 만지작거렸다. 블랜드는 문서를 다시 읽기 시작했고, 빌 헤이든은 커피를 마시다가 입맛이 쓴지 모델라웨어를 한 번 노려보더니 커피 잔을 도로 내려놓았다. 토비 이스터헤이스는 양손에 턱을 내려놓고서 빅토리아풍 벽난로를 가린 붉은색 셀로판을 응시했다. 러시아인을 닮은 두 요원만이 눈 하나 깜빡이지 않고 길럼을 쳐다보았다. 그들은 이제 사냥이 끝났음을 믿고 싶어 하지 않는 한 쌍의 테리어를 연상시켰다.

「그래, 그 친구가 자네에게 대니 얘기를 종종 했단 말이지? 그 애를 사랑한다면서 말이지.」 올러라인이 자기 앞에 놓여 있는 문서를 내려다보며 말했다. 「대니의 엄마는 누구야?」

「유라시아 여자입니다.」

그때 헤이든이 처음으로 끼어들었다. 「눈에 띄게 유라시아 여자인가 아니면 유럽인 비슷하게 생겼나?」

「타르는 그녀가 완전 유럽인처럼 보인다고 생각했습니다. 애도 그런 식으로 생각하는 것 같았어요.」

올러라인이 큰 소리로 문서를 읽었다. 「열두 살이고 긴 블론드 머리에 갈색 눈 그리고 날씬함. 이게 대니인가?」

「그런 것 같습니다. 그 아이를 묘사한 것처럼 들리는데요.」

긴 침묵이 흘렀지만 헤이든도 그 침묵을 깨뜨리려는 의사가 없어 보였다.

「그런데 말이야……」 올러라인이 다시 입을 열더니 이번에는 아주 신중하게 말했다. 「대니와 그 어머니가 사흘 전 싱가포르 직항 비행기를 타고 런던 공항에 도착했다고 하면 자네는 우리의 황당한 처지를 이해할 수 있겠나?」

「예, 이해할 것 같습니다.」

「이 방에서 나간 후에는 입을 꼭 다물고 있는 게 좋을 거야. 자네의 열두 좋은 친구들 이외에는 절대 말하지 말라고,

알겠나?」

가까운 데 있는 필 포티어스가 조언을 해왔다. 「피터, 이 정보의 소스는 극비야. 자네에게는 평범한 비행 스케줄처럼 보일지 모르지만 아주, 아주 민감한 사항이라네.」

「아, 그렇다면 저도 아예 입을 꼭 봉하고 있겠습니다.」 길럼이 포티어스에게 말했고, 포티어스는 다시 얼굴이 붉어져 있는 빌 헤이든에게 중학생 같은 미소를 지어 보였다.

올러라인이 다시 소리쳤다. 「그래, 자네는 이 정보를 어떻게 생각하나? 자, 어서 말해 보게, 피터 — 여기서 올러라인은 농담조로 돌아섰다 — 자네는 그의 상급자, 안내자, 철학자, 그리고 친구가 아니었나? 자네의 예리한 심리학적 분석을 한번 해보라고. 이 타르란 자는 왜 영국으로 돌아오는 거야?」

「그건 부장님이 언급하신 사항이 아닌데요. 타르의 딸 대니와 그 어머니만 사흘 전 영국에 도착하기로 되어 있다는 얘기 아닙니까? 어쩌면 그 여자는 친척 집에 다니러 오는 것인지도 모르죠. 아니면 새로운 남자 친구가 생겼거나. 제가 어떻게 알겠습니까?」

「이봐, 잘난 척하지 마. 어린 대니가 있는 곳에 타르도 곧 뒤따라올 것이다, 뭐 이런 생각이 자네한테는 안 드나? 그자가 이미 이곳에 도착해 있지 않다면 말이야. 하지만 나는 이미 와 있을 거라고 봐. 남자가 먼저 도착한 다음에 그의 딸린 식구[28]들이 뒤따라오지 않느냐 말이야. 모 델라웨어, 내 말이 좀 투박하다면 양해해 줘.」

길럼은 두 번째로 짐짓 분노를 터뜨리며 말했다. 「저는 그런 생각을 해본 적이 없습니다. 지금까지 타르는 적에게 넘어간 자로 되어 있습니다. 총무과에서 7개월 전에 그런 판정을

---

[28] 딸린 식구들의 원어는 *impediments*인데 이 단어에는 장애물이라는 뜻도 있다. 따라서 여성인 모 델라웨어에게 양해를 구한 것이다.

내렸습니다. 그렇지 않습니까, 필? 타르는 지금쯤 모스크바에서 살고 있을 것이고, 그가 아는 모든 정보는 적에게 넘어갔다고 보아야 합니다. 안 그렇습니까, 필? 바로 그 때문에 브릭스턴의 스캘프헌터 팀은 일의 큰 부분을 런던 스테이션에 빼앗기고 나머지 또 큰 한 부분을 토비의 램프라이터 팀에 빼앗기게 된 게 아닙니까? 타르는 도대체 무슨 꿍꿍이속입니까? 우리한테 다시 넘어오겠다는 겁니까?」

「다시 넘어온다고? 아주 낙관적으로 해석하고 있군. 그건 결코 아니야.」 올러라인이 자기 앞에 있는 문서에 다시 시선을 떨어뜨리며 말했다. 「내 말을 들어 봐. 잘 듣고 기억해 두라고. 내 직원들과 마찬가지로 자네 역시 건망증이 심할 테니까 말이야. 자네 부하들도 그럴 테지만. 대니와 그 엄마는 풀 — 항구 도시 풀과 같은 이름 — 이라는 명의의 가짜 영국 여권을 소지하고 여행을 했어. 그 여권은 러시아에서 만든 위조품이야. 세 번째 여권은 타르가 사용했는데, 그자의 이름은 이제 미스터 풀이 되어 있어. 타르는 이미 영국에 들어와 있는데 우리는 어디 짱 박혀 있는지 아직 몰라. 그자는 대니와 그 엄마보다 먼저 출발하여 다른 루트로 영국에 들어왔어. 우리의 조사에 의하면, 비공식 비행 편을 이용한 것 같아. 그는 그의 아내 혹은 정부 혹은 거시기한 여자 — 올러라인은 자기에게는 그런 여자가 없다는 어투로 말했다 — 에게, 이거 모 델라웨어, 다시 한 번 양해해 줘, 일주일 안으로 그들을 접촉하겠다고 말했다는 거야. 그런데 아직 접촉은 하지 않은 것 같아. 이 정보는 겨우 어제서야 우리에게 도착했어. 때문에 우리는 발로 뛰는 현장 작업을 많이 해야겠어. 타르는 그 모녀에게 만약 일주일 안에 접촉해 오지 않으면 피터 길럼, 즉 자네의 자비에 몸을 맡기라고 했다는 거야.」

「만약 그 모녀가 사흘 전에 도착하기로 되어 있다면 지금 그들은 어떻게 되었습니까?」

「뭐 연착이 되었을 수도 있고, 비행기를 놓쳤을 수도 있고, 아니면 계획을 바꾸었을 수도 있지. 아니면 항공권을 잃어버렸거나. 난들 어떻게 알겠나?」

「아니면 그들의 도착 정보가 잘못되었을 수도 있죠.」 길럼이 말했다.

「정보는 정확해.」 올러라인이 날카롭게 말했다.

길럼은 짐짓 분노와 의아함의 분위기를 동시에 연출하기로 했다. 「좋아요. 러시아 사람들이 타르를 되돌려 놓았다고 칩시다. 무슨 이유인지 모르지만, 타르의 식구를 영국으로 되돌려 보내기로 했다고 칩시다. 나는 러시아 사람들이 그 모녀와 그를 보내는 것이라고 확신합니다. 그렇다면 그의 귀국이 뭐 그리 대단한 일입니까? 그자가 무슨 대단한 스파이가 될 수 있습니까? 우리가 그의 말을 단 한마디도 믿어 주지 않을 텐데요.」

그것은 결정타였다. 좌중은 그 말이 일리 있다고 생각하며 올러라인을 쳐다보고 있었다. 길럼이 보기에, 올러라인은 만족스러운 대답을 내놓거나 아니면 엉성한 답변으로 자기 자신을 바보로 만들거나 양자택일의 선택 사이에서 고심하는 듯했다.

「그자가 어떤 스파이가 될지 여부는 신경 쓰지 마! 물을 흐려 놓거나 우물에 독약을 치려는 것일 수도 있어. 우리가 아주 곤란한 입장에 있을 때 뒤통수를 칠 수도 있다고.」 그가 내려 보낸 회람에도 저런 식으로 쓰여 있겠지, 하고 길럼은 생각했다. 문장 속에 온갖 비유를 구사해 가면서 말이야. 「길럼, 자네는 이걸 잘 기억해 둬. 그 모녀에 대한 이야기를 듣는 순간, 혹은 그들의 모습을 발견하는 순간, 영*young* 피터 길럼, 자네는 우리 어른들*grown-up*한테 보고하란 말이야. 여기이 테이블에 앉아 있는 사람들한테. 그 이외의 사람들에게는 절대 알려서 안 돼. 내 지시를 완벽하게 이해했나? 이 문제에는 자네가 추측하거나 이해하는 것 이상으로 복잡한 사안이 개재되어 있으니까 말이야……」

회의는 갑자기 동작을 취하면서 하는 대화가 되었다. 블랜드는 양손을 호주머니에 찔러 넣더니 멀리 있는 문을 향해 상체를 수그렸다. 올라라인은 다시 파이프에 불을 붙이더니 손을 흔들어 성냥을 껐고 이어 자욱한 담배 연기 사이로 길럼을 쳐다보며 말했다. 「피터, 요사이는 어떤 여자와 사귀나? 그 운 좋은 여자는 누구야?」 포티어스가 종이 한 장을 내밀며 길럼의 서명을 요청했다. 「피터, 여기다 서명 좀.」 폴 스코데노는 러시아 사람을 닮은 요원들 중 하나의 귀에다 뭔가 속삭이고 있었다. 문가에 있던 이스터헤이스는 머더들에게 귀찮은 주문을 하고 있었다. 오로지 모 델라웨어의 흔들림 없는 갈색 눈동자만 길럼을 빤히 쳐다보고 있었다.

「먼저 읽어 보지 않겠나.」 포티어스가 유들유들한 목소리로 말했다.

길럼은 이미 그 양식의 절반쯤을 읽어 내려가고 있었다. 〈나는 오늘 위치크래프트 문서 제308호, 소스 멀린의 내용을 통보받았음을 확인합니다.〉 첫 문단은 그런 내용이었다. 〈이 보고서의 내용을 정보부의 그 누구에게도 발설하지 않겠으며 소스 멀린의 존재조차 언급하지 않겠습니다. 이 문서와 관련된 정보를 입수하는 즉시 보고할 것을 서약합니다.〉

회의실 문이 열렸고, 길럼이 서명하고 있는 동안, 런던 스테이션의 중간 간부들이 샌드위치 쟁반을 든 머더들을 앞세우고 방 안으로 몰려 들어왔다. 다이애나 돌핀, 로더 스트릭랜드는 너무 긴장한 나머지 터질 것 같은 표정이었고, 벤 스럭스턴의 상급자인 해거드라는 고참 요원은 뭐가 못마땅한

지 시무룩한 표정을 짓고 있었고, 그 외 물자 분배과의 머더들이 굳은 얼굴로 방 안에 들어섰다. 길럼은 천천히 의자에서 일어서며 그들의 머릿수를 세었다. 스마일리가 누가 회의에 참석하는지 알고 싶어 할 것이었기 때문이다. 문 앞으로 나선 길럼은 놀랍게도 거기서 빌 헤이든을 발견했다. 빌은 비공식 런치 회의에는 끼지 않을 생각인 듯했다.

「바보 같은 카바레 공연이야.」 빌이 머더 쪽을 가리키며 말했다. 「퍼시는 날이 갈수록 점점 더 우스꽝스러워져.」

「그런 것 같군요.」 길럼이 선뜻 동의했다.

「스마일리는 요즈음 어떻게 지내나? 그를 요사이 자주 만나나? 자네는 옛날에 그와 아주 친했지 않나.」

그 순간까지 일정하고 안정된 속도로 움직이던 길럼의 세계가 갑자기 곤두박질쳤다. 「거의 만나지 못하고 있습니다. 그에게 접근하는 것은 금지되어 있어요.」

「자네가 그런 바보 같은 지시를 충실히 지키리라고 생각하지 않아.」 빌이 콧방귀를 뀌며 말했다. 그들은 계단에 도착했다. 빌이 앞서 걸어 나갔다.

「소장님은 어떻습니까?」 길럼이 물었다. 「소장님은 그를 자주 보십니까?」

「앤이 또다시 가출을 했다지.」 빌이 그 질문을 무시하면서 말했다. 「선원인가 웨이터인가 뭐 그런 녀석하고 말이야.」 그의 사무실 문은 열려 있었다. 책상에는 비밀 서류가 가득 쌓여 있었다. 「그것참 안됐어.」

「난 몰랐습니다.」 길럼이 말했다. 「불쌍한 조지.」

「커피?」

「바로 돌아가 봐야겠습니다.」

「타르 동지와 차 한잔 하려고?」

「예, 포트넘에서요. 그럼, 안녕히 계십시오.」

문서 보관소에 가 보니 알원이 점심 식사를 마치고 돌아와 있었다. 「대장님, 가방은 이미 보냈습니다.」 그가 쾌활한 목소리로 말했다. 「지금쯤 브릭스턴에 도착해 있을 겁니다.」

「이런 젠장.」 길럼이 마지막으로 짐짓 화를 내며 말했다. 「그 안에 필요한 게 좀 있었는데.」

순간 아주 역겨운 생각이 전광석화처럼 그의 머릿속을 훑고 지나갔다. 너무나 분명하고 또 너무나 아귀가 잘 들어맞아 왜 그것을 이제야 겨우 생각해 낼 수 있었을까 의아할 정도였다. 닥터 샌드는 카밀라의 남편이었다. 그녀는 이중생활을 하고 있는 것이었다. 이제 아주 새로운 기만의 풍경이 그의 발아래 활짝 펼쳐져 있었다. 그의 친구, 그의 사랑, 심지어 서커스 그 자체도 마찬가지였다. 그것들은 떨어지고 다시 합치고 또 뒤섞이면서 끝없는 기만의 패턴을 만들어 내는 것이었다. 이틀 전 교외의 퍼브에서 생맥주를 마시면서 멘델이 했던 말이 생각났다. 「피터, 올드 보이, 힘을 내라고. 예수 그리스도의 제자도 겨우 열두 명이었는데 그중 하나가 이중간첩이었잖나.」

타르 이 자식, 그래 겨우 한다는 짓이 이중간첩이야, 하고 그는 생각했다.

22

 원래 가정부가 썼던 그 방은 다락에 좁고 낮게 지어진 방이었다. 길럼은 그 방의 문 앞에 서 있었다. 타르는 비스듬한 천장을 피해 고개를 숙인 채 침대에 앉아 있었고 양손은 손가락을 쫙 편 채 엉덩이 부근에 내려뜨리고 있었다. 그의 머리 위로는 천창이 있었고 길럼은 자신이 서 있는 곳으로부터 서쪽의 전원 풍경과 하늘을 배경으로 일렬로 늘어선 검은 나무들을 볼 수 있었다. 방 안에는 커다랗고 붉은 꽃무늬가 있는 갈색 벽지가 발려 있었다. 검은 참나무 버팀목에 매달아 놓은 전구가 기이한 기하학적 무늬를 두 얼굴에 던졌다. 침대에 앉아 있는 타르나, 주방용 나무 의자에 앉아 있는 스마일리가 움직일 때마다 불빛이 잠시 사라졌다가 곧 뒤이어 그 얼굴에 달라붙었다.
 만약 자기 의사대로 할 수 있었다면 길럼은 우선 타르를 흠씬 패주고 보았을 것이다. 그는 아주 화를 내고 있었고 그곳으로 오는 길에 차를 마구 밟아 속도가 145킬로미터까지 올라갔다. 스마일리가 날카로운 목소리로 속도를 줄이라고 하지 않았더라면 계속 그 속도로 달렸을 것이다. 만약 자기 의사대로 할 수 있었다면 길럼은 우선 타르를 떡이 되도록 두드려 팼을 것이다. 그 과정에서 분이 풀리지 않으면 폰도 합세해 같이 구타하자고 했을 것이다. 차를 몰고 오면서 그는 타르의 방문을 열고 그 얼굴에 있는 힘을 다해 주먹질을 하는 자기 자신의 모습을 연방 상상했다. 카밀라와 플루트 선생이라는 그 전남편에 대한 분노도 동시에 타르에게 풀어 버리고 싶었다. 함께 차를 타고 오는 도중에 길럼의 그런 심리 상태가 스마일리에게 하나의 텔레파시로 전달되었음에 틀림없었다. 그는 몇 마디 말을 하지 않았지만 입을 열 때마다 길럼을 진정시키려고 애썼다. 「피터, 타르가 우리에게 새빨간 거짓말을 한 건 아니야. 다시 말해 적극적인 방식으로 기만한 건 아니잖아. 그는 전 세계의 요원들이 습관처럼 하고 있는 것을 따라 했을 뿐이야. 단지 이야기를 통째로 털어놓지 않은 것뿐이야. 어떻게 보면 영악하다고 할 수도 있지.」 스마일리는 길럼의 흥분에 동참하지 않았다. 그는 느긋하다고나 할까 자신감에 넘친다고나 할까 이중 플레이에 대한 스티드-애스프리의 심오한 격언을 인용하기까지 했다. 「이중 플레이를 상대할 땐 말이야, 완벽을 추구할 것이 아니라 이점(利點)을 추구해야 돼.」 그 말을 듣고 있으니 자연스레 카밀라 생각이 났다. 「이제 카를라가 우리를 게임의 상대방으로 인정해 준 거라고.」 스마일리가 말했고, 길럼은 채링 크로스에서 방향 전환을 하면서 썰렁한 농담을 했다. 그 후 스마일리는 사이드 미러를 열심히 들여다보면서 방향을 지시했다.

그들은 크리스털 팰리스에서 만났고 멘델이 몰고 있던 밴으로 옮겨 탔다. 그들은 반즈버리까지 몰고 가서 어린아이들이 가득 놀고 있는 포석 깔린 골목길 끝에 있는 카센터로 들어갔다. 그곳의 늙은 독일인 정비사와 그 아들이 아주 신중하게 미소 지으며 그들을 맞이했는데, 그들이 차에서 내리기도 전에 이미 밴에서 번호판을 떼어 냈다. 카센터 부자는 그들을 정비소 끝에 대기시킨, 엔진 성능을 높인 복스홀 차로 안내했다. 멘델은 길럼이 가방에 넣어 브릭스턴으로 보냈던 테스터파이 서류를 들고서 차에서 내려 더 이상 따라가지 않았다. 「A12 국도로 가.」 스마일리가 말했다. 도로에는 차들이 별로 없었다. 콜체스터 가까운 지점에서 거대한 유조차 몇 대가 앞서 가자 길럼은 갑자기 열을 받았다. 스마일리가 그에게 갓길에 잠시 정차하라고 지시하여 뜨거운 열을 식혀 주었다. 다시 길 위로 나선 그들은 추월선에서 시속 30킬로미터로 주행하는 노인을 만났다. 그들이 진행선에서 노인의 차를 추월하기 위해 속도를 높이고 있는데 갑자기 노인이 진행선 안쪽으로 치고 들어와 한순간 당황했다. 노인은 술에 취했거나 아프거나 겁을 먹었거나 셋 중 하나였다. 또 한참 달려가고 있는데 느닷없이 그들의 머리 위에서 안개의 벽이 내리는 듯했다. 길럼은 속도를 늦추지 않고 그 안개의 벽을 통과했다. 노면에 서려 있을지도 모를 검은 얼음 때문에 브레이크를 길 수가 없었다. 그들은 콜체스터를 지나 지선 도로로 접어들었다. 도로 표지판에는 리틀 호크슬리, 워밍퍼드, 버레스 그린 같은 지명이 보였다. 그런 표지판마저 사라지자 길럼은 무인지경의 한가운데 서 있는 느낌이 들었다.

「여기서 좌회전을 하고 조금 더 가다가 다시 좌회전해. 서기 저 작은 가옥 보이지. 저기 가까이 가되 출입문 직전에서 파킹하도록 해.」

그들은 작은 마을에 도착했으나 그곳에는 가로등도, 사람도, 달빛도 없었다. 그들이 차에서 내리자 한기가 그들의 이마를 때렸다. 길럼은 크리켓 구장, 나무 태우는 연기, 크리스마스 이렇게 세 가지를 동시에 느꼈다. 그토록 춥고, 그토록 한적하고, 그토록 외진 곳은 난생처음이라는 생각이 들었다. 눈앞에 교회의 첨탑이 보였다. 교회의 한쪽 옆으로 하얀 울타리가 쳐져 있었고 그 옆 언덕배기에는 목사관인 듯한 낮은 건물이 있었는데 지붕은 부분적으로 이엉을 얹었다. 그는 하늘 높이 솟은 박공의 윤곽을 희미하게 볼 수 있었다. 폰이 그들을 기다리고 있었다. 그들이 주차하고 있을 때 폰이 뒷좌석으로 슬며시 들어왔다.

「리키는 오늘 컨디션이 좋습니다.」 폰이 스마일리에게 보고했다. 그는 지난 며칠 동안 스마일리에게 꽤 여러 차례 보고를 올린 듯했다. 그는 안정감 있고 부드럽게 말하고 또 남들의 환심을 사려고 애쓰는 청년이었다. 하지만 브릭스턴의 대원들은 그를 두려워했다. 길럼은 왜 그런지 그 이유를 알지 못했다. 「크게 불안해하지 않고 느긋해하는 것 같습니다. 오늘 아침에는 풀장에서 수영도 했습니다. 리키는 풀장을 좋아해요. 오후에는 미스 에일사를 위해 전나무를 뽑았습니다. 그녀가 내일 그걸 차에 싣고 시장에 나갈 계획이기 때문이지요. 오늘 저녁에는 카드 게임을 하고 다들 곧 취침했습니다.」

「그를 혼자 밖에 내보낸 적이 있나?」 스마일리가 물었다.

「없습니다.」

「그가 전화를 사용한 적이 있나?」

「없었습니다. 제가 주위에 있을 때는요. 미스 에일사가 주위에 있을 때에도 전화를 하지 않았습니다.」

그들의 입김 때문에 차창에 심하게 서리가 끼었다. 하지만 스마일리는 차의 시동을 걸지 못하게 했다. 그래서 히터도 서리 제거 장치도 작동하지 않았다.

「그가 자기 딸 대니와 그 엄마 얘기를 하던가?」

「주말에는 많이 했습니다. 하지만 지금은 잠잠해졌습니

다. 자신의 감정 조절을 위해 그들 생각은 하지 않으려고 하는 것 같았어요.」

「그가 모녀를 만나야겠다는 얘기는 하지 않던가?」

「없었습니다.」

「가령 이 사태가 모두 끝나면 그들을 만나고 싶다, 이런 얘기도 안 하던가?」

「아니요.」

「그들을 영국으로 데려오겠다는 얘기는?」

「없었습니다.」

「그들에게 여권 서류를 만들어 주어야겠다는 얘기는?」

「없었습니다.」

그때 길럼이 짜증을 내며 끼어들었다. 「그럼 그자는 도대체 무슨 얘기를 한 거야?」

「대장님, 러시아 여자 이리나 얘기를 많이 했습니다. 그는 그 여자의 일기를 읽는 걸 좋아합니다. 두더지를 잡으면 모스크바 센터로 하여금 그 두더지와 이리나를 교환하도록 하겠다고 말했어요. 그런 다음 이리나에게 좋은 장소를 마련해 주어야 한다더군요. 미스 에일사가 갖고 있는 여기 이런 집을 말입니다. 하지만 장소는 스코틀랜드가 좋겠다더군요. 그는 나의 뒤를 봐주겠다는 얘기도 했어요. 서커스에서 한 자리 시켜 주겠다나요. 나의 활동 범위를 넓히려면 외국어를 하나 더 배우는 게 좋다는 말도 했어요.」

그들은 차의 뒷좌석에서 울려 나오는 침착한 어조를 가지고서는 폰이 타르의 외국어 운운하는 조언을 어떻게 생각하는지 알 수가 없었다.

「그자는 지금 어디 있나?」

「침실에 있습니다, 대장님.」

「조용히 문을 닫아.」

에일사 브림리가 현관에서 그들을 기다리고 있었다. 그녀는 반백의 머리칼에 아주 단호하고 지적인 얼굴을 한 60세가량의 숙녀였다. 그녀는 서커스의 고참이야. 전쟁 중에 랜즈버리 경을 위해 암호 해독 전문가로 일했었지. 지금은 은퇴했지만 그래도 대단한 분이야, 하고 스마일리가 말했다. 그녀는 단정한 갈색 정장을 입고 있었다. 그녀는 길럼과 악수를 하면서 「안녕하세요」라고 말하더니 그가 고개를 쳐들기도 전에 문을 잠그고 사라졌다. 스마일리가 앞장서서 계단을 올라갔다. 폰은 만일의 사태에 대비하여 층계참에서 기다리기로 했다.

「스마일리다.」 그가 타르가 있는 방의 문을 노크하며 말했다. 「자네와 할 말이 있어.」

타르가 재빨리 문을 열었다. 그는 그들이 올라오는 소리를 듣고 문 안쪽에서 기다리고 있었던 듯했다. 그는 오른손에 권총을 들고 왼손으로 문을 열었다. 그러고는 스마일리 너머의 복도를 내려다보았다.

「길럼이 있을 뿐이야.」 스마일리가 말했다.

「알고 있습니다.」 타르가 말했다. 「어린애들은 깨무는 법이라서.」

그들은 방 안으로 들어섰다. 그는 헐거운 바지에 싸구려 말레이 겉옷을 두르고 있었다. 바닥에는 철자 카드들이 펼쳐져 있었고 방 안에는 전기 곤로에 요리해 먹은 카레 냄새가 남아 있었다.

「자네를 괴롭혀서 미안하네.」 스마일리가 진정으로 동정한다는 어조로 말했다. 「하지만 자네가 홍콩으로 가져갔다는 두 장의 스위스 도피 여권을 어떻게 했는지 다시 묻지 않을 수 없네.」

「왜요?」 타르가 도전적으로 물었다.

살이 빠진 타르의 얼굴에서 쾌활함은 이미 사라지고 죄수처럼 창백했다. 베개 옆에 총을 내려놓고 침대에 앉은 그는 불안하게 두 사람을 쳐다보았다. 그의 눈빛에는 불신이 가득했다.

스마일리가 말했다. 「내 말 잘 들어. 나는 자네 이야기를 믿고 싶어. 아무것도 바뀐 것은 없어. 우리가 일단 사정을 모두 파악하면 자네의 프라이버시를 존중하겠네. 하지만 그전에 모든 사정을 알아야 해. 이건 아주 중요해. 자네의 미래가 여기에 달려 있다고 해도 과언이 아니야.」

아니, 그보다 훨씬 중요한 게 걸려 있어, 하고 길럼은 생각했다. 길럼은 스마일리의 말을 잘 이해했고 두더지 추적의 치열한 논리가 이제 그 외가닥에 걸려 있는 것이나 마찬가지였다.

「태웠다고 말씀드리지 않았습니까. 나는 그 여권의 고유 번호가 마음에 들지 않았어요. 그게 이미 들통이 났을 거라고 생각했습니다. 그걸 사용하면 〈리키 타르, 여기 있소〉 하고 광고하는 꼴일 텐데 어떻게 사용할 수 있겠습니까」

스마일리의 다음 질문은 아주 천천히 나왔다. 길럼도 너무 느리다고 생각했다. 한밤중의 정적에 휩싸인 그들에게 그런 오랜 기다림은 고통스러운 것이었다.

「뭘 가지고 그 여권을 태웠나?」

「그게 도대체 무슨 상관입니까?」

하지만 스마일리는 그 질문의 이유를 밝히려 하지 않았다. 그는 침묵이 대신 말해 주기를 바랐고 또 그렇게 되리라 확신하고 있었다. 길럼은 전에도 스마일리의 심문이 그런 식으로 진행되는 것을 여러 번 보아 왔다. 사소한 것들을 물어보는 아주 지루한 교리 문답 같은 방식이었다. 피의자의 질문을 천천히 메모하는 동안 침묵이 흐르고 그러면 피의자의 머리는 심문자의 진의를 알아내기 위해 온갖 복잡한 생각으로 가득 들어찼다. 그렇게 되면 피의자의 이야기는 날이 갈수록 그 신빙성이 떨어지게 되었다.

「자네가 풀이라는 이름으로 자네의 영국 여권을 사들였을 적에……」 스마일리는 아주 긴 침묵 끝에 다시 물었다. 「그 소스로부터 또 다른 여권들을 사들였나?」

「그럴 필요가 뭐죠?」

그러나 스마일리는 이유를 제시하지 않았다.

「그럴 필요가 뭐죠?」 타르가 같은 말을 반복했다. 「나는 여권 수집가가 아닙니다. 난 단지 그곳에서 벗어나고 싶었을 뿐이에요.」

「그리고 자네 아이를 보호하고 싶었겠지.」 스마일리가 이해한다는 듯 미소를 지으며 말했다. 「또 가능하다면 애 어머니도 보호하고 싶었을 테고. 자넨 그 생각을 많이 했을 거야.」 그가 비위를 맞추려는 듯한 어조로 말했다. 「아무튼 뒤를 캐묻고 다니는 그 프랑스인의 자비에 모녀를 맡겨 둘 수는 없었겠지.」

스마일리는 그의 답변을 기다리며 낱말 카드들을 내려다보면서 옆으로 혹은 아래로 맞추어 보았다. 카드들은 서로 연결되지 않았다. 그냥 무작위로 펼쳐 놓은 것이었다. 한 카드는 철자가 잘못되어 있었다. 길럼은 ⟨*epistle*⟩이라는 단어가 ⟨*epistel*⟩로 잘못 적혀 있음을 발견했다. 도대체 스마일리는 저 벼룩 소굴 같은 호텔 방에서 그동안 무엇을 했지, 하고 길럼은 생각했다. 뜨내기 손님들이 오가고 방 안에 양념 통을 가져다 놓은 그 호텔 방에서 무엇을 추적하고 있었던 것일까?

「좋습니다.」 타르가 부루퉁하게 말했다. 「나는 대니와 그 엄마를 위해 미시즈 풀, 미스 대니 풀이라는 이름으로 여권을 구했습니다. 자, 이제 어떻게 하실 겁니까? 기뻐서 춤이라도 추실 겁니까?」

또다시 긴 침묵이 흘렀다.

「그렇다면 왜 그걸 전에 말해 주지 않았나?」 스마일리가 실망한 아버지의 어조로 말했다. 「우린 괴물이 아니야. 우린 모녀에게 피해를 입힐 생각이 조금도 없어. 왜 그걸 말해 주지 않았나? 우리는 자네를 도와줄 수도 있었을 텐데.」 스마일리는 다시 철자 카드들을 들여다보았다. 타르는 카드를 두세 통 정도 사용한 것 같았다. 카드들이 코코넛을 그려 넣은 카펫 위에 강물 모양으로 흩어져 있었다. 「왜 우리에게 말해 주지 않았나?」 그가 재촉했다. 「자신이 사랑하는 사람을 돌본다는 것은 조금도 죄가 되지 않아.」

사람들이 그걸 허용하는 한도 내에서는 그렇죠. 길럼은 카밀라를 떠올리며 속으로 생각했다.

타르의 대답을 거들기 위해 스마일리는 몇 가지 추측을 내놓았다. 「자네는 그 영국 여권을 사들이기 위해 조직의 운영비에 손댔나? 그 때문에 우리에게 말하지 못했나? 여기 있는 사람은 아무도 비용을 걱정하지 않아. 자네는 우리에게 아주 중요한 정보를 가져왔어. 왜 우리가 고작 2천 달러 때문에 이렇게 대치해야 한단 말인가?」 아무도 시간을 사용하지 않는 가운데 시간이 흘러갔다.

「아니면 자네는 부끄러웠던 건가?」 스마일리가 물었다.

길럼은 자신의 문제는 깜빡 잊고 온몸이 굳어졌다.

「어쩌면 부끄러웠을 수도 있지. 정체가 들통이 난 여권을 모녀에게 주어 풀 씨를 찾아다니는 그 프랑스인의 자비에 맡긴다는 것이, 그리 명예로운 일은 아니지. 반면에 자네는 영국으로 몰래 도망하여 이처럼 귀빈 대우를 받고 말이지. 그건 생각만 해도 끔찍한 일이지.」 그런 논리를 지적한 것이 그 자신이 아니라 타르이거나 한 것처럼 스마일리는 동의하면서 말했다. 「카를라가 자네의 침묵 혹은 자네의 협조를 얻기 위해 온갖 수단을 강구할 것이라는 점을 생각하면 말이야.」

타르의 얼굴 위에 솟아나는 땀은 이제 견딜 수 없는 지경이 되었다. 땀이 너무 많이 나서 눈물처럼 흘러내렸다. 스마일리는 이제 더 이상 철자 카드에 흥미가 없었다. 그의 시선은 다른 놀이 기구에 집중되어 있었다. 그것은 한 쌍의 집게처럼 생기고, 두 개의 쇠막대로 만들어진 장난감이었다. 그 막대기를 따라 공을 굴리는데 굴러 내린 공이 그 밑에 있는 구멍 속으로 들어가면 점수를 얻는 놀이였다.

「자네가 우리에게 말하지 않은 또 다른 이유는 아마도 자네가 태운 게 스위스 여권이 아니라 영국 여권이기 때문일 거야.」

부드럽게 다루십시오, 조지. 길럼이 타르와 그들 사이의 거리를 좁히기 위해 한 걸음 부드럽게 다가서면서 생각했다. 부드럽게 다루라니까요.

「자네는 풀이라는 신분이 들통 난 것을 알고 대니와 어머니를 위해 사두었던 풀 여권을 불태웠어. 하지만 자네의 경우에는 달리 대안이 없기 때문에 풀 여권을 그대로 두었지. 그런 다음 자네가 아직도 풀 여권을 믿고 있다는 인상을 주기 위해 풀 이름으로 모녀의 비행기 예약을 했지. 그러니까 카를라의 행동 대원들에게 공개적으로 그런 인상을 주기 위해서 말이야. 그런 다음 자네는 스위스 탈출 여권을 모녀에게 주었지. 그 여권의 번호가 아직 알려지지 않았을 것으로 모험을 걸면서 말이야. 그리고 모녀를 위해서는 영국행이 아닌 다른 비행 편을 잡았어. 풀 이름으로 예약한 모녀의 영국행 비행 편보다 더 빨리 날짜가 돌아오는 비행 편을 말이야. 어떤가, 그렇지 않은가? 그래서 모녀는 스위스 여권을 이용해 비행기를 탔고 지금쯤 동양의 자카르타 어디쯤에 있겠지.

자네의 친구들이 있는 그 어떤 곳 말이야.」

길럼은 서 있었지만 재빨리 손을 쓸 수가 없었다. 타르의 양손이 벼락같이 스마일리의 멱살을 거머쥐었다. 의자가 쓰러졌고 타르는 스마일리의 위를 덮쳤다. 길럼이 재빨리 타르의 오른팔을 낚아채어 등 뒤로 돌리며 예리하게 꺾었다. 폰이 갑자기 방 안으로 들어서더니 베개 옆의 총을 집어 들고 마치 타르를 도와주기라도 하려는 듯 타르 쪽으로 걸어갔다. 이어 스마일리가 일어나 앉아 양복을 바로잡았고 타르는 손수건으로 입 가장자리를 문지르며 침대로 돌아갔다.

스마일리가 말했다. 「나는 모녀가 어디 있는지 몰라. 내가 알기로, 두 사람은 아무 일도 없을 거야. 자네도 그렇게 생각하지?」

타르는 아무 말 없이 그를 노려보기만 했다. 그러나 눈빛에는 분노가 가득했다. 하지만 스마일리는 곧 평온한 표정이 되었다. 길럼은 스마일리가 바라던 바를 확인했기 때문에 저토록 안도한다고 생각했다.

「당신이나 그 빌어먹을 마누라를 잘 간수하고 내 여자에 대해서는 신경 꺼주시오.」 타르가 손등으로 입가를 가린 채 중얼거렸다. 길럼이 소리 지르며 벌떡 앞으로 돌진했으나 스마일리가 그를 제지했다.

「자네가 모녀와 연락을 취하지만 않는다면…….」 스마일리가 말했다. 「나도 모르는 것으로 하겠네. 모녀에 대해서 어떤 조치를 해주기를 바라나? 돈이나 보호나 위안 같은 걸?」

타르는 고개를 저었다. 그의 입에서는 피가 흥건하게 배어 나오고 있었다. 길럼은 폰이 강하게 가격했다는 것을 짐작했지만 언제 저렇게 해치웠는지는 의아했다.

「이제 작업이 오래 걸리지 않을 거야.」 스마일리가 말했다. 「일주일 정도. 아니 내가 열심히 하면 그전에 끝날 거야. 그러니 너무 복잡한 생각은 많이 하지 않도록 하게.」

그들이 떠나갈 무렵 타르는 싱긋이 웃고 있었다. 때문에 길럼은 그들의 방문, 스마일리에 대한 모욕, 타르의 입에 가한 일격 등이 모두 좋은 결과를 가져왔다고 생각했다.

「그 축구장 쿠폰 말이야.」스마일리가 차에 오르면서 폰에게 조용히 말했다.「그거 절대로 부치지 마.」

「부치지 않겠습니다.」

「쿠폰을 안 부쳤는데 그게 당첨 번호라면 너무 억울하니까, 자네의 번호가 엉뚱한 번호이기를 하느님에게 빌어야겠군.」스마일리가 아주 쾌활하게 말했다. 그러자 요원들이 모두 함께 웃었다.

피곤하고 복잡한 머리일수록 기억은 아주 기이한 술수를 걸어온다. 길럼은 차를 몰고 가면서 의식의 한 부분은 도로에 집중했지만 다른 한 부분은 카밀라에 대한 선명한 의심을 세밀하게 더듬고 있었다. 또 이런저런 기이한 이미지들이 그의 기억 속을 마음대로 드나들었다. 모스크바 주재 시절, 그의 현장 요원들이 하나하나 죽어 나갈 때 그가 느꼈던 공포의 나날들. 계단에서 조금만 소리가 나도 얼른 창가로 다가가 거리를 내다보며 긴장하던 시절. 브릭스턴으로 좌천되어 무료하게 시간을 죽이던 나날들. 창밖의 세상은 저리도 빨리 흘러가는데 나는 아무것도 하지 못하고 이렇듯 무료하게 앉아 있구나 하고 생각하던 순간들. 그런 그에게 어느 날 서면 보고서 한 장이 날아들었다. 푸른색 용지에 복사된 것이었는데 소스는 미상이었고 그래서 신빙성이 좀 떨어지는 정보였다. 하지만 복스홀 차를 몰고 가는 지금 이 순간, 그 보고서의 글자들이 대문짝만 하게 그의 머릿속에서 펼쳐지는 것이었다.

루비안카에서 최근에 석방된 죄수에 의하면, 모스크바 센터는 7월에 처형장에서 비밀 처형을 했다고 한다. 처형당한 자들은 센터의 관리 세 명이었는데 하나는 여자였다. 세 명 모두 목뒤에 총을 맞았다.

「그 보고서는 〈내부용〉이라는 스탬프가 찍혀 있었어요.」 길럼이 멍한 목소리로 말했다. 그들은 밝은 등을 내건 도로변 휴게소의 진입로 쪽 갓길에 차를 세웠다. 「보고서 위쪽에 런던 스테이션의 누군가가 이렇게 논평을 해놓았어요: 시체의 신원을 확인할 수 있을까?」

휴게소의 밝은 등 아래서 길럼은 스마일리의 얼굴이 혐오감으로 구겨지는 것을 보았다.

「알 것 같군.」 그가 마침내 말했다. 「그 여자는 이리나였어. 그리고 나머지 두 명은 이블로프와 그녀의 남편 보리스였을 테고.」 아주 당연하다는 듯한 목소리였다. 「타르에겐 이 사실을 절대 비밀로 해야 하네.」 그가 무기력감을 털어 내려는 듯이 말했다. 「그에게 절대 이 얘기가 흘러들어 가게 해서는 안 돼. 이리나가 죽었다는 걸 알면 그가 무슨 짓을 할지 혹은 하지 않을지 알 수 없어.」 잠시 동안 두 사람은 미동도 하지 않았다. 그 순간 두 사람은 아마도 서로 다른 이유 때문에 그런 무기력한 반응을 보였을 것이다.

「전화를 좀 해야겠는데.」 스마일리가 말했다. 하지만 그는 차 밖으로 나설 태세가 아니었다.

「뭐라고요, 조지?」

「전화를 해야겠어, 레이콘에게.」 그가 중얼거렸다.

「그럼 하고 오세요.」

길럼이 조수석 쪽으로 손을 뻗어 문을 열어 주면서 말했다. 스마일리는 차에서 내려 보도를 한참 걸어가더니 마음을 바꾸어 차로 되돌아왔다.

「저기 가서 식사나 하지.」 그가 여전히 뭔가에 몰두하는 표정을 지으며 차창을 통해 말했다. 「토비의 부하들이 여기까지 따라오리라고는 생각하지 않아.」

휴게소는 한때 레스토랑이었다가 지금은 옛날의 웅장함을 그대로 갖춘 채, 운전사 전용 카페로 개조된 것이었다. 메뉴판의 표지는 붉은 가죽이었고 기름때에 절어 있었다.

「나는 코코뱅[29]이 언제나 괜찮다는 얘기를 들었는데.」 스마일리가 구석의 전화통에서 돌아오면서 썰렁한 유머를 던졌다. 그러고는 짧게 끝나서 아무런 메아리도 남기지 않는 조용한 목소리로 물었다. 「자네는 카를라에 대해 얼마나 아나?」

「잘 모릅니다. 위치크래프트, 소스 멀린, 오늘 아침 포티어스를 위해 서명한 문서 등과 관련이 있다는 것만 막연하게 알 뿐.」

「좋아, 그 대답이 마음에 드네. 자네는 나를 비난하듯이 그렇게 말했는데 솔직해서 좋네.」 한 소년이 부르고뉴 포도주병을 마치 인도 곤봉처럼 흔들면서 나타났다. 「이봐, 술병도 좀 숨 쉴 여유를 주어야 하지 않나?」 스마일리가 소년에게 말했다.

소년은 마치 미친 사람인 양 스마일리를 쳐다보았다.

「마개를 따서 테이블에 올려놔.」 길럼이 투박하게 말했다.

스마일리가 말해 준 것은 이야기의 전부가 아니었다. 길럼은 나중에 그 이야기에 몇 가지 빠진 구멍이 있음을 발견했다. 하지만 우울의 깊은 계곡에 갇혀 헤어날 줄 모르는 그의 정신을 고양시키기에는 충분했다.

---

29 닭고기와 야채에 포도주를 넣어 조린 프랑스 요리.

23

「요원을 운영해야 하는 관리자는 자기 자신을 하나의 전설로 만들어야 할 필요가 있지.」 스마일리는 너서리에서 훈련생들을 상대로 강의하는 어조로 말했다. 「관리자가 그렇게 하는 것은 먼저 요원들에게 깊은 인상을 심어 주기 위해서야. 그다음에 그는 자기 동료들을 상대로 그런 인상을 심으려 하지. 나의 개인적인 경험에 비추어 볼 때 그렇게 하려다가 자기 자신을 바보로 만들곤 해. 일부 어떤 관리자들은 심지어 자기 자신을 상대로 그런 인상을 심으려고 하지. 이런 자들은 위선자이니까 빨리 제거해야 돼. 그 외에는 방법이 없어.」

하지만 전설은 때때로 만들어지고, 카를라노 그런 사람 중 하나였다. 심지어 그의 나이조차 하나의 신비였다. 아마도 카를라는 그의 본명이 아닐 것이었다. 그의 생애 중 수십 년은 소재가 밝혀지지 않았는데 아마 앞으로도 영원히 밝혀지지 않을 것이다. 왜냐하면 그와 함께 일한 사람들은 조용히 죽어 버리거나 아니면 입을 꾹 다무는 경향이 있기 때문이다.

「그의 아버지는 오흐라나에 근무하다가 후에 체카에서 근무했다는 얘기가 있어.[30] 나는 그게 사실이 아니라고 생각하지만 아주 가능성 없는 얘기는 아니야. 또 만주에 진출한 일본 관동군을 상대로 싸우는 무장 기차의 주방 사환으로 일했다는 소문도 있어. 그는 베르크로부터 스파이를 운영하는 기술을 배웠다는 얘기도 있어. 베르크는 그의 은인이나 다름없는 사람이었는데, 비유적으로 말한다면 대음악가로부터 작곡 기술을 배우는 것과 비슷했어. 내가 알기로, 카를라의 경력은 1936년 스페인에서 시작되었어. 왜냐하면 그 당시의 활동 상황이 문서에 기록되어 있거든. 그는 프랑코주의를 지지하는 백계 러시아 기자의 위장 신분으로 그곳에 침투했어. 그러고는 독일 출신 요원들을 많이 포섭했지. 그건 아주 대담한 작전이었고 젊은 사람치고는 뛰어난 업적이었지. 그 후 1941년 가을에 스몰렌스크 전투 현장에 소비에트 반첩보 장교로 나타났지. 코네프 밑에서 정보 장교로 활약했던 거야. 당시 그의 임무는 독일군의 후방에서 빨치산 연결망을 운영하는 것이었어. 그 과정에서 무선병 하나가 독일에 넘어가 적에게 유리한 정보를 흘리고 있다는 걸 알게 되었지. 카를라는 그 병사를 이중 첩자로 만들어 적의 온 사방으로 흘러들어 가는 무선 게임을 펼쳤어.」

그건 또 하나의 전설이 되었지, 하고 스마일리는 말했다. 옐냐에서 독일군은 카를라의 이런 교묘한 작전 때문에 최전선의 자기 기지에 포격을 했었지.

「1936년과 1941년의 두 번의 활약 중간에 끼인 어느 시기에 카를라는 영국을 방문했어. 대략 6개월 정도 체류한 것 같아. 하지만 어떤 이름, 어떤 위장 신분을 썼는지 우리는 몰라.

---

30 오흐라나는 러시아 혁명 이전의 비밀경찰이고, 체카는 그 이후의 비밀경찰이다.

다시 말해, 나는 알지 못해. 하지만 이때 포섭당한 것으로 보이는 제럴드는 그의 이름을 알고 있었을 거야. 하지만 제럴드가 그 이름을 일부러 말해 줄 것 같지는 않군.」

스마일리는 전에 길럼에게 이런 식으로 말한 적이 없었다. 그는 남한테 자기 속을 털어놓거나 길게 연설하는 것을 좋아하는 사람이 아니었다. 길럼은 평소 그를 수줍음 많은 남자(약간의 허영이 있기는 하지만), 남과 의사소통을 그리 적극적으로 추구하지 않는 남자로 여겼다.

「1948년경에 카를라는 조국을 위해 충실히 봉사했는데도 불구하고 투옥되었을 뿐 아니라 나중에는 시베리아로 유배되었어. 그의 개인적 비행 때문은 아니었어. 적군 산하의 어떤 정보 부대에 소속되어 있었는데 그 부대가 숙청의 여파로 통째 없어져 버린 거야.」

하지만 그는 스탈린 사후에 복권되었고 그 후 미국에 잠입했다. 그 사실이 알려지게 된 것은 그가 1955년 여름에 캘리포니아에서 날아오던 중 델리에 기착했다가 사소한 이민국 관리 규정을 위반하여 그곳에 일시 억류되었기 때문이다. 서커스에 떠도는 소문에 의하면, 카를라가 영국과 미국에서 터진 대형 반역 스캔들에 연루되었다는 것이었다.

스마일리는 그 배경을 좀 더 소상히 알고 있었다. 「카를라는 다시 숙청당할 위기에 놓였어. 모스크바는 그의 목을 노리고 있었지. 우리는 그를 잘 설득하면 우리 쪽으로 넘어오게 할 수 있을지도 모른다고 판단했어. 그래서 나는 델리로 날아갔지. 그와 담판을 짓기 위해서 말이야.」

레스토랑의 피곤한 웨이터가 그들에게 다가와 더 필요한 것이 없느냐고 묻는 바람에 잠시 대화가 끊어졌다. 스마일리는 웨이터에게 모든 게 만족스럽다고 자상한 목소리로 대꾸했다.

「내가 카를라를 만난 스토리는……」 스마일리가 다시 말을 시작했다. 「그 당시의 시대 상황과 밀접한 관계가 있어. 당시는 1950년대 중반이었지. 모스크바 센터는 산산조각이 난 상태였어. 고참 관리는 총살 아니면 숙청을 당했고 하급 관리는 집단 편집증에 사로잡혀 있었지. 그 첫 번째 결과로 해외에 나가 있던 센터 관리들이 무더기로 망명을 신청했어. 싱가포르, 나이로비, 스톡홀름, 캔버라, 워싱턴 등 전 세계 여러 지역의 레지던시에서 망명 신청자가 줄을 이었고, 우리는 옥석을 가려내느라 바빴지. 거물뿐만 아니라 레그맨, 운전사, 암호병, 타이피스트 등 하급 관리도 많았어. 우리는 그런 흐름에 적절히 대처해야 했지. 사실 그동안 냉전 때문에 스파이 산업이 인플레가 되었는데 이제 인력을 조정할 단계에 온 것이었지. 아무튼 그 일로 인해 나는 장돌뱅이 여행자 비슷하게 되어 이 도시에서 저 도시로, 혹은 으슥한 전초 기지에서 또 다른 기지로 돌아다녀야 했지. 한번은 바다에 떠 있는 배에까지 찾아가서 러시아 망명자를 받아들인 적도 있어. 그런 사람들을 면접하고, 평가하고, 조건을 체결하고, 브리핑에 참석하고, 마침내 인도받는 일까지 마무리를 지어야 했지.」

길럼은 열심히 말하고 있는 스마일리를 쳐다보았다. 하지만 환히 빛나는 네온 불빛 아래에서도 스마일리의 얼굴은 아무런 표정이 없었고 단지 약간 초조해하는 집중의 태도만 느껴졌을 뿐이었다.

「우리는 쓸모 있는 정보를 가지고 오는 망명자들을 세 그룹으로 분류하여 계약했어. 만약 그 요원의 정보가 별로 유익하지 않다고 판단되면 다른 나라로 넘겨주고 잊어버렸어. 오늘날 스캘프헌터들이 하는 것처럼 일단 확보한 뒤에 맞교환을 하는 방식이었지. 아니면 그 요원을 러시아로 돌려보내는 경우도 있었지. 그의 망명 신청이 현지에 아직 알려지지 않았다는 전제가 있을 때는 말이야. 만약 괜찮은 요원이라고 생각되면 받아들였지. 그의 정보를 모두 알아내고 그다음에는 서방에 정착하도록 편의를 봐주었어. 그런 결정은 런던 본부에서 했고 나는 하지 않았어. 자, 여기서 이걸 기억하는 게 중요해. 그 당시 카를라 — 그는 자기 자신을 거스트만이라고 주장했어 — 는 그런 많은 요원들 중 하나였어. 나는 거스트만 이야기를 본부에 보고했어. 지금껏 자네에게 솔직하게 말을 해왔지만, 내가 이제 얘기하려고 하는 것은 머릿속에 더욱 깊이 새겨 두면 좋겠네. 카를라와 나 사이에 벌어진 일, 더 나아가 우리 둘 사이에 벌어지지 않은 일 — 나는 이게 더 중요하다고 생각하지만 — 이 무엇이었든 간에, 내가 델리로 날아가던 시점에 나와 서커스에 알려진 사실은 이런 정도였어. 즉 거스트만이라고 하는 자가 모스크바 센터의 비밀·불법 연결망 책임자인 루드네프 사이에 무선 연결망을 조직해 왔다, 그리고 통신 수단의 결핍으로 인해 센터가 운영하는 캘리포니아 연결망이 개점 휴업 상태이다, 뭐 이런 정도였어. 거스트만은 캐나다 국경을 통과하여 미국으로 무전기를 밀수입했고 3주 동안 샌프란시스코에 미물면서 새로운 무전병을 교육시켰어. 우리는 당시 그렇게 추정했어. 그것을 뒷받침하는 시험용 무전 자료도 발견되었으니까.」

모스크바와 캘리포니아 사이의 시험 무전을 위해서는 암호책이 사용되었다고 스마일리는 설명했다. 「그런데 모스크바에서 어느 날 임호화하지 않은 전문을 보냈어.」

「여전히 암호 난수표를 사용해서요?」

「응. 그게 바로 포인트야. 루드네프 암호병의 순간적인 실수 덕분에 우리는 첩보 게임에서 앞설 수 있게 된 거지. 우리 암호 해독자는 숫자로 된 전문을 해독했고 우리는 그 정보를 입수하게 되었어. 정보인즉 거스트만이 샌프란시스코를 출발하여 델리로 가서 타스 특파원을 만나라고 지시하는 것이었어. 그 특파원은 당시 중국 관련 단서를 추적하고 있었는데, 긴급히 지시를 받아야 할 입장이었어. 왜 카를라를 멀리 샌프란시스코에서 델리까지 파견시켰고, 또 다른 사람이 아닌 카를라를 보내야 했는지 그건 나중에 얘기하자고. 여기서 중요한 점은 거스트만이 델리까지 날아가 타스 특파원을 만났고, 그 특파원은 지금 즉시 모스크바로 날아가라며 항공권을 그에게 건네주었다는 거야. 그러면서 질문은 일체 거부했어. 그 지시는 루드네프로부터 직접 내려온 것이었어. 그 지시문에는 루드네프의 공작명이 사인되어 있었는데, 그건 러시아의 기준으로 보아도 좀 투박한 것이었어.」

타스 특파원은 임무를 완수하자마자 즉시 사라졌고, 거스트만은 보도 위에 멍하니 서 있었다. 머릿속에는 질문이 가득했고 모스크바로 출발하기까지 스물여덟 시간의 말미가 남아 있을 뿐이었다.

「그가 그렇게 멍하니 서 있을 때 인도 당국이 우리의 요청을 받아들여 그를 체포해 델리 감옥으로 연행했어. 내 기억으로 인도 당국에 정보가 나오면 좀 나누어 주겠다고 약속한 것 같아. 그게 거래 내역이었어.」 그는 자신의 기억이 신통치 못한 것에 대하여 충격이나 받은 것처럼 잠시 아무 말 없이 멍하니 김이 자욱한 실내를 둘러보았다. 「아니, 우리가 그를 조사하고 난 뒤에 그들도 조사할 수 있다고 한 것 같아. 이거, 기억이 좀 헷갈리는데.」

「그건 중요한 문제가 아니지 않습니까.」 길럼이 말했다.

「카를라의 평생 동안 단 한 번 서커스가 그보다 앞선 순간이었어.」 스마일리는 와인을 한 모금 들이켜고 얼굴을 찌푸렸다. 「그는 모르고 있는 사실이 하나 있었는데, 그가 델리로 떠난 바로 그날 그가 설치한 샌프란시스코 네트워크가 들통이 나서 일제 검거되었어. 컨트롤이 암호병으로부터 그 스토리를 입수한 즉시 미국 측에 정보를 건네주었던 거야. 그들은 거스트만은 놓쳤지만 캘리포니아 내의 루드네프 네트워크는 일망타진할 수 있었지. 거스트만은 이런 사실을 모른 채 델리로 날아왔고 또 내가 컨트롤이 말하는 보험 증서를 그에게 팔아먹기 위해 델리 감옥으로 찾아갔을 때에도 여전히 모르고 있었어. 그가 선택할 수 있는 방안은 간단한 것이었어. 현재의 상태로 볼 때 거스트만이 모스크바로 돌아가면 그의 목이 단두대의 이슬로 사라지리라는 것은 명약관화했어. 모스크바의 루드네프는 자신의 목을 지키기 위해 샌프란시스코 네트워크의 와해를 전부 카를라 책임이라고 둘러대고 있었어. 그 사건은 미국 신문에 크게 났고 모스크바는 그런 공개적 망신에 분노하고 있었어. 나는 미국 언론의 일망타진 기사 스크랩, 카를라가 밀수하여 설치한 무전기 사진, 그가 떠나기 직전 도입한 암호 난수표 사본 등을 가지고 갔어. 사실 이런 비밀스러운 상황이 신문에 보도되면 우리 첩보 요원은 아주 난처해지지. 그건 자네도 잘 알지 않나?」

길럼은 잘 알고 있었다. 갑자기 테스터파이 서류가 생각났다. 오늘 초저녁에 멘델에게 넘겨주었던 서류. 그 사건도 신문에 보도되는 바람에 서커스는 커다란 곤욕을 치렀다.

「요약해서 말하면, 카를라는 저 치열한 냉전이 낳은 고아 같은 존재였어. 그는 해외에서 임무를 수행하기 위해 고국을 떠났어. 그런데 그 임무가 그의 눈앞에서 실패로 돌아갔고, 그는 고국에 돌아갈 수가 없었어. 고국은 이제 해외보다 더 적대적인 곳이 되었지. 우리는 그를 영구 체포할 권한이 없었어. 그래서 일단 카를라가 우리의 보호를 요청해야만 했어. 나는 그보다 더 망명의 사유가 명확한 케이스는 본 적이 없었어. 샌프란시스코 네트워크의 일망타진을 이야기해 주고 — 내가 서류 가방에 넣어 가지고 간 신문 기사 스크랩과 사진들을 보여 줌으로써 — 모스크바에서 루드네프 동지가 적대적인 음모를 꾸미고 있다는 사실만 얘기해 주면 되었어. 그런 다음 새럿의 피곤한 심문관들에게 전보를 친 다음 주말에는 런던으로 돌아가면 되는 것이었어. 그렇게 생각하니 새들러스 웰스 발레단의 입장권을 아예 가지고 올 걸 그랬지 하는 생각도 나더군. 당시 앤은 발레를 열심히 구경 다녔으니까.」

길럼도 그 발레단 얘기는 들어 알고 있었다. 당시 스무 살의 발레리노 웰시 아폴로가 그 시즌의 신동으로 등장했었다. 그 발레단은 여러 달 동안 런던을 열광시켰다.

감옥의 열기는 말도 못 할 정도로 뜨거웠어, 하고 스마일리는 계속 말했다. 「감방 안에는 철제 테이블이 하나 있었고 가축용 철제 고리를 이어서 벽에다 고정시켜 놓았지. 그들은 그를 수갑 채워서 데리고 왔어. 그처럼 조그만 사람을 수갑까지 채우다니 우스꽝스러워 보였어. 내가 그들에게 수갑을 풀어 주라고 하니까 그렇게 하더군. 그는 두 손을 테이블 위에 올려놓고 손목에 피가 돌아오는 것을 지켜보았어. 굉장히 아팠을 텐데도 아무 말 안 하더군. 그는 일주일 정도 억류되어 있었고 옥양목 상의를 입고 있었어. 색깔은 붉은색이었어. 나는 붉은 색깔이 무엇을 의미하는지 몰랐어. 그게 아마 수의의 일종이었던 것 같아.」 그는 와인을 한 모금 마시고 다시 한 번 얼굴을 찌푸렸다. 기억이 머릿속으로 밀려들자 그는 천천히 진지한 표정이 되면서 말하기 시작했다.

「그런데 처음 그 사람을 보니까 아무런 인상도 없었어. 내 앞에 있는 이 자그마한 사나이가 과연 이리나의 일기장에 나오는 저 교활한 첩보와 음모의 대가인가 하는 생각이 전혀 들지 않더라고. 그리고 지난 몇 달 동안 그런 요원들을 하도 많이 만나다 보니 나의 신경이 어느 정도 무뎌진 탓도 있었을 거야. 그리고 우리 집 사정도 그리 편한 게 아니었잖아.」

길럼이 그를 알아 온 오랜 세월 동안 스마일리가 앤의 부정을 간접적으로나마 시인한 것은 그때가 처음이었다.

「어떤 이유 때문에 그건 나에게 커다란 고통을 주었어.」 그의 눈은 전방을 향했으나 시선은 그의 내면세계에 맞추어져 있었다. 기억을 되살려 내려는 듯, 눈썹과 뺨의 피부는 팽팽하게 당겨져 있었다. 하지만 길럼은 스마일리가 그런 가정사를 고백하고 굉장히 외로워한다는 것을 분명 느낄 수 있었다. 「난 좀 부도덕한 생각을 하나 가지고 있어.」 스마일리가 짐짓 쾌활한 어조로 말했다. 「사람마다 동정할 수 있는 마음의 용량이 일정하게 정해져 있어. 만약 우리가 그런 동정심을 사소한 것에다 모두 써버린다면 우리는 정말 중요한 일, 그러니까 세상의 이치라는 핵심에는 접근하지 못하게 돼. 나의 이런 생각을 자네는 어떻게 생각하나?」

「카를라는 어떻게 생겼습니까?」 길럼이 그건 대답을 기다리는 질문이 아니라고 생각한 듯 무시하면서 물었다.

「마음씨 좋은 아저씨같이 생겼어. 겸손하고 자상해 보였어. 어떻게 보면 사제 같았어. 이탈리아의 자그마한 마을에 가보면 어디에서나 만날 수 있는 누추하면서도 지혜 많은 그런 사제 같았어. 덩치는 작지만 단단해 보이는 친구였는데, 은빛 머리칼에 밝은 갈색 눈동자 그리고 얼굴에 잔주름이 많았지. 아니면 학교 선생 같아 보였어. 어쩌면 학교 선생이었을지도 몰라. 그의 경험치 내에서는 터프하고 — 나는 이 말의 의미를 아직도 잘 모르지만 — 현명한 사람인 것 같았어. 하지만 그 경험의 폭이라는 것은 아무래도 협소한 것이라고 해야겠지. 첩보 분야에만 국한되는 것이었으니까. 그의 첫인상은 별게 없었어. 단지 대담 초기부터 나를 뚫어지게 쳐다보앉다는 거 이외에는. 근데 그걸 대담이라고 할 수 있는지도 문제야. 그는 단 한마디도 말을 하지 않았으니까. 나와 함께 있던 내내 말이야. 게다가 감옥 안은 아주 무더웠고 나는 여행을 많이 다녀 아주 피곤한 상태였지.」

식욕에서라기보다는 예절을 지키기 위해 스마일리는 앞에 놓인 음식을 몇 입 맛없이 씹어 먹더니 다시 이야기를 시작했다. 「야, 이렇게 많이 남겼으니 요리사가 기분 나쁘게 생각하겠는데. 사실, 나는 처음에는 거스트만에 대해서 약간의 편견을 갖고 있었어. 우리는 모두 편견을 갖고 있는데, 나는 특히 무선 운영자를 좋지 않게 생각해. 내 경험에 비추어 볼 때 그들은 늘 피곤하거나 아니면 무기력해. 게다가 해내는 일이라고는 도무지 믿을 수가 없어. 내가 볼 때 거스트만은 그런 부류의 사람인 것 같았어. 어쩌면 나는 그의 케이스를, 뭐라고 할까 ─ 그는 여기서 잠깐 멈칫했다 ─ 좀 건성으로 다루고 싶었는데 그 핑계를 찾고 있었던 건지도 몰라. 지금 와서 생각하니 그렇게 해서는 안 되는 거였는데 말이야.」 그가 갑자기 단호한 어조로 말했다. 「하지만 과연 그런 식의 핑계를 들이댈 필요가 있었는지 확신이 서질 않는군.」

여기서 길럼은 그가 조금 역정을 낸다는 것을 느꼈다. 스마일리의 창백한 입술 가장자리에 희미하게 떠오른 냉소가 그것을 말해 주었다. 「젠장, 핑계 같은 것은 필요 없었는데……」 스마일리가 중얼거렸다.

길럼은 왜 은근한 짜증을 내는지 의아해하면서 상대가 계속 얘기하기를 기다렸다.

「지난 이레 동안 감옥 생활이 그를 완전 압도한 게 아닐까하고 생각한 게 기억나. 피부에 하얀 먼지 같은 게 덮여 있었고 전혀 땀을 흘리지 않더군. 반면에 나는 땀을 엄청 흘렸지. 나는 지난 몇 달 동안 수십 번 했던 설득 플레이를 펼쳤지. 하지만 그를 우리 요원으로 교육시켜 러시아로 되돌려 보내겠다는 생각은 아예 처음부터 갖지 않았어. 나는 이렇게 말했어. 〈당신은 대안이 없다. 이건 당신 자신의 일일 뿐 그 누구의 일도 아니다. 서방으로 넘어와라. 그러면 우리는 당신에게 합리적인 범위 내에서 그럴듯한 생활을 보장할 수 있다. 당신이 우리의 심문에 협조한다면 그다음에는 새로운 시작, 새로운 이름, 은둔 생활, 약간의 돈을 보장해 주겠다. 반면에 당신이 고국으로 돌아간다면 총살형을 당하거나 수용소로 가게 될지 모른다. 지난달에 비코프, 슈르, 무라노프 등이 그런 처분을 당했다. 왜 우리에게 당신의 본명을 말해 주지 않느냐?〉 그런 다음 나는 의자에 등을 기대고 이마의 땀을 닦으며 그가 고맙다, 그렇게 하겠다고 말해 오기를 기다렸어. 한데 그는 그런 말을 하지 않았어. 아니, 아예 입을 열지 않았어. 고장 난 커다란 선풍기 아래 뻣뻣이 앉아 있기만 했어. 양손을 테이블 위에 얹어 놓은 채 말이야. 손에는 굳은살이 박여 있었어. 언제 그렇게 육체노동을 많이 했느냐고 물어봐야겠다고 생각한 게 기억나. 그는 이렇게 손바닥을 위로 하고 손가락을 구부린 채 양손을 테이블 위에 올려놓았는데 마치 아직도 수갑을 차고 있는 듯한 자세였어.」

레스토랑의 웨이터는 스마일리가 양 손바닥을 펴 보이는 자세를 취하자 뭔가 필요한 게 있나 보다고 생각하여 테이블로 다가왔고, 스마일리는 모든 게 좋다, 와인이 특히 맛있다, 어디서 이런 술을 구했을까 궁금하게 생각 중이다, 라고 말하면서 웨이터를 안심시켰다. 웨이터는 기분 좋은 듯 싱긋이 웃으며 물러나다가 인근 테이블의 식탁보를 냅킨으로 가볍게 내리쳤다.

「그리고 바로 그때 말이야, 아주 기이한 불안의 느낌이 나를 엄습해 왔어. 더위는 정말 못 견딜 정도로 사람을 답답하게 만들었어. 악취도 심하게 났고 내 땀방울이 철제 테이블 위에 톡톡 떨어지는 소리가 들릴 정도였어. 그건 그가 입을 다물고 있기 때문만은 아니었어. 그가 신체적으로 안정된 자세를 취하고 있다는 게 내 신경에 거슬렸어. 물론, 나는 망명자들이 입을 여는 데에는 시간이 좀 걸린다는 걸 알고 있었어. 가장 친한 친구에게도 비밀을 털어놓아서는 안 된다고 교육받은 사람이 갑자기 입을 열어 적에게 극비 정보를 발설한다는 것은 아주 힘든 일이지. 또 감옥 당국이 그를 나에게 데리고 오기 전에 구타를 좀 해두는 것이 예의라고 생각했는지도 모르겠어. 그들 말로는 때리지 않았다고 했지만 정확한 건 알 수 없었지. 그래서 처음엔 그의 침묵이 충격 탓이라고 생각했어. 하지만 그의 침착함 — 아주 강력하면서도 모든 것을 주시하는 침착함 — 은 별개의 문제였어. 특히 앤, 나 자신의 심장 박동, 열기와 여행의 후유증 이런 것들 때문에 내 안에 있는 모든 것이 동요하고 있을 때 말이야……」

「조지, 당신의 심정을 이해할 수 있을 것 같습니다.」 길럼이 조용히 말했다.

「이해하겠나? 상대방을 대면하고 앉아서 얘기한다는 것은 간단한 일이 아니야. 연기 경험이 있는 사람들은 그게 어렵다고 다들 말을 해. 보통 대화를 하면 이리저리 얘기가 곁가지를 치기도 하고 권투 선수들처럼 라운드 중간에 휴식을 취하기도 하고 몸을 뒤척이고 상체를 비틀고 꼰 다리를 풀었다가 다시 꼬고 인내심을 잃어버리다가 마침내 끈기마저 잃게 되지. 하지만 그의 자세는 단단하게 고정되어 있었어. 그의 단단한 몸은 암석 덩어리 같았어. 그는 근육 한 올 움직이지 않고 하루 종일 그렇게 앉아 있을 수 있었어. 반면에 나는……」

스마일리는 어색하면서 당황해하는 듯한 웃음을 터뜨리며 와인을 한 모금 마셨으나 와인 맛은 여전히 별로였다.

「반면 나는 내 앞에 뭔가 있었으면 좋겠다는 생각이 들었어. 서류, 책, 보고서 같은 거 말이야. 나는 혼란에 빠진 채 안절부절못하고 쩔쩔매는 사람처럼 되어 버렸어. 아무튼 그때 그런 생각이 들었어. 난 철학적 평온함이 없는 듯했어. 아니, 보다 정확하게 말하면 철학이 없었다고 해야 하나. 그 당시 나의 일은 내가 생각했던 것 이상으로 나에게 스트레스였던 것 같아. 아무튼 그 열악한 감방 안에서 나의 상태는 더욱 나빠졌어. 냉전을 수행해야 하는 모든 책임이 나의 두 어깨에 걸린 듯한 느낌이었어. 물론 그것은 과장이었지. 난 피곤한 데다 약간 신열이 있었어.」 그는 다시 와인을 마셨다.

「자네한테 털어놓지.」 그는 다시 한 번 자기 자신이 짜증난다는 듯이 말했다. 「난 내가 한 일에 대하여 사과해야 한다고는 생각하지 않네.」

「조지, 당신이 어떤 일을 했는데요?」 길럼이 웃으며 물었다.

「아무튼 이런 실책이 있었어.」 스마일리가 그 질문을 무시하며 말했다. 「물론 그건 거스트만의 실책은 아니었어. 그는 암석처럼 입을 꼭 다물고 있었으니까. 그러니 결국 나의 실책이지. 나는 먼저 설득 플레이를 펼쳤어. 신문 기사와 사진들을 흔들어 보였지. 하지만 그걸 무시했어. 아니, 그는 샌프란시스코 네트워크가 발각되었다는 내 설명을 그대로 믿었어. 나는 이런 말을 해보고 그게 안 되면 다른 말을 해보고 아까 한 얘기를 약간 변형시켜 해보고 온갖 설득 플레이를 펼쳤어. 그러다가 곧 할 말이 떨어져 버렸어. 그러고는 바보처럼 땀만 뻘뻘 흘리면서 거기 멍하니 앉아 있었던 거야. 그런 일이 벌어지면 빨리 의자에서 일어나 나와 버리는 게 최고야. 〈받아들이든지 말든지 둘 중 하나다〉, 〈내일 아침 다시 보자〉, 〈잠시 물러가서 한 시간 동안 잘 생각해 봐라〉 뭐, 이런 말을 하면서 말이야. 이건 심문관이라면 누구나 알고 있는 사실이지.」

「그런데 말이야, 다음 순간 우스꽝스럽게도 나는 앤 얘기를 한 거야.」 길럼이 놀라는 기색을 보였지만 그는 계속 말해 나갔다. 「물론 나의 아내 앤 얘기를 들이댄 건 아니야. 그의 앤 얘기를 한 거지. 난 그에게도 아내가 있으리라고 추정했어. 나는 나 자신을 상대로 — 이건 좀 한가하지? — 만약 내가 거스트만의 상황에 놓였다면 나는 제일 먼저 무엇을 생각했을까 질문을 던진 거야. 그리고 아주 주관적인 답변을 생각해 낸 거야. 물론 아내 생각을 가장 먼저 할 거라고 말이야. 이런 걸 정신 분석에서는 〈투사〉라고 하나 아니면 〈치환〉이라고 하나? 나는 이런 전문적인 용어를 싫어하지만 아마 이런 단어가 그 상황에 들어맞을 거야. 나는 나의 곤경을 곧 그의 곤경에 대입시킨 거야. 그리고 나의 얘기에서 이건 아주 중요해. 나는 형식상으로는 거스트만을 심문하는 것이었지만 내면적으로는 나 자신을 상대로 심문하는 꼴이 되었어. 아무튼 그가 입을 열지 않기 때문에 최후 수단으로 그걸 동원한 거야. 말하자면 나에겐 뭔가 구체적으로 접근해 들어갈 수 있는, 다른 위장된 토픽이 필요했던 거지. 그는 분명 결혼한 사람 같아 보였고 너무 안정감이 있어서 혼자 살아온 사람 같지 않았어. 게다가 그의 거스트만 여권에는 결혼했다고 되어 있었어. 우리가 아무리 가명을 쓰고 또 신분을 위장한다고 해도 거기에는 은연중에 우리의 현실이 반영되는 게 보통이야.」 아내를 한번 생각해 보라는 그의 말에 거스트만은 잠시 생각에 빠져 들었다. 「나는 평소 그렇게 생각해 왔어. 심지어 컨트롤에게도 그 얘기를 했었지. 적들의 위장 스토리를 좀 더 신중하게 다룰 필요가 있다고 말이야. 위장이라고는 하지만 생판 엉뚱한 얘기를 가지고 위장할 수는 없고 기존에 있는 것을 약간씩 변형하는 게 통상적이라고 말이야.

가령 쉰 살 먹은 사람은 자신의 나이를 위장할 때 마흔다섯이라고 하면서 다섯 살 정도는 깎아내릴 수 있지만 그 이상은 안 되지. 결혼한 사람은 그 반대로 총각이라고 할 수도 있고, 아버지 없이 큰 사람은 그에 대한 보상 심리로 자신에게 아들 둘이 있다고 과장하는 것, 이런 것들은 분명 위장이기는 하지만 그 최초의 실체 혹은 출발점이 되는 근거를 그 안에 가지고 있단 말이지. 그러니까 어떤 사람이 자신의 위장된 정체를 많이 가지고 있을수록 그것은 은연중에 그 사람이 그토록 감추고 싶어 하는 실제의 인물을 드러낸다는 거야……. 그래서 비록 극단적이기는 하지만 이런 고의적인 반대 입장 논리의 연장선에서 볼 때, 전혀 입을 열지 않는 피심문자를 만난 심문자는 은근히 그 피심문자의 생애에 자신의 생애를 집어넣게 된다는 거야. 아무 근거 없는 상황에서 심문자가 할 수 있는 방식은 상대도 자기와 비슷하리라고 일단 추측하고 들어가는 것이지. 네가 아무리 위장해도 그 위장술 안에는 어쩔 수 없이 너의 본질이 있다고 생각하면서 말이야.」

길름은 상대방이 또다시 철학적인 횡설수설을 하고 있다고 생각하면서 다시 이야기의 본론으로 돌아오기를 기다렸다. 스마일리는 카를라에게 주의를 집중하고 있었고 길름은 스마일리에게 집중하고 있었다. 길름은 그의 곁에 있으면서 얘기를 끝까지 듣기 위해 그 어떤 곁가지 이야기라도 다 들어줄 용의가 있었다.

「나는 미국의 관찰 보고서로부터 거스트만이 골초라는 것을 알고 있었어. 주로 카멜 담배를 피운다는 거였어. 나는 그 담배를 여러 팩 — 한 갑을 미국어로는 팩이라고 하지, 아마 — 사 오라고 시켰고 담배 살 돈을 간수에게 주면서 아주 기이한 느낌이 들었어. 거스트만은 나와 간수 사이에 돈이 오가는 것을 어떤 상징적 행동으로 보는 듯했어. 나는 당시 허리에 전대를 차고 있었지. 허리춤을 더듬어 지폐 한 장을 꺼냈어. 거스트만의 눈초리 때문에 그런지 내가 시시한 제국주의 압제자처럼 느껴지더군.」 그는 미소를 지었다. 「나는 내가 그런 압제자가 아니라고 그에게 말했어. 빌 헤이든이나 퍼시 올러라인이라면 모를까 적어도 나는 아니야.」 그는 레스토랑의 웨이터를 멀리 보내기 위해 일부러 그를 불렀다. 「물을 좀 마실 수 있을까? 물 주전자와 잔 두 개만 좀 가져다줘. 고마워.」 그러고는 다시 이야기의 실마리를 잡았다. 「그래서 나는 그에게 그의 아내에 대해 물었어. 당신의 아내는 지금 어디에 있습니까? 아니, 사실 나 자신이 앤의 소재와 관련하여 그런 질문을 나에게 던지고 싶었어. 그는 아무 대답도 하지 않았고 눈에는 전혀 동요의 빛이 없었어. 그의 양옆에 대기 중인 간수들의 눈빛이 오히려 그에 비해 경박해 보였어. 그녀는 아마도 새 출발을 해야겠지요, 다른 방법이 없지 않습니까 하고 내가 말했어. 그녀를 돌봐 줄 당신 친구들이 있습니까? 우리가 그녀를 은밀히 접촉하는 방법은 어떨까요? 나는 그가 모스크바에 돌아가 봐야 아내에게는 큰 도움이 되지 않을 것이라고 말했어. 그러면서 나는 나 자신의 마음에 귀를 기울였어. 나는 어쩔 수 없이 그렇게 되었어. 아니, 실은 그것에 귀 기울이고 싶은 생각이 별로 없었는지도 몰라. 나는 당시 앤과 헤어질 생각을 하고 있었고 그렇게 해야 할 시간이 이미 지났다고 보았으니까 말이야. 나는 그에게 말했어. 돌아가는 것은 바보 같은 행동일 뿐입니다. 당신의 아내나 그 누구에게도 도움이 되지 않아요. 실은 피해만 줄지 몰라요. 그녀는 사회에서 추방당할 겁니다. 당신이 총살형을 당하기 전에 잠시 당신과 면회를 시켜 줄지도 모르죠. 반면에 당신이 우리 편으로 넘어온다면 그녀를 다른 어떤 사람과 맞바꿔 올 수도 있습니다. 우리는 당시 교환용 재고가 많았고, 실제로 그런 사람들 중 몇몇은 맞바꾸기 작업 결과 러시아에 돌아갔었어. 왜 그런 식으로 재고를 소진해야 하는지 나로서는 그 이유를 충분히 이해하지 못했지만 말이야. 나는 이렇게 설득해 나갔어. 당신 아내는 당신이 서방에 남는 것을 더 바랄지 모릅니다. 그녀 자신도 나중에 당신과 합류할 수 있으니까요. 이게 총살형을 당하거나 시베리아에 가서 굶어 죽는 것보다 백번 낫지 않습니까? 나는 그 아내의 얘기를 계속 파고들었어. 그의 표정이 나를 격려하는 듯했어. 내 얘기가 먹혀들어 가고 있구나, 그의 단단한 갑옷에서 틈새를 발견했구나, 하고 생각했지. 내가 시베리아를 언급했을 때는 뭔가 마음속의 부드러운 곳을 찌른 듯했어. 왜 목에 뭔가 걸릴 때의 느낌 있잖아, 바로 그런 느낌이었어. 나는 거스트만이 혐오감으로 몸을 가볍게 떠는 걸 보았어. 하지만 그건 그가 최근에 억류되었기 때문에 나오는 자연스러운 반응이었어.」 스마일리는 시무룩한 어조로 말했다. 「마침내 간수가 담배를 한 아름 사 가지고 와서 덜퍼덕 소리를 내면서 테이블 위에 내려놓았어. 나는 잔돈을 세어 간수에게 팁을 주었어. 그렇게 하면서 거스트만의 눈빛을 다시 한 번 의식하게 되었지. 흥미롭다는 표정이 스쳐 지나간 듯한데 나는 그런 것을 따질 계제가 아니었지. 간수는 팁을 거절했는데 아마도 영국인을 싫어하는 것 같았어. 나는 한 갑을 따서 거스트만에게 한 개비를 건네주었어. 〈자, 당신이 골초라는 건 누구나 다 압니다. 특히 카멜을 좋아한다고 들었는데요.〉 내 목소리는 긴장되어 좀 우스꽝스럽게 들렸는데 그건 어떻게 할 수가 없었어. 거스트만은 의자에서 일어서더니 간수에게 감방으로 돌아가고 싶다는 시늉을 했어.」

스마일리는 반쯤 먹다 만 음식을 옆으로 밀어 놓았다. 음식 위에는 하얀 지방이 마치 때맞추어 내린 서리처럼 하얗게 끼어 있었다.

「그는 감방을 나서다 말고, 마음을 바꿔 테이블에 있던 담배 한 갑과 라이터를 집어 들었어. 그건 내가 앤한테 선물로 받은 라이터인데 〈모든 사랑을 담아 앤이 조지에게 드립니다〉라는 문구가 새겨져 있는 것이었어. 만약 보통 상황이었다면 그가 내 라이터를 집어 가는 것을 그냥 내버려 두었을 리가 없지. 하지만 그것은 특별한 상황이었어. 그가 앤의 라이터를 집어 가도 상관없다는 느낌이 들었어. 나는 그것이 ― 이렇게 말하면 어떨지 모르지만 ― 우리 사이의 유대감을 표시해 준다고 생각했어. 그는 담배와 라이터를 붉은 상의의 호주머니에 집어넣고 수갑을 채우라며 양손을 내밀었어. 〈원한다면 지금 하나 피우세요.〉 그러면서 내가 간수에게 부탁했어. 〈그가 담배 한 개비를 피울 수 있게 해주시오.〉 하지만 그는 미동도 하지 않았어. 〈우리와 합의하지 않으면 내일 모스크바행 비행기에 당신을 태울 겁니다.〉 내가 그에게 말해 주었어. 그는 나의 그 말을 못 들었을 수도 있어. 나는 간수가 그를 데리고 나가는 것을 보았고 곧바로 호텔로 돌아왔어. 누군가가 나를 호텔까지 태워 주었는데 지금도 그게 누구였는지 기억이 나질 않아. 더 이상 내 느낌을 잘 모르겠는 그런 상황이었어. 나는 생각보다 깊은 혼란에 빠져 있었고 또 몸이 아팠어. 게다가 저녁 식사를 허술하게 하고 술을 많이 마셔서 몸에 열이 있었어. 나는 땀을 흘리며 침대에 누웠는데 거스트만의 꿈을 꾸었어. 나는 그가 정말 남기를 바랐어. 나는 현기증을 느꼈지만 그를 붙들고 싶었고 그의 인생을 새롭게 출발시키고 싶었어. 가능하다면 교외의 전원주택에 그와 그의 아내가 행복하게 살게 해주고 싶었어. 그를 자유롭게 풀어 주고 전쟁으로부터 완전 해방시켜 주고 싶었어. 나는 정말 그가 돌아가지 않기를 바랐어.」 그는 약간 자기를 냉소하는 표정을 지으며 고개를 쳐들었다. 「피터, 지금 무슨 얘기를 하는 거냐면 말이야. 내가 그날 밤 그런 갈등으로부터 완전히 벗어나기를 바랐던 사람은 거스트만이 아니라 스마일리 바로 나였다는 거야.」

「당신은 그때 몸에 열이 있어서 아픈 상태였습니다.」 길럼이 정상을 참작하며 말했다.

「피곤했다는 게 더 정확한 표현이겠지. 아무튼 아프거나 피곤했었어. 밤새 아스피린, 키니네 그리고 거스트만의 결혼이 멋지게 부활하는 꿈 사이에서 비몽사몽하는 가운데 나는 거듭 되풀이되는 이미지를 보았어. 그건 창문틀에 걸터앉아 고정된 갈색 눈동자로 아래쪽 거리를 내려다보는 거스트만의 모습이었어. 꿈속에서 나는 계속 중얼거렸어. 〈여기 머물러요. 뛰어내리지 말아요. 여기 머물러요.〉 물론 그때 내가 꿈꾸는 것이 그의 불안정한 상태가 아니라 오히려 나의 불안정한 상태라는 것은 조금도 깨닫지 못했어. 다음 날 아침 몸의 열을 낮추기 위해 의사가 나에게 주사를 놓아 주었어. 나는 그 건을 포기하고 대체할 심문관을 보내 달라고 전보를 쳐야 마땅했어. 나는 감옥에 갈 게 아니라 그의 대답을 기다려야 했어. 하지만 내 마음에는 거스트만 생각밖에 없었고 나는 그의 결심을 꼭 직접 듣고 싶었어. 아침 8시가 되자 나는 수용소 감방으로 찾아갔어. 그는 가대식(架臺式) 벤치에 몸을 꼿꼿이 세우고 앉아 있었지. 나는 그때 처음으로 그의 내부에 있는 군인 정신을 보았어. 그도 나처럼 밤새 잠을 제대로 자지 못한 듯했어. 면도를 하지 않아서 턱밑엔 하얀 수염이 나 있었고 그래서 노인처럼 보였어. 다른 벤치에서는 인도인들이 잠자고 있었는데 그의 붉은 상의와 하얀 수염 때문에 그들 중에서 아주 얼굴이 하얀 사람처럼 보였어. 그는 앤의 라이터를 손에 쥐고 있었어. 담배는 그 옆에 있었는데 손도 대지 않았더군. 그는 그날 밤 담배를 만지작거리면서 자신이 감옥, 심문, 죽음을 대면할 각오가 되어 있는지 곰곰이 따져 본 것 같았어. 그리고 충분히 그것을 감당할 수 있다고 결론을 내린 듯한 표정이었어. 난 그에게 애원하지 않았어.」 스마일리가 잠시 호흡을 가다듬더니 계속 말했다. 「그는 연극적인 몸짓에 넘어갈 사람이 아니었어. 그의 비행기는 오전 중에 떠날 예정이었는데 아직 두 시간이 남아 있었어. 나는 이 세상에서 가장 신통치 못한 변호사였지만 그 남은 두 시간 동안 모든 이론을 들이대어 가며 그가 모스크바로 날아가지 못하게 하려고 애썼어. 나는 그의 얼굴에서 단순히 도그마 이상의 무엇이 어른거린다는 것을 느꼈어. 그게 실은 내 얼굴의 영상이라는 걸 깨닫지 못하고서 말이야. 나는 거스트만이 결국 그와 비슷한 나이, 직업, 인생 경험을 가진 사람이 내놓는 인간적인 호소에 귀 기울일 것이라고 생각했었어. 나는 그에게 부, 여자, 캐딜락, 값싼 버터 따위를 약속하지는 않았어. 그는 그런 것들을 하찮게 생각한다는 것을 알았어. 또 그날 아침에는 그의 아내 얘기도 더 이상 꺼내지 않았어. 자유나 서방의 호의 따위에 대해서도 연설하지 않았어. 당시는 그런 얘기로 설득할 수 있는 그런 시대가 아니었어. 나 자신도 이데올로기의 문제라면 명확한 입장 같은 게 없었으니까 말이야. 그래서 나는 우리가 서로 같은 처지가 아니냐는 논리에 호소했어. 〈이봐요.〉 내가 말했어. 〈우리는 이제 노인이 되어 가고 있습니다. 상대방 시스템의 약점을 찾으면서 평생을 보냈어요. 당신이 서방의 가치를 환히 꿰뚫어 보는 것처럼 나도 동방의 가치를 잘 알고 있습니다. 우리 두 사람은 이 비참한 전쟁의 기술적 측면을 신물이 날 정도로 경험했어요. 그런데 당신네 쪽에서 당신을 총살하려고 해요. 당신 측이나 우리 측이나 무어 그리 내세울 만한 가치가 없다는 것을, 당신도 이제는 알 때가 되지 않았습니까. 이보세요.〉 내가 말했어. 〈우리의 이 일은 오로지 부정적 비전만 갖고 있습니다. 그런 측면에서 볼 때 당신이나 나나 더 이상 나아갈 곳이 없습니다. 우리는 젊은 시절 거대한 비전을 갖고 있었지요.〉— 나는 또다시 그가 순간 꿈틀하는 것을 느꼈어. 그 전날 시베리아를 건드렸을 때와 같은 긴장된 반응이었어 — 〈하지만 그런 거대한 비전은 이제 사라지고 없습니다. 그렇지 않습니까?〉 나는 그에게 이 마지막 질문에 대하여 답변해 달라고 말했어. 그나 나나 비록 걸어온 길은 다르지만 인생에 대하여 동일한 결론에 도달하지 않았느냐고 말이야. 나의 결론에 대해 그게 아직 해방되지 못한 결론이라고 그는 말할지 모르지만 아무튼 우리 두 사람은 같은 작업을 해온 것이 아니었냔 말이야. 아무리 거대한 비전도 정치가의 손에 맡겨 놓으면 결국에는 저 옛날의 비참함을 재탕하는 것이 아니었냔 말이야. 따라서 당신의 귀중한 생명을 무의미한 총살형으로부터 건져 내는 것이 도덕적으로나 윤리적으로나 당신의 의무, 약속, 당신을 자기 파멸로 내몰고 있는 그 어떤 신념보다 더 중요한 것이 아닌가? 평생을 바쳐 일해 온 제도가 당신의 사소한 실수를 빌미로 냉정하게 당신을 총살하려고 하는데 과연 그런 제도가 정당한 것인지 의심해 볼 생각도 나지 않았는가? 나는 그에게 호소하고 애원했어. 우리는 이제 공항으로 나가는 길이었고 그는 나에게 단 한마디도 대답하지 않았어. 그가 지금껏 봉사해 온 제도가 이런 시점에서도 과연 믿을 만한 것이라고 생각하는지 진지하게 재고해 달라고 요청했어.」

스마일리는 잠시 아무 말도 하지 않고 가만히 앉아 있었다.
「나는 내가 갖고 있던 얼마 안 되는 심리학 지식을 내던졌어. 전문 기술도 내던졌어. 하지만 결국 실패했지. 나중에 이런 나의 접근 방식에 대하여 컨트롤이 뭐라고 했는지 아나?

아무튼 나의 얘기는 그를 즐겁게 했어. 그는 다른 사람의 약점 이야기를 듣기 좋아했어. 무슨 이유에서인지 모르지만 내 약점에 대한 얘기를 좋아했지.」 스마일리는 이어 거스트만 이야기의 마무리로 돌아갔다. 「그렇게 공항에 나갔지. 비행기가 도착하자 나는 비행기에 함께 탑승하여 일부 구간을 함께 날아갔어. 당시에는 비행기가 모두 제트기는 아니었어. 그는 나에게서 서서히 빠져나갔고 나는 더 이상 그를 잡을 수 없었어. 나는 설득은 포기했지만 그가 심경의 변화를 일으키면 받아들여 줄 생각이었지. 하지만 그는 심경 변화가 없었어. 그는 내가 하자는 대로 할 바에야 차라리 죽음을 택하겠다는 자세였어. 그는 자신이 믿어 온 정치 제도를 부정하느니 차라리 죽는 게 낫다는 태도였어. 내가 그를 마지막으로 본 것은 비행기 창밖을 내다보는 그의 무표정한 얼굴이었어. 그는 내가 통로를 걸어 내려가자 나를 무심히 쳐다보았지. 두 명의 러시아 행동 대원이 그의 좌석 바로 뒤에 앉았고, 나는 이제 더 이상 따라갈 필요가 없게 된 거야. 나는 본국으로 돌아와 컨트롤에게 경과를 보고했어. 〈그자들이 그를 총살하지 않았으면 좋겠군〉 하고 말하더군. 그러면서 나에게 맛없는 차 한 잔을 내놓았어. 그가 즐겨 마시는 레몬 재스민인가 뭔가 하는 중국산 차였어. 그는 서커스 골목에 있는 슈퍼에서 그것을 사 오게 해서 꼭 그것만 마셨지. 그는 나에게 아무 조건 없는 3개월 휴가를 주었어. 그러면서 이렇게 말했어. 〈자네가 그런 의심을 품는 건 좋아. 자네의 입장이 뭔지 나에게 말해 주니까 말이야. 하지만 그런 의심을 습관적으로 갖지는 말게. 그러면 자네는 아주 따분한 사람이 될 테니까.〉 그건 하나의 경고였어. 나는 그 말뜻을 알아들었어. 그는 미국 사람들에 대해서 많이 생각하는 것도 그만두라고 했어. 그는 자신도 미국인 생각은 별로 하지 않는다고 말했어.」

길럼은 대단원의 마무리를 기다리며 그를 빤히 쳐다보았다. 「그래서 결론적으로 당신은 그것을 어떻게 평가했습니까?」 그는 결말이 너무 황당하여 속았다는 느낌을 받은 사람의 어조로 물었다. 「카를라는 서방에 남을 생각을 단 한순간이라도 했습니까?」

「단 한순간도 하지 않았다고 확신하네.」 스마일리가 혐오스럽다는 듯이 말했다. 「내가 순진한 바보처럼 행동했던 거지. 맥 빠진 서방의 자유주의자, 뭐 그런 사람의 전형이었다고 할까. 하지만 그래도 내 스타일대로 바보 노릇을 했다는 데 자위를 얻고 있어.」 그는 단호한 목소리로 말했다. 「그날 오후 나의 호소나 모스크바 센터에서의 그의 난처한 처지 등은 그의 마음을 조금도 흔들어 놓지 못했어. 그날 밤 카를라는 모스크바에 돌아가면 어떻게 루드네프보다 더 좋은 꾀를 써서 그를 제거할까, 그것만 생각했을 거야. 루드네프는 한 달 뒤에 총살형을 당했지. 카를라는 루드네프의 자리로 승진하여 옛날의 요원들을 가동하기 시작했지. 그런 요원들 중에 틀림없이 제럴드가 들어 있을 거야. 그가 감방에서 나를 쳐다보며 머릿속으로 제럴드 생각을 하고 있었을지도 모른다고 상상하면 오싹해져. 아마 둘은 그 에피소드를 놓고서 웃음을 터뜨렸을지도 모르지.」

그 사건은 또 하나의 결과를 가져왔다고 스마일리는 말했다. 샌프란시스코 대실패 이후 카를라는 불법 무전기는 손에 대지 않았다. 아예 그 장비는 자신의 취급 품목에서 빼버렸다. 「대사관 무전기는 별도지. 하지만 현장에 나가 있는 카를라 요원들은 불법 무전기를 손에도 대지 말라는 엄격한 명령을 받고 있어. 그리고 그는 아직도 앤의 라이터를 갖고 있지.」

「당신의 라이터 말이죠.」 길럼이 그의 말을 고쳐 주었다.

「그래, 그래 내 라이터지. 물론. 이봐 나에게 말해 주게.」 웨이터가 식사 대금을 가져가자 그가 말했다. 「타르가 아까 당신 여자나 잘 간수하라고 했을 때 말이야, 구체적으로 나를 머릿속에 두고 있었던 거야?」

「그런 것 같습니다.」

「그 소문이 그렇게 널리 퍼졌나?」 스마일리가 물었다. 「그렇게 하부 조직까지 알려졌단 말인가, 심지어 타르까지도 알 정도로?」

「그렇습니다.」

「그 소문이라는 게 정확히 뭔가?」

「빌 헤이든이 앤 스마일리의 애인이라는 겁니다.」 길럼이 짐짓 차가운 표정을 지으며 말했다. 그런 표정은 그가 나쁜 소식, 가령 당신의 정체가 발각되었다, 당신은 해고다, 당신은 죽는다 등을 전할 때 자기 자신을 보호하기 위하여 짐짓 쓰는 가면 같은 것이었다.

「알았네. 말해 줘서 고마워.」

잠시 어색한 침묵이 흘렀다.

「그런데 과연 거스트만에게는 부인이 있었습니까?」 길럼이 물었다.

「카를라는 스탈린그라드에서 근무할 때 학생이던 여자와 결혼했는데, 그가 시베리아로 유형을 떠나자 그 여자는 자살을 했어.」

「그렇다면 카를라는 완벽한 방화벽을 갖고 있었군요.」 길럼이 결론짓듯 말했다. 「그는 매수할 수도, 설득할 수도 없는 존재였군요?」

그들은 차로 돌아왔다.

「먹은 음식에 비해 가격이 비싼 것 같은데.」 스마일리가 속을 털어놓으며 말했다. 「웨이터가 우리에게 바가지를 씌운 걸까?」

그러나 길럼은 영국의 비싼 음식 값에 대하여 논의할 마음이 없었다. 차를 타고 돌아오면서 생각해 보니 그날 하루는 여전히 그에게 악몽이었다. 명확하게 꼬집을 수 없는 위험과 의혹의 혼란스러운 덩어리였다.

「그런데 소스 멀린은 누구입니까?」 그가 물었다. 「올러라인은 러시아 사람들에게서 직접 그 정보를 얻지 않는다면 어디서 그런 정보를 얻는 겁니까?」

「그건 잘 봤어. 러시아인들에게서 얻는 거지.」

「그러나 말입니다, 러시아인들이 타르를 이중 첩자로 보냈다면…….」

「그들이 보낸 게 아니야. 타르도 영국 여권을 사용하지 않았잖아? 러시아인들은 정보를 잘못 잡은 거야. 올러라인의 정보는 타르가 그들을 멋지게 속여 넘겼다는 것을 보여 줄 뿐이야. 바로 그게 우리가 오늘 찻잔 속에 태풍을 일으켜 알아낸 전부야.」

「그렇다면 퍼시가 말한 〈물 흐리기〉는 무슨 소리죠? 내가 볼 때 이리나 얘기를 하는 것 같았는데.」

「이리나와 제럴드 얘기를 하는 거지.」 스마일리가 동의했다.

길럼은 또다시 아무 말 없이 차를 몰았고, 이제 둘 사이의 거리는 갑자기 좁혀질 수 없는 것처럼 보였다.

「이봐, 피터, 아직 목표물을 집어내지는 못했어.」 스마일리가 조용히 말했다. 「하지만 아주 가까이 다가갔다고 생각해. 카를라가 서커스를 완전히 들었다 놨어. 그긴 자네도 알지? 그런데 아주 영리한 마지막 매듭이 있는데 그걸 못 풀겠어. 어쨌든 나는 그걸 풀어 볼 생각이지만 말이야. 그리고 자네가 아까 카를라의 방화벽 얘기를 했는데, 그 방화벽이라는 게 결코 완벽한 것은 아니야. 왜냐하면 그는 광신자거든. 언제 내가 그와 겨루어 볼 때가 있을지 알 수 없지만 그의 자제심 부족이 결국은 그를 파멸시킬 거야.」

그들이 스트랫퍼드 지하철역까지 오자 비가 내렸다. 한 무리의 행인들이 처마 밑에서 어깨를 오그라뜨리고 서 있었다.

「피터, 난 자네가 지금부터 사태를 좀 느긋하게 바라보기를 원하네.」

「아무 조건 없는 3개월 휴가입니까?」

「아니, 휴식을 좀 취하라는 얘기야.」

그가 내린 조수석 문을 닫으면서 길럼은 갑자기 스마일리에게 굿 나잇 혹은 굿 럭이라고 말해 주고 싶은 충동이 일었다. 그래서 그는 조수석의 유리창을 내리고서 그를 부르려고 했다. 하지만 스마일리는 이미 사라지고 없었다. 그는 군중 사이에서 그처럼 재빨리 모습을 감추는 사람을 아직 보지 못했다.

그날 밤 내내 아일레이 호텔의 다락방에 있는 바라클로 씨의 채광창은 밝게 빛났다. 옷도 갈아입지 않고 면도도 하지 않은 채 조지 스마일리는 소령의 카드 테이블에 쭈그리고 앉아 서류를 읽고, 비교하고, 주석을 달고, 교차 대조하면서 날밤을 새웠다. 만약 그렇게 열심히 일하는 그 자신을 스마일리가 객관적으로 살펴볼 수 있다면 그는 케임브리지 서커스의 5층에서 서류 검토에 몰두하던 컨트롤의 생애 말년을 연상했을 것이다. 스마일리는 길럼이 가져온 지난 1년 치의 휴가 및 병가 서류를 철저히 검토하여, 그것을 문정관 알렉세이 알렉산드로비치 폴리아코프의 여행 패턴과 교차 비교했다. 문정관이 모스크바로 여행한 시기, 경찰 특별 조사부와 이민국에 의해 외무부에 보고된 그의 해외 출장 시기 등과 겹쳐 놓고 살펴보았다. 이러한 날짜들을 다시 멀린이 정보를 제공한 날짜들과 비교했다. 또 위치크래프트 보고서들을 시사성 높은 문서와 그렇지 않은 문서들, 가령 생각을 적어 놓은 문서, 행정부 내 특정 인물의 성격 묘사, 크렘린 내부에 떠도는 소문 등 멀린이 한두 달 늦추었다가 제출할 수 있는 문서 이렇게 두 그룹으로 나누어 보았다. 그리고 시사성 높은 문서들만 골라서 그 날짜를 일렬로 배열했다. 이 시점에서 스마일리의 심정은 멋진 과학적 발견을 눈앞에 두고 논리적 연결 관계를 곧 알아낼 것 같은 과학자의 심정 바로 그것이었다. 나중에 멘델과 대화를 나눌 때 그는 그것을 가리켜 「모든 것을 시험관에 집어넣고 폭발하는지 어쩐지 알아보는 것과 비슷하다」고 말했다. 그가 가장 흥미진진하게 생각하는 것은 길럼이 지적한 바 있는 올러라인의 〈물 흐리기〉 경고였다. 다른 말로 설명하면, 스마일리는 이리나의 일기가 불러일으킨 의심을 제거하기 위해 카를라가 묶어 놓은 〈저 영리한 마지막 매듭〉을 찾아내는 것이었다.

그는 서류를 심층적으로 분석한 결과, 일차적으로 이런 사항들을 발견했다. 첫째, 멀린이 시사성 높은 문서를 내놓았던 아홉 번의 경우에 폴리아코프가 런던에 있었거나 아니면 토비 이스터헤이스가 짧은 해외여행을 했다. 둘째, 타르가 올해 홍콩에서 활약을 벌이던 그 시기에, 폴리아코프는 중요한 문화 업무 협의를 위해 모스크바에 가 있었다. 그리고 그 직후에 멀린은 미국을 〈이념적으로 침투하는 문제〉와 관련하여 아주 시사성 높은 멋진 보고서를 내놓았다. 거기에는 모스크바 센터가 미국 내 주요 정보 목표물을 어떻게 접근하는지를 평가한 문서가 들어 있었다.

스마일리가 시간을 소급해 가면서 추적해 본 결과, 그 역 또한 사실이라는 것을 알았다. 그러니까 시사성 없는 문서들은 폴리아코프가 모스크바에 있거나 휴가를 가 있을 때 분배되었다.

스마일리는 이런 문서의 분배 패턴을 곰곰 생각하다가 드디어 한 가지 결정적 사실을 알아냈다.

물론 폭발적인 계시라거나 섬광같이 스쳐 지나가는 진리의 빛이라거나, 「유레카」라고 소리친다거나, 길럼과 레이콘에게 전화를 걸어 〈스마일리는 세계 챔피언〉이라고 말할 정도의 그런 것은 아니었다. 하지만 그가 밤새 검토하고 교차 대조한 문서들은 분명한 사실 하나를 말해 주고 있었다. 그것은 스마일리, 길럼, 리키 타르가 처음부터 품어 왔던 의심이기도 했다. 그것은 두더지 제럴드와 소스 멀린이 서로 상호 작용을 한다는 의심인데, 이제 그것을 더 이상 부정할 수 없게 되었다. 멀린은 저 뛰어난 융통성으로 인해 올러라인의 도구는 물론 카를라의 도구로 활약해 왔다. 아니면 카를라의 요원이라고 해야 하는 것이 아닐까? 스마일리는 어깨에 타월을 둘러메고 자축하는 목욕을 하기 위해 복도 쪽의 욕실 쪽으로 깡충깡충 뛰어가며 그런 생각을 했다. 이 음모의 핵심에는 이처럼 간단한 장치가 놓여 있었다. 그는 그 교묘한 배치에 절로 감탄사가 터져 나왔다. 멀린은 심지어 육체적으로 존재하고 있었다. 여기 런던의 재무부가 그 대금을 지불한 6만 파운드의 집에서 살고 있었다. 아마도 납세자들은 그 옆을 지나면서 그 의젓한 저택을 부러워했으리라. 자신들이 이미 그 집의 대금을 지불해 주었다는 사실은 까맣게 모른 채, 자신은 평생 저런 집에서 살 수 없을 것이라고 생각했으리라.

이제 스마일리는 몇 달 동안 처음으로 훨씬 가벼운 마음으로 훔쳐 온 테스터파이 작전 서류를 집어 들었다.

24

 과연 노련한 메이트런답게 그녀는 그 주 내내 로치의 건강을 걱정했다. 그녀는 기숙사 학생들이 전부 아침 식사를 하러 간 지 10분이 지났는데도 로치가 여전히 파자마 차림으로 세면대 앞에서 이 닦는 것을 보고 그 후 내내 의심하기 시작했다. 그녀가 로치에게 건강 상태를 물어보자 아이는 그녀의 시선을 피했다. 「저 애의 한심한 아버지 때문이야.」 그녀는 서스굿에게 말했다. 「아버지 때문에 또 걱정하기 시작한 거야.」 금요일이 되자 메이트런은 아들에게 말했다. 「쟤 엄마에게 편지해서 저 애가 우울증에 빠졌다고 말해야 되겠어.」
 그러나 메이트런이 아무리 어머니다운 통찰력을 발휘했다 하더라도 그 아이의 증세가 공포 때문이었다는 진단은 내리지 못했다.
 하지만 어린애인 그가 어떻게 그런 공포에 대처할 수 있겠는가? 아무튼 그런 공포를 느끼게 된 것은 그의 잘못이었다. 그의 부모가 이혼했을 때 그게 자기 책임이라고 느꼈던 그런 위협 비슷한 것이었다. 그것은 엄청난 곤경이었고 그는 이 세상의 평화를 위해서는 자신의 어깨로 그 책임을 밤낮없이 감당해야 한다고 생각했다. 관찰자 로치 — 일찍이 짐 프리도는 「아무튼 빌 로치는 학급 아이들 중에 가장 뛰어난 관찰자야」라고 말한 바 있었다 — 는 너무 잘 관찰해 버렸던 것이다. 지난 일요일 저녁부터 그를 괴롭히고 있는 저 지식으로부터 해방될 수만 있다면 그는 자신이 소중하게 여기는 것들, 가령 그의 용돈, 부모님의 사진이 들어 있는 가죽으로 된 사진틀, 그 외에 그가 이 세상에서 소중하게 여기는 것들을 모두 내놓았을 것이다.

실제로 그는 구조해 달라는 신호를 보냈다. 일요일 밤, 기숙사의 소등 시간 이후에 그는 요란스럽게 소리를 내며 화장실로 가서 목구멍 속으로 손가락을 집어넣어 토해 버렸다. 하지만 그런 소리에 잠을 깨어 경종을 울렸어야 할 — 「메이트런, 로치가 아픕니다.」 — 기숙사 사감은 마치 아무 일도 아니라는 듯 쿨쿨 계속 잠을 잤다. 로치는 한없이 비참한 심정이 되어 침대로 다시 올라갔다. 그 다음 날 오후 교직원 휴게실 밖에 있는 공중전화 부스에서 그는 오늘의 메뉴 담당과로 전화를 걸어 괴상한 소리로 속삭였다. 선생들 중 한 명이 그의 얘기를 엿듣고 그가 미쳤다고 판단해 주기를 바랐던 것이다. 하지만 아무도 그에게 귀를 기울이지 않았다. 그는 자신이 목격한 사실이 꿈 비슷한 것으로 바뀌어 버리기를 희망하면서 현실과 몽상을 서로 뒤섞으려 애썼다. 하지만 매일 아침 딥을 지나갈 때마다 그는 짐이 달빛 속에서 구부정하게 삽 위에 몸을 수그리고 있는 것을 보았다. 그 낡은 모자챙 아래 그의 얼굴이 검게 그늘져 있음을 보았다. 또 그가 삽으로 땅을 파면서 툴툴대는 소리를 들었다.

로치는 거기에 가서는 안 되는 것이었다. 그 또한 그의 잘못이었다. 그 지식은 그의 잘못에 의해 이루어진 것이었다.

마을 끝에 있는 음악 선생 집에서 첼로 레슨을 받고 돌아오는 길에 그는 일부러 천천히 걸어왔다. 우선 저녁 기도 시간에 빠지고 싶었고 서스굿 부인의 비난하는 듯한 눈초리를 피하고 싶어서였다. 그가 막 교회 곁을 지나는데 「주 찬미하라」의 노랫소리가 들려왔고 그래서 일부러 딥을 우회하는 먼 길을 걸어가기로 했다. 딥에 있는 짐의 트레일러 창문에서는 불빛이 흘러나왔다. 그가 평소에 곧잘 서 있는 곳에 선 채 그는 짐의 그림자가 커튼 쳐진 창문에서 천천히 움직이는 것을 보았다. 갑자기 창문의 불이 꺼지자, 오늘은 외출에서 일찍 돌아온 모양이지 하고 생각했다. 왜냐하면 짐은 최근에 이상할 정도로 외출이 잦았고 럭비 게임이 끝나면 앨비스 차를 몰고 나가 로치가 잠든 이후에 돌아왔던 것이다. 바로 그 순간 트레일러의 문이 열리고 닫히더니 짐이 손에 삽을 든 채 채소밭 한가운데에 우뚝 섰다. 로치는 크게 당황하면서 도대체 밤중에 땅은 왜 파려고 하는 거지 하는 생각을 했다. 저녁 식사로 먹을 야채를 캐려고 하는 걸까? 짐은 잠시 그대로 선 채 「주 찬미하라」를 들었다. 이어 천천히 주위를 돌아다보며 로치 쪽을 쳐다보았다. 하지만 로치는 언덕의 어둠 속에 가려 그에게 보이지 않았다. 로치는 순간적으로 짐을 부를까 생각했으나 예배 시간에 빠졌다는 죄책감이 들어 그렇게 하지 못했다.

마침내 짐은 거리를 측정하기 시작했다. 적어도 로치에게는 그렇게 보였다. 그는 채소밭의 한쪽 구석에서 무릎을 꿇더니 삽을 땅에다 내려놓았다. 그는 그 삽을 가지고 로치에게는 보이지 않는 목표물, 가령 교회 첨탑과의 거리를 재는 것 같았다. 그러고는 삽이 놓인 곳으로 재빨리 돌아와 발뒤축으로 그 지점을 표시하고 삽을 들어 재빨리 파기 시작했다. 교회에서는 아무 소리도 들려오지 않았고 이어 기도 소리가 흘러나왔다. 짐은 재빨리 허리를 숙이더니 땅속으로부터 꾸러미를 하나 꺼내 들어 외투 주머니에다 재빨리 집어넣었다. 이어 총알같이 트레일러로 들어갔고 다시 불이 켜졌다. 빌 로치는 그 순간 과감한 결단을 내리고 딥 아래로 내려가 커튼이 살짝 쳐진 창문 가까이 다가갔다. 그는 등성이의 높이를 이용하여 손쉽게 창문 안을 들여다볼 수 있었다.

짐은 테이블 앞에 서 있었다. 그 뒤의 침대에는 체력 단련 책들, 보드카 술병, 빈 술잔 등이 잡동사니처럼 쌓여 있었다. 테이블 위에 공간을 만들기 위해 그것들을 거기다 임시로 치워 놓은 것 같았다. 그는 손칼을 준비했으나 그것을 사용하지는 않았다. 짐은 가능한 한 줄을 끊지 않으려는 스타일이었다. 그 꾸러미는 30센티미터 정도의 길이였고 담배쌈지처럼 노란 천으로 되어 있었다. 그는 꾸러미를 열어 삼베 천에 싼 몽키 스패너 같은 것을 꺼내 들었다. 하지만 아무리 영국에서 제일 좋은 차를 몰고 다니는 사람이라 할지라도 몽키 스패너를 땅에 묻어야 할 필요가 있을까? 나사와 볼트는 별도의 노란 봉투에 들어 있었다. 그는 그것들을 테이블 위에 쏟더니 하나하나 점검했다. 그것은 나사도 볼트도 아니었다. 하지만 자세히 보이지 않았다.

그리고 아까 꺼낸 것도 몽키 스패너가 아니었다. 차에 쓰는 장비는 결코 아니었다.

로치는 재빨리 딥의 둔덕 위로 올라갔다. 그는 작은 언덕들 사이를 통과하여 드라이브 쪽으로 달려갔지만 달리는 속도는 예전보다 느렸다. 그는 모래, 물웅덩이, 축축한 풀들 사이로 달렸고 숨이 막혀 계속 헐떡거렸으며 아주 어렵사리 숨을 내쉬면서 짐처럼 뻐딱하게 달려갔다. 오른쪽 다리와 왼쪽 다리를 재빨리 교차시켰고 가속도를 내기 위해 머리를 마구 흔들었다. 그는 자신이 어디로 달려가고 있는지 알지도 못하면서 계속 달렸다. 그의 머릿속에는 검은 리볼버 권총과 스웨이드 가죽으로 된 권총 벨트 생각으로 가득했다. 아까 볼트처럼 보였던 것이 실은 총알이었는데, 짐은 그것을 하나씩 조심스럽게 들어 권총의 약실에 집어넣었다. 그의 주름진 얼굴은 램프 불빛 쪽으로 약간 기울어 있어 창백한 빛을 띠었고 눈은 환한 불빛 때문인지 약간 사팔눈의 모양이었다.

25

「조지, 내 이름은 어디든 나와서는 안 돼.」 장관이 여유를 과장하는 느릿느릿한 목소리로 말했다. 「절대 내 이름이 거론되지 않게 해야 돼. 난 유권자를 상대해야지만 자네는 그런 게 없잖나. 그럴 필요가 없는 건 올리버 레이콘도 마찬가지야. 그렇지 않나, 레이콘?」

장관은 미국인처럼 문장 중에서 부가 의문문(〈그렇지 않나〉)을 즐겨 쓰는군, 하고 스마일리는 생각했다. 「알겠습니다. 그 점에 대해서는 죄송합니다.」 그가 말했다.

「자네가 나처럼 지역구를 관리해야 하는 처지라면 지금 내 심정을 더 잘 알 걸세.」 장관이 말했다.

이미 예상했던 것이었지만 그들이 어디서 만나 회의를 할 것인가도 우스꽝스럽게 논쟁의 대상이 되었다. 스마일리는 레이콘에게 화이트홀의 그의 집무실에서 회의하는 것은 현명치 않다고 말했다. 왜냐하면 서커스 사람들이 그곳에 자주 들르기 때문이었다. 경비원들이 지급 문서를 전달하는 곳이기도 하고 퍼시 올러라인이 느닷없이 들러 아일랜드 문제를 의논하는 곳이었다. 반면에 장관은 보안이 허술하다는 자의적인 근거를 내세우면서 아일레이 호텔이나 바이워터 스트리트를 거부했다. 그는 최근에 텔레비전에 출연한 적이 있는데, 그런 곳에서는 얼굴을 알아볼 위험이 있다는 것이었다. 서로 여러 번 전화를 주고받은 끝에 그들은 미첨의 막다른 골목에 있는 멘델의 튜더식 집에서 만나기로 합의했다. 하지만 그 집 앞에 세워진 장관의 번쩍거리는 차는 쉽게 눈에 띄는 물건이었다. 이제 레이콘, 스마일리, 장관은 멘델의 집 거실에 앉아 있었다. 창에는 커튼이 쳐져 있었고 테이블 위에는 신선한 연어 샌드위치가 준비되어 있었다. 집주인 멘델은 2층에서 집 근처에 접근하는 자가 없는지 망을 보았다. 골목길에서는 아이들이 운전사에게 이 차의 주인이 누구냐고 묻고 있었다.

장관의 머리 뒤에는 벌에 관한 책들이 나란히 꽂혀 있었다. 스마일리는 벌 연구가 멘델의 취미라는 걸 알고 있었다. 멘델은 서리 주에서 살지 않는 나비를 가리켜 〈이국적〉이라는 용어를 사용했다. 장관은 아직도 젊은 사람이라고 할 수 있었다. 그의 거무튀튀한 턱은 어디선가 명예롭지 못한 싸움을 하다가 돌아간 것처럼 보였다. 정수리 부분은 대머리였는데 그 때문에 근거 없는 원숙한 분위기를 그에게 안겨 주고 있었다. 게다가 그는 누가 이튼 출신이 아니라고 할까 봐 일부러 질질 끄는 느린 어조로 말을 했다. 「좋아. 그래 결정 사항은 뭔가?」 그는 또한 상대방에게 짓궂게 구는 대화 방식을 구사했다.

「우선 장관님께서는 최근에 미국 측과 벌여 온 협상 속도를 조금 늦추는 게 좋을 것 같습니다. 나는 장관님의 금고에 보관 중인, 제목 없는 비밀 첨부 문서를 죽 생각해 왔습니다.」 스마일리가 말했다. 「위치크래프트 보고서의 광범위한 사용을 규정한 그 문서 말입니다.」

「그런 거 들어 본 적이 없는데.」 장관이 말했다.

「물론 협상에 나서고 싶은 동기는 충분히 이해합니다. 누구나 미국 정보부의 엄청난 정보를 손에 넣고 싶어 하니까요. 그러니 그걸 위치크래프트 보고서와 어떻게 맞바꿀 수 없을까 생각하는 것은 당연합니다.」

「그래서 그에 반대하는 논리는 어떤 거야?」 장관은 마치 증권 중개인에게 묻는 듯한 어조로 물었다.

「만약 두더지 제럴드가 존재한다면…….」 스마일리가 입을 열었다. 앤은 무수히 많은 사촌들 중에서 마일스 서콤은 좋게 보아 줄 구석이 단 한군데도 없는 사촌이라고 말했었다. 스마일리는 지금 와서 보니 그게 정말이었다고 생각했다. 그는 자신이 바보가 된 듯한 느낌, 아니 조리가 없는 듯한 느낌이 들었다. 「우리들 사이에 공동 의제가 된 것처럼…….」 그는 그렇게 말하고 다른 사람이 이의를 제기하기를 기다렸으나 아무도 제기하지 않았다. 「만약 두더지가 존재한다면, 미국과의 거래에서 서커스만 두 배로 이익을 올리는 게 아니라, 모스크바 센터 역시 두 배의 이익을 보게 될 것입니다. 우리가 미국으로부터 얻은 것을 두더지로부터 고스란히 얻을 테니까 말입니다.」

장관이 갑갑한 듯 멘델의 테이블을 손으로 살짝 내리쳤고, 그리하여 반들반들 닦아 놓은 표면 위에 그의 지문이 묻어났다.

「빌어먹을, 난 무슨 소린지 도통 모르겠군.」 그가 소리쳤다. 「그 위치크래프트 문서는 정말 대단하단 말이야! 한 달 전에는 그거면 달[月]도 살 수 있다고 했어. 그런데 이제는 달은커녕 동전 한 닢도 못 사게 생겼다는 거야? 그게 다 러시아인들이 날조한 것이라면서? 도대체 어떻게 된 거야?」

「저는 이런 사태 반전이 그렇게 비논리적인 거라고는 생각하지 않습니다. 과거에도 우리는 때때로 러시아 네트워크를 운영해 왔습니다. 이렇게 말하기는 좀 그렇지만, 아무튼 우리는 그걸 잘 운영해 왔어요. 우리는 그들에게 우리가 감당할 수 있는 범위 내에서 좋은 정보를 던져 주었습니다. 로켓 무기, 전쟁 전략 등의 정보를 말입니다. 이 일은 실장님도 관여하셨잖습니까.」 레이콘이 동의한다는 듯 고개를 끄덕거렸다. 「우리는 그들에게 없어도 되는 요원을 던져 주기도 했습니다. 우리는 그들에게 좋은 통신 자료를 주고, 문서 연락 연결 고리를 제공하고, 그들에게 주파수 범위를 제공하여 그들의 무전을 듣기도 했습니다. 이런 것들은 그들이 장관에게 어떤 것을 보고하는지 알기 위해 우리가 고육지책으로 적들에게 제공해 왔던 편의입니다. 만약 카를라가 런던 네크워크를 운영한다면 그 역시 우리에게 이런 정도의 정보는 제공했을 겁니다. 만약 미국 측 정보를 손에 넣을 수 있다면 그보다 약간 더 쓰지 않았을까요?」 스마일리는 말을 끊고 레이콘을 쳐다보았다. 「훨씬 더 많이 내놓았을 겁니다. 미국 측과의 연계, 다시 말해 미국으로부터 큰 배당금을 받는다면 두더지 제럴드는 톱 테이블까지 올라갈 것입니다. 이렇게 되면 서커스 또한 위상이 높아지겠지요. 러시아는 반대급부로 미국의 정보를 얻을 수만 있다면 영국 측에 그 어떤 것도 건네주려 할 겁니다……」

「자네의 지적, 정말 고맙네.」 레이콘이 간단히 말했다.

장관은 차 안에서 먹기 위해 샌드위치 두 개를 들고 거실에서 나섰다. 하지만 멘델에게는 작별 인사를 하지 않았다. 아마도 그의 지역구민이 아니었기 때문일 것이다.

레이콘은 뒤에 남았다.

「자네가 나에게 프리도에 관한 서류를 좀 찾아보라고 했지.」 그가 마침내 입을 열었다. 「그래도 우리에게 그에 대한 문서가 서너 건 남아 있더군.」

레이콘은 자신이 서커스의 내부 보안에 관한 문서를 우연히 검토하게 되었다고 말했다. 「내 책상을 치우기 위해서 말이야.」 그런 과정에서 그는 우연찮게 과거의 조사 보고서들을 들춰 보게 되었는데 그중 하나가 프리도와 관련된 것이었다.

「그는 신원 조회가 완벽했어. 단 한 점의 의혹도 없었어. 하지만……」 레이콘이 갑자기 목소리를 낮추자 스마일리는 놀라 고개를 쳐들었다. 「아무튼 이게 자네한테 흥미 있을 거라고 생각했네. 그의 옥스퍼드 시절에 대하여 조그마한 소문이 있더군. 하지만 그 나이에는 누구나 핑크가 되는 경향이 있지 않나.」

「그렇지요, 실장님.」

다시 침묵이 감돌았고, 2층에서 사뿐히 걸어 다니는 멘델의 발소리가 들려왔다.

「프리도와 헤이든은 아주 가까운 친구였더군.」 레이콘이 말했다. 「난 몰랐었네.」

레이콘은 황급히 떠날 준비를 하며 자리에서 일어섰다. 그는 서류 가방에 손을 넣어 커다란 누런 봉투를 꺼내 스마일리의 손에 던져 놓고 화이트홀이라는 자랑스러운 세계로 돌아갔다. 그리고 바라클로 씨는 아일레이 호텔로 갔다. 그곳에서 그는 테스터파이 작전에 관한 서류들을 읽기 시작했다.

26

 다음 날 점심때. 스마일리는 지난밤 서류를 읽다가 잠깐 눈을 붙였고 아침에 일어나 다시 서류를 읽고 목욕을 했다. 그 멋진 런던 하우스의 계단을 올라가면서 그는 즐거웠다. 왜냐하면 그는 샘을 좋아하기 때문이었다.
 그 카지노 하우스는 갈색 벽돌로 지은 조지언풍 건물이었고 그로스브너 스퀘어 바로 옆에 있었다. 층계는 다섯 계단이었고 부채 모양의 옴폭 들어간 곳에 놋쇠 초인종이 달려 있었다. 문은 검은색이었고 양옆에 기둥이 세워져 있었다. 그는 초인종을 누르는 순간 마치 문을 연 것 같은 느낌이었다. 그만큼 빨리 문이 열렸다. 그는 반대편 끝에 또 다른 문이 있는 원형 홀로 들어섰다. 거기엔 검은 양복을 입은 두 명의 덩치 큰 남자가 서 있었는데 마치 웨스트민스터 수도원의 안내자들 같았다. 대리석 벽난로 선반 위에는 말들이 뛰어노는 그림이 걸려 있었는데 스텁스[31]의 것이 아닌가 싶었다. 그가 외투를 벗는

---

31 1724~1806. 말 그림으로 유명한 영국 화가.

동안 한 남자가 가까운 곳에서 대기했다. 두 번째 남자는 그를 커다란 데스크로 안내하여 방명록에 서명할 것을 요청했다.

「헤브덴.」 스마일리는 샘이 기억하는 공작명을 대면서 중얼거렸다. 「에이드리언 헤브덴.」

「잠깐만 기다려 주십시오.」 데스크 옆에 있는 남자가 말했다. 홀에는 음악이 들려오지 않았다. 스마일리는 음악이 있었더라면 좋았을 텐데 하고 생각했다. 또 분수대 같은 것이 있었으면 더욱 좋았을 것이다.

「나는 콜린스 씨의 친구입니다.」 스마일리가 말했다. 「만약 콜린스 씨가 시간이 있다면 좀 만나고 싶군요. 아마 그는 나를 기다리고 있을 겁니다.」

전화를 받던 남자가 중얼거렸다. 「감사합니다.」 그는 전화기를 전화 걸이에 걸었다. 그러고는 스마일리를 안쪽 문으로 안내하여 문을 열어 주었다. 문이 열리는 소리는 전혀 나지 않았다. 실크 카펫 위에서도 소음은 들려오지 않았다.

「선생님, 콜린스 씨는 저쪽에 계십니다.」 그 남자가 공손하게 말했다. 「음료는 우리 하우스의 무료 제공입니다.」

세 개의 리셉션 룸은 나란히 붙어 있었으나 기둥, 아치, 마호가니 패널에 의해 시각적으로 구분되어 있었다. 각각의 방에는 커다란 테이블이 놓여 있었고 세 번째 테이블은 20미터 정도 떨어진 곳에 있었다. 화려한 등불은 거대한 황금 틀 속에 들어 있는 별 의미 없는 과일 그림과 녹색 테이블 보를 비추고 있었다. 실내에는 커튼이 쳐져 있었고 각 테이블은 3분의 1쯤 사람이 차 있었는데 모두 남자였고 네댓 명의 플레이어들이 테이블 주위에 앉아 있었다. 방 안에서 들리는 소리라고는 휠의 바퀴 구르는 소리, 칩이 재분배될 때 나는 소리, 딜러가 낮은 목소리로 상황을 알려 주는 소리뿐이었다.

「에이드리언 헤브덴.」 샘 콜린스가 기쁜 목소리로 말했다.

「롱 타임 노 시.」

「헬로, 샘.」 스마일리는 그와 악수를 했다.

「내 방으로 가지.」 샘이 그렇게 말하고는 방 안에 있던 키 큰 남자에게 고개를 끄덕였다. 고혈압인 듯 붉은 혈색에 얼기설기 얽은 얼굴을 한 그 남자도 따라서 턱을 주억거렸다.

「어때, 우리 하우스 좋아 보이나?」 붉은 비단을 깐 복도를 걸어 내려가면서 샘이 말했다.

「굉장히 인상적인데.」 스마일리가 정중하게 말했다.

「바로 그거야. 우리는 깊은 인상을 심어야 해.」 그는 디너 재킷을 입고 있었다. 그의 사무실은 에드워디언풍의 벨벳이 깔려 있었고 책상은 대리석 상판에 볼앤클로[32] 다리를 갖고 있었다. 하지만 방은 비좁았고 환기가 잘 되지 않았다. 각종 소도구를 마구 쟁여 놓은 극단의 뒷방 같군, 하고 스마일리는 생각했다.

「나중에 내 돈을 여기다 투자하게 해주더군, 많은 건 아니지만. 아무튼 1년 더 내 돈을 묻어 두기로 했어. 이곳을 운영하는 친구들은 아주 터프하지. 하지만 꽤 적극적이야.」

「그럴 테지.」 스마일리가 말했다.

「예전에 우리가 그랬던 것처럼.」

「그래, 맞아.」

그는 매너가 좋고 경쾌했으며 콧수염도 단정하게 기르고 있었다. 그는 쉰 살쯤 된 남자였다. 그는 동양에서 많은 시간을 근무했고 두 사람은 한때 중국인 무견 요원을 상대로 네트워크를 구축하는 일을 담당하기도 했었다. 그의 피부와 머리카락은 반백이 되어 가고 있었지만 그래도 서른다섯 살 정도밖에 안 되어 보였다. 그의 미소는 따뜻했고 믿음직스러운

---

[32] 공을 움켜쥔 새의 갈고리 발톱 모양.

동료 같은 인상을 주었다. 그는 카드놀이를 하는 것처럼 양손을 테이블 위에 얹어 놓고 아버지 같은 혹은 아들 같은 아니면 둘 다 겸한 표정으로 스마일리를 쳐다보았다.

「처미가 다섯을 넘어가면······.」 그는 미소를 지으며 말했다. 「나에게 알려. 알았지, 해리? 그렇지 않으면 입을 꼭 다물고 있어. 난 지금 석유왕을 상대하고 있으니까.」 그는 책상 위에 있는 박스에 대고 소리쳤다. 「지금 처미의 상태는?」

「셋을 올렸습니다.」 깐깐한 목소리가 말했다. 스마일리는 그게 고혈압인 듯한 얼굴 얽은 남자의 목소리라고 짐작했다.

「그럼 아직 여덟을 잃을 수 있군.」 샘이 부드럽게 말했다. 「그를 테이블에 그대로 둬. 그를 영웅으로 만들어.」 그렇게 말하고 미소를 지었다. 스마일리도 따라 웃었다.

「여기 생활도 그런대로 재미있어.」 샘이 말했다. 「세탁기를 팔면서 돌아다니는 것보다는 훨씬 나아. 약간 괴상한 점도 있지. 오전 10시에도 디너 재킷을 입어야 하니까 말이야. 꼭 외교관이 된 기분이야.」 스마일리가 웃었다. 「게다가 믿든 말든 우리는 정직하게 플레이해.」 샘이 표정 하나 바꾸지 않고 말했다. 「우리는 수학으로부터 우리가 필요로 하는 모든 도움을 얻고 있어.」

「그렇겠지.」 다시 한 번 스마일리가 정중하게 말했다.

「음악을 틀까?」

음향 설비는 천장 속에 감추어져 있었고 음악은 천장으로부터 흘러나왔다. 샘은 견딜 수 있을 만큼 커다란 소리로 틀었다.

「그래, 자네의 용건이 뭔가?」 그가 활짝 웃으며 물었다.

「짐 프리도가 등에 총을 맞던 날 밤에 대해 물어보고 싶어. 자네는 그때 당직 사령이었지?」

샘은 시가 냄새가 나는 갈색 담배를 피웠다. 담배 한 개비에 불을 붙이더니 그대로 재가 되는 과정을 지켜보았다. 「올드 보이, 회고록이라도 쓰고 있는 건가?」 그가 물었다.

「우린 그 사건을 재검토하고 있어.」

「그 우리가 누구야, 올드 보이?」

「나하고 레이콘 그리고 그 뒤에 장관이 있어.」

「모든 권력은 부패하게 되어 있고 누군가가 통치는 해야지. 그 경우 레이콘 동지가 마지못해 맨 위로 올라가겠군.」

「그런 방식은 바뀌지 않았어.」 스마일리가 말했다.

샘은 생각에 잠긴 채 담배를 빨았다. 음악은 이제 노엘 카워드의 가사로 바뀌었다.

「내 꿈은 말이야……」 샘 콜린스가 담배 연기를 내뿜으며 말했다. 「언젠가 한번은 퍼시 올러라인이 낡은 갈색 가방을 들고 저 문으로 들어와 한 게임 신청하는 거야. 그가 가진 비자금 전액을 빨강에 걸고서 잃어버리는 그런 경우 말이야.」

「공식 기록은 상당 부분 삭제되었어. 그래서 당시의 관련자를 찾아다니며 그들의 기억을 물어보는 수밖에 없어. 파일에는 남아 있는 정보가 별로 없어.」

「그럴 테지. 놀랍지도 않아.」 샘이 말했다. 그는 구내전화로 샌드위치를 신청했다. 「매일 샌드위치와 카나페만 먹고 싶지. 나의 특혜라고나 할까.」

그가 커피를 따르고 있는데 책상 위의 자그마한 붉은 등에 불이 켜졌다.

「처미가 본전이 되었습니다.」 깐깐한 목소리가 말했다.

「그럼 계산을 시작해.」 샘이 내납하고 스위치를 껐다.

그는 훌륭한 군인이 전투 장면을 회상하듯 아주 간결하고 정확하게 말했다. 그것은 이기는 것도 지는 것도 아니었고 단지 정확하게 기억하는 것이었다. 당시 나는 해외에서 방금 돌아왔었어, 그가 말했다. 비엔티안에서 3년 근무를 마치고 말이야. 그는 인사과에 신고했고 돌핀에게 가서 신원 조회를 마쳤다. 아무도 보직을 줄 생각을 하지 않아 한 달쯤 휴가를 얻어 남프랑스에 다녀올까 생각했었다. 그때 컨트롤의 심복인 나이 든 경비원 맥파딘이 그를 복도에서 보더니 컨트롤에게 데려갔다.

「그게 정확히 언제인가?」 스마일리가 물었다.

「10월 19일이었어.」

「목요일이군.」

「그래, 목요일이었어. 나는 그다음 월요일 니스로 날아갈 생각이었지. 자네는 그때 베를린에 있었어. 자네에게 술이나 한잔 사 줄까 했는데 머더들이 출장을 갔다는 거야. 인사과에 알아봤더니 베를린에 가 있더군.」

「그래, 그랬었지.」 스마일리가 간단히 말했다. 「컨트롤이 보냈어.」

나를 다치지 않게 하려고 말이야, 라고 이어 말하려 했으나 그만두었다. 베를린으로 나가던 당시에도 이미 그런 생각을 갖고 있었다.

「그래서 빌을 알아봤더니 빌 또한 연락이 안 돼. 컨트롤이 북부 지방 어딘가로 보낸 모양이었어.」 샘이 스마일리의 시선을 피하면서 말했다.

「뭔가 쓸데없는 것을 추적하기 위해.」 스마일리가 중얼거렸다. 「하지만 그는 돌아왔어.」

여기서 샘은 스마일리 쪽으로 아주 날카롭게 심문하는 듯한 시선을 던졌다. 하지만 그는 빌 헤이든의 여행에 대해서는 더 이상 얘기하지 않았다.

「서커스는 죽어 있는 듯했어. 차라리 비엔티안으로 돌아가는 첫 번째 비행기를 타는 게 더 낫겠다 싶었어.」

「그래 분위기가 상당히 죽어 있었지.」 스마일리가 인정했다. 위치크래프트를 빼고는 말이야, 라는 생각이 그의 머리를 스치고 지나갔다.

 게다가 컨트롤은 닷새 동안 신열을 앓은 듯한 사람 같았어, 라고 샘은 말했다. 그는 서류 더미에 둘러싸여 있었는데 헬쑥했으며 말을 하면서도 연방 손수건으로 이마의 땀을 닦아 냈다. 그는 부하 직원을 오랜만에 만났을 때의 잡담 따위도 하지 않더군, 하고 샘은 말했다. 현장에서 3년이나 근무하느라 수고했다는 말도 하지 않았고, 당시 좀 복잡했던 그의 사생활에 대하여 핀잔을 주지도 않았다. 단지 주말 당직 사령으로 되어 있는 메리 매스터맨 대신 야간 당직을 좀 맡을 수 있겠느냐는 말만 했다. 자네, 좀 바꿔 줄 수 있겠나?

 「〈물론 바꿔 줄 수 있습니다〉라고 나는 말했지. 〈부장님이 그렇게 요구하시면 그대로 따르겠습니다.〉 그는 토요일에 어떻게 근무해야 할지 말해 주겠다고 했다. 그러면서 아무에게도 이 사실을 말하지 말라고 했어. 그가 나에게 근무 교체를 요청했다는 사실을 서커스 건물의 그 누구에게도 말하면 안 된다는 거였어. 그는 위기가 발생할 경우, 전화 교환대에 믿을 만한 사람이 있어야 한다고 생각하는 듯했어. 하지만 믿을 만한 사람은 외곽 부대 사람 혹은 나처럼 본사에서 오래 떨어져 생활한 그런 사람이어야 했어. 게다가 고참이어야 했지.」

 그래서 샘은 메리 매스터맨을 찾아가 아파트의 세입자가 나가 주지 않아서 월요일 휴가를 떠날 때까지 있을 데가 마땅치 않다는 얘기를 했다. 그러면서 그녀의 주말 야간 낭식을 대신 해주면서 호텔비라도 벌어 보려 하는데 괜찮겠냐, 라고 말했다. 그는 토요일 오전 9시에 종려나무 스티커가 여전히 붙어 있는 서류 가방에 칫솔과 여섯 캔들이 맥주를 넣어 가지고 와 근무 교대를 했다. 제프 어게이트가 일요일 저녁에 그와 근무 교대할 예정이었다.

 샘은 또다시 서커스가 폐허처럼 조용했다는 말을 했다. 옛날에는 토요일도 평일과 별반 다르지 않았어, 라고 그는 말했다. 대부분의 지역 담당과는 주말에도 일하는 데스크맨을 두었고 또 심지어 어떤 과는 야간 당직도 두었다. 그래서 토요일에 건물을 한 바퀴 돌아보면 대규모 인원이 움직이는 대부대 같은 느낌이었다. 하지만 그 토요일 아침 서커스 건물은 직원들이 마치 소개(疏開)를 한 것 같았어, 라고 샘은 말했다. 컨트롤이 그렇게 되도록 명령을 내렸다는 얘기였다. 두 명의 암호 해독 요원이 2층에서 일하고 있었고 무전실과 암호실은 아직도 활발하게 돌아갔다. 아무튼 그들은 하루 스물네 시간 근무하는 자들이었다. 그들 이외에는 커다란 침묵이었지, 하고 샘은 말했다. 그는 대기하면서 컨트롤이 전화해 줄 것을 기다렸으나 아무 일도 벌어지지 않았다. 그는 이 세상에서 가장 게으른 자가 서커스의 경비원들이라고 생각했는데 그들을 상대로 한 시간을 죽였다. 그는 경비원들의 출근 리스트를 체크했는데 두 명의 타이피스트와 한 명의 데스크 직원이 출근했다고 표시되어 있으나 실제로는 자리에 없는 것을 발견했다. 그래서 경비원의 우두머리인 멜로스를 불러 이 사실을 보고하라고 지시했다. 그런 다음 컨트롤이 출근했는지 알아보기 위해 5층으로 올라갔다.

「그는 말이야, 맥파딘을 빼놓고 혼자 앉아 있더군. 머더들도 없고 자네도 없었어. 그냥 맥파딘이 재스민 차를 가져다 주고 그런 다음 동정 어린 눈빛으로 그의 주위를 맴돌고 있더군. 내 얘기가 너무 자세한가?」

「아니야, 계속해. 자네가 기억나는 대로 아주 자세히 좀 말해 주게.」

「그때 컨트롤이 베일을 한 겹 벗기더군. 완전히는 아니고 절반쯤 벗겼어. 누군가가 나를 위해 중요한 일을 하고 있네, 하고 그는 말했어. 정보부에 아주 중요한 일이라는 거였어.

그는 정보부에 중요한 일이라고 강조했어. 화이트홀, 스털링화, 생선 가격 따위에 중요한 게 아니라 정보부에 말이야. 하지만 그게 끝나면 아무에게도 말해선 안 된다고 했어. 빌과 블랜드는 물론이고 심지어 자네에게도 말이야.」

「올러라인에게도?」

「그는 퍼시 얘기는 단 한 번도 하지 않았어.」

「그래, 그랬었지.」 스마일리가 동의했다. 「막판에는 거의 그와 말하지 않았어.」

「그날 밤 나는 올러라인을 그냥 별 볼일 없는 작전 고문으로 대했을 뿐이야. 나는 나 자신을 컨트롤과 서커스 내의 진행 상황 사이에서 컨트롤을 대신하는 인물로 생각했어. 무전이든 전화든 뭐든 어떤 소식이 들어오면 나는 주위가 안전해질 때까지 기다렸다가 재빨리 위층으로 올라가 컨트롤에게 그것을 전하도록 되어 있었어. 그 당시든 그 후든 컨트롤이 배후 인물이라는 사실은 아무도 몰라야 했어. 어떤 경우든 그에게 전화하거나 메모를 보내서도 안 되었어. 내부 전화를 사용하는 것도 금물이었어. 정말일세, 조지.」 샘이 샌드위치를 한 입 베어 먹으면서 말했다.

「그래, 그랬을 테지.」 스마일리가 공감한다는 투로 말했다.

만약 밖으로 내보내야 할 전보가 있다면 그때에도 샘은 컨트롤의 대타로 뛰어야 했다. 그는 저녁 이전에는 상황이 없을 것으로 안심해도 된다는 말을 들었다. 또 저녁이 되어서도 어떤 상황이 발생하지는 않을 것 같았다. 컨트롤은 경비원이나 다른 직원들처럼 아주 자연스럽게 또 바쁜 것처럼 행동하라고 샘에게 일렀다.

컨트롤과 얘기가 끝나자 샘은 당직실로 돌아와 석간 신문을 사 오라고 시켰고 맥주 한 캔을 땄고 외부 전화선을 경마장에 연결한 후 돈을 잃기 시작했다. 샘이 지난 몇 년 동안 보지 못했던 장애물 경마가 그날 켐프턴에서 열렸던 것이다. 초저녁이 되자 그는 전화선을 다시 한 번 점검했고 일반 접수실 바닥에 설치된 비상 경고등 패널을 테스트했다. 총 15개 중 세 개가 고장이었다. 그때쯤 되자 경비원들은 괜스레 설치고 다니는 그를 미워하기 시작했다. 그는 달걀을 하나 삶아 먹었고 그 후에 위층으로 올라가 맥파딘에게 맥주를 한 캔 건네면서 경마에 1파운드를 걸라고 말했다.

「그는 왼쪽에서 1미터 떨어진 말에게 1파운드를 걸어 달라고 말하더군. 그와 한 10분쯤 잡담을 하고 당직실로 내려와 편지를 몇 통 쓰고서 텔레비전에 나오는 시시한 영화를 보다가 잠자리에 들었어. 막 잠이 들려고 하는데, 첫 번째 전화가 걸려왔어. 정확하게 11시 20분이었지. 그 후 열 시간 동안 전화벨이 쉴 새 없이 울렸어. 나는 이러다가 교환대가 불붙는 게 아닐까 하고 생각했어.」

「아카디가 다섯을 잃었습니다.」 박스에서 간간한 목소리가 말했다.

「잠깐만 실례하겠네.」 샘이 습관처럼 싱긋 웃으면서 말했다. 그는 스마일리에게 음악을 듣고 있으라면서 일 처리를 하기 위해 위층으로 올라갔다.

혼자 앉은 스마일리는 샘의 갈색 담배가 재떨이 속에서 천천히 타들어 가는 것을 지켜보았다. 한참 기다려도 샘이 돌아오지 않아, 재떨이 속의 담배를 꺼야 하는 것이 아닐까 하는 생각이 들었다. 근무 중에는 담배를 피우지 못하게 되어 있을 텐데. 그게 하우스의 규칙일 텐데.

「다 처리하고 왔네.」 샘이 말했다.

첫 번째 전화는 외무부의 당직 직원이 직통 전화로 걸어온 것이었어, 라고 샘은 말했다. 화이트홀의 여러 부서 중에서 외무부가 간발의 차이로 제일 먼저 전화를 해온 것이었다.

「런던 주재 로이터 통신 책임자가 프라하에서 총격전이 벌어졌다는 소식을 그 직원에게 알려 왔다는 거야. 영국 스파이가 러시아 보안군의 총격에 사망했고, 현지에서는 그 스파이의 공모자들을 수색하기 위한 작업이 대대적으로 벌어지고 있다는 거였지. 그러면서 외무부에서도 알고 있느냐고 물었대. 당직 직원은 참고하라고 우리에게 그 정보를 전해 준 것이었어. 나는 아마도 헛소문일 거라고 대답하면서 전화를 끊었어. 그런데 암호 해독실의 마이크 미킨이 달려와 체코 하늘에 엄청난 무전이 교신되고 있다고 했어. 어떤 것은 암호문이고 또 어떤 것은 일반문인데, 브르노 근처에서 총격전이 벌어졌다는 단편적인 정보가 계속 잡힌다는 거였어. 프라하야 브르노야, 아니면 둘 다야? 하고 내가 물었어. 브르노뿐이라는 대답이었어. 나는 계속 감청하라고 말했어. 그때 즈음에는 전화 다섯 대가 동시에 울렸어. 내가 당직실을 나서려는데 외무부 직원이 다시 직통 전화에 나왔어. 로이터 기자가 발언을 일부 수정했다는 거야. 총격전이 발생한 장소는 프라하가 아니라 브르노라는 거였어. 나는 당직실 문을 닫고 나왔는데, 그 안은 마치 거대한 벌집이 터진 듯한 그런 상황이었어. 내가 5층의 컨트롤 방에 가니 그는 책상 앞에 서 있었어. 내가 계단을 달려오는 소리를 들었던 거야. 최근에 올러라인이 그 계단에다 카펫을 깔았나?」

「아니.」 스마일리가 말했다. 그는 무표정한 얼굴이었다. 「조지는 칼새[鳥] 같아.」 앤이 한번은 그가 듣는 데서 헤이든에게 말했었다. 「그는 주위의 기온에 도달할 때까지 자신의 체온을 떨어뜨려. 그런 다음엔 환경 적응 때문에 에너지를 잃어버리는 법이 없어.」

「그가 나를 쳐다보는 동작이 그렇게 빠를 수가 없었어. 그는 내가 전보나 뭐 그런 것을 들고 있는지 먼저 내 손부터 보더군. 빈손인 것이 너무나 미안했어. 〈아래층은 벌집을 쑤셔 놓은 것 같은 상황입니다.〉 내가 보고했어. 내가 대강의 내용을 보고했고 그는 손목시계를 내려다보았어. 모든 일이 순조롭게 진행되었을 경우 지금쯤 어떤 일이 벌어질 것인가를 따지는 듯했어. 〈간단한 지시를 해주실 수 없습니까?〉 내가 말하자 그는 책상에 다시 앉았어. 나는 그의 얼굴을 잘 볼 수가 없었어. 그의 책상에 조도가 낮은 초록색 등이 켜져 있었기 때문이야. 〈나는 대외적으로 브리핑을 해야 합니다. 그 정보를 사실이 아니라고 부인할까요? 왜 도와주는 사람이 아무도 없죠?〉 그는 대답이 없었어. 나중에 알고 보니 도와줄 사람이 없는 상황이었는데, 당시에는 그걸 알지 못했어. 〈난 브리핑을 해야 합니다.〉 아래층에서는 발소리가 들려왔고 무선 운영자들이 나를 찾는 것 같았어. 〈부장님이 직접 내려오셔서 상황을 장악하시겠습니까?〉 나는 바닥에 펼쳐진 채로 놓여 있는 서류 더미를 넘어 책상 한쪽으로 다가갔어. 많은 서류들 때문에 그가 백과사전을 편찬하는 게 아닌가 하는 생각이 들었어. 어떤 서류들은 전쟁 전의 것이었어. 그는 이런 자세로 앉아 있었어.」

샘이 오른 주먹을 꼭 쥐더니 그 끝을 이마에다 대고 책상을 내려다보았다. 왼손으로는 컨트롤의 금줄 달린 시계를 잡은 시늉을 했다. 「〈맥파딘에게 내가 타고 갈 택시를 좀 잡아오라고 하게. 그런 다음 스마일리를 찾아내.〉 〈작전은 어떻게 하고요?〉 내가 물었어. 대답이 한참 동안 나오지 않더군. 〈그 작전은 사실이 아니라고 부정할 수 있어.〉 그가 말했어. 〈두 사람 모두 외국 여권을 갖고 있어. 이 시점에서 그들이 영국인이라는 건 모를 거야.〉 〈지금 얘기가 되고 있는 것은 한 사람뿐인데요.〉 내가 그렇게 대꾸했어. 이어 〈스마일리는 지금

베를린에 있습니다〉라고 말한 것 같아. 한 2분쯤 침묵이 흐르더니 컨트롤이 말했어. 〈그럼 다른 사람을 찾아봐. 누구라도 마찬가지니까.〉 지금 생각해 보니 컨트롤이 안되었어. 하지만 당시에는 동정할 입장이 되지 못했어. 내가 앞에 나서서 사태를 감당해야 했는데 나는 아는 게 하나도 없었으니까 말이야. 맥파딘은 주위에 없었고. 그래서 컨트롤에게 알아서 택시를 타고 가라고 말했어. 내가 4층으로 다시 올라왔을 때 나는 카르툼의 고든[33] 같은 신세였어. 모니터링을 담당한 여직원은 나를 향해 불러틴[官報]을 깃발처럼 흔들어 댔고 경비원 두서너 명은 나를 향해 소리쳤고 무전병은 해독 암호문을 한 다발 들고 서 있었고, 전화벨은 쉴 새 없이 울려 댔어. 내 직통 전화뿐만 아니라 4층에 있는 10여 대의 직통 전화가 계속 울어 댔어. 나는 당직실로 들어가자마자 전화선을 다 뽑아 버리고 어떻게 대처해야 할지 궁리했어. 모니터 담당 여직원, 돌핀하고 브리지 게임을 자주 한 그 여직원 이름 뭐지?」

「퍼셀. 몰리 퍼셀.」

「그래 그 여자야. 그 여자의 얘기가 그중 확실했어. 프라하 라디오는 30분 이내에 비상 불러틴을 약속했다는 거야. 그게 15분 전 얘기래. 그 불러틴은 서방 국가의 노골적인 도발 행위, 체코 주권에 대한 침해, 모든 국가의 자유민들에 대한 모독 등을 비난하는 내용이 담길 거라는 거였어. 그리고 모든 국가들로부터 비웃음을 살 거라는 얘기였어.」 샘이 한심하다는 어조로 말했다. 「나는 먼저 바이워터 스트리트의 자네 집으로 전화를 했어. 그다음엔 베를린으로 무전을 넣어 자네를 빨리 귀국시키라는 지시도 내렸지. 그리고 멜로스에게 비상 전화망을 주면서 외부 전화를 이용해 연락 가능한 간부를 알아보라고 했

---

33 1833~1885. 영국의 장군으로 수단의 카르툼에서 수단 군대에 포위당해 10개월간 버티다가 전사했음.

어. 퍼시는 주말을 이용하여 스코틀랜드에 갔는데 저녁 식사를 나갔어. 그의 요리사가 멜로스에게 연락 가능한 번호를 주어서 그리고 전화하여 주인에게 말했더니 금방 떠났다는 거야.」

「그거 안됐군.」 스마일리가 끼어들었다. 「그런데 바이워터 스트리트에는 왜 전화했나?」 그는 엄지와 검지로 윗입술을 잡아당겨 언챙이 같은 포즈를 취하면서 중공(中空)을 응시했다.

「자네가 베를린에서 혹시 일찍 돌아왔을 경우에 대비해서였지.」 샘이 말했다.

「그래 돌아왔던가?」

「아니.」

「그래 누구와 통화했나?」

「앤.」

스마일리가 말했다. 「앤은 지금 우리 집에 없어. 그 통화가 어떻게 진행되었는지 좀 말해 주겠나?」

「자네 소재를 물었더니 베를린에 있다고 하더군.」

「그게 전부야?」

「조지, 당시는 비상이었잖아. 지푸라기라도 잡을 판이었어.」 샘이 경고하는 듯한 어조로 말했다.

「그래서?」

「그래서 그녀에게 혹시 빌 헤이든의 소재를 아느냐고 물었어. 지급이라면서. 그가 휴가를 떠났다고 하지만 시내에 있을지도 모른다면서 말이야. 누군가로부터 두 사람이 먼 사촌 간이라는 얘기를 들었어.」 그는 잠시 뜸을 들이다가 덧붙였다. 「게다가 그는 집안의 친척이라면서?」

「그래, 그렇지. 그녀가 뭐라고 대답하던가?」

「아주 기분 나쁜 어조로 모른다고 하고서 전화를 끊었어. 조지, 그 일은 미안하게 되었네. 하지만 긴박한 상황이라 어쩔 수 없었어.」

「그녀의 목소리는 어땠나?」 스마일리는 상황을 충분히 이해한다는 표정을 지으며 물었다.

「이미 말했잖아. 기분 나쁜 어조였다고.」

로이 블랜드는 사원 모집차 리즈 대학에 내려가서 접촉할 수가 없었어, 하고 샘은 말했다.

전화하는 동안 샘은 사방에서 몰려오는 비난을 한 몸으로 막아 내야 했다. 그는 자신이 쿠바에 침공하기라도 한 것 같은 느낌이었다. 군부는 체코 탱크가 오스트리아 국경을 따라 이동하고 있다고 소리쳤다. 암호 해독 요원들은 브르노 근처의 무전을 잡을 수가 없다며 불평했다. 외무부의 당직 직원은 우울증과 고열 증세를 동시에 보였다. 「처음엔 레이콘이, 이어서 장관이 마구 소리치기 시작했어. 약속 시간보다 20분 늦은 12시 반에 체코의 뉴스 불러틴을 받아 보았는데 그렇게 좀 늦어졌다고 해서 상황이 나아질 것은 하나도 없었어. 짐 엘리스라는 영국 스파이가 가짜 체코 여권을 소지하고 체코 반혁명 분자들의 도움을 받아 성명 미상의 체코 장군을 브르노 숲 근처에서 납치하여 오스트리아 국경 너머로 데리고 가려 했다는 거였어. 엘리스는 총을 맞았지만 체코 뉴스에 의하면, 죽지는 않았다고 했어. 다른 하부 조직들의 체포도 임박했다는 거야. 나는 공작원 명부에서 엘리스를 찾아보고 그게 짐 프리도라는 걸 알았지. 그리고 이런 생각을 했어. 짐이 총을 맞았고 또 체코 여권을 가지고 있었다. 그러니 컨트롤이 말한 것처럼 그의 신분을 알아내기는 어려웠을 것이다. 하지만 그들은 어떻게 그의 공작명과 또 그가 영국인이라는 사실을 알아냈을까? 그 순간, 빌 헤이든이 도착했는데 얼굴이 백지장처럼 하얗더군. 클럽의 티커 테이프[34]에서 소식을

---

34 티커에서 자동적으로 나오는 수신용 테이프.

들었다는 거야. 그리고 곧바로 클럽에서 서커스로 왔대.」

「그의 도착 시간이 정확하게 몇 시 몇 분이었어?」 스마일리가 가볍게 얼굴을 찌푸리며 물었다. 「꽤 늦은 시간이었을 것 같은데.」

샘은 스마일리의 고통을 덜어 주고 싶어 하는 표정이었다. 「1시 15분이었네.」

「클럽에 가서 티커 테이프를 보기에는 늦은 시간이 아닐까.」

「그건 그래, 올드 보이.」

「빌의 클럽은 새빌에 있지?」

「잘 몰라.」 샘이 말했다. 그는 커피를 한 모금 홀짝거렸다. 「그의 모습이 정말 가관이더군. 그거 하나는 인상적이었어. 나는 평소 그가 다혈질적인 친구라고 생각했어. 그런데 그날 밤은 아니었어. 아무튼 그는 충격을 받은 듯했어. 그런 상황에서 그렇지 않은 사람이 없었겠지. 그는 총격전이 벌어졌다는 사실을 알고서, 분명히 알고서 서커스에 나타났어. 내가 총 맞은 사람이 짐이라고 말해 주자 그는 미친 사람처럼 나를 쳐다보았어. 마치 나를 공격할 듯한 태세였어. 〈총에 맞았다고? 어떻게? 총에 맞아 죽었나?〉 나는 불러틴을 그의 손에 쥐여 주었고 그는 한 장 한 장 읽어 내려갔어.」

「그는 티커 테이프에서 그 사실을 이미 알지 않았을까?」 스마일리가 자그마한 목소리로 물었다. 「그 시간이면 그 소식이 온 사방에 퍼졌을 텐데. 엘리스가 총에 맞았다, 그게 핵심 뉴스 아닌가?」

「그가 어떤 뉴스 불레틴을 보았느냐에 따라 다르겠지.」 샘이 어깨를 한 번 움찔했다. 「아무튼 그는 전화 교환대를 꿰찼고 새벽녘이 되어서는 얼마 안 되는 정보를 열심히 종합하여 침착하게 대책을 내놓았어. 그는 외무부에는 오리발을 내밀며 딱 잡아떼라고 주문했어. 또 토비 이스터헤이스를 찾아오게 하여 그에게 런던 경제대학의 학생으로 위장한 체코 정보원 둘을 검거하라고 지시했어. 빌은 그때까지 그 학생들을 내버려 두면서 관찰만 했던 것 같아. 그들을 검거하여 체코를 상대하는 노림수로 사용하려는 것 같았어. 토비의 램프라이터들은 그 둘을 마구 때린 후 새럿에 감금했어. 이어 빌은 런던 주재 체코 레지던시의 책임자에게 전화를 걸어 아주 강경한 목소리로 말했어. 만약 짐 프리도의 신상에 위해가 가해진다면 그의 정체를 낱낱이 밝혀서 웃음거리로 만들겠다고 위협했어. 그걸 상급자에게 반드시 전달하라고 요구했어. 교통사고가 벌어진 현장에 빌 헤이든만이 유일한 의사인 것처럼 보이더군. 그는 언론사 기자에게 전화를 걸어 아주 자신 넘치는 목소리로 엘리스는 미국 끄나풀인 체코 상인이라고 말하더군. 그 스토리를 기사에 써도 좋다는 말도 했어. 그 얘기는 석간 신문에 실제로 나왔어. 그는 또 짐의 사무실에 사람을 보내 그의 사물을 모두 수거해 오도록 했어. 혹시 엘리스가 프리도인 것을 냄새 맡은 기자들이 그의 사무실 주위에 기웃거릴 것을 우려해서 말이야. 그가 뒤처리를 확실히 해준 것 같아. 짐의 가족들을 포함해서 말이야.」

「짐은 가족이 없어.」 스마일리가 말했다. 「빌이 가장 가까운 사람이었지.」 그가 자그마한 목소리로 덧붙였다.

샘이 이야기를 마무리했다. 「아침 8시에 퍼시 올러라인이 도착했어. 공군의 특별 수송기를 얻어 타고 왔대. 그는 싱글싱글 웃고 있있어. 빌의 아픔을 생각할 때 그건 현명치 못한 짓이었지. 하지만 그러고 있었어. 그는 내가 왜 당직을 서고 있느냐고 묻더군. 그래서 메리 매스터맨에게 했던 것과 똑같은 얘기, 들어갈 아파트가 없다고 대답했지. 그가 내 전화를 이용해 장관에게 면담 신청을 하고 있는 중에 로이 블랜드가 당직실에 들어섰어. 절반은 미친 사람처럼 절반은 술 취한 사람처럼 펄쩍펄쩍 뛰더군. 자기 영역에 들어와 일을 망쳐 놓은 놈이 누구냐는 거였어. 나를 대단히 못마땅하게 여기는 듯했어. 〈이봐, 짐을 한번 생각해 봐. 그렇게 화내기보다는 이해를 해줘야 하는 거 아니야〉 하고 내가 말했어. 하지만 로이는 배고픈 사람이었고 죽은 자보다 살아 있는 자를 더 좋아했어. 나는 그에게 선선히 교환대를 넘겨주고 사부아 호텔로 가서 아침을 먹으며 일요판 신문을 읽었지. 신문들은 프라하 라디오 보고와 외무부의 부인(否認) 입장을 그대로 실었더군.」

마침내 스마일리가 말했다. 「그다음에 자네는 남프랑스로 갔나?」

「두 달 동안 재미있는 시간을 보냈지.」

「그 후에 누가 자네에게 물어보지 않던가? 가령 컨트롤에 대해서.」

「내가 귀국할 때까지 물어보는 사람이 없었어. 귀국해 보니 자네는 아주 곤란한 처지에 놓였더군. 컨트롤은 아파서 병원에 입원했고.」 샘의 목소리에 우려의 그늘이 드리웠다. 「그가 어리석은 짓을 한 것은 아니지?」

「그는 돌아가셨네. 그래 귀국 후 자네에게는 어떤 일이 벌어졌나?」

「퍼시가 부장 서리를 하고 있더군. 그는 나를 부르더니 왜 내가 매스터맨 대신 당직을 서게 되었는지, 또 컨트롤과 어떤 얘기를 했는지 묻더군. 나는 원래 했던 얘기를 반복했고 퍼시는 나를 거짓말쟁이라고 하더군.」

「바로 그것 때문에 해고당한 건가? 거짓말 때문에?」

「알코올 때문이었지. 경비원들도 그들 나름대로 보고하는 게 있어. 그들은 당직실 휴지통에서 빈 맥주 캔 다섯 개를 발견하여 총무과에 보고했지. 그자들이 나한테 앙심을 품은 것 같아. 서커스 구내에서는 절대 술을 마셔서는 안 된다는 규정이 있지. 징계 위원회가 나의 비행을 조사하는 과정에서 퀸스 부두에서 방화했다는 사실을 밝혀냈어. 그래서 잘린 사람들의 클럽에 끼게 되었지. 자네는 어떻게 해고되었나?」

「뭐, 비슷한 얘기야. 그들에게 나는 짐 프리도 건에 조금도 연루되지 않았다는 것을 납득시키지 못했어.」

「누군가의 목을 베어 버리고 싶다면……」 샘이 옆문을 통해 스마일리를 복도로 안내하면서 말했다. 「연락해 주게.」 스마일리는 깊은 생각에 잠겨 있었다. 「그리고 카지노를 한 게임 하고 싶다면 앤의 멋진 친구들을 함께 데리고 오게.」

「샘, 내 말을 들어 봐. 빌은 그날 밤 앤과 정사를 벌이고 있었어. 아니, 놀라지 말고 내 말을 들어 봐. 자네가 전화했을 때 그녀는 빌이 거기 없다고 말했어. 그녀는 전화기를 내려놓자마자 빌을 침대에서 내쫓았어. 그런데 그 친구는 체코에서 총격전이 벌어졌다는 것을 알고 있는 상태로 서커스에 나타났어. 자네가 그날 밤 빌을 목격한 바에 의하면 말이야.」

「그런데.」

「하지만 앤에게 전화했을 때 자네는 체코 얘기를 하지 않았잖아? 그렇다면 빌이 어디서 그 얘기를 알았지?」

「서커스로 오는 길에 클럽에 들렀다고 하지 않았어.」

「만약 그 시간에 클럽이 문을 열어 놓고 있었다면 가능했겠지. 만약 클럽에서 총격전 정보를 얻었다면 어떻게 짐 프리도가 총에 맞았다는 사실을 모를 수 있을까?」

밖으로 나와 환한 햇빛 속에서 보니 샘은 좀 늙어 보였다. 비록 그의 얼굴에서 웃음이 사라지지 않았어도 말이다. 그는 뭔가 말하려고 하다가 생각을 고쳐먹었다. 그는 화가 난 듯했고 이어 좌절하는 표정을 잠깐 보이더니 곧 무표정해졌다. 「잘 가게.」 그가 말했다. 「그리고 조심하면서 일하게.」 그러고는 영원히 나이트 타임만 있는 카지노 하우스로 되돌아갔다.

27

 그날 아침 스마일리가 아일레이 호텔에서 나와 그로스브너 스퀘어로 갔을 때 거리는 햇빛이 쨍쨍했고 하늘은 구름 한 점 없이 파랬다. 그가 임대한 로버 자동차를 몰고 에지웨어 로드의 볼썽사나운 건물들을 스쳐 지나갈 때 갑자기 바람이 불면서 하늘에 먹구름이 끼기 시작했다. 남아 있는 햇빛이라고는 타맥*tarmac*의 붉은색뿐이었다. 그는 세인트존스 우드 로드로 들어가 유리 현관을 자랑하는 새로운 타워형 건물 앞에다 차를 세웠다. 그가 보기에 일종의 우주적 혼란을 묘사한 것 같은 거대한 조각 작품을 지나 스마일리는 차가운 이슬비를 뚫고서 〈출구〉라고 적힌, 아래로 내려가는 외부 계단으로 다가갔다. 첫 번째 계단은 테라초 타일에 아프리카 티크목으로 된 난간이었다. 하지만 그 아래로 내려가면서 건설업자의 후한 인심은 중지되었다. 맨 앞의 호화로운 자재 대신 엉성한 석회를 사용했고, 수거해 가지 않은 쓰레기 냄새가 공중에 떠돌고 있었다. 그의 태도는 은밀하다기보다는 조심스러웠다. 그는 철제 문 앞에 도착하자 걸음을 멈추고 두 손으로 기다란 핸들을 잡았다. 그러고는 마치 시련을 당하는 사람처럼 조심스럽게 문을 잡아당겼다. 문이 30센티미터쯤 열리더니 쿵 하는 소리와 함께 멈추면서 욕설이 터져 나왔다. 그 욕설은 수영장 속에서의 외침처럼 여러 차례 울려 퍼졌다.

「이봐요, 좀 살펴보면서 문을 열어야 할 거 아니오!」

스마일리는 벌어진 문틈으로 들어갔다. 그 문은 아주 반짝거리는 차의 범퍼에 부딪혀 멈춘 것이었다. 하지만 스마일리는 차를 보고 있지 않았다. 차고 건너편에 작업복을 입은 두 남자가 고무호스를 가지고 세차장에서 롤스로이스를 씻어 내리고 있었다. 두 남자는 그를 쳐다보았다.

「왜 다른 쪽 출입구를 사용하지 않았습니까?」 조금 전의 화난 목소리가 물었다. 「당신 여기 입주자입니까? 왜 입주자용 엘리베이터를 사용하지 않습니까? 이 계단은 화재 시에 사용하는 비상계단이에요.」

그는 두 남자 중 누가 말하고 있는지 분간이 되지 않았다. 그 사람이 누구든 심한 슬라브 억양으로 말하고 있었다. 세차상의 능불은 그들 뒤에 있었고, 키 작은 남자가 고무호스를 잡고 있었다.

스마일리는 주머니에 손을 집어넣지 않으려고 신경 쓰면서 그들 쪽으로 걸어갔다. 호스를 든 남자는 다시 세차 작업으로 돌아갔고 키 큰 남자는 어둠 속에서 그를 지켜보았다. 그는 하얀색 오버롤 작업복을 입고 있었는데, 옷깃이 약간 위로 올라가서 날렵한 인상을 풍겼다. 그의 검은 머리칼은 완선 올백으로 넘겨져 있었다.

「나는 입주자는 아닙니다.」 스마일리가 말했다. 「하지만 주차와 차량 보수와 관련하여 누군가와 의논하고 싶습니다. 내 이름은 카마이클입니다.」 그가 커다란 목소리로 말했다.

「나는 길 위에 아파트를 샀습니다.」

그는 명함을 꺼내는 시늉을 했다. 그의 별 볼일 없는 외모보다는 서류가 더 잘 말해 주리라는 듯이.「나는 선불을 내겠습니다.」그가 약속했다.「필요하다면 계약서도 쓰겠습니다. 하지만 합법적인 계약이어야 합니다. 나는 신용 보증인도 세울 수 있고 또 합리적인 범위 내에서 보증금도 걸 수 있습니다. 합법적이기만 하면 말입니다. 차는 로버인데 새 차예요. 나는 회사 몰래 하는 것은 싫습니다. 합법적인 범위 내라면 어떻게 하든 상관없습니다. 차를 여기 가져왔어요. 이런 얘기를 하면 좀 엉뚱하게 들릴지 모르겠지만 차의 램프가 마음에 안 들어요. 보면 알겠지만 차는 새 차예요.」

그는 약간 호들갑스러울 정도로 자세히 용건을 말하면서 서까래에 매달린 밝은 전구의 어두운 쪽에 서 있었다. 아주 비참하게 애원하는 사람이라는 인상을 줄 법했는데 탁 트인 공간에서는 스마일리의 그런 모습이 잘 보였다. 그런 호소하는 태도는 효과를 발휘했다. 하얀 작업복을 입은 남자가 세차장에서 나와, 두 개의 쇠기둥 사이에 세운 젖빛 유리 달린 키오스크로 걸어왔다. 그리고 올백한 머리를 가볍게 움직이면서 스마일리에게 따라오라는 시늉을 했다. 남자는 걸어가면서 손에 낀 장갑을 벗었다. 그것은 수제의, 값비싼 가죽 장갑이었다.

「문을 열 때 조심해야 합니다.」그는 커다란 목소리로 경고했다.「엘리베이터를 사용하는 게 좋아요. 안 그러면 2파운드 정도 벌금을 내야 될지 모릅니다. 엘리베이터를 사용하면 아무 문제가 없어요.」

「맥스, 자네에게 할 말이 있네.」일단 키오스크 안에 들어서자 스마일리가 말했다.「단둘이, 여기 아닌 다른 데서.」

맥스는 창백한 청년의 얼굴을 가진 덩치 크고 힘센 남자였다. 하지만 얼굴에는 잔주름이 많이 잡혀 있었다. 그는 잘생겼고 그의 갈색 눈은 아주 고요했다. 거의 아무런 표정이 없는 고요함이었다.

「지금? 지금 얘기하시게요?」
「차 안에서 하세. 밖에다 세워 두었어. 주차장 출입구 끝으로 걸어가면 바로 차 안으로 들어갈 수 있어.」

맥스는 입에다 손을 갖다 대더니 카센터 쪽을 향해 크게 소리쳤다. 그는 스마일리보다 머리 반 정도가 컸고 군악대장 같은 우렁찬 목소리를 갖고 있었다. 스마일리는 그게 무슨 말인지 알아들을 수 없었다. 아마도 체코어일 것이다. 저쪽에선 아무 대답도 들려오지 않았지만 맥스는 작업복 단추를 끄르고 있었다.

「짐 프리도에 관한 걸세.」 스마일리가 말했다.
「그렇겠지요.」 맥스가 말했다.

그들은 햄스테드까지 차를 몰고 가 반짝이는 로버 차 안에 앉아 아이들이 연못의 얼음을 깨고 있는 것을 지켜보았다. 아마 폭우가 쏟아지시 않았기 때문에 얼음이 꺼지지 않았을 것이다. 아니면 날씨가 추운 탓도 있었을 것이다.

맥스는 푸른색 양복에 푸른색 셔츠를 입고 있었다. 넥타이도 푸른색이기는 하지만 양복이나 셔츠와는 다른 음영을 갖고 있었다. 그런대로 색깔의 농도를 맞추느라 애를 쓴 것 같았다. 그는 여러 개의 반지를 끼고 있었고 옆면에 지퍼가 달린 부츠를 신고 있었다.

「난 더 이상 서커스 소속이 아니야. 사람들이 얘기해 주지 않던가?」 스마일리가 물었다. 맥스가 처음 듣는 얘기라는 듯 어깨를 움찔했다. 「자네한테는 말해 준 줄 알았는데.」

맥스는 꼿꼿하게 앉아 있었다. 의자 등받이에는 아예 기대질 않을 듯한 자세였다. 그는 자부심이 강했고 스마일리를 쳐다보지 않았다. 그의 시선은 연못, 얼음, 갈대 사이에서 노는 아이들에게 고정되어 있었다.

「그들은 나에게 아무것도 말해 주지 않았습니다.」

「난 해고당했네.」 스마일리가 말했다. 「자네하고 거의 비슷한 시기였어.」

맥스는 잠시 몸을 펴는 듯하더니 등받이에 몸을 기댔다. 「조지, 그건 너무나 안되었군요. 무슨 잘못 때문에? 돈을 훔쳤습니까?」

「맥스, 난 그자들과 의논하고 싶지 않았네.」

「당신은 비밀이 많군요. 나도 그렇습니다.」 맥스가 황금 담뱃갑을 꺼내 스마일리에게 담배를 권했으나 그는 정중하게 거절했다.

「나는 그 사건이 어떻게 된 건지 알고 싶었어.」 스마일리가 말했다. 「그들이 나를 해고하기 전에 밝혀내려 했지만 시간이 없었어.」

「그 때문에 그들이 당신을 해고한 건가요?」

「어쩌면.」

「그럼 별로 많이 알지는 못하겠네요.」 맥스는 무심하게 아이들을 쳐다보며 말했다.

스마일리는 맥스가 제대로 알아듣지 못할까 봐 우려하여 일부러 간단하게 말했다. 그들은 독일어로 대화를 할 수도 있었으나 맥스가 원하지 않을 게 뻔했다. 그래서 그는 영어로 말하고 맥스의 표정을 살폈다.

「맥스, 난 아무것도 모르네. 난 그 작전에 전혀 개입하지 않았어. 그 사건이 벌어졌을 때는 베를린에 있었지. 그래서 작전 계획이나 배경에 대해서는 백지야. 그들은 나에게 전보를 쳤으나 내가 런던에 돌아왔을 때에는 너무 늦었어.」

「계획이라고요?」 맥스가 말했다. 「무슨 계획이 있습니까?」 그의 턱과 뺨이 갑자기 일그러지면서 그의 눈이 가느다랗게 뜨였다. 찡그린 얼굴인지 아니면 미소 짓고 있는 것인지 알 수 없었다. 「그럼, 조지, 지금은 시간이 많겠네요. 아무튼 무슨 계획이 있습니까?」

「짐은 특별히 해야 할 일이 있었어. 그래서 자네의 도움을 요청했던 거야.」

「그래요. 짐은 맥스에게 베이비시팅을 부탁했습니다.」

「그가 자네와는 어떻게 접촉했나? 그가 액턴에 나타나서 직접 토비 이스터헤이스에게 〈토비, 맥스 좀 빌려 주게〉라고 말했나? 어떻게 자네와 접촉했나?」

맥스는 양손을 무릎 위에 가지런히 올려놓고 있었다. 가늘고 긴 손은 잘 다듬어져 있었다. 하지만 정권(正拳)은 아주 넓었다. 이스터헤이스 얘기를 하자, 그는 손가락을 안으로 움직여 마치 나비를 잡는 듯한 주먹 자세를 취했다.

「뭐라고요?」 맥스가 물었다.

「어떻게 짐과 일하게 되었나?」

「그건 비밀입니다.」 맥스가 말했다. 「짐도 비밀이고, 나도 비밀입니다. 지금처럼.」

「그러지 말게. 자네 도움이 꼭 필요해.」

맥스는 그게 가정, 사업, 사랑 등에서 벌어진 혼란스러운 사건인 듯 말했다. 10월 중순의 월요일 저녁이었으니까 16일이었어요, 라고 그가 입을 열었다. 별로 일이 없는 시기였고 그는 여러 주 동안 해외에 나가지 못해 지겨워하고 있었다. 그는 그날 하루 종일 중국인 유학생 두 명이 살고 있는 블룸즈버리의 어떤 집을 감시했다. 램프라이터들은 그 학생들의 방을 무단 침입할 생각을 하고 있었다. 맥스는 보고서를 쓰기 위해 액턴의 론드리로 돌아가려고 하는데 길에서 우연히 짐을 만났다. 짐은 그를 차에 태우고 크리스털 팰리스까지 갔고 두 사람은 지금처럼 차에 앉아서 얘기를 했다. 단 체코어로 말했다는 점만이 달랐다. 짐은 아주 중요한 특별 프로젝트가 있는데 극비 사항이어서 심지어 토비 이스터헤이스조차 모르고 있다고 말했다. 단지 그런 게 있다는 말만 할 수 있을 뿐이다. 나무 꼭대기에서 내려온 명령이고, 아주 위험하다. 맥스, 흥미 있나?

「나는 물론입니다, 짐, 맥스는 흥미가 있습니다, 라고 대답했어요. 그러자 그가 나에게 말했어요. 〈휴가를 받아. 지금 즉시 토비에게 가서 엄마가 아프다고 하면서 휴가를 내.〉 내가 엄마는 없다고 말하고, 그렇지만 휴가를 받을 수 있다고 하면서 얼마나요, 짐? 하고 물었습니다.」

그 일은 주말 동안에 끝날 거야, 하고 짐이 말했다. 토요일에 들어가서 일요일에 나오는 계획이라는 것이었다. 그러면서 현재 가지고 있는 위장 신분이 있느냐고 물었다. 오스트리아인이고 자영업을 하고 있으며 운전면허가 있으면 최고로 좋겠다고 했다. 맥스가 액턴에 준비해 놓은 것이 없으면 브릭스턴에서 마련해 주겠다고 했다.

「준비해 놓은 게 있습니다. 루디 하르트만이라는 이름에 린츠 출신이고 주데텐 이민자라고 말해 주었어요.」

그래서 맥스는 액턴에 돌아와 여자 문제로 브래드퍼드에 가보아야겠다고 말했고, 토비는 영국의 한심한 성 풍속에 대해 10분간 설교를 하더니 휴가를 승낙했다. 그래서 짐과 맥스는 목요일, 그 당시 스캘프헌터들이 운영하던 램버스의 낡은 집에서 만났다. 열쇠는 짐이 가지고 왔다. 사흘간의 작전이야, 하고 짐이 말했다. 브르노 교외에서 은밀하게 만나는 작업이었다. 짐은 커다란 지도를 갖고 있었고 두 사람은 그것을 연구했다. 짐은 체코인으로 여행을 하고, 맥스는 오스트리아인으로 여행할 계획이었다. 그들은 브르노까지는 각자 가게 되어 있었다. 짐은 파리에서 프라하까지 비행기를 타고, 프라하에서는 기차를 탈 예정이었다. 그는 짐에게 어떤 여권을 사용할 거냐고 물어보지 않았지만 아마도 체코 여권일 거라고 생각했다. 체코는 짐에게 제2의 고국이나 다름 없었으니까. 맥스는 전에 그가 체코 여권을 사용하는 것을 보기도 했다. 맥스는 유리와 오븐 기기를 판매하는 루디 하르트만으로 위장했다. 그는 미쿨로프 근처에서 밴을 몰고 오스트리아 국경을 넘어 브르노를 향해 북쪽으로 올라갈 계획이었다. 토요일 저녁 축구장 근처의 이면 도로에서 6시 30분에 짐을 만나기로 했기 때문에 시간은 충분했다. 그날 밤 7시에 축구장에서 빅 매치 게임이 있었다. 짐은 사람들 사이에 휩쓸려 이면 도로까지 걸어와서 밴에 올라타기로 되어 있었다. 그들은 만나는 시간, 제2차 상봉 장소, 기타 비상 대책을 미리 정해 두었다. 그 외에 서로의 필적을 충분히 숙지했다.

일단 브르노를 벗어나면 그들은 빌로비체 도로를 타고 크리티니까지 갔다가 거기서 동쪽으로 방향을 틀어 라치체로 갈 계획이었다. 라치체로 가는 도중에 그들은 왼쪽 편에 세워 둔 검은 차를 스치고 지나가게 되는데 그 차는 피아트일 가능성이 많았다. 차 번호의 첫 두 단위는 99이고 운전사는 신문을 읽고 있을 것이다. 그러면 차를 세우고 맥스가 다가가 찾고 있던 차인지를 확인한다. 그 남자의 대답은 수치의가 세 시간 이상 차를 운전하면 심장에 부담이 온다고 하여 쉬고 있는 중이다, 였다. 그다음에 운전사는 그들에게 밴을 주차할 장소를 가르쳐 주고, 그런 다음 자기 차에 그들을 태워 약속 장소로 데려간다. 대강 이런 계획이었다.

「맥스, 누굴 만날 계획이었나? 짐이 그것도 말해 주던가?」

「아니요, 그게 짐이 말한 전부였습니다.」

브르노까지는 일이 계획대로 잘 풀려 나갔다. 미쿨로프에서 차를 몰고 가는데 두 명의 민간인 오토바이가 10분 간격으로 서로 앞서거니 뒤서거니 하면서 따라왔다. 아마도 오스트리아 번호판 때문에 그러는 것이려니 하고 신경 쓰지 않았다. 그는 오후 한창때에 넉넉하게 브르노에 도착했고, 그럴듯하게 보이기 위해 호텔에 투숙한 뒤 레스토랑에서 커피를 두 잔 마셨다. 미리 심어 놓은 사람이 그에게 다가와 이야기를 걸었고, 맥스는 그를 상대로 유리 사업의 경기와 미국인과 함께 달아난 린츠의 애인 이야기를 했다. 짐은 1차 접선에는 나오지 않았으나 한 시간 뒤의 두 번째 장소에는 나왔다. 맥스는 처음에 기차가 늦게 도착했나 보다고 생각했다. 그러나 짐이 「천천히 운전하게」라고 말했을 때, 뭔가 일이 틀어졌다는 것을 깨달았다.

앞으로 이렇게 해야 되겠어, 하고 짐은 말했다. 계획 변경을 알리는 거였다. 맥스는 프로젝트에서 완전히 빠져야 한다. 그는 짐을 랑데부 장소 바로 직전에서 내려 주고 브르노에서 월요일까지 잠복해야 한다. 그동안 서커스의 거래 루트와는 절대 접촉해서는 안 된다. 애그러베이트 연락망이나 플라톤 연락망의 사람들은 물론이거니와, 프라하 레지던시 사람은 더더욱 접촉해서는 안 된다. 만약 짐이 월요일 아침 8시가 되어도 호텔에 나타나지 않으면 맥스는 수단을 가리지 말고 그곳에서 벗어나야 한다. 만약 짐이 나타나면 맥스의 임무는 짐의 메시지를 컨트롤에게 전달하는 것이다. 그 메시지는 단 한 단어로 구성된 아주 간단한 것이다. 런던에 도착하면 직접 컨트롤을 찾아가라. 올드 맥파딘을 통하여 시간 약속을 하고 그리고 메시지를 전달하라. 알겠지? 만약 짐이 호텔에 나타나지 않으면, 맥스는 원부대로 되돌아가 평온하게 근무하면서 모든 것을 모르쇠로 일관해야 한다. 서커스 내에서나 밖에서나.

「짐이 어째서 계획이 변경되었다고 말하던가?」

「짐은 걱정을 했습니다.」

「자네를 만나러 오는 길에 문제가 생긴 건가?」

「그런 것 같았어요. 내가, 짐 나도 함께 가겠습니다. 당신은 걱정을 하고 있군요. 베이비시팅을 해드릴게요. 운전도 해주고 엄호 사격도 해드리겠습니다, 라고 말했더니 짐은 화를 버럭 내더군요.」

「그랬군.」 스마일리가 말했다.

그들은 라치체 도로에 들어섰고 불을 켜지 않은 채 들판 쪽을 바라보고 있는 차를 발견했다. 99번호였고 피아트였으며 검은색이었다. 맥스는 밴을 세우고 짐을 내려 주었다. 짐이 피아트 쪽으로 걸어가자 운전사가 실내등을 켜기 위해 차문을 약간 열었다. 그는 운전대 위에 신문을 펴놓고 있었다.

「그의 얼굴을 볼 수 있었나?」

「그늘 속에 있었어요.」

맥스는 기다렸다. 그들은 암호를 교환하고 짐은 차 안으로 들어갔다. 차는 도로에 들어섰고 여전히 라이트를 켜지 않은 상태였다. 맥스는 브르노로 돌아왔다. 그가 호텔 레스토랑에서 슈냅스[35]를 마시면서 앉아 있을 때 온 도시가 들썩거리기 시작했다. 그는 처음에 그 소리가 축구장 쪽에서 나는 것이라고 생각했다. 하지만 곧 그것이 길 아래쪽으로 쏜살같이 달려가는 호송용 트럭들이라는 것을 알았다. 그가 웨이트리스에게 무슨 일이냐고 묻자 숲 속에서 총격전이 일어났다고 그녀가 대답했다. 반혁명 분자들이 소동을 일으켰다는 것이었다. 그는 밖에 세워 둔 밴으로 가서 라디오를 켜고

---

35 네덜란드 진.

프라하에서 나오는 불러틴을 들었다. 그가 체코 장군 얘기를 들은 것은 그때가 처음이었다. 사방에서 검문 단속이 심하겠구나 하는 생각이 들었다. 하지만 그는 짐의 지시대로 월요일 아침까지 호텔에서 대기하기로 마음먹었다.

「짐이 나에게 메시지를 전달할지도 모르니까요. 아니면 레지스탕스 사람이 가져올 수도 있고.」

「그 한마디를 말이지.」 스마일리가 조용히 말했다.

「예.」

「그게 무슨 말인지는 얘기하지 않던가?」

「당신 미쳤군요.」 맥스가 말했다. 그 어조는 단정이거나 아니면 질문이었다.

「체코 말이었나, 영어 단어였나, 아니면 독일어 단어였나?」

맥스는 그 미친 질문을 가볍게 무시해 버리면서, 아무도 오지 않았어요, 라고 대답했다.

월요일에 그는 입국 여권을 불태우고, 밴의 차 번호를 바꾼 뒤 비상용 서독 여권을 사용했다. 그는 남쪽으로 달리지 않고 남서쪽으로 몰고 가다가 밴을 버린 뒤 버스로 국경을 넘어 프라이슈타트로 갔다. 그게 그가 알고 있는 가장 무난한 길이었다. 프라이슈타트에서 그는 술을 마시고 여자와 하룻밤을 보냈다. 너무 화가 나고 난처하여 숨 쉴 여유를 찾아야 했기 때문이었다. 그리고 화요일 밤에 런던으로 돌아왔다. 짐의 지시에도 불구하고 컨트롤을 접촉하는 게 좋겠다고 생각했다. 「하지만 아주 어려웠어요.」 맥스가 논평했다.

그는 전화로 시도했으나 머더가 받았을 뿐이었다. 맥파딘은 주위에 없었다. 그는 편지를 쓸까 생각했으나 서커스의 그 누구에게도 알려서는 안 된다는 짐의 지시를 기억했다. 그는 편지는 너무 위험하다고 생각했다. 액턴의 론드리에 떠도는 소문에 의하면, 컨트롤은 아프다는 것이었다. 어느 병원에 입원했는지 알아보려 했으나 알 수 없었다.

「론드리 사람들은 자네가 어딜 다녀왔는지 아는 것 같던가?」

「글쎄요. 긴가민가했어요.」

그러고 있던 차에 총무과에서 사람을 보내 루디 하르트만 여권을 어쨌느냐고 그에게 물었다. 잃어버렸다고 대답했는데 그건 사실에 가까운 답변이었다. 왜 분실 사실을 보고하지 않았는가? 최근까지 알지 못했다. 언제 분실했나? 잘 모른다. 짐 프리도를 최근에 본 게 언제인가? 기억나지 않는다. 그는 새럿의 너서리에 보내졌으나 맥스는 모른다고 딱 잡아뗐다. 사나흘 뒤 심문관들은 그를 심문하는 게 지겨워졌거나 아니면 상부에서 조사를 중단하라는 지시가 내려왔을 것이다.

「액턴의 론드리로 돌아가니까 토비 이스터헤이스가 나에게 백 파운드를 주면서 회사를 그만두라고 하더군요.」

연못에서 탄성 소리가 솟구쳤다. 두 아이가 얼음장에 커다란 구멍을 내는 데 성공했고, 그 구멍을 통해 물이 퐁퐁 솟아나오기 시작했다.

「맥스, 짐은 어떻게 된 건가?」

「뭐가요?」

「자네는 이런저런 소문을 들었을 게 아닌가. 이민자들 사이에 떠돌아다닌다는데. 그는 어떻게 된 건가?」

「이제 이민자들은 맥스에게 아무 말도 안 해줍니다.」

「자네, 뭔가 듣기는 들었지?」

하지만 짐은 대답 대신 하얀 손을 쳐들었다. 스마일리는 오른손의 다섯 손가락, 왼손의 네 손가락이 서서히 펴지는 것을 보면서 맥스가 얘기를 하기도 전에 속이 미식거리는 것을 느꼈다.

「듣자니 그들은 뒤에서 짐에게 총을 쏘았다고 하더군요.

아마도 짐은 달아나는 중이었겠지요. 그들은 짐을 감옥에 처 넣었어요. 그건 짐에게도 또 내 친구들에게도 안된 일이었지요.」 그가 손가락으로 헤아리기 시작했다. 「프르지빌……」 그가 왼손 엄지를 가리키며 말했다. 「부코바 미렉, 프르지빌의 아내의 남동생.」 그가 손가락 하나를 접었다. 「또한 프르지빌의 아내.」 두 번째 손가락을 접었다. 「콜린 이르지와 그의 여동생, 애그러베이트 연결망에 속한 이 모든 사람이 죽었어요.」 세 번째와 네 번째 손가락. 그는 손을 바꾸었다. 「애그러베이트 다음에는 플라톤이 당했지요. 라포틴 변호사, 란드크론 대령, 타이피스트인 에바 크리에글로바와 한카 빌로바. 이들도 모두 죽었어요. 조지, 이건 너무 큰 희생이 아닙니까?」 맥스가 양손의 손가락을 모두 말아 쥐고 말했다. 「등에 총 맞은 영국인 한 사람 때문에 말입니다.」 그는 이제 화를 내고 있었다. 「조지, 이제 와서 무슨 법석입니까? 서커스는 체코 사람들한테 잘해 준 게 없어요. 히틀러와 싸운 나라들이 체코에 뭘 해주었어요? 부자가 가난하게 되는 법 없고 가난한 사람이 감옥에서 나오는 법이 없어요! 뭔가 역사에 대해 좀 알고 싶습니까? 조지, 영어로 메르헨을 뭐라고 하죠?」

「페어리 테일(동화).」 스마일리가 말했다.

「그래요. 영국이 체코를 구하기 위해 좋은 일을 많이 했다는 동화는 나에게 더 이상 들려주지 마세요!」

「어쩌면 그건 짐이 아니었을 거야.」 스마일리가 오랜 침묵 끝에 말했다. 「그 네트워크를 폭로한 것은 다른 사람이었을 거야. 짐이 아니야.」

맥스는 이미 문을 열고 있었다. 「그게 무슨 상관이에요?」 그가 물었다.

「맥스.」 스마일리가 말했다.

「조지, 걱정하지 마세요. 난 당신을 그 누구한테도 팔아먹지 않을 테니까. 오케이?」

「오케이.」

스마일리는 차에 앉아 그가 택시 부르는 모습을 지켜보았다. 맥스는 마치 웨이터를 부르듯 단 한 번 손을 들어 택시를 세웠다. 그는 운전사를 쳐다보지도 않고 주소를 말했다. 그리고는 아주 꼿꼿하게 앉아서 앞만 쳐다보았다. 마치 군중을 무시하는 왕족처럼.

택시가 사라지자 멘델 경감이 벤치에서 천천히 일어나 신문을 접으면서 로버 차로 걸어왔다.

「조지, 당신은 거리낄 게 없잖아요.」 멘델이 말했다. 「양심에 비추어 아무런 잘못이 없잖아요.」

난 그렇게 확신하지 못할 것 같아, 하고 스마일리는 속으로 생각했다. 그는 멘델에게 차 키를 건네주고 버스 정류장으로 걸어가기 위해 횡단보도를 건너 서쪽으로 향해 갔다.

28

그의 목적지는 플릿 스트리트에 있는, 와인 술통이 가득한 지하 술집이었다. 다른 곳에서는 3시 30분이 점심 전 아페리티프[36]를 들기에는 좀 늦은 시각이겠지만 그곳은 그렇지 않았다. 스마일리가 문을 열고 들어가자 바에 앉아 있던 여남은 사람들이 고개를 돌려 그를 쳐다보았다. 그리고 구석진 테이블에 제리 웨스터비가 커다란 핑크 진 잔을 앞에 놓고 앉아 있었다. 그 테이블은 플라스틱으로 만든 아치형 무늬나 벽에 걸린 가짜 소총만큼이나 사람의 눈에 띄지 않았.

「올드 보이.」 제리 웨스터비가 지하에서 울려 나오는 듯한 목소리로 말했다. 「이거 정말 반갑습니다. 헤이, 지미, 여기 좀 와봐.」 제리는 한 손은 스마일리의 팔에, 다른 한 손은 열심히 웨이터를 부르고 있었다. 그는 한때 시골 크리켓 팀에서 골키퍼로 뛴 사람답게 몸집이 크고 또 단단한 근육질이었다. 하지만 여느 골키퍼와는 다르게 키가 컸다. 과거에 경기를

---

36 식욕을 돋우기 위해 마시는 식전주(食前酒).

할 때 손을 아래로 늘 내리고 있어서 그런지 아직도 어깨가 굽어 있었다. 그의 금발 머리는 반백으로 세어 있었고 얼굴은 붉었으며 크림 색 실크 셔츠 위에 멋진 스포츠 스타일의 넥타이를 매고 있었다. 스마일리를 만나 굉장히 기분이 좋은 것 같았다. 그의 얼굴은 즐거움으로 환하게 빛났다.

「이거 정말 반갑습니다.」 그가 다시 한 번 말했다. 「이거 정말 놀라운데. 그래, 당신은 요즘 어떻게 지내십니까?」 그가 스마일리를 자기 옆의 의자에 끌어당겨 앉히면서 말했다. 「엉덩이를 따뜻한 햇빛에 쬐며 편안히 드러누워 천장에 침을 탁탁 뱉으며 지내고 있습니까? 헤이.」 ─ 그리고 가장 긴급한 질문 ─ 「술은 무엇으로 하시겠습니까?」

스마일리는 블러디 메리를 시켰다.

「제리, 이건 완전한 우연의 일치가 아닐세.」 스마일리가 실토했다. 두 사람 사이에 약간의 침묵이 흘렀고, 그러자 제리가 얼른 그 틈새를 메우고 나섰다.

「저기, 그 악마 같은 아내는 잘 있나요? 모든 게 잘되어 가지요? 그게 중요합니다. 그건 아주 멋진 결혼이었잖습니까. 사람들이 늘 그렇게 말했는데.」

제리 웨스터비는 여러 번 결혼했지만 즐거움을 주는 결혼 생활은 하지 못했다.

「조지, 당신과 이렇게 거래하면 어떻겠습니까?」 그가 어깨 한쪽을 스마일리 쪽으로 내밀면서 말했다. 「내가 앤과 정다운 부부 생활을 하면서 천장에 침을 탁탁 뱉는 동안 당신은 내 일을 맡아 〈우먼스 핑퐁〉 신문의 기사를 쓰는 겁니다. 어떻습니까?」

「좋겠구먼.」 스마일리가 사람 좋은 목소리로 말했다.

「요즈음 그쪽의 남녀 친구들은 별로 만나지 못했어요.」 제리가 이유 없이 얼굴을 붉히면서 당황하는 목소리로 말했다.

「지난해 올드 토비로부터 크리스마스 카드를 한 장 받은 게 전부입니다. 아마 나를 완전 끝장난 사람으로 올려놓았는가 봐요. 그들을 뭐라고 할 수도 없지만.」 그는 술잔 테두리를 한 번 손가락으로 튕겼다. 「내가 이걸 너무 많이 먹는다고 생각하는가 봐. 그게 원인이에요. 내가 느닷없이 나발을 불거나 지껄일지 모른다고 보는 거지요, 뭐.」

「무슨 소리. 절대 그렇지 않을 거야.」 스마일리가 말했다. 그들 사이에 다시 어색한 침묵이 감돌았다.

「화주를 너무 많이 마시는 것은 용사에게 안 좋아.」 제리가 엄숙한 어조로 말했다. 여러 해 동안 이 미국 인디언 농담이 그들 사이에서 회자되었다. 하지만 스마일리는 별로 좋은 기분으로 그 농담을 기억하지는 않았다.

「위하여.」 스마일리가 말했다.

「위하여.」 제리가 말했다. 그들은 함께 술을 마셨다.

「난 자네 편지를 읽자마자 태워 버렸네.」 스마일리가 조용하면서도 침착한 목소리로 말했다. 「자네가 의아하게 생각할지 몰라 미리 말해 두는데, 아무에게도 그 얘기는 하지 않았네. 아무튼 편지가 너무 늦게 도착했어. 상황이 종료된 후였으니까.」

이 말에 제리의 쾌활한 표정이 짙은 붉은색으로 바뀌었다.

「그러니까 자네가 나한테 그런 편지를 썼기 때문에 그들이 자네를 멀리하는 건 아닐세.」 스마일리는 예의 그 온유한 목소리로 계속 말했다. 「자네가 혹시 그렇게 생각한다면 말일세. 게다가 자네는 그 편지를 나에게 직접 전달하지 않았나.」

「정말 고마워요.」 제리가 중얼거렸다. 「고맙습니다. 그걸 괜히 썼나 봐요. 학교 밖에서 그런 얘기를 떠들면 안 되는 건데.」

「무슨 소리.」 스마일리가 두 잔을 더 주문하면서 말했다. 「다 정보부 좋으라고 한 일인데 뭐.」

스마일리는 그런 말을 하면서 자신의 목소리가 레이콘과 너무 비슷하다고 생각했다. 하지만 제리에게 말을 거는 유일한 방식은 제리의 신문 기사처럼 단문과 간단한 의견으로 말하는 것이었다.

제리는 한숨을 내쉬었고 그와 함께 자욱한 담배 연기가 뿜어져 나왔다. 「1년 전쯤 마지막으로 일했어요.」 그는 쾌활함을 되찾으며 회상했다. 「부다페스트에 약간의 꾸러미를 던져 주는 일이었지요. 뭐 별로 대단한 것은 아니었습니다. 전화통 꼭대기 선반에 올려놓으면 되는 거였으니까. 뭐 애들 장난이었어요. 내가 무슨 실수를 했다고 생각하지는 마세요. 먼저 안전한지를 살폈지요. 편지통이 안전한가를 일단 확인하고 털었어요. 학교에서 그런 식으로 가르치잖아요. 당신도 이런 일에 대해서는 올빼미잖아요. 시키는 일만 열심히 하면 되는 거지요, 뭐. 그게 모두 패턴의 일부잖아요. 거대한 디자인이라고 해야 하나.」

「그들은 곧 자네를 찾아 문을 두드리며 올 걸세.」 스마일리가 위로하듯 말했다. 「자네를 한 시즌 쉬게 하는 거겠지. 그렇잖아?」

「그러길 바라요.」 제리가 충성스러우면서도 아주 수줍어하는 미소를 지으며 말했다. 그가 술을 마시는 동안 술잔이 약간 흔들렸다.

「그 마지막 여행이 니에게 편지 쓰기 직전의 일이었나?」 스마일리가 물었다.

「예, 바로 그 여행이었습니다. 먼저 부다페스트에 갔다가 이어 프라하에 들렀지요.」

「그러니까 프라하에 갔을 때 그 얘기를 들었단 말이지? 자네가 나에게 보낸 편지에서 언급한 그 얘기 말이야.」

바에서는 검은 양복을 입은 혈색 좋은 남자가 국가의 임박한 붕괴를 예측하고 있었다. 그는 앞으로 3개월이면 국가가 붕괴되고 모든 것이 끝장난다는 것이었다.

「헷갈리는 친구예요, 토비 이스터헤이스는.」 제리가 말했다.

「하지만 사람은 좋잖아.」

「오 마이 갓, 올드 보이. 그야말로 진국이지요. 내가 보기에 총명하기도 하고. 하지만 좀 헷갈려요. 그렇잖아요? 위하여!」 그들은 다시 술을 마셨다. 제리 웨스터비가 뒤통수에 손가락을 찔러 넣어 아파치 깃털을 흉내 냈다.

「문제는 말이야.」 바에 앉아 있던 혈색 좋은 남자가 커다란 목소리로 소리쳤다. 「그게 지금 발생하고 있는데도 우린 그걸 모른다는 거야.」

그들은 즉시 점심을 하기로 했다. 제리가 내일자 신문을 위해 가게에서 물건 훔치다 들킨 일류 축구 선수에 관하여 기사를 써야 했기 때문이다. 그들은 티타임인데도 아무 거리낌 없이 맥주를 내놓는 카레 하우스에 들어갔다. 그들은 만약 제리가 아는 사람을 만나면 스마일리를 은행 매니저로 소개하기로 했다. 그 생각은 식사 내내 제리를 유쾌하게 했다. 실내에서는 배경 음악이 흐르고 있었는데 제리는 그 소리가 모기들이 서로 합환(合歡)하는 소리처럼 시끄럽다고 했고, 실제로 그 음악 소리는 때때로 그의 저음의 허스키 목소리를 압도했다. 그건 스마일리로서는 보안상 다행스러운 일이었다. 스마일리는 제리의 환심을 사기 위해 마음에 내키지도 않는 카레를 좋아하는 것처럼 허세를 부렸다. 제리는 처음에는 좀 빼더니 곧 짐 엘리스에 관한 이야기를 털어놓기 시작했다. 그건 토비 이스터헤이스가 절대로 발설하지 말라고 한 바로 그 얘기였다.

제리 웨스터비는 아주 진귀한 사람, 정말 딱 부러지는 증인이었다. 그에게는 환상, 악의, 개인적 의견 같은 것이 전혀 없었다. 단지 그 사건은 다소 혼란스러운 것이었다. 하지만 그 사건을 잊어버릴 수가 없었다. 그러고 보니 그 사건 이후 토비와는 서로 연락이 없었다.

「달랑 그 카드 한 장이었다니까요. 〈해피 크리스마스, 토비로부터〉라고 쓰여 있고 눈 내린 레든홀 스트리트 그림이 들어 있는 카드 말이에요.」 그는 아주 당황하며 전기 환풍기를 쳐다보았다. 「레든홀 스트리트에 뭐가 있어요, 올드 보이? 스파이 하우스도 아니고 안가도 아니고 회의 장소도 아니잖아요?」

「그건 그런데.」 스마일리가 웃으면서 말했다.

「그가 왜 크리스마스 카드로 레든홀 스트리트를 골랐는지 의아해요. 정말 이상하지 않아요?」

그냥 런던 거리의 설경을 골라 든 거겠지, 하고 스마일리가 말했다. 어쨌든 토비는 이상한 구석이 한두 가지가 아닌 위인이었다.

「이런 헷갈리는 방식으로 사람을 접촉해 오느냐 이거야. 전에는 스카치위스키 한 상자를 보냈다고요. 꼭 시계처럼 정확했어요.」 제리는 얼굴을 찌푸리더니 잔을 들어 맥주를 마셨다. 「스카치 못 받아서 섭섭해 그러는 게 아닙니다.」 그는 종종 청명한 인생의 전망을 흐리게 만드는 그 당황감을 느끼면서 말했다. 「스카치야 언제든 내 돈 주고 사 먹을 수 있어요. 이렇게 밖으로 내몰리면 모든 게 의미를 갖고 있는 것처럼 보여요. 가령 선물은 아주 중요한 의미를 전달하지요. 내 말 알아들어요?」

1년 전 그러니까 12월 무렵이었다, 라고 제리는 말했다. 장소는 프라하의 스포트 레스토랑. 그는 전형적인 서방 기자의 이미지에서 좀 벗어난 사람이었다. 대부분의 서방 기자들은 코스모나 인터내셔널에 들러 조그마한 목소리로 속삭이면서 자기들끼리 놀았다. 긴장한 데다 겁을 먹었기 때문이다. 하지만 제리가 들르는 곳은 스포트였다. 크리켓 게임의 골키퍼 홀로텍을 알게 된 이후 또 타타르 팀을 상대로 승리를 거둔 이후 제리는 스타니슬라우스 혹은 스탄이라고 하는 바텐더와 친하게 지냈다.

「스탄은 완전 귀공자였어요. 자기 좋을 대로만 했지요. 갑자기 체코가 자유 국가인 것 같은 느낌이 들더라니까.」

체코의 레스토랑은 곧 바라고 제리는 말했다. 그리고 체코의 바는 곧 나이트클럽을 의미하는데, 그것은 아주 헷갈리는 일이었다. 스마일리도 정말 혼란스럽다고 동의했다.

아무튼 제리는 그곳에 갈 때마다 무슨 정보가 없는지 귀를 기울였다. 그리고 체코에는 정보가 있었고 그는 과거에 한두 건의 정보를 물어다가 토비에게 주어 사람의 뒤를 쫓게 했던 것이다.

「설사 그게 외환 거래나 암시장 물건에 대한 정보라도 말이에요. 토비는 그런 게 다 정보가 된다고 했어요. 그런 작은 게 모여서 큰 게 나온다는 얘기였습니다.」

그건 정말 그렇다고 스마일리는 동의했다. 실제로 첩보 업무는 그렇게 움직였다.

「토비는 정말 뛰어난 올빼미예요. 그렇지 않아요?」

「그건 그렇지.」

「난 전에는 로이 블랜드에게 직접 보고했었어요. 그러다가 블랜드가 승진하고 토비가 나를 인계받았습니다. 약간 혼란스럽더군요, 그런 인사 변화는. 위하여!」

「그래, 프라하 여행을 갔을 때는 토비를 위해 일한 지 얼마나 되었나?」

「한 2년. 그 이상은 아닙니다.」

음식이 날라져 오고 잔에 맥주가 다시 채워지는 동안 침묵이 흘렀다. 제리 웨스터비가 후춧가루 통을 집어 들어 뜨거운 카레 위에 털었고 이어 진홍색 소스를 그 위에 발랐다. 카레는 곧 소스 맛이라고 그가 말했다. 「올드 칸(카레 하우스)은 나를 위해 특별 소스를 만들어 줘요. 몰래 꼬불쳐 두었다가 나에게만 준다고요.」

아무튼 그날 밤 스탄의 바에는 짧게 머리를 깎은 청년과 그의 팔에 매달린 예쁜 여자가 등장했다.

「난 이렇게 생각했어요. 제리, 저 청년을 좀 주목해. 저건 군인 머리잖아. 그렇지 않아?」

「그렇군.」 스마일리는 제리도 올빼미가 다 되었다고 생각하며 맞장구를 쳤다.

그 청년은 스탄의 조카였는데 자신의 영어 실력을 무척 자랑스럽게 생각하고 있었다. 「사람들이 자기 외국어 실력을 과시하려고 온갖 얘기를 다 해요. 그건 정말 놀라운 일이지요.」 청년은 육군에서 휴가를 받아 나왔는데 그 여자와 막 사랑에 빠진 것이었다. 그는 앞으로 휴가일이 여드레 남았고 그래서 그런지 제리를 포함하여 온 세상 사람이 그의 친구였다. 특히 제리를 친한 친구처럼 대했는데, 그 이유는 제리가 술값을 내주기 때문이었다.

「그래서 우리는 구석에 있는 커다란 테이블에 제멋대로 앉 있어요. 학생들, 예쁜 여자 애들, 온갖 사람들이 많이에요. 올드 스탄도 바에서 우리 테이블로 왔고 그중 한 청년은 아코디언을 멋지게 연주했어요. 아주 아늑하고, 술발 당기고, 떠들썩한 저녁이었습니다.」

특히 그 떠들썩함이 중요했다고 제리는 설명했다. 왜냐하면 다른 사람들에게는 신경 쓸 필요 없이 그 청년 군인과 대화를 할 수 있었기 때문이다. 그 청년은 제리 옆에 앉았는데 처음부터 제리를 좋아했다. 그는 한 팔은 애인에게 두르고, 나머지 한 팔은 제리 어깨에 둘렀다.

「그러니까 그런 식으로 내 몸에 손을 대도 기분 나쁘지 않은 그런 청년이었습니다. 나는 대체로 누가 내 몸을 만지는 걸 싫어해요. 그리스인들은 남자들끼리도 서로 접촉하는데 난 그걸 정말 싫어하거든요.」

스마일리는 자기도 그건 싫다고 말했다.

「그런데 말이에요, 그 여자 애인이라는 애는 앤 비슷하게 생겼어요.」 제리가 말했다. 「좀 여우같이 생긴 게 말이야. 내 말 무슨 뜻인지 알지요? 가르보[37]의 눈매에 성적 매력이 엄청난 그런 여자 말이에요.」

그래서 나머지 사람들이 노래하고 술을 마시고 키스 놀이를 하는데, 이 청년이 느닷없이 짐 엘리스에 대한 진실을 알고 싶으냐고 물었다.

「나는 먼저 그런 사람을 모르는 시늉을 했습니다.」 제리가 스마일리에게 말했다. 「그런 얘기가 있나? 재미있겠는데. 그런데 그 짐 엘리스는 누구야? 그러자 청년은 나를 미친 사람 대하듯 쳐다보더군요. 그러더니 아니 영국 스파이도 모르세요, 이러는 거예요. 마침 좌중이 시끄러워서 그 말은 나만 들었어요. 나머지 사람들은 고함을 지르면서 음탕한 노래를 부르고 있었어요. 여자 애인은 그의 어깨에 머리를 내려놓고 있었지만 그녀는 술에 취해 절반쯤 제7천국에 들어가 있었습니다. 그래서 그는 자신의 영어를 뽐내면서 나에게 말하기 시작한 겁니다. 무슨 소린지 아시겠지요?」

「알겠어.」 스마일리가 말했다.

「〈영국 스파이라고요.〉 — 그 청년은 제리의 귀에 대고 큰

---

37 스웨덴 태생의 여배우.

소리로 말했다 ─〈전쟁 중에는 체코 빨치산과 함께 싸웠던 자래요. 하예크라는 체코 이름으로 여기 왔다가 러시아 비밀 경찰의 총에 맞았어요.〉그래서 나는 어깨를 한 번 들썩하고 나서〈처음 듣는 얘긴데〉하고 가볍게 응수했지요. 하지만 강요하진 않았어요. 그러면 상대방이 갑자기 겁먹고 입을 다물어 버리니까.」

「그건 자네 말이 맞아.」스마일리는 진심으로 동의한다는 듯이 말했다. 제리는 잠시 막간극으로 다시 앤의 안부를 꺼내 들었고 또 그처럼 일방적으로 한 여자를 사랑하는 것 ─ 그것도 진정으로 사랑하는 것 ─ 이 힘들지 않느냐고 물어 왔다. 스마일리는 그 질문을 아무렇지도 않게 받아넘기면서 그의 다음 이야기를 기다렸다.

제리 웨스터비에 의하면, 그 청년은 이렇게 말했다. 「나는 군대에 갔다 와야만 대학에 갈 수 있습니다.」 10월에 그는 숲 근처에서 벌어진 기본 기동 훈련에 참가했다. 숲에는 언제나 군인들이 많았다. 여름에는 그 지역이 한 달 동안 일반인은 들어올 수 없는 출입 금지 지역이 되었다. 그는 2주 동안 계속되는 지겨운 보병 기본 훈련을 받고 있었다. 그런데 훈련 사흘째 되는 날에 아무 이유 없이 훈련은 중지되었고 부대는 마을로 퇴각하라는 명령을 받았다. 빨리 짐을 싸서 막사로 돌아가라. 그게 명령이었다. 황혼까지 숲의 전 지역이 소개되어야 한다는 것이었다.

「그리하여 몇 시간 지나지 않아 온갖 황당한 소문이 떠돌기 시작했답니다.」 제리가 말했다. 「어떤 친구는 티스노프에 있는 병기 연구소가 폭파되었다고 말했어요. 또 어떤 자는 훈련 중인 대대가 반란을 일으켜 러시아 병사들에게 총을 쏘고 있다고 말했어요. 프라하에 새로운 폭동이 발생하여 러시아가 정부를 접수했고 독일이 공격해 오고 있다는 소문도 퍼졌어요. 온통 뭐가 어떻게 되었다는 뒤숭숭한 얘기뿐이었어요. 당신은 군인들이 어떤지 잘 알잖아요. 군인들은 어디서나 똑같아요. 온갖 황당한 얘기를 떠벌리죠.」

군대 얘기가 나오자 제리 웨스터비는 자신의 군대 동기로 서커스에 있는 사람들의 안부를 물었다. 그들은 스마일리가 희미하게 알지만 지금은 잊어버린 그런 사람들이었다. 제리는 다시 프라하 얘기로 돌아갔다.

「훈련병들은 부대를 해산하고 트럭에 올라탄 채 호송 차가 움직이기를 기다렸어요. 이윽고 이동이 시작되어 8백 미터쯤 갔을 때 호송 차는 도로에서 벗어나라는 명령을 받았어요. 그래서 트럭은 숲 속으로 들어가 대기했어요. 진흙, 구렁텅이, 뻘밭에 처박혀서 일대 혼란이었지요.」

러시아 군대가 달려오는 것이었습니다, 라고 웨스터비는 말했다. 그들은 브르노 쪽에서 달려오는 길이었고 아주 바쁜 걸음이었다. 체코 사람이나 체코 차량은 모두 길에서 비켜야 했다. 그렇지 않으면 혼이 났다.

「처음에 여러 대의 오토바이가 라이트를 켠 채 도로에서 맹렬히 달려오고 있었고 그 운전자는 그들을 향해 소리를 질렀습니다. 이어 장교와 민간인을 태운 자동차가 달려왔어요. 그 청년 말에 의하면, 민간인은 여섯 명이었대요. 이어 완전 무장을 하고 전투용 위장을 한 병사를 가득 태운 트럭 두 대가 달려왔어요. 그리고 마지막으로 수색견들이 탄 트럭 한 대가 쫓아왔어요. 엄청난 소음을 일으키면서. 내 얘기가 너무 지루하지 않아요, 올드 보이?」

웨스터비가 손수건으로 이마의 땀을 닦아 내면서 금방 의식이 돌아온 환자처럼 눈을 깜빡거렸다. 땀은 그가 입고 있는 실크 셔츠에서도 엄청 배어 나왔다. 그는 마치 샤워를 하고 있는 사람 같았다. 카레는 스마일리가 별로 좋아하는 음식이 아니기 때문에 그는 냄새를 씻어 내기 위해 맥주를 두 잔 더 시켰다.

「그게 이야기의 전반부입니다. 체코 군대가 빠지고 러시아 군대가 들어왔다는 얘기가. 알고 있죠?」

스마일리는 응 하고 대답했다. 그는 자신의 생각이 여태껏 그 점에 맴돌고 있다는 걸 알았다.

그러나 브르노에 돌아온 청년은 자신이 소속된 부대의 역할이 아직 끝나지 않았다는 것을 발견했다. 그들의 호송 차에 다른 호송 차가 따라붙었고 그 다음 날 밤 여덟 시간에서 열 시간 동안 아무 목적지도 없이 시골 지방을 배회했다. 그들은 서쪽으로 방향을 잡아 트레빅으로 갔고 통신병은 열심히 무전을 쳤다. 이어 그들은 남동쪽으로 방향을 바꾸어 오스트리아 국경 근처의 즈노이모까지 갔다. 그동안 통신병들은 미친 듯이 무선을 날렸다. 누가 그 길로 행진하라고 명령을 내렸는지 아무도 몰랐다. 아무도 설명을 해주지 않았다. 어떤 시점에서 그들은 총검을 착검하라는 명령을 받았다. 여기저기서 그들은 다른 부대를 만났다. 브레슬라프 근처의 기갑 조차장(操車場)에서는 탱크들이 동그라미를 그리면서 뱅글뱅글 돌았고 두 대의 자주포가 정해진 궤적을 따라 빙빙 돌았다. 어디서나 떠돌아다니는 얘기는 비슷했다. 그건 혼란스럽고 무의미한 활동이라는 것이었다. 고참들은 러시아가 체코 사람들을 일부러 벌주는 것이라고 말했다. 그 후 브르노로 다시 돌아온 청년은 생판 다른 설명을 들었다. 러시아 사람들이 하예크라는 이름을 가진 영국 스파이를 추적했다는 것이었다. 그 스파이는 연구소를 염탐하면서 체코 장군을 납치하려 했는데 러시아 군대가 그를 쏴 죽였다는 얘기였다.

「그래서 그 겁 없는 청년은 인사계에게 물어보았대요. 만약 하예크가 이미 총살을 당했다면 우리는 왜 쓸데없이 시골 지방을 배회한 거죠, 라고 말입니다. 인사계는 여긴 군대니까 시키는 대로 할 뿐이라고 대답하더래요. 인사계는 전 세계 어디나 똑같죠?」

그때 스마일리가 아주 조용한 목소리로 물었다. 「제리, 자네 얘기대로라면 작전은 이틀 밤에 걸쳐 전개되었는데…… 어느 날 밤에 러시아 군대가 숲 속으로 들어왔나?」

제리 웨스터비가 당황하면서 얼굴을 찌푸렸다. 「조지, 난 그 청년이 얘기해 준 그대로 전한 것뿐입니다. 스탄의 바에서 그 애가 얘기한 대로라고요. 소문이 그랬다는 거죠. 러시아 군대는 금요일에 들어왔지만 토요일까지는 하예크를 쏘지 않은 것 같아요. 그래서 그 잘한 체하는 청년은 이렇게 해석하더군요. 그러니까 러시아 군대는 하예크가 나타나기를 기다리고 있었던 거예요. 그가 올 줄 미리 알고 있었지요. 아주 많이 알고 미리 잠복했어요. 조지, 정말 안된 얘기 아니에요? 우리의 명성을 위해서도 그렇고. 빅 치프에게도 나쁘고 우리 서커스에도 그렇고. 위하여!」

「위하여!」 스마일리는 건성으로 따라 소리치면서 맥주잔을 들었다.

「토비 또한 그렇게 느꼈어요. 우리는 같은 관점에서 보았는데 반응만 달랐을 뿐이에요.」

「그러니까 자네는 토비에게 모든 것을 말해 주었군.」 스마일리가 제리에게 노란 콩이 든 커다란 접시를 넘겨주면서 가벼운 어조로 말했다. 「부다페스트에 정보 꾸러미를 무사히 전달했다는 얘기를 전하기 위해 어차피 그를 만났을 거 아닌가. 그때 하예크 얘기도 같이 해주었겠군.」

그랬지요, 하고 제리가 대꾸했다. 그게 바로 그를 혼란스럽게 만들었고 또 조지에게 편지 쓰고 싶어 했던 바로 그 얘을 해고했다는 얘기를 들었어요. 그래서 내가 더욱 멍청한 바보가 된 느낌이었죠. 올드 보이, 당신 혼자 헌팅에 나선 건 아니지요? 혼자서는…….」 제리는 그 질문을 정색하며 던지는 것도 아니었고 또 그 질문에 대한 대답을 들으려는 뜻도 없었다.

헤어지면서 스마일리는 그의 팔을 부드럽게 잡았다.

「만약 토비가 자네에게 접촉해 온다면 오늘 만남은 그에게 얘기하지 않는 게 자네를 위해서 좋을 거야. 그는 좋은 친구이기는 하지만 사람들이 자기 뒤통수를 친다고 생각하는 경향이 있거든.」

「올드 보이, 그건 걱정 마세요.」

「만약 그가 앞으로 며칠 새에 접촉해 온다면…….」 스마일리는 거의 그럴 리 없다는 어투로 말했다. 「나한테 알려 주는 게 좋을 거야. 그럼 내가 자네를 도와주지. 나에게 직접 전화하지는 말고 이 번호로 하게.」

갑자기 제리 웨스터비는 바빠졌다. 가게에서 물건을 훔치다 들킨 축구 선수에 대한 기사 작성을 더 이상 미룰 수 없었다. 하지만 스마일리의 명함을 받아 들고 그는 당황하면서도 이상하다는 눈초리를 던지며 그에게 물었다. 「올드 보이, 회사 내에 무슨 일이 벌어지고 있는 건 아니지요? 교차로에서 지저분한 일이 발생하는 건 아니지요?」 그는 미소를 지으려고 했으나 울상이 되었다. 「회사 내에 무슨 커다란 소동이 벌어지고 있는 건 아니지요?」

스마일리는 웃음을 터뜨리며 제리의 우람하지만 약간 굽은 어깨를 가볍게 만져 주었다.

「또 만나요.」 웨스터비가 말했다.

「그러지.」

「그건 당신이었다고 생각했는데. 올드 토비에게 전화 지시를 내린 사람이 말이에요.」

「내가 아니었어.」

「그럼 올러라인이었나요?」

「아마 그랬을 거야.

「언제 또 만나요.」 웨스터비가 같은 말을 되풀이했다. 「아참, 잊어버렸는데 앤에게도 안부 전해 주세요.」 그가 잠시 망설이는 기색이었다.

「컴 온, 제리. 무슨 말인지 해봐.」 스마일리가 말했다.

「토비는 그녀와 빌 더 브레인(두뇌파 빌) 사이에 나쁜 얘기가 있다고 했어요. 난 그에게 그런 얘기는 가슴속 깊숙이 감춰 두라고 했지만. 그건 헛소문이지요. 그렇죠?」

「제리, 고맙네. 잘 가게. 위하여!」

「난 그게 헛소문이라는 걸 알고 있었어요.」 제리가 만족스럽다는 듯이 말했다. 그는 손가락을 들어 뒤통수에 집어넣으면서 인디언 깃털을 그려 보였는데, 그게 작별 인사였다.

29

그날 밤 아일레이 호텔의 침대에 들어간 스마일리는 잠을 이루지 못했다. 그래서 다시 소령의 카드 테이블에 앉아 레이콘이 멘델의 집에서 건네준 서류들을 다시 읽어 보았다. 그것은 1950년대 후반의 서류들이었는데 화이트홀의 다른 부서들과 마찬가지로 서커스 역시 경쟁사의 압박을 받아 직원들의 충성심을 엄격하게 조사하던 시절의 것이었다. 대부분의 문서는 일상적인 것이었다. 전화 감청 보고서, 감시 보고서, 교수·친구·참고인 들과의 끝없는 인터뷰 등이었다. 하지만 한 서류가 자석처럼 스마일리를 끌어당겼다. 그는 그런 정보가 좀 더 많이 있었으면 하고 바랄 지경이었다. 그것은 편지였는데 인덱스에 〈1937년 2월 3일, 헤이든이 팬쇼에게〉로 올라 있었다. 보다 더 정확하게 말하면 옥스퍼드 학부생이었던 빌 헤이든이 교수이며 서커스의 인재 발굴자인 팬쇼에게 동급생 짐 프리도를 영국 정보부의 직원 후보로 추천한 것이었다. 편지 앞에는 텍스트의 주석이 첨부되어 있었다. 옵티미트 클럽은 〈크라이스트 처치 칼리지의 상류층 자제들의 클럽으로, 이들은 주로 이튼 출신〉이라고 주석은 설명했다. 레종 도뇌르 훈장의 수여자이며 O. B. E[38]이고 개인 파일이 이러이러한 T. 팬쇼는 그 파의 창립자였다. 헤이든(그의 이름은 여러 군데에서 교차 참조되어 있었다)은 그해의 가장 뛰어난 학생이었다. 한때 헤이든의 아버지도 소속되었던 옵티미트파의 정치적 색깔은 지극히 보수적이었다. 사망한 지 오래된 팬쇼는 열정적으로 대영 제국을 지지하는 사람이었고 〈옵티미트파는 제국 경영이라는 거대한 게임을 위해 그가 특별히 선발한 학생들로 구성되었다〉라고 주석은 적었다. 스마일리는 학교 다니던 시절에 보았던 팬쇼를 어렴풋이 기억했다. 무테 안경을 쓰고 네빌 체임벌린 스타일의 우산을 든 빼빼 마르고 열정적인 사람이었다. 그는 아직도 청년인 것처럼 양 뺨에 홍조가 가득했다. 스티드-애스프리는 그를 동화 속의 대부(代父)라고 불렀다.

〈친애하는 팬. 별지에 그 이름이 첨부되어 있는 이 젊은 학생에 대하여 당신이 좀 알아보실 것을 권유합니다.〉(새럿의 심문관은 불필요하게 그 이름이 프리도라고 적었다.) 〈당신이 만약 그를 알고 있다면 운동 실력이 대단한 학생으로 기억하실 겁니다. 하지만 당신이 잘 알고 있지 못하되 반드시 알아야 할 사항이 있는데, 그는 어학 능력이 뛰어날 뿐 아니라 또 바보도 아니라는 것입니다……〉(여기에 아주 정확한 인적 사항이 이어져 있었다. 파리의 리세 라카날에 다니다가 이튼 진학이 결정되었으나 그곳으로 가지 않고 프라하의 예수회 학교를 다녔고 스트라스부르 대학에서 두 학기를 다녔으며, 부모는 유럽 금융계에 종사하는 귀족으로, 부모는 따로 살고 있다…….)

---

38 대영 제국 4등 훈사 *Officer of the British Empire*.

〈그리하여 짐은 외국 물정에 아주 밝으며 또 그의 부모 없는 고아 같은 표정은 이루 말로 표현할 수 없을 정도로 매력적입니다. 하지만 한 가지 주목할 사항이 있습니다. 그는 유럽 여러 군데를 돌아다니며 교육을 받았으나 우리처럼 국가관이 아주 투철하다는 것입니다. 현재 그는 어리둥절하면서 열심히 노력하고 있습니다. 왜냐하면 결승선 너머에 새로운 세계가 있다는 것을 알았고 당분간 그 세계는 나 빌 헤이든입니다. 하지만 제가 어떻게 그를 만나게 되었는지 먼저 말씀드리겠습니다.

당신도 알다시피 가끔 아랍 복장을 하고 바자르로 가서 제대로 씻지 않은 사람들 사이에 끼여 그들의 예언자의 말을 듣는 것이 나의 습관(당신의 명령이기도 합니다만)입니다. 그 과정에서 나는 가끔 그들을 당황하게 만들기도 합니다. 그날 저녁 인기 만점이었던 주주맨은 머더 러시아의 심장부에서 온 사람이었습니다. 현재 런던 주재 러시아 대사관에 소속된 홀레브니코프라는 학자인데 쾌활하고 또 감화력이 높은 자그마한 친구였습니다. 이 학자는 보통 헛소리만 지껄이는 사람들 틈에서 그런대로 재치 있는 말을 구사했습니다. 문제의 바자르는 《포퓰러스》라는 토론 클럽이었습니다. 친애하는 팬, 이 파는 우리의 라이벌인데 제가 가끔 당신에게 드린 편지에서 언급했던 클럽이기도 합니다. 설교가 끝난 후에 아주 민주적인 빵에 곁들여 정말 프롤레타리아적인 커피가 나왔습니다. 그런데 바로 그 순간 나는 방 뒤에 혼자 앉아 있던 이 덩치 큰 젊은이를 발견했던 것입니다. 너무 수줍어하여 다른 사람들과 섞이지 못하는 것 같았습니다. 그의 얼굴은 크리켓 구장에서 익히 보았던 바였습니다. 그러니까 우리는 서로 말은 하지 않은 채 같은 크리켓 팀에서 뛰고 있었던 것입니다. 나는 그를 어떻게 설명해야 할지 모르겠습니다. 팬, 그

에게는 끼가 있습니다. 이건 진정으로 드리는 말씀입니다.〉

여기서 편지의 필치는 긴장을 떨쳐 버리고 아주 활달한 필치로 바뀌었다.

〈그는 별로 말이 없는데도 사람을 위압하는 구석이 있습니다. 문자 그대로 아주 머리가 단단한 친구입니다. 사람들의 눈에 띄지 않는 가운데서 팀을 이끌어 가는 그런 날카로운 친구입니다. 팬, 저로서는 행동하기가 얼마나 어려운지 잘 아실 겁니다. 당신은 늘 나에게 이런 점을 일깨워 주셨으니까요. 인생의 위험을 맛보지 않으면 인생의 신비를 모른다고 말입니다. 하지만 짐은 본능적으로 행동합니다……. 그는 아주 기능성이 높아요……. 그는 제2의 나입니다. 우리 두 사람을 합쳐 놓으면 아주 훌륭한 사람이 될 것 같아요. 우리 둘이 노래를 잘 부르지 못한다는 것을 빼놓으면 말입니다. 팬, 밖으로 나가서 누군가를 발견해야 하고 그렇게 하지 못한다면 이 세상이 그 순간 죽어 버릴 것 같은 그런 심정, 이해하시지요?〉

편지의 어조는 다시 진정을 찾았다.

〈나는 그에게 《야바스 라글루》라고 말했습니다. 그건 러시아어로 숲의 오두막에서 만나자, 정도의 뜻으로 알고 있습니다. 그는 단지 《헬로》라고 말하더군요. 대천사 가브리엘이 그 옆을 지나가도 그 이상의 인사를 하지 않을 것 같은 친구더군요.

《너의 딜레마는 뭐야》라고 내가 물었습니다.

《난 그런 거 없어.》 그가 한 시간쯤 뜸을 들이더니 대답하더군요.

《그럼 여기서 뭘 하고 있는 거지? 딜레마가 없다면 여긴 왜 왔어?》

그러자 그는 씩 웃었습니다. 우리는 위대한 홀레브니코프에게 다가가 그의 작은 손을 흔들어 주고 나서 내 방으로 돌아왔습니다. 우리는 내 방에서 술을 마셨습니다. 정말 많이 마셨어요. 팬, 그는 눈에 보이는 술이란 술은 다 마셔 버렸어요. 뻗어 버렸느냐고요? 천만에요. 그럼 무얼 했느냐고요? 팬, 지금 말씀드릴게요. 우리는 엄숙한 표정으로 공원에 갔어요. 나는 스톱워치를 들고 벤치에 앉았고 빅 짐은 조깅화를 신더니 트랙을 스무 바퀴나 돌았어요. 스무 바퀴. 구경하는 것조차 피곤했지요.

우리는 당신이 편한 시간에 찾아뵐 수 있습니다. 그는 나와 나의 사악하면서도 신성한 친구들과 함께 있는 것을 좋아합니다. 간단히 말해서 그는 나를 그의 메피스토펠레스로 지정했는데 나는 그 칭찬에 겨드랑이가 간질간질합니다. 안녕히 계십시오. 그는 동정이고, 신장이 2미터 50이 넘으며 스톤헨지를 건설한 회사에서 제작했습니다. 놀라지 마십시오.〉

파일은 거기서 끝나 있었다. 스마일리는 똑바로 고쳐 앉으면서 좀 더 구체적인 단서가 없을까 싶어 누레진 페이지들을 조급하게 넘겨 보았다. 두 학생의 담당 교수들은 (20년이 지난 시점에서) 두 학생의 관계가 〈순수한 우정〉 이상의 것이었을 가능성을 강력 부인했다……. 헤이든과 관련된 증거는 아예 제출 요청을 받지도 않았다……. 짐의 담당 교수는 그가 〈오랜 굶주림 끝에 지적으로 탐식하는 경향이 있었다〉고 말했다. 하지만 그가 핑크였다는 주장을 일축했다. 새럿에서의 심문은 주최측의 기다란 변명으로 시작되었다. 짐의 뛰어난 전쟁 무훈에 대한 이야기도 많았다. 헤이든의 편시가 복잡하게 꼬인 어조라면 짐은 아주 직설적으로 대답했다. 경쟁사의 대표도 한 사람 참석했으나 그의 목소리는 거의 들리지 않았다. 아니요. 저는 그 후 홀레브니코프나 그의 대리인이라고 자처하는 사람을 만난 적이 없습니다. 아닙니다. 저는 그때를 빼놓고 그와는 얘기한 적이 없습니다. 아닙니다. 저는 그 당시 공산주의자나 러시아 사람들과는 접촉이 없었습니다. 포퓰러스의 사람들은 단 한 명도 그 이름을 기억하지 못합니다…….

질문: (올러라인) 그래서 다른 학생들보다 좀 처진다는 생각이 들지는 않았나?
답변: 아니요. 전혀 그 반대입니다.(웃음)

그렇습니다, 저는 포퓰러스의 멤버인 적이 있습니다. 하지만 대학 드라마 클럽, 우표 수집회, 현대어 연구회, 대영 제국 역사 연구회, 윤리학회, 루돌프 슈타이너[39] 연구회 등에도 모두 가입했고 그 이상의 의미는 없었습니다…… 그건 재미있는 강의를 듣고 사람을 만나는 수단이었습니다…… 특히 사람을 만나기 위한 것이었습니다. 잠시 『소비에트 위클리』를 구독한 적은 있지만 좌경 문서를 돌린 적은 없습니다…… 옥스퍼드 시절이든 그 후든 정당에 관심을 기울인 적도 별로 없습니다. 실제로 투표권을 행사한 적도 없습니다…… 옥스퍼드 시절 그 많은 클럽에 가입한 것은 해외에서 오래 교육을 받다 보니 영국 친구들이 부족했는데 그걸 보충하기 위한 것이었습니다…….

이제 면접관들은 모두 짐의 편이 되었다. 모두들 경쟁사의 관료적 간섭에 짜증을 내고 있었다.

질문: (올러라인) 그냥 생각이 나서 묻는 건데, 그토록 해외에 오래 있으면서 크리켓 게임에서 오프-드라이브의 타격 기술은 언제 배웠나?(웃음)

---

[39] Rudolph Steiner(1861~1925). 오스트리아 출신의 인지학 창시자.

답변: 오, 파리 교외에 집을 가진 아저씨가 있었습니다. 그분은 크리켓광이었지요. 네트랑 운동 장비를 모두 갖추고 있었습니다. 내가 방학 때 놀러 가면 아저씨는 쉬지 않고 나에게 크리켓 공을 던졌습니다.

〈심문관들의 노트: 앙리 드 생티본 백작. 1942년 12월. P. F. AF64-7〉. 면접 끝. 경쟁사 대표는 헤이든을 증인으로 부르고자 했으나 그가 해외에 나가 있는 바람에 부르지 못했음. 따라서 *sine die*(일자를 정하지 않고) 연기됨…….

스마일리는 파일의 마지막 문서를 읽으면서 졸음이 왔다. 그 문서는 짐의 신원 조회가 경쟁사로부터 통과된 지 오랜 후에 우연히 그 파일에 끼어들어 온 것이었다. 옥스퍼드 대학교 신문의 스크랩이었다. 1938년 6월, 헤이든의 1인 그림 전시회 기사였는데 제목은 〈리얼리즘 또는 초현실주의인가? 옥스퍼드 비평가〉였다.

그 비평가는 그 전시회를 혹평한 후에 이런 농담조로 끝을 맺었다. 〈저명한 제임스 프리도 씨가 캔버스를 걸어 주기 위해 크리켓 구장에서 급히 돌아왔다고 한다. 평자의 생각에 그는 차라리 밴버리 로드에 그대로 남아 있는 게 더 좋았을 뻔했다. 하지만 그가 전시회의 성공을 위해 쏟은 정성은 정말 사람을 감동시키는 바 있으므로 더 이상 그를 조롱하지 않기로 하자…….〉

그는 졸기 시작했다. 그의 마음은 의심, 의혹, 불확실성 등이 마구 떠도는 도가니 같았다. 그는 앤을 생각했고 잠이 오기 직전의 그 피곤한 상태에서 그녀를 무척 그리워했고 그 자신의 허약함으로 그녀의 허약함을 보호해 주고 싶었다. 그는 젊은 사람처럼 그녀의 이름을 크게 부르면서 그녀의 아름다운 얼굴이 반암반명(半暗半明)의 어슴푸레한 불빛 속에서 자신을 내려다본다고 생각했다. 그러는 중에도 객실의 열쇠 구멍을 통하여 방 안에서 음주는 안 된다고 소리치는 포프 그레이엄 부인의 소리가 희미하게 들려왔다. 그는 타르와 이리나를 생각했고 또 속절없이 사랑과 의무에 대해 생각했다. 내일 짐 프리도를 만날 일도 생각났다. 그는 이제 목표를 향해 확실히 다가서고 있다는 생각도 들었다. 그는 지금껏 앞으로 뒤로 움직이면서 먼 길을 걸어왔다. 내일, 만약 운이 좋다면 육지에 닿을지도 모른다. 가령 평화가 깃든 자그마한 사막의 섬 같은 곳. 카를라가 일찍이 들어 보지 못했던 곳. 그 자신과 앤만 있는 곳. 그는 잠 속으로 떨어졌다.

제3부

30

 짐 프리도의 세계에서 목요일은 여느 날과 다름없이 지나갔다. 단지 새벽 무렵 어깨뼈의 상처에서 고름이 흐르기 시작했다는 것만이 문제였다. 그는 수요일 오후에 있었던 교내 달리기 행사가 원인일 것이라고 짐작했다. 그는 먼저 고통 때문에 잠이 깼고 고름이 흐르는 등의 축축한 한기 때문에 불편을 느꼈다. 지난번에 이처럼 고름이 나올 때 그는 톤턴 종합 병원을 찾아간 일이 있었다. 간호사들은 그의 상처를 보더니 응급실에 집어넣고 닥터 아무개와 엑스레이 촬영을 기다리라고 말했다. 그래서 그는 옷가지를 챙겨 들고 병원에서 몰래 도망쳐 나왔다. 그때 이후 병원과는 끝장이었고 의사들은 만나 보고 싶은 생각이 없어졌디. 영국 병원이든 다른 나라의 병원이든 더 이상 찾아가지 않겠다고 짐은 결심했다. 그들은 등의 고름을 가리켜 〈농양〉이라고 했다.
 그는 상처에 직접 손이 닿지 않았다. 그래서 지난번 이래 삼각건을 만들어 그 귀퉁이에 줄을 단단히 재봉해 두었다. 그는 이 삼각건을 싱크대 위에 올려놓고 히비탄 소독액을 준비한 후 물을 끓인 다음 그 물에 소금을 반 봉지 정도 집어넣었다. 이어 급조 샤워기를 만들어 끓인 물을 부으면서 등을 샤워했다. 이어 삼각건을 히비탄액에 완전히 적신 다음 등에다 붙이고 거기에 재봉해 붙인 줄을 앞으로 내어 상체에 단단히 묶었다. 이어 손에 보드카 병을 든 채 침대에 엎드렸다. 고통이 가시면서 졸음이 몰려왔다. 하지만 그대로 잠들어 버리면 하루 종일 자게 된다는 것을 그는 알고 있었다. 그래서 보드카 병을 들고 창가로 가서 테이블에 앉아 5B반의 프랑스어 작문을 고쳐 주기 시작했다. 곧 목요일 새벽이 딥을 찾아들었고 떼까마귀가 느릅나무에서 울기 시작했다.

때때로 그는 그 상처를 자신이 극복하지 못하는 기억으로 생각했다. 그는 그 기억과 화해하고 잊어버리려 최선의 노력을 다했으나 그 노력은 언제나 충분치 못했다.

그는 작문 수정을 좋아했으므로 그 일을 천천히 했다. 수정 작업은 그의 마음이 올바른 자리를 찾아가게 해주었다. 6시 반에서 7시 무렵에 그는 작업을 마쳤다. 그는 낡은 플란넬 바지와 콤비 상의를 입고 늘 문이 열려 있는 교회로 천천히 걸어갔다. 교회 안으로 들어서자 쿼르투아풍으로 건축된 예배당 대기실에서 잠시 무릎을 꿇었다. 그 대기실은 두 번의 전쟁에서 사망한 군인들에게 바치는 가족 기념물로 찾아오는 사람이 별로 없었다. 자그마한 제단 위의 십자가는 베르 전투에 참가한 병사가 손수 조각한 것이었다. 짐은 무릎을 꿇은 채 신자석 밑 부분을 손으로 더듬어 보았다. 먼저 여러 조각의 접착 테이프가, 이어 차가운 금속 덩어리가 만져졌다. 그는 기도를 마치자 콤 레인을 달려 올라가 언덕 꼭대기까지 가면서 땀을 뺐다. 따뜻한 땀이 나오면 그의 몸은 한결 가뿐해졌고 달리기의 일정한 리듬은 그의 경계심을 가볍게 위로해 주었다.

날밤을 새우고 이른 아침에 보드카를 마신 탓인지 그는 약간 몽롱한 상태였다. 때문에 콤 레인에서 고약한 얼굴로 자기를 응시하는 당나귀들을 보자 그는 엉성한 서머싯 방언으로 욕을 해주었다. 「이 바보 같은 당나귀 녀석! 눈깔 돌리지 못해! 눈 아래로 깔지 못해!」 이어 그는 콤 레인을 달려 내려와 트레일러로 들어가 커피를 한 잔 마시고 습포를 바꾸었다.
　아침 기도 이후 첫 시간은 5B반의 프랑스어였다. 짐은 수업에 들어가서도 기분이 좋지 않았다. 그래서 포목상 아들인 바보 같은 클레멘츠에게 엉뚱한 벌을 주었다가 수업이 끝나갈 무렵 취소했다. 교직원 휴게실에 들어가서도 그는 교회에서 했던 것과 같은 확인 절차를 취했다. 아주 무심하게 재빨리 실수 없이 해치웠다. 그것은 아주 간단한 우편물 확인 작업이었는데 커다란 효과가 있었다. 그는 프로치고 그런 확인 작업 얘기를 하는 사람들을 들어 보지 못했다. 하지만 프로는 자신의 게임에 대해 입을 열지 않는 법이다. 「이걸 이렇게 보라고.」 그는 과거에 부하들에게 말하곤 했다. 「만약 적이 자네를 감시한다고 해보자. 그들은 틀림없이 자네의 우편물부터 감시할 것이다. 왜냐하면 그게 가장 쉬운 게임이기 때문이다. 만약 그 적이 우리나라에 침투해 들어와 우체국의 협조까지 얻고 있다면 그건 더더욱 쉬운 게임이 된다. 그러니 자네들은 어떻게 해야겠나? 매주 동일한 우체함, 동일한 시간, 동일한 속도로 한 편지는 자네에게 부치고, 다른 한 편지는 동일한 주소에 있는 선량한 다른 사람에게 부치는 것이다. 크리스마스 때의 자선 요청 편지나 현지 슈퍼마켓의 판매 전단 따위의 별 볼일 없는 것들을 편지 봉투에 집어넣고 반드시 봉인해야 한다. 그런 다음 두 편지가 도착하는 시간을 비교해 봐라. 만약 자네 이름으로 된 편지가 선량한 다른 사람에게 보낸 편지보다 늦게 도착한다면 그건 누군가가 자네를 감시하고 있다는 뜻이다. 달리 말해서 이 경우에는 토비인 것이다!」

짐은 과거에 이런 방법을 자신의 간결한 어휘를 구사하며 〈물 새기 테스트〉라고 불렀다. 그리고 다시 한 번 짐은 서스굿 학교에서도 물이 새는 듯한 느낌을 받았다. 실은 그가 테스트용으로 보낸 두 편지는 같은 시간에 도착했다. 하지만 짐이 휴게실에 좀 늦게 도착하는 바람에 마저리뱅크스 선생에게 보낸 편지를 회수하지 못했을 뿐이었다. 짐은 자신의 편지를 회수한 후 불쾌한 기분이 되어 「데일리 텔레그래프」를 읽고 있었고 마저리뱅크스는 「이런 젠장!」 하고 소리를 지르면서 〈성경 읽기 펠로십〉에 참가하라는 스팸 편지를 찢어 쓰레기통에 내던졌던 것이다. 그 후 짐은 학교 일과에 따라 2학년 학생이 세인트어민스 학생들과 벌이는 럭비 게임에 심판으로 불려 갔다. 아주 빠르게 움직여야 하는 게임이었으므로 경기가 끝났을 때는 다시 등이 아파 왔다. 그래서 그는 첫 번째 종을 울려야 할 때까지 보드카를 마셨다. 원래 종은 젊은 엘위스 선생이 울리기로 되어 있었으나 그가 대신 떠맡은 것이었다. 그는 왜 그 부탁을 들어주었는지 몰랐지만, 젊은 선생들 특히 결혼한 선생들은 온갖 난처한 일을 그에게 부탁했고 그는 선선히 들어주었다. 그 종은 낡은 배의 경종(警鐘)으로 서스굿의 아버지가 발굴한 것이었으나 이제 이 학교의 전통이 되었다. 짐은 종을 울리면서 어린 빌 로치가 옆에 와 서 있다는 것을 의식했다. 하얗게 미소를 지으며 그를 올려다보고 주의를 기울여 주기를 호소했으나 그는 하루에도 열두 번씩 그런 자세를 취했다.

「헬로, 점보, 이번엔 또 무슨 골칫거리야?」

「선생님, 선생님.」

「컴 온, 점보, 숨넘어가겠다, 빨리 말해 봐.」

「선생님, 선생님이 어디 사는지 묻는 사람이 나타났어요.」 로치가 말했다.

짐은 종을 내려놓았다.

「젬보, 어떤 사람이 나타났다는 거야? 자 말해 봐, 내가 너를 물지 않을 테니. 헤이…… 헤이! 어떤 사람이야? 남자야, 여자야, 주주맨이야? 컴 온, 올드 보이.」 그가 로치의 키 높이에 맞춰 허리를 굽히며 부드럽게 말했다. 「울지 마. 뭐가 문제야? 또 화가 난 거야?」 그러고는 소매에서 손수건을 꺼냈다. 「도대체 어떤 사람이라는 거야?」 그가 예의 그 나지막한 목소리로 말했다.

「그는 미시즈 매컬럼의 가게에서 물었어요. 자기가 선생님의 친구라면서. 이어 자기 차 속으로 들어갔어요. 그 차는 교회 마당에 주차되어 있어요, 선생님.」 또다시 로치의 눈에서 눈물이 솟구쳤다. 「그는 차 안에 앉아 있어요.」

「썩 꺼지지 못해, 이놈들!」 짐은 문턱에서 싱긋 웃고 있는 3학년 학생들에게 소리쳤다. 「썩 꺼져.」 그러고는 다시 로치에게로 갔다. 「키 큰 사람이야?」 그가 부드럽게 물었다. 「옷차림이 단정치 못한 키 큰 친구야, 젬보? 눈썹이 짙고 등이 구부정한? 홀쭉한 친구야? 브래드버리, 그만 쳐다보고 이리 와! 젬보를 메이트런에게 데려가야 할지 모르니까 대기해. 홀쭉한 친구야?」 그가 다시 차분한 목소리로 물었다.

하지만 로치는 이미 할 말을 잊어버렸다. 더 이상 기억이 나지 않았고 키의 크기나 인상 착의에 대한 감각을 상실했다. 어른의 세계에 걸맞은 어휘를 선택하는 능력이 사라졌다. 덩치 큰 사람, 몸집 작은 사람, 늙은 사람, 젊은 사람, 구부정한 사람, 꼿꼿한 사람…… 그들은 모두 형체를 알 수 없는 위험을 알리는 동일한 집단이었다. 그는 짐이 자기를 내려다보고 있는 것을 보았다. 짐의 얼굴에서 미소가 사라지며 자비로운 커다란 손이 자신의 팔을 잡는 것을 느꼈다.
「힘내라, 짐보. 너처럼 관찰을 잘하는 애도 없지, 안 그래?」
브래드버리의 어깨에 맥없이 고개를 기대며 빌 로치는 눈을 감았다. 그가 다시 눈을 떴을 때는 눈물 어린 흐릿한 시선에 짐이 계단을 절반쯤 올라가는 것이 보였다.

짐은 평온했다. 아니, 거의 느긋한 심정이었다. 지난 며칠 동안 자신의 뒤를 쫓는 자가 있다는 것을 알고 있었다. 그 자신도 탐문하고 돌아다녔다. 먼저 감시자들이 묻고 갔다는 곳을 감시했다. 현지 주민들이 드나드는 교회는 제일 먼저 감시해야 할 대상이었다. 군청, 선거 관리 위원회, 상인들(그들이 고객 계좌를 갖고 있을 경우), 선술집(피감시인이 드나들지 않는 곳) 등을 뒤졌다. 영국 같은 나라에서는 감시자들이 피감시인을 덮치기 전에 이런 곳을 가장 먼저 뒤지고 다닌다. 그리고 이틀 전 톤턴 도서관에서 사서 조수와 잡담을 나누다가 짐은 그가 찾고 있던 발자국을 찾아냈다. 런던에서 내려온 듯한 낯선 사람이 마을의 주민 명부에 관심을 보이더라는 것이었다. 직업적으로 하는 일인데, 주민들의 정치적 성향을 연구한다면서. 그러면서 짐이 살고 있는 마을의 최근 명부를 요청했다는 얘기였다. 바로 유권자 명부를 달라고 했다. 그걸 들고 가가호호 찾아다니면서 새로 이민 온 사람들 위주로 오지(奧地) 공동체의 연구를 할 생각이라면서……. 아, 그런 조사 연구도 다 있군요, 하면서 짐은 맞장구를 쳤다. 이어 그도 곧바로 대책 마련에 들어갔다. 먼저 그는 한 달 유효 기간의 톤턴-엑세터, 톤턴-런던, 톤턴-스윈든행 기차표를 사 두었다. 만약 사태가 여의치 않아 도피해야 할 경우, 그때는 기차표 구입이 어려울 것이기 때문이었다. 그는 과거의 위장 신분증과 권총을 꺼냈고 특히 권총은 가까운 곳에다 숨겨 두었다. 그는 옷이 가득 든 짐 가방을 앨비스 차의 트렁크에 넣어 두었고 차의 기름을 가득 채워 두었다. 이런 예방 조치는 그의 공포를 약간 덜어 주었고 그런대로 잠도 자게 해주었다. 하지만 그것도 등이 아파 오면서 큰 도움이 되지는 못했다.

「선생님, 어느 팀이 이겼습니까, 선생님?」
하얀 가운에 치약을 손에 든 신입생 프레블이 진료실로 가는 길에 그에게 물었다. 학생들은 때때로 아무 이유도 없이 그에게 말을 걸었다. 그의 덩치와 구부정한 어깨가 재미있는 모양이었다.
「선생님, 세인트어민스와의 경기 말입니다.」
「세인트어민스가 아니라 세인트버민스(벌레)야.」 또 다른 아이가 말했다. 「선생님, 누가 이겼어요?」
「저쪽 애들이 이겼어.」 짐이 소리쳤다. 「너희들도 이미 보아서 다 알고 있지 않니.」 그는 커다란 두 주먹을 아이들에게 휘두르는 시늉을 하면서 두 아이를 복도 끝에 있는 메이트런의 양호실로 끌고 갔다.
「선생님 안녕히 주무세요.」
「잘 자라, 두꺼비들아.」 짐이 노래하듯 말하면서 양호실 안으로 들어섰다. 교회와 공동묘지를 살펴보기 위해서였다. 양호실에는 불이 켜져 있지 않았다. 그가 싫어하는 꼬락서니와 냄새를 풍겼다. 열두 명의 학생이 어둠 속에 누워, 저녁 식사 이후의 고온에 시달리며 졸고 있었다.
「누구세요?」 한 학생이 목쉰 소리로 물었다.
「코뿔소.」 다른 학생이 말했다. 「코뿔소, 세인트어민스와의 경기는 어떻게 되었나요?」
짐의 별명을 부르는 것은 불손한 행위였으나 양호실에 입실한 아이들은 징계를 받지 않았다.

「코뿔소? 도대체 코뿔소가 누구야? 난 그런 사람 몰라. 내겐 이름도 아니야.」짐이 콧방귀를 뀌면서 두 침상 사이를 비집고 창 쪽으로 걸어갔다. 「그 손전등 좀 치워. 그거 금지되어 있어. 쉽게 이길 수 있는 상대였는데 우리가 졌어. 18대 0으로.」창은 거의 마룻바닥에 붙어 있었다. 그 앞의 낡은 소화전이 아이들의 접근을 막고 있었다. 「스리쿼터 라인에서 펌블을 너무 많이 했어.」그가 밖을 내다보며 중얼거렸다.

「난 럭비가 싫어.」스티븐이라는 소년이 소리쳤다.

푸른색 포드는 느릅나무 가까운 곳, 교회 그늘에 주차되어 있었다. 1층에서라면 보이지 않았겠지만 그렇다고 일부러 감추어 놓은 것 같지는 않았다. 짐은 창에서 약간 떨어진 채 조용히 서서 무슨 단서가 없는지 차를 유심히 살펴보았다. 주위가 빠르게 어두워지고 있었지만 그는 시력이 좋았다. 그래서 무선 안테나, 레그맨을 위한 차내 백미러, 배기통 밑의 불탄 흔적 등을 살펴보았다. 그가 긴장하고 있음을 느끼고서 아이들이 농담을 걸어왔다.

「선생님, 예쁜 여자가 지나가나요? 잘생긴 여자예요?」

「선생님, 건물에 불이라도 났나요?」

「선생님, 그 여자의 다리는 어떻게 생겼어요?」

「선생님, 그 여자가 미스 아른슨이라고 말하지 마세요.」아이들이 낄낄거리며 웃기 시작했다. 미스 아른슨은 나이가 많은 데다 못생겼기 때문이다.

「입 닥치지 못해.」짐이 화를 벌컥 내며 소리쳤다. 「무례한 돼지들. 입 닥쳐.」1층에서는 점호가 있었는데 서스굿이 숙제를 내주기 전에 3학년 학생들의 출석을 부르고 있었다.

애버크롬비? 예. 애스터? 예. 블래크니. 아파서 입실했습니다, 선생님.

계속 감시하고 있던 짐은 무거운 외투를 입은 조지 스마일리가 차문을 열고 조심스럽게 내리는 것을 보았다.

복도에서 메이트런의 발소리가 들려왔다. 그는 신발의 고무창이 찌익 끌리는 소리와 통 속의 온도계가 달그닥거리는 소리를 들었다.

「어머나! 코뿔소. 여기 양호실에서 뭐 하는 거예요. 어서 커튼을 치지 못해요. 나쁜 사람. 여기 있는 애들 다 폐렴 걸려서 죽겠어요. 윌리엄 메리듀, 빨리 일어나 앉아.」

스마일리는 차문을 잠그고 있었다. 그는 혼자였고 아무것도 들고 있지 않았다. 심지어 서류 가방도 없었다.

「그렌빌에서는 당신을 찾느라고 야단이에요, 코뿔소.」

「아, 곧 갑니다.」짐은 쾌활하게 말하고 재빨리「애들아, 잘 자라」하고서 그렌빌 기숙사로 향했다. 그는 거기서 존 뷰캔의 이야기를 읽어 주기로 했었다. 그는 낭독을 하면서 어떤 단어를 제대로 발음하지 못해 애를 먹었다. 어떤 단어는 자꾸 그의 목에 걸렸다. 그는 자신이 땀을 흘린다는 것을 자각했고, 등에서 다시 고름이 나온다고 느꼈다. 그가 낭독을 끝냈을 때 그의 턱은 뻣뻣하게 굳어 있었는데 그건 낭독 때문만은 아니었다. 하지만 그런 것들은 그의 내부에서 펄펄 끓고 있는 분노에 비하면 아무것도 아니었다. 그는 분기탱천한 채로 차가운 밤공기 속으로 뛰어들었다. 풀들이 웃자란 테라스에 서서 그는 잠시 교회 쪽을 응시하며 망설였다. 신자석 밑에 테이프로 붙여 놓은 권총을 떼어 내어 바지 왼쪽 허리춤에 깊숙이 찔러 넣는 데에는 3분도 채 걸리지 않을 것이었다…….

하지만 그의 본능은「아니야」하고 말하고 있었다. 그래서 그는 트레일러 쪽으로 걸어가기 시작했다. 안 나오는 목소리로 억지로「헤이 디들-디들」을 노래 부르면서.

31

 모텔 방 안으로 들어갔을 때에도 긴장되고 불안한 상태는 계속되었다. 거리의 교통 흐름이 모처럼 잦아들었을 때에도 창문은 계속 덜거덕거렸다. 화장실의 세면대 유리도 진동했고 벽에서 혹은 그들의 머리 위에서 음악 소리, 쿵쿵거리는 소리, 대화하는 소리, 간간이 웃는 소리 등이 들려왔다. 손님의 차가 앞마당에 도착하면 문이 덜커덩거리는 소리가 마치 방 안에서 나는 소리 같았고 발걸음 소리 또한 그러했다. 방 안의 가구는 배색이 잘되었다. 노란 의자들은 노란 그림, 노란 카펫과 어울렸다. 오렌지 색깔의 침대 커버는 오렌지 색깔의 문과 어울렸고 우연찮게도 보드카 병의 레이블 색깔과도 일치했다. 스마일리는 모든 것을 제대로 준비해 놓았다. 그는 의자도 적당히 떨어지게 해놓았고 보드카는 낮은 테이블 위에 올려놓았다. 짐이 그를 노려보는 동안 스마일리는 자그마한 냉장고에서 훈제 연어 한 판과 이미 버터를 발라 놓은 빵을 꺼내 들었다. 짐과는 대조적으로 그는 눈에 띄게 밝은 분위기였고 동작은 민첩하면서도 절도가 있었다.

「우선 편안하게 앉을 자리를 마련해야지.」 그가 테이블 위에 물건들을 올려놓고 슬쩍 웃으면서 말했다. 「학교에는 언제까지 돌아가야 하나? 정해진 시간이라도 있나?」 아무 대답도 나오지 않자 그가 먼저 의자에 앉았다. 「교사 생활은 어때? 자네가 전쟁 후에 한동안 교직에 있었던 걸로 기억되는데. 그렇지? 그들이 자네를 다시 복직시키기 전에 말이야. 그때도 예비 학교였나? 잘 기억이 안 나는데.」

「파일을 보면 알 거 아닌가.」 짐이 소리쳤다. 「조지 스마일리, 여기까지 내려와서 나와 숨바꼭질할 필요는 없을 텐데. 정 알고 싶다면 내 파일을 읽지 그래.」

스마일리는 테이블 위로 팔을 뻗어 두 잔 가득 술을 따라 한 잔을 짐에게 건네주었다.

「서커스에 있는 자네 파일 말인가?」

「총무과에서 얻어. 아니면 컨트롤에게 얻든가.」

「그래야 했겠지.」 스마일리가 의심스러운 목소리로 말했다. 「문제는 말이야, 컨트롤은 이미 죽었고 나는 자네가 돌아오기 훨씬 전에 거기서 쫓겨났다는 거야. 그들이 자네를 귀국시켰을 때 그런 말 안 해주던가?」

그 얘기를 듣자 짐의 얼굴이 약간 부드러워졌다. 그는 서스굿의 학생들을 그처럼 재미나게 했던 그 독특한 제스처를 취하며 천천히 움직였다. 「저런.」 그가 중얼거렸다. 「컨트롤이 갔군.」 그는 왼손으로 콧수염의 한쪽을 쥐고 엉터리로 깎은 머리 쪽으로 들어 올렸다. 「불쌍한 사람.」 그가 중얼거렸다. 「병명이 뭐였지? 심장? 심장 마비였나?」

「디브리핑 때 그런 얘기도 안 해주던가?」 스마일리가 물었다.

디브리핑 얘기가 나오자 짐은 온몸이 굳어졌고, 노려보는 시선으로 다시 돌아왔다.

「그랬지.」스마일리가 말했다. 「심장이었어.」

「누가 부장이 되었나?」

스마일리가 웃음을 터뜨렸다. 「저런, 짐. 그런 얘기도 못 들었다면 새럿에서 도대체 무슨 얘기를 했나?」

「빌어먹을, 누가 부장이 되었냐니까? 자네가 후보 아니었나? 그런데 쫓겨났다고. 조지, 그럼 누가 부장이 되었지?」

「올라라인.」 스마일리가 짐을 조심스럽게 쳐다보며 말했다. 스마일리는 짐의 오른쪽 팔이 무릎 위에 놓인 채 미동도 하지 않는 것을 보며 의아하다고 생각했다. 「누가 되기를 바랐나? 마음에 두고 있는 사람이라도 있었나?」 오랜 침묵이 흘렀다. 스마일리가 다시 입을 열었다. 「애그러베이트 네트워크에 무슨 일이 벌어졌는지도 얘기를 못 들었겠군. 프르지빌과 그의 아내 그리고 처남에게 말이야? 또 플라톤 네트워크는 어떻고. 란드크론, 에바 크리에글로바, 한카 빌로바 등에게 벌어진 일을 말이야? 자네가 로이 블랜드 전에 이 사람들 중 일부를 선발했었지? 올드 란드크론은 전쟁 때도 자네 밑에서 일했었지.」

그 얘기를 듣자 짐은 앞으로 나아가지도 못하고 뒤로 물러서지도 못하는 사람처럼 안절부절못했다. 그의 붉은 얼굴은 엄청난 긴장 때문에 일그러져 있었고 그의 굵은 눈썹에는 땀방울이 송골송골 맺혔다.

「조지, 왜 이러는 건가? 도대체 나한테 뭘 바라나? 나는 일정한 선을 그었네. 그들이 그렇게 하라고 하더군. 선을 그어라. 새 인생을 시작해라. 모든 것을 잊어라.」

「짐, 자네가 말하는 그들이란 구체적으로 누구인가? 로이? 빌, 퍼시?」 그는 기다렸다. 「그들이 누구인지 모르겠지만, 그들은 맥스가 그 후 어떻게 되었는지 말해 주던가? 아무튼 맥스는 무사해.」 스마일리가 의자에서 일어나 짐의 술잔을 채워 주고 다시 앉았다.

「좋아. 그래 그 두 네트워크는 어떻게 되었지?」

「발각되었어. 떠도는 얘기에 의하면, 자네가 목숨을 건지기 위해 그들을 불었다는 거야. 난 믿지 않아. 하지만 내막을 알아야겠어.」그는 계속 말했다. 「컨트롤이 자네에게 일체 보안을 유지하라고 다짐 주었다는 것을 알아. 하지만 그건 끝난 얘기야. 자네가 죽도록 심문을 당한 걸 아네. 자네가 굉장한 고초를 당해 이제 진실과 위장을 구분하는 데 어려움을 느낀다는 것도 알아. 자네가 그 사건에 대하여 일정한 선을 긋고서 그만 잊어버리고 싶어 한다는 것도 알지. 나도 그러려고 했으니까. 좋아, 오늘 밤 이후에 그런 선을 긋도록 해. 나는 레이콘의 편지를 가지고 왔어. 필요하다면 그에게 전화해. 지금 대기 중이니까. 침묵을 지키지 말고 얘기해 주기를 바라네. 왜 귀국했을 때 나의 집을 찾아오지 않았나? 그렇게 할 수도 있었을 텐데 말이야. 출발하기 전에는 나를 만나려고 했잖나. 그런데 왜 돌아와서는 그러지 않았지? 그렇게 할 수 없었던 규정이라도 있었나?」

「네트워크에선 아무도 살아남지 못했나?」 짐이 물었다.

「응. 모두 총살당한 것 같아.」

그들은 레이콘에게 전화를 했다. 이제 스마일리는 혼자 앉아서 술을 홀짝거렸다. 화장실에서는 수도꼭지를 틀고 물을 흘리는 소리가 들려왔고 짐이 얼굴에 물을 끼얹으며 툴툴대는 소리도 났다.

「우선, 숨 좀 쉴 수 있는 곳으로 가지.」 화장실에서 돌아온 짐이 말했다. 마치 그것이 증언의 조건이기라도 한 듯이. 스마일리는 술병을 집어 들었고, 그들은 방을 나와 보도를 걸어 차 있는 데로 갔다.

그들은 20분 정도 차를 몰고 갔는데 운전은 짐이 했다. 그들은 언덕의 꼭대기 부분에 차를 세웠다. 그곳은 오늘 아침 짐이 구보로 달려 올라갔던 바로 그 언덕이었다. 이제 안개는 걷히고 저 아래 계곡이 아주 잘 보였다. 저 멀리 산발적인 불빛들도 보였다. 짐은 오른쪽 어깨를 높이 세우고 손가락에 힘을 뺀 채 목석처럼 앉아 흐려진 자동차 유리창을 통해 언덕의 그늘을 내다보았다. 하늘은 낮게 드리워져 있었고 짐의 얼굴은 하늘의 밝은 빛과는 날카로운 대조를 이루었다. 이제 짐의 목소리에서 분노는 느껴지지 않았고 그는 점점 더 느긋한 목소리로 말하기 시작했다. 이야기 도중에 컨트롤의 전문기술 얘기가 나오자 웃음을 터뜨리기도 했다. 하지만 스마일리는 여전히 긴장을 풀지 않은 채 어린아이를 데리고 거리를 걸어가는 것처럼 조심했다. 짐이 빨리 말하려고 멈칫거리거나 화를 내거나 하면 스마일리는 그를 부드럽게 제지하여 침착한 자세로 되돌아오게 했고 그리하여 같은 수준, 속도, 방향으로 걸어가게 했다. 짐이 장애에 걸려 머뭇거리면 스마일리가 도와 그 장애를 뛰어넘어 계속 나아가게 했다. 처음에 스마일리는 짐작과 연역을 적당히 섞어 가며 짐이 해야 할 말을 대신 해주기도 했다.

짐이 컨트롤로부터 첫 번째 브리핑을 들었던 경우에 대하여 스마일리는 이런 짐작을 내놓았다. 아마도 서커스 밖에서 컨트롤을 만났겠지? 그래. 어디서? 세인트제임스에 있는 정보부 안가였는데 컨트롤이 제안한 장소였어. 그 밖에 다른 사람이 참석했나? 아니, 아무도. 컨트롤이 짐과 연락을 처음 취했을 때 개인 비서나 다름없는 경비원 맥파딘을 썼겠지? 그래. 올드 맥이 셔틀버스로 브릭스턴에 내려와 그날 밤 회의에 참석할 수 있겠느냐는 쪽지를 가져왔어. 나는 즉석에서 예 혹은 아니요로 대답하고 그 쪽지를 돌려줘야 했네. 그는 약속을 정하는 데 외부 전화는 물론이고 구내전화도 사용하지 않으려 했어. 나는 맥에게 예라고 대답하고 7시에 안가에 도착했네.

「처음에 컨트롤이 자네에게 조심을 시켰겠지?」

「아무도 믿지 말라고 하더군.」

「특별한 사람을 언급하던가?」

「나중에.」 짐이 말했다. 「하지만 처음에는 아니었어. 처음엔 아무도 믿지 말라는 말만 했지. 특히 고위직에 있는 사람들을. 조지?」

「응.」

「정말 다 총살당했나? 란드크론, 크리에글로바, 빌로바, 프르지빌 부부가? 재판도 없이?」

「그날 밤 두 조직이 비밀경찰에 일제 검거되었어. 그 뒤에는 어떻게 되었는지 아무도 몰라. 하지만 친척들에게는 죽었다고 통보했대. 그러니 정말 죽은 거야.」

그들 왼쪽에서 일렬로 늘어선 소나무들이 미동도 하지 않는 군대처럼 계곡 아래쪽에서 올라오고 있었다.

「그런 다음 컨트롤은 자네가 갖고 있는 체코 위장 이름이 뭐냐고 물었겠지.」 스마일리가 말했다. 「그런가?」

그는 같은 질문을 두 번 해야 했다.

「하예크라고 말했네.」 마침내 짐이 말했다. 「파리에서 활동하는 체코 기자 블라디미르 하예크. 컨트롤은 나에게 그 서류가 얼마 동안이나 유효할 것 같으냐고 묻더군. 〈그건 알 수 없죠.〉 내가 말했지. 〈때로는 여행 한 번 다녀온 걸로 발각됩니다.〉」 짐의 목소리가 갑자기 커졌다. 마치 그 얘기가 아귀가 잘 안 맞는다는 듯이. 「컨트롤은 자기가 원할 때는 독사처럼 귀머거리가 되는 사람이야.」

「그다음에 자신이 뭘 원하는지 자네에게 말했겠군.」 스마일리가 말했다.

「처음에 우리는 잡아뗄 수 있는 가능성을 논의했네. 내가 체포되더라도 컨트롤이 관련되게 하면 안 된다고 하더군. 스캘프헌터가 독립적으로 운영한 비밀 작전으로 해야 한다는 거야. 하지만 그때도 그런 얘기를 누가 믿겠나 하는 생각이 들었어. 그의 말 한마디 한마디에 피가 뚝뚝 흐르고 있었네.」
짐이 말했다. 「브리핑을 하는 동안 나에게 자세한 것을 얘기해 주지 않으려 한다는 걸 느꼈네. 내용은 안 가르쳐 주면서 브리핑은 자세히 하고 싶어 하더라니까. 〈우리한테 정보를 제공하겠다는 제안을 받았어.〉 컨트롤이 말했네. 〈최고위직이고 위장명은 테스터파이야.〉 〈체코 관리입니까?〉 내가 물었지. 〈군부 쪽이야. 짐, 자네는 군인 정신이 강하니까 죽이 잘 맞을 거야.〉 그런 식으로 빙빙 돌리는 얘기가 시작되었지. 그래서 나는 자세히 얘기해 주지 않아도 상관없는데 그렇게 우물쭈물하지는 마라, 뭐 이런 생각을 했네.」

한참 얘기를 돌리다가 컨트롤은 테스터파이가 체코의 포병 장군이라고 말했다. 그의 이름은 스테프체크였다. 소문대로라면 그는 프라하 군부 내의 친소련 매파였다. 모스크바에서 연락 장교로 일한 적이 있고 러시아가 신뢰하는 몇 안 되는 체코 장교였다. 스테프체크는 컨트롤이 오스트리아에서 친히 면담한 중개인을 통해, 상호 관심사가 되는 서커스의 고위직 인사에 대하여 의논하고 싶다는 의사를 표명해 왔다. 컨트롤이 보낼 대리인은 체코어를 할 줄 알아야 하고 스스로 결정을 내릴 수 있는 자일 것. 10월 20일 금요일 스테프체크는 오스트리아 국경에서 북쪽으로 160킬로미터 떨어진, 브르노 근처의 티스노프에 있는 병기 연구소를 시찰할 계획이었다. 그곳에서 그는 혼자서 주말 사냥 별장을 찾게 될 것이다. 그 별장은 라치체에서 그리 멀지 않은 숲 속에 있다. 10월

21일 토요일 저녁 그 별장에서 대리인을 만나 대화를 나눌 수 있다. 브르노를 오가는 수송 편은 제공해 줄 수 있다.

스마일리가 물었다. 「컨트롤이 스테프체크의 동기에 대해서 뭐라고 말하지 않던가?」

「여자 친구라고 하더군.」 짐이 말했다. 「그가 사귀던 여학생이었는데 마지막 열정이래, 라고 컨트롤은 말했네. 두 사람의 나이 차이는 20년이고. 1968년 여름 봉기 때 그 여자가 총에 맞아 죽은 거야. 그때까지만 해도 스테프체크는 출세를 생각해서 반러시아 감정을 숨겨 왔대. 하지만 여자의 죽음이 결정타였던 거지. 복수를 해야겠다고 마음먹은 거야. 그는 4년 동안 몸을 낮추면서 그들에게 결정타를 먹일 정보를 수집했어. 우리가 그를 안심시키고 거래 루트를 확립하면 정보를 주기로 되어 있었네.」

「그런 제안을 컨트롤이 어떻게 확인했지?」

「할 수 있는 데까지는 했나 봐. 스테프체크의 경력은 문서에 나와 있어. 참모직으로만 오래 근무해 온 배고픈 참모 장교. 테크노크라트. 국내 보직을 맡지 않을 때는 해외로 나가서 경험을 쌓았지. 바르샤바, 모스크바, 베이징에서 각각 1년 있었고, 아프리카에서 무관으로 좀 근무하다가 다시 모스크바로 갔어. 계급에 비해 젊은 사람이었네.」

「컨트롤이 어떤 정보를 얻게 될 거라고 미리 얘기하던가?」

「국방 정보였어. 로켓. 탄도 미사일.」

「다른 것은?」 술병을 넘겨주며 스마일리가 물었다.

「정치적인 정보도 있었고.」

「그 외에 다른 것은?」

짐은 망설였다. 스마일리는 짐이 몰라서 그러는 것이 아니라 의식적으로 어떤 정보를 기억하지 않으려 애쓴다고 생각했다. 어둠 속에서 짐 프리도의 호흡이 갑자기 가빠졌다. 그는 양손을 운전대 위에 올려놓고 그 위에 턱을 괴면서 서리 낀 차창을 멍하니 쳐다보았다.

「그들은 얼마나 구속되어 있다가 총살당했나?」 짐이 물었다.

「잘 모르지만 자네보다 더 오래 구속되었을 거야.」 스마일리가 말했다.

「하느님 맙소사.」 짐이 말했다. 그는 소매에서 손수건을 꺼내 얼굴의 땀과 물기를 닦아 냈다.

「컨트롤이 스테프체크로부터 얻어 내고자 하는 정보가 뭐였지?」 스마일리가 부드러운 목소리로 대답을 재촉했다.

「나를 심문할 때 그걸 알고 싶어 하더군.」

「새럿에서?」

짐은 머리를 가로저었다. 「아니, 저쪽에서.」 그는 고개를 들어 언덕 쪽을 가리켰다. 「그들은 처음부터 그게 컨트롤의 작전이라는 걸 알고 있었어. 내가 아무리 단독으로 주도한 작전이라고 해도 믿어 주질 않았네. 막 웃더군.」

스마일리는 짐이 그다음 얘기를 해주기를 초조하게 기다렸다.

「컨트롤은 스테프체크를 결정적인 단서로 생각한 것 같아.」 짐이 말했다. 「그는 당시 머리가 이상해질 정도로 어떤 생각에 몰두하고 있었네. 스테프체크가 대답을 줄 것이다, 스테프체크가 단서를 줄 것이다, 뭐 이렇게 생각하는 듯했어. 〈어떤 단서 말입니까?〉 내가 묻자 그는 가방을 꺼내 들었네. 낡은 갈색의 악보 끼우개 같은 가방 말야. 몇 장의 차트를 꺼냈는데 모두 그의 필적으로 깨알같이 주석이 적혀 있더군. 그 차트는 색색의 잉크와 크레용으로 칠해져 있었네. 〈자네의 이해를 돕기 위해 시각적인 조치를 취했지.〉 그가 말했네. 〈이게 자네가 만나게 될 그 친구야.〉 거기에는 스테프체크의 경력이 연도별로 정리되어 있었네. 나에게 설명해 주더군. 군사 학교, 훈장, 아내들. 〈그는 말을 좋아해.〉 그가 말했어. 〈짐, 자네도 한때 말을 열심히 탔지? 두 사람이 공통점이 있군. 기억해 두게.〉 그때 이런 생각이 들더군. 체코에 가서 미행자들을 등 뒤에 달고 앉아 순종 암말을 길들이는 방법을 얘기한다? 그거 흥미롭군.」 그는 약간 괴상한 웃음을 터뜨렸고 그래서 스마일리도 따라 웃었다.

「붉은색이 칠해진 보직은 스테프체크의 러시아 연락 장교 관계였어. 초록색은 첩보 업무였고. 스테프체크는 여러 분야에 손을 댔더군. 체코군 첩보 업무에서는 4인자였고 무기 연구에서는 수석 연구원이었으며 국가 안보 위원회의 서기였고 최고 회의의 군사 고문관이었네. 체코군 첩보 업무를 담당할 때는 영미권 데스크를 맡았더군. 이어 컨트롤은 60년대 중반의 보직을 언급했는데, 이게 모스크바에 두 번째로 간 시기와 일치했어. 붉은색과 초록색이 반반으로 칠해져 있더군. 외관상 스테프체크는 바르샤바 조약 기구의 장관 급 연락 장교로 되어 있었지만 그건 위장이었어. 〈그는 바르샤바 조약 기구의 연락 업무하고는 아무 상관이 없어. 진짜 임무는 모스크바 센터의 영국과(英國課)였어. 그의 작전명은 미닌이지.〉 컨트롤이 말했어. 그는 체코 정보기관과 모스크바 센터의 일을 조율하고 있었어. 이게 알짜야. 스테프체크가 우리에게 팔려고 하는 것은 서커스에 숨어 있는 모스크바 센터의 두더지 이름이었어.」

그래서 한마디면 된다고 했구나, 하고 스마일리는 맥스의 증언을 생각했다. 그 생각을 하는 순간 스마일리는 갑자기 오한 같은 것이 엄습하는 걸 느꼈다. 결국 그거였구나. 두더지 제럴드의 이름. 어둠 속에서 외친 단 한마디의 비명.

「컨트롤은 말했네. 〈짐, 우리 내부에 썩은 사과가 있어. 그자가 다른 사람들을 오염시키고 있어.〉 짐의 목소리는 긴장해 있었고 자세 또한 그랬다. 「그래서 과거의 서류들을 모두 추적했대. 서류를 뒤져서 거의 그자를 찾아낼 단계까지 갔대. 다섯 명이 후보라는 거야. 어떻게 다섯 명을 골라냈는지는 나도 잘 몰라. 아무튼 〈톱 파이브 중의 한 명이야〉라고 말했어. 그는 나에게 술병을 건네주었고 나와 컨트롤은 암호를 만드는 학생처럼 거기 앉아 있었어. 우리는 암호명으로 팅커, 테일러를 사용했어. 우리는 거기 안가에 앉아서 그가 늘 내놓는 싸구려 키프로스 셰리주를 마시면서 암호명의 순서를 정했네. 만약 내가 스테프체크를 만난 이후 잡히거나 문제가 있다면, 그 한마디의 암호를 그에게 전달해 달라는 거였어. 프라하로 간다면 영국 대사관의 문설주에다 그 암호를 적어 놓아도 좋고, 아니면 프라하 레지던시의 사람에게 전화를 걸어 말해 줘도 좋다고 했어. 팅커, 테일러, 솔저, 세일러. 올러라인은 팅커, 헤이든은 테일러, 블랜드는 솔저, 토비 이스터헤이스는 푸어맨. 세일러는 테일러와 각운이 같기 때문에 사용하지 않았네. 자네는 베거맨이었지.」 짐이 말했다.

「내가? 허 참. 그런데 짐 자네는 컨트롤의 그런 이론에 어떻게 반응했나? 그런 전반적인 계획이 자네에게 어떤 인상을 주었나?」

「아주 황당했지. 말도 안 되고.」

「왜?」

「정말 황당하잖나.」 그는 군인처럼 간결한 어조로 말했다. 「생각을 해봐, 그런 고위직이 두더지라니.」

「아무튼 자네는 그것을 믿었나?」

「아니! 절대로. 어떻게 그런 질문을?」

「왜 질문은 해볼 수 있지. 우리는 첩보 업무의 성격상 그런 일이 조만간 벌어질지 모른다고 가정하고 있지 않나. 그래서 늘 서로 경고하지. 언제나 경계를 늦추지 말라고 말이야. 사실 우리도 다른 곳에서 데려온 친구들이 많아. 러시아인, 폴란드인, 체코인, 프랑스인 등등. 심지어 길 잃은 미국인들까지. 그런데 영국인이라고 그런 자가 되지 말라는 법이 어디 있나?」

짐의 적대적인 태도를 느끼고 스마일리는 차문을 열어 차가운 바람이 차 안으로 들어오게 했다.

「조금 걸어 보는 게 어떻겠나?」 그가 말했다. 「걸을 수 있는데도 차 안에만 갇혀 있다는 것은 무의미해.」

스마일리가 기대했던 대로 산책을 하면서 움직이게 되자 짐의 입에선 말이 술술 나왔.

그들은 이제 언덕 꼭대기의 서쪽 가장자리에 서 있었다. 나무는 몇 그루밖에 없었고 일부 나무는 벌채되어 땅에 누워 있었다. 서리 낀 벤치가 주위에 있었지만 그들은 앉지 않았다. 바람은 없었고 별들이 아주 또렷하게 모습을 드러냈다. 짐이 얘기하는 동안 그들은 나란히 걸었다. 짐이 스마일리의 느린 걸음에 보조를 맞추는 형편이었다. 그들은 차에서 멀어졌다가 다시 차로 돌아오는 방식으로 걸었다. 가끔 그들은 나란히 선 채 걸음을 멈추고 계곡 아래쪽을 내려다보았다.

먼저 짐은 맥스를 차출하고 서커스의 다른 사람들을 속였던 위장의 과정을 얘기했다. 그는 먼저 스톡홀름에서 고참 러시아 암호 요원을 접촉할 건수가 있다고 말하면서 오래된 작전명 엘리스로 코펜하겐행 비행기 표를 끊었다. 하지만 그는 파리로 날아가 하예크 서류로 바꾼 뒤 예정된 비행기 편으로 토요일 아침 10시에 프라하에 도착했다. 그는 입국 절차를 가볍게 통과하여 터미널에서 기차 시간을 확인했다. 그런 다음 두 시간 정도 시간을 죽여야 했기 때문에 산책을 하면서, 브르노로 떠나기 전 혹시 미행이 붙지 않았는지 확인하려 했다. 그 가을에, 날씨는 아주 변덕스러웠다. 땅바닥엔 이미 눈이 쌓여 있었고 게다가 눈이 계속 내렸다.

짐의 말에 의하면, 체코에서 사람 감시는 별로 큰 문제가 아니었다. 보안 부서는 거리 감시에 대해 아는 것이 거의 없었다. 아마도 역대 체코 정부가 도맡아 그런 감시를 노골적으로 해왔기 때문일 것이다. 보통 감시 차와 감시 요원을 마치 알 카포네처럼 주위에 뿌려 놓는 것이 통상적인 방식이었다. 짐은 검은 스코다 차와 중절모를 쓴 땅딸막한 신사 세 명 정도가 등 뒤에 따라붙지 않는지 유심히 살폈다. 추운 날씨에 이런 사람들을 알아본다는 것은 평소보다 더 어려웠다. 왜냐하면 차량의 흐름은 완만하고 보행자들은 빨리 걸어가고 모두들 코까지 머플러를 둘렀기 때문이다. 그가 마사리크 역 — 하지만 요사이는 그것을 중앙역이라고 불렀다 — 까지 걸어갈 때에는 아무런 문제가 없었다. 하지만 마사리크 역에서 짐은 그의 앞에서 기차표를 사고 있는 두 여자에게 본능적으로 의심을 품었다.

여기서 짐은 전문가답게 침착한 표정을 유지하며 역까지 걸어온 과정을 되새겨 보았다. 그가 역으로 가는 벤체슬라우스 광장의 유개 아케이드로 들어서자 세 명의 여자가 따라붙었다. 그중 가운데 여자는 유모차를 밀고 있었다. 차도 쪽에 있는 여자는 붉은 비닐 핸드백을 들었고 보도 쪽에 있는 여자는 가죽 줄에 묶은 개를 산책시키고 있었다. 10분 뒤 두 명의 다른 여자가 팔짱을 낀 채 그의 앞으로 황급히 걸어왔다. 만약 토비 이스터헤이스가 부하를 시켜 사람을 미행한다면 분명 이렇게 할 것 같았다. 유모차를 끌다가 갑자기 모습을 바꾸고, 단파 무전기와 호출기를 가진 지원 차량이 뒤에서 따라오고, 첫 번째 팀이 돌파되면 재빨리 두 번째 팀을 투입할 것 같았다. 마사리크 역에서 자기 앞에 서서 표를 사고 있는 두 여자를 쳐다보면서 짐은 두 번째 미행 팀이 따라붙었다고 직감했다. 북극 같은 추위에 미행자가 바꾸어 신을 수 있는 시간도 의욕도 없는 물건이 있다면 그것은 신발이었다. 짐은 지금 앞에 서 있는 두 여자의 신발 중 한 신발을 알아보았다. 윗부분이 모피로 장식된 검정색 부츠는 옆면에 지퍼가 달려 있고 갈색 밑창이 달린 것이었는데 아까 스테르바 통행로를 지날 때 유모차를 밀며 그 옆을 지나가던 여자가 신었던 바로 그 신발이었다. 그 여자가 다른 옷을 입고 그의 앞에 서 있는 것이었다. 그때부터 짐은 의심하지 않았다. 그러한 상황에서라면 스마일리도 당연히 그렇게 판단했을 것이다.

역 구내의 서점에서 짐은「루데 프라보」를 사서 브르노행 열차에 올랐다. 만약 그들이 체포할 생각이 있었다면 역에서 할 수도 있었을 것이다. 그들은 아마도 연결망과 접선하기를 기다리는 것일 터였다. 짐을 미행하여 그와 접촉하는 자들을 알아내겠다는 의도였다. 왜 그렇게 되었는지는 모르지만 하예크 위장 신분은 이미 들통이 났고 그가 프라하행 비행기에 탑승하는 순간 덫을 놓은 것임에 틀림없었다. 그가 미행당하고 있다는 사실을 이미 간파했다는 점을 그들이 모르는 한, 아직도 우위에 있다고 짐은 생각했다. 그 얘기를 듣는 순간 스마일리는 잠시 점령지 독일에서 현장 요원으로 근무하던 옛날이 생각났다. 당시 테러는 일상적인 일이었고 낯선 사람의 시선은 일단 의심부터 하고 보는 판이었다.

그는 13시 8분에 출발하여 16시 27분에 브르노에 도착하는 기차를 탈 예정이었으나 기차 편이 취소되는 바람에 축구 경기를 보러 가는 사람들을 위해 특별히 편성된 열차를 탔다. 그것은 웬만한 역은 모두 서는 완행열차였다. 짐은 기차가 정거할 때마다 미행자들을 알아볼 수 있었다. 하지만 미행자들의 솜씨는 천차만별이었다. 호첸이라는 아주 작은 역에 기차가 섰을 때 그는 차에서 내려 소시지를 사 먹었는데 그 비좁은 플랫폼에 모두 다섯 명의 남자가 서성거리고 있었다. 누가 봐도 미행자임이 분명했다. 그들은 주머니에 손을 찔러 넣은 채 서로 대화하는 척했는데 그야말로 한심했다.

「훌륭한 미행자와 그렇지 못한 미행자의 차이점은 말야.」 짐이 말했다. 「얼마나 자연스럽게 해내느냐이지.」

스비타비에서 두 명의 남자와 한 명의 여자가 그의 객차에 들어오더니 그날의 빅 매치에 대해 얘기하기 시작했다. 잠시 뒤 짐도 그 대화에 끼어들었다. 그는 신문에서 축구 선수 명단과 프로필을 미리 읽어 두었던 것이다. 모두들 그날의 경기에 열광하고 있었다. 브르노에 도착했을 때에도 그들은 아무런 조치를 취하지 않았다. 그래서 그는 일부러 가게와 혼잡한 곳을 골라 다녔다. 그런 곳에서 미행 팀은 사람을 놓치지 않기 위해 바싹 따라붙을 수밖에 없기 때문이다.

그는 그들을 속여 넘기고 싶었다. 그들에게 자신이 아무것도 의심하지 않는다는 인상을 주려 했었다. 이제 자신이 토비가 말하는 그랜드 슬램 작전의 목표물이 되었다는 것을 알았다. 도로에서는 일곱 명이 그를 따라붙었다. 차도에서는 감시 차가 하도 여러 번 바뀌어 숫자를 다 헤아릴 수 없을 정도였다. 사령탑은 정보부의 행동 대원이 모는 낡은 초록색 밴이었다. 밴에는 루프 안테나가 달려 있었고 아이들이 건드리지 못하게 지붕 위에 유선 통신선이 설치되어 있었다. 감시 차들은 조수석 앞의 공구함 위에 올려놓은 여자 핸드백과 아래로 내린 승객용 햇빛 가리개로 서로의 신분을 알리고 있었다. 그는 토비에게서 들어 알고 있었다. 그런 작전을 전개하는 데에는 연인원 백 명 정도가 동원되는데 만약 사람을 놓쳐 버리면 정말 곤란한 것이었다. 그래서 토비는 이런 작전을 싫어했다.

짐에 의하면, 브르노의 중앙 광장에는 잡화를 판매하는 가게가 하나 있었다. 체코에서의 쇼핑은 따분하기 짝이 없는데 각각의 국영 산업에서 나오는 제품을 판매하는 소수의 가게들이 미리 지정되어 있기 때문이다. 하지만 브르노의 그 가게는 새로 생긴 것이었고 또 인상적이었다. 그는 거기서 어린아이의 장난감, 스카프 한 장, 담배 몇 갑을 샀고 그리고 이런저런 구두들을 신어 보았다. 그의 감시자들은 아직도 그가 연결망의 사람들을 비밀리에 접선하기를 기다리는 것 같았다. 그는 하얀 털모자와 하얀 비닐 레인코트를 슬쩍 훔쳐 종이 백에 재빨리 집어넣었다. 그는 남성 용품 코너를 배회하면서 선두 팀을 형성한 두 명의 여자가 뒤에서 따라오면서도 너무 가까이 붙으려고 하지 않는다는 것을 알았다. 아마도 남자 미행 팀에 신호를 해놓고 그들이 나타나기를 기다리는 것 같았다. 그는 갑자기 남자 화장실로 들어가 재빨리 움직였다. 그는 하얀 레인코트를 외투 위에 뒤집어쓰고 비닐 백을 호주머니에 집어넣은 다음 털모자를 썼다. 그는 아까 매장에서 샀던 물건들을 다 버리고 비상계단을 통해 미친 사람처럼 뛰어 내려갔다. 이어 화재 대비용 문을 부수고 골목길로 뛰어내렸고 곧바로 일방통행인 다른 길로 접어들었다. 그는 하얀 레인코트를 벗어 종이 백 속에다 처넣고 막 문을 닫으려 하는 또 다른 가게로 들어가 하얀 레인코트를 대체할 검은 레인코트를 샀다. 가게를 빠져나가는 쇼핑객들을 위장 엄폐물로 삼아 그는 비좁은 전차에 올라탔고 종착역 바로 전 역에서 내렸다. 그리고 한 시간을 걸어 맥스와 미리 정한 2차 만남의 장소로 갔다.

여기서 그는 맥스와의 대화를 자세히 설명하면서 거의 싸울 뻔했다는 얘기를 했다.

스마일리가 물었다. 「그 순간 작전을 포기해야겠다는 생각은 떠오르지 않았나?」

「아니. 그런 생각은 하지 않았네.」 그가 날카롭게 말했다. 그의 목소리는 아주 위협적이었다.

「시작부터 그 작전이 아주 황당무계하다고 생각했음에도 불구하고?」 스마일리의 목소리에는 존경의 염이 가득했다. 그 목소리에는 비아냥거림도 의심하는 분위기도 전혀 없었다. 단지 어두운 밤하늘의 별처럼 뚜렷하게 진실을 알고 싶다는 소원뿐이었다. 「자네는 계속 나아갔어. 자네에게 미행이 붙었다는 것을 알았고 또 그 작전이 어리석다고 생각했음에도 불구하고. 그래서 자네는 점점 깊숙이 정글 속으로 들어간 거야.」

「그랬지.」

「그렇다면 원래의 마음이 약간 바뀐 것 아닌가? 가령 어떤 호기심이 발동해 끝을 보고 싶다는…… 뭐 그런 것이었나? 가령 두더지가 누구인지 정말 알고 싶다는 그런 열정일 수도 있고. 짐, 나는 단지 짐작을 해보는 것뿐일세.」

「그게 무슨 상관이 있나? 그런 혼란스러운 상황에서 나의 개인적 동기가 무슨 의미가 있지?」

반달은 구름이 전혀 끼어 있지 않아 아주 가깝게 보였다. 짐은 벤치에 앉았다. 벤치 바닥에는 잔돌이 깔려 있었는데 그는 말하는 도중에 조약돌을 집어 들어 백핸드로 숲 속에 던져 넣었다. 스마일리는 그의 옆에 앉아 오로지 짐의 얼굴만 쳐다보았다. 딱 한 번, 스마일리는 적적함을 덜기 위해 보드카를 한 모금 마시며 홍콩의 언덕 위에서 술을 마셨던 타르와 이리나를 떠올렸다. 그건 이 업계의 습관인 것 같은데. 전망이 있을 때 더 얘기를 잘하는 게 말이야, 하고 스마일리는 생각했다.

짐은 계속 말했다. 도로변에 세워진 검은 피아트의 창문에서 거침없이 암호가 흘러나왔다. 운전사는 에드워드풍의 콧수염을 기르고 입에서 마늘 냄새가 심하게 나는, 단단한 근육질의 체코 마자르인이었다. 짐은 그 운전사가 마음에 들지 않았지만 마음에 드는 자가 나타나리라고 기대하지도 않았다. 뒷좌석의 문은 잠겨 있었고 짐이 어디에 앉을 것인가를 놓고 언쟁이 벌어졌다. 마자르인은 짐이 뒷좌석에 앉는 것은 보안상 문제가 있다고 말했다. 또 민주적이지도 못하다고 했다. 짐은 쓸데없는 소리 집어치우라고 대꾸했다. 운전사가 짐에게 총을 가지고 있느냐고 물었을 때 그는 없다고 말했다. 물론 그것은 사실이 아니었다. 하지만 마자르인이 그를 믿지 않았다면 그런 질문조차 하지 않았을 것이다. 운전사는 또한 장군에게 가져다줄 문서를 갖고 있느냐고 물었다. 짐은 아무것도 가져오지 않았고 단지 들으러 왔다고 대꾸했다.

짐은 약간 긴장이 되었다. 차를 몰고 가면서 마자르인은 주의 사항을 말했다. 별장에 도착하면 불빛도 사람도 보이지 않을 것이다. 장군은 별장 안에 있다. 만약 자전거, 자동차, 불빛, 개 등 사람의 흔적이 보이면 확인차 마자르인이 먼저 별장 안에 들어갈 것이고, 짐은 차에서 기다려야 한다. 만약 이상이 없으면 짐이 별장 안으로 들어가고 운전사는 차에서 기다릴 것이다. 잘 알아들었는가?

왜 함께 들어가지 않는가? 짐이 물었다. 장군이 그걸 원하지 않기 때문이다.

그는 30분쯤 차를 타고 갔다. 평균 시속 30킬로미터 정도로 북동쪽을 향해 갔다. 도로는 꼬불꼬불하고 가팔랐으며 나무들이 양쪽에 울창하게 들어서 있었다. 달은 뜨지 않았으며 스카이라인을 따라 더 많은 숲과 언덕이 보일 뿐이었다. 그는 눈이 북쪽에서 불어 내려왔다는 것을 알았는데 그게 나중에 유용한 정보가 되었다. 길은 깨끗했으나 트럭 자국이나 있었다. 짐이 탄 차는 라이트를 켜지 않고 달렸다. 마자르인이 지저분한 얘기를 하기 시작했는데 짐은 그가 긴장하여 일부러 그런 소리를 지껄인다고 짐작했다. 운전사의 입에서 풍겨 나오는 마늘 냄새는 정말 고약했다. 그는 마늘을 노상 씹고 있는 것 같았다. 그가 갑자기 시동을 껐다. 차는 언덕 아래쪽으로 천천히 굴러 갔다. 차가 완전히 멈추어 서지 않았는데도 마자르인은 핸드 브레이크를 들어 올렸다. 그때 짐은 운전사의 머리를 잡아 차창 기둥에다 들이받으며 권총을 꺼냈다. 그들은 이면 도로로 들어가는 입구에 있었다. 그 길로 30미터 정도 내려가면 별장이 있었다. 사람의 흔적은 보이지 않았다.

짐은 마자르인에게 자신의 요구 사항을 말했다. 내 털모자를 쓰고 내 외투를 입고 나 대신 저 도로를 걸어가라. 양손은 뒷짐을 지고 천천히 걸어가야 한다. 그리고 길 한가운데로 걸어가야 한다. 만약 이렇게 하지 않는다면 너를 등 뒤에서 쏘겠다. 별장에 도착하면 그 안으로 들어가 장군에게 내가 사전 예방 조치로 이렇게 했다고 설명해라. 그리고 천천히 돌아와 모든 것이 안전하고 장군이 기다리고 있다고 보고하라. 혹 그렇지 않다면 있는 사실 그대로 보고하라.

마자르인으로서는 그 요구 사항이 마음에 들지 않았지만 달리 선택할 방안이 없었다. 운전사가 내리기 전에 짐은 차를 돌려 이면 도로를 향하게 하라고 명령했다. 만약 그가 수상한 짓을 하면 단번에 헤드라이트를 켜고 그의 등을 쏘겠다고 위협했다. 한 번이 아니라 여러 번 쏘겠으며 다리가 아니라 머리를 쏘겠다고 말했다. 마자르인은 걸어가기 시작했다. 그가 별장에 거의 다 도착했을 무렵 별장은 갑자기 불빛의 홍수가 되었다. 별장, 그곳에 이르는 길, 그 옆의 커다란 공간이 모두 환하게 밝혀졌다. 이어 몇 가지 사태가 동시에 벌어졌다. 짐은 차를 돌리느라 바빴기 때문에 그 모든 것을 다 보지는 못했다. 그는 네 명의 남자가 숲 속에서 튀어나오는 것을 보았다. 그들 중 하나가 마자르인을 마구 두드려 패기 시작했다. 곧이어 숲 속에서 총성이 울려 퍼졌으나 네 남자는 전혀 신경을 쓰지 않았다. 그들은 뒤로 약간 물러섰고 누군가가 사진을 찍었다. 총격은 어떤 목적이 있는 것이 아니라 불빛 홍수 뒤의 공중을 향해 쏘는 공포탄 같았다. 그것은 아주 연극적인 상황이었다. 불꽃이 피어올랐고 불빛이 화려하게 솟구쳤으며 잇따른 불꽃이 꼬리를 이었다. 짐은 피아트를 간선 도로 쪽으로 돌려놓으면서 야간 분열 행진의 하이라이트 장면을 보는 듯한 인상을 받았다. 그가 거의 차를 돌렸다고 생각하는 순간, 가까운 오른쪽 숲 속에서 누군가가 기관단총을 발사했다. 첫 번째 총탄이 뒷바퀴에 맞자 차가 빙글 돌기 시작했다. 그는 차가 왼쪽 구렁텅이에 처박히면서 바퀴가 보닛 위로 날아오르는 것을 보았다. 구렁텅이의 깊이는 3미터 정도 되었으나 눈이 쌓여 있어 그는 안착할 수 있었다. 차는 불타지 않았고 그는 차 뒤에 숨어서 간선 도로 건너편을 응시하며 기다렸다. 그는 권총을 앞으로 내뻗으면서 기회가 된다면 기관단총 사수를 맞혀야겠다고 생각했다. 그다음 총탄은 그의 등 뒤에서 날아왔고 총을 맞자 그 반동으로 차 위로 내던져졌다. 숲 속에는 군인들이 득시글거리는 게 틀림없었다. 그는 자신이 총탄을 두 번 맞았다는 걸 알았다. 두 방 모두 오른쪽 어깨였다. 그는 차 위에 널브러진 채 야간 분열 행진을 바라보면서 병사들이 무기를 내려놓지 않고 있는 게 이상하다고 생각했다. 클랙슨이 두 번 혹은 세 번 울렸다. 앰블런스가 간선 도로 쪽에서 굴러 왔고 앞으로 수년 동안 야생 동물들을 놀라게 할 정도로 무수한 총성이 울려 퍼졌다. 앰블런스는 옛날 할리우드 영화에 나오는 직립형의 소방차처럼 생긴 것이었다. 가짜 전투가 계속 벌어지고 있었는데 앰블런스 병사들은 아무 근심 걱정 없이 그를 내려다보고 있었다. 그는 두 번째 차가 도착하고 남자들의 목소리가 들리고 이번에는 제대로 잡은 사람의 사진을 찍는 동안 의식을 잃어갔다. 누군가가 지시를 내렸지만 러시아 말이었기 때문에 그는 알아듣지 못했다. 그들이 그를 들것에 실은 후 불이 모두 꺼지자 그가 떠올린 한 가지 생각은 런던으로 돌아가는 것이었다. 그는 세인트제임스의 안가에 돌아와 안락의자에 편안히 앉은 채, 앞으로 노인이 되면 우리 두 사람은 스파이 역사상 가장 어리석은 펀치를 날렸다고 농담하게 될 겁니다, 라고 컨트롤에게 보고하는 자신의 모습을 상상했다. 다만 한 가지 안타깝게 생각하는 점은 그들이 마자르인을 지독하게 구타하여 죽였다는 것이었다. 짐은 과거를 회고할 때마다 미리 그 운전사의 목을 꺾어 안락사시키지 못한 것을 아쉽게 생각했다. 그것은 그가 아주 간단히 아무런 죄책감도 느끼지 않고 해줄 수 있는 서비스였다.

32

 짐은 그 고통을 말하는 것이 별로 고통스럽지 않다는 듯 혹은 없어도 되는 사치인 양 말했다. 스마일리가 볼 때, 그런 참을성에는 존경스러운 점이 있었고, 짐이 그런 사실을 전혀 의식하지 않는 것처럼 보였기 때문에 더욱 존경스러웠다. 자신의 얘기에서 중간중간 빠지는 부분은 자신이 기절했을 때라고 그는 설명했다. 앰뷸런스가 그를 태우고 갔는데 그의 생각에는 좀 더 북쪽으로 가는 것 같았다. 그들이 의사를 맞아들이기 위해 문을 열었을 때 갑자기 시야에 뛰어든 나무들을 보고 짐은 그렇게 짐작했다. 그가 고개를 돌려 보니 눈은 아주 두텁게 쌓여 있었다. 노면 상태가 좋은 것으로 보아 흐라데츠로 가는 길일 것이라고 생각했다. 의사가 그에게 수사를 놓아 주었다. 그가 다시 의식을 회복했을 때는 높은 창문에 쇠창살이 둘러쳐진 감옥 병원이었고, 세 명의 남자가 그를 내려다보고 있었다. 그는 수술을 받은 후 다시 의식이 돌아왔는데, 이번에는 창문이 전혀 없는 다른 감방이었다. 최초의 심문은 아마 여기서 하려는 모양이군 하고 그는 생각했다. 그들이 그의 상처를 대강 수습한 지 대략 72시간이 지난 때였다. 하지만 이미 시간 감각이 없어져서 문제였고 그들은 벌써 오래전에 그의 시계를 압수해 갔다.

그들은 그를 여러 군데로 이동시켰다. 그들의 용건에 따라 혹은 심문자의 직급에 따라 이런저런 방으로 또는 이런저런 감옥으로 옮겨 갔다. 어떤 때는 그를 잠재우지 않으려고 이동하는 경우도 있었고, 또 밤중에 그에게 감옥의 통로를 걸어 내려가라고 시키는 때도 있었다. 그는 주로 트럭을 타고 움직였는데 한번은 체코 수송기를 타고 이동하기도 했다. 비행기를 타고 갈 때에는 두 팔을 몸통에 묶고 머리에는 두건을 씌웠는데 그는 이륙하자마자 의식을 잃었다. 비행기 여행 뒤의 심문 절차는 아주 길었다. 그는 한 번의 심문이 끝나고 다음번 심문이 이어질 때까지 어떻게 진전되었는지 전혀 의식할 수 없었다. 혼자 조용히 그것을 생각해 본다고 해서 상태가 더 나아지는 것도 아니었다. 오히려 정신을 더욱 혼란하게 할 뿐이었다. 그가 아직까지도 선명하게 기억하고 있는 것은 최초의 심문을 기다리면서 그가 구상해 놓은 작전 계획이었다. 그는 묵비권 행사가 불가능할 뿐만 아니라 자신의 건강 상태 나아가 자신의 생존을 위해서도 반드시 대화를 해 나가야 한다고 생각했다. 그리하여 모든 대화를 마친 뒤 그들로 하여금 그가 알고 있는 모든 것을 털어놓았다는 인상을 주어야 했다. 그는 병원에 누워 있으면서 마음속으로 방어 전선을 차근차근 구상했다. 만약 운이 좋다면 그 전선에서 단계적으로 철수하여 완전 패배했다는 인상을 줄 수도 있을 터였다. 그는 방어의 최전선으로 먼저 테스터파이 작전의 대략적인 윤곽을 알려 주는 것으로 해야겠다고 생각했다. 스테프체크가 미끼였는지 혹은 배신당했는지는 알 수 없는 일이었다. 미끼든 배신이든 한 가지 사실은 확실했다. 체코인들은 스테프체크에 대해 짐보다 더 자세히 알고 있었다. 따라서 짐이 먼저 내놓을 것은 스테프체크 스토리였다. 하지만 순순히 내놓는 것은 아니고 그들로 하여금 이런저런 궁리를 하게 만들 속셈이었다. 처음에 짐은 모든 것을 부정하면서 자신의 위장 신분을 고수할 생각이었다. 잠시 그렇게 실랑이를 벌인 후에 자신이 영국 스파이고 작전명은 엘리스라고 알려 준다면, 그들이 그 사실을 발표할 것이고 그러면 서커스는 적어도 짐이 아직 생존하여 어떻게든 저항하고 있구나 하는 인상을 줄 터였다. 그는 그 정교한 함정과 사진들이 많은 소동을 불러일으킬 것이라고 확신했다. 그다음에, 이미 컨트롤과 합의한 바대로, 그 작전이 짐 자신의 원맨쇼이고 상급자의 호감을 사기 위해 상급자와 아무 상의 없이 일방적으로 저지른 것이라고 둘러댈 생각이었다. 서커스 내에 스파이가 있을지 모른다는 생각은 그의 마음 저 깊은 밑바닥에 감추어 둘 계획이었다.

「그러니까 두더지는 없다는 얘기지.」 그가 퀸톡스 산의 어두운 산등성이를 쳐다보며 말했다. 「컨트롤도 만난 적이 없고 세인트제임스의 안가에서 만난 적도 없다고 딱 잡아뗄 생각이었네.」

「당연히 팅커와 테일러 얘기는 안 하는 거고.」 스마일리가 맞장구쳤다.

그의 두 번째 방어 전선은 맥스였다. 그는 처음에는 레그맨을 아예 데려오지 않았다고 잡아뗄 생각이었다. 그랬다가 조금씩 후퇴하면서 한 명 데려왔지만 이름은 기억이 안 난다고 하고, 이어 자꾸 이름을 대라고 하면 처음에는 가짜 이름을 대고, 마지막으로 진짜 이름을 댄다는 계획을 세웠다. 하지만 그때 맥스는 이미 탈출했거나 지하로 잠입했거나 체포되었을 것이었다.

그다음은 최근의 스캘프헌터 작전, 서커스 내의 갈등 등 일련의 서커스 내부 사정을 털어놓아야 할 것이었다. 그리하여 심문자들에게 그가 이제 의기소침하여 사실을 털어놓는다는 인상을 주어야 했다. 말하자면 심문의 마지막 참호를 통과하는 것이었다. 그는 과거의 기억을 샅샅이 뒤져 스캘프헌터 케이스를 기억해 내고 한두 명의 소비에트 관리 혹은 위성 국가들의 관리 이름을 댈 것이었다. 가장 최근에 서방으로 넘어왔거나 또는 포섭 대상자의 이름을 흘리는 것이다. 또는 과거에 정보를 팔아먹은 자 혹은 아직 서방으로 넘어오지 않아 두 번째 포섭 대상으로 떠오른 자의 이름을 댈 것이다. 그는 필요에 따라 생각나는 모든 뼈다귀를 그들에게 던져 줄 작전이었다. 필요하다면 브릭스턴 요원에 대한 정보를 모두 넘겨줄 것이었다. 이렇게 연막을 치는 것은 짐이 보기에 가장 중요하다고 생각되는 정보를 감추기 위한 것이었다. 그들은 그가 그 정보를 분명 갖고 있다고 생각할 터였다. 그러니까 애그러베이트 네트워크와 플라톤 네트워크의 체코 쪽 인사들 이름을 불라고 강요할 것이었다.

「란드크론, 크리에글로바, 빌로바, 프르지빌 부부.」 짐이 말했다.

왜 저 친구는 체코 쪽 사람들의 이름을 댈 때 반드시 저런 순서로 거론하는 거지, 하고 스마일리는 의아하게 생각했다.

짐은 이미 오래전부터 그 네트워크에 대해서는 책임이 없었다. 물론 브릭스턴을 맡기 몇 년 전에 그 조직의 결성을 도와주고 일부 핵심 인사를 끌어 온 일은 있었다. 하지만 그 이후 블랜드와 헤이든이 조직을 맡으면서 많은 변화가 있었고, 짐은 그런 사실에 대하여 아는 바가 전혀 없었다. 하지만 짐은 자신의 정보만으로도 체코 쪽 인사를 몰살시킬 수 있다고 확신하는 게 틀림없었다. 당시 감방에 있던 그가 제일 두려

위했던 것은 킨트롤, 빌, 퍼시 올러라인 등 당시의 실력자가 너무 탐욕스러워서 혹은 너무 느려서 그 네트워크들을 제때 철수시키지 않으면 어떻게 하나 하는 것이었다. 짐은 고문의 위력을 못 이겨 어쩔 수 없이 그 조직의 명단을 불어야 될 게 불가피하기 때문에 그런 두려움은 점점 커져 갔다.

「그런데 웃기는 상황이 벌어졌네.」 짐이 전혀 우습지 않은 어조로 말했다. 「그들은 두 네트워크에 대해서는 별 관심이 없더군. 애그러베이트에 대해서는 서너 가지 물어보더니 이내 흥미를 잃어버리는 거야. 그들은 테스터파이가 나의 원맨쇼가 아니라는 것, 킨트롤이 빈에서 스테프체크의 추파를 받아들였다는 것을 너무나 잘 알고 있었네. 그들은 내가 끝내고 싶어 하는 곳에서 시작하기를 원하더군. 세인트제임스 안가에서의 브리핑 얘기를 집요하게 물었네. 레그맨에 대해서는 전혀 관심도 없었고, 마자르인을 만나는 지점까지 누가 데려다 주었는지도 물어보지 않았네. 그들이 얘기하고 싶어 하는 것은 킨트롤의 썩은 사과 이론뿐이었어.」

단 한마디, 하고 스마일리는 생각했다. 그건 한마디면 될 터였다. 「그들이 세인트제임스 안가의 주소를 알고 있던가?」 스마일리가 물었다.

「거기에 비치해 둔 셰리주의 브랜드까지 알고 있더군.」

「그럼 차트는?」 스마일리가 재빨리 물었다. 「악보 끼우개에 들어 있던 차트.」

「그건 모르더군.」 그가 대답했다. 「적어도, 처음에는 몰랐어.」

상대의 안으로 들어가서 밖을 내다보라. 스티드-에스프리는 스파이 훈련 학교에서 늘 그렇게 말하곤 했었다. 그들이 결국 알게 된 것은 두더지 제럴드가 말해 주었기 때문이었을 테지, 하고 스마일리는 생각했다. 두더지는 총무과 사람들이 킨트롤의 개인 비서 맥파딘에게서 알아낸 것을 보고받았을 테지. 당연히 서커스는 사후 조사를 했을 테고, 카를라는 그 조사 결과를 두더지로부터 보고받아 짐에게 들이밀었을 테지.

「그러니 자네는 그때쯤 컨트롤의 말이 맞았구나 하고 생각하기 시작했겠군. 과연 두더지가 있다고 말이야.」 스마일리가 말했다.

짐과 스마일리는 나무문에 기대어 서 있었다. 산등성이는 아래로 굽이쳐 내려가면서 널따란 잡목림을 이루었고 그 밑으로는 탁 트인 들판이었다. 들판에는 또 다른 마을이 있었고 그 너머에는 만과, 달빛을 받고 있는 가느다란 리본 같은 바다가 보였다.

「그들은 핵심을 짚고 나왔네. 왜 컨트롤이 단독 작전을 편 것이냐? 이런 작전으로 그는 뭘 노린 것이냐? 아마 권력을 다시 장악하려는 것이었을 겁니다, 라고 나는 대답했네. 웃더군. 브르노 지역의 군 배치에 관한 서푼짜리 정보로? 그런 정보로는 단골 클럽에서 점심 한 끼 살 가치도 되지 않을 텐데. 아마도 현실 감각을 잃어 가는 것이었겠죠, 라고 나는 대답했네. 그럼 컨트롤의 운신을 가로막는 자가 누구냐? 올러라인이라는 소문이 있었습니다. 올러라인과 컨트롤은 정보 확보를 놓고 경쟁 관계였습니다. 하지만 우리 브릭스턴 사람들은 소문으로만 들었을 뿐입니다, 라고 나는 대답했네. 컨트롤이 내놓지 못하는 정보를 올러라인이 내놓는다면 그게 어떤 정보냐? 나는 모릅니다. 소문을 들었을 뿐입니다. 그런 식으로 심문을 끝내고 다시 감방으로 끌려갔지.」

이 단계에 이르러 그는 시간 감각을 완전히 상실했다. 그는 두건을 쓴 채 어둠 속에 살거나 감방의 백열하는 불빛 아래에서 살았다. 낮과 밤이 전혀 구분되지 않았고, 기이하게도 계속 소음이 들려왔다.

 그들은 일관 생산 라인의 원칙에 입각하여 심문했다고 짐은 설명했다. 잠을 재우지 않고, 연달아 질문을 하고, 얼을 빼놓고, 여러 번 고문을 가했다. 짐이 보기에, 이제 심문은 미쳐 버리느냐 완전히 불어 버리느냐 둘 중 하나의 선택일 뿐이었다. 당연히 그는 미쳐 버리는 쪽을 선택하고 싶었다. 하지만 그건 짐의 마음대로 선택할 수 있는 게 아니었다. 그들이 교묘하게 피심문자의 의식을 회복시켜 놓았기 때문이다. 대부분의 고문은 주로 전기 고문이었다.

「그래서 심문이 다시 시작되었네. 새로운 전법으로 접근해 오더군. 스테프체크는 중요한 장군이다. 만약 그가 고위 영국 관리를 불렀다면 자신의 주요 경력 사항을 그 관리가 다 알고 있기를 바랄 것이다. 그런데 너는 그 장군에 대해서 잘 모른다고 말하고 있다. 이런 지적에 대하여 나는 컨트롤로부터 정보를 얻어 그렇다고 대답했네. 그럼 너는 서커스에서 스테프체크의 인사 서류를 읽은 적이 있나? 없습니다. 컨트롤은? 모릅니다. 스테프체크가 모스크바에 두 번째로 보직을 받아 나간 것에 대해 컨트롤은 어떤 결론을 내렸나? 컨트롤이 너에게 바르샤바 조약 기구 연락 위원회에서 스테프체크가 맡았던 역할을 얘기해 주었나? 모릅니다. 그들은 계속 같은 질문을 던졌고 나는 모르쇠로 일관했네. 그러면 그들은 인내심을 잃고 나에게 고문을 가했지. 내가 의식을 잃고 나가떨어지면 물 뿌리는 호스를 들이대어 깨웠고, 그리고 나서 심문은 다시 시작되었네.」

「자주 이동하여 장소가 바뀌더군.」 짐은 말했다. 그의 이야기는 기이하게도 일관성이 없었다. 감옥, 통로, 자동차…… 공항에서의 VIP 대접. 비행기를 타기 전에 고문…… 비행기 안에선 잠에 떨어졌고 그 때문에 벌을 받았다. 「정신이 들어 보니 전보다 더 작은 감방 안이었네. 벽에는 페인트칠이 되어 있지 않았지. 때때로 내가 러시아에 와 있다는 생각을 했네. 비행기 타고 별을 보면서 동쪽으로 날아간다고 추측했네. 때로는 새럿에 되돌아와 심문 저항 교육을 받고 있는 게 아닌가 하는 생각도 들었고.」

그들은 이틀 동안 그를 내버려 두었다. 머리는 띵했고 숲속에서는 계속 총성이 들려오는 듯했고 야간 분열 행사가 진행되는 듯했다. 마침내 대심문이 시작되었을 때 — 그것은 마라톤 심문이었다 — 그는 절반쯤 패배해 버린 불리한 입장에서 응해야 되었다.

「무엇보다도 건강 문제가 심각했어.」 그가 긴장하면서 말했다.

「좀 쉬었다 할까?」 스마일리가 짐의 의향을 살피며 말했다. 그러나 짐이 잡혀 있던 곳에서는 휴식 따위가 없었고 짐의 의향은 전혀 고려 사항이 되지 못했다.

지루한 마라톤 심문이었네, 하고 짐은 말했다. 심문이 진행되던 중에 그는 컨트롤의 노트, 차트, 컬러 잉크와 크레용을 그들에게 말해 주었다. 그들은 그 얘기를 듣더니 악마처럼 달려들었다. 심문실 한구석에는 전원 남자인 방청객들이 앉아 있었는데 그들은 미친 사람들처럼 서로 말을 주고받았다. 짐은 뭔가 말을 하기 위해서 또 심문자들이 질문을 멈추고 들어주기를 바라는 마음에서 크레용 얘기를 꺼냈다. 그들은 열심히 들었을 뿐만 아니라 질문을 멈추려 하지 않았다.

「그들은 색깔 얘기를 듣자, 그 색깔이 무슨 의미인지 알고 싶어 했네. 푸른색은 무슨 뜻인가? 컨트롤은 푸른색을 사용하지 않았습니다. 붉은색은 무슨 뜻인가? 무엇을 나타내는가? 차트 위에 붉은색이 어떻게 사용되었는가? 그러자 간수 두 명만 남겨 두고 모두 밖으로 나가더군. 방 안에는 상체를 꼿꼿이 세운, 아주 차가운 표정의 자그마한 친구 하나만 남았네. 책임자인 듯했어. 간수가 나를 테이블 쪽으로 끌어당겼고 그 자그마한 친구는 양손을 포갠 채 내 바로 옆에 와 앉았네. 그는 테이블 위에 붉은색과 초록색 크레용 한 개와 스테프체크의 경력을 적어 놓은 차트를 올려놓았네.」

짐이 자발적으로 실토한 것은 아니었다. 그는 더 이상 지어낼 말이 없었다. 더 이상 그럴듯한 스토리를 만들어 내기가 어려웠다. 그가 가슴속 깊숙이 묻어 두었던 진실이 할 수 없이 밖으로 튀어나오게 된 것이었다.

「그래서 그 자그마한 친구에게 썩은 사과 얘기를 해주었군.」 스마일리가 말했다. 「팅커와 테일러 얘기 말이야.」

짐은 그렇다고 시인했다. 컨트롤은 스테프체크가 서커스 내의 두더지를 발견하는 데 도움을 줄 것이라 믿었다고 말해 주었다. 그러고는 팅커와 테일러 코드와 그에 해당하는 사람들의 이름을 모두 말해 주었다.

「그 자그마한 친구의 반응은?」

「잠시 생각에 잠기더니 담배 한 개비를 권하더군. 담배 맛이 아주 지랄 같았네.」

「왜?」

「미제 담배였어. 카멜인가 하는.」

「그자도 피웠나?」

짐은 고개를 끄덕거렸다. 「굴뚝이었어.」

그때부터는 시간이 제대로 흐르는 듯하더군, 하고 짐이 말했다. 그는 도시 교외에 있는 캠프로 옮겨졌고 이중 철조망이 쳐져 있는 소형 주택 단지에서 살았다. 그는 간수의 도움을 받아 걸을 수도 있게 되었다. 어느 날은 숲 속으로 산책을 나가기도 했다. 캠프는 아주 컸다. 그가 묵고 있는 단지는 캠프의 작은 한 부분일 뿐이었다. 밤이면 단지 동쪽으로 도시의 불빛이 보였다. 간수들은 청바지를 입었고 말을 하지 않았다. 그래서 그는 자신이 체코에 있는 것인지 아니면 러시아에 있는 것인지 알 수 없었지만 러시아일 거라고 생각했다. 하지만 외과 의사가 짐의 등을 치료해 주기 위해 찾아왔을 때 그는 러시아-영어 통역자를 대동했고, 예전의 수술이 형편없었다며 경멸 섞인 비난을 했다. 그 후 심문은 산발적으로 진행되었으나 적개심은 거의 느껴지지 않았다. 그들은 새로운 심문 팀을 들여보냈는데 그들은 첫 번째 팀과는 다르게 아주 부드럽게 나왔다. 어느 날 밤 그는 군용 비행장으로 끌려가서 영국 공군 전투기를 타고 인버네스로 날아갔다. 거기서 다시 소형 비행기로 엘스트리로 갔고, 이어 밴 트럭으로 새럿에 도착했다. 두 번 다 야간 여행이었다.

짐은 이제 이야기를 빨리 마무리 짓고 있었다. 그가 너서리에서의 경험을 얘기하는 중간에 스마일리가 끼어들었다. 「그 책임자, 아주 차가운 표정의 자그마한 친구 말이야, 자네 그자를 두 번 다시 보지 못했나?」

한 번 더 봤네, 짐이 말했다. 영국으로 떠나기 직전에.

「뭣 때문에?」

「주로 잡담.」 짐이 큰 목소리로 말했다. 「서커스 사람들에 대한 이런저런 사소한 얘기들.」

「어떤 사람들?」

짐은 그 질문에는 답변을 피했다. 「누가 잘 나가고 누가 못 나가고 있는지 뭐 그런 얘기였네. 누가 다음번 서커스 책임자가 될 것인가? 그 자그마한 친구가 물었네. 내가 어떻게 알겠나? 브릭스턴 사람들보다 서커스의 경비원들이 더 먼저 알겠지.」

「그 잡담에서 구체적으로 어떤 사람이 거론되었나?」 스마일리가 물었다.

주로 로이 블랜드였어. 짐이 시무룩한 어조로 말했다. 블랜드는 자신의 좌익 성향을 서커스의 업무와 어떻게 일치시키고 있나? 그는 이제 좌익 성향이 별로 남아 있지 않아 일치시킬 것도 없습니다. 이스터헤이스와 올러라인에 대한 블랜드의 관계는 어떤가? 블랜드는 빌의 유화 그림에 대해 어떻게 생각하나? 로이는 여전히 술을 많이 마시는가? 빌이 그에 대한 지원을 철회한다면 로이는 어떻게 될까? 짐은 이런 질문들에 대하여 심드렁하게 대답했다.
「다른 사람 얘기는 없었나?」
「이스터헤이스 얘기가 나왔네.」 짐이 긴장된 목소리로 말했다. 「그 자그마한 친구는 어떻게 헝가리 사람을 신임할 수 있느냐고 하더군.」
　스마일리의 다음 질문이 나오자 그들이 서 있던 어두컴컴한 계곡이 일시에 침묵 속으로 빠져 드는 것 같았다.
「나에 대해서는 뭐라고 하던가?」 스마일리는 같은 질문을 반복했다. 「나에 대해서는 뭐라고 하던가?」
「라이터를 보여 주더군. 앤이 준 선물이라면서. 〈모든 사랑을 담아 앤이 조지에게 드립니다〉라는 글씨가 새겨져 있었어.」
「그 라이터를 어떻게 입수하게 되었는지 얘기하지 않던가? 뭐라고 하던가, 짐? 어서 말해 보게. 러시아 간첩 대장이 나에 대해 심술 사나운 농담을 했다고 해서 내가 무릎을 후들거릴 사람은 아닐세.」
　짐의 대답은 군대의 명령처럼 간결했다. 「빌과 앤 사이에 그런 일이 있고 나서, 앤은 라이터에 써 넣은 문구를 바꾸고 싶어 할 거라고 했네.」 짐은 이제 차 쪽으로 걸어갔다. 「그래서 그자에게 쏴주었지.」 그는 성난 어조였다. 「그 쭈글쭈글한 작은 얼굴에다 대고 소리쳤어. 빌을 그런 업무 외적인 것으로 판단하지 마라. 예술가는 전혀 다른 기준을 가지고 있다. 보통 사람이 보지 못하는 것을 본다. 우리의 오감을 뛰어넘는 어떤 것을 느낀다. 그랬더니 그 자그마한 친구가 웃음을 터뜨리더군. 빌의 그림이 그처럼 대단한 줄 몰랐는걸 하고 말했네. 조지, 난 막 퍼부었네. 지옥에나 가라. 만약 너희 조직에 빌 헤이든 같은 사람이 하나라도 있다면 게임은 끝난 거나 다름없다. 도대체 너희가 여기서 운영하는 조직이라는 것이 뭐 별게 있나. 구세군 수준밖에 안 되지 않나.」

「잘 쏴주었군.」 그가 마치 남의 일에 대해 논평하듯 말했다. 「그래 그전에는 그를 본 적이 없고?」

「누구를?」

「그 자그맣고 차가운 친구 말이야. 혹시 오래전에 만난 듯한 느낌은 없었나? 자넨 우리가 어떤 사람들인지 잘 알지 않나. 우리는 첩보 학교에서 훈련을 받았고 많은 얼굴을 보았고 또 센터 사람들의 사진들을 보았지. 때때로 어떤 얼굴은 우리 머릿속에 선명하게 새겨지지. 그 사람의 이름은 몰라도 말이야. 아무튼 이 자그마한 친구는 자네 기억 속에 남지 않았군. 아무튼 거기 있을 때 생각할 기회는 많았겠군.」 스마일리가 계속 대화를 이끌어 가려는 듯 말했다. 「자네는 침상에 누워 귀국만 기다리고 있었는데 생각밖에 할 게 더 있었겠나?」 그는 잠시 말을 끊었다. 「그래 어떻게 생각했나? 임무, 자네의 임무에 대해서 말이야.」

「생각하다 말다 했지.」

「그래서 어떤 결론에 이르렀나? 뭔가 유익한 결론이라도? 나에게 도움이 될 만한 의문, 통찰, 힌트 같은 거라도?」

「글쎄, 조지.」 짐이 얼굴에 각을 세우며 말했다. 「조지 스마일리, 자네는 나를 잘 알잖나. 나는 주주맨이 아냐. 나는 그저……..」

「자네는 그저 야전 요원이고 생각은 남에게 맡기는 그런 사람이지. 하지만 자네는 사정이 조금 다르지 않나. 엄청난 함정에 빠져 배신을 당하고 등에 총까지 맞고 러시아 감방에서 몇 달씩 멍하니 누워 있지 않았었나. 아무리 행동을 중시하는 사람이라고 할지라도……」 ─ 스마일리의 목소리가 갑자기 차가워졌다 ─「어쩌다 이런 곤경에 빠지게 되었을까 하고 한번 생각해 보지 않았겠나. 잠시 테스터파이 작전을 한번 생각해 보자고.」 스마일리는 눈앞에 말없이 서 있는 남자에게 말했다. 「테스터파이는 컨트롤의 경력을 끝장내 버렸어. 그는 치욕스럽게 물러났고 서커스 내에 두더지가 있는 걸 알면서도 그걸 추적하지 못했어. 그리고 서커스는 다른 사람들 손으로 넘어갔어. 게다가 아주 시의 적절하게도 컨트롤은 죽어 주었어. 테스터파이는 다른 일도 해냈어. 러시아 친구들에게 ─ 바로 자네라는 매개를 통하여 ─ 컨트롤의 의심이 어디에까지 뻗쳐 있는지를 알려 주었어. 그는 의심의 대상을 다섯 명 수준으로 좁혔지만 그 이상은 해내지 못했어. 물론 감방에 혼자 앉아 있던 자네가 이런 것들을 당연히 추측했어야 한다는 얘기는 아닐세. 감옥에 있던 자네는 아무것도 몰랐어. 컨트롤이 쫓겨났다는 것도 알지 못했어. 물론 러시아 친구들이 소동을 일으키기 위해 숲 속에서 가짜 전투를 벌였다는 것쯤은 짐작했을 테지.」

「네트워크 생각도 했다는 걸 빼놓는군.」 짐이 시무룩한 목소리로 말했다

「아, 그거 말인가? 체코 친구들은 자네가 거기 나타나기 훨씬 전부터 네트워크를 파악하고 있었어. 그들은 컨트롤의 실패를 더욱 부풀리기 위해 때맞추어 터뜨렸을 뿐이야.」

스마일리는 거의 잡담하는 기분으로 그 얘기를 해주었으나 짐은 공명해 오지 않았다. 스마일리는 짐이 뭔가 말해 오

기를 기다렸지만 아무 반응이 없자 더 이상 그 문제를 거론하지 않기로 했다. 「그럼, 새럿에서 어떤 대접을 받았는지 그거나 한번 얘기해 보게. 이야기의 마무리로서 말이야.」

스마일리는 잠시 멍한 상태에 빠져 들면서 보드카 병을 들어 한 모금 마시고 나서 짐에게 건네주었다.

짐의 목소리로 미루어 보아 그는 이제 할 얘기를 다 했다는 듯한 분위기였다. 그는 화난 어조로 빨리 말했다. 지적인 문제가 끼어들 때마다 재빨리 꺼내 들곤 하는 군인 같은 간결한 어조였다.

나흘 동안은 내버려 두더군, 하고 그는 말했다. 「많이 먹고 많이 마시고 많이 잤네. 크리켓 구장 주위로 산책을 했고.」 수영을 하고 싶었는데 불행히도 수영장이 6개월 전부터 보수 중이었다. 그는 신체검사를 받았고 자기 방에서 텔레비전을 보았고 리셉션 담당자인 크랜코와 장기를 두었다.

그동안 짐은 컨트롤이 나타나기를 기다렸으나 그는 오지 않았다. 서커스에서 처음 찾아온 사람은 재배치 담당관이었는데 우호적인 교육 기관에 취업하는 것이 어떻겠느냐고 말했다. 그다음에 급여 담당자가 찾아와 연금 문제를 의논했다. 이어 의사가 나타나서 피해 보상 문제를 논의했다. 그는 심문관들이 나타나기를 기다렸으나 그들은 오지 않았다. 그것은 다행스러운 일이었다. 왜냐하면 그는 컨트롤로부터 승인이 떨어질 때까지는 심문관들에게 구체적인 것을 얘기해 줄 수 없었기 때문이다. 게다가 그는 심문이라면 너무나 지겨웠다. 그는 컨트롤이 심문관들을 붙잡아 두고 있다고 생각했다. 그가 러시아와 체코 사람들에게 이미 말해 준 것을 심문관들에게 털어놓지 말아야 한다는 것은 좀 우스꽝스러운 일이었다. 하지만 짐으로서는 달리 방법이 없었다. 컨트롤이 계속 소식을 보내오지 않자 그는 레이콘을 찾아가 진상을 털어놓을 생각도 했다. 그런 생각을 하다가 아마도 컨트롤은 내가 너서리 문제를 해결한 다음에 접촉해 올 계획인가 보다 하고 마음을 고쳐먹었다. 그는 병이 며칠 동안 도졌고 그것이 끝났을 때 새 양복을 말쑥하게 차려입은 토비 이스터헤이스가 나타났다. 토비는 짐과 악수를 하면서 그의 행운을 빌었다. 하지만 실은 그에게 현재 사태를 설명하기 위해 내려온 것이었다.

「정말 엉뚱한 녀석을 보냈군 하는 생각이 들었네. 하지만 그는 출세한 것 같았어. 그러다가 컨트롤이 외곽 부대 사람만 써야 한다는 얘기가 생각났네.」

이스터헤이스는 서커스가 테스터파이 때문에 거의 와해될 뻔했다는 것과, 짐은 현재 서커스의 기피 인물 제1호라는 것을 말해 주었다. 컨트롤은 퇴직을 했고 화이트홀의 불편한 심기를 달래기 위해 부서 개편이 진행 중이었다.

「하지만 나보고는 걱정하지 말라고 하더군.」 짐이 말했다.

「뭘 말인가?」

「나의 특별 작전에 대해서. 몇몇 사람들이 진상을 잘 알고 있고 또 그것을 잘 처리 중이니 걱정하지 말라는 거였어. 모든 사실이 다 알려져 있다면서. 그리고 쓰라면서 연금 이외에 천 파운드를 주었네.」

「누가 보낸 건데?」

「말해 주지 않더군.」

「스테프체크에 대한 컨트롤의 이론을 꺼내던가? 시거스 내부에 잠입한 센터의 스파이 말이야?」

「그 사실은 다 알려져 있다고 했어.」 짐이 앞을 노려보며 말했다. 「그는 그 누구도 찾아가서 내 스토리를 발설해서는 안 된다고 〈명령〉했네. 그게 이미 최고위층에서 처리되고 있기 때문에 내가 나서면 오히려 역효과를 불러일으킨다면서.

서커스는 이제 가까스로 정상을 찾아가고 있다는 거야. 나보고는 팅커와 테일러, 그리고 그에 관련된 모든 게임을 잊어버리라고 했네. 두더지니 뭐니 하는 그런 것들 말이야. 토비는 이랬네. 짐, 여기서 빠지게. 하지만 자네는 운 좋은 사람이야. 자네에겐 연꽃을 먹은 자[40]가 되라는 명령이 떨어졌어. 잊어 달라고? 좋아, 나는 잊어 줄 수 있어. 그 일이 아예 일어나지 않은 것처럼 행동할 수 있다고.」 짐은 목청껏 소리를 지르고 있었다. 「그래서 지금껏 이러고 있잖나. 명령에 복종하면서 잊어버리고 있잖나!」

스마일리가 보기에 밤의 풍경은 갑자기 순진무구한 풍경이 되었다. 나쁜 것이나 잔인한 것은 전혀 칠해지지 않은, 텅 빈 백지 같은 거대한 캔버스가 되었다. 두 사람은 나란히 서서 저 아래 계곡에 점점이 흩어져 있는 불빛을 내려다보다가 이어 지평선 위에 우뚝 솟은 바위산을 쳐다보았다. 산꼭대기에는 단 하나의 탑이 세워져 있었는데, 스마일리는 잠시 그 탑을 쳐다보며 이제 여행의 끝에 도달했다는 생각을 했다.

「그랬군.」 스마일리가 말했다. 「나도 그동안 잊어버리는 연습을 했지. 그러니 토비가 자네에게 팅커, 테일러 얘기를 실제로 했군. 하지만 그는 어디서 그 얘기를 들었을까? 혹시…… 그래, 빌에게서는 아무 소식도 없고? 엽서조차도?」

「빌은 해외에 있었어.」 짐이 짧게 말했다.

「그 얘기는 누가 해주었는데?」

「토비.」

「그러니 자네는 테스터파이 이후 빌을 보지 못했군. 가장 오래되고 가장 친한 친구가 아예 증발해 버린 셈이로군.」

「토비 얘기를 방금 들었잖나. 나는 서커스 사람들을 아무

---

40 과거를 망각하는 자.

도 만나서는 안 되는 거야. 접근 금지 명령을 받았다고.」

「하지만 빌은 규정을 그리 잘 지키는 사람은 아니지, 그렇지?」 스마일리가 생각에 잠긴 어조로 말했다.

「자넨 그를 좋게 보아 준 적이 한 번도 없는 사람이지.」 짐이 내질렀다.

「자네가 체코로 떠나기 직전에 나를 만나려 했는데 만나지 못한 건 미안하게 되었네.」 스마일리는 잠시 침묵을 지키다가 말했다. 「컨트롤이 나를 아예 사건에서 빼버리려고 베를린으로 출장을 보냈어. 그리고 돌아와 보니…… 자넨 그때 나에게 무슨 구체적 용건이 있었나?」

「없었어. 체코 작전이 좀 위험하겠다는 생각을 했어. 그냥 자네를 만나 작별 인사를 하고 싶었어.」

「작전 바로 직전에?」 스마일리가 다소 놀라면서 말했다. 「그런 〈특별〉 작전을 코앞에 두고 말인가?」 짐은 그 말을 듣지 않은 사람처럼 아무런 표정이 없었다. 「다른 사람들에게는 작별 인사를 했나? 우린 당시 모두 해외에 나가 있었어. 토비, 로이 그리고 빌. 그래, 빌에게는 작별 인사를 했나?」

「아무한테도 못했네.」

「빌은 휴가 중이었지? 하지만 국내에 있었다는 얘기를 들었네.」

「아무한테도 못했어.」 그는 일말의 고통을 느끼는지 오른쪽 어깨를 들썩이다가 고개를 한 번 돌렸다. 「모두 출장 중이었거든.」

「짐, 그건 정말 자네답지 못한 일인데.」 스마일리가 다소 놀라는 어조로 말했다. 「특별 작전을 떠나기 전에 아는 사람들을 만나 악수를 하려 했다니 말이야. 자네, 나이 들면서 센티멘털해지는구먼. 그건 혹시……」 그는 잠시 망설였다. 「자네는 무슨 조언 혹은 의견을 필요로 했었나? 아무튼 자네는 그 작전이 황당무계하다고 생각했고, 컨트롤이 현실 감각을 상실한 것 같다고 느꼈으니까 말이야. 그래서 그 문제를 제3자에게 물어보려 했던 건 아닌가? 그 작전이 너무 황당무계했다는 건 나도 동의하네.」

스파이 훈련 학교의 교장 스티드-애스프리는 이렇게 말하곤 했었다. 사실들을 알아내라. 그런 다음 그것들이 이야기에 딱 들어맞는지 옷처럼 입어 보라.

짐은 이제 분노의 침묵 속으로 빠져 들었고, 그들은 묵묵히 차로 돌아왔다.

모텔에 돌아온 스마일리는 주머니에서 스무 장의 엽서 크기 사진들을 꺼내 세라믹 테이블 위에 두 줄로 늘어놓았다. 어떤 것은 스냅 사진이었고 또 어떤 것은 독사진이었다. 모두 남자였고 영국인 같지 않았다. 짐은 얼굴을 찌푸리면서 그중 두 장을 집어 들어 스마일리에게 건넸다. 첫 번째 인물에 대해서는 확실하지만, 두 번째 인물은 좀 덜 확실하다고 짐은 말했다. 첫 번째는 그 냉정하던 자그마한 사람, 책임자였다. 두 번째는 심문관들이 거칠게 짐을 취조하는 동안 뒷줄에 앉아 지켜보던 자들 중 한 사람이었다. 스마일리는 사진들을 도로 주머니에 집어넣었다. 그가 작별하기 전 마시는 술잔을 채우는 동안, 짐보다 덜 고통당한 관찰자가 보았더라도 그 동작에서 어떤 승리의 느낌은 발견하지 못했으리라. 차라리 그 동작은 뭔가 확실히 결말짓고 낙인을 찍는 행동처럼 보였다.

「그래, 빌을 마지막으로 본 게 언제였나? 만나서 얘기해 본 게 말이야.」 스마일리는 마치 금방 생각난 옛날 친구 얘기를 묻듯이 말했다. 그는 깊은 생각에 잠긴 짐을 방해한 것이 틀림없었다. 짐은 잠시 뒤 고개를 쳐들더니 그 질문에 대답했다.

「아주 우연히 만났네.」그가 크게 신경 쓰지 않는다는 듯이 말했다.「복도에서 서로 지나쳤어.」

「그래서 얘기도 나누고? 아니, 이 얘기는 이제 그만 하기로 하세.」짐은 다시 깊은 생각으로 돌아가 있었다.

짐은 서스굿 학교 바로 앞까지 가지 않으려 했다. 스마일리는 교회 묘지에서 교회로 이어지는 통행로 시작 부분에 그를 내려 주었다. 교회 대기실에 학생들 연습장을 놔두고 왔다는 것이었다. 무슨 이유에서인지는 알 수 없었지만, 잠시 동안 스마일리는 그 말이 사실이 아닐 거라고 생각했다. 이 세계에서 30년이나 근무했으면서도 짐은 여전히 뛰어난 거짓말쟁이는 못 된다는 생각도 들었다. 스마일리는 그의 뻐딱한 모습이 노르망디풍 현관 안으로 다가가는 것을 보았다. 무덤들 사이로 걸어가는 그의 신발에서는 유난히 삐걱거리는 소리가 났다.

스마일리는 톤턴으로 차를 몰고 갔고 캐슬 호텔에서 여러 군데로 전화를 걸었다. 그는 피곤했음에도 불구하고 곤히 잠들지 못했다. 두 개의 크레용을 들고 짐 옆에 앉아 있는 카를라의 모습과, 짐이 혹시 두더지 제럴드의 정체를 알고 있는 게 아닐까 노심초사하며 심문실 한쪽에서 대기하고 있던 문정관 폴리아코프(일명 빅토로프)의 모습이 무시로 그의 잠 속에 출입했다. 마지막으로 헤이든 대신 새럿에 내려온 토비 이스터헤이스의 모습도 들락거렸다. 토비는 짐에게 딩커와 테일러는 물론 그 암호명을 만들어 낸 컨트롤도 아예 잊어버리라고 으르렁거렸다.

같은 날 밤, 피터 길럼은 조수석에 리키 타르를 태우고 잉글랜드의 서부 지역을 가로질러 리버풀로 가고 있었다. 아주 열악한 조건 속의 지루한 여행이었다. 타르는 자신이 임무를 제대로 완수하면 주장하게 될 보상과 진급에 대해 쉴 새 없이 지껄여 댔다. 그런 다음 자신의 여자들에 대하여 말했다. 어린 딸 대니, 그녀의 어머니, 그리고 이리나. 그는 두 성숙한 여자에 대해서는 양손에 쥐고 떡 주무르듯 할 수 있을 것처럼 말했다. 두 여자가 서로 협조하여 대니와 그 자신을 잘 돌보아 주리라는 것이었다.

「이리나는 모성 본능이 아주 강해요. 당연히 그것 때문에 좌절을 많이 겪었지만.」 보리스는 사라져도 상관없어요, 하고 타르는 말했다. 카를라에게 그자는 다른 보직을 주라고 요구할 생각이었다. 목적지에 다 와 가자 타르는 기분이 침울해지더니 이내 잠잠해졌다. 새벽은 차갑고 안개가 많이 끼었다. 리버풀 근교에 이르자 차의 속도는 거의 기어가는 수준이어서 자전거 탄 사람들이 그들을 추월했다. 먼지와 쇳가루 냄새가 차 안으로 스며들었다.

「더블린에서 머뭇거리지 마.」 길럼이 갑자기 말했다. 「그자들은 자네가 부드러운 루트로 가리라고 기대할 거야. 그러니 고개를 낮춰야 해. 출국하는 첫 비행기를 타.」

「이미 그 비공식 루트는 한 번 거쳐 왔습니다.」

「그래도 다시 한 번 확인해야겠어.」 길럼이 말했다. 「매클보어의 공작명은 뭐지?」

「아, 좀 믿으시라니까요.」 타르가 한숨을 내쉬며 그 이름을 말했다.

아일랜드 나룻배가 항해에 나섰을 때에는 아직도 어두웠다. 온 사방에 군인과 경찰들이었다. 이 전쟁도, 그전의 전쟁도, 또 예전의 전쟁도 늘 같은 풍경이었다. 바다에서 사나운 바람이 불어왔고 뱃길은 만만치 않을 것 같았다. 배의 불빛이 잠시 흔들리다가 어둠 속에 파묻히는 동안, 부두에 서 있던 소수의 사람들 사이에 동지 의식 같은 것이 잠시 퍼져 나갔다. 어디선가 여자가 울고 있었고, 어디선가 술 취한 자가 자신의 방면을 축하하고 있었다.

그는 천천히 차를 몰아 돌아오면서 자신의 문제를 정리해 보려고 애썼다. 새롭게 각성한 길럼은 이제 갑작스러운 소음에 놀라고, 밤에는 악몽을 꾸었다. 그는 자신의 여자를 지키지 못했을 뿐만 아니라 그 여자를 불신하게 된 황당한 이유들마저 꾸며 내고 있었다. 그는 얼마 전 닥터 샌드라는 남자, 오랜 외출 시간, 전반적인 비밀의 분위기 등에 대하여 노골적으로 카밀라에게 따지고 들었다. 그녀는 진지한 갈색 눈동자를 그에게 고정시키고 그의 이야기를 다 들어주더니 그에게 당신은 바보라고 말한 다음 그를 떠나겠다고 했다. 「의심이 암귀를 만들어 내지요. 사람이 머릿속에서 뭔가를 그렇다고 단정해 버리면 그건 누구도 바꾸지 못해요. 당신은 그렇게밖에 생각하지 못하나요? 좋아요, 난 당신이 생각하는 바로 그런 사람이에요.」 그녀는 침실에서 자신의 물건을 다 꺼내 오면서 말했다. 이제 카밀라가 없는 집으로 돌아온 길럼은 토비 이스터헤이스에게 전화를 걸어 그날 늦게 만나자는 요청을 했다.

33

 스마일리는 장관의 롤스로이스 뒷좌석에 앉아 있었고 그 옆에는 레이콘이 앉았다. 앤의 집안에서는 그 차를 검은 변기라 불렀는데 너무 화려하다며 싫어했다. 운전기사는 어디 가서 아침 식사나 하라고 말하면서 잠시 내보냈다. 장관은 조수석에 앉아 있었고 세 사람은 롤스로이스의 기다란 보닛 너머, 템스 강과 배터시 발전소의 굴뚝을 쳐다보았다. 장관의 머리카락은 뒷부분만 풍성했고 양쪽 귀 주위에는 자그마한 검은 뿔 같은 모습을 하고 있었다.
 「만약 자네 말이 맞다면…….」 장관이 음침한 침묵을 깨뜨리면서 말했다. 「물론 이렇게 말한다고 해서 자네 말이 틀렸다는 건 아닐세. 아무튼 자네 말이 맞다면, 하루 일과가 끝난 다음 도자기는 얼마나 깨어질 것 같은가?」
 스마일리는 그 말을 제대로 이해하지 못했다.
 「난 스캔들에 대해 말하고 있는 거야. 제럴드는 모스크바로 건너가겠지. 그건 좋아. 그다음에는 어떻게 되느냐는 거야? 그자는 텔레비전에 나와서 그동안 자신이 속여 먹었던 많은 사람들을 노골적으로 비웃을까? 내 말은…… 우리는 젠장…… 우리 모두는 곤란하게 되었다 이거야. 그자가 러시아로 가도록 허용하고 그다음엔 서커스가 폭삭 내려앉고 그래서 경쟁사가 들어와 잘난 척하며 뒷정리를 하도록 방치하는 거, 이거는 결코 용납 못 한다 이거야.」

장관은 약간 다르게 설명했다.「내 말은 말이야, 러시아 친구들이 우리의 비밀을 안다고 해서 모든 사람이 그걸 알아야 할 필요는 없단 얘기지. 우리는 그런 비밀 말고도 손대야 할 일이 꽤 있어. 우리의 경쟁사 친구들은 어떻게 되는 거야? 그자들은 일주일 내에 이런저런 신문에서 온갖 지저분한 세부 사항을 알게 되는 건가?」

그러면 당연히 장관님의 선거구 주민들도 그걸 알게 되겠지요, 하고 스마일리는 생각했다.

「러시아 친구들이 받아들일 만한 협상 조건은 늘 있습니다.」레이콘이 말했다.「아무튼 적을 바보로 만들어 버리면 적을 협상에 끌어들이는 구실을 잃게 됩니다. 그들은 아직 그들이 포착한 기회를 활용한 것은 아니지 않습니까. 충분히 협상이 가능한 건입니다.」

「좋아, 그자들이 우리의 협상에 응하도록 만들어. 서면으로 말이야. 아니, 서면은 곤란하겠군. 하여간 그들에게 좋은 게 좋은 거 아니냐고 말해. 우리가 모스크바 센터의 서열 순위를 언론에 공개하지 않는다면, 그들도 이 게임에 응해 올 거야.」

스마일리는 장관이 태워다 주겠다는 것을 좀 걷고 싶다면서 거절했다.

그날은 서스굿의 당직일이었는데 그는 심기가 불편했다. 그의 생각에 교장은 잡무에서 면제되어야 마땅했다. 그래야 정책과 리더십 문제에 집중할 수 있었다. 바람에 가볍게 휘날리는 케임브리지 가운도 그를 위로해 주지 못했다. 그는 체육관에서 서서 아침 점호를 받기 위해 안으로 들어오는 학생들을, 적개심까지는 아니더라도 못마땅한 눈초리로 바라보고 있었다. 하지만 그에게 결정타를 먹인 것은 마저리뱅크스 선생이었다.

「그는 어머니 때문이라고 했어요.」 그가 서스굿의 왼쪽 귀에다 대고 나지막이 속삭였다. 「전보를 받더니 급히 가봐야겠다고 했어요. 차 한 잔 마실 시간도 없었어요. 나는 대신 그 메시지를 전해 주겠다고 약속했습니다.」

「괴상한 일이로군, 정말 괴상한 일이야.」 서스굿이 말했다.

「괜찮으시다면 제가 그의 프랑스어 시간을 대신 맡겠습니다. 5반과 6반을 합반하여 운영하면 됩니다.」

「난 화가 납니다.」 서스굿이 말했다. 「있을 수 없는 일이에요. 생각할수록 화가 납니다.」

「럭비 게임 결승전은 어빙이 대신 맡겠다고 하더군요.」

「보고서, 시험, 럭비 결승전 등 할 일이 태산 같은데 갑자기 사라져 버려? 그 어머니란 사람은 도대체 어디가 아프다고 그래요. 아마 보나 마나 계절마다 한 번씩 걸리는 감기일 겁니다. 우리 어머니도 그렇고 누구나 다 그런 거 아니에요? 그 어머니는 어디서 사는데요?」

「그가 수에게 한 말을 종합해 보면, 그 어머니는 임종 직전인 것 같습니다.」

「아, 그래요? 이제 그 핑계는 두 번 다시 써먹지 못하겠군요.」 서스굿은 여전히 심드렁한 표정으로 말했다. 그러고는 갑자기 조용히 하라고 고함을 지르더니 출석을 부르기 시작했다.

「로치?」

「아파서 못 나왔습니다.」

 그것은 그의 뚜껑이 열리게 한 마지막 결정타였다. 학교의 가장 부잣집 아들이 불쌍한 부모 때문에 다시 신경 쇠약에 걸려 버렸고, 게다가 그 애의 아버지는 전학을 시키겠다고 으름장을 놓고 있었다.

34

 같은 날 오후 4시가 다 된 무렵이었다. 난 안가 사정이라면 훤하지, 길럼은 어두컴컴한 안가를 둘러보면서 속으로 중얼거렸다. 여행 전문가가 호텔 사정에 관하여 책자를 펴내듯이, 길럼도 안가라면 책 한 권을 쓸 정도로 충분한 정보를 갖고 있었다. 벨그레이비어의 별 다섯 개짜리 으리으리한 호텔급 안가(웨지우드 장식용 벽기둥과 황금 참나무 이파리 장식을 갖춘 최고급 주택)에서, 스캘프헌터들이 자주 사용하는 이 방 두 개짜리 최하급 안가에 이르기까지 사정을 훤하게 파악하고 있었다. 렉샘에 있는 그 안가는 먼지와 구정물 냄새가 났고 어두컴컴한 통로에는 1미터짜리 소화전이 비치되어 있었다. 벽난로 위에는 기사들이 백랍 주전자에서 물을 따라 마시는 그림이 걸려 있었다. 테이블 위에는 재떨이 대용으로 바다 조개 껍데기가 놓여 있었다. 그리고 회색의 우중충한 주방 벽에는 〈가스의 양쪽 마개를 반드시 잠그시오〉라는 익명의 지시문이 걸려 있었다. 길럼이 어두운 홀을 걸어가고 있을 때 현관의 초인종이 울렸다. 정시였다. 전화를 집어

들자 수화구에서 토비의 찌그러진 목소리가 들려왔다. 그는 버튼을 눌렀고 현관의 자물쇠가 덜커덩 하고 열리는 소리를 들었다. 그는 체인을 걸어 둔 채 대문을 열고 토비가 혼자 왔는지 확인했다.

「어떻게 지냈나?」 길럼이 그를 안으로 들이면서 유쾌한 목소리로 말했다.

「좋아, 피터.」 토비가 외투와 장갑을 벗으며 대꾸했다.

쟁반 위에는 차가 있었다. 길럼이 두 잔을 미리 준비해 놓은 것이었다. 안가의 음식 준비 방식은 두 가지였다. 하나는 실제로 거기 사는 사람처럼 행동하는 것이고, 다른 하나는 어떤 음식이든 다 잘 먹는 것처럼 행동하는 것이다. 첩보 업계에서 자연스러움이야말로 최상의 기술이라고 길럼은 생각했다. 하지만 카밀라는 그런 기술을 별로 평가하지 않을 터였다.

「정말 괴상한 날씨로군.」 토비 이스터헤이스는 한동안 날씨의 특징을 연구해 온 사람처럼 말했다. 안가의 수인사 수준은 늘 그 모양이었고 나아지는 법이 없었다. 「몇 계단만 올라와도 숨이 차는군. 그래, 폴란드인은 곧 나타날 건가?」 그가 소파에 앉으면서 말했다. 「우리의 연락병 노릇을 하겠다고 신청해 온 그 모피 장수 폴란드인 말이야.」

「여기 곧 나타날 걸세.」

「우리한테 알려진 자인가? 밑의 애들을 시켜서 이름을 찾아봤는데 근거가 없어.」

밑의 애들, 하고 길럼은 생각했다. 잘 기억해 두었다가 언제 써먹어야지. 「〈자유 폴란드인〉이 몇 달 전 그자에게 접근했는데 펄쩍 뛰며 달아났다더군.」 길럼이 말했다. 「그랬는데 칼 스택이 창고 근처에서 그자를 다시 발견하고 스캘프헌터들에게 유익하겠다고 판단했어.」 그는 어깨를 한 번 움찔했다. 「난 그자가 마음에 들었지만 그래 봐야 무슨 소용이겠나? 요즘에는 밑의 애들도 제대로 된 일거리가 없는데.」

「피터, 자네는 정말 관대하군.」 이스터헤이스가 존경한다는 듯이 말했다. 길럼은 갑자기 자신이 토비에게 팁을 준 게 아닌가 하는 엉뚱한 생각이 들었다. 바로 그때 아주 적절하게도 현관 벨이 울렸고 폰이 문턱에 나타났다.

「토비, 이거 미안하게 되었네.」 스마일리가 빨리 계단을 걸어 올라온 탓인지 약간 숨찬 목소리로 말했다. 「피터, 외투는 어디에다 걸까?」

길럼은 토비를 벽 쪽에다 돌려 세워 손을 들게 한 다음, 천천히 시간을 들여 가며 총을 휴대했는지 확인했다. 토비는 별로 저항하지 않았고 몸에는 총이 없었다.

「그는 혼자 왔나?」 길럼이 물었다. 「아니면 도로에다 부하를 세워 놓았나?」

「제가 볼 때 혼자인 것 같습니다.」 폰이 말했다.

스마일리는 창가에 접근하여 거리를 내려다보았다. 「잠시 실내등을 꺼보겠나?」 그가 말했다.

「홀에서 기다려.」 길럼이 명령하자 폰은 스마일리의 외투를 들고 사라졌다. 「뭐가 보입니까?」 그가 창가로 다가가면서 스마일리에게 물었다.

이미 런던의 오후는 안개 빛 분홍색과 저녁의 노란색이 덮쳐 오고 있었다. 그 건물은 빅토리아풍의 주택 단지였다. 사각의 안뜰은 이미 어두워져 있었다. 「그림자뿐이로군.」 스마일리가 이스터헤이스에게 시선을 돌리면서 툴툴거리듯 말했다. 벽난로 위의 시계가 4시를 쳤다. 폰이 시계의 태엽을 미리 감아 놓은 것 같았다.

「토비, 자네에게 해줄 얘기가 하나 있어. 서커스 내부에 관한 하나의 가설이야. 들어 보겠나?」

이스터헤이스는 눈썹 하나 까닥하지 않았다. 그는 자그마한 양손을 나무 의자 받침에 가지런히 올려놓았다. 그는 편안한 자세를 취했지만 그래도 긴장하고 있었다. 반짝거리는 구두를 딱 붙이고 있는 것이 그 증거였다.

「자네가 입을 열 필요는 없네. 그저 듣기만 하는 데는 아무런 위험이 없지. 그렇잖나.」

「그럴지도 모르죠.」

「2년 전이었어. 퍼시 올러라인은 컨트롤의 자리를 탐냈지. 하지만 그는 서커스 내에 세력이 없었어. 컨트롤이 그렇게 단속을 해놓았던 거야. 컨트롤은 전성기가 지나 병이 들었지만 퍼시는 그를 밀어낼 능력이 없었어. 그 시절 기억나나?」

이스터헤이스는 간단히 고개를 끄덕였다.

「아주 황당무계한 시절이었지.」 스마일리가 침착한 목소리로 말했다. 「당시 정보부 내에는 할 일이 별로 없었고 그래서 우리 내부 사람들끼리 서로 감시하기 시작했지. 퍼시는 어느 날 아침 아무 할 일 없이 책상에 앉아 있었어. 그는 당시 작전 고문이라는 형식적인 보직을 받아 놓고 있었지. 실제로는 각 지역과와 컨트롤 사이에서 결재 서류에 형식적인 도장을 찍는 일밖에 없었어. 그런 퍼시의 방문이 열리면서 누군가가 그 안으로 들어왔어. 그 사람을 편의상 제럴드라고 부르기로 하지. 이건 어디까지나 편의상 붙인 이름이야. 제럴드가 이제 이렇게 말하는 거야. 퍼시, 아주 끝내주는 러시아 소스를 하나 개발했습니다. 노다지일 것 같아요. 어쩌면 퍼시와 제럴드는 서커스 건물 밖으로 나가 대화를 나누었을지도 몰라. 제럴드는 실내보다 실외를 더 좋아하니까. 그는 네 벽과 전화가 있는 공간에서 얘기하는 걸 별로 좋아하지 않아. 그래서 두 사람은 공원에서 산책을 했을 수도 있고 차를 타고 돌아다녔을 수도 있어. 어쩌면 근사한 식당에 가서 식사를 함께 했는지도 모르지. 아무튼 이 단계에서 퍼시는 들어주는 것 이외에는 별로 할 일이 없었어. 퍼시에게 유럽 무대는 생소하니까 말이야. 특히 체코와 발칸 반도는 어두웠지. 그는 남아메리카에서 잔뼈가 굵었고 그다음에는 과거의 식민지 국가들에서 일했으니까. 주로 인도나 중동 등지였지. 그래서 러시아나 체코에 대해서는 잘 몰라. 그는 빨갱이는 빨갱이다, 뭐 이런 정도로만 알고 있었어. 그렇지 않나, 토비?」

이스터헤이스가 입술을 오므리면서 얼굴을 약간 찌푸렸다. 상급자에 대해서는 논평하고 싶지 않다는 표정이었다.

「하지만 제럴드는 이런 문제에 대해서는 전문가였지. 그는 동유럽 시장을 주름잡으면서 작전 요원으로 커왔으니까 말이야. 퍼시는 유럽 무대는 잘 모르지만 그래도 눈치가 빠른 사람이지. 제럴드가 자기 텃밭에 관련된 문제를 가지고 왔기 때문에 일단 믿기로 한 거야. 제럴드는 이 러시아 소스는 서커스가 지난 몇 년 동안 개발했던 것 중에서 가장 풍성한 정보원입니다, 라고 말했어. 제럴드는 많은 말은 하지 않고 하루 이틀 안에 거래 샘플을 받게 되어 있다고 귀띔했어. 그러면서 퍼시가 한번 문건을 훑어보며 품질을 먼저 파악하는 게 좋겠다고 제안했지. 소스의 세부 사항에 대해서는 나중에 논의하자면서 말이야. 하지만 자네는 왜 나한테 왔나, 하고 퍼시는 물었겠지. 그게 뭐가 이상합니까? 하고 제럴드는 대답했겠지. 퍼시, 지역과에 근무하는 사람들은 작전의 형편없는 수준을 걱정하고 있습니다. 묘한 징크스가 있는 것 같아요. 서커스 안팎에서 말이 많아요. 정보 배부 과정에 끼어드는 사람이 너무 많아요. 현장에 나가 있는 요원들은 벽에 부딪히고, 네트워크는 자꾸 폭로되거나 철수되고, 새로 심은 요원들은 거리에서 사고를 당해 죽어 가고 있습니다. 우리는 당신이 이런 문제를 해결해 주기를 바라요. 이렇게 말한 제럴드는 반역을 꾸미는 것은 아니었어. 그는 서커스 내에 모든 작전을 밀고하는 반역자가 있다는 말은 하지 않았어. 자네와 내가 잘 알다시피, 그런 말이 나돌면 정보부는 올스톱이 되고 말 거니까 말이야. 아무튼 제럴드가 극력 피하려고 한 것은 마녀 사냥이었어. 하지만 서커스 내의 곳곳에서 누수 현상이 발생하고, 고위층의 태만이 하위층의 실패로 이어진다고 지적했어. 그런 얘기는 퍼시의 귀에 아주 달콤한 노래였지. 제럴드는 최근의 스캔들을 열거하면서 올러라인의 중동 모험을 인용했지. 그 모험이 잘못되는 바람에 당신의 자리가 날아갈 뻔하지 않았느냐고 은근히 강조하면서 말이야. 이어 제럴드는 그럴듯한 제안을 내놓았어. 이상이 나의 가설이야. 자네도 알다시피 이건 어디까지나 가설이지.」

「알고 있습니다, 조지.」 그가 입술을 핥으면서 말했다.

「또 다른 가설은 아예 올러라인이 바로 제럴드 그 자신이라고 가정하는 거지. 하지만 난 이 가설을 믿지 않아. 퍼시가 직접 밖으로 나가서 최고급 러시아 스파이를 매수하고, 그다음에 자신이 필요한 인력을 충원했을 것 같지는 않으니까. 만약 그랬다면 그는 일을 망치고 말았을 걸세.」

「정말 그랬을 겁니다.」 이스터헤이스가 자신 있는 어조로 말했다.

「그래서 첫 번째 가설로 되돌아가야 하는데, 제럴드는 이런 제안을 내놓았을 거야. 나 제럴드와 또 비슷한 생각을 하는 사람들은 퍼시 당신이 우리의 대부가 되기를 바랍니다. 우리는 정치적인 사람은 아니고 단지 작전 요원일 뿐입니다. 우리는 화이트홀이라는 정글은 잘 모릅니다. 하지만 당신은 압니다. 당신이 위원회를 맡아 주면 우리는 멀린을 맡겠습니다. 당신이 우리의 보호자가 되어 만연되어 있는 부패로부터 우리를 보호해 준다면, 다시 말해 제공되는 정보의 배부처를 최소한으로 줄여 준다면, 우리는 정보를 제공하겠습니다. 이렇게 해서 두 사람은 그 정보를 입수하고 배부하는 방식을 논의했겠지. 그런 다음 제럴드는 퍼시가 혼자 생각할 시간을 주기 위해 당분간 접촉을 자제했을 거야. 일주일 혹은 한 달쯤 뜸을 들였겠지. 퍼시가 충분히 생각해 보도록 말이야. 그런 다음 제럴드는 첫 번째 샘플을 내놓았어. 물론 아주, 아주 훌륭한 정보였지. 해군 관련 정보였는데 퍼시로서는 그보다 더 좋은 자료가 있을 수 없었지. 그는 해군성에서는 환영받는 인물이었으니까. 해군은 뭐랄까, 그의 지지자 클럽 같은 곳이거든. 그래서 퍼시는 해군 친구들에게 그 샘플을 보여 주었는데 해군에서는 침을 질질 흘리며 이 자료 어디서 났어? 이런 거 더 없나? 하면서 야단이었지. 그런 자료는 더 많이 있었어. 그러면 그 소스의 정체는 무엇일까? 이 단계에서 그건 큰 미스터리야. 아무튼 그건 미스터리로 남겨 두자고. 내가 여기저기 과녁에서 멀리 벗어난 점이 있다면 양해하게. 난 파일만 가지고 작업을 해왔으니까.」

파일 얘기가 나오자 이스터헤이스는 눈에 띌 정도로 적극 반응해 왔다. 그것은 스마일리가 어떤 공식 자격으로 조사를 수행하고 있다는 뜻이기 때문이었다. 습관적으로 입술을 핥는 동작에 이어 고개를 앞으로 내미는 동작과 〈나도 웬만한 것은 알고 있다〉는 표정이 이어졌다. 토비는 그런 동작을 해 보이면서 자신도 파일을 읽었다는 것과, 그 파일이 무엇이든 간에 스마일리의 결론에 전적으로 동의한다는 것을 암시했다. 스마일리는 차를 마시기 위해 얘기를 잠시 중단했다.

「토비, 자네도 한 잔 더 하겠나?」 그가 잔을 들면서 물었다.

「제가 가져오겠습니다.」 길럼이 환대보다는 결단의 표시로 그렇게 말했다. 「폰, 차를 좀 더.」 그가 문에 대고 소리쳤다. 문이 즉시 열리고 폰이 손에 컵을 든 채 나타났다.

스마일리는 창가로 다가갔다. 그는 커튼을 살짝 젖히고 건물 주위를 살폈다.

「토비?」

「예, 조지.」

「자네는 베이비시터를 데려왔나?」

「아니요.」

「아무도?」

「조지, 피터와 폴란드인을 만나러 오는데 무엇 때문에 베이비시터를 데려오겠습니까?」

스마일리는 자기 의자로 되돌아왔다. 「정보원 멀린은 말이야.」 그가 얘기를 계속했다. 「내가 어디까지 했었지? 아, 그래 멀린 얘기를 했었지. 멀린은 단독 요원이 아니었어. 제럴드가 퍼시에게 밝힌 바에 의해 조금씩 조금씩 드러났는데 두 명의 요원이 더 있었지. 그들은 이제 그 마법의 원으로 빠져 들어갔어. 멀린은 소비에트 요원이었어. 하지만 올러라인과 마찬가지로 반대 세력의 대변인 격이었지. 우리는 다른 사람의 처지도 자신의 처지에 비추어 보려는 경향이 있기 때문에 퍼시는 처음부터 멀린을 마음에 들어 했어. 멀린이 지도자로 있는 이 소비에트 그룹은 여섯 명의 비슷한 소비에트 관리로 구성되어 있었어. 이 여섯 명은 저마다 높은 자리에 있었지. 시간이 지나면서 제럴드는 자신의 부하와 퍼시에게 이 여섯 명에 대한 정보를 조금씩 내놓은 것 같아. 멀린의 일은 그 여섯 명으로부터 수집한 정보를 서방 측에 건네주는 것이었어. 그 후 몇 달 동안 멀린은 아주 다양한 방법을 사용하여 정보를 제공했어. 그는 온갖 방법을 활용했는데 서커스는 기꺼이 멀린에게 장비를 대주었지. 비밀스러운 표기 방식, 아무것도 아닌 듯한 종이 위에 살짝 첨부한 마이크로도트, 서방의 여러 수도에 설치한 무인 우편함 등을 제공했지. 그리고 용감한 러시아 사람과 토비 이스터헤이스의 용감한 램프라이터들은 정기적으로 이 우편함을 체크했어. 토비의 베이비시터들은 실제로 사람을 만나 문서를 건네받는 것도 계획하고 또 감시했어.」 스마일리는 잠시 침묵하면서 창문 쪽으로 시선을 던졌다. 「모스크바에 전달할 것을 현지 레지던시가 대행해 주기도 했지. 하지만 그 물건이 누구에게 가는 것인지 레지던시는 결코 알지 못했어. 그리고 은밀하게 운영되는 무선 장비는 없었지. 멀린은 그걸 싫어했어. 핀란드에 장기 무선국을 세워 주겠다는 제안도 있었지만 — 그 계획을 집행하기 위한 예산안이 재무부에 제출되기도 했는데 — 멀린이 절대 안 된다고 하여 없던 일이 되어 버렸어. 아마 그는 카를라로부터 코치를 받았는지도 모르지. 카를라는 무선 장비를 아주 싫어하니까 말이야. 가장 중요한 점은 멀린의 기동성이야. 그건 그의 큰 재능이었지. 아마도 그는 모스크바의 무역부에 근무하면서 해외여행을 나가는 세일즈맨들을 활용할 수 있는 입장에 있을 거야. 바로 그런 이점 때문에 동료 음모자들이 그에게 제럴드와 접촉하여 거래의 재정적 조건을 타결해 달라고 요청했을 거야. 그들은 돈이 필요했으니까. 그것도 아주 큰 돈 말이야. 그러고 보니 지금껏 돈 얘기를 하지 않았군. 이런 점에서 정보부와 그들의 고객은 비슷한 면이 있어. 그들은 돈이 많이 들어가는 것을 높이 치니까. 그리고 멀린은 돈이 아주 많이 들어가는 상대였지. 자네는 가짜 명화를 사본 적 있나?」

「과거에 두 점을 팔아 본 적은 있죠.」 토비가 약간 신경질적으로 미소 지으면서 말했으나 아무도 웃지 않았다.

「많은 돈을 지불하면 할수록 점점 더 그것에 대한 의심이 없어지게 되지. 아주 어리석은 거지만 바로 이게 인간이야. 멀린이 자꾸 돈을 요구한다는 사실은 모든 사람을 안심시켰어. 멀린이 왜 그런 위험한 짓을 하는지 동기가 분명하니까 말이야. 그렇지 않나, 토비? 특히 재무부 사람들은 더욱 납득하는 눈치였겠지. 매달 2만 프랑씩 스위스 은행으로 송금되었어. 이 정도 거액이라면 공산주의 원칙을 약간 비켜 가고 싶은 사람을 얼마든지 차출할 수 있을 거야. 그래서 화이트홀은 그에게 거액을 지불했고 그의 정보가 값어치로 따질 수 없을 만큼 귀중하다고 생각했어. 실제로 정보들 중 어떤 것은 아주 좋았지. 그러던 어느 날 제럴드는 퍼시에게 아주 큰 비밀을 하나 털어놓았어. 멀린 그룹이 런던에 연락 사무소를 열었다는 거였어. 지금이니까 털어놓고 하는 말인데, 그것은 아주 영리한 매듭의 첫 시작이었어.」

토비는 찻잔을 내려놓고 손수건으로 입가를 가볍게 닦아 냈다.

「제럴드에 의하면, 여기 런던 주재 러시아 대사관의 한 직원이 멀린 그룹의 런던 연락책으로 뛰게 되었다는 거였어. 그는 아주 비상 상황에서는 러시아 대사관의 통신 장비를 사용하여 모스크바의 멀린과 연락을 취하면서 메시지를 주고받을 수도 있었어. 그리고 극도의 보안을 유지할 수만 있다면, 가끔 제럴드는 이 연락책과 직접 만나는 것도 주선할 수 있었어. 그에게 현황을 보고하거나 보고받고, 추가 질문을 던질 수 있었고. 그러면 지급 우편으로 모스크바의 멀린으로부터 답변을 받을 수도 있었어. 이 대사관 직원 이름을 일단 알렉세이 알렉산드로비치 폴리아코프라고 부르기로 하지. 그가 이곳 러시아 대사관의 문정과 소속이라고 해두자고. 자네 내 말 듣고 있나?」

「아무것도 듣고 있지 않습니다.」 이스터헤이스가 말했다. 「난 귀머거리가 되겠습니다.」

「그 폴리아코프는 한동안 이곳 런던 대사관의 직원으로 일했어. 정확하게 9년이었지. 하지만 멀린은 비교적 최근에 와서야 그를 그룹에 집어넣었어. 아마 폴리아코프가 휴가를 받아 모스크바로 갔을 때 접촉했겠지. 그렇지 않나?」

「난 아무것도 듣고 있지 않습니다.」

「곧 폴리아코프는 아주 중요한 존재가 되었지. 얼마 지나지 않아 제럴드가 그를 위치크래프트 작전의 핵심으로 지명했으니까. 암스테르담과 파리의 무인 우편함, 비밀 잉크로 된 문서, 마이크로도트 등도 여전히 사용되었지만 그 이용 빈도가 다소 줄어들었지. 폴리아코프를 바로 문 앞에 대령시킨 그 편리함은 그 어떤 것도 따라올 수가 없었으니까. 멀린의 일부 베스트 자료들은 외교 행낭을 통해 런던으로 반입되었어. 폴리아코프가 하는 일이라고는 그 짐을 개봉한 후 서커스에 있는 상대역에게 전달하기만 하면 되는 것이었지. 제럴드나 혹은 제럴드가 위임한 대리인에게 말이야. 하지만 멀린 작전의 이런 부분은 아주 극비 사항이었어. 물론 멀린보다는 규모가 크지만 위치크래프트 위원회 그 자체도 비밀 사항이었지. 그렇게 규모가 커지는 것은 불가피했어. 작전 범위가 커지면서 받아들이는 정보도 덩달아 커졌으니까. 정보를 가공하고 배포하는 것만으로도 전사자(轉寫者), 번역자, 암호 요원, 타이피스트, 평가자 등등으로 해서 상당한 인력이 필요했어. 하지만 이런 것들은 제럴드에게 전혀 우려할 사항이 아니었어. 오히려 그걸 좋아했어. 제럴드라는 사람의 기술은 군중 속에 숨어 있다는 데 있는 거니까. 위치크래프트 위원회는 하의상달 방식인가? 중간 관리자 주도 방식인가 아니면 상명 하달 방식인가? 나는 위원회에 대한 카를라의 말이 마음에 드는군. 위원회, 그거 중국 말이오? 위원회라는 거 혹시 뒷다리가 네 개인 동물을 가리키는 말 아니오?

그러나 런던 쪽 — 그러니까 폴리아코프 그룹 — 은 스코데노, 드 실스키 등 원래부터 있던 소수의 몇 명에 국한되어 있었어. 이자들은 멀린을 위하여 해외 출장도 마다하지 않았고 또 한동안 외국에서 살았지. 하지만 이곳 런던에서 폴리아코프 동지가 개입되는 작전, 그러니까 그 작전의 매듭이 얽히는 방식은 아주 극비 사항이었어. 자네, 퍼시, 빌 헤이든, 로이 블랜드 이렇게 네 명만 알고 있는 극비 중의 극비였지. 그렇지 않나? 자, 이제 이 비밀 서클이 어떻게 움직이는지 한번 자세히 살펴보자고. 우선 접촉용 안가가 있겠지. 우린 그걸 알고 있어. 그리고 이 안가에서의 미팅은 아주 은밀하게 주선되겠지. 이건 틀림없어. 그렇지 않나, 토비? 누가 그를 만나나, 토비? 누가 폴리아코프를 관리하나? 자네인가? 아니면 로이? 빌?」

스마일리는 넥타이의 밑동을 집어서 실크 안감을 밖으로 뒤집더니 천천히 안경을 닦았다. 「네 사람 다 접촉했지.」 스마일리는 자문자답했다. 「때때로 퍼시도 그를 만났어. 퍼시는 그를 만나서 권위 있는 사람처럼 폼만 잡았겠지. 폴리아코프, 자네 휴가 갈 때가 되지 않았나? 이번 주에 아내 소식은 들었나? 등등의 말을 건네면서 말이야. 퍼시는 원래 그런 일을 잘하니까. 하지만 위치크래프트 위원회는 퍼시를 아주 드물게 사용했어. 퍼시는 거물이니까 희소가치를 인정해 주어야 했거든. 그다음에 빌 헤이든이 있지. 빌도 그를 만났어. 자주 만났을 것으로 생각돼. 빌은 러시아를 좋아하고 그들에게 좋은 인상을 주니까 여흥의 가치가 있었을 거야. 게다가 그와 폴리아코프는 죽이 아주 잘 맞았을 거야. 게다가 빌은 브리핑을 잘하고 그다음에 이어지는 질문도 멋지게 터뜨리니까 더욱 강한 인상을 주었을 거야. 그렇게 해서 모스크바에 정확한 메시지가 전달되도록 했겠지. 그는 때때로 로이 블랜드를 데리고 갔고 또 어떤 때는 로이 혼자 보냈을 거야.

두 사람은 나름대로 역할 분담을 했겠지. 로이는 경제 전문가이고 위성 국가들에 대해서도 전문가이니까 그 방면으로 할 말이 많았을 거야. 그리고 생일, 크리스마스, 감사패 전달 등의 행사가 있을 때는 여흥비로 약간의 예산을 따로 떼어 놓았을 거야. 물론 보너스도 주고 말이야. 때때로 파티의 흥을 돋우기 위해 네 사람이 함께 가기도 했겠지. 그리하여 폴리아코프를 통해 바다 건너에 있는 멀린에게 건배를 들었겠지. 그리고 토비 그 자신도 폴리아코프에게 말하고 싶은 사항들이 있었을 거야. 첩보 업무와 관련해서 말이야. 대사관 내의 간단한 동정을 알면 램프라이터들은 레지던시에 대한 감시 활동이 한결 수월하지. 그러니 토비도 혼자서 그를 만났을 거야. 아무튼 멀린의 런던 연락책이라는 역할을 따지지 않는다고 하더라도 폴리아코프의 가치는 상당한 거였어. 우리의 지시를 고분고분 받아들이는 소련 외교관을 하나 둔다는 것이 날이면 날마다 있는 일은 아닐 테니까. 카메라를 한 대 건네주고 약간만 훈련시키면 폴리아코프는 현지 차원에서도 상당한 가치가 있는 인물이었어. 우리 모두가 우리의 우선순위를 명확히 인식한다면 말이야.」

스마일리의 시선은 토비의 얼굴에서 떠나지 않았다. 「폴리아코프가 상당한 릴의 필름을 건네주었을 거야. 그를 만나는 사람들의 임무 중 하나는 재고가 떨어진 필름을 채워 주는 것이었지. 그리하여 밀봉된 필름이 그에게 꽤 건너갔지. 그 필름은 서커스에서 나오는 것이니까 당연히 사용하지 않은 것이었지. 토비, 말해 봐. 꼭 말해 주었으면 좋겠어. 자네는 라팽이라는 이름을 아나?」

입술 핥기, 얼굴 찡그리기, 미소 짓기, 그리고 머리를 앞으로 내밀기. 「그럼요, 조지. 라팽을 알고 있습니다.」

「라팽에 대한 램프라이터 보고서를 파기하라고 지시한 이가 누구인가?」

「조지, 내가 했습니다.」

「자네 재량으로?」

미소의 테두리는 약간 더 넓어졌다. 「조지, 나도 최근에 몇 계단 승진했습니다.」

「코니 삭스를 방출하라고 명령한 것은 누구인가?」

「아마, 퍼시였을걸요. 어쩌면 빌일 수도 있고요. 커다란 조직을 운영하다 보면 그런 일이 생깁니다. 구두는 수선해야 하고 냄비는 보수를 해야 하는 거지요. 늘 그런 일이 벌어집니다.」 그가 어깨를 한 번 들썩했다. 「어쩌면 로이였는지도 모르지요.」

「그러니까 자네는 그 세 명 모두로부터 지시를 받는군.」 스마일리는 가벼운 어조로 말했다. 「토비, 그건 조심성 없는 일일세. 그렇게 행동하지 말았어야지. 그보다는 더 알고 있는 줄 알았는데.」

이스터헤이스는 그런 지적을 별로 좋아하지 않았다.

「토비, 맥스를 해고하라고 한 건 누군가? 역시 그 세 사람이었나? 난 이 모든 것을 레이콘에게 보고해야 하네. 지금 빨리 보고서를 내놓으라며 나를 압박하고 있네. 레이콘의 뒤에는 장관이 있지. 자, 그게 누구였나?」

「조지, 당신은 엉뚱한 사람에게 황당한 질문을 하고 있는 겁니다.」

「아무튼 자네와 나 둘 중 하나가 엉뚱한 말을 하고 있는 건 사실이야.」 스마일리가 가벼운 어조로 동의했다. 「그건 확실해. 그리고 레이콘과 장관은 웨스터비에 대해서도 알고 싶어 해. 누가 그의 입에 재갈을 물렸나, 그거야. 자네에게 천 파운드를 들려 새럿으로 내려 보내 짐 프리도의 마음을 가라앉히라고 지시한 바로 그 사람인가? 토비, 난 사실 관계만 알고 싶을 뿐이지 스캘프(사람의 머리 가죽)에 대해서는 관심도 없어. 자네는 나를 알지 않나. 나는 그렇게 보복을 좋아하는 사람이 아니야. 또 자네에게 충성심이 없다고 하는 것도 아니야. 단지 그 충성이 누구에게 가느냐 그거지.」 스마일리가 말했다. 「아무튼 위에서는 자세한 것을 모두 알고 싶어해. 게다가 경쟁사를 끌어들여 서커스를 완전 청소하겠다는 거북한 얘기도 흘러나오고 있어. 그걸 바라는 사람은 아무도 없지. 그렇지 않나? 그건 아내와 싸움을 했다며 변호사를 찾아가는 것과 비슷한 짓이야. 돌이킬 수 없게 된다고. 자네에게 팅커, 테일러와 관련하여 짐에게 최종 통보를 하도록 지시를 내린 사람은 누구인가? 자네는 그게 어떤 의미인지 알고 있었나? 그걸 폴리아코프로부터 직접 들었나?」

「이럴 것 없이……」 길럼이 속삭였다. 「저자를 한번 의자에 앉히자고요.」

스마일리는 그의 말을 무시했다. 「라펭 얘기를 한번 해보지. 그의 일은 무엇이었나?」

「그는 폴리아코프의 부하였어요.」

「문정과에 근무하는 비서였나?」

「그의 레그맨이었어요.」

「이것 봐, 토비, 문정관이 레그맨을 두어서 무얼 하게?」

그동안 이스터헤이스의 시선은 스마일리에게 고정되어 있었다. 저자는 꼭 개 같군, 하고 길럼은 생각했다. 걷어차이게 될지, 뼈다귀를 얻게 될지 몰라 갈팡질팡하는 개 꼴이야. 그의 시선은 스마일리의 얼굴에서 손으로, 다시 손에서 얼굴로 빠르게 왕복하면서 뭔가 단서를 찾아내려고 애썼다.

「조지, 그런 황당한 말씀 하지 마세요.」 토비가 무심한 어조로 말했다. 「폴리아코프는 모스크바 센터 소속이에요. 그건 당신도 나만큼 잘 알고 있잖습니까.」 그러고는 짧은 다리를 포개더니 다시 예전의 오만한 표정을 지으며 의자 등에 기대어 식은 차를 한 모금 홀짝거렸다.

그에 비해, 길럼이 보기에, 스마일리는 잠시 후퇴하는 기색이었다. 그래서 길럼은 순간 헷갈렸지만 아무튼 스마일리가 매우 느긋해한다는 것만큼은 읽을 수 있었다. 아마도 토비가 마침내 입을 열기 시작해서 그런 것 같았다.

「왜 이러는 거예요, 조지.」 토비가 말했다. 「마치 어린아이처럼. 우리의 작전이라는 게 상당수 그런 식으로 진행되고 있어요. 우린 폴리아코프를 매수한 거예요. 폴리아코프는 러시아의 간첩이지만 동시에 우리 요원이기도 한 거예요. 하지만 그는 자기 쪽 사람들에게는 우리를 상대로 간첩 활동을 한다고 말하겠지요. 그렇지 않고서 어떻게 무사할 수 있겠어요? 어떻게 고릴라도 베이비시터도 없이 그 안가를 마음대로 들락거릴 수 있겠어요? 그는 우리 가게로 와서 물건을 받아 자기 집으로 돌아가는 거예요. 실제로 우리는 그에게 물건을 건네주기도 해요. 말이 좋아 물건이지 가짜 정보에 지나지 않는 거예요. 그는 그 물건을 고국으로 보내고 그러면 모스크바에 있는 사람들은 그의 등을 두드려 주며 잘했어 하고 칭찬하는 겁니다. 이런 일은 매일 벌어지고 있어요.」

이제 길럼의 머리는 뭐가 뭔지 헷갈려서 복잡하게 돌아가고 있었다. 하지만 스마일리의 머리는 아주 맑았다.

「네 명의 발기인 사이에서는 그것이 표준적인 스토리겠지.」

「그게 표준인지 어떤지는 나도 잘 모릅니다.」 그는 양 손바닥을 펴 보이면서 헝가리인처럼 머리를 좌우로 움직였다.

「그럼 폴리아코프의 에이전트는 누구인가?」

길럼이 보기에 그 질문은 스마일리에게 대단히 중요한 것 같았다. 그는 바로 그 질문을 던지기 위해 길게 서론을 펼쳤던 것이다. 길럼은 이제 자신감을 잃고 당황하는 이스터헤이스를 먼저 쳐다보고 이어 아주 근엄한 표정의 스마일리를 쳐다보았다. 그제야 길럼은, 아까 스마일리가 말했던 카를라의 마지막 영리한 매듭의 윤곽을 이해하기 시작했다. 또 지난번 올러라인을 만났을 때의 일도 생각났다.

「내가 자네에게 물어보는 것은 아주 간단한 거야.」 스마일리가 말했다. 「명목상으로, 서커스 내의 폴리아코프 에이전트는 누구냐 이거야. 토비, 고집 부리지 말게. 만약 폴리아코프가 자네들을 만나는 핑계가 스파이 행위를 하기 위한 것이라면, 그에게는 서커스 내에 자신의 스파이가 있다는 뜻이 아니겠나? 그러니 그 스파이가 누구냐는 거지. 폴리아코프가 자네들을 만나 가짜 정보 필름을 가득 들고 오면서 이거 저쪽에서 얻었다, 라고 막연하게 말할 순 없는 거 아니겠나? 뭔가 그럴듯한 스토리가 있어야 하겠지. 구애, 선발, 은밀한 만남, 돈, 동기 등이 촘촘하게 엮인 그런 스토리 말이야. 이건 폴리아코프로서는 그럴듯한 스토리로 그치는 게 아니야. 그의 생명선이나 다름없는 거야. 그런 만큼 완벽해야 할 테고 또 설득력이 있어야 하겠지. 이 게임에서 아주 핵심적인 사항이라고. 그러니 그가 누구인지 말하게.」 스마일리는 부드러운 목소리로 물었다. 「토비, 자네인가? 폴리아코프의 활동을 도와주기 위해 서커스 내의 반역자로 가장한 인물이 바로 토비 이스터헤이스인가? 토비, 만약 그렇다면 러시아에서 훈장을 많이 받았겠군.」

토비가 생각에 잠기는 동안 그들은 기다렸다.

「조지, 당신은 아주 멀고 복잡한 길 위에 올랐습니다.」 토비가 마침내 말했다. 「만약 그 길의 끝에 닿지 못하면 어떻게 하려고 그럽니까?」

「레이콘이 내 뒤에 있는데도?」

「그럼 여기에 레이콘을 데려오십시오. 퍼시도, 빌도 데려오십시오. 왜 저 같은 조무래기를 족칩니까? 높은 사람들에게 가서 그들과 상대하십시오.」

「난 자네가 요사이 높은 사람이 되었다고 생각하는데. 토비, 자네야말로 그 역할에 딱 맞는 사람이야. 헝가리계이겠다, 진급에 불만이 있겠다, 어느 정도 정보 접근권을 갖고 있겠다, 머리 잘 돌아가고 돈 좋아하겠다……. 자네를 에이전트로 삼으면 폴리아코프는 정말 멋지게 작동하는 엄폐 스토리를 가지게 될 것 같은데. 위의 상급자 세 명은 자네에게 가짜 정보를 주고 자네가 그걸 폴리아코프에게 전달하면, 모스크바 센터는 아주 흡족하게 여기면서 자네를 자기들 사람이라고 생각하는 거지. 그런데 문제는 말이야, 자네가 폴리아코프에게 건네주는 것이 실은 왕관의 보석이고 그 대신 러시아 측에서 받아 오는 것이 닭 모이라면, 그때는 아주 곤란하겠지. 만약 이게 사실일 경우, 자네는 막강한 친구들이 도와주지 않으면 안 될 걸세. 가령 우리 같은 사람들이 말이야. 지금까지 나의 이론을 요약하면 이렇게 되네. 제럴드는 카를라가 운영하는 러시아의 두더지이다. 그리고 그는 서커스 내부에 있으면서 서커스의 비밀을 죄다 꺼내어 러시아에 가져다 주고 있다.」

이스터헤이스는 약간 불안한 기색이었다. 「조지, 만약 당신의 이론이 잘못되었다면 나는 그 잘못하는 쪽에 끼고 싶지 않습니다. 제 말 이해하시겠습니까?」

「하지만 그가 옳다면 자네는 역시 그 옳은 쪽에 끼고 싶겠지.」 길럼이 오래간만에 의견을 내놓았다. 「그리고 더 빨리 옳은 쪽에 낄수록 자네는 더 많이 행복해지는 거야.」

「그건 그렇지요.」 토비가 그 의견 속에 내포된 아이러니는 의식하지 못한 채 다급하게 말했다. 「조지, 당신이 멋진 이론을 세운 것은 인정합니다. 하지만 모든 사람에게는 양면성이 있는 겁니다. 특히 에이전트는 더 그래요. 어쩌면 당신이 잘못된 쪽인지도 몰라요. 과연 누가 위치크래프트를 닭 모이라고 할 수 있겠어요? 아무도 없습니다. 결코 그렇지 않을 거예요. 그건 최고의 정보원(情報源)입니다. 노다지란 말예요. 그래서 이미 런던의 절반쯤에 해당하는 금광을 파먹었다고요. 제 말 알아들어요? 게다가 난 그들이 지시한 대로 한 것뿐이에요. 폴리아코프의 대리인을 하라고 하면 했을 뿐이에요. 그들이 필름을 건네주라고 하면 그것을 건네주었고요. 난 매우 위험한 상황에 있습니다.」 그가 설명했다. 「정말 위험하다고요.」

「정말 안됐군.」 스마일리가 창가로 다가가서 커튼을 살짝 들치고 밖을 다시 한 번 내다보았다. 「자네로서는 걱정되는 일이겠어.」

「그럼요, 아주 걱정되지요.」 토비가 말했다. 「난 궤양이 있어서 제대로 먹지도 못해요. 정말 난처한 입장이라고요.」

세 사람은 잠시 토비 이스터헤이스의 곤경에 대하여 동정하는 듯한 침묵에 빠져 들었다. 하지만 길럼은 내심 분노하고 있었다.

「토비, 자네는 베이비시터에 대하여 거짓말을 하고 있는 건 아니겠지?」 스마일리가 창가에 서서 물었다.

「조지, 내 심장에 걸고 맹세하겠습니다. 안 데려왔습니다.」

「평소 이런 작업을 해야 할 경우, 자네는 어떻게 사람을 동원하나? 차는?」

「보통은 보도(步道) 미행자를 씁니다. 차는 버스를 공항 터미널에 대놓고 보도에 내보낸 다음 교대 시간에는 버스로 돌아오게 합니다.」

「몇 명이나?」

「여덟 명 내지 열 명 정도. 요즈음은 연말이라 여섯 명 정도 씁니다. 크리스마스라 아픈 애들이 많아요.」그가 시무룩한 어조로 말했다.

「한 명을 보도 미행자로 쓰는 경우는 없고?」

「결코 없습니다. 한 명이라니요! 저를 구멍가게 주인으로 보십니까?」

스마일리는 창가를 떠나 다시 의자에 와 앉았다.

「조지, 당신은 아주 황당한 생각을 하고 있는 겁니다. 난 이래 봬도 애국자입니다.」토비가 말했다.

「런던 레지던시에서 폴리아코프의 보직은 무엇인가?」스마일리가 물었다.

「폴리는 혼자 뛰고 있어요.」

「서커스 내의 마스터 스파이를 혼자 운영한단 말인가?」

「예. 러시아 대사관은 그를 정규 보직에서 제외시켜 완전 자유 행동권을 주었어요. 그래서 마스터 스파이인 토비를 마음대로 주무를 수 있는 거지요. 나는 그와 함께 앉아 여러 시간 얘기를 나누었어요. 가령 이렇게 말하는 거지요. 빌이 나를 의심하고 있어요. 내 아내도 나를 의심합니다. 내 아이는 홍역에 걸렸는데도 병원비가 없어요. 이런 사소한 얘기들을 폴리에게 해주면 그는 본국에 보내는 겁니다.」

「그럼 멀린은 누구인가?」

이스터헤이스는 고개를 가로저었다.

「하지만 그자가 모스크바에 있다는 얘기는 들었겠지.」스마일리가 말했다.「그리고 정보기관에 근무하는 자라는 애기도.」

「그 정도는 말해 주더군요.」이스터헤이스가 동의했다.

「그래서 폴리아코프는 그자와 통신을 할 수 있는 거로군. 서커스를 위해 그렇게 한다는 거겠지. 러시아 사람들의 의심을 받지 않고 말이야.」

「그렇죠.」 토비가 한숨을 쉬며 말했다. 그러나 스마일리는 방 안에서는 들리지 않는 어떤 소리를 듣고 있는 것 같았다.

「그리고 팅커, 테일러는?」

「난 도대체 그게 뭔지도 몰라요. 나는 퍼시가 지시하는 대로 했을 뿐이에요.」

「퍼시가 자네에게 짐 프리도를 눌러 놓으라고 하던가?」

「예. 아니 빌이었던가, 아니 로이였던가. 아니 로이였어요. 조지, 나도 먹고살아야 해요. 어느 쪽에 피해를 줄 수는 없는 거 아니겠어요?」

「토비, 그렇게 양다리 걸치기가 완벽한 해결책이라고 생각하나? 토비, 정말 그렇게 생각하나?」 스마일리가 다소 조용하게 그러나 초연한 어조로 말했다. 「가령 그것을 해결책이라고 해보세. 그러면 그건 옳은 사람을 모두 나쁜 사람으로 만드는 게 돼. 코니 삭스, 제리 웨스터비…… 짐 프리도…… 그리고 컨트롤. 의심하는 사람들이 의견을 내놓기도 전에 그들을 침묵 속으로 밀어 넣는 거지……. 일단 기본 방향에서 벗어나면 그 파급 효과는 무한히 확산되지. 모스크바 센터는 서커스 내에 중요한 스파이를 심어 놓았다고 생각하도록 유도해야 돼. 반면에 이런 생각이 화이트홀에 흘러들어 가서는 절대 안 되지. 만약 지금과 같은 상태를 그대로 내버려 둔다면 필연적으로 제럴드는 우리로 하여금 침대에 누워 있는 우리 새끼들을 모두 목 졸라 죽이게 할 거야. 물론 반대편 입장에서 본다면 아주 아름다운 결과이고.」 그는 거의 꿈꾸듯이 말했다. 「불쌍한 토비. 그 둘 사이에서 심부름을 하며 얼마나 고민이 많았겠나.」

토비가 각오를 한 듯 재빨리 대답했다. 「조지, 제가 거들어 드릴 일이 있으면 어서 말씀해 주십시오. 나는 늘 기쁜 마음으로 도와 드리겠습니다. 아무 어려움도 없습니다. 저의 부하들은 훈련이 잘되어 있습니다. 얼마든지 데려다 쓰십시오. 그에 앞서 제가 레이콘에게 전화를 해야겠지만 말입니다. 나는 이런 사태가 빨리 정리되었으면 좋겠습니다. 서커스를 위해서 말입니다. 내가 원하는 건 그뿐입니다. 회사의 이익을 위해서 말입니다. 나는 검소한 사람입니다. 나 자신을 위해서는 아무것도 바라지 않습니다. 오케이?」

「폴리아코프 전용의 안가는 어디에 있나?」

「캠던 타운의 파이브 록 가든스입니다.」

「관리인은?」

「미시즈 매크레이그예요.」

「최근까지 감청 담당 요원이었던?」

「예.」

「오디오 시절도 내장되어 있나?」

「무슨 말씀이죠?」

「밀리 매크레이그가 안가를 관리하면서 녹음 시설도 담당하는가 이 말일세.」

그렇죠, 토비가 재빨리 머리를 흔들면서 말했다.

「그럼 곧 그녀에게 전화해서 내가 하룻밤 안가에 머물면서 녹음 장비를 사용하겠다고 말하게. 특별 임무를 수행하기 위해 그곳에 들렀고 내가 요구하는 대로 해주라고 지시하게. 나는 9시쯤 그곳에 들를 생각이야. 폴리아코프에게 긴급 회의를 요청할 때는 어떤 절차를 취하나?」

「내 부하들이 하버스톡 힐에 방을 하나 운영하고 있어요. 폴리는 대사관으로 출퇴근하면서 그 방의 창 앞을 지나가요. 교통 상황에 항의하는 노란 포스터를 걸면 그게 신호예요.」

「밤에는? 주말에는?」

「엉뚱한 번호로 잘못 걸었다고 하면서 전화하는 거예요. 하지만 그건 아무도 좋아하지 않아요.」

「그 전화를 사용해 본 적이 있나?」

「난 모릅니다.」

「그의 전화를 받아 본 적이 없다는 얘긴가?」

아무 대답이 없었다.

「난 자네가 주말 휴가를 받았으면 좋겠네. 그렇게 하면 서커스에서 싫어할까?」 이스터헤이스는 결코 그렇지 않다는 듯 고개를 저었다. 「아무튼 자네는 이번 작전에서 빠지는 게 좋겠어. 그렇지 않나?」 이스터헤이스가 고개를 끄덕거렸다. 「적당히 핑계를 대게. 요즈음 여자 문제나 뭐 그런 문제로 골치 아프다고 하면서 말이야. 자네는 여기서 하루 이틀 밤 묵어야 할 거야. 폰이 자네를 돌봐 줄 걸세. 주방에는 음식이 준비되어 있어. 자네 아내한테는 어떻게 하겠나?」

길럼과 스마일리가 지켜보는 가운데 이스터헤이스는 서커스에 전화를 걸어 필 포티어스를 찾았다. 그는 미리 준비한 대사를 완벽하게 연기했다. 약간의 신세 한탄, 자신을 괴롭히려는 음모론, 약간의 농담. 필, 나를 좋아하는 여자가 북부 지방에 살고 있는데 내가 찾아와서 손을 잡아 주지 않으면 어떤 위험한 짓을 할지 모르겠다고 하는군.

「위로하려고 하지 마. 자네에게도 이런 비슷한 일이 매일 벌어지고 있다는 걸 알고 있어, 필. 헤이, 자네의 그 멋진 비서는 어떻게 되었나? 만약 내 아내 마라가 집에서 전화를 걸어오면 큰일을 맡아 출장을 나갔다고 해. 오케이? 크렘린을 폭파하고 월요일에 돌아온다고 해. 심각하면서도 좀 부드럽게 말해 주게. 오케이? 잘 있게.」

그는 전화를 끊고서 북런던의 한 전화번호로 다이얼을 돌렸다. 「여보세요, 미시즈 엠. 여기는 당신이 좋아하는 남자 친구입니다. 목소리 알아보시겠어요? 용건이 있어서 전화했어요. 오늘 밤 당신에게 손님을 보내겠습니다. 아주 나이 든 친구인데, 당신도 보면 놀랄 거예요.」 토비가 순간 송화구를 손으로 막으면서 말했다. 「이 여자는 날 안 좋아해요.」 그는 다시 손을 뗐다. 「녹음 장비의 배선을 확인할 계획이에요. 전반적으로 배선을 살피면서 끊어지거나 떨어진 부분이 없나 체크할 거예요. 오케이?」

「만약 저자가 문제를 일으키면······.」 길럼은 스마일리와 함께 안가를 나서면서 폰에게 거칠게 말했다. 「손발을 아예 묶어 버려.」

계단에서 스마일리가 길럼의 팔을 살짝 치면서 말했다. 「피터, 누가 미행하지는 않는지 알고 싶어, 내 뒤를 좀 살펴봐 주지 않겠나? 한 2분쯤 기다렸다가 말로스 로드 코너에서, 북쪽으로 걸어가는 나를 관찰해 주게. 서쪽 보도로 붙어서 걸어가게.」

*

길럼은 기다렸다가 도로로 걸어 나왔다. 마치 녹는 눈처럼 기이한 따뜻함을 뿌리며 가느다란 이슬비가 내리고 있었다. 불빛이 비치는 곳에서는 이슬비가 마치 가느다란 구름처럼 움직였다. 하지만 어두운 곳에서는 그것을 볼 수도 느낄 수도 없었다. 단지 안개가 그의 시야를 가렸고 그의 눈을 절반쯤 감게 만들었다. 그는 주택 단지를 한 바퀴 돈 다음에 관찰 예정 지점의 남쪽에 있는 자그마한 길로 들어섰다. 말로스 로드에 도착하자 그는 서쪽 보도를 가로질러 가 석간 신문을 한 부 사 들었다. 이어 깊은 어둠에 잠긴 주택 단지의 빌라들을 천천히 걸어 통과했다. 그는 보행자, 사이클 탄 사람, 자동차 등을 살폈고 그에게서 약간 떨어진 앞쪽의 보도에는 조지 스마일리가 걸어가는 게 보였다. 퇴근하여 집으로 돌아가는 전형적인 런던 신사의 모습이었다. 「만약 미행자가 따라붙는다면 팀일까요?」 길럼이 아까 안가에서 나오기 직전에 물었었다. 스마일리는 구체적으로 대답하지 않았다. 「애빙던 빌라 직전에서 합류하기로 하세. 개인 미행자가 없나 잘 살피게.」

길럼이 그렇게 지켜보고 있는데, 스마일리가 마치 뭔가 금방 생각난 사람처럼 갑자기 멈춰 서더니 위험스럽게도 길 한가운데로 들어서서 경적을 울려 대는 차량들 틈을 뚫고 건너편의 구멍가게로 들어가 버렸다. 그 순간 길럼은 검은 외투를 입은 키가 크고 구부정한 사람이 그를 쫓아 달려가는 것을 보았다. 아니, 보았다고 생각했다. 그러나 그 순간 도로에 버스가 멈춰 서며 스마일리와 그의 추적자를 가려 버렸다. 버스가 움직이자 그 추적자가 사라진 것으로 보아 추적자를 태운 듯했다. 보도의 버스 정류장에는 검은 비닐 레인코트에 천 모자를 쓴, 아주 늙은 남자가 서서 신문을 읽고 있었다. 스마일리가 갈색 가방을 들고 구멍가게에서 나오자 노인은 신문의 스포츠 면에 고개를 처박은 채 미동도 하지 않았다. 잠시 길럼은 스마일리의 뒤를 살피며 빅토리안 켄징턴 지구를 걸어갔다. 스마일리는 조용한 스퀘어로 들어갔다가 다시 혼잡한 거리로 빠져나왔는가 하면 이면 도로에 들어갔다가 큰길로 다시 나왔다. 딱 한 번 길럼은 스마일리를 잠시 잊고 본능적으로 뒤를 돌아다보았다. 제3의 인물이 그들과 함께 걷고 있다는 순간적 의심이 들었기 때문이다. 텅 빈 벽돌 보도의 널따란 공간 위에 기다란 그림자가 드리운 것을 본 듯 싶었다. 하지만 그가 다시 걸음을 앞으로 내디디는 순간 그림자는 사라져 버렸다.

이후 그날 밤은 미친 듯이 바쁜 가운데 지나가 버렸다. 사건들이 너무나 빠르게 움직이기 때문에 그로서는 도대체 뭐가 뭔지 모를 지경이었다. 그때로부터 여러 날이 지난 뒤에야 비로소 그는 제3의 인물, 아니 그 그림자가 기억 속에서 다소 낯익다는 생각이 들었다. 하지만 그때 이후로도 한동안 그림자가 누구인지 알아맞힐 수가 없었다. 그러다가 어느 날 아침 잠에서 깨어나면서 마음속으로 그 인물을 환히 보게 되었다. 소리치는 듯한 군인풍의 목소리, 아주 어눌하게 감추어진 온유한 매너, 브릭스턴의 그의 사무실 금고 뒤에 짱 박혀 있던 스쿼시 라켓, 감정이라고는 전혀 없는 여비서 엘렌의 갑작스러운 눈물 등이 생각났던 것이다.

35

 스티브 매클보어가 그날 저녁 잘못 판단한 일 하나는, 전형적인 첩보 기술의 관점에서 볼 때, 차의 조수석 자물쇠를 잠그지 않았다고 자책한 일이었다. 운전석에 오르던 스티브는 자신이 태만하여 조수석의 자물쇠가 잠겨 있지 않았다고 생각했다. 짐 프리도가 일찍이 갈파한 바 있듯이, 생존이란 끝없이 의심하는 능력 바로 그것이다. 만약 이런 기준의 관점에서 볼 때 매클보어는 당연히 그런 사태를 예상했어야 했다. 교통이 지랄같이 막히는 그 지랄 같은 저녁 러시아워에, 샹젤리제 아래쪽으로 빠져 들어가는 그 이면 도로에서 리키 타르가 조수석의 자물쇠를 열고 느닷없이 스티브에게 총을 들이대리라는 사태를. 하지만 당시 파리 레지던시의 생활은 아주 한가하여 요원의 정신을 날카롭게 갈고닦아 줄 형편이 되지 못했다. 매클보어가 주중의 낮 동안에 하는 일이라고는 총무과에 제출할 경비 명세와 직원 동향 보고서를 작성하는 것이었다. 프랑스의 미로 같은 이면 도로에 있는 식당에서 정서 불안의 친영 인사와 오랜 시간에 걸쳐 나누었던 점심 식사만이 그 금요일의 단조로움을 깨뜨리는 유일한 행사였다.

자동차 배기가스 때문에 서서히 죽어 가고 있는 참피나무 밑에 세워 둔 그의 차는 치외 법권 번호에 〈CC〉라는 표시가 되어 있었다. 아무도 그런 표시를 대수롭지 않게 생각했지만 아무튼 레지던시의 외부 위장용으로 영사관 차라는 뜻이었다. 매클보어는 서커스의 고참으로서 땅딸막한 백발의 요크셔 사람이었다. 오랫동안 진급에는 별 도움이 되지 않는 영사로 근무해 왔다. 파리는 그가 마지막으로 영사 근무를 하고 있는 지역이었다. 그는 파리를 특별히 좋아하는 것은 아니었다. 그는 극동 지역에서 오래 작전 요원 생활을 하다 보니 프랑스가 자신의 적성에 맞지 않는다는 것을 알았다. 하지만 은퇴 직전의 보직으로 그보다 더 좋은 곳은 찾아보기가 어려웠다. 보수도 좋았고 숙소도 편안했다. 그가 이곳에 부임해 온 지난 10개월 동안 한 일이라고는 이동 중인 요원들에게 편의를 제공해 주고, 여기저기 그럴듯한 접대 장소를 알아 놓고, 런던 스테이션의 일을 위해 연락병 노릇을 하고, 방문 소방관에게 점검 시간을 알려 주는 것 정도였다.

아무튼 지금, 타르의 권총이 그의 옆구리를 찔러 대는 이 순간까지 그의 일과는 그러했다. 타르는 그의 오른쪽 어깨에 손을 올려놓으면서 허튼수작을 하면 머리를 날려 버리겠다고 위협했다. 한두 걸음 떨어진 지점에서는 여학생들이 지하철역까지 종종걸음으로 걸어가고 있었다. 그리고 그보다 2미터 더 떨어진 도로에서는 차들이 꽉 막혀 앞으로 나아가지 못했다. 한 시간쯤 정체가 계속될 것 같았다. 주차한 차 안에서 다정하게 대화를 나누는 두 남자에게 신경을 쓰는 사람은 아무도 없었다.

타르는 매클보어가 운전석에 앉자마자 그때부터 계속 지껄여 댔다. 그는 올러라인에게 보낼 메시지가 있다고 했다.

개인적인 거니까 스티브가 직접 암호 입력을 했으면 좋겠다는 것이었다. 그가 무전기를 작동하는 동안 타르는 권총을 겨누고 서 있겠다는 얘기도 했다.

「리키, 도대체 뭘 하자는 수작이야?」 그들이 나란히 팔짱을 끼고 레지던시로 들어갈 때 매클보어가 불평했다. 「정보부의 전 요원이 자네를 찾고 있어. 그건 자네도 알지? 만약 자네를 발견하면 산 채로 껍질을 벗길 걸세. 우리는 자네를 발견하는 즉시 혼내 주라는 지시를 받아 놓고 있어.」

그는 완강히 저항하면서 타르의 목을 내리칠까 생각도 해보았으나 그렇게 할 만한 스피드가 없었고, 오히려 타르에게 당할 것 같았다.

메시지는 암호로 약 6백 자 정도 될 것이라고 타르는 말했다. 매클보어는 대문을 열고 스위치를 올렸다. 매클보어가 전문을 보내는 동안 두 사람은 무전기 앞에 앉아 퍼시의 답변을 기다리면 된다는 것이었다. 만약 타르의 예측이 정확하다면 퍼시가 내일 황급히 파리로 날아와 리키와 회담을 하게 될 터였다. 그 회담은 스티브 매클보어의 레지던시에서 열릴 수밖에 없었다. 타르는 러시아인들도 차마 영국 영사관 내에 있는 그를 죽이지는 못할 것이라고 판단했다.

「리키, 자네는 미쳤어. 자네를 죽이고 싶어 하는 것은 러시아 사람들이 아니야. 우리들이라고.」

맨 앞방은 리셉션이라 불렸는데, 레지던시를 위장하기 위해 일부러 그렇게 꾸며 놓은 것이었다. 낡은 나무 카운터가 있었고 철 지난 〈영국 국민들에게 알리는 포고〉가 때 묻은 벽 위에 걸려 있었다. 여기서 타르는 왼손으로 매클보어의 몸을 뒤져 무기를 찾아보았으나 휴대하고 있지 않았다. 그것은 안뜰 앞쪽의 집이었고, 암호실, 해독실, 무전기 등 대부분의 밀실과 비밀 장비는 안뜰 뒤쪽에 있었다.

「리키, 자네는 미쳤어.」 두 개의 텅 빈 사무실을 지나 암호실의 벨을 누르면서 매클보어가 단조로운 목소리로 말했다. 「자네는 늘 자신이 보나파르트 나폴레옹이라고 생각하는 경향이 있었는데, 이제는 완전히 그 망상에 빠져 버렸군. 자네는 아버지에게 종교적 영향을 너무 많이 받았어.」

암호실의 메시지 출입 소창문이 열리자 그 문틈으로 약간 의아해하는 바보스러운 얼굴이 나타났다. 「벤, 자네는 퇴근해도 좋아. 내가 혹시 전화 걸지 모르니까 집에 가서 전화통 옆에 꼭 붙어 있어. 난수표는 제자리에다 놓고 기계의 열쇠는 그대로 꽂아 놔. 내가 직접 런던과 교신하려고 하니까 말이야.」

직원의 얼굴이 사라졌고, 그들은 직원이 안에서 문을 열 때까지 기다렸다. 첫 번째 열쇠, 두 번째 열쇠, 그리고 스프링 자물쇠.

「벤, 이분은 동양에서 온 우리 사람이야.」 문이 열리자 매클보어가 설명했다. 「내가 아주 잘 아는 분이야.」

「안녕하세요, 선생님.」 벤이 말했다. 그는 키가 크고 안경을 썼으며 수학자같이 생겼고 눈은 전혀 깜빡거리지 않았다.

「벤, 어서 가봐. 네 근무 시간을 깎지는 않을게. 유급으로 주말 휴가를 주지. 나중에 벌충하지 않아도 돼. 자, 어서 가봐.」

「벤은 여기 있어야 합니다.」 타르가 말했다.

케임브리지 서커스에서 가로등은 아주 노란 빛을 뿌리고 있었다. 멘델이 서 있는 옷 가게 3층에서 보면 아래쪽 젖은 길은 싸구려 황금처럼 번들거렸다. 거의 자정 가까운 시간이었고 그는 벌써 거기에 세 시간이나 서 있었다. 그는 그물 커튼과 빨래 걸이 사이에 서 있었다. 전 세계 어디에서나 볼 수 있는 순경의 자세였다. 다리를 곧게 뻗고 양쪽 발에 동일한 힘을 주어 상체를 뒤로 약간 젖힌 모습으로 서 있었다. 그는 모자를 푹 내려쓰고 옷깃을 위로 올려 자신의 하얀 얼굴이 거리에서 보이지 않도록 했다. 하지만 건너편 건물의 아래쪽 출입구를 노려보는 그의 눈은 석탄 구덩이 속의 고양이 눈처럼 반짝거렸다. 그는 어쩌면 앞으로 세 시간 혹은 여섯 시간을 더 기다려야 할지 몰랐다. 멘델은 지금 야간 매복을 하고 있는 것이었다. 사냥감을 찾아 그의 코는 벌름거리고 있었다. 그는 야행성이었다. 재단실의 어둠은 잘 맞는 옷처럼 그의 몸에 딱 달라붙었다. 거리에서 재단실 쪽으로 올라오는 불빛이 천장에 희미한 무늬를 남기며 어른거렸다. 그 나머지 — 재단 테이블, 옷감들, 덮개가 씌워진 재봉틀, 증기 다리미, 서명이 들어 있는 귀족 왕자들의 사진 — 는 그가 오후에 미리 현장 답사 할 때 보아 두었기 때문에 그의 머릿속에서만 보일 뿐이었다. 불빛이 그런 물건들에게는 미치지 못하므로 현재는 아무것도 보이지 않았다.

그는 서 있는 창문에서 거의 모든 접근로를 관찰할 수 있었다. 우연히 케임브리지 서커스를 접촉점으로 취하고 있는 여덟 혹은 아홉 개의 구불구불한 길과 골목을 빈틈없이 살펴보는 중이었다. 서커스 주위의 건물들은 제국의 면모를 약간씩 갖춘, 겉만 번드르한 물건이었다. 가령 로마풍의 은행, 거대한 모스크를 가진 극장 등이 그러했다. 은행과 극장 뒤에는 고층 건물들이 로봇 군단처럼 도열해 있었고 그 위에는 핑크 빛 하늘이 안개로 서서히 채워지고 있었다.

이거 왜 이렇게 조용하지, 하고 멘델은 생각했다. 극장은 이미 사람이 빠져나간 지 오래되었는데, 왜 이 재단실에서 지호지간(指呼之間)의 거리인 소호의 향락 산업은 그 일대를 택시와 한 무리의 배회객들로 채우지 않는 거지? 샤프츠버리 가에서 코번트 가든으로 가는 거리에는 과일 트럭 하나 굴러가지 않았다.

멘델은 망원경을 집어 들고 다시 한 번 길 건너편의 건물을 관찰했다. 그 건물은 주위의 건물들보다 더 깊은 잠에 빠진 듯했다. 현관의 쌍둥이 문은 굳게 잠겨 있었고 1층의 창문들에서는 전혀 빛이 새어 나오지 않았다. 오로지 4층 두 번째 창문에서만 불빛이 흘러나왔다. 멘델은 그것이 당직 사령의 방이라는 것을 알고 있었다. 스마일리가 얘기해 주었던 것이다. 그가 망원경을 쳐들어 지붕 쪽을 살펴보니 무선 안테나가 하늘을 향하여 일정한 무늬를 그리고 있었고 4층에서 바로 한 층 아래인 무선과의 창문은 아주 깜깜했다.

「밤에는 모두들 정문을 사용하지.」 길럼이 말해 주었다. 「경비원 숫자를 줄이기 위한 절약 조치야.」

매복 중인 세 시간 동안 겨우 세 가지 사건만이 멘델의 매복에 보답을 해주었다. 한 시간에 한 건꼴이니 그렇게 많다고는 할 수 없었다. 9시 반에 푸른색 포드 트랜지트 차가 탄약 상자로 보이는 물건을 든 남자 두 명을 부려 놓았다. 두 남자는 손수 문을 따고 안으로 들어가자마자 문을 잠갔다. 멘델은 그것을 관찰하면서 전화로 보고를 했다. 10시가 되자 셔틀버스가 도착했다. 길럼은 이 버스에 대해서도 미리 말해 주었다. 셔틀버스는 외곽 부서에서 서류를 수집하여 주말 동안 서커스에 안전하게 보관한다. 그 버스는 브릭스턴, 액턴, 새럿 순서로 들렀다가 마지막으로 해군성을 경유하는데 서커스에 도착하면 대략 10시쯤이 된다. 이날 밤 버스는 정확하게 10시 정각에 도착했고 이번에는 건물 안에서 두 사람이 밖으로 나와 짐을 부리는 걸 도와주었다. 멘델은 이것도 보고했고 스마일리는 침착한 목소리로 「고맙네」 하고 대답했다.

스마일리는 앉아 있을까? 그도 자신처럼 어둠 속에 있는가? 멘델은 그도 어둠 속에서 기다리고 있다는 것을 알고 있었다. 그가 알고 있는 여러 괴짜들 중에서 스마일리는 정말 괴짜였다. 그를 쳐다보면 혼자서는 길도 못 건널 사람처럼 보였다. 하지만 그런 스마일리에게 보호해 주겠다고 제안하느니 차라리 고슴도치를 보호하겠다는 것이 더 나았다. 괴상한 사람이야, 하고 멘델은 생각했다. 평생 악한을 쫓아다니는 일만 하면 나도 결과적으로 그런 사람이 될까? 가옥에 몰래 들어가 어둠 속에 서서 악한들을 염탐하는 일. 그는 스마일리를 만나기 전까지는 이런 감시의 행동을 별로 좋게 생각하지 않았다. 지금까지 상대해 온 것은 업무를 방해하는 아마추어와 대학생들뿐이었어. 그들은 가벼운 위법 행위를 했지. 경찰청 특별 조사부가 자체 안전을 위해서 혹은 공안을 위해서 할 수 있는 일이라고는, 현장에서 그런 사람들을 시정 조치하고 그다음에는 잊어버리는 것이었다. 이렇게 집요하게 어떤 대상을 추적해 본 적은 없었다. 괴짜라고는 하지만 스마일리와 길럼은 예외적인 사람인 것 같아, 그는 창가에 서서 그런 생각을 했다.

자정 한 시간 전인 11시 직전에 택시가 하나 도착했다. 런던 시 허가의 평범한 택시였는데 극장 앞에서 멈춰 섰다. 그것조차 스마일리는 이미 귀띔을 해주었다. 정보부 사람들은 택시를 건물 앞까지 타고 가는 법이 없어. 어떤 사람은 대형 서점 포일스 앞에서, 어떤 사람은 올드 콤프턴 스트리트나 그 거리의 가게 앞에서 내리지. 대부분 즐겨 내리는 곳이 있는데 올러라인은 극장 앞이야. 멘델은 올러라인을 직접 본 적은 없지만 그의 인상 착의에 대해 브리핑을 받았다. 그는 망원경으로 택시에서 내리는 사람을 관찰하면서 틀림없이 바로 그 사람이라는 걸 알아보았다. 검은 외투를 입은 덩치 큰 사람이었다. 그는 택시 운전사가 인색한 팁에 그의 뒤에다 대고 뭔가 투덜거리는 것도 관찰했다. 올러라인은 택시에서 내리자마자 열쇠를 꺼내기 위해 주머니를 뒤적거렸다.
 길럼은 정문에는 보안 장치가 되어 있지 않다고 말했었다. 단지 자물쇠가 걸려 있을 뿐이지. 보안 장치는 내부에서 시작돼. 일단 안으로 들어가 통로 끝에서 왼쪽으로 돌면 보안 장치가 나와. 그의 방에 불이 켜져도 창문으로는 확인하지 못할 거야. 하지만 그의 방에는 천창이 있기 때문에 방의 불빛이 굴뚝을 어렴풋이 밝힐 거야. 멘델의 시야에, 과연 노란 불빛이 굴뚝의 지저분한 측면을 살짝 밝혔다. 올러라인이 자신의 방 안으로 들어간 것이었다.
 이제 젊은 길럼은 실망감을 달래기 위해 휴가가 필요하겠군, 하고 멘델은 생각했다. 그는 전에도 그런 상심의 현장을 본 적이 있었다. 자신이 강인한 척하는 사람들은 마흔 살에 팍 꺾이게 된다. 그들은 그런 약한 마음이 자기에게는 없는 듯 철저히 감추면서 어른들에게 의지하여 일을 처리해 나간다. 그러던 어느 날, 그 어른이 실은 어른이 아닌 것으로 판명된다. 그들의 영웅은 땅에 굴러 떨어지고 그들은 자신의 책상에 앉아 압지로 눈물을 찍어 내는 것이다.
 그는 바닥에 내려놓았던 전화기를 집어 들어 보고했다.
「팅커가 들어온 것 같습니다.」
 그는 택시의 번호를 불러 주고 다시 매복으로 돌아갔다.
「그가 어떻게 보이던가?」 스마일리가 물었다.
「바쁜 걸음이었습니다.」
「그럼 그가 맞군.」
 이 사람은 상심하거나 팍 꺾이는 일은 없을 거야, 하고 멘델은 마음에 든다는 듯 중얼거렸다. 스마일리는 아주 남루하게 보이는 참나무지. 한 방에 날려 보낼 수 있을 것처럼 보이지. 하지만 폭풍우가 불어오면 그게 지나간 다음에 그대로 서 있는 유일한 나무지. 멘델이 그런 생각을 하고 있는 순간,

두 번째 택시가 정문 입구 앞에 멈춰 섰다. 키 큰 친구가 계단을 한 번에 하나씩 천천히 걸어 올라갔다. 마치 자신의 심장이 제대로 뛰는지 확인하는 사람처럼.

「여기 테일러가 왔습니다.」 멘델이 전화기에 대고 중얼거렸다. 「아, 그리고 솔저가 나타났습니다. 돌아가는 모양으로 봐서 일행이 다 도착한 것 같습니다. 이제 안심해도 되겠습니다.」

낡은 벤츠 190이 얼램 스트리트 쪽에서 나타나 멘델이 매복하고 있는 창문을 지나서 어렵게 커브를 돌아 채링 크로스 로드의 북쪽 출구 변에 주차했다. 붉은 머리털에 젊고 뚱뚱해 보이는 친구가 차문을 쾅 닫더니 거리를 건너 입구 쪽으로 빠르게 걸어갔다. 그는 계기반에서 자동차 키를 빼내지도 않았다. 잠시 뒤 로이 블랜드가 일행에 합류하자 4층의 창문 하나가 불이 켜졌다.

이제 누가 저기서 나오는지 알면 되겠군, 하고 멘델은 생각했다.

36

 인근의 캠던과 햄스테드 로드 록스로부터 이름을 빌려 온 듯한 록 가든스는 크레센트의 중앙에 건설된 네 채의 19세기 풍 주택 단지였다. 각 주택은 3층에 지하실이 있었고 뒤쪽에 약간의 마당을 갖고 있었으며 그 마당은 다시 리전트 운하로 이어졌다. 가옥의 번호는 2호에서 5호까지 있었다. 1호는 붕괴되었거나 짓지 않았다. 5호는 북쪽 끝에 세워진 것인데 안가로서는 더 이상 아쉬울 데가 없는 장소에 위치했다. 30미터 근방에 접근로가 셋이나 있었고 또 운하의 둑길 쪽에도 접근로가 둘이나 있었다. 북쪽에 있는 캠던 하이 스트리트로 들어서면 대로로 차를 몰고 나갈 수 있었다. 남쪽과 서쪽에는 공원과 프림로즈 힐이 있었다. 이보다 더 좋은 것은 그 이웃이 아무런 사회적 정체성을 갖고 있지 않았고 또 그런 것을 필요로 하지 않는다는 점이다. 어떤 집은 원룸 주택으로 변모되어 마치 타자기의 자판처럼 열 개나 되는 초인종을 매달아 놓았다. 어떤 집은 아주 고고하여 초인종이 하나밖에 없었다. 5호는 초인종을 두 개 설치했는데 하나는 밀리 매크레이그가 쓰는 것이고, 다른 하나는 주인인 제퍼슨 씨가 쓰는 것이었다.

미시즈 매크레이그는 교회의 열성 신자로 툭하면 이웃 돕기 모금 운동을 벌였다. 그러다 보니 자연스럽게 이웃 사람들의 복지를 세심하게 신경 쓰게 되었다. 하지만 이웃 사람들은 그녀의 열성을 별로 탐탁지 않게 생각하는 눈치였다. 5호의 주인 제퍼슨은 외국인으로서 석유 사업을 하며 멀리 출장을 나가 있을 때가 많은 것으로 알려져 있었다. 록 가든스는 그의 임시 거처였다. 이웃들은 그가 수줍음 많고 겸손한 사람이라고 기억했다. 이웃들이 그날 저녁 9시에 5호 현관의 어두운 불빛 아래 서 있는 스마일리를 보았더라면 역시 비슷한 인상을 받았을 것이다. 밀리 매크레이그는 그를 현관에 들여놓고 침착한 자세로 커튼을 쳤다. 그녀는 날씬한 스코틀랜드 과부였는데 갈색 스타킹을 신었고 머리를 쪽 쪘으며 피부는 나이 든 사람처럼 쭈글쭈글했으나 정성스럽게 단장하여 추해 보이지는 않았다. 그녀는 하느님과 서커스를 위하여 모잠비크에서 성서 학교를 운영했고 함부르크에서는 선원 접대소를 관리했다. 그녀는 그때 이래 20년 동안 전문 감청 요원으로 일해 왔으나 여전히 모든 인간을 죄인으로 취급하는 경향이 있었다. 스마일리는 그녀가 무슨 생각을 하고 있는지 전혀 몰랐다. 그가 도착한 순간부터 그녀의 매너는 침착했으나 동시에 외로운 정적이 그녀에게서 느껴졌다. 그녀는 손님들이 오래전에 죽어 버린 대저택의 여주인처럼 집 안을 한 바퀴 안내했다.

먼저 그녀가 살고 있는 반지하 방을 보여 주었다. 각종 화분, 오래된 엽서, 놋쇠로 만든 테이블 장식용 미니어처, 목각의 검은색 가구 등이 가득 들어차 있었다. 그런 물건들은 일정 연령과 클래스에 소속된, 여행 많이 다니는 영국 숙녀들이 좋아하는 것들이었다. 서커스는 야간에 그녀의 도움을 받을 일이 있으면 반지하 방으로 전화를 했다. 물론 위층에도 전화가 있었지만 그것은 외부로 전화를 거는 것만 되었다. 반지하의 전화는 위층의 식당 전화와 연결되어 있었다. 이어 그녀는 1층을 안내해 주었다. 그곳은 돈은 많이 들였지만 감각은 별로 살아나지 않는 총무과 방식의 인테리어를 갖추고 있었다. 리젠시 줄무늬 천, 도금한 모방 의자들, 코너에 밧줄 장식을 한 플러시 천 소파. 주방은 손을 대지 않아 지저분했다. 그 너머에는 유리 베란다가 있었는데 온실 겸 싱크대였다. 거기서는 자그마한 뒷마당과 운하가 보였다. 타일 바닥에는 낡은 세탁기, 구리 세탁 통, 토닉 워터 상자 등이 놓여 있었다.

「밀리, 마이크는 어디 있어요?」 스마일리가 거실에 나와서 물었다.

두 개 한 쌍인데 벽지 뒤에 내장되어 있어요, 라고 밀리가 말했다. 1층의 각방에는 마이크가 두 쌍씩 내장되어 있고, 위층에는 방마다 한 쌍씩 있다는 것이었다. 각 쌍은 별도의 녹음기에 연결되어 있었다. 그는 그녀를 따라 가파른 실내 계단을 올라갔다. 3층은 다락방을 제외하고는 마이크가 내장되어 있지 않았다. 다락방에는 여덟 대의 녹음기를 담은 2층의 철제 선반이 있었는데 위층에 네 대, 아래층에 네 대가 각각 놓여 있었다.

「제퍼슨은 이런 사정을 다 알고 있나요?」

「제퍼슨 씨는 나를 전적으로 신용하고 있어요.」 그녀가 새침한 목소리로 말했다.

그녀는 그렇게 말하면서 그런 질문을 한 스마일리를 은근히 비난했는데, 자신의 기독교적 윤리 의식을 감히 의심하느냐고 항의하는 것 같았다.

아래층으로 다시 내려온 그녀는 녹음 장치를 통제하는 스위치를 보여 주었다. 수동 패널 옆에는 별도의 스위치가 설치되어 있었다. 밀리의 설명에 의하면, 제퍼슨이나 그의 부하들이 녹음을 하려고 하면 왼쪽에 있는 전원 스위치를 내리기만 하면 되었다. 그러면 녹음 장치는 음성으로 작동되었다. 다시 말해 누군가가 말을 해야만 녹음이 되었다.

「밀리, 이걸 작동할 때, 당신은 어디에 가 있나요?」

그녀는 아래층에 가 있다고 말했다. 마치 그곳이 여자가 머물러야 할 곳인 것처럼.

스마일리는 이 방 저 방 돌아다니면서 장식장 자물쇠를 잡아당겨 보았다. 이어 싱크대가 있고 운하가 내다보이는 베란다로 다시 돌아왔다. 그는 손전등을 꺼내 어두운 뒷마당을 향해 불빛 신호를 한 번 보냈다.

「안전 조치는 어떻게 되죠?」 스마일리는 거실 문 바로 옆에 있는 맨 왼쪽 스위치를 만지작거리며 물었다.

그녀가 기계적인 단조로운 목소리로 말했다. 「문간에 우유가 가득 든 병 두 개를 내놓아요. 그러면 모든 게 안전하니 들어와도 좋다는 뜻이에요. 우유병이 놓여 있지 않으면 들어와서는 안 된다는 거예요.」

베란다 쪽에서 희미한 노크 소리가 들려왔다. 스마일리는 싱크대로 돌아와 베란다의 유리문을 열었고, 잠시 나지막한 소리로 재빠르게 얘기를 나누더니 길럼과 함께 나타났다.

「밀리, 당신은 피터를 알지요?」

밀리는 그를 알 수도 있었고 알지 못할 수도 있었다. 그녀의 작은 눈은 경멸의 빛을 띠면서 피터에게 고정되었다. 그는 스위치 패널을 살펴보면서 주머니에 손을 넣어 뭔가 꺼내려는 듯 주물럭거렸다.

「저 사람 뭐 하고 있는 거예요? 저런 행동을 하면 안 돼요.

제지시켜 주세요.」

만약 걱정된다면 레이콘에게 전화를 걸어 보라고 스마일리가 말했다. 밀리 매크레이그는 꼼짝도 하지 않았다. 하지만 가죽처럼 팽팽한 양 뺨에 붉은 홍조가 잠시 나타났고 그녀는 화가 난다는 듯이 손가락 마디를 딱딱 눌러 소리를 냈다. 길럼은 자그마한 드라이버를 꺼내 플라스틱 패널의 양쪽에서 고정 나사를 제거하고 그 뒤의 배선을 살펴보았다. 이어 그는 아주 조심스럽게 맨 끝의 녹음 스위치를 거꾸로 해 놓고 그 배선을 비틀어 놓은 다음 패널을 다시 붙여 놓았다. 그는 나머지 스위치는 손도 대지 않았다.

「제대로 녹음이 되는지 한번 시험해 보지요.」 길럼이 말했다. 스마일리는 2층으로 올라가 녹음기를 확인했다. 길럼이 폴 로브슨[41]처럼 깊숙한 저음으로 「올드 맨 리버」를 흥얼거렸다.

「잘되는군.」 스마일리가 다시 아래층으로 내려오며 말했다. 「아주 정확하게 녹음되었어.」

밀리는 레이콘에게 전화를 걸기 위해 반지하로 내려갔고, 스마일리는 조용히 무대 설치 작업에 들어갔다. 그는 거실의 안락의자 옆에 전화기를 내려놓고 싱크대까지 퇴각로 주위를 깨끗이 치웠다. 이어 냉장고에서 가득 찬 우유병 두 개를 가져와 문 앞에 내다 놓았다. 그것은 밀리의 언어에 의하면, 모든 것이 안전하니 들어와도 좋다는 뜻이었다. 그는 구두를 벗어서 싱크대로 가져다 놓았다. 실내외 전원을 모두 끈 다음, 안락의자에 앉아 기다리는데 멘델이 상황 보고 전화를 해왔다.

한편 운하 둑길에서는 길럼이 안가를 관찰하고 있었다. 둑

---

[41] 1898~1976. 미국의 가수.

길은 어두워지기 한 시간 전에 일반인의 통행이 금지된다. 그 후에 둑길은 연인들의 밀회 장소가 되는가 하면 노숙자의 숙소가 되기도 한다. 그들은 다리의 어둠에 매혹되어 이곳을 찾는 것이다. 그 추운 날 밤, 길럼은 연인도 노숙자도 보지 못했다. 가끔 빈 기차가 공허한 적막감을 남기며 둑길 옆을 지나쳤다. 그는 너무나 긴장되고 또 다양한 예감을 갖고 있었기 때문에 잠시 동안 그날 밤의 사물이 묵시록의 계시처럼 보였다. 이를테면 철도 다리 위의 신호판은 교수대처럼 보였고, 빅토리아풍의 창고는 거대한 감옥으로 둔갑했다. 창고의 창문들은 안개 낀 하늘을 배경으로 막대기형 혹은 아치형으로 보였다. 보다 가까운 운하에 쥐들이 쏘다닌 듯 파문이 일었고 잔잔한 물에서는 악취가 풍겨 왔다. 그때 안가 거실의 불빛이 일제히 꺼졌다. 밀리의 반지하 방에서 흘러나오는 노란 불빛을 제외하고 안가는 완전 어둠 속에 잠겼다. 지저분한 뒷마당 뒤쪽에 서 있는 그에게 베란다 쪽에서 손전등 불빛이 한 번 비쳤다. 그는 호주머니에서 손전등을 꺼내 은색 덮개를 벗겨 내고 손을 흔들면서, 아까 불빛이 흘러나온 베란다 쪽으로 한 번 빛을 쏘아 보내 신호를 했다. 이제 그들은 기다리는 일만 남았다.

타르는 방금 들어온 전보를, 금고에서 꺼낸 1회용 해독지와 함께 벤에게 건네주었다.

「자, 벤.」 타르가 말했다. 「월급 값을 해야지. 암호를 해독해.」

「이건 당신 앞으로 온 친전이잖아요.」 벤이 항의했다. 「봐요. 〈올러라인이 개인적으로 보내는 것이니 당신이 직접 암호 해독할 것〉으로 되어 있잖아요. 난 이걸 만질 수 없어요. 이건 극비 사항이에요.」

「벤, 그가 요구하는 대로 해줘.」 매클보어가 타르를 쳐다보며 말했다.

 10분 동안 세 사람 사이에는 아무 말도 오가지 않았다. 타르는 두 사람에게서 약간 떨어져 아주 초조하게 암호가 해독되기를 기다렸다. 그는 총을 허리띠에 찔러 넣고 있었다. 그의 상의는 의자에 걸쳐 있었다. 땀이 많이 나서 그의 셔츠는 목에서 허리까지 등에 딱 달라붙어 있었다. 벤은 자를 이용하여 숫자들의 집단을 일정하게 떼어 내고 난수표를 보면서 해독한 뒤 모눈종이 위에다 옮겨 적었다. 그는 정신을 집중하기 위하여 혀를 이빨에 찰싹 붙이고 있었는데 혀를 뗄 때마다 이상한 소리가 났다. 이윽고 그가 연필을 내려놓으며 암호 해독지를 타르에게 건네주었다.

 「큰 소리로 읽어 봐.」 타르가 말했다.

 벤의 목소리는 나지막했지만 약간 흥분해 있었다. 「올러라인이 타르에게 보내는 친전. 직접 암호 해독할 것. 나는 당신의 요구 사항을 들어주기 전에 충분한 해명과 거래 샘플을 필요로 한다. 따옴표 열고 정보부의 보안에 아주 중요한 정보 따옴표 닫고 는 인정할 수 없다. 당신의 갑작스러운 실종 이후 당신의 입장이 아주 취약해졌다는 것을 다시 한 번 주의시키는 바이다. 마침표. 매클보어에게 당신의 정보를 즉시 반복한다 즉시 털어놓도록 하라. 마침표. 부장.」

 벤이 아직 읽기를 마치지도 않았는데 타르가 흥분한 듯 기이한 목소리로 웃기 시작했다.

 「퍼시란 놈은 늘 저 모양이야!」 그가 소리쳤다. 「에스도 아니고 노도 아니야. 벤, 저자가 왜 저렇게 우물쭈물하는 줄 아나? 등 뒤에서 나를 쏠 궁리만 하는 거야! 저 친구가 저렇게 해서 내 러시아 여자를 잡아갔어. 이번에도 같은 수작을 부리고 있어, 개자식.」 그는 벤의 머리카락을 쓰다듬으며 그에게 소리치다가 웃다가 했다. 「벤, 내가 너에게 한마디 해주지. 우리 정보부에는 아주 지랄 같은 자들이 있어. 내가 너에게 확실히 말해 주는데, 벤, 너는 그자들을 조금도 믿지 마. 안 그러면 넌 결코 강인한 사람으로 성장하지 못할 거야!」

거실의 어둠 속에 혼자 남은 스마일리는 전화기의 수화구에 귀를 기울인 채 총무과에서 사들인 불편한 의자에 조용히 앉아 있었다. 가끔 그가 뭐라고 중얼거리면 멘델도 응답을 해왔다. 그러나 대부분의 시간 동안 그들은 침묵을 지켰다. 그의 기분은 가라앉아 있었고 심지어 우울하기까지 했다. 무대 위의 배우와 마찬가지로, 그는 커튼이 올라가기 직전, 안티클라이맥스가 다가오는 것을 느꼈다. 위대한 것들이 결국 사소하고 야비한 것으로 위축되고 말리라는 예감에 압도되었다. 인생의 힘든 고비 끝에 찾아온 죽음이 사소하고 야비한 것처럼. 그는 아무런 정복감도 느끼지 못했다. 그가 종종 두려움을 느낄 때면 그러하듯이, 그의 생각은 사람에 관련된 것이었다. 그는 어떤 특별한 이론이나 판단 근거를 갖고 있는 것은 아니었다. 여러 사람이 영향을 받게 될 텐데 그는 자신이 그런 후폭풍에 책임이 있다는 생각이 들었다. 먼저, 짐, 샘, 맥스, 코니, 제리 웨스터비가 생각났고 그들의 개인적 충성심이 산산조각 나게 될 것이었다. 그들과는 별도로 아내 앤과의 문제도 있었다. 콘월의 절벽 위를 산책할 때 스마일리와 앤 부부가 나누었던 저 엇나간 대화와 의사소통 불가능과 그에 따르는 상실감. 그는 과연 인간들 사이에 사랑이 가능한지, 만약 가능하다면 자기 망상에 바탕을 두지 않은 사랑이 과연 있을 수 있는지 의문이 들었다. 그는 마지막 파국이 닥쳐오기 전에 안락의자에서 일어나 이 안가를 벗어날 수 있다면 얼마나 좋을까 하는 생각도 했다. 하지만 그렇게 할 수는 없었다. 그는 아버지 같은 입장으로 길럼이 걱정되기도 했다. 그가 뒤늦게 찾아온 이 성장통을 어떻게 견디어 낼지 염려스러웠다. 그는 컨트롤을 땅에 묻고 돌아서던 날이 다시 생각났다. 그는 대역죄를 생각했고, 아무 생각 없는 폭력과 성질이 비슷한 아무 생각 없는 대역죄가 과연 가능할까 하는 생각이 떠올랐다. 그는 이렇게 낭패감을 느끼는 스스로가 걱정되었다. 그가 이제 이런 곤란한 인간적 상황에 처하게 되었으므로, 그동안 고수해 왔던 정신적·철학적 원칙이라는 것은 별 도움이 되지 못할 터였다.

「뭔가 있나?」 그는 전화기에 대고 멘델에게 물었다.

「술꾼 두 명뿐입니다.」 멘델이 대답했다. 「〈비에 가득 젖은 정글을 보라〉는 노래를 부르고 있군요.」

「그런 노래는 못 들어 봤는데.」

그는 전화를 왼쪽으로 옮겨 놓고 상의 안주머니에서 권총을 꺼냈다. 권총을 하도 넣어 두는 바람에 안주머니의 실크 안감은 엉망이 되어 있었다. 그는 권총의 안전장치를 발견하고 잠시 어느 쪽이 온이고 어느 쪽이 오프인지 잘 모르겠다고 생각했다. 그는 탄창을 탁 쳐서 꺼낸 다음 다시 약실에다 집어넣었다. 그러자 전쟁 전 새럿의 야간 사대(射臺)에서 빠르게 달리면서 사격 예비 동작을 수백 번도 더 해보던 때가 생각났다. 조교는 늘 이렇게 소리쳤다. 두 손으로 사격하도록 하세요. 한 손은 총을 꽉 잡고 다른 한 손은 탄창을 고정시키세요. 서커스에 떠돌아다니는 속설에는 이런 것도 있었다. 왼손 집게손가락으로 총신을 누르면서 오른손 집게손가락으로 방아쇠를 당겨라. 하지만 그가 실제로 그렇게 해보니 감각이 영 이상해서 더 이상 유념하지 않았다.

「잠시 걸을까 싶네.」 스마일리가 말했다. 「좋을 대로 하시지요.」 멘델이 응답했다.

그는 권총을 여전히 손에 든 채 베란다로 갔다. 혹시 마루

널이 삐걱거려 그의 존재를 불의에 알리는 것이 아닌가 주의했으나, 역시 소리는 나지 않았다. 허름한 카펫 밑의 바닥은 콘크리트임에 틀림없었다. 그가 살짝 뛴다고 하더라도 바닥에서는 진동음이 나지 않을 터였다. 그는 손전등을 두 번 켰다 꺼서 신호를 보냈다. 두 번의 불빛은 오래 지체된다는 뜻이었다. 이어 두 번을 더 비추었다. 곧 길름이 세 번의 짧은 불빛을 보내왔다.

「다시 돌아왔네.」

「알겠습니다.」 멘델이 말했다.

그는 다시 의자에 앉아 우울한 마음으로 앤을 생각했다. 그것은 불가능한 꿈을 꿈꾸는 것이었다. 그는 권총을 상의 안주머니에 집어넣었다. 운하 쪽에서 기적이 울려왔다. 밤에? 밤중에 배가 움직인다고? 아마도 차량의 경적이었을 것이다. 만약 제럴드가 우리에게 알려지지 않은 비상 대처 절차를 갖고 있다면 어쩌지? 이 비상 전화로 저쪽 비상 전화에 연락을 한다든지, 차량 픽업을 이용한다면? 폴리아코프에게 코니가 알아내지 못한 레그맨이 있다면? 그는 이미 그런 경우를 검토했었다. 이 안가 시스템은 완벽하게 물샐틈없는 것으로 그들에게 인식되었고 모든 비상사태를 담당할 수 있다고 판단되었다. 스파이의 전문 기술에 관한 문제라면 카를라는 자신을 앞설 자가 없다고 자부하는 사람이었다.

하지만 내가 누군가에 의해 미행당하고 있다는 이 느낌은 어떻게 된 거지? 하고 스마일리는 생각했다. 그건 왜 그렇지? 그가 보지는 못하고 느끼기만 하는 저 그림자는 어떻게 된 거지? 그는 자신의 등에 와서 꽂히는 감시자의 눈길을 분명 느낄 수 있었다. 그는 아무것도 보지 못하고 또 듣지 못했지만 분명 느꼈다. 그는 이제 나이가 들어 자그마한 경고도 소홀히 하지 않았다. 전에는 삐걱거리지 않던 곳에서 들려오는 계단의 삐걱거리는 소리. 바람이 불지 않는데도 셔터가 덜그럭거리는 소리. 번호판은 분명 다르지만 오른쪽 옆면에 긁힌 자국은 지난번 그 차와 똑같은 자동차. 예전에 어디선가 본 듯한 전철에서 만난 얼굴. 그는 지난 여러 해 동안 이런 것들을 신호 삼아 살아왔다. 이런 조그마한 단서가 원인이 되어 이사를 하고, 마을을 바꾸고, 다른 신분을 사용했던 것이다. 첩보 세계에서 우연의 일치는 인정되지 않는 개념인 것이다.

「한 사람이 나갔습니다.」 멘델이 갑자기 말했다. 「여보세요?」
「듣고 있네.」

누군가가 한 사람 방금 서커스에서 빠져나갔습니다, 라고 멘델은 보고했다. 앞쪽 정문에서 나왔는데 신분은 확인하지 못했다고 말했다. 외투에 모자를 썼다. 덩치가 크고 빨리 움직인다. 정문에 택시를 대기시켜 놓고 곧바로 차 안으로 들어갔다.

「북쪽으로, 당신이 있는 곳으로 가고 있습니다.」

스마일리는 손목시계를 들여다보았다. 10분이면 오겠군, 아니 12분. 중간에 잠시 멈춰 서서 폴리아코프에게 전화를 해야 할 테니까. 잠시 후 그는 이렇게 생각했다. 바보 같은 소리. 이미 서커스에서 전화했을 거야.

「이제 전화를 끊네.」 스마일리가 말했다.
「힘내십시오.」 멘델이 말했다.

둑길에 서 있던 길럼은 베란다에서 불빛이 세 치례 번찍거리는 것을 보았다. 두더지가 이쪽으로 오고 있는 것이었다.

베란다에서 스마일리는 다시 한 번 통행로를 확인하고 의자들을 옆으로 밀어 놓은 뒤 길 안내용으로 세탁기에다 줄을 매달아 놓았다. 어둠 속에서는 잘 보지 못하기 때문이었다.

그 줄을 잡고 가면 열린 주방 문이 나오고, 주방은 다시 거실과 식당으로 이어졌다. 문 두 개가 나란히 붙어 있었다. 주방은 기다란 방이었는데 유리 싱크대가 추가되기 전에는 사실상 별채였다. 그는 처음에 식당을 이용할까 했으나 그건 너무 위험했다. 무엇보다 식당에서는 길럼에게 신호를 보낼 수가 없었다. 그래서 그는 베란다에서 기다리기로 했다. 구두를 벗고 양말만 신은 채로 서 있어서 영 어색한 느낌이었다. 얼굴에서 열이 나 안경이 자꾸 흐려지기 때문에 안경알을 계속 닦아야 했다. 베란다는 아주 추웠다. 가까이 있는 거실은 과열일 정도로 따뜻했으나 베란다는 외벽이 있고 유리로 둘러쳐진 데다가 깔개 밑은 콘크리트여서 발이 시렸다. 두더지가 먼저 오겠지, 하고 그는 생각했다. 두더지가 호스트 노릇을 할 것이다. 그게 절차였고, 폴리아코프가 제럴드의 에이전트라는 구실도 되는 것이었다.

런던 택시는 날아다니는 폭탄이다.

그의 잠재의식 속에서 택시에 대한 연상이 서서히 떠올랐다. 크레센트로 재빨리 들어서는 택시의 소음, 속도가 줄어들면서 털털거리는 엔진 소리. 그리고 시동의 멈춤. 택시는 어디에 멈추어 섰을까? 어느 집 앞일까? 우리는 이렇게 어둠 속의 테이블 밑에서 혹은 줄을 잡고서 또는 둑길에서 기다리고 있는데? 이어 문이 탕 하고 닫히는 소리, 폭발적인 안티클라이맥스. 이렇게 소리가 똑똑히 들리면 이건 우리가 바라는 소리가 아닐지도 몰라.

하지만 스마일리는 그 소리를 들었고 분명 5호로 들어오는 소리였다.

그는 자갈길을 걸어오는 빠르고 정력적인 발소리를 들었다. 그 소리가 멈췄다. 잘못 찾아온 사람인가, 스마일리는 순간 그런 황당한 생각을 했다. 아마 다른 데로 갈 거야. 그는 손에 권총을 쥐고 있었고 안전장치는 풀려 있었다. 그는 귀를 기울였으나 아무 소리도 들리지 않았다. 제럴드, 자네는 의심하고 있군, 하고 스마일리는 생각했다. 자네는 노련한 두더지니까 뭔가 냄새를 맡을지도 모르지. 혹시 밀리가 아닐까. 밀리가 우유병을 치워 그를 돌려 세운 게 아닐까. 밀리가 일을 망쳐 놓은 게 아닐까. 이어 그는 자물쇠가 돌아가는 소리를 들었다. 한 번 돌리고, 두 번 돌렸다. 그건 배넘 자물쇠였다. 아 참, 얼마 전부터 안가에서는 배넘을 쓰고 있지, 하고 그는 생각했다. 두더지는 천천히 주머니에 손을 넣어 열쇠를 찾고 있었다. 만약 두더지가 신경질적인 사람이라면 택시 안에서부터 주머니에 손을 집어넣어 열쇠를 꺼내 이미 손에 들고 있었을 것이다. 하지만 두더지는 그렇지 않았다. 두더지는 걱정은 되었지만 긴장은 하지 않았다. 자물쇠가 돌아가는 순간 차임벨이 울렸다. 그것은 총무과 스타일이었다. 높은 톤, 낮은 톤, 다시 높은 톤의 차임벨이었다. 밀리는 그게 우리 편이라는 신호라고 말했다. 그녀는 *one of the boys*(우리 사람들 중 하나)라고 말했다. 밀리의 보이스, 코니의 보이스, 카를라의 보이스. 현관문이 열리고 누군가가 안으로 들어섰다. 매트가 살짝 밟히는 소리가 났고 문이 닫혔다. 그는 전원 스위치를 켜는 소리를 들었고 그러자 창백한 빛줄기가 주방문 밑으로 나타났다. 그는 권총을 주머니에 집어넣고 손바닥을 상의에 닦은 후 다시 총을 꺼내 들었다. 그러자 두 번째 날아다니는 폭탄이 등장했다. 택시가 급히 멈추는 소리, 급히 걸어오는 발소리. 폴리아코프는 열쇠는 미처 준비하지 못했겠지만 택시비는 준비했을 터였다. 러시아 사람들도 팁을 줄까, 팁은 비민주적인 처사가 아닐까, 하고 스마일리는 생각했다. 다시 차임벨이 울렸고 현관문이 열렸다가 닫혔다. 스마일리는 완벽한 질서와 건전한 스파이 수행을 위해, 밖에 내놓았던 두 개의 우유병을 현관 안쪽으로 들고 들어와 테이블 위에 놓는 소리를 들었다.

이런, 맙소사. 스마일리는 바로 옆의 냉장고를 쳐다보며 갑자기 공포심을 느꼈다. 그건 미처 생각하지 못한 부분이었다. 만약 저 친구가 우유병을 냉장고에 도로 넣어 두겠다고 생각한다면 일은 어떻게 되는 것인가?

거실의 라이트가 켜지자 주방 문 밑으로 흘러들어 오던 불빛의 띠가 갑자기 더 넓어졌다. 집 전체에 기이한 침묵이 내려앉았다. 스마일리는 미리 쳐둔 줄을 잡으면서 차가운 바닥 위를 조금 걸어갔다. 이어 목소리가 들려왔다. 처음에는 그 목소리들이 불분명했다. 저들은 방의 저쪽 구석에 있는가 보군, 하고 스마일리는 생각했다. 아니면 저렇게 늘 낮은 목소리로 말하는가. 이제 폴리아코프가 좀 더 가까이 다가왔다. 그는 술을 따르고 있었다.

「우리가 방해를 받을 때 내세울 이야기는 무엇이죠?」 그가 훌륭한 영어로 물었다.

〈멋진 목소리.〉 스마일리는 코니의 말을 기억했다. 〈목소리도 좋았지요. 당신처럼 저음이었어요. 나는 그저 그의 목소리를 들을 목적으로 테이프를 두 번씩 들었어요.〉 코니, 당신이 저 목소리를 들었다면 좋을 텐데.

거실 저쪽 끝에서 웅얼거리는 듯한 목소리가 그 질문에 대답했다. 스마일리는 그 목소리를 알아듣지 못했다. 「우리 어디서 다시 모이죠?」 「다음 만날 장소는 어디죠?」 「우리가 얘기하는 도중에 내가 가져가야 할 게 있나요. 나의 외교관 면책권을 감안하면 말입니다.」

저것은 일종의 암구호 교환이로군, 하고 스마일리는 생각했다. 카를라 학교 졸업생들이 즐겨 써먹는 수법이야.

「녹음 스위치가 내려져 있나요? 한번 확인해 주시겠어요?

감사합니다. 뭘 드시겠습니까?」

「스카치.」 헤이든이 말했다. 「아주 큰 걸로.」

스마일리는 믿어지지 않는다는 표정을 지으며 그 낯익은 목소리가 타르의 전보를 읽어 주는 소리를 들었다. 그것은 48시간 전 스마일리 자신이 타르에게 건네주며 타전하라고 지시했던 바로 그 전보였다.

잠시 스마일리의 한쪽 마음은 다른 쪽 마음을 향하여 노골적인 반역을 일으켰다. 레이콘의 집에 내려갔을 때 분노와 의심의 파도가 그를 휩쓸었었다. 그때 이래 그 파도는 그의 작업 진행을 가로막는 힘으로 작용했는데, 이젠 그를 절망의 암벽, 아니 반역의 절벽으로 밀어붙이고 있었다. 나는 거부하겠어. 한 인간을 파괴시켜도 될 만큼 가치 있는 것은 없어. 이 고통과 배신의 뒤안길은 어디에선가 끝나야만 해. 그렇게 되지 않으면 미래는 없는 거야. 하지만 미래는 나타나지 않고 끔찍한 현재의 상황만 자꾸 복제되어 계속 등장하고 있어. 이 사람은 나의 친구이고, 앤의 애인이며, 짐의 친구이고 — 내가 알기로는 — 짐의 애인이기도 해. 공공의 영역에 속하는 것은 이 남자의 인신(人身)이 아니라 그의 대역죄일 뿐이야.

헤이든은 애인, 동료, 친구이면서 배신을 했다. 자칭 애국자로서 또 앤이 세트라고 불렀던 저 고귀한 단체의 일원으로서 배신을 했다. 그 어떤 자격이 되었든, 헤이든은 갑이라는 목적을 추구하면서 실제로는 그 정반대되는 을이라는 행동을 했다. 스마일리는 그런 끔찍한 이중성의 규모가 어느 정도인지 아직 제대로 파악하지 못했다. 하지만 그의 마음 한 구석에서는 헤이든을 옹호하려는 움직임이 있었다. 따지고 보면 빌도 배신을 당한 것 아닌가? 코니의 탄식이 그의 귀에 울려왔다. 「불쌍한 사람들. 제국을 관리하도록 훈련을 받았고 온 세상의 파도를 다스리도록 양성되었으나…… 조지, 빌과 당신이 마지막 세대예요.」 그는 고통스러울 정도로 분명하게 눈앞에 서 있는 한 남자를 보았다. 그는 거대한 화폭 속에서 태어난 야심 많은 남자였다. 통치하고 분할하여 다스리는 일을 맡도록 훈련되었다. 그의 비전과 허영심은 퍼시의 그것과 마찬가지로 월드 게임에 고정되어 있었다. 하지만 그를 둘러싼 실제의 현실은 왜소한 섬나라였다. 그의 목소리는 바다 건너로 넘어가는 법이 좀체 없었다. 그리하여 스마일리는 그 순간이 갖는 막중함에도 불구하고, 그 자신이 보호해야 하는 기관과 제도에 대해 혐오감뿐만 아니라 적개심을 느꼈다. 「사회 계약은 양날의 칼이야. 자네는 늘 그걸 알고 있었지」라고 레이콘은 말했었다. 장관의 저 거들먹거리는 위선적 태도, 레이콘의 엄격한 도덕적 자만심, 퍼시 올러라인의 지나친 탐욕. 이들은 계약을 무효로 만드는 당사자들인데 왜 그들에게 충성을 바쳐야 하는가?

그는 물론 알고 있었다. 그는 늘 그게 빌일 것이라는 사실을 알고 있었다. 컨트롤도, 멘델의 집에서 만났던 레이콘도 알고 있었다. 코니와 짐이 그랬던 것처럼, 올러라인과 이스터헤이스도 알고 있었다. 모든 사람이 그 표현되지 않은 어슴푸레한 정보를 은연중에 알고 있었다. 그것이 인정하지 않고 진단하지 않으면 저절로 사라져 버리는 질병 같은 것이기를 바랐다.

그러면 앤은? 앤은 알았을까? 스마일리와 앤이 콘월의 해안 절벽을 거닐 때 그들 부부 위에 덮쳐 내렸던 그림자가 바로 그것이었을까?

스마일리는 베란다의 그 비좁은 공간에 서 있었다. 뚱뚱한 맨발의 스파이. 앤이 말한 것처럼, 사랑에 속고, 증오에 무능한 스파이가 한 손엔 권총을 다른 한 손에는 줄을 잡고, 어둠 속에서 기다리고 있는 것이었다. 이어 손에 권총을 쥔 채 그는 살금살금 뒷걸음을 쳐서 창문에 다가가 재빨리 다섯 번 짧은 불빛을 비추었다. 잠시 후 신호를 접수했다는 재신호가 오자 그는 다시 엿듣는 포스트로 되돌아왔다.

 길럼은 손에 든 전등을 크게 흔들면서 운하의 둑길을 달려 내려가 낮은 아치의 다리와 철 계단에 도착했다. 그 계단을 타고 지그재그식으로 위로 올라가면 글로스터 애버뉴가 나왔다. 문이 잠겨 있어서 그는 문을 타고 넘어야 했는데 그 와중에 한쪽 소매가 겨드랑이까지 찢어졌다. 레이콘은 낡은 전원풍 코트를 입고 손가방을 든 채 프린세스 로드의 코너에 서 있었다.
「그자가 여기 도착했습니다, 방금.」 길럼이 속삭였다. 「그가 제럴드를 잡았습니다.」
「난 유혈 사태는 원하지 않아.」 레이콘이 경고했다. 「아주 조용히 마무리지어야 해.」
 길럼은 대꾸할 여유가 없었다. 길 아래 30미터 지점엔 멘델이 위장 택시 속에서 기다리고 있었다. 그들은 2분 정도 차를 몰고 가서 크레센트 바로 앞에서 섰다. 길럼은 이스터헤이스에게 건네받은 5호의 문 열쇠를 갖고 있었다. 5호 앞에 도착하자 멘델과 길럼은 소리를 내지 않기 위해 울타리 문을 그냥 뛰어넘어 풀밭에 사뿐히 안착했다. 그렇게 하면서 길럼은 순간적으로 뒤를 돌아다보았다. 순간 그들의 등 뒤를 노려보는 어떤 사람 — 여자인지 남자인지 알 수 없는 존재 — 을 보았다. 그는 길 건너 어느 집 현관의 그늘 속에 서 있었다. 길럼이 멘델에게 그 장소를 가리키자 거기에는 아무도 없었다. 멘델은 거칠게 좀 조용히 있으라고 말했다. 5호의 현관 라이트는 나가 있었다. 길럼이 앞으로 나갔고 멘델은 사과나무 밑에서 기다렸다. 길럼이 열쇠를 집어넣어 돌리니 자물쇠가 열렸다. 바보같이, 걸쇠를 걸어 놓지 않았군, 하고 말하면서도 그는 내심 기뻐했다. 그는 문을 잠깐 열고 망설였다. 그는 앞으로의 행동에 대비하여 천천히 숨을 들이쉬면서 폐에 가득히 공기를 채워 넣었다. 멘델이 다음번 지점으로 가기 위해 앞으로 나왔다. 거리에서는 두 어린 소년이 커다란 소리로 웃어젖히면서 걸어가고 있었다. 소년들은 밤이 무섭기 때문에 일부러 그렇게 웃는 것이었다. 길럼은 다시 한 번 뒤를 돌아다보았으나 크레센트는 비어 있었다. 그는 홀 안으로 들어섰다. 그는 스웨이드 가죽 구두를 신었는데 나무 마루 위에서 삐걱거리는 소리를 냈다. 마루에는 카펫이 깔려 있지 않았다. 거실 문 앞에 도착한 그는 이제 분노가 그의 내부에서 가득 차올라 폭발하기를 기다렸다.

모로코에서 살해당한 부하 요원들, 브릭스턴으로의 좌천, 날마다의 좌절. 그러는 가운데 길럼은 어른으로 성장했고 그의 젊음이 손가락 사이로 빠져나갔다. 그를 옥죄어 오는 그 갑갑함, 사랑하고 즐기고 웃을 수 있는 능력의 상실, 그가 지키며 살고 싶은 원칙의 쇠퇴. 헌신이라는 명목 아래 그가 스스로에게 부과했던 견제와 제동, 그는 이 모든 것을 헤이든의 비웃는 얼굴에다 내던지고 싶었다. 한때 그의 고백을 받아 주던 대부나 다름없던 헤이든은 늘 웃으면서 대화에 응해 주었고 또 따뜻한 한 잔의 차를 대접해 주었다. 사실 헤이든은 길럼이 자신의 인생을 설계한 모델이나 다름없는 사람이었다.

아니, 그 이상이었다. 이제 그는 그것을 확실히 알았다. 헤이든은 그의 모델이라기보다 영감의 원천이었으며 저 유서 깊은 낭만주의의 오래된 횃불을 든 자였으며, 영국적 소명 의식(다소 막연하고 불확실하고 모호한 용어이기는 하지만)의 구현이었다. 그는 지금까지 길럼에게 인생의 의미를 밝혀

준 길 안내자였다. 지금 이 순간, 길럼은 배신감을 느낄 뿐만 아니라 고아가 된 기분이었다. 외부 세계 — 가령 그의 여자들과 그의 연애 사건 — 에 대한 길럼의 의심과 적개심이 이제는 내향하여 서커스와 야바위로 끝난 실패한 마법 쪽으로 향했다. 그는 손에 권총을 쥔 채 있는 힘을 다해 거실 문을 밀어젖히며 안으로 들어갔다. 헤이든과 검은 머리의 뚱뚱한 남자는 자그마한 테이블 양쪽에 앉아 있었다. 폴리아코프 — 길럼은 사진으로 그의 얼굴을 알고 있었다 — 는 영국풍의 파이프 담배를 피우고 있었다. 그는 앞쪽 지퍼를 완전히 내린 회색 카디건을 입고 있었다. 카디건은 육상 선수들의 트레이닝복 상의처럼 생긴 것이었다. 길럼이 헤이든의 멱살을 잡는데도, 그는 파이프를 입에서 떼어 내지 않았다. 그는 권총을 내던지면서 앉아 있는 빌을 덥석 집어 들어 좌우로 마구 흔들면서 소리를 질러 댔다. 그러나 갑자기 그게 무의미한 행동처럼 보였다. 그래도 빌은 여전히 빌이었고 그들은 오랫동안 함께 일을 해온 사이였다. 멘델이 제지하기 전에 이미 길럼은 뒤로 물러서 있었다. 그때 스마일리가 베란다 쪽에서 나오면서 부드러운 목소리로 말했다. 「빌, 빅토로프 대령.」 그리고 퍼시 올러라인이 도착할 때까지 양손을 들어 머리 위에 얹어 놓으라고 지시했다.

「밖에 아무도 없지?」 기다리는 동안 스마일리가 길럼에게 물었다.

「무덤처럼 조용합니다.」 둘을 대신하여 멘델이 말했다.

37

 너무 많은 의미가 농축되어 있어서 벌어지는 즉시 그 의미를 모두 파악하기 어려운 순간들이 있다. 길럼과 주위의 모든 사람들에게 있어 그때가 바로 그런 순간이었다. 스마일리는 계속 정신이 산만했고 헤이든은 무관심으로 일관했다. 길럼은 창가에서 조심스레 거실 쪽을 쳐다보았다. 폴리아코프는 미친 듯이 화를 내며 외교관의 면책 특권을 인정해 줄 것을 요구했다. 길럼은 소파에 앉아 있다가 그 요구를 들어주면 될 거 아니냐고 퉁명스럽게 말했다. 이어 올러라인과 블랜드가 당황하면서 안가에 도착했다. 그들은 항의하더니 위층으로 올라가 스마일리가 틀어 준 녹음 테이프를 듣고서 다시 아래로 내려왔다. 둘은 거실로 내려오더니 오랜 침묵에 빠져 들었다. 이어 레이콘이 도착했고 이스터헤이스와 폰이 마지막으로 도착했다. 밀리 매크레이그는 아무 말 없이 찻주전자를 서빙했다. 이런 모든 사건들이 마치 연극 속의 에피소드처럼 흘러갔다. 오래전 스마일리가 애스컷을 방문했을 때와 비슷했다. 게다가 시간이 야심한 때여서 그런 비현실적인 분위기를 더욱 강화시켰다. 게다가 폴리아코프를 폭행한 사건 — 멘델이 감시했음에도 불구하고 폰은 러시아인의 신체 어디인가를 폭행했고 그러자 러시아인은 미친 듯이 욕설을 퍼부어 댔다 — 이 발생하여 이 회의를 소집한 스마일리의 목적에 본의 아니게 방해하고 말았다. 스마일리의 목적은 다름 아니라, 헤이든을 설득하여 카를라와의 협상을 주선하게 하자고 올러라인에게 제안하려는 것이었다. 그런 협상을 개시하려는 것은 헤이든이 파괴해 버린 네트워크의 사람들을 지금이라도 구제하자는 아주 인간적 차원 — 첩보의 관점이 아니라 — 의 배려 때문이었다. 하지만 올러라인은 스마일리에게 그런 협상 권리를 주지 않으려 했고 또 스마일리 자신도 적극 원하는 눈치가 아니었다. 올러라인은 블랜드나 이스터헤이스와 의논하면 아직까지 살아 있는 요원들을 구제할 수 있다고 생각하는 듯했다. 아무튼 스마일리는 2층으로 다시 올라왔다. 그곳에 있던 길럼은 그가 이 방 저 방 돌아다니며 창문에서 예민하게 경계하는 소리를 들었다.

올러라인이 부하들과 함께 폴리아코프를 데리고 식당으로 들어가 사후책을 의논하는 동안, 스마일리 일행은 거실에 앉아 헤이든을 쳐다보거나 아니면 그로부터 시선을 돌렸다. 그는 양손에 턱을 괸 채 구석에 따로 떨어져 앉아 있었다. 폰이 감시를 했는데 빌은 아주 따분해하는 표정이었다. 식당의 회의가 끝나자 그들은 거실로 나왔다. 올러라인은 일부러 그 회의에 끼지 않은 레이콘에게 보고했다. 앞으로 사흘 후 이 자리에서 다시 회의를 하기로 일정이 잡혔으며, 그때까지 〈대령은 상급자들과 의논할 여유를 갖게 될 것〉이라는 것이었다. 레이콘은 고개를 끄덕였다. 그것은 재벌 회사의 이사회 모임을 연상시켰다.

떠남은 도착보다 훨씬 더 기이했다. 특히 이스터헤이스와 폴리아코프 사이에는 적대적인 작별 인사가 오갔다. 늘 스파이라기보다 신사이기를 원했던 이스터헤이스는 그래도 섭섭지 않게 작별하기 위해 악수의 손을 내밀었으나 폴리아코프는 시무룩한 표정으로 그 손길을 물리쳤다. 이스터헤이스는 멋쩍어 하면서 스마일리 쪽을 쳐다보았는데 미리 그의 환심을 사 두려는 의도가 엿보였다. 이어 어깨를 한 번 들썩하더니 블랜드 쪽으로 다가가 그의 넓은 어깨에 오른팔을 둘렀다. 그 직후 둘은 함께 떠났다. 그들은 누구에게도 작별 인사를 하지 않았다. 하지만 블랜드는 크게 충격을 받은 눈치였고, 이스터헤이스는 그를 열심히 위로하려고 했다. 그러나 그의 장래도 그 순간 그리 밝다고 할 수는 없었다. 곧 폴리아코프를 데리고 갈 차가 도착했고 그 역시 아무에게도 작별 인사를 하지 않았다. 그 후 대화는 완전히 죽어 버렸다. 러시아인이 빠진 상태에서 쇼는 비참할 정도로 시시한 것이 되고 말았다. 헤이든은 여전히 따분하다는 표정을 지었고 여전히 폰과 멘델의 감시를 받았다. 레이콘과 올러라인은 침묵과 당황 속에서 그를 간간이 쳐다보았다. 외부로 나가는 전화가 몇 통 더 걸렸는데 주로 차량을 신청하기 위한 것이었다. 얼마 뒤 스마일리가 2층에서 다시 나타나 타르의 문제를 언급했다. 올러라인은 서커스에 전화를 걸어 파리에 전보를 보내라고 지시했다. 타르가 명예롭게 — 이게 무슨 의미인지 불명확하지만 — 영국으로 돌아올 수 있다는 내용이었다. 또 매클보어에게 보내는 두 번째 전보도 지시했는데, 이제 타르가 기피 인물이 아니라는 내용이었으나 그것 역시 길럼이 보기에는 해석의 대상이었다.

마침내 너서리에서 창문 없는 밴 트럭이 도착하여 모든 사람을 한숨 놓게 했다. 트럭에서는 길럼이 본 적이 없는 두 사람이 내렸는데 하나는 키가 크면서 느릿느릿 걷는 사람이었고, 다른 하나는 창백한 얼굴에 블론드 머리였다. 길럼은 몸을 부르르 떨면서 그들이 심문관이라는 것을 알아보았다. 폰이 홀에서 헤이든의 외투를 가져와 주머니를 뒤진 다음 공손하게 입는 것을 도와주었다. 그 순간 스마일리가 부드럽게 끼어들면서 정문에서 밴 트럭까지 걸어갈 때 현관에 불을 켜지 말아야 하고, 또 빌을 여러 사람이 경호해야 한다고 말했다. 그리하여 길럼, 폰, 심지어 올러라인까지 그 일을 맡았다. 이윽고 헤이든을 가운데 두고 여러 사람들이 마당을 지나 밴 트럭까지 걸어갔다.

「단지 예방 조치일 뿐입니다.」 스마일리가 말했다. 아무도 그 말에 이의를 달지 않았다. 헤이든이 차에 오르자 심문관이 따라 올라 안에서 문을 잠갔다. 문이 잠기자 헤이든은 한 손을 들어 친밀한 자세로 혹은 작별하는 자세로 올러라인에게 가볍게 손짓했다.

그때로부터 시간이 좀 흐른 뒤에야 비로소 별개의 것들이 길럼에게 따로따로 보이기 시작했고 또 기억 속의 어떤 사람이 선명하게 생각났다. 가령 폴리아코프는 밀리 매크레이그부터 그 윗선의 사람들까지 모두에게 무제한의 증오를 표시했는데 그 일그러진 표정이 생생하게 기억나는 것이었다. 그의 입은 야비할 정도로 일그러지면서 무지막지한 조롱을 드러냈다. 그는 공포나 분노 때문에 얼굴이 그처럼 하얘지고 온몸을 부르르 떠는 것이 아니었다. 그것은 그야말로 원시적인 증오감이었다. 길럼은 아무리 상황이 최악이어도 그런 증오감을 헤이든에게 퍼붓지는 못했다. 그만큼 헤이든은 원래 특별한 부류의 사람이었던 것이다.

비록 노골적 패배의 순간이었지만 그래도 길럼은 올러라인에게서 약간의 존경할 만한 구석을 발견했다. 올러라인은 적어도 품위를 지켰다. 하지만 길럼은 과연 그 순간 퍼시가 사태를 보고받고 나서 상황을 제대로 파악했는지 알 수가 없었다. 아무튼 그는 표면적으로 대장이었고, 헤이든은 그의 이아고에 지나지 않으니까 말이다.

하지만 길럼에게 아주 이상한 일도 하나 있었다. 그 놀라운 발견은 그가 그날 밤 집으로 가져가서 평소 습관보다 아주 오래 생각해 본 사항이었다. 무엇인가 하면 거실로 들이닥칠 때 엄청난 분노를 느꼈음에도 불구하고 빌 헤이든을 애정이 아닌 다른 눈초리로 쳐다보기에는 상당한, 아니 엄청난 의지가 필요했다는 것이었다. 어쩌면 빌이 말했듯이 그는 마침내 성장한 것인지 몰랐다. 그날 밤에 벌어진 가장 좋은 일은 집의 계단을 올라가면서 귀에 익숙한 카밀라의 플루트 소리가 층계참에 들려왔다는 것이었다. 그날 밤 카밀라는 그녀의 신비를 잃어버리기는 했지만 적어도 그 다음 날 아침 그는 자신이 지난번 그녀에게 덮어씌웠던 이중 플레이의 혐의를 그녀로부터 벗겨 줄 수 있었다.

다른 측면에 있어서도 그 후 며칠 동안 그의 인생은 훨씬 밝은 빛을 띠게 되었다. 퍼시 올러라인에게 기한 없는 휴가를 떠나라는 지시가 떨어졌다. 스마일리는 서커스에 일시 복직하여 그동안의 대혼란을 청소하는 일을 도와달라는 지시를 받았다. 길럼 자신은 브릭스턴의 한직에서 벗어나 다른 곳으로 영전하리라는 말이 나돌았다. 그리고 한참 시간이 지난 뒤에야 그는 생각이 가물가물하던 사람의 이름을 선명하게 기억했다. 켄징턴의 밤거리에서 스마일리를 미행하던 저 낯익은 그림자의 이름과 그 미행 목적을 알게 된 것이었다.

38

 그 후 이틀 동안 조지 스마일리는 불확정의 상태에서 살았다. 이웃들이 볼 때 그는 건강을 상하게 할 정도의 슬픔에 빠진 듯했다. 그는 자리에서 늦게 일어났고 잠옷을 입은 채 방 안을 서성거렸으며 물건을 정리하고 먼지를 털고 음식을 준비했으나 정작 먹지는 않았다. 오후에는 현지의 규정과 어긋나게 석탄 난로를 때고 그 앞에 앉아 독일 시인들의 시집을 읽거나 앤에게 편지를 썼는데 완성하는 법은 별로 없었고 부치는 일은 아예 없었다. 전화벨이 울릴 때마다 그는 황급히 달려갔지만 번번이 실망만 맛보았다. 창밖의 날씨는 계속 불순했고 거리를 지나가는 이들 — 스마일리는 그들을 계속 관찰했다 — 은 아주 비참하게 웅크린 모습으로 종종걸음을 치며 지나갔다. 한번은 레이콘이 장관실에서 전화를 걸어 「케임브리지 서커스를 청소하는 일을 도와야 할 것 같으니 대기하고 있으라」고 말해 왔다. 그것은 퍼시 올러라인의 후임자가 발견될 때까지 야간 당직을 맡으라는 얘기였다. 스마일리는 막연하게 답변하면서 헤이든이 새럿에 있는 동안 신변 안전에 극도의 예방 조치를 취해 달라고 레이콘에게 요청했다.

「자네는 사태를 너무 긴장된 시선으로 보는 거 아닌가?」 레이콘이 말했다. 「그가 갈 곳이라고는 러시아뿐이고, 우리는 어쨌거나 보내 줄 생각이니까 말이야.」

「언제요? 얼마나 빨리?」

자세한 출국 절차를 마련하는 데에는 며칠이 더 걸릴 터였다. 스마일리는 안티클라이맥스에 빠진 상태여서 새럿의 심문이 어떻게 진행되고 있느냐고 물어볼 생각이 나지 않았다. 하지만 레이콘의 어투로 보아 심문은 제대로 진행되지 않는 듯했다. 멘델은 그에게 보다 구체적인 여행 방법을 가져왔다.

「이밍엄 철도역은 폐쇄되었습니다.」 그가 말했다. 「그림스비 역에서 내려 걸어가거나 버스를 타야 합니다.」

멘델은 소파에 앉아서 마치 환자를 지켜보듯이 스마일리를 쳐다보았다. 「기다리기만 해서는 그녀가 오지 않을 겁니다.」 한번은 멘델이 그렇게 말했다. 「이제는 산이 모하메드에게로 가야 할 시간입니다. 뭐, 이런 말도 있지 않습니까. 마음 약한 사람은 미녀를 얻지 못한다.」

사흘째 되는 날 아침, 현관의 초인종이 울리자 스마일리는 앤일지도 모른다면서 황급히 현관으로 달려 나갔다. 그녀는 과거에 열쇠를 어디다 두고 잊어버려 초인종을 울리는 일이 많았다. 그것은 레이콘이었다. 자네 새럿으로 내려가 봐야겠네, 레이콘이 말했다. 헤이든이 스마일리를 만나기를 고집한다는 것이었다. 심문관들은 아무런 결과도 얻어 내지 못했고 시간은 자꾸만 흐르고 있었다. 스마일리가 고해 성사를 받아 준다면 제한된 범위 내에서 자기 얘기를 털어놓겠다는 것이었다.

「심문 과정에서 강압은 없었다고 확신하네.」 레이콘이 말했다.

　새럿은 더 이상 스마일리가 기억하는 과거의 웅장한 건물들이 아니었다. 대부분의 느릅나무들은 병을 앓아 사라져 버렸다. 과거의 크리켓 구장 위로는 고압선 철탑이 세워져 있었다. 벽돌로 지은 여러 채의 건물들은 유럽의 과거 냉전 전성기 이래 퇴락했고, 좋은 가구들도 대부분 사라져 버렸다. 가구들은 아마 올리라인의 안가로 흘러들어 갔을 거야, 하고 스마일리는 생각했다. 그는 숲 속의 임시 막사 안에서 헤이든을 발견했다.

　막사는 군 영창의 냄새가 났다. 내부는 검은 페인트칠을 했고 창문에는 쇠창살이 둘러쳐져 있었다. 막사 입구 양쪽에 보초가 서 있다가 스마일리에게 〈서*sir*〉라고 말하면서 공손한 자세로 안내했다. 아마도 그의 최근 보직에 대하여 말이 나돈 것 같았다. 헤이든은 청바지 차림이었는데 몸을 떨면서 현기증이 난다고 호소했다. 코에서 흐르는 피를 멈추기 위해 여러 번 침대에 누워야 했다고 말했다. 그는 다듬다 만 턱수염을 기르고 있었다. 아마도 면도칼을 계속 소지하지 못하게 한 것 같았다.

　「힘 내게.」 스마일리가 말했다. 「곧 여기서 나가게 될 거야.」

　스마일리는 새럿으로 내려오면서 프리도, 이리나, 체코 네트워크 등을 생각해 보았다. 심지어 그래야 한다는 막연한 의무감에 사로잡혀 헤이든의 방에도 들어가 보았다. 옳은 일을 하다 희생당한 사람들을 대신하여 그를 비난해야 한다는 생각도 들었다. 하지만 스마일리는 오히려 수줍은 느낌이 먼저 들었다. 헤이든이라는 사람을 전혀 알지 못한다는 느낌이 들었고 이제 그만 때가 늦어 버렸다는 생각이 들었다. 그는 헤이든의 초췌한 몰골을 보고서 보초들을 나무랐으나 그들은 왜 저런지 자기들도 모르겠다고 말했다. 그가 그토록 간절히 요청했건만 엄중 경계는 감금 첫날부터 풀려 있었고, 그 사실에 스마일리는 더욱 화가 났다. 너서리의 책임자인 크래독스를 만나야겠다고 요구했지만, 크래독스는 마침 출타 중이었고 그의 부관이 무슨 말씀이냐는 표정을 지었다.

그들의 대화는 처음에는 잘 나가지 않고 사소한 화제를 맴돌았다.

내 클럽에 도착한 우편물들을 좀 가져다주겠나. 올러라인에게 카를라와의 비밀 협상을 빨리 추진하라고 말해 주겠나. 코에서 자꾸 코피가 나니 종이 티슈가 좀 필요하네. 헤이든은 자신이 최근에 자주 우는 습관을 설명했다. 죄책감이나 고통과는 아무 상관 없고 심문관들의 쩨쩨한 태도 때문에 그런다는 것이었다. 심문관들은 헤이든이 카를라의 다른 요원들 이름을 알고 있을 것으로 확신하고, 출국하기 전에 그 이름을 짜내려 한다는 것이었다. 또 옥스퍼드 대학교 크라이스트 처치 칼리지 옵티미트 클럽의 리더였던 팬쇼가 서커스뿐만 아니라 모스크바 센터의 첩보 요원 후보 스카우터로 뛴 거 아니냐면서, 그것을 헤이든에게 확인하려 든다는 것이었다. 「그러니, 이런 바보들과 무슨 대화를 하겠나?」 헤이든은 비록 초췌한 모습이었지만 여기서 정신이 제대로 박힌 자는 자기밖에 없다는 말도 했다. 두 사람은 마당을 산책했다. 스마일리는 밤이든 낮이든 새럿 주위에 보초도 제대로 서 있지 않은 사실을 발견하고 또 한 번 절망감을 느꼈다. 마당을 한 바퀴 돌자 헤이든이 막사 안으로 들어가자고 했다. 막사 안에서 헤이든은 마루 널을 하나 뜯어내더니 상형 문자가 쓰인 듯한 문서 뭉텅이를 꺼냈다. 스마일리는 그게 이리나의 일기 같다는 생각이 들었다. 그는 침대 위에 쪼그리고 앉아 어두운 불빛 아래 문서를 분류했는데 머리카락이 거의 종이 뭉치까지 내려왔다. 그 모습은 1960년대에 컨트롤의 방에 앉아서 영국의 위대한 영광을 위해 아주 황당무계하면서도 작전 불가능한 속임수 전술을 설명하던 헤이든을 떠올리게 했다. 스마일리는 그의 말을 기록하려고 하지 않았다. 그들의 대화가 자동적으로 녹음된다는 것을 둘 다 알고 있었기 때문이다. 헤이든의 해명은 기다란 변명으로 시작되었다. 스마일리는 나중에 그 말의 몇 조각만을 기억했을 뿐이다.

「우리는 근본적인 문제들만 중요성을 가지는 시대에 살고 있다……」

「미국은 더 이상 그 자체의 혁명을 수행할 능력이 없다……」

「영국의 정치적 위상은 세계사에 더 이상 관련이 없고 또 도덕적 영향력도 행사하지 못한다……」

스마일리는 만약 다른 상황이었더라면 그런 진술에 동의했을지도 모른다고 생각했다. 그를 밥맛 떨어지게 한 것은 그 음악의 내용이라기보다는 어조였다.

「자본주의 사회인 미국의 대중 착취는 너무나 제도화되어 있어 심지어 레닌도 예측하지 못한 것이다……」

「냉전은 1917년에 시작되었으나 최후의 전투는 아직 전개되지 않았다. 미국은 병적인 편집증에 집착하여 해외에서 과도한 테러를 자행하고 있다……」

그는 서방 세계가 그냥 쇠퇴하기만 하는 것이 아니라 그 탐욕과 변비로 인해 죽어 버릴 것이라고 예상했다. 난 미국이 정말 싫어, 하고 그는 말했다. 스마일리는 상대방의 그런 마음가짐을 오래전부터 알고 있었다. 헤이든은 정보부야말로 한 국가의 정치적 건강도를 보여 주는 척도이고, 또 그 국가의 무의식을 실제로 표현하는 기관이라고 거리낌 없이 말했다.

마지막으로 그는 자신의 케이스를 설명했다. 옥스퍼드 시절, 그는 우파였다. 2차 대전 중에는 독일에 반대하기만 하면 우익이든 좌익이든 문제되지 않았다. 1945년 이후 잠시 동안 그는 세계사에서 영국이 벌이는 활동에 만족했다. 하지만 점점 그 역할이 사소해진다는 생각이 들었다. 언제부터 그렇게 생각하게 되었는지는 확실하지 않다. 그가 평생 겪어 온 역사의 굴곡에서 어느 한 사건을 딱 꼬집어 말하기는 어렵다. 단지 이것 하나만은 확실했다. 설사 영국이 세계사의 게임에서 완전히 제외된다고 하더라도, 이 세상의 물가는 단 한 푼도 변하지 않을 것이다. 만약 최후의 시험이 닥쳐온다면 어느 쪽에 서야 될지를 자주 생각했다. 그는 오랜 사색 끝에 만약 어느 한쪽으로 힘을 몰아 주어야 한다면 그것은 동방이 되어야 할 것이라고 결론지었다.

「이건 아주 미학적 판단일세.」 그가 고개를 쳐들며 말했다. 「부분적으로는 도덕적 판단이기도 하지.」

「물론 그렇겠지.」 스마일리가 예의 바르게 대답했다.

그렇게 결론을 내리자 그것을 실천하기 위해 자신의 힘을 어느 한 곳에 집중시키는 것은 이제 시간문제가 되었다.

거기까지가 첫날의 대화 내용이었다. 헤이든의 입가에 하얀 백태가 끼었고, 그는 또다시 울기 시작했다. 그들은 다음 날 같은 시간에 다시 만나기로 했다.

「내일은 좀 더 자세히 얘기해 주면 좋겠네, 빌.」 스마일리가 막사를 떠나면서 말했다.

「아, 잠깐만, 잰을 좀 만나 주겠나?」 헤이든은 다시 침대에 누워 흐르는 코피를 막고 있었다. 「그녀를 만나서 뭐라고 말하든 상관없는데, 이제 끝났다는 뜻을 전해 주게.」 그는 앉은 채로 수표에 서명한 후 갈색 봉투에 넣어 스마일리에게 건넸다. 「우유 값이라고 하면서 전해 주게.」

스마일리가 그 심부름을 불편하게 생각한다는 것을 눈치채고 헤이든은 재빨리 말했다. 「내가 그녀를 데리고 출국할 수는 없지 않나. 설혹 데려가라고 허락한다 해도 여간 골치 아프지 않을 걸세.」

그날 밤, 스마일리는 헤이든의 약도에 따라 지하철을 타고 켄티시 타운으로 가서 아직 재개발되지 않은 골목길 안에 있는 작은 집을 찾아냈다. 청바지를 입은 평범한 얼굴의 여자가 문을 열어 주었다. 방 안에서는 유화 물감과 아기 냄새가 났다. 그 여자를 바이워터 스트리트의 집에서 만난 기억이 나지 않아 재빨리 이렇게 말했다.「나는 빌 헤이든이 보내서 온 사람입니다. 그는 잘 있습니다. 몇 가지 전해 줄 말이 있어서 이렇게 찾아왔습니다.」

「어머나!」그녀가 부드럽게 말했다.「하필 이런 시간에.」

거실은 지저분했다. 주방 문으로 설거지하지 않은 그릇들이 높이 쌓여 있는 것이 보였다. 그녀는 있는 그릇을 죄다 사용한 다음 한 번에 몰아서 설거지를 하는 것 같았다. 마룻바닥은 뱀, 꽃, 곤충 들의 환상적 패턴이 그려져 있는 것을 제외하고는 아무것도 덮여 있지 않았다.

「저건 빌이 미켈란젤로의 천장 그림을 흉내 낸 것이에요.」그녀가 말했다.「하지만 빌은 미켈란젤로와는 다르게 등이 아프지는 않겠지요. 당신은 정부 측 사람인가요?」그녀가 담배에 불을 붙이며 물었다.「빌은 자기가 정부에서 일한다고 나에게 말했어요.」그녀의 손은 떨고 있었고 눈 밑에는 검은 그림자가 져 있었다.

「아, 먼저 이걸 전달해야겠군요.」스마일리는 안주머니에 손을 넣어 수표가 들어 있는 봉투를 꺼내 들었다.

「빵.」그녀가 그렇게 말하면서 봉투를 자기 옆자리에다 놓았다.

「빵.」스마일리가 그녀의 웃음에 화답하며 말했다. 그녀는 스마일리의 표정에서 혹은 그 한마디의 대답에서 뭔가 수상한 기미를 느꼈는지 봉투를 재빨리 집어 들고 열어 보았다. 거기에 쪽지는 없고 수표만 있었다. 하지만 충분한 액수였다. 스마일리는 앉은자리에서도 그게 네 단위의 액수라는 것을 알 수 있었다.

그녀는 무의식중에 일어나서 벽난로 쪽으로 가더니 벽난로 위에 있는 식료품 영수증을 담아 두는 낡은 깡통 속에 그 수표를 집어넣었다. 그러고는 부엌에 들어가 네스카페 두 잔을 탔으나 정작 한 잔만 가지고 나왔다.

「그는 어디에 있어요?」 그녀가 선 채로 그를 쳐다보며 물었다. 「그는 그 지랄 같은 선원 녀석의 꽁무니를 쫓아갔지요, 그렇지요? 그리고 이건 전별금이고. 그 빌어먹을 작자에게……」

스마일리는 전에도 이런 광경을 몇 번 겪은 적이 있는데, 이제 자기도 모르게 그 어리석은 말이 입가에 떠올랐다.

「빌은 국가적으로 중대한 일을 하고 있습니다. 우린 그 일에 대해서 말할 수 없고 당신도 말해서는 안 됩니다. 며칠 전 그는 비밀 임무를 띠고 해외에 나갔습니다. 그는 한동안 돌아오지 않을 겁니다. 어쩌면 몇 년이 될 수도 있어요. 그가 떠난다는 사실을 아무에게도 말하면 안 됩니다. 그는 당신이 잊어 주기를 바라고 있어요. 나는 이런 소식을 전하게 되어 정말 미안합니다.」

그가 거기까지 말했을 때 그녀는 울음을 터뜨렸다. 그는 그녀가 하는 말을 모두 듣지는 못했다. 막말을 하면서 비명을 질러 댔기 때문이었다. 어린아이가 엄마의 비명을 듣고 따라서 울기 시작했다. 그녀는 욕설을 퍼부었다. 스마일리나 빌을 향한 것이라기보다 막연히 분통을 터뜨리며 욕을 해대는 것이었다. 정부가 이런 식으로 나오니 누가 그 빌어먹을 정부를 믿겠느냐는 것이었다. 그러더니 여자의 기분이 갑자기 바뀌었다. 스마일리는 벽에 걸려 있는 빌의 그림들을 보았다. 주로 그 여자를 그린 것이었는데 완성된 것은 별로 없었다. 그가 예전에 그린 그림들에 비해 옹색하고 답답한 분위기를 보여 주고 있었다.

「당신은 그를 좋아하지 않지요? 난 척 보면 알 수 있어요.」 그녀가 말했다. 「그런데 왜 그의 지저분한 일을 대신 해주는 거지요?」

그 질문에는 즉시 대답할 수가 없었다. 스마일리는 바이워터 스트리트로 돌아오면서 또다시 미행을 당한다는 느낌이 들었다. 그래서 멘델에게 전화를 걸어 그의 눈에 두 번 띈 택시 번호를 불러 주며 즉시 조회해 보라고 할 생각이었다. 하지만 그날따라 멘델은 자정 이후까지 외출을 해서 연락이 되지 않았다. 스마일리는 그날 밤 불안한 잠을 잤고 새벽 5시에 깼다. 오전 8시에 새럿으로 갔을 때 헤이든은 유난히 기분이 좋았다. 심문관들은 그를 내버려 두었다. 크래독스가 향후 절차를 말해 주었던 것이다. 맞교환 거래가 이루어져 헤이든은 내일 혹은 모레 출국 예정이라는 것이었다. 헤이든의 부탁은 고별사의 성격을 띠고 있었다. 그의 봉급 잔액과 그의 물건을 판매한 대금은 모스크바 나로드니 은행 앞으로 보내 달라고 했다. 그 은행이 그의 우편물을 접수한다는 것이었다. 브리스틀의 아르놀피니 화랑에는 다마스쿠스의 풍경 수채화를 포함하여 그의 그림 몇 점을 전시하고 있었다. 그것을 찾아다 좀 보내 줄 수 있겠나? 또 갑자기 사라진 것에 대하여 뒷마무리를 좀 해주게.

「장기적으로 처리해 줘.」 그가 말했다. 「한 2년 동안 해외 근무를 한다고 둘러대다가 그다음에 실상을 말해 주게…….」

「알았어. 그렇게 하지.」 스마일리가 말했다.

스마일리가 헤이든이 옷 걱정 하는 걸 본 것은 그때가 처음이었다. 그는 좀 거물인 듯한 옷차림으로 가고 싶다고 말했다. 언제나 첫인상이 중요하다는 것이었다. 「모스크바 재단사들은 형편없어. 아주 하급 관리 같아 보이는 옷만 만들어.」

「정말 그래.」 스마일리가 말했다. 하지만 런던 재단사에 대한 그의 평가는 결코 높지 않았다.

「아 참, 노팅 힐에 말이야, 선원 친구가 살고 있어. 그의 입을 틀어막기 위해 2백 파운드 정도 건네주는 게 좋을 거야. 비자금에서 좀 해줄 수 있겠나?」

「물론이지.」

그는 주소를 써 주었다. 그러자 헤이든은 아주 좋은 기분으로 스마일리가 알고 싶어 하는 세부 사항을 설명하기 시작했다.

그는 언제 카를라에게 포섭되었는지 카를라와의 평생 관계가 언제 시작되었는지 말하기를 거부했다. 「평생 관계?」 스마일리가 재빨리 물었다. 「언제 그 사람을 만났나?」 어제 해 준, 종전 이후에 생각이 바뀌기 시작했다는 헤이든의 말은 거짓말이 되는 것이었다. 그러나 헤이든은 더 이상 얘기하지 않으려 했다.

헤이든의 설명을 전적으로 믿는다면, 그는 1950년경부터 카를라에게 가끔씩 정보를 건네기 시작했다. 초창기 정보는 미국을 상대로 소련의 입장을 강화하는 데 도움을 주는 정보로 국한되어 있었다. 〈영국이나 현장의 영국 첩보 요원들에게 피해를 입히는 정보는 건네주지 않으려고〉 극도로 신경을 썼다.

1956년의 수에즈 운하 사태를 보고서 영국의 입장이 아주 우스꽝스럽다는 것을 알게 되었다. 영국은 역사의 흐름을 앞당길 수도 또 제지할 능력도 없는 국가임이 분명했다. 미국이 이집트에서 영국의 행동에 제동을 걸고 나서는 것을 보고

분개하여 이제 적극적으로 러시아 편을 들 수밖에 없다고 생각하게 되었다. 그래서 1956년부터 아무 거리낌 없이 소비에트의 이중 첩자 노릇을 했다. 1961년에 정식으로 소비에트 시민권을 얻었고 그 후 10년 동안 소련의 훈장을 두 개나 받았다. 기이하게도 훈장 이름은 기억하지 못했으나 〈고급〉이라고 했다. 불운하게도 이 시기에 해외 보직을 명령받아 기밀 정보에 대한 접근이 제한되었다. 그는 자신이 제공하는 정보에 대하여 반드시 액션을 취해 줄 것을 요청했기 때문에 ─〈멍청하게 소비에트 문서 보관소에다 처박아 두지 말고〉─ 그의 공작은 불규칙하면서도 위험했다. 그가 해외에서 다시 런던으로 돌아오자 카를라는 폴리를 조수로 보냈다. 하지만 헤이든은 폴리와 비밀스럽게 만나는 것이 점점 힘들었다. 특히 그가 사진 찍는 정보량이 많아질수록 더욱 그러했다.

그는 멀린이 등장하기 이전에 어떤 카메라, 장비, 보수, 첩보 기술 등을 사용했는지에 대해서는 언급을 거부했다. 스마일리는 헤이든이 말해 주는 그 얼마 안 되는 정보를 가지고서도 헤이든이 훨씬 거대하고 복잡한 진실을 교묘하게 감추고 있다는 판단을 할 수 있었다.

한편 카를라와 헤이든은 컨트롤이 뭔가 낌새를 눈치 채고 추적한다는 신호를 여러 곳에서 받기 시작했다. 컨트롤은 당시 몸이 아팠으나 카를라에게 반격할 기회가 있는 한 스스로 통제권을 내줄 사람이 결코 아니었다. 그것은 컨트롤의 와병과 조사 활동 중에 어느 것이 먼저 올 것이냐 하는 문제였다. 컨트롤은 두 번이나 노다지를 거의 캐낼 뻔했다(헤이든은 자세한 경위는 말하기를 거부했다). 만약 카를라가 재빨리 조치를 취하지 않았더라면 두더지 제럴드는 함정에 빠져 잡혔을 것이다. 이런 아주 아슬아슬한 상황에서 먼저 멀린이 그 다음에 테스터파이 작전이 생겨났다. 위치크래프트는 원래

후계자 문제를 밀어붙이기 위해 구상된 것이었다. 컨트롤의 몰락을 촉진시키고 올러라인을 부장 자리에 앉히려는 것이었다. 또 화이트홀로 흘러들어 가는 정보를 모스크바 센터가 전적으로 틀어쥐려는 목적도 있었다. 마지막으로 — 장기적 관점으로 보아, 이것이 가장 중요한데 — 서커스를 미국에 대항하는 주요 무기로 활용하려는 것이었다.

「화이트홀에 건네준 자료는 얼마나 진짜였나?」 스마일리가 물었다.

그건 성취하고자 하는 목표에 따라 달라졌지, 하고 헤이든은 대답했다. 이론상 정보 조작은 아주 쉬웠다. 헤이든이 카를라에게 화이트홀의 어두운 부분을 알려 주면 정보 날조자들이 적당히 정보를 조작해 주었다. 한두 번, 헤이든 자신이 직접 그런 정보를 작성한 적도 있었다. 자신의 작품을 접수하여 평가하고, 또 분배한다는 것은 참으로 기이한 경험이었다. 첩보 기술의 측면에서 보면 위치크래프트의 가치는 거의 무한대였다. 먼저 헤이든을 컨트롤의 통제에서 완전히 벗어나게 해주었고 마음대로 폴리를 만날 수 있는 확실한 핑계를 제공해 주었다. 때로는 폴리를 만나지 않고 몇 달이 지나가기도 했다. 헤이든은 자신의 방에서 서커스의 문서를 사진 찍을 수 있었고 — 폴리에게 가짜 정보를 흘린다는 명목으로 — 그런 후에는 이스터헤이스에게 쓸데없는 쓰레기를 건네주어 록 가든스의 안가에 보관하게 했다.

「아주 전형적인 작전이었지.」 헤이든이 요약하듯 말했다. 「퍼시가 앞장서고 내가 뒤에서 밀어붙이고 로이와 토비는 레그맨 노릇을 했지.」

여기서 스마일리는 혹시 카를라가 헤이든을 서커스의 부장으로 옹립하려는 생각은 하지 않았는지 물어보았다. 어차피 꼭두각신데 그 자리에 있든 없든 상관없잖아? 헤이든이 대답했다. 하지만 스마일리는 생각이 달랐다. 컨트롤이 그랬듯 카를라 역시 헤이든은 대장보다는 2인자 역할을 더 잘한다고 판단했을 것이었다.

테스터파이 작전은 절망적인 상황에서 나온 최후의 시도였다고 헤이든은 말했다. 헤이든은 컨트롤이 목표에 가까이 다가섰다는 것을 확신했다. 그가 대출해 가는 파일들을 분석해 보니 헤이든이 망치게 했거나 불발로 끝나도록 유도했던 작전들의 파일이었다. 게다가 의심 가는 요원들의 범위를 연령별, 작전별로 좁히고 있었다…….

「그러면 스테프체크의 당초 제안은 진짜였나?」 스마일리가 물었다.

「아니, 진짜가 아니지.」 헤이든은 깜짝 놀라며 말했다. 「그건 처음부터 가짜였어. 물론 스테프체크라는 인물은 있었지. 그는 저명한 체코의 장군이었어. 하지만 그 누구에게도 제안하지 않았어.」

여기서 스마일리는 헤이든이 망설인다는 것을 느꼈다. 처음으로 그는 자신의 행동이 안고 있는 도덕성의 문제에 대해 불안하게 여기는 것 같았다. 그의 어조는 눈에 띌 정도로 수세를 취하고 있었다.

「물론 컨트롤이 반응해 오도록 만들어야 했지. 그가 정말 반응할 것인지……. 그 경우 누구를 보낼 건지 확실히 하려고 했어. 그가 덜떨어진 보도 미행자를 선택하지 않으리라는 것은 확실히 알고 있었어. 전후 스토리가 맞아떨어지려면 직위가 있는 친구를 보낼 거라고 예상했어. 그러자면 외곽 부서에 있는, 위치크래프트와 상관없는 친구일 거라고 내다봤어. 만약 접선 인사를 체코 인사로 해두면 보내는 사람도 체코어를 할 줄 아는 친구일 것으로 예상했지. 당연히.」

「당연히.」

「우리는 서커스의 고참 인사를 원했어. 일거에 해치울 수 있을 법한 그런 요원을.」

「그랬겠지.」 스마일리는 언덕에서 무겁게 숨을 내쉬며 땀을 흘리던 친구를 생각했다. 「그래, 그거 논리적으로 말이 되는군.」

「하지만 내가 결국 그를 송환시켰잖아.」 헤이든이 신경질적인 목소리로 말했다.

「그래. 그건 참 잘했어. 짐이 테스터파이 작전을 수행하기 위해 길을 떠나기 직전에 자네를 찾아왔던가?」

「그래, 그랬지.」

「뭘 말하려고?」

오랫동안 헤이든은 망설이더니 결국 대답하지 않았다. 하지만 그 대답은 거의 얼굴에 쓰여 있었다. 갑자기 텅 비어 버리는 눈동자, 얼굴을 덮치는 죄의식의 그림자. 그는 자네에게 귀띔을 해주려고 찾아간 거야, 하고 스마일리는 생각했다. 왜냐하면 그는 자네를 사랑했기 때문이지. 그는 나에게도 이렇게 귀띔하기 위해 찾아왔던 거지. 컨트롤이 미쳤다고. 하지만 나는 베를린 출장 중이라 그를 만나지 못했지. 짐은 끝까지 자네의 뒤를 봐주고 있었던 거야.

헤이든은 설명을 계속했다. 게다가 최근에 반혁명의 경험이 있는 곳이어야 했지. 그런 나라로는 체코가 유일했다.

스마일리는 그 말을 거의 듣고 있지 않았다.

「자네는 왜 그를 송환시켰나?」 그가 물었다. 「우정 때문에? 그는 무해하고 자네가 모든 카드를 손에 쥐고 있기 때문에?」

그게 아니야, 하고 헤이든은 설명했다. 짐이 체코 감옥(그는 러시아 감옥이라고는 하지 않았다)에 남아 있는 한, 사람들은 그를 구해 내라고 동요할 것이고, 그러면 갑자기 짐이 모든 사람의 주목을 받게 될 우려가 있었다. 하지만 일단 송환시켜 놓으면 화이트홀 사람들은 그저 그의 입을 틀어막으려고 할 것이었다. 짐은 바로 그런 이유 때문에 송환되었다.

「카를라가 그를 총살시키지 않은 게 놀랍군. 자네에 대한 예의로 한 번 참아 준 건가?」

하지만 헤이든은 또다시 설익은 정치적 주장으로 흘러들어 갔다.

이어 그는 자기 자신에 대한 얘기를 털어놓았다. 스마일리가 보기에, 그는 이미 왜소하고 야비한 사람으로 위축되어 있었다. 최근에 이오네스코의 얘기를 듣고 감동받았다는 얘기를 했다. 이오네스코가 주인공은 침묵을 지키고 있는데 주변 사람들이 쉴 새 없이 떠드는 연극을 써보겠다고 했다는 것이다. 헤이든은 심리학자나 역사학자들이 그에 대한 변명을 써줄 때, 그를 그런 침묵하는 주인공으로 봐주었으면 좋겠다는 얘기도 했다. 그는 예술가로서 열일곱 살 때 이미 할 말을 다 했으며 그 후에는 행동으로 나섰다고 말했다. 그는 친구들을 함께 데리고 갈 수 없어서 미안해했다. 또 스마일리가 애정을 가지고 자신을 기억해 주기를 바랐다.

스마일리는 그 순간 결코 그런 식으로 기억하지는 못할 것이고 또 별로 기억하지도 않을 것이라고 말하려 했으나, 문득 그게 무의미하게 여겨졌다. 게다가 헤이든이 다시 코피를 흘렸다.

「아, 자네에게 부탁할 게 있는데 결코 여론을 환기하는 행동은 하지 말기 바라네. 마일스 서콤은 여론에 알려지는 것을 무척 경계하고 있어.」 스마일리가 말했다.

순간 헤이든은 웃음을 터뜨리고 나서는 은밀히 서커스를 망쳐 놓은 이 마당에 공개적으로 그런 과정을 반복하고 싶은 생각은 없다고 대답했다.

새럿을 떠나기 전 스마일리는 아직 물어보지 못했던 한 가지 질문을 던졌다.

「난 이 소식을 앤에게 알려야 할 것 같아. 그녀에게 전하고 싶은 특별한 메시지라도 있나?」

스마일리가 질문한 뜻이 헤이든에게 전달되기까지는 별도의 설명이 필요했다. 처음에 그는 스마일리가 〈잰〉이라고 말한 것으로 알아듣고, 왜 아직까지도 그녀를 찾아가지 않았는지 의아해했다.

「아, 자네의 앤.」 그는 마치 주위에 여러 명의 앤이라도 있는 것처럼 말했다.

그건 카를라의 아이디어였어, 하고 그는 설명했다. 카를라는 스마일리가 두더지 제럴드에게 가장 큰 위협이라는 것을 오래전부터 알고 있었다. 「그는 자네가 아주 뛰어난 사람이라고 하더군.」

「고맙네.」

「하지만 자네에게는 앤이라는 약점이 있었지. 그건 환상 없는 사람의 딱 한 가지 환상이야. 만약 내가 서커스 주위에서 앤의 애인이라는 점이 알려지면 자네는 나와 관련된 문제에 있어 사태를 정확하게 파악하지 못할 것이라고 카를라는 내다보았어.」 스마일리는 그의 눈이 어느 한 지점에 고정되어 있는 것을 보았다. 앤은 그 눈을 가리켜 백랍 같은 눈이라고 말했었다. 「그래서 작전을 동요시키지 않고, 또 가능하다면 우리의 작전에 말려들도록 하기 위해서 말이야. 이해되나?」

「이해되네.」 스마일리가 말했다.

예를 들어, 테스터파이 작전의 밤에 카를라는 가능한 한 헤이든이 앤과 놀아나야 한다고 강경하게 지시했다. 그건 일종의 보험이었다.

「하지만 그 밤에 한두 가지 장애가 발생하지 않았나?」 스마일리가 물었다. 당직 사령 샘 콜린스가 스마일리의 집으로 전화를 한 것과 엘리스가 총에 맞은 것이 그것이었다. 헤이든은 장애가 있었음을 시인했다. 만약 모든 것이 계획대로 진행되었다면 체코 사건의 속보는 10시 30분에 나왔어야 했다. 그러면 헤이든은 샘 콜린스가 앤에게 전화를 건 직후에 클럽의 티커 테이프에서 관보를 볼 수 있었을 테고 그 직후 서커스로 달려와 상황을 장악할 수 있었을 것이다. 하지만 짐이 총을 맞는 바람에 체코 쪽에서 시간 지체가 있었고, 소식은 클럽이 문을 닫은 뒤에 전해졌다.

「운 좋게도 아무도 그 점을 추적하지 않았지.」 그가 스마일리의 담배를 하나 더 꺼내 들며 말했다. 「그런데 나는 뭐였나?」 그가 물었다. 「잊어버렸네.」

「테일러. 나는 베거맨이었고.」

이제 스마일리는 충분히 다 알아낸 뒤, 그에게 작별 인사조차 하지 않고 막사에서 빠져나왔다. 그는 차에 올라 일정한 방향 없이 마구 달렸다. 잠시 후 정신을 차려 보니 시속 130킬로미터로 옥스퍼드 쪽을 향해 가고 있었다. 그래서 그는 차를 멈춰 세우고 점심 식사를 한 후 런던으로 방향을 돌렸다. 그는 아직도 바이워터 스트리트의 집으로 돌아가고 싶은 생각이 들지 않았다. 그래서 영화를 한 편 보러 갔고, 그 후에는 적당한 곳에서 저녁 식사를 했다. 자정 무렵 약간 술에 취한 상태로 집에 돌아와 보니 레이콘과 마일스 서콤이 문턱에서 기다리고 있었다. 서콤의 검은 변기, 기다란 롤스로이스 차가 커브에 세워진 채 통행인에게 지장을 주고 있었다.

그들은 미친 듯한 속도로 새럿으로 되돌아갔다. 그곳에 도착해 보니 청명한 밤하늘 아래, 빌 헤이든이 달빛 은은한 크리켓 구장을 마주 보며 정원 벤치에 앉아 있었다. 여러 사람이 손전등을 그에게 비추고 있었고 너서리에 억류된 창백한 얼굴의 재소자들도 그를 노려보고 있었다. 헤이든은 외투 아래 세로줄 무늬의 파자마를 입고 있었다. 그 옷은 마치 죄수복 같아 보였다. 눈을 뜨고 있었고 머리는 기이할 정도로 한쪽으로 기울어 있었다. 전문가에 의해 예리하게 목이 꺾인 새의 머리 형상이었다.

무슨 일이 발생했는지에 대해서는 특별한 이견이 없었다. 밤 10시 30분에 헤이든은 보초들에게 불면과 구토를 호소하며 신선한 공기를 좀 쐬고 싶다고 했다. 그의 사건은 이미 종결되었으므로 아무도 그를 따라나설 생각을 하지 않았다. 그래서 그는 혼자 어둠 속으로 걸어갔다. 보초 한 명이 그가 이런 농담을 했다고 증언했다. 「출입문 상태가 어떤지 살펴봐야지.」 다른 보초는 텔레비전을 보느라 바빠서 아무것도 기억하지 못했다. 반 시간이 지나자 보초들은 당황하기 시작했다. 그래서 선임 보초가 그를 찾아 나섰고 그의 조수는 뒤에 남아 헤이든이 돌아오기를 기다렸다. 헤이든은 현재 앉아 있는 지점에서 발견되었다. 보초는 처음에 그가 잠들었다고 생각했다. 그에게 가까이 다가가니 알코올 — 진 혹은 보드카 — 냄새가 풍겨 왔다. 그래서 헤이든이 술 취했나 보다 생각하면서 깜짝 놀랐다. 너서리는 공식적으로 금주가 원칙이기 때문이었다. 보초가 그를 일으켜 세우려 하자 머리가 한쪽으로 굴렀고 몸이 축 처졌다. 보초는 구토를 하고 난 후 (토사물이 인근 나무에 남아 있었다), 시체를 일으켜 세운 다음 경계경보를 울렸다.

헤이든이 낮 동안 어떤 메시지를 받았나? 스마일리가 물었다.

그런 메시지는 없었다. 그의 양복이 세탁소에서 돌아왔는데 어쩌면 그 안에 메시지가 감추어져 있을지도 몰랐다. 가령 그에게 만나자고 요구하는 메시지가.

「역시 러시아인들이 해치웠군.」 장관이 아무 반응 없는 헤이든의 시체를 내려다보며 만족스럽게 말했다. 「저자가 밀고 하는 것을 막기 위해서 말이야. 참 지독한 놈들이야.」

「아닙니다.」 스마일리가 말했다. 「그들은 자기 사람을 반드시 데리고 가는 것을 자랑으로 여깁니다.」

「그럼 누가 저렇게 했다는 거야?」

모두들 스마일리의 대답을 기다렸으나 그는 대답하지 않았다. 이윽고 손전등은 꺼졌고 사람들은 자동차 쪽으로 걸어갔다.

「아무튼 저자를 떨어 버려야 할 텐데.」 돌아오는 길에 장관이 말했다.

「저자는 소비에트 시민입니다. 그들보고 가져가라고 하죠.」 레이콘이 말했다.

그들은 네트워크에 대해 어떤 일도 하지 못하게 된 것이 안타까운 일이라고 생각했다. 그래도 카를라가 협상에 응할지 알아보자고 했다.

「응하지 않을 겁니다.」 스마일리가 말했다.

39

 이 모든 것을 기차의 1등 객차에 앉아 회상하는 동안 스마일리는 망원경을 거꾸로 들고 헤이든을 관찰하는 듯한 기이한 느낌이 들었다. 그는 지난밤부터 거의 식사를 하지 않았다. 기차의 식당차는 여행 내내 열려 있었는데도 말이다.
 킹스 크로스 역을 떠나면서 그는 헤이든을 좋아하고 또 존경하려고 애썼다. 결국 그는 뭔가 발언할 게 있는 사람이었고 실제로 그것을 발언했다. 하지만 그의 마음은 이런 간편한 단순화를 거부했다. 헤이든이 자기 자신에 대하여 늘어놓은 이야기를 곰곰 생각해 볼수록 모순되는 사항들이 뚜렷해지는 것이었다. 그는 먼저 헤이든을 1930년대의 좌파 지식인 — 모스크바를 정신적 메카로 삼았던 지식인 — 이라는 낭만적인 관점에서 보려고 했다. 「모스크바는 빌을 훈련시켰어. 그는 역사적·경제적 해결이라는 균형을 추구했어」라고 중얼거려 보았다. 하지만 그것은 어쩐지 엉성해 보였다. 그래서 좀 더 좋게 보아 줄 수 있는 인간적 면모를 추가했다. 「빌은 낭만주의자고 속물이었어. 그는 전위 엘리트에 끼여 대중을 어둠으로부터 구원하고 싶었던 거지.」 이어 그는 켄티시 타운에 사는 헤이든의 내연녀의 집 거실에서 보았던 미완의 화폭을 생각했다. 그것은 비좁고 갑갑하고 지나치게 장식이 많은 그림이었다. 그는 빌의 권위주의적인 아버지 ― 앤은 그를 가리켜 괴물이라고 했다 ― 의 유령이 생각났다. 또 예술가로서의 자질 부족과 사랑 없는 유년 시절을 마르크시즘이 대신 채워 주었는지도 모른다고 짐작했다. 나중에 그 사상이 그를 수척하게 만들었다는 것은 전혀 문제되지 않았다. 빌은 이미 나아갈 길이 고정되어 있었고 카를라는 그를 계속 부려 먹는 방법을 알고 있었다. 반역이라는 것은 습관의 문제야, 하고 스마일리는 생각했다. 그의 눈앞에는 바이워터 스트리트의 마룻바닥에 누워 있는 빌과, 전축을 틀어 음악을 들려주는 앤의 모습이 보였다.

빌은 이중간첩 노릇을 아마도 사랑했을 거야. 스마일리는 그 점에 대해서는 조금도 의심하지 않았다. 비밀 무대의 한가운데 서서 이 세상과 저 세상을 싸움 붙이면서 세상의 주인공 내지는 드라마 작가가 되는 일. 빌은 틀림없이 그런 일을 사랑했을 거야.

스마일리는 어깨를 움찔하여 그 모든 것을 내치면서, 과연 인간의 동기에 표준이라는 게 있는지 의심스러운 생각이 들었다. 그는 러시아의 나무 인형이 생각났다. 인형의 겉을 벗기면 그 안에 사람이 나타나고 그것을 벗기면 또다시 사람이 나타났다. 이 세상에 살아 있는 모든 사람들 중에서 오로지 카를라만이 빌 헤이든의 내부에 숨어 있는 저 마지막 인형을 보았으리라. 빌은 언제 어떻게 포섭되었을까? 옥스퍼드 시절 우익 편향은 속임수였을까? 아니면 그런 편향에 죄의식을 느끼고 있었는데 카를라가 그를 포섭하여 구제의 길로 나아가게 했을까?

카를라에게 물어본다: 물어보지 못한 게 아쉽군.

짐에게 물어본다: 결코 그럴 일이 없겠지.

기차는 이스트 앵글리아의 풍경을 천천히 지나갔다. 그 풍경 위로 먼저 빌 헤이든의 죽음의 가면이 떠오르고 이어 카를라의 냉정한 얼굴이 겹쳤다. 「하지만 자네에게는 앤이라는 약점이 있었지. 그건 환상 없는 사람의 딱 한 가지 환상이야. 만약 내가 서커스 주위에서 앤의 애인이라는 점이 알려지면 자네는 나와 관련된 문제에 있어 사태를 정확하게 파악하지 못할 것이다, 라고 카를라는 내다보았어.」

환상? 카를라는 사랑을 그런 이름으로 부른단 말인가? 빌 역시?

「자.」 여객 전무가 커다란 목소리로 말했다. 벌써 두 번째였다. 「자, 내릴 준비 하셔야죠. 당신은 그림스비에서 내리지요, 그렇죠?」

「아니, 아니요. 이밍엄으로 가는데요.」 그러다가 그는 멘델의 말을 기억하고 승강장에 내려섰다.

택시는 보이지 않았다. 그는 매표소에서 안내를 받은 다음, 텅 빈 역 앞마당을 가로질러 〈줄 서시오〉라는 초록색 표지 옆에 섰다. 그는 그녀가 마중 나오기를 내심 기대했다. 어쩌면 전보를 못 받았을 수도 있었다. 그래, 크리스마스 때의 우체국은 정신이 좀 없지. 누가 그들을 나무랄 수 있겠어? 그는 그녀가 빌의 소식을 어떻게 받아들였을지 궁금했다. 하지만 콘월의 절벽을 걸었을 때 그녀가 보여 주었던 겁먹은 표정을 기억하면서 그 무렵 빌은 이미 그녀에게 죽은 사람이나 마찬가지였다는 것을 깨달았다. 그녀는 그의 차가운 손길을 느끼면서 그 손길 밑에 무엇이 도사리고 있는지 눈치 챘으리라.

환상? 그는 혼자 중얼거렸다. 환상 없는 사람?

날씨는 아주 추웠다. 그는 그녀의 새 애인이 참으로 한심한 자라는 생각이 들었다. 애인이라면 좀 더 살기에 따뜻한 곳을 골라 주었어야 하는 게 아닐까.

그는 계단 밑의 신발장에서 그녀의 털 부츠를 가져왔더라면 좋았지 싶었다.

그는 마틴데일의 클럽에 놓아 두고 아직 가져오지 못한 그리멜스하우젠의 책이 기억났다.

이어 그는 그녀를 보았다. 그녀의 초라한 차는 〈버스 통행로〉라는 차선을 타고 스마일리 쪽을 향해 달려왔다. 운전대를 잡은 앤은 엉뚱한 방향을 바라보고 있었다. 그녀는 깜빡이를 켜둔 채 차에서 내리더니 역사 안으로 들어갔다. 키가 크고, 제멋대로이고, 아주 아름다운 그녀. 본질적으로 다른 남자의 여자인 그녀.

로치의 눈에, 짐 프리도는 학기 내내 그의 아버지가 사라져 버렸을 때 어머니가 했던 것과 비슷하게 행동했다. 그는 자질구레한 것에 많은 시간을 소비했다. 가령 학교 연극을 위해 조명을 손본다든지, 줄을 가지고 축구 그물을 수리한다든지, 프랑스어 시간에는 사소한 오류도 꼼꼼하게 고쳐 준다든지 하는 것이었다. 하지만 산책이라든지 혼자 하는 골프 같은 중요한 것들은 완전히 포기했다. 밤이면 트레일러 숙소에 틀어박혀 마을 사람들과는 담을 쌓았다. 더 나쁜 것은, 그가 혼자 있을 때 멍한 표정을 짓는다는 것이었다. 로치는 짐 몰래 그런 표정을 여러 번 훔쳐보았다. 그리고 짐은 수업 시간에 종종 잊어버리는 일이 잦았다. 가령 잘한 학생의 숙제에 붉은 표시 하는 것을 잊어버리는 일이 그것이었다. 때문에 로치는 매주 그에게 붉은 표시를 꼭 하라고 기억시켜 주어야 했다.

그를 치료하기 위해 로치는 조명 시설 중 제광(制光) 담당자의 일을 맡았다. 그리하여 연극 리허설 때 짐은 그에게 특별한 신호를 보냈다. 다른 학생이 아닌 빌에게만 보냈다. 짐은 조명을 어둡게 하고 싶을 때에는 팔을 쳐들어 재빨리 내리는 신호를 했다.

시간이 지나면서 짐은 그런 치료에 반응하는 것 같았다. 그의 눈은 점점 밝아졌고 그는 다시 민첩해졌다. 어머니의 죽음이 던진 그림자가 서서히 가셨기 때문이었다. 학교 연극이 공연되는 밤이 되자, 그는 로치가 지금껏 보아 왔던 것보다 한결 마음이 밝아졌다. 「헤이, 점보, 이 멍청한 두꺼비야. 네 비옷은 어디 있니? 밖에 비가 오는 게 안 보여?」 공연이 끝난 후 피곤하지만 의기양양한 마음으로 본관 건물로 돌아갈 때, 짐이 말했다. 「그의 진짜 이름은 빌입니다.」 빌은 짐이 학교를 방문한 학부모에게 말하는 것을 들었다. 「우리는 이 학교에 비슷한 시기에 전입해 왔습니다.」

빌 로치는 마침내 이렇게 생각을 고쳐먹기로 했다. 내가 지난번에 보았던 그 권총은 아마 꿈을 꾸었던 것인가 봐.

1991년의 후기

나는 늘 콘월을 무대로 한 소설을 써보고 싶었는데 지금까지 이 소설이 거기에 가장 가까이 다가간 소설이 되고 말았다. 이 소설을 쓰기 전에 내가 작업했던 미완성의 소설 원고는 몇 년 동안 서랍에서 잠을 자며 완성을 기다렸는데 그 원고에는 조지 스마일리가 등장하지 않는다. 하지만 콘월의 절벽에서 혼자 살고 있는 고독하고 비참한 사람이, 그를 향해 언덕을 올라오고 있는 단 한 대의 검은 자동차를 내려다보는 것으로 시작된다. 나는 마음속에서 웨스트콘월의 포트그와라 같은 작은 항구를 생각하고 있었다. 이 항구 마을은 해변 가까이 나지막하게 자리 잡고 있고 그 뒤의 언덕들도 바다를 연모하여 앞으로 내달리는 그런 형세이다. 미완성 원고 속의 남자는 양계장으로 닭 모이를 주러 가기 위해 손에 양동이를 들고 있다. 이제 여러분이 읽을 소설에서 짐 프리도가 다리를 약간 절듯이 그 남자도 다리를 전다. 그도 짐과 마찬가지로 예전에 영국 정보부(소설 속의 〈서커스〉)의 첩보 요원인데 서커스 내에 잠입한 이중간첩이 설치한 함정에 걸려들어

인생이 결딴나고 말았다.

 나의 당초 계획은 서커스 심문관들이 이 양계장의 사나이를 컴백시켜, 서커스 내의 이중간첩을 움직이게 만들고 그 과정에서 이중간첩의 정체가 점차적으로 드러나게 하려는 것이었다. 나는 그 원고 속의 소설이 전체적으로 현재의 시점에서 전개하도록 하고 이 소설에서처럼 플래시백은 쓰지 않겠다는 계획이었다. 그러나 계획대로 소설을 써 나가다가 난관에 봉착했다. 시간의 직선적 경과를 추적하면서 동시에 양계장의 남자가 현재의 위치에 이르게 된 과정을 되돌아보게 하는, 그럴듯한 이야기의 얼개를 도저히 만들어 낼 수 없었던 것이다. 그래서 여러 달 끙끙거리던 어느 날, 서랍 속에 들어 있던 원고를 모두 마당에 가지고 나와 태워 버리고 다시 쓰기 시작했다.

 그리고 또 다른 골칫거리를 가지고 씨름해야 했다. 나는 그 당시 영국 정보부 내의 이중간첩 폭로 사건에도 불구하고 여전히 독자에게 새로운 어떤 것을 써보겠다고 각오했다. 언론에서 그 사건을 요란하게 떠들어 댔음에도 불구하고 여전히 새로운 토픽이 있었다. 그것은 이중간첩 작전의 뒷배경을 구성하는 논리와, 적의 정보기관 내에 이중간첩을 심어 놓아 적에게 입힐 수 있는 엄청난 피해의 규모 등이었는데, 이런 점들은 아직 독자들이 잘 모르는 새로운 것이었다.

 물론 우리는 이중간첩 킴 필비Kim Philby가 과거 영국 정보부의 반첩보과 과장이었고 KGB에 침투하려는 미국의 노력을 소상히 파악하고 있었음을 알고 있다. 또 그가 한때 영국 정보부의 부장 지위에 오를 뻔했다는 것도 알고 있다. 또 필비가 CIA의 전 모스크바 센터 감시자인 제임스 지저스 앵글턴에게 이중간첩의 문제에 대하여 자문했다는 것도 알고 있다. 필비는 이중간첩에 대해서도 뛰어난 지식을 갖고 있었다. 또 SIS(*Secret Ingelligence Service* 혹은 MI-6: 영국 정보부) 내의 또 다른 KGB 첩자인 조지 블레이크George Blake도 다수의 영국 첩보 요원들을 소비에트 상급자들에게 밀고했다. 그는 수백 명을 밀고했다고 주장하는데, 이 불쌍한 사람의 허풍을 어떻게 부인할 수 있겠는가? 그의 희생자들도 그렇지만 그의 대의도 이제는 죽어 버렸다. 하지만 대부분의 사람들은 이중간첩 노릇의 〈나를 밀어 주고 너를 끌어 주는〉 성격은 잘 알지 못한다.

이중간첩은 그가 소속된 정보부의 일을 망치기 위하여 최선을 다하지만, 동시에 그 정보기관에서 성공적인 인물로 자신을 위장한다. 가령 자신의 존재를 돋보이기 위해 가끔 비밀 정보나 특수 문건을 제공하는 것이다. 그리하여 유능하고 믿을 수 있는 친구, 어두운 밤에도 똑바로 길을 걸어가는 좋은 사람이라는 평판을 얻는 것이다. 따라서 이중간첩이라는 게임은 ─ 2차 대전 중 영국 정보부의 대독 이중간첩 시스템을 잘 설명해 준 J. C. 매스터맨의 책에도 나와 있듯이 ─ 적절한 균형을 잡는 것이다. 비록 이중간첩이기는 하지만 소속 정보부에 다소 이익을 주는 일과, 소속 정보부의 일을 은근히 방해하여 결과적으로 그 나라에 득이 되기보다는 크게 실이 되게 하는 일, 이 두 가지 사이에서 교묘한 줄타기를 해야 하는 것이다. 이 소설 속에서 조지 스마일리는 이중간첩의 이런 행동을 〈속에 있는 것을 밖으로 다 *끄*집어낸다〉라고 말하고 있다.

블레이크와 필비가 맹활약하던 시절에 SIS는 속에 있는 것을 다 까발리는 아주 비참한 상태에 떨어져 있었다. 미국 또한 마찬가지였다. 킴 필비의 사주를 받은 제임스 앵글턴이 CIA에 아주 유해한 영향을 주었기 때문이다. 앵글턴은 나중에 자신이 KGB 소속의 이중간첩에게서 역정보를 받아먹었다는 사실을 발견하고, 자신의 치욕을 벗기 위해 남은 생을 CIA도 SIS와 마찬가지로 모스크바의 통제를 받았다는 것을 증명하려고 애썼다. 또 CIA가 정보 작전에서 가끔 성공한 것은 KGB의 악마 같은 조정관들이 선심 쓰기 위해 내던져 준 당의정 덕분이었다고 주장했다. 앵글턴의 이런 주장은 그릇된 것이지만, 그가 CIA에 미친 유해한 영향은, 마치 그런 주장의 타당성을 증명하는 듯했다. 그 당시 영국과 미국의 정보부는 차라리 해체해 버렸더라면 도덕적으로나 재정적으로나 국가에 덜 피해를 입혔을 것이다.

나는 블레이크나 필비를 개인적으로 알지 못한다. 하지만 필비는 아주 싫어하고 블레이크에 대해서는 이상하게도 동정심을 느낀다. 이렇게 된 데에는 내가 소속된 계급과 세대의 도치된 속물근성과 관련이 있는 듯하다. 내가 필비를 싫어하는 것은 그에게는 나의 특성을 닮은 점이 너무 많다는 것이다. 그는 사립학교에서 교육을 받았고, 제멋대로이고 독재적인 아버지 — 탐험가이면서 모험가인 세인트 존 필비 — 밑에서 성장했고, 사람들을 쉽게 주위에 끌어들이고, 자신의 감정, 특히 영국 통치 계급의 오만과 편견에 대한 지독한 경멸감을 감추는 데 능숙했다. 나도 과거 이런저런 때에 이러한 특징을 갖고 있었던 것 같다. 때문에 필비라는 사람을 너무나도 잘 안다는 생각이 든다. 아주 기이한 노릇이지만 그도 나의 이런 점을 의식했던 듯하다. 그는 죽기 얼마 전, 필 나이틀리와 가진 마지막 인터뷰에서 내가 그에 대해 어떤 불명예스러운 점을 알고 있는 것이 아니냐는 느낌이 든다고 말했다. 어떤 의미에서 그의 말은 옳다. 나는 허풍 치기 좋아하는 아버지 밑에서 성장한 아이의 생활이 어떤 것인지 너무나 잘 안다. 그 아이에게는 은폐와 기만이라는 보호책밖에 없다. 그런 잘못된 보호책에서 생겨나는 분노와 내향성은 쉽게 아버지 이미지(보다 구체적으로 사회)와 애증의 이중적 관계를 형성하게 되고, 나아가 사회 그 자체와도 그런 관계를 유지하게 된다. 이런 복수심을 가진 어린아이는 나중에 커서 사회를 상대로 약탈하는 인물이 되기 쉽다. 나는 이런 문제를 나의 자전적 소설인 『완벽한 스파이』에서 다루었다. 비록 나는 그것을 거부했지만, 나의 앞에 놓여 있던 이런 길을, 필비는 그대로 걸어갔다고 본다. 내가 갖고 있는 특성으로부터 충분히 실현될 수도 있었던 길 — 그것이 실현되지 않아 얼마나 다행인가! — 을 그는 걸어갔던 것이다.

반면에 나는 조지 블레이크에게는 동정심을 느낀다. 그는 절반은 네덜란드인, 절반은 유대인이었다. 그런 신분의 인물이 영국 정보부에 특채된다는 것은 거의 이례적인 일이다. 필비가 영국 기성 체제라는 성채 안에서 태어나 그 보호를 받으며 커온 반면, 블레이크는 외국인에다 인종 차별이라는 험한 벌판에서 성장했고, 그를 내심 경멸하는 사람들의 인정을 받으려고 엄청나게 노력했다. 이 소설 속의 블랜드, 이스터헤이스, 나아가 짐 프리도까지 이런 블레이크의 특성을 갖고 있다. 이들은 태어날 때부터 그들이 결국 봉사하게 되는 사회 계층으로부터 소외되어 있었던 것이다.

자, 이제 작품의 배경이 되는 이야기는 그만 하고, 나머지 환상의 부분을 살펴보기로 하자. 내가 이중간첩을 지칭하는 용어인 〈두더지*mole*〉를 사용하게 된 기원은 나로서도 다소 신비한 사항이다. 옥스퍼드 영어 사진의 편집자들이 나에게 편지를 써서 내가 이 말을 만들어 냈느냐고 물어 왔고 그래서 나는 답변해야만 했다. 그런데 확실하게 대답할 수가 없었다. 내가 잠시 정보원 노릇을 하던 시절, 이 단어가 KGB의 은어였던 것으로 기억하고 있다. 나는 이 단어가 사용된 문건을 보기도 했다. 1950년대에 캔버라에서 호주로 망명한 페트로프 부부에 대한 국가 위원회의 특별 보고서 첨부 문서에서 보았던 것이다. 그러나 옥스퍼드 영어 사전은 이 단어의 기원을 찾지 못했고 나 또한 찾지 못한지라 아마도 내가 만들어 냈나 보다 하고 생각하게 되었다. 그러던 어느 날 한 독자로부터 편지를 받았는데, 프랜시스 베이컨의 『헨리 7세의 통치사』(1641)의 240페이지를 보라는 것이었다.

그의 비밀 스파이에 대해서는, 그가 국내와 해외에서 그들을 이용한 것이 틀림없다. 그렇게 해서 그에게 적대적인 행태와 음모를 발견했던 것이다. 또 그의 상황이 그렇게 하기를 요구했다. 그에게는 분명 그를 파괴시키기 위하여 열심히 지속적으로 일하는 두더지들*Moles*이 있었던 것이다.

그런데 두더지를 다룬 프랜시스 베이컨의 책을 나는 읽어 본 적이 없었다. 베이컨은 이 단어를 어디서 빌려 왔을까? 빌려 온 게 아니라면 재미로 이런 은유법을 썼던 것일까?

다른 전문 용어들, 가령 램프라이터(*lamplighter*, 정보 탐문 요원), 스캘프헌터(*scalphunter*, 암살·회유 전담 요원), 베이비시터(*babysitter*, 경계 요원), 하니트랩(*honey-trap*, 미인계) 등은 내가 만들어 낸 것인데, 이들 용어 중 일부는 현재 전문가들이 사용하고 있다는 말을 들었다. 나는 이 말들을 쓰면서 특별히 우쭐하지는 않았다. 단지 스파이 행위도 다른 직업과 마찬가지로 엄연한 직업인지라 그들 나름의 전문 용어가 없을 수 없다는 것을 강조하려 했을 뿐이다. 이 방면에서 상상력을 발휘한 것은 러시아인들이었다. 그들은 날마다 슈메이커(*shoemaker*, 문서 위조자), 네이버스(*neighbors*, 상대국 정보부 요원들), 피아니스트(*pianist*, 무선 담당자) 등과 접촉하고 있다. 따라서 나의 전문 용어들은 자그마한 발상에 지나지 않는 것인데, 그래도 내 소설이 BBC 텔레비전 드라마로 만들어져 이 단어들이 전 국민을 즐겁게 했으므로, 이에 대해 정히 감사하는 마음을 갖고 있다.

이제 초판 발간 시점으로부터 16년이 지난 지금, 나는 이 소설을 어떻게 기억하는가? 먼저 이 소설 발간 이후에 벌어졌던 행운이 생각난다. 앤터니 블런트Anthony Blunt의 간첩 신분이 폭로되었고, 텔레비전 드라마로 만들어졌고, 알렉 기네스가 조지 스마일리로 나와 열연했고, 기타 배역과 감독의 솜씨도 뛰어났다. 이 소설의 전작 『순진하고 감상적인 애인』이 평론가들로부터 철저하게 외면과 냉대를 당하여 의기소침해 있던 나의 심신을 한결 회복시켜 주었다. 무엇보다도 이 소설에 나오는 어린 학생 빌 로치를 기억하고 싶다. 이 인물은 내가 학교 교사로 근무하던 시절 실제 있었던 학생이 모델이었고, 후에 나의 소설 『완벽한 스파이』에서 불쌍한 핌의 아들로 등장한다. 로치는 그 학생의 실명이 아니고, 내가 기억하는 한, 학교 선생을 염탐하지도 않았다. 나는 그의 눈치 빠름이 마치 나의 어린 시절과 너무 비슷하다는 생각을 했고 또 그의 그런 모습이 내 뇌리 속에 아주 선명하게 각인되어 있다. 어쩌면 당시 20대 후반이었던 나는 15년 전의 어린 내 모습을 그 학생에게서 보고 있었는지도 모르겠다.

또 이 소설에서 서커스의 조사 요원으로 나오는 코니 삭스도 기억하고 싶다. 그녀는 정보부에 전념하던 여직원들의 마지막 세대였다. 영국 상류 계급 출신의 영리하면서도 불운한 숙녀로서 전쟁 중에 정보부에 들어와 평화를 위해 싸웠고, 우리 후배 첩보원들이 폭넓게 활용할 수 있는 정보의 곳간을 만들어 놓은 인물이었다.

이제 세월이 20년 가까이 흐르고 보니 『팅커, 테일러, 솔저, 스파이』는 이미 역사 소설이 되어 버리고 말았다. 하지만 이 소설에서 다룬 주제는 오늘날의 삶에도 상관이 있다고 생각한다. 독자 여러분이 내가 이 소설을 집필하면서 느꼈던 즐거움을 더불어 같이 느낄 수 있기를 희망하는 바이다.

존 르카레
1991년 7월

스파이 용어

지은이의 〈후기〉에 밝혀져 있듯이 서커스나 램프라이터와 같은 암시적인 용어들은 르카레의 창작이다. 그러나 이것들은 허구의 한계를 넘어 영미 언론에서 자주 쓰이다가, 나중에는 실제의 정보 세계에서도 사용하는 말이 되었다. 작품의 분위기를 살리기 위해 본문에서는 일일이 번역하지 않고 여기 모아서 뜻풀이를 제시한다. 사실, 소설을 읽어 가면서 알쏭달쏭한 용어들의 의미를 나름대로 추측해 보는 것도 르카레 소설 읽기의 즐거움 중 하나이다.

경쟁사*Competition*　정보부(MI-6)의 입장에서 방첩부(MI-5)를 가리키는 말.
고객*customer*　정보 이용자.
고릴라*gorilla*　보안 요원.
너서리*nursery*　훈련소.
네이버스*neighbors*　상대국 정보부 요원들.
두더지*mole*　이중간첩.

램프라이터 *lamplighter* 정보 탐문 요원.
레그맨 *legman* 연락책.
레지던시 *residency* 해외 지부.
론드리 *laundry* 심문소.
머더 *mother* 정보부의 고참 여직원
베이비시터 *babysitter* 경계 요원.
부드러운 *soft* 비공식적인.
서커스 *Circus* 영국 정보부.
슈메이커 *shoemaker* 문서 위조자.
스캘프헌터 *scalphunter* 정보부의 암살 및 회유 전담 요원.
신부 *bride* 정보부 여직원.
주주맨 *jujuman* 마법사, 지역 책임자.
커튼 *Curtain* 방첩부.
테임 닥터 *tame doctor* 세뇌 요원.
프롤(프롤레타리아) *proletariat* 현장 요원.
피아니스트 *pianist* 무선 담당자.
하니트랩 *honey-trap* 미인계.

옮긴이의 말

 존 르카레는 1961년 『죽은 자에게 걸려 온 전화』를 발표한 이래 2003년 최근작 『영원한 친구』를 발표하기까지 40년 동안 스파이 소설 19편을 집필한 첩보 스릴러계의 대가이다. 그러나 그의 작품들은 단순한 스파이 소설 이상의 깊은 의미를 갖고 있다는 평가와 함께 널리 비평적 찬사를 받아 왔다. 가령 그레이엄 그린은 그의 『추운 나라에서 돌아온 스파이』(이하 『스파이』)를 가리켜 〈내가 지금껏 읽어 온 스파이 소설 중에서 가장 뛰어난 소설〉이라는 극찬을 아끼지 않았고, 대중 소설 작가들을 거들떠보지 않는 콧대 높은 「가디언」지도 〈르카레는 현재 영국에서 글을 쓰고 있는 그 어떤 소설가에게도 뒤지지 않는 훌륭한 본격 작가〉라고 평가했으며, 톰 울프 같은 작가는 〈르카레는 뛰어난 이야기꾼 이상의 존재이며 그의 소설은 시대정신을 충실히 전달하고 있다〉고 논평하고 있다. 또한 이 책 『팅커, 테일러, 솔저, 스파이』(이하 『팅커』)에 대해 영국 평론가 앤드루 러더퍼드는 〈악의 근원(이중간첩)을 찾아 나가는 스마일리의 추적은 진리를 찾아 나선 오이디

푸스나 복수를 염원하는 햄릿을 연상시킨다〉라고 해설했다. 이하 이 글은 작가의 생애, 작품의 배경, 작품의 해설 순으로 이어진다.

작가의 생애

존 르카레는 1931년 10월 19일 영국 도싯 주 풀이라는 항구 마을에서 태어났다. 존 르카레는 필명이고 본명은 데이비드 존 무어 콘웰이다. 작가는 1974년 『팅커』 발표 직후 자신의 필명이 어떻게 생겨났느냐는 질문을 받고서 버스를 타고 지나가다가 런던의 가게 이름을 보고 지었다고 말했으나 런던에는 그런 가게가 없는 것으로 판명되었다. 그 후 작가는 아마 자신이 즉흥적으로 그런 대답을 한 것 같다고 수정하면서, 사람들의 기억에 잘 각인되기 위하여 약간 앵글로-노르만 귀족을 연상시키는 이름을 생각해 낸 것 같다고 말했다. 〈르 카레〉는 광장이라는 뜻의 프랑스어인데 실제로 2차 대전 중에 카레 성을 가진 프랑스 스파이가 실존했다고 한다. 르카레의 유년 시절은 불우했다. 그가 아주 어렸을 때 아버지 로니 콘웰은 사기죄로 감옥에 갔고 그 직후 어머니 올리브는 두 아들을 버리고 가출했다. 르카레는 나중에 성년이 되어서야 어머니를 다시 만났다. 출옥한 아버지가 두 아들을 키웠는데 르카레는 아버지와의 생활이 결코 심심하지 않았다고 회상했다. 아버지는 마법사 같은 기이한 성격에 번 것보다 두 배 이상 쓰는 경향이 있었다. 그 결과 두 아들은 비밀이 많고, 사기성이 농후하며, 백만장자 같은 거지의 생활환경에서 성장하게 되었다. 나중에 스파이 소설로 대성하게 되는 르카레는 자신의 유년 시절이 이미 스파이 생활과 비슷했다고 회고했다.

아버지 로니의 화려한 라이프스타일은 그 자신이 중하층의 비국교 가정에서 가난하게 성장한 것에 대한 반발이었다. 그는 두 아들을 일류 사립학교에 보냄으로써 아들을 〈가짜 귀족〉으로 만들어 보겠다고 결심했다. 르카레는 아버지의 이런 결심에 대해, 〈아버지는 필요하다면 훔칠 각오도 했을 것이다. 아니, 실제로 훔쳤을 것이라고 짐작한다〉라고 회고했다. 그 결과 르카레와 그의 형 토니는 자격도 없이 중산층의 교육 환경에 잠입한 스파이 같은 기분을 느꼈다고 한다. 르카레의 이런 학교 경험은 『팅커』에 나오는 학생 빌 로치의 삶에 어느 정도 반영되어 있다. 르카레는 먼저 팽본의 템스 밸리 마을에 있는 세인트앤드루 예비 학교에 다녔고 이어 도싯에 있는 셔본 스쿨에 진학했다. 형 토니는 근처의 다른 학교인 래들리에 진학했다. 하지만 르카레는 대학 입학 시험을 치르기 직전인 16세 때에 셔본을 중퇴하고 스위스로 가서 그곳 베른 대학교에서 1년 동안 공부했다. 이때 독일어를 공부했는데 이 인연으로 독일은 그의 소설의 단골 무대가 되었다.

군 복무 나이가 되자 그는 오스트리아 주둔 영국군의 정보 장교로 입대했다. 당시 그의 임무는 주로 포로수용소에 들어온 사람들을 심문하는 것이었다. 1952년 제대와 함께 옥스퍼드 대학교의 링컨 칼리지에 들어가 현대어를 공부했다. 대학 생활 중에 생활비를 벌기 위해 1년 휴학하기도 했다. 1956년 옥스퍼드 대학교를 우등으로 졸업했다. 옥스퍼드 시절 르카레는 공군 장교의 딸인 앨리슨 앤 베로니카 샤프와 결혼했다. 샤프와는 1971년 이혼했다. 이 첫 아내의 이름 앤이 『팅커』에서 조지 스마일리의 아내에게 붙여졌다.

동년배의 성공한 영국 작가인 존 파울즈와 마찬가지로 르카레는 영문학보다 유럽 문학을 많이 공부했는데 파울즈가 프랑스 작가들에 심취했다면 르카레는 독일 작가들의 작품, 특히 성장 소설을 많이 읽었다. 이런 영향으로 르카레의 소설은 성장 소설의 기풍이 강하다.

옥스퍼드 졸업 후 르카레는 곧바로 영국 정보부에 들어간 것이 아니라 영국 사립학교 중 가장 대표적인 학교인 이튼 칼리지의 독일어 선생으로 부임하여 그곳에서 2년간 학생들을 가르쳤다. 학생 시절에 셔본을 다닌 경험, 그리고 교사로서의 이튼 체험으로 인해 르카레는 영국 교육 제도가 사회적으로 부적절하다는 결론에 이르렀고, 이런 인식이 그의 소설 곳곳에서 등장하는데 『팅커』의 서스굿 학교 묘사에도 일부 가미되어 있다.

르카레는 1958년 이튼 칼리지를 사직하고 한동안 자유 문필가로 활동하다가 그 후 외무부에 들어갔다. 작가 자신은 오랫동안 부인했지만 한 정보통에 의하면 외무부에 들어가기 전에 방첩부(MI-5) 소속의 스파이로 맥스웰 나이트라는 위장 이름을 내걸고 근무했다고 한다. 또 다른 조사자(『뉴스위크』 기자)에 의하면 그가 1960년부터 1964년까지 정보부(SIS)에 근무하면서 서독 본 주재 영국 대사관의 2등 서기관, 이어 함부르크의 영사로 근무했다고 한다. 르카레 소설에서는 스파이 활동의 세부 사항이 너무나 리얼하게 그려져 있어 그가 내부자였을 것이라는 의혹이 오랫동안 제기되어 왔었다. 작가 자신도 1983년 3월 『뉴스위크』와의 회견에서 구체적으로 밝히지는 않았지만 〈나는 서머싯 몸이나 그레이엄 그린처럼 그 분야에 종사해 왔다〉라고 시인했다.

르카레는 서른 살이 될 때까지 직업 작가가 되겠다는 생각은 별로 하지 않았으며 그의 첫 세 장편 소설은 외무부에 근무하면서 쓴 것이다. 때문에 초창기 장편 소설들은 비교적 길이가 짧다. 그러나 『스파이』(1963)가 세계적인 대성공을 거두어 문필 생활로 생계를 유지할 수 있게 되자 1964년 외무부를 퇴직하고 전업 작가의 길로 들어섰다. 이 소설은 1965년 마틴 리트 감독이 리처드 버튼을 리머스 역으로 출연시킨 흑백 영화(냉전의 분위기를 강조하기 위해 일부러 흑백으로 찍었다)로 만들어져 전 세계에서 호평을 받았다.

1971년에 발표된 『순진하고 감상적인 애인』은 지금까지 나온 르카레 소설 중에 가장 허약한 작품으로 꼽힌다. 왜냐하면 이 작품은 스파이 소설이 아니라 이혼한 남자의 심정을 묘사한 소설인데, 비록 그가 변신을 꾀했다는 점은 인정되지만 르카레 같은 분위기가 나오지 않기 때문이다. 이를 깊이 깨닫고 3년 후 르카레는 다시 스파이 소설로 돌아와 『팅커』를 발표했다. 이 소설은 곧 국제적인 성공을 거두었고 『스파이』보다 더 원숙하다는 평가를 받았다.

『팅커』이후 조지 스마일리가 등장하는 『오너러블 스쿨 보이』(1977), 『스마일리의 사람들』(1980)을 연속적으로 발표했는데 이 세 소설은 스마일리와 카를라의 머리 싸움을 다룬 것으로서 이에 착안하여 〈카를라를 찾아서 The Quest for Karla〉 3부작으로 불리기도 한다. 그러나 각각의 소설은 서로 별도로 쓰여 독립된 구성을 갖고 있다. 『팅커』와 『스마일리의 사람들』은 각각 1979년과 1982년에 영국에서 텔레비전 미니 시리즈로 만들어져 대성공을 거두었는데 드라마의 주인공 스마일리 역으로 알렉 기네스가 출연했다. 작가 르카레는 1979년 『팅커』의 텔레비전 드라마를 보면서 『스마일리의 사람들』을 집필했는데, 자기도 모르게 스마일리 얘기를 쓸 때면 알렉 기네스가 생각나더라고 회고했다. 이 소설을 읽는 독자 여러분도 스마일리의 얼굴이 잘 떠오르지 않으면 알렉 기네스를 연상하면 될 것 같다.

르카레는 1971년 전처와 이혼하고 1970년대와 80년대에 자신의 소설을 도맡아 출판하던 영국 호더 앤드 스토턴 출판사의 편집자인 발레리 제인 유스테이스와 재혼했다. 이 두 번의 결혼에서 그는 네 아들을 두었다. 1989년 동서 냉전이 끝나면서 이제 르카레의 소설 무대는 사라졌다고 많은 사람들이 판단했으나 그는 동서 간의 새로운 갈등 상황, 가령 경제적·사회적 측면 등에 착안하여 『러시아 하우스』, 『나이트 매니저』 같은 새로운 스타일의 소설들을 써냈으며 가장 최근인 2003년에는 『영원한 친구』를 펴내 건필을 과시하고 있다.

작품의 배경

이 작품의 배경이 되는 1960년대는 미국과 소련의 냉전이 깊어 가던 시절이었다. 특히 쿠바 위기가 발생한 1962년은 냉전이 열전으로 발전할 수도 있던 위기였다. 1961년에 동독에 베를린 장벽이 세워지면서 서베를린과 그 인근의 동독 지역을 완전 갈라놓게 되었고, 이에 따라 동서 간의 스파이전도 격화되기 시작했다. 이 시기에 영국은 유난히 많은 스파이 스캔들을 겪었다.

우선 과거의 사실부터 더듬어 보면, 1945년 종전이 된 이후 영국은 앨런 넌 메이, 클라우스 푹스, 브루노 폰테코르보 등이 영국의 원자 폭탄 비밀을 소련(소비에트 러시아)에 넘겨준 사실이 발각되어 커다란 충격을 받았다. 이어 1951년에는 도널드 매클린과 가이 버제스라는 두 명의 영국 외교관이 러시아를 위해 이중간첩 노릇을 하다가 정체가 탄로나 소련으로 망명한 사건이 발생했다. 가이 버제스는 킴 필비를 MI-6에 채용한 장본인이기도 하다. 버제스는 MI-6에서 일했는데 역시 이중간첩이던 킴 필비도 같은 부서에서 소련과

장으로 근무하고 있었다. 킴 필비(1912~1988)는 유명한 탐험가이며 중동 전문가인 세인트 존 필비의 아들이다. 아버지 필비는 괴팍한 성격으로 유명했고 아랍 문명을 숭상하여 1930년 기독교를 포기하고 무슬림이 되었으며 기다란 수염을 기르고 술은 한 방울도 입에 대지 않는 절제의 생활을 했고, 1940년에는 반전 운동을 벌여 잠시 투옥되기도 했다. 아들 필비는 케임브리지 대학에 다니던 시절에 공산주의자가 되었고 1933년에 소련 첩자가 되었다. 1940년까지 신문 기자로 일하다가 가이 버제스에게 발탁되어 정보부에 들어갔다. 필비는 소련과 대결하는 영국 첩보 활동을 공식적으로 지휘하면서 이면적으로는 크렘린을 위해 일하는 이중간첩이었다. 매클린과 버제스가 소련으로 망명한 후 필비는 이중간첩일지도 모른다는 의심을 받아 결국 1951년에 보직 해임되었고 1955년에는 정보부에서 퇴직했다. 그 후 베이루트에서 기자로 일하다가 1963년에 소련으로 망명했고 소련 정보부인 KGB에 들어가 대령까지 올라갔으며, 소련에서 사망했다.

영국의 MI-5는 1961년 소련의 스파이인 고든 론스데일을 포함하는 포틀랜드 스파이 링을 일제 검거하여 법정에 세웠다. 1961년에는 MI-6의 요원인 조지 블레이크가 소련의 이중간첩임이 밝혀졌다. 블레이크는 영국인 외교관 아버지와 네덜란드 어머니 사이에서 태어났다. 2차 대전 중 로테르담이 나치에 의해 점령되자 블레이크는 영국 첩보부를 위해 일했다. 그 공로를 인정받아 종전 후 영국 해군 정보부에서 근무하게 되었다. 이후 함부르크에서 근무하다가 능력을 인정받아 영국 정보부로 들어갔다. 정보부에서 제대한 후 케임브리지 대학에 입학하여 러시아어를 전공했고 영사 자격으로 대한민국에 부임했다. 이때는 한국 전쟁 기간이었는데 포로가 되어 북한으로 끌려간 후 세뇌되어 영국으로 돌아왔다. 이미 철저한 공산주의자로 변모한 블레이크는 1953년부터 러시아를 위해 일해 오면서 영국 정보부에 치명타를 가한 것이 입증되어 42년형을 선고받았다. 블레이크는 1966년 탈옥하여 모스크바로 도망쳤다.

1962년 후반에는 해군성에서 근무하던 존 바살이 해군 기밀을 러시아에 넘겨주다가 발각되어 18년형을 선고받았고 중앙 정보처의 해외 감사관보인 바버라 펠은 주영 유고슬라비아 대사관에 근무하는 자신의 애인에게 기밀을 넘겨주다가 역시 투옥되었다. 또 1962년에는 철의 장막 후방에서 사업가로 신분을 위장하여 활약하던 MI-6 요원 그레빌 와인과, 소련 첩보부에 근무하면서 MI-6를 위해 이중 첩자로 활약하던 올레크 펜코프스키 대령이 KGB에 의해 체포되었다. 1963년, 형식적인 재판 절차를 거쳐 펜코프스키 대령은 총살되었고, 그레빌 와인은 투옥되었다가 포틀랜드 스파이 링의 소련 스파이 고든 론스데일과 맞교환되었다.

1963년은 또한 프로퓨모 사건이 터진 해이기도 했다. 이 사건은 해럴드 맥밀런의 보수당 정부에서 각료로 일하던 존 프로퓨모, 그의 정부 크리스틴 킬러, 런던 주재 러시아 대사관의 해군 무관 유진 이바노프가 삼각관계로 꼬인 정치적, 외교적, 성적 스캔들이었다. 당시 MI-5는 크리스틴 킬러를 가지고 미인계를 걸어 이바노프를 영국 측 이중 첩자로 만들려고 공작을 펼쳤다. 성매매 중개 등 부도덕한 방식으로 수입을 올리다가 체포된 접골사 스티븐 워드는 결국 자살했는데 나중에 MI-5의 공작에 개입했던 것으로 판명되었다. 크리스틴 킬러를 내연의 여자로 사귀고 있던 프로퓨모 장관은 영국 하원의 조사를 막아 보려고 하다가 결국 내각의 각료 자리에서 사임했고 이것이 빌미가 되어 맥밀런 정부는

1964년 총선에서 패배하여 노동당에 정권을 내주게 되었다.

1964년에는 전 세계적으로 미술사가로 명성이 높고 또 코트올드 인스터튜트의 소장을 지내면서 여왕을 위해 그림을 감정해 주던 앤터니 블런트 경이 전에 러시아를 위해 이중간첩 노릇을 한 것이 밝혀져 작위를 박탈당했다. 그를 고발한 사람은 마이클 스트레이트였는데 블런트가 전에 두더지 노릇을 했다는 것을 FBI에 신고했던 것이다. 1930년대에 대학을 다닌 많은 영국 지식인들이 그랬듯이, 블런트는 케임브리지 대학생 시절에 마르크시즘에 매혹되었고 2차 대전 발발 전에 케임브리지 대학에서 가이 버제스(소련으로 망명한 이중간첩)에게 포섭되어 소련 정보부를 위해 일했으며 또 전쟁 중에는 MI-5 소속으로 활동했다. 블런트는 1964년 자신을 기소하지 않는다는 조건으로 MI-5에 자신이 이중간첩이었다는 사실을 자백했다. 이러한 망명과 자백 건이 영국 사회에 커다란 충격을 준 것은, 소련 정보부의 영국 사회 침투가 뿌리 깊고 또 포섭된 영국 지식인들이 모두 기성 체제의 간부 혹은 영국 사회의 주요 인물들이라는 사실이었다.

『팅커』는 이처럼 냉전이 고조되던 1960년대의 시대 상황을 잘 반영하고 있다. 영국의 사회학자들은 르카레가 스파이 소설로 국제적 명성을 얻은 현상과, 같은 시기에 비틀스가 음악으로 선풍적 인기를 끈 현상을 서로 병치시켜 이렇게 설명했다. 〈1960년대 초의 동서 긴장 상황을 명확하게 알려 주는 데에는 르카레의 소설이 필요했다. 하지만 그와 동시에 그런 갈등의 상황에서 벗어나 가벼우면서도 행복한 무언가를 동경하게 되었는데 그런 동경을 10대의 더벅머리 소년 네 명이 화끈하게 제공해 주었다.〉 아무튼 르카레가 1960년대와 70년대 초반에 걸쳐 쓴 스파이 소설에는 이러한 영국의 스파이 스캔들이 아주 자세히 그려져 있다. 특히 『팅커』에 등장하는 이중간첩은 실제 인물인 킴 필비에게서 그 모델을 가져온 것이 아닐까 여겨질 정도로 정교하게 묘사되어 있다.

작품의 해설

르카레의 『스파이』가 발표된 것이 1963년이고 『팅커』가 발표된 것이 1974년이었다. 10년의 시간적 간격을 두고 발표된 두 소설은 이중간첩의 색출이라는 동일한 주제를 다루되, 그 규모와 깊이에 있어 『팅커』가 더욱 발전된 형태를 보여 준다. 『스파이』에서 이중간첩의 색출에 사랑이라는 변수가 등장하여 결말이 전혀 예상 밖으로 휘어지는 스토리를 다루고 있다면, 『팅커』에서는 학교, 가정, 직장의 세 가지 공동체가 등장하고, 다시 이중간첩이라는 문제가 선과 악의 주제로 확대되고, 이어 개인의 성장과 사랑의 환상(혹은 불가능한 꿈)이라는 인간의 본원적 동경으로 수렴됨으로써, 훨씬 복잡하면서도 다성적 *polyphony*인 효과를 자아내고 있다. 그래서 『스파이』가 이중간첩과 사랑을 토대로 하는 연립 방정식이라면, 『팅커』는 학교, 가정, 직장의 삼각 함수가 등장하는 미적분과 같다.

이 소설을 읽어 나가면 이중간첩=변심한 여자=선악의 혼란이라는 이미지가 자주 등장한다(여기서 우리는 〈선악을 규정하는 진리를 여자라고 생각해 보면 어떨까〉라는 니체의 잠언을 생각하게 된다). 다시 말해 이중간첩을 잡는 행위는 변덕스러운 여자의 마음을 되돌리려는 노력과 비슷하다는 것이다. 가령 길럼과 동거녀 카밀라의 관계, 조지 스마일리와 아내 앤의 관계, 그리고 스마일리와 카를라의 대결 등이 그런 뒷배경으로 등장한다. 특히 스마일리의 적수인 모스크바 센터의 정보 책임자는 이름이 여성형인 카를라Karla임에 주목할 필요가 있다. 이 두 사람은 인도에서 딱 한 번 상봉하는데 그때 카를라는 스마일리의 라이터(보다 정확하게는 아내 앤이 남편 스마일리에게 선물로 준 라이터)를 가져간다. 여기서 우리는 이 라이터가 〈카를라를 찾아서〉 3부작의 아주 중요한 기호Sign로 작용하리라는 예감을 갖게 되는데, 실제로 3부작의 마지막 작품인 『스마일리의 사람들』은 카를라가 이 라이터를 스마일리에게 돌려주는 장면으로 마감된다.

이중간첩을 여자의 배신이라는 은유적 에피소드로 설명해 나가는 데에는 겉보기보다 훨씬 복잡한 배경이 도사리고 있다. 영국 스파이 훈련 학교의 교장 스티드-애스프리는 스파이들을 가르치면서 〈스파이가 추구하는 것은 완벽함이 아니라 그때그때의 유리한 이점이다〉라고 말한다. 다시 말해 스파이의 세계에서는 상황의 유리함을 얻을 수 있다면 도덕도 사랑도 여자도 잠시 옆으로 밀쳐 놓을 수 있다는 것이다. 가령 카를라가 스마일리의 평상심을 흔들어 놓기 위해 전도된 미인계를 사용하는 것이 대표적인 경우이다. 그러나 선악 혹은 사랑의 문제에 있어서 이런 손익의 실용주의가 반드시 진리로 등장하는 것은 아니다. 인간에게는 정도 차이는 있어도 선을 좋아하는 도덕심과 사랑을 이루고 싶은 동경이 누구에게나 있기 때문이다. 하지만 가정이든 직장이든 학교든 늘 손익이라는 함수가 선량하고자 하는 인간의 마음을 뒤흔들어 놓는다. 그리하여 선(혹은 사랑)이 언제나 선으로 보이고 악(혹은 사랑의 부재)은 언제나 악으로 보이는 완벽함은 가뭇없이 사라지고, 형편과 상황의 그늘 아래 악이 선으로 보이고, 선이 악으로 보이는 흐리멍덩한 실루엣이 등장하는 것이다. 여기서 도덕적 인간 혹은 사랑하는 인간의 딜레마가 발생한다.

이 상황을 비유적으로 설명하자면 이렇다. 선과 악은 밤하늘에 떠 있는 달과 그 주위의 어둠처럼 분명한 것이다. 그러나 지상의 천강(千江)에 비친 달은 언제나 천상의 달처럼 선명하지 못하다. 왜냐하면 강의 물결, 속도, 경사, 만곡(彎曲)에 따라 달의 모양이 일그러지기 때문이다. 이처럼 선과 악에 대한 착오가 소설 속에서 여러 번 제시되어 은연중에 우스꽝스러운 상황이 만들어지기도 한다. 그러나 소설은 이처럼 경계와 구분이 애매모호한 상황에 절망하는 주인공을 제시하는 것으로 끝나지 않고, 그런 상황에서도 자신의 불가능한 꿈을 지향하는 적극적인 모습을 함께 제시한다. 이것을 가리켜 소설은 환상 없는 사람의 마지막 환상이라고 말하고 있다.

　소설은 처음부터 스파이라는 직장 차원과 남녀 관계라는 가정 차원에, 짐 프리도와 빌 로치로 표상되는 학교의 차원이 중층으로 가미되어 있다. 학교라는 무대는 배신과 부정의 주제보다 성장의 주제를 제시한다. 빌 로치는 부모의 이혼이 자신의 책임인 줄 알고 그에 대하여 심하게 자책한다. 로치는 프리도가 임시직 선생으로 근무하는 학교의 학생인데, 프리도를 관찰하면서 점점 어른들의 세계에 눈을 뜨게 된다. 다시 말해 성장하게 된다. 로치를 통하여 제시되는 성장의 개념은 이 세상의 사물은 외관과 실제가 다른 경우가 많은데, 그것을 깨달아야 한다는 것이다. 학교 차원의 성장은 로치를 통해 제시되는 반면, 직장 차원의 성장은 브릭스턴의 스캘프헌터 대장 피터 길럼에 의해 제시된다.

　이처럼 『팅커』는 학교, 가정, 직장에서 벌어지는 인생의 상황을 입체적으로 교차시키면서 동시에 하나의 통합된 주제를 향해 나아간다. 이 통합의 주제를 가장 잘 보여 주는 인물이 주인공 스마일리이다. 이것은 카를라와 스마일리의 면담

부분, 그리고 소설의 마지막에서 변심한 아내 앤을 찾아 나서는 부분에서 선명하게 구체화된다. 카를라와의 만남은 손익과 진실의 커다란 분수령이다. 스마일리는 카를라와 면담하면서 자신을 상대방과 동일시한다. 사람에게 자신의 목숨을 바쳐야 하는 상황처럼 커다란 손해가 또 어디 있겠는가. 하지만 카를라는 자신의 진실을 위해 목숨을 내던지는 모험도 마다하지 않고 러시아로 귀국한다. 카를라의 이야기는 곧 스마일리의 이야기로 동일시되어 있는데, 때문에 이 두 사람이 벌이는 대결은 비극적 양상을 띤다. 소설의 마지막 부분에서 스마일리가 자신을 배신하고 바람피운 아내를 찾아 기차 여행을 떠나는 것도 진정한 성장(다시 말해 통합)의 모습을 보여 준다. 앤에 대한 사랑은 손익과 진실이 하나로 통합되는 상태의 은유이지만, 동시에 현대 영국에 대한 신랄한 풍자이기도 하다. 유서 깊은 가문의 출신인 앤이 이 남자 저 남자와 사랑의 도피행에 빠지는 것은, 유구한 역사를 가진 영국이 국제무대에서 신흥 제국인 미국이나 소련에 붙었다 떨어졌다 하는 지조 없는 정치적 행태의 상징적 표현인 것이다. 특히 다음의 문장을 감안하면 이러한 해석은 그 타당성을 획득한다. 〈정보부야말로 한 국가의 정치적 건강도를 보여 주는 척도이고, 또 그 국가의 무의식을 실제로 표현하는 기관이다.〉(38장) 그래도 스마일리는 아내 앤을 사랑하고 조국 영국을 사랑한다. 카를라는 그것을 환상 없는 사람의 마지막 환상이라고 지적하지만, 스마일리는 오히려 사랑을 그런 이름으로 부른단 말인가 하고 반문하며 어떤 경우에도 아내와 나라를 사랑할 수밖에 없는 자신을 재확인한다. 스마일리는 자신의 직장이, 가정이, 그리고 인생이 분열되는 와중에서도 분열-선택-통합의 길이 있다고 믿는 것이다.

이렇게 볼 때 이 소설은 표면적으로는 이중간첩을 추적하는 구조로 되어 있으나 내면적으로 인생의 의미를 묻는 소설이 된다. 실제로 소설 속의 모든 주요 행동이 벌어지는 곳이 〈서커스〉라는 정보부로 설정되어 있는데, 인생은 어차피 연극이 아니더냐는 진부한 말도 있듯이, 이 서커스라는 이름은 아주 그럴듯해 보인다. 그리고 소설의 마지막 부분은 이러한 해석을 뒷받침한다.

학교 연극이 공연되는 밤이 되자, 그는 로치가 지금껏 보아 왔던 것보다 한결 마음이 밝아졌다. 「헤이, 점보, 이 멍청한 두꺼비야. 네 비옷은 어디 있니? 밖에 비가 오는 게 안 보여?」 공연이 끝난 후 피곤하지만 의기양양한 마음으로 본관 건물로 돌아갈 때, 짐이 말했다. 「그의 진짜 이름은 빌입니다.」 빌은 짐이 학교를 방문한 학부모에게 말하는 것을 들었다. 「우리는 이 학교에 비슷한 시기에 전입해 왔습니다.」(39장)

인생이라는 학교에서 연극을 하며 성장한 빌(혹은 로치)과 프리도. 이 두 사람의 관계를 학교 연극에 빗대고, 이어 〈우리는 이 학교에 비슷한 시기에 전입해 왔다〉라는 말로 소설 전체를 요약하는 작가의 탁월한 은유에는 정말 감탄하지 않을 수 없다. 결론적으로 『팅커』는 이상과 현실을 구분하지 못해 하나로만 보이는 어린아이(빌 로치)에서 시작하여, 그 둘의 외관과 실제를 꿰뚫어 보는 통찰의 단계(피터 길럼)를 거쳐, 양자의 통합이라는 불가능한 사랑을 꿈꾸는 진정한 어른(조지 스마일리)으로 성장하는 과정을 추적하고 있다. 이는 성장 소설의 전통을 그대로 따른 것이고, 『맹자』의 〈이루장〉에 나오는 저 유명한 말, 〈진정한 대인은 어린아이의 마음을 잃지 않는다〉의 구체적 표현이기도 하다.

영국의 평론가 앤드루 러더퍼드Andrew Rutherford는 이 소설을 두고 이렇게 말했다. 〈『팅커』는 반역과 충성이라는 양극적 현상을 탐구하는 과정에서 스파이 플롯과 보편적 주제의 완벽한 융합을 이루었다. 이 소설에서 다루어진 음험한 배신, 의무의 파기, 불신의 노정 등 수많은 사례들은 셰익스피어 비극에 나오는 죄악과 무질서를 비유적으로 확대시켜 놓은 듯한 인상을 준다. 사태의 핵심에는 부패를 바라보는 깊은 인식과 통찰이 있다. 악의 근원(이중간첩)을 찾아 나가는 스마일리의 추적은 진리를 찾아 나선 오이디푸스나 복수를 염원하는 햄릿을 연상시킨다.〉 이처럼 르카레의 문학을 단순한 대중 문학이 아니라 본격 문학으로 평가하는 평론가들이 많다. 가령 영국 더럼 대학교의 영문과 교수인 피터 루이스Peter Lewis는 르카레를 동년배의 본격 작가들에 비하여 조금도 손색없는 작가라고 평가하고 있으며, 영국 평론가 존 핼퍼린John Halperin은 〈존 르카레는 오늘날 스파이 스릴러를 쓰면서도 본격 작가로 대접받는 유일한 사람〉이라고 말했다. 이러한 평가가 과연 홍보용에 지나지 않는 것인지 아니면 있는 그대로의 평가인지, 그것은 독자 여러분의 판단에 맡긴다.

이종인

옮긴이 **이종인** 1954년 서울에서 태어나 고려대학교 영어영문학과를 졸업했다. 한국 브리태니커 편집국장과 성균관대학교 전문 번역가 양성 과정 교수를 역임했다. 브루스 브룩스 파이퍼의 『라이트』, 프랭크 로이드 라이트의 『자서전』, 밀드레드 프리드먼이 엮은 『게리』, 카림 라시드의 『나를 디자인하라』, 크리스토퍼 드 하멜의 『성서의 역사』, 어니스트 헤밍웨이의 『노인과 바다』, 『무기여 잘 있거라』, 폴 오스터의 『보이지 않는』, 『어둠 속의 남자』, 『폴 오스터의 뉴욕 통신』, 니코스 카잔차키스의 『향연 외』, 『돌의 정원』, 『모레아 기행』, 『일본·중국 기행』, 『영국 기행』, 앤디 앤드루스의 『폰더 씨의 위대한 하루』, 줌파 라히리의 『축복받은 집』, 조셉 골드스타인의 『비블리오테라피』, 스티븐 앰브로스 외의 『만약에』, 사이먼 윈체스터의 『영어의 탄생』 등 1백여 권의 책을 번역했고, 번역 입문 강의서 『전문 번역가로 가는 길』을 펴냈다.

팅커, 테일러, 솔저, 스파이

발행일 2005년 7월 20일 초판 1쇄
       2024년 10월 10일 초판 19쇄

지은이 존 르카레
옮긴이 이종인
발행인 홍예빈
발행처 주식회사 열린책들

경기도 파주시 문발로 253 파주출판도시
전화 031-955-4000 팩스 031-955-4004
홈페이지 www.openbooks.co.kr 이메일 literature@openbooks.co.kr

Copyright (C) 주식회사 열린책들, 2005, *Printed in Korea*.
ISBN 978-89-329-0609-6 03840